mtb

Zum Buch:

Caleb Stoltz ist gefangen zwischen zwei Welten. Einerseits hat er geschworen, seinen Neffen und seine Nichte in der Amish-Gemeinde Middle Grove großzuziehen. Andererseits sehnt er sich nach mehr Freiheit und hatte sich längst für ein Leben in der modernen Welt entschieden. Deshalb ist es für Caleb auch keine Frage, dass sein Neffe nach seinem schweren Unfall in ein Krankenhaus geflogen wird. Dort lernt er die verführerische Reese kennen, zu der er eine besondere Verbundenheit spürt. Doch als sein Neffe das Krankenhaus verlässt, muss Caleb mit ihm zurück nach Middle Grove …

»Susan Wiggs trifft immer genau den Kern der Dinge – und mitten ins Herz ihrer Leser.«

SPIEGEL-Bestsellerautorin Mary Kay Andrews

Zur Autorin:

Das Leben der Nummer-1-New-York-Times-Bestsellerautorin Susan Wiggs dreht sich um drei Dinge: Familie, Freunde und Fiktion. Sie lebt mit ihrem Mann, ihrer Tochter und dem Hund auf einer Insel im nordwestlichen Pazifik. Ihre Romane stehen regelmäßig auf den internationalen Bestsellerlisten und werden weltweit millionenfach verkauft. Obwohl sie gerne wandert, fotografiert und Ski fährt, macht sie es sich am liebsten mit einem guten Buch auf der Couch bequem.

Lieferbare Titel:

Was mein Herz dir sagen will
Dich im Herzen
Bewahre meinen Traum
Mit dir für immer

Susan Wiggs

Für immer in meinem Herzen

Roman

Aus dem Englischen von
Ivonne Senn

mtb

MIRA® TASCHENBUCH

1. Auflage: Auflage 2019
Deutsche Erstausgabe

Originaltitel: »Between you & Me«
erschienen bei: William Morrow,
an imprint of HarperCollins *Publishers*, US

Published by arrangement with
HarperCollins *Publishers* L.L.C., New York

Umschlaggestaltung: zero-media.net, München
Umschlagabbildung: Ron and Patty Thomas / Getty Images,
FinePic / München
Lektorat: Annkatrin von Roth
Satz: GGP Media GmbH, Pößneck
Printed in Germany
Dieses Buch wurde auf FSC®-zertifiziertem Papier gedruckt.
ISBN 978-3-95649-873-2

www.mira-taschenbuch.de

Für meine geliebte Tochter Elizabeth,
die den Märchen niemals entwachsen darf –
ich widme dir dieses Buch aus so tief greifenden Gründen, dass
alles einfach unter uns bleiben soll.

Prolog

An dem Tag, an dem du geboren wurdest, als du erst ein paar Stunden auf dieser Welt warst, habe ich dich in eine alte Apfelkiste gelegt und dich zurückgelassen, als wärst du ein Stück meines schlagenden Herzens. Ein Angebot an einen Gott, an den ich nicht glaubte, an den nicht *zu glauben ich mich aber nicht traute. Man könnte sagen, du warst ein menschliches Opfer, aber in dem Moment fühlte es sich an, als wäre* ich *das Opfer, nicht du.*

Denn in diesem Moment ist etwas in mir gestorben.

Auch wenn ich zu jung war, um irgendetwas zu wissen, war ich wirklich der Überzeugung, dass ich dich einem besseren Leben überlassen würde … Ich wollte dich nicht weggeben, aber ich hatte Angst davor, was passiert, wenn ich es nicht täte.

Nach allem, was wir in jenem Jahr durchgemacht haben, war ich mir meiner selbst bewusst genug, um zu erkennen, dass meine Jugend und Ignoranz eine Gefahr für dich darstellten. Und ich war klug genug, um herauszufinden, was ich tun konnte. Ich wusste nichts über die moderne Welt, über Städte, Gesetze, die erbarmungslosen Verbindungen des Herzens. Ich wusste nur, dass du mit einer anderen Zukunft besser dran wärst. Mit einer anderen Familie, die dich leitet. Mit einem anderen Leben, weit weg von Middle Grove.

Zu der Zeit verstand ich sehr gut, was in einem Krankenhaus passiert. Dort werden Menschen gerettet. Dort wurde ich gerettet. Also habe ich dich an einen Ort gebracht, von dem ich wusste, dass man auch dich dort retten würde.

Natürlich wurde das so nicht in den Zeitungen berichtet. Die Presse konzentrierte sich einzig auf die sensationellsten Aspekte des Falles: ein ausgesetztes Baby, ein geheimnisvolles Rätsel, das gelöst werden musste, ein schreckliches Familiengeheimnis, gehütet von einer misstrauischen, verschlossenen Gemeinde, die sich vom Rest der Welt abschottete.

Aber die Zeitungen haben das falsch verstanden.

1. TEIL

ERNTE

August

Eine Schwierigkeit ist die erste Phase eines Wunders.

Amisches Sprichwort

1. Kapitel

Silbern blitzte der Jet am Morgenhimmel. Caleb Stoltz schob seinen Hut auf dem Kopf zurück und schaute dem Flugzeug hinterher. Vor dem makellosen Blau des Sommerhimmels glitzerte der Rumpf wie ein seltenes Juwel – kostbar und außer Reichweite.

»Hey, sieh nur, Onkel Caleb. Flugzeugspuren«, sagte Jonah und zeigte auf die beiden weißen Streifen, die dem Weg des Flugzeugs am Himmel folgten.

Caleb grinste seinen Neffen an und reichte ihm den halb vollen Milcheimer aus dem Milchhaus. »Die nennt man Kondensstreifen. Verschütte die Milch nicht«, ermahnte er ihn. »Ich komme gleich zum Frühstück hinein.«

Mit dem Eimer in der Hand ging der Junge auf das weiße Holzhaus zu. Seine staubigen nackten Füße hinterließen flache Abdrücke auf der trockenen Erde. Jonahs dünne Beine, gebräunt von einem Sommer im Wasser der Crystal Falls oben am Bach, ragten beinahe wie Fremdkörper aus seiner lumpigen schwarzen Hose, die ihm vor Kurzem noch gepasst hatte. Jetzt, mit elf, wuchs der Junge wie Mais im Sommer. Caleb würde Hannah überreden müssen, ihm vor dem Schulanfang in ein paar Wochen eine neue Hose zu nähen. Wenn die Kinder nicht ständig wachsen würden, hätte er kein Gefühl für den Verlauf der Zeit.

Auf einer Farm zählten die Jahreszeiten, nicht die Jahre.

Caleb spülte schnell den Milchschuppen aus. Der Wasserstrahl zischte auf dem Betonboden und ließ feine Tröpfchen auf seine Arbeitsschuhe regnen. Dann stellte er das Wasser ab, wickelte den Schlauch auf und verließ den Schuppen, wobei er noch einmal zu den wolkigen Kondensstreifen hinaufschaute, die sich langsam auflösten. Der Jet war lange fort, auf dem Weg nach New York oder Bangkok oder an einen anderen Ort, den Caleb niemals besuchen würde. Er betrachtete die Flugbahn und fragte sich, warum es Bahn genannt wurde, wenn es doch keine sichtbaren Schienen gab, nichts, das den Weg markierte, außer unsichtbarer Luft. Erst nachdem das Flugzeug vorbeigeflogen war, konnte man seine Route erahnen.

Wenn Rebecca bei ihm gewesen wäre, hätte sie die Augenbrauen zusammengezogen und ihn für seine müßigen Gedanken gescholten. Daraufhin hätte er sie herausgefordert zu beweisen, dass Gedanken überhaupt müßig sein konnten, und sie hätte verständnislos die Stirn in Falten gelegt. »Ich schwöre es, Caleb Stoltz«, hätte sie gesagt und das Thema gewechselt. Wie es eben ihre Art war.

Ah, Rebecca. Sie war die Herausforderung eines jeden Tages. Das Problem lastete schon viel zu lang auf seinem Gewissen. Es war an der Zeit, sich dem Unausweichlichen zu stellen. Sie hatten so etwas wie eine Übereinkunft. Rebecca glaubte, dass sie in naher Zukunft ihre Uhr von ihm bekäme, das traditionelle Verlobungsgeschenk, und sie würde Caleb im Gegenzug ein besticktes Tuch schenken, um ihre Zustimmung zu signalisieren. Auch wenn sie nicht begierig darauf war, Calebs Nichte und Neffen aufzuziehen und sich um seinen Vater zu kümmern, war sie doch gewillt, ihre Pflicht zu tun.

Caleb musste sich die Wahrheit eingestehen, die er tief in seinem Inneren verspürte, seitdem die Kirchenältesten ihm mitgeteilt hatten, dass er und Rebecca Zook heiraten sollten. Und über diese Wahrheit zu reden, würde unangenehm werden. Er verspürte durchaus Zuneigung für Rebecca, aber nicht die tiefe Liebe, die einen Mann und eine Frau ein Leben lang verbinden würde. Er war sich nicht einmal sicher, ob es so eine Liebe überhaupt gab.

Es wäre nicht fair, sie hinzuhalten.

Für einen Moment blieb er im Garten stehen und betrachtete die Farm, nahm den Anblick des breiten Tals in sich auf, das am Fuße der Pocono Hills lag. Die Felder waren eine bunte Patchworkdecke aus Mais, Weizen, Alfalfa und Sorghumhirse, die sich, so weit das Auge reichte, über eine hügelige Landschaft erstreckte. In der Ferne waren Eli Kemp und seine Söhne dabei, Weizen zu ernten. Ihre Sicheln schwangen im Rhythmus eines Liedes, das sie sangen, und der Klang schallte in der Stille des Morgens über das

Tal. Wie fleißige Soldatenameisen bewegten sie sich die Reihen entlang, die gebogenen Klingen fällten die Halme, die ordentlich zu einer Seite fielen. Elis Frau folgte ihnen und band die Garben zusammen.

Das ist Middle Grove, dachte Caleb. Glaube, Arbeit und Familie, zusammengenäht vom Faden ihrer gemeinsamen Hingabe. Andere Farmer im Distrikt mochten die süße Luft einatmen und ein stummes Gebet sprechen. *Danke für diesen Tag, o Herr.* Aber nicht Caleb. Schon sehr, sehr lange nicht mehr.

Von der Nachbarfarm durchbrach das Dröhnen eines hydraulischen Motors die Ruhe des Morgens. Das mechanische Keuchen übertönte den Gesang der Kemps. Die Hauber machten sich bereit, heute das Silo zu füllen. Der von einem Dieselmotor angetriebene Schredder würde den Mais zerhacken, damit er in den Getreidespeicher geblasen werden konnte.

Caleb würde hinübergehen, nachdem er mit Rebecca gesprochen hatte. In der Zwischenzeit sorgte er dafür, beschäftigt zu bleiben. Er mochte es, etwas zu tun zu haben. Das hielt ihn davon ab, zu sehr über die Dinge nachzudenken. Die Sonne stand am Himmel, es gab Arbeiten zu erledigen, und diese Arbeiten gingen schneller von der Hand, wenn die Nachbarn alle mit anpackten.

Er nahm den breitkrempigen Hut ab und wischte sich den Schweiß von der Stirn. Dann ging er ins Haus. Trotz der offenen Fenster war es in der Küche erstickend heiß. Die Tür des alten, gusseisernen Ofens öffnete sich mit einem metallischen Quietschen, als Calebs Nichte Hannah ihn weiter anheizte, um Kaffee zu kochen. Rauch und der Geruch nach verbranntem Toast hüllte den Raum in einen grauen Dunst.

»Hannah hat wieder das Toast anbrennen lassen«, verkündete Jonah unnötigerweise.

Seine Schwester, sechzehn und so unbegreiflich wie eine außerirdische Lebensform aus einem Science-Fiction-Roman, stemmte die Hände in die Hüften. »Ich hätte gar nichts anbrennen lassen, wenn du nicht die Milch verschüttet hättest.« Sie warf einen bösen Blick auf die bläulich-weiße Pfütze auf dem ausgetretenen Linoleumboden.

»Nun, ich hätte die Milch nicht verschüttet, wenn du mich nicht *Brutzbaby* genannt hättest.«

»Aber das bist du doch«, gab sie zurück. »Ständig schmollst du.«

»Ha. Bald wirst du heiraten und ein echtes Baby bekommen, dann weißt du, wie das ist.«

»Hey, hey.« Caleb hob die Hand und bat um Ruhe. »Es ist noch nicht einmal sieben Uhr, und ihr beide kabbelt euch schon.«

»Aber sie hat mich …«

»Es reicht, Jonah.« Caleb hatte die Stimme nicht erhoben, aber der scharfe Tonfall bot der Frechheit seines Neffen Einhalt. Die Geschwister stritten sich oft, doch sie hatten auch eine tiefe Verbindung zueinander, durch die sie sich sehr nahestanden. Nach einer schrecklichen Katastrophe zu Waisen geworden, teilten sie ein Gefühl der Verletzlichkeit, das sie enger als andere Geschwister zusammenrücken ließ. »Habt ihr etwas gegessen?«

»Er hat sich aus seinen Cornflakes wieder einen Weintraubenmatsch gemacht«, sagte Hannah. »Das ist widerlich.« Jonahs seltsame Angewohnheit, Weintraubengelee in seine Cornflakes zu geben, ekelte sie.

»Immer noch besser als verbranntes …« Jonah fing Calebs Blick auf und schloss den Mund.

»Geh rüber zu den Haubers«, sagte Caleb zu ihm. »Sag ihnen, dass ich bald komme.«

»Okay.« Jonah setzte sich seinen Hut auf und ging zur Tür.

»Pass in der Nähe der Maschinen auf, hörst du?«, rief Caleb ihm nach, denn der Schredder hatte scharfe Klingen und unten im Silo lief ein großer Bohrer.

»Keine Sorge, ich helfe schon aus, seit ich so klein wie ein Grashüpfer war«, entgegnete Jonah mit einem selbstbewussten Grinsen, das Calebs Gereiztheit wie immer sofort verschwinden ließ. »Oh! Beinahe hätte ich meinen Glückspenny vergessen.« Er flitzte in sein Zimmer und kehrte mit dem Glücksbringer zurück. Es handelte sich um eine Münze, die in der Pennypresse in der alten Wassermühle in Blakeslee flach gedrückt worden war. Ein Andenken an Jonahs einzigen Ausflug außerhalb von Middle Grove. Er steckte die Münze in seine Tasche und öffnete dann die Fliegengittertür.

»Wir sehen uns zum Mittagessen«, sagte Caleb.

»Okay.«

»Und knall die Tür nicht …«

Die Tür fiel krachend ins Schloss.

»… so zu«, beendete Caleb kopfschüttelnd den Satz.

Hannah wischte die Milch auf, während Caleb sich an der Küchenspüle wusch. Durch das Fenster über dem Becken sah er Jonah flink wie ein Kaninchen über das Feld zu den Silos laufen. Jubilee, die Collie-Mischlingshündin, die dem Jungen überallhin folgte, rannte an seiner Seite. Mit einem Mal sprang Jonah hoch in die Luft und landete mit den Händen auf der Erde in einem Handstand. Das war eine Spezialität des Jungen, ein Ausdruck der überwältigenden Freude seines jungen, geschmeidigen Körpers. Und vielleicht seine Art, diesen perfekten Sommermorgen zu feiern.

In der Küche hing ein unangenehmes Schweigen so dick wie der Rauch in der Luft. In letzter Zeit wusste Caleb nicht mehr, was er zu seiner übellaunigen Nichte sagen sollte. Sie war so jung gewesen, als er unter dem finsteren Schatten des Missmuts der Älteren Middle Grove verlassen hatte. Damals war er entschlossen gewesen, ein Leben außerhalb der Gemeinde zu finden. Aber er war zurückgekehrt, heimgeholt von einer schrecklichen Tragödie. Damals hatte sich Hannah bereits in eine dünne, nervöse Zwölfjährige verwandelt, die von Albträumen über ihre ermordeten Eltern heimgesucht wurde.

Jetzt war seine Nichte eine Fremde, das einzige Mädchen in einem Haushalt voller Männer, ohne eine weibliche Hand, die sie leitete. Sie hatte nur Caleb, der mangelhaft dafür gerüstet war, sich um sie und seinen Vater Asa zu kümmern – einen Mann, der sich mit eisernen Fäusten an die alten Wege klammerte. Inzwischen waren schon mehrere Freundinnen von Hannah getauft und jungen Männern versprochen worden. Er konnte sich seine kleine Nichte nicht einmal ansatzweise als Frau und Mutter vorstellen.

Nachdem er sich die Hände gewaschen und abgetrocknet hatte, stellte er ein Tablett mit dem Frühstück für seinen Vater zusammen und ließ es wie üblich auf dem Tisch stehen. Asa stand immer früh auf, um in der Ruhe des Werkzeugschuppens neben dem Haus *Die Botschaft* zu lesen. Caleb öffnete einen Küchenschrank und nahm ein Bündel Bargeld aus der Kaffeedose. Die Scheine steckte er in seine Brieftasche. Nach der Arbeit und nach dem Gespräch mit Rebecca wollte er zur Grantham Farm hoch, um ein neues Pferd zu kaufen. Baudouin, der kräftige Belgier, war alt. Er hatte in seinem Leben alles gegeben und sich seinen entspannten Ruhestand auf der grünen Wiese wohl verdient. Doch Caleb brauchte einen Ersatz. Um sich etwas Geld hinzuzuverdienen und die Rechnungen bezahlen zu können, führte er ein Gespann aus Zugpferden. Sie waren sehr gefragt, vor allem im Winter, wenn Auto stecken blieben und umgestürzte Bäume aus dem Weg geräumt werden mussten. Es war bemerkenswert, wie oft die Englischen ein Zuggespann benötigten.

Bei einem weiteren Blick aus dem Fenster sah er Jonah wie ein Äffchen auf dem Transportband herumklettern, mit dem die gebundenen Maiskolben in das Mahlwerk geschoben wurden. Der Junge liebte die Höhe und meldete sich immer freiwillig, wenn irgendwo Hilfe gebraucht wurde. Caleb hatte diese Arbeit auch immer gemocht. Von der hochgelegenen Öffnung des Silos sah die Welt ganz anders aus. Er hatte sich immer die Turmszene aus *Herr der Ringe* vorgestellt, dem verbotenen Buch, das ihm einst ein paar Stockschläge von seinem Vater eingebracht hatte, als er ihn beim Lesen erwischte. Während er die Stängel in den Schredder führte, hatte Caleb sich immer vorgestellt, dass die surrenden, glitzernden Messer zu einem gefährlichen Drachen gehörten, der den Turm bewachte.

»Das mit dem Toast tut mir leid, Onkel Caleb«, sagte Hannah und holte die verbrannten Reste aus dem Drahtgestell.

»Kein Problem.« Um die Stimmung etwas aufzuheitern, schnappte er sich ein Stück, biss hinein und tat mit geschlossenen Augen so, als würde er es genießen. »Ah«, sagte er. »Ambrosia.«

Sie lachte leise. »Ach, Onkel Caleb. Sei nicht albern.«

Er schluckte den Rest des Toasts hinunter und grinste, wobei er seine vom Toastbrotruß geschwärzten Zähne zeigte. »Wer ist hier albern?«

»Was ist Ambrosia überhaupt? Eins ist sicher, du benutzt gerne große Worte.«

»Ambrosia ist das, was die griechischen Götter gegessen haben«, erklärte er. »Also gehe ich davon aus, dass es bedeutet, irgendetwas ist so gut, dass man damit die Götter füttern kann.«

Bei der Erwähnung der griechischen Götter keuchte Hannah leise auf. Das war ein verbotenes Thema. Schnell wischte sie die Brotkrümel von der Arbeitsplatte. »Du bist so klug.«

»Nur weil ich die Bedeutung eines Wortes kenne, bedeutet das nicht, dass ich klug bin.«

»Na sicher tut es das. Ich habe Rebecca sagen hören, dass du fortgegangen und klüger wiedergekommen bist. Deshalb hast du dich immer noch nicht der Gemeinde angeschlossen – weil du den Kopf voller hochmütiger englischer Flausen hast.«

»Rebecca hört sich gerne reden.« Bei der Erwähnung ihres Namens spürte Caleb, wie ihm ein Schweißtropfen den Nacken hinunterrann. Rebeccas Ansicht, dass seine Zeit der Abwesenheit ihn hochmütig gemacht hatte, war noch ein Grund mehr, warum sie kein gutes Paar abgaben. Sich Bildung anzueignen machte einen Mann nicht hochmütig. Im Gegenteil, es war eine zutiefst demütigende Erfahrung.

In der Zeit, in der er weg gewesen war, hatte Caleb das Undenkbare getan. Entgegen aller Prinzipien der Amischen war er zu College-Vorlesungen gegangen. Die traditionelle, bis zur achten Klasse gehende Schulbildung hatte einen Wissensdurst in seiner Seele hinterlassen, und so hatte er sich nach Büchern und Bildung gesehnt, wie sich ein durstiger Mann an einem heißen Augusttag nach einem Glas eiskalter Limonade sehnt. Mit seinem Fahrrad war er die dreizehn Meilen gefahren, um Vorlesungen am Community College zu besuchen und Lektionen in Geschichte, Philosophie, Logik, Mathematik und anderen Wissenschaften in sich aufzusaugen, die nichts damit zu tun hatten, wie man Weizen säte oder Tiere züchtete. Es war eine demütigende Erfahrung zu erkennen, wie viel es für ihn noch zu lernen gab. Er hatte gerade erst damit angefangen, als er hatte zurückkommen müssen. Dieser Tage stellte er sich die Welt, die er außerhalb von Middle Grove kennengelernt hatte, schimmernd wie eine Schimäre am Horizont vor: so verlockend nah und doch außer Reichweite.

Hannah beendete das Aufräumen der Küche in ihrer üblichen nachlässigen Art. Wenn Calebs Vater hereinkäme, würde er sicherlich auf die Krümel auf dem Boden und das Geschirrtuch auf der Arbeitsplatte hinweisen. Vermutlich würde er außerdem stirnrunzelnd sein Frühstückstablett mustern und anmerken, dass eine ordentliche Amisch-Familie gemeinsam das Brot brach, ihre geschrubbten Gesichter erleuchtet von der Inspiration des stillen Gebets, bevor sie sich an Pfannkuchen mit Beerenkonfitüre und dicken Scheiben salzigen Schinkens gütlich taten.

Aber sie waren nicht wie andere Familien. Caleb konnte sich nicht um alles kümmern.

»Onkel Caleb?«

Als er den zögerlichen Unterton in Hannahs Stimme hörte, drehte er sich zu ihr um. Zu seiner Überraschung waren ihre Wangen unter den losen Bändern ihrer *Kapp* errötet.

»Was ist, *Liebchen*?« Er hoffte, der vertraute Kosename würde in ihren Ohren tröstend klingen.

»Am Sonntagabend gibt es im Großen Saal ein gemeinsames Singen«, sagte sie. »Ich habe mich gefragt, ob ich wohl hingehen dürfte?«

»Ich denke, das kannst du«, sagte er. Das gemeinsame Singen fand am Sonntag nach dem Gottesdienst statt. Die Erwachsenen gingen für den Abend heim, sodass die Kinder sich um den Tisch versammeln und singen konnten – nicht die langsamen Morgenlieder, die der Andacht dienten, sondern schnellere, die dazu gedacht waren, die Kinder zum Reden zu bringen. Und »reden« bedeutete, einander in Augenschein zu nehmen, denn das Ziel war es, die jungen Leute dazu zu veranlassen, mit dem Werben anzufangen. Es wirkte arrangiert, war aber im Grunde nichts anderes als ein Highschool-Ball in der Außenwelt.

»Okay.« Hannah knetete sich die Hände und schaute sich hektisch um.

»Hast du sonst noch etwas auf dem Herzen?«, hakte er nach.

»Kann ich mit Aaron Grabers Buggy nach Hause fahren?«, platzte es aus ihr heraus.

Caleb verspürte einen unangenehmen, überraschten Stich im Magen. Aaron Graber, dachte er. Eher Aaron *Grapscher*. Caleb war nicht sicher, ob ihm die Vorstellung gefiel, dass die kleine Hannah mit einem Jungen herumlief, vor allem nicht mit einem, der die Mädchen angaffte wie ein Fuchs die Hühner.

Ein entferntes Bellen hallte durchs Fenster, aber Caleb hielt seine Aufmerksamkeit auf seine Nichte gerichtet. Das hier war eine große Sache. Sie wollte turteln. Seine kleine Hannah. Es kam ihm vor, als wäre es erst gestern gewesen, dass er ihr gezeigt hatte, wie man einen Softball schlug, oder ihr alberne Witze erzählt und sie zum Lachen gebracht hatte. Wo war diese Hannah jetzt?

»Nun«, sagte er. »Ich denke nicht …«

»Bitte, Onkel Caleb«, flehte sie. »Er hat ausdrücklich mich gefragt.«

Bevor er etwas erwidern konnte, wurde die Küchentür so fest aufgestoßen, dass sie gegen die Wand prallte. Levi Haubers Gesicht hatte die Farbe von altem Schnee, und seine Schultern zuckten sichtlich. Noch bevor er den Mund öffnete, ließ das pure Entsetzen in seinem Blick Caleb erstarren.

»Komm schnell«, sagte Levi. »Es hat einen Unfall gegeben.«

2. Kapitel

»Ach, fick dich doch«, murmelte Reese Powell, als ihr Arbeitshandy wie ein kleiner Elektroschocker an ihrer Seite vibrierte. Guter Gott. Sie hatte gerade die Augen für ein dringend benötigtes Nickerchen geschlossen. Mit einem Blick aufs Display sah sie, dass es Mel war, ihr Vorgesetzter in der Notaufnahme. Seufzend stand sie auf, zog mit kurzen, mechanischen Bewegungen ihren weißen Arztkittel über, schlang sich das Stethoskop um den Hals und verließ den Pausenraum.

Der lange, glänzende Korridor war mit Ausrüstungen und Tragen vollgestellt. Hier und da saß ein Patient zusammengesackt in einem Rollstuhl, dazwischen standen rollbare Tonnen für den anfallenden Sondermüll. Krankenschwestern und Pfleger huschten auf dem Weg zu ihrem nächsten Einsatz eilig vorbei.

Reese blinzelte die restlichen Fetzen des abgebrochenen Nickerchens weg und atmete tief durch. *Ich werde mich meinen Patienten gegenüber untadelig verhalten.* Das war ihr Mantra, das sie sich im vierten Studienjahr zu eigen gemacht hatte. *Ich werde mich meinen Patienten gegenüber untadelig verhalten.* Sie hatte drei Jahre studiert, ihren Kopf mit Wissen angefüllt, auswendig gelernt, beobachtet, doch in diesem Jahr, dem Jahr, in dem sie ihren Doktortitel bekäme, hatte sie sich nur ein einziges, kraftvolles Ziel gesetzt: das Richtige zu tun.

Was sie an der Arbeit in der Notaufnahme besonders mochte, war das Überraschungselement. Man wusste nicht, was als Nächstes durch die Tür kommen würde. Ihre Eltern waren entsetzt gewesen, als sie ihnen von ihrem Interesse an der Arbeit in der Notaufnahme erzählt hatte. Sie hatten sie in Richtung Kinderärztin gedrängt oder erwartet, dass sie sich wenigstens für ein damit verbundenes Fach entschied. Aber zum ersten Mal hatte sie es gewagt, ein wenig von dem von ihnen vorgeschlagenen Weg abzuweichen. Sie wollte noch weitere Erfahrungen in der Notfallmedizin sammeln. Und Mercy Heights hatte das beste Trauma-Zentrum in ganz Philadelphia.

Patienten, Familienmitglieder und Personal standen um den Tresen in der Aufnahme, der zugleich den Mittelpunkt der Ambulanz bildete. Als sie den Blick auf der Suche nach Mel umherschweifen ließ, streckte eine Krankenschwester den Kopf aus einem Untersuchungszimmer.

»Ah, gut, Sie sind da«, sagte sie. »Wir brauchen jemanden, der Spanisch spricht. Hier drin tobt eine Ein-Frau-Shitshow.«

Reese eilte in den kleinen Raum. »Was haben wir denn … oh.« Für eine Sekunde stand sie nur da und nahm die Szene in sich auf. Die Patientin war eine junge, dunkelhaarige Frau in einem befleckten Kleid. Sie hockte in defensiver Haltung auf der Liege, und in ihren Augen schimmerten Angst und Misstrauen. Jemand fragte sie, was sie genommen hatte, wann sie es genommen hatte, aber sie schüttelte nur schweigend den Kopf.

»Sie haben sie auf der Straße aufgelesen, wo sie ziellos umhergewandert ist«, erklärte die Schwester. »Wir wissen bisher nur, dass sie schwanger ist. Und womöglich etwas genommen hat. Sie sagte den Rettungssanitätern, dass sie high sei. Wir versuchen herauszufinden, was sie genommen hat.«

Ein Sicherheitsmann stand mit Handschellen bereit. Mel winkte abwehrend mit der Hand. Reese wusste, er fürchtete, dass die Situation eskalieren könnte, wenn sie versuchen würden, die Frau ruhigzustellen.

»Das hier ist kein Ort der Heilung«, sagte die Frau in schnellem Spanisch. »Es ist ein Ort des Todes, ein Ort des ewigen Fluchs.« Dann verfiel sie in ein gemurmeltes Gebet.

Reese sprach Spanisch, weil sie es von Juanita, ihrer früheren Kinderfrau, gelernt hatte. Während ihrer Kindheit hatte sie mehr Zeit mit Juanita verbracht als mit ihren stets beschäftigten, übererfolgreichen Eltern. Mit einem warmen, professionellen Lächeln ging sie langsam auf die Frau zu. *»Hola, Señora«*, sagte sie sanft. *»¿Qué pasa?«*

Als sie ihre Muttersprache hörte, verstummte die Frau und

funkelte Reese an. »Ich bin Reese Powell«, fuhr Reese auf Spanisch fort, ohne den Blickkontakt zu unterbrechen. »Meine Kollegen und ich würden Sie gerne untersuchen und sicherstellen, dass es Ihnen gut geht.«

»Geht weg. Das sind schlechte Menschen.«

»Wir wollen Ihnen helfen«, sagte Reese. »Verstehen Sie Englisch?«

»Nein. Kein Englisch.«

»Bitte, darf ich Ihnen eine Frage stellen?«

»Meine Geheimnisse gehören mir.«

»Manchmal ist es besser, ein Geheimnis zu teilen. Ist das Ihr erstes Baby?«

»Ja.« Die Frau ließ die Arme sinken.

»Wie heißen Sie, Ma'am?«

»Mein Name ist Lena Garza.«

»Wie alt sind Sie, Lena?«

Sie zögerte. »Neunzehn.«

»Frag sie, was sie genommen hat«, sagte jemand. »Wir haben sie sagen hören, sie sei high.«

Reese musterte das angespannte, olivfarbene Gesicht. Das Mädchen sah älter aus als neunzehn; seine tiefbraunen Augen wirkten gehetzt und verängstigt.

»Sie sind draußen herumgeirrt«, sagte Reese und übersetzte schnell für einen der Rettungssanitäter. »Warum haben Sie das gemacht? Haben Sie etwas eingenommen?« Man hatte sie gelehrt, Empathie zu zeigen – direkter Augenkontakt, eine körperliche Berührung. Anfangs war es ihr seltsam vorgekommen, so auf einen Fremden zuzugehen. Jetzt, da sie es schon eine ganze Weile tat, fühlten sich die Gesten natürlich an. Es war gut zu sehen, wie die Frau sich leicht entspannte und tief durchatmete, bevor sie antwortete.

Lena Garza drehte den schmalen Silberring, den sie an ihrem Zeigefinger trug. *»Estoy intoxicada.«*

»Frag sie, was …«

»Wartet«, sagte Reese. »*Intoxicada* bedeutet nur, dass sie etwas zu sich genommen hat. Das könnte etwas zu essen sein, eine

Droge – kurz alles, was einen krank machen kann.« Sie wandte sich wieder an Lena. »Können Sie mir sagen, was Sie eingenommen haben?«

»Meine Mutter hat mir gesagt, ich würde in der Hölle schmoren«, flüsterte sie. »Ich bin nicht verheiratet. Deshalb habe ich die Kräuter gegessen.«

Reeses Herz setzte einen Schlag aus. »Sie hat etwas genommen«, erklärte sie Mel auf Englisch. »Was waren das für Kräuter, Lena?«

Das Mädchen griff in die Tasche seines abgetragenen Kleids und zog ein zerknittertes Zellophantütchen heraus. »Sie sagte, damit würde meine Regel einsetzen.«

Reese schnappte sich das Tütchen und zeigte es Mel. »Engelwurz. Man sagt, es habe eine abtreibende Wirkung.«

Mel schnupperte an den grünlich-gelben Kräutern. »Man nennt es auch *Dong Quai*. Wann hat sie es genommen? War es innerhalb der letzten vier Stunden? Wie viel hat sie geschluckt?«

Reese fragte die Patientin.

»Ich erinnere mich nicht. Ich werde in der Hölle schmoren!«, rief sie stöhnend.

»Nur wenn Sie sterben«, meinte Reese auf Spanisch. »Und das werden wir nicht zulassen. Zumindest heute nicht.«

Mel sagte: »Wir müssen ihr sofort den Magen spülen.«

Während die Assistenten alles vorbereiteten und Aktivkohle in einen Messbecher gaben, entlockte Reese der Patientin weitere Informationen: Wann hatte sie ihre letzte Periode? War sie bei einem Arzt gewesen? Wo wohnte sie?

Reese übersetzte die Antworten und überzeugte die Frau dann davon, sich hinzulegen, damit man sie an die Monitore anschließen konnte. »Ich werde mir jetzt mal Ihr Baby anschauen, okay?« Vorsichtig hob sie das Kleid an und ließ den mit Gel bestrichenen Dopplerstab über Lenas flachen Bauch gleiten, um zu versuchen, Herzgeräusche aufzunehmen.

»Ay!«, rief die Patientin. »Das ist kalt. Sie foltern mich.«

»Es tut mir leid«, erwiderte Reese. »Aber Sie müssen jetzt still sein und ruhig liegen bleiben. Wir versuchen, die Herztöne Ihres

Kindes zu hören … Da sind sie«, sagte sie, als ein leises *wupp-wupp* über den Doppler ertönte. »Das ist der Klang des Herzens Ihres Babys.«

Lena wurde auf der Liege ganz schwach und legte sich einen Arm über die Augen. »Ja«, sagte sie. »Ich höre es. Meine Mutter sagt, es ist eine Sünde, ein Baby zu bekommen, bevor ich verheiratet bin.«

Reese schwieg einen Moment, dann sagte sie: »Mütter haben nicht immer recht.« Sie schenkte dem Mädchen ein verschwörerisches Lächeln. »Auch wenn meine Mutter das glaubt. Nun kümmern wir uns aber erst einmal um Sie, und wenn Sie sich besser fühlen, kommt jemand, um mit Ihnen die verschiedenen Optionen zu besprechen.«

Sie erklärte, wie die Magenspülung funktionierte, und überredete das Mädchen, den Schlauch zu schlucken. Die Frau würgte und kämpfte, aber Reese redete weiter beruhigend auf sie ein, so wie Juanita es immer getan hatte, als Reese noch klein gewesen war und Angst vor der Dunkelheit gehabt hatte.

Kurz darauf waren Lenas Augen geschlossen, und ihre Hände lagen schlaff auf dem Laken. Mel bedeutete Reese, ihm auf den Flur hinaus zu folgen. »Das hast du gut gemacht«, sagte er. »Sie wird sehr wahrscheinlich schon bald wieder auf den Beinen sein.«

Reese dachte an die verstörte junge Frau, an ihre verängstigt dreinblickenden Augen und das seltsame, tiefe Wissen, das ihr wie eine uralte Seele innezuwohnen schien. »Bevor ihr sie entlasst, schickt jemanden vorbei, der mit ihr über ihre Möglichkeiten redet. Ich werde dolmetschen.«

»Das ist eine gute Idee«, entgegnete Mel. »Ich rufe den Sozialdienst und die Gynäkologin an.«

Momente wie dieser verschafften Reese ein Gefühl der Zufriedenheit. Als ehrgeizige Studentin im vierten Jahr war sie voller Pläne, aber auch voller Fragen. Ihre Eltern hatten ihre eigenen Pläne für sie – Aufnahme in ein Eliteprogramm an einem Krankenhaus, später der Einstieg in die Praxis, die ihre Eltern sorgsam aufgebaut hatten. Aber manchmal brach ihre Rüstung ein wenig auf und enthüllte einen Blick auf etwas anderes – vielleicht auf einen anderen Traum. Einen Traum, der ihr gehörte und nicht ihren Eltern.

Am Ende des Flurs wurde die Flügeltür aufgestoßen, und Jack Tillis, der Chef des Trauma-Zentrums, fegte hindurch. Sein Arztkittel flatterte wie ein Paar Flügel hinter ihm her. Er war von seinem Team umgeben – Ärzte, Assistenzärzte, Krankenschwestern und Techniker.

»Was habt ihr?«, fragte Mel und hob den Kopf.

»Gerade ist per Telefon eine Alarmstufe Rot angekündigt worden. Schweres Trauma, wird mit dem Helikopter eingeflogen«, antwortete einer der anderen Ärzte. »Erwartete Ankunftszeit in zwanzig Minuten.«

Reese tauschte einen Blick mit Mel. Ihr Magen zog sich erwartungsvoll zusammen. »Kann ich helfen?«

Der Arzt nickte. »Das hier willst du nicht verpassen. Einem Kind wurde bei einem Unfall auf einer Farm ein Arm abgerissen.«

Der Helikopter senkte sich vom Himmel wie ein großes metallenes Insekt. Der Wind, den seine riesigen Rotorblätter verursachten, drückte die Getreidehalme flach auf das staubige Feld. Caleb, der auf dem blutgetränkten Boden neben seinem Neffen kniete, beugte sich instinktiv über den Körper des Jungen, der auf dem gelben Rettungsbrett der Sanitäter lag. Die Schatten seiner Nachbarn und der Sanitäter fielen über ihn und verdeckten die Morgensonne. Über das gewaltige Dröhnen des Helikopters hinweg hörte er knackende Funkgeräte und Rufe, aber seine Aufmerksamkeit war ganz auf Jonah gerichtet.

Kurz zuvor war Jonah noch über das Feld gerannt, um beim Befüllen des Silos zu helfen, so wie er es schon Dutzende Male zuvor getan hatte. Und nun lag er blutend hier, sein linker Arm und sein jungenhaftes Gesicht zerfetzt von den grausamen Metallzähnen des Schredders. Und trotz seiner Verletzungen war Jonah bei vollem Bewusstsein.

Weißes Gesicht, blaue Lippen, die Augen dumpf vor Schock. Während das Leben aus ihm heraussickerte, versuchte der Junge mit klappernden Zähnen zu sprechen. »Kalt«, sagte er immer wieder. »Mir ist soooo kalt ...«

»Ich bin hier, kleiner Mann«, sagte Caleb mit vor Panik rauer Stimme. »Ich halte dich warm.«

Die Sanitäter hatten den Arm mit einem Luftpolster fixiert und Jonah eine Halskrause umgelegt. Sie hatten ihn mit allen Decken, die sie hatten, zugedeckt, aber Jonah zitterte dennoch wie ein Blatt im Wind. Nun machten sie sich bereit, ihn auf der Trage in den Helikopter zu laden.

»Sie können ihn nicht in diesem ... diesem Ding mitnehmen.« Calebs Vater trat vor und stieß seinen Hickorystab auf den Boden. »Das werde ich nicht zulassen.«

Von dem Moment an, in dem das Rettungsteam der Gemeinde erklärt hatte, dass Jonahs einzige Hoffnung zu überleben darin bestand, in ein Trauma-Zentrum in Philadelphia geflogen zu werden, hatte es in der Gemeinde Streit gegeben. Dr. Mose Shrock, der den Notdienst des örtlichen Krankenhauses leitete, war angerufen worden. Er hatte die Worte der Retter bestätigt, und Caleb hatte dem Transport ohne Zögern zugestimmt.

Jetzt war seine Miene wie versteinert, als er seinen Vater ansah. »Sie nehmen ihn mit«, sagte er nur. »Und ich erlaube es.«

»Sir, Sie müssen bitte zur Seite gehen«, rief ein Mann und wedelte mit der Hand vor Asa herum »Wir laden ihn jetzt ein, während der Helikopter noch läuft.«

»Diese Menschen werden sich um dich kümmern«, sagte Caleb zu seinem Neffen und richtete sich auf. »Ich liebe dich, Jonah. Vergiss das niemals.«

»Onkel Caleb, lass mich nicht allein.«

Trotz des ansteigenden Lärms der sich drehenden Rotorblätter hörte Caleb das schwache Flehen seines Neffen, und es versetzte ihm einen Stich mitten ins Herz.

Das Team des Rettungshubschraubers hob die Trage an, während die Pilotin den Helikopter umrundete, um sich die Startbedingungen anzusehen. Jonah ging nahezu unter in einem Stapel aus Decken und Ausrüstungen. Sein Blut war überall auf dem Boden.

»Ich begleite ihn«, entschied Caleb. »Ich muss mit ihm fliegen.«
Eine Sanitäterin in Funktionsweste sah erst ihn, dann Jonah an.

»Bitte«, sagte Caleb. »Er ist noch ein kleiner Junge.«

»Das muss die Pilotin entscheiden. Ich werde mal sehen, was sie sagt.«

Caleb drehte sich um und sah sich seinem Vater gegenüber. Asa hielt seinen Hut mit einer Hand auf dem Kopf fest, damit er nicht weggeweht wurde. Sein gerade geschnittener Mantel und die weiten Hosenbeine flatterten im Wind. Er war umgeben von Nachbarn, die alle zusammen eine ernste Mauer der Angst und des Missfallens bildeten.

Das Letzte, woran Caleb in diesem Moment dachte, war die amische Ordnung. Die aber ganz eindeutig in den Köpfen seines Vaters und der Älteren an erster Stelle stand.

»Wenn es Gottes Wille ist, dass dieser Junge überlebt«, setzte Asa an. »Dann wird er es schaffen, ohne in den Himmel gehoben zu werden.«

Caleb traute Gottes Willen schon seit langer Zeit nicht mehr. Aber er diskutierte nicht mit seinem Vater. Das hatte er ebenfalls vor langer Zeit aufgegeben.

Hannah eilte an seine Seite. Ihr Gesicht war aschfahl und tränenfeucht. »Du musst mitfliegen, Onkel Caleb. Du musst!«

Alma Troyer trat vor, die Lippen fest zusammengepresst. Sie warf einen schnellen Blick von Asa zu Hannah. »Geh nur, Caleb. Hannah kann bei mir bleiben, solange du fort bist.«

Die Sanitäterin berührte ihn am Arm. »Die Pilotin hat gesagt, Sie dürfen mitkommen.«

Caleb nickte und wandte sich an seinen Vater. »Ich rufe an.« Die Amisch-Familien teilten sich eine Telefonzelle, die mitten im Dorf stand und nur für dringende Angelegenheiten oder Notfälle benutzt werden durfte. Ohne auf eine Antwort zu warten, drehte er sich auf dem Absatz um und folgte den Sanitätern in den Helikopter.

Inmitten eines Wusts aus Schläuchen und Monitoren wurde Jonah seitlich in den glänzenden blauen Hubschrauber geschoben. »Wow, Sie sind groß. Passen Sie auf Ihren Kopf auf«, warnte ein

Techniker Caleb und zeigte nach oben. »Halten Sie sich vorne und links vom Helikopter.«

Mit den Kopfhörern auf dem Kopf musterte die Pilotin Caleb. »Sie sind aber auch ein großer Mann«, rief sie. »Wie viel wiegen Sie?«

Caleb stellte sich niemals auf die Waage. »Zweihundert Pfund«, schätzte er zögernd. Dazu maß er über eins neunzig, wenn er seine Größe anhand der Widerristhöhe der Pferde abschätzte, mit denen er arbeitete. Ja, er lief durchaus Gefahr, sich den Kopf von den Rotorblättern abhacken zu lassen.

»Das müsste mit unserer Gewichtsbegrenzung noch hinkommen«, sagte die Pilotin. »Starten wir.«

Der Techniker legte Caleb eine Hand auf die Schulter und führte ihn an Bord. Jemand warf ihm seinen Hut zu. Im Helikopter zeigte man ihm, wo er sich hinsetzen konnte und wie man sich anschnallte. In dem beengten Raum war er Jonah nahe genug, um ihn zu berühren, aber Caleb wusste nicht, wo. Also legte er seine Hand auf den Fuß des Jungen. Selbst durch die dicken Lagen an Decken spürte er, wie kalt er war.

»Jonah«, sagte er. »Hörst du mich? Ich komme mit dir.«

Ihm wurde ein Headset mit gummiartigen Ohrstöpseln gegeben. Es knackte und quietschte in der Leitung. Die an den Jungen angeschlossenen Überwachungsmonitore piepten, Gurte und Klammern wurden festgezurrt. Dann stülpte jemand Jonah eine Maske über Mund und Nase, und einer der Sanitäter drückte in stetem Rhythmus eine Art Blasebalg. Innerhalb weniger Minuten wurden die Türen zugezogen. Die Pilotin ratterte eine Reihe von Befehlen hinunter, während sie gleichzeitig die Instrumente im Cockpit checkte und einige Knöpfe und Hebel betätigte. Mit einem machtvollen Dröhnen nahmen die Rotorblätter Geschwindigkeit auf, und der Helikopter hob vom Boden ab.

Calebs Magen hob sich ebenfalls, und das Atmen fiel ihm schwer. Durch ein rundes Fenster sah er die Menschen, die sich am Landeplatz versammelt hatten. Nachbarn und Freunde, sein Vater, der immer noch seinen Hut auf dem Kopf festhielt. Sie wurden immer kleiner, je höher der Helikopter stieg, bis sie schließlich nur noch wie eine schwarz-graue Wolke vor den goldenen Feldern aussahen. Hannah lag zusammengesackt auf dem Boden, ihr Rock breitete sich wie ein Tintenfleck um sie aus. Jemand hätte zu ihr gehen, ihr eine Hand auf die Schulter legen, sie trösten sollen. Aber niemand tat es.

Im Bruchteil einer Sekunde hatte der Hubschrauber das Silo passiert, doch Caleb erhaschte noch einen Blick auf das Transportband, das zur Öffnung führte, wo die Schreddermaschine stand. Auf dem Boden, auf der grünen und braunen Erde, auf der sich die Farm seit Generationen befand, sah er die grellen Flecken vom Blut seines Neffen, die ihn in ihrer Anordnung an einen zerbrochenen Stern erinnerten.

Die Rettungsärztin übermittelte Informationen über das Funkgerät, die Caleb kaum verstand. Jonahs Blutdruck und Atmung, der fehlende Puls auf der verletzten Körperseite. Andere Details wurden in einem so schnellen Code übermittelt, dass er nicht folgen konnte. Ein Wort jedoch drang klar und verständlich zu ihm durch.

Unvollständige Amputation am Oberarmknochen.

Amputation.

Der Helikopter neigte sich zur Seite. Caleb presste die Hände gegen das Dach. Sein Magen zog sich zusammen. Ein weiteres Gefühl durchdrang die Panik, die er empfand, ein so mächtiges Gefühl, dass er sich dafür schämte. Denn mitten in diesem katastrophalen Albtraum verspürte er eine nicht zu leugnende Aufregung. Er war hoch in der Luft, schwebte über der Erde, er *flog*.

Sein ganzes Leben lang hatte er versucht, sich vorzustellen, wie es wäre zu fliegen, und nun tat er es. Bislang war das Erlebnis großartiger und beängstigender, als er es sich je hätte ausmalen können. Das Land lag in Quadraten von unterschiedlichen Grün-, Gelb- und Braunschattierungen unter ihm, durchzogen von Wegen und Abwassergräben. Der Shady Creek war ein glitzerndes silbernes Band, das von Bäumen gesäumt war. Es gab Spielzeughäuser, die durch Bürgersteige miteinander verbunden waren, und weiße Lattenzäune. Auf der schmalen, einspurigen Straße zog ein Pferd einen Buggy. Selbst aus dieser Höhe erkannte Caleb, dass es sich um das Shire Horse der Zooks handelte, denn er kannte praktisch jedes Pferd in Middle Grove.

Der Helikopter flog so schnell, dass der Ausblick sich alle paar Sekunden veränderte. Die Ärztin drückte ein paar Knöpfe an einem Apparat. »Sir«, sagte sie zu Caleb. »Ich muss Ihnen ein paar Fragen zu Ihrem Sohn stellen.« Durch die Kopfhörer klang ihre Stimme blechern und weit entfernt.

Er hatte keine Zeit zu erklären, dass Jonah nicht sein Sohn war.

»Ja, sicher.« Auf ihre Fragen hin nannte er ihr Jonahs Namen, sein Alter und dass er, soweit Caleb wusste, keine Allergien hatte. Sie wollte verstehen, wie es zu dem Unfall gekommen war, und er bemühte sich, ihr die Funktion der Maschine so gut es ging zu erklären – dass die Klingen die Maiskolben zerhackten und in das Silo bliesen, dass sich manchmal ein Stück verhakte und mit dem nächsten Stängel angeschoben werden musste. Der Gesichtsausdruck der Frau verriet ihm, dass seine Erklärung für sie genauso unverständlich war wie ihr medizinischer Jargon für ihn. Und er sah noch etwas auf ihrem Gesicht, nämlich die Frage, die sie nie stellen würde.

Wie kann man ein Kind an einer so gefährlichen Maschine arbeiten lassen?

Die Antwort darauf wusste Caleb auch nicht. So war es auf der Farm eben schon immer gewesen. Von dem Moment an, in dem sie laufen konnten, halfen die Kinder mit. Die Kleinsten fütterten die Hühner und Enten, zupften Unkraut, ernteten Tomaten und Bohnen. Wenn ein Junge älter wurde, half er mit Pflug und Egge, der Heuballenpresse, beim Binden der Garben, beim Einholen der Milch aus dem Milchhaus – kurz, bei allem, was getan werden musste. Das war der Weg der Amischen. Und der Amische Weg bedeutete, die Traditionen niemals zu hinterfragen.

Er wollte nach seinem Neffen schauen, aber zwischen den Schläuchen und Kabeln und dem Mann, der ihm das Beatmungsgerät auf Mund und Nase presste, war von Jonah kaum etwas zu sehen. Der Helikopter neigte sich wieder, und erneut veränderte sich die Landschaft. Philadelphia war ein verwirrendes Labyrinth aus Stahl und Betongiganten, die sich entlang des breiten Flusses und anderer Wasserwege hinzogen. Die Stadt hatte eine ganz eigene Schönheit. Sie bestand aus versteckten Winkeln und viel befahrenen Straßen. Auf einem der Gebäude schien eine Reihe von Markierungen den Helikopter wie ein Magnet anzuziehen.

»Sie werden ihn heiß entladen«, erklärte die Ärztin. »Das bedeutet, sie holen ihn raus, bevor die Rotorblätter zum Stillstand gekommen sind. Sie warten bitte, bis die Pilotin Ihnen sagt, dass Sie aussteigen können.«

»Verstanden.« Caleb war überrascht, als er den Blick senkte und sah, dass er seinen Hut immer noch in seiner blutigen Hand hielt.

Seine andere Hand lag auf der Decke, die Jonahs knochigen, nackten Fuß bedeckte. Bitte, Jonah, flehte er stumm, stirb nicht.

Die Amischen beteten nur auf ihren Versammlungen laut. Sie waren ein Volk des langen, meditativen Schweigens, was die Menschen in der Außenwelt oft dazu verführte, sie für etwas zurückgeblieben zu halten. Caleb flehte in wortloser Kontemplation um Gnade für seinen Neffen.

Er ist nur ein kleiner Junge. Er singt den Enten etwas vor, wenn er sie morgens füttert. Er schläft mit dem Hund am Fuß seines Betts. Jedes Mal, wenn er lächelt, kommt die Sonne heraus. Sein Lachen erinnert mich daran, dass das Leben schön ist. Ich darf ihn nicht verlieren. Das geht einfach nicht. Nicht meinen Jonah-Jungen.

Caleb betete zum ersten Mal seit Jahren. Für ihn fühlte sich Beten immer an, als würde er in einen Brunnen rufen – die eigenen Worte hallten zu einem zurück. Nur die wahrhaft Gläubigen glaubten, dass am anderen Ende tatsächlich jemand war, der zuhörte.

3. Kapitel

In Philly gab es zahlreiche Notfälle, und Reese war bei vielen von ihnen im Einsatz gewesen. Meistens handelte es sich um Schusswunden, Messerstechereien und Autounfälle. Aber ab und zu kam etwas Neues, Unerwartetes durch die schweren Türen der Notaufnahme – ein Junge, der bei einem Wettbewerb im Baumstammrollen beinahe zerdrückt worden wäre. Ein Fensterputzer, der vom Gerüst gefallen war. Ein Fallschirmspringer, dessen Schirm sich nicht richtig geöffnet hatte und der daraufhin mit fünfundsiebzig Meilen pro Stunde auf dem Boden aufgeprallt war.

Diese dramatischen Unfälle hatten einen besonderen Effekt auf das Team. Jeder spürte, wie nah sie am Abgrund standen, und wurde daran erinnert, dass der Tod in jeder Sekunde lauerte. Das einzige Ziel des Teams war es, das Opfer von diesem Abgrund zurückzuziehen.

Laut den Vorabberichten, die aus dem Helikopter übermittelt worden waren, hatte auch dieser Junge am Abgrund balanciert. Auf der einen Seite war er jung und stark und von guter Gesundheit. Auf der anderen Seite hatte er eine verheerende Verletzung erlitten und viel Blut verloren. Wenn der Schock ihn nicht umbrachte, könnten es eine Sepsis oder sekundäre Verletzungen tun.

»Sie bringen ihn jetzt runter«, berichtete die leitende Schwester des Trauma-Zentrums.

»Macht euch bereit, Leute«, rief Jack. Der Leiter des Trauma-Zentrums führte das Team wie ein Feldwebel und bereitete den High-Tech-Untersuchungsraum mit akribischer Sorgfalt vor. Beatmungsgerät, Infusionen, Überwachungsgeräte, notwendiges Personal. Dazu hielt er die Kollegen aus dem Labor und der Radiologie auf Abruf. Als alles bereit war, erinnerte der Raum an eine futuristische Kathedrale, in deren Mitte das Bett wie ein Altar thronte, auf den das Opfer gebettet wurde, um den Pantheon rachsüchtiger Götter zu besänftigen.

Die letzten Augenblicke verliefen schweigend. Eine erwartungsvolle Spannung lastete auf den Teammitgliedern, und die Bleiwesten gegen die Röntgenstrahlen lagen ihnen schwer auf den Schultern. Jeder war mit seinen Gedanken allein – der Leiter des Teams, der Oberarzt, die Anästhesisten, die Schwestern und Pfleger, der Radiologe, der Apotheker, die Helfer, der Kaplan. Reese stellte sich vor, dass einige von ihnen beteten. Sie selbst klammerte sich an ihr Mantra: das Richtige tun.

Die Teammitglieder standen auf ihren jeweiligen Positionen bereit. Reese spürte, wie ihr das Adrenalin durch die Adern schoss. Es begann in ihrer Brust und breitete sich über ihren Hals, ihre Schultern, ihre Arme und Beine aus. Sie verstand, wie der menschliche Körper funktionierte, aber gewisse Dinge konnte kein Lehrbuch angemessen beschreiben, zum Beispiel den schwindelig machenden Rausch der Erwartung.

Oder eiskalte Angst.

Während ihrer Zeit in der Notaufnahme hatte sie gelernt, dass hier beinahe keine Zeit blieb, um nachzudenken. Auch wenn ihr Kopf voll war mit Fakten und Abläufen, schaltete sie alles ab, was nicht dazu diente, ihrem Patienten zu helfen. Während der Behandlung eines Notfallpatienten empfand sie weder Hunger noch Müdigkeit oder den Drang, zur Toilette zu gehen. Sie konzentrierte sich so sehr, dass sie nicht einmal etwas fühlte – ein Umstand, der ihr Sorgen bereitete.

Mel meinte, es sei eine gute Sache. Wenn ein Patient kam, brauchte der Arzt kalte Ratio und kein Mitgefühl. Er hatte ihr vorgeschlagen, sich für eine Stelle in der Notaufnahme zu bewerben, aber sie hatte abgelehnt. Ihr Ziel lag woanders.

Aber in Augenblicken wie diesen ertappte sie sich dabei, ihre Entscheidung zu hinterfragen.

»Behalte Jack im Auge«, murmelte Mel an ihrem Ohr. »Sieh zu und lerne. Er ist der Meister.«

Reese nickte. Noch ein paar Augenblicke der angespannten

Erwartung, dann wurden die schweren Türen aufgestoßen, und der Patient wurde hereingerollt.

»Er kommt«, sagte ein Sanitäter. Er ging rückwärts und zog die Trage durch den Flur, der mit einer roten Linie auf dem Boden und dem Wort *Notaufnahme* markiert war. »Weg freimachen.« Weitere Sanitäter rannten neben der Trage her und bereiteten sich auf die Verlegung des Patienten auf das Bett im Untersuchungsraum vor. Reese reckte den Kopf, konnte den Jungen aber zwischen dem Gewirr aus Personal und Ausrüstung nicht sehen – sie erhaschte nur einen Blick auf eine Halskrause und zwei blutgetränkte Vakuumschienen.

Hinter der Trage lief ein Mann, der so groß war, dass alle anderen wie Zwerge erschienen. Sein Hemd und seine Hände waren blutbefleckt. Seine Miene unter dem dichten Schopf aus goldenen Haaren war eine gequälte Maske der Sorge – ein Mann, der sich dem schlimmsten Albtraum aller Eltern gegenübersah.

Die Trage wurde in die Mitte des Traumaraums geschoben, und das Team machte sich an die Arbeit.

»Wie schlägt er sich?«, fragte Jack und stellte sich ans Fußende des Betts.

»Nicht so gut.« Irene, die Sanitäterin aus dem Hubschrauber, trat von der Trage zurück, warf einen Blick auf ihr Tablet und gab eine kurze Zusammenfassung – erlittene Verletzung, Vitalfunktionen, Behandlung. Sie gab an, dass dem Jungen Blutgerinnungsmittel gegeben worden waren, um das Risiko des Verblutens zu verringern. Monitore piepten und kreischten, als der Patient auf den Röntgentisch gehoben wurde. In der Ecke blinkten die grünen und goldenen Lichter eines Servers.

Reese versuchte, das Gesicht des Jungen zu erkennen, das von einer durchsichtigen Maske über Mund und Nase bedeckt war. In einer Wange hatte er tiefe Schnitte, als hätte ein riesiger Bär ihm seine Krallen ins Gesicht geschlagen. Seine Augen waren blau, und sein Blick schoss hin und her.

»Guter Gott«, flüsterte sie. »Er ist bei Bewusstsein.«

»So ist es schon von Anfang an«, bestätigte Irene. »Du bist ein toller Junge, Jonah. Du machst das super.«

»Ich bin Dr. Tillis«, stellte Jack sich vor und sah den Jungen an. »Wir werden uns gut um dich kümmern.«

Unter der Maske bewegten sich die Lippen des Jungen, und das Plastik beschlug. Er weinte nicht. Reese vermutete, dass der Schock ihn weit über diesen Punkt hinausgeschossen hatte.

»Okay«, sagte Jack. »Schauen wir uns deinen Arm mal an.«

Der Verband wurde abgenommen und der Arm freigelegt. Selbst die erfahrenen Mitglieder des Teams staunten über die Verletzung. Es war eine grauenhafte Wunde. Das Gewebe und die Knochen waren so schlimm zugerichtet, dass es schon wehtat, nur hinzusehen.

Er hat zu keinem Zeitpunkt das Bewusstsein verloren, dachte Reese. Was für ein Kind war dieser Junge?

»Jonah, kannst du die Finger an deiner linken Hand bewegen?«, fragte Dr. Tillis.

Die Hand rührte sich nicht.

»Wie wäre es mit einem Daumen hoch oder einem Okay-Zeichen?«, schlug Tillis vor. »Kannst du das?«

Der Junge kniff in schmerzhafter Konzentration die Augen zusammen, doch es rührte sich immer noch nichts. Alle Nerven waren durchtrennt oder angerissen. »Komplette Ablation«, murmelte jemand. »Oh Mann …«

»Powell, komm näher«, sagte Dr. Tillis. »So etwas sieht man nicht alle Tage. Entferne die Kleidung der unteren Extremitäten und nimm ihm Blut ab.«

Der Großteil der Kleidung des Jungen war schon weg – entweder von den Sanitätern abgeschnitten oder beim Unfall zerrissen. Seine magere Brust und seine Hüfte waren so blass wie Marmor. Er trug weiße Boxershorts, die vom Waschen einen Grauschleier hatten und die sie nun mit der Schere zerschnitt, wobei sie nach weiteren Verletzungen Ausschau hielt. »Keine Anzeichen von Trauma im Hüftbereich«, sagte sie.

Dann säuberte sie die Stelle mit Desinfektionsmittel und ertastete die Oberschenkelarterie mit den Fingern. »Gleich pikt es kurz, Jonah«, sagte sie und kam sich sofort albern vor, ihn vor einem kleinen Einstich zu warnen, während sein Arm in Fetzen lag.

Sie setzte die Nadel im richtigen Winkel an, und schon füllte sich das Röhrchen mit hellrotem Blut. Während ein anderer Student Druck auf die Stelle ausübte, beschriftete Reese das Röhrchen ordentlich und reichte es dem Labortechniker.

Jack gab Befehle für weitere Untersuchungen und zur Schmerzbehandlung, für Röntgenaufnahmen und warme Decken und eine Urinanalyse. Reese überkam der Drang, den Jungen irgendwie, irgendwo zu berühren, aber sie konzentrierte sich darauf, den Anweisungen zu folgen. Infusionen wurden gelegt, und sofort flossen die Flüssigkeiten und Medikamente in die Venen des Jungen. Reese war nicht sicher, ob sie es sich nur einbildete, aber sie glaubte, der Junge schaute sie direkt an, als sie sich vorbeugte und ein Kabel überprüfte. Dann fielen ihm die Augen zu. Sie wünschte, sie hätte ihn berührt.

Schnell wurde Jonah Stoltz für die Operation vorbereitet, und jedes Mitglied des Teams übernahm seinen Part. Sie säuberten und versorgten die Wunden, scannten und testeten den schmalen Jungen, stabilisierten ihn so gut es ging und suchten nach sekundären Verletzungen. Drei Stockwerke weiter oben bereiteten sich die Chirurgen des OP-Teams auf die wahrscheinlichste Maßnahme vor – eine Amputation. Das Bett wurde in den glänzenden Edelstahlfahrstuhl geschoben.

Mit einem leisen Quietschen schlossen sich die Türen, und Schweigen senkte sich über den Traumaraum. Im Vakuum der Stille erlosch der Adrenalinrausch.

Die Menschen in der Notaufnahme – vor allem die Mitglieder des Trauma-Teams – gingen nur eine kurze, aber lebenswichtige Beziehung mit den Patienten ein. Sie wussten lediglich die notwendigsten Details über die Ursache der Verletzungen, und in dem Wirbel aus totaler Konzentration und Aufmerksamkeit war der Patient der Mittelpunkt ihres Universums. Doch sobald der Patient in den OP gebracht wurde, widmeten sie sich wieder anderen Aufgaben. Es gab keinen Abschluss. Sie erhielten immer nur einen Blick auf einen Ausschnitt der Erzählung, aber nie auf die ganze Geschichte.

Der Raum leerte sich schweigend. Das eben noch blitzblanke

Untersuchungszimmer sah jetzt aus wie ein Schlachtfeld. Mitarbeiter strömten herein, um Ordnung zu schaffen und sauber zu machen. Reese schaute sich in dem Raum um und erblickte etwas auf dem Boden – einen Penny, der auf einer Eisenbahnschiene oder vielleicht in einer dieser Maschinen flach gedrückt worden war. In das Kupfer waren die Worte *Old Blakeslee Sawmill* eingeprägt.

Sie steckte den Penny in die Tasche ihres Kittels. Dann ging sie in den an die Notaufnahme angrenzenden Garten hinaus, wo eine kleine Sitzgruppe für die Mitarbeiter stand. Von hier aus konnte sie den Fluss sehen, dessen Ufer von grünen Parks gesäumt war, in denen Kinder Frisbee spielten, Menschen in der Sonne auf dem Rasen lagen, Touristen umherschlenderten und Radfahrer vorbeisausten.

Sie dachte an den Jungen, der soeben in den OP gebracht worden war, und erschauerte. Am Ende des Gartens stand eine der Schwestern aus der Notaufnahme. Sie war allein, rauchte eine Zigarette und starrte ins Nichts, während sie den Rauch in die warme, regungslose Luft blies. Reese verurteilte sie nicht für ihre schlechte Angewohnheit, und sie erinnerte sie auch nicht an das Rauchverbot, das auf dem Gelände galt. Jeder fand seine eigene Art, mit den dramatischen Fällen umzugehen. Einige mussten reden und das übermäßige Adrenalin in Gesprächen loswerden, andere blieben still, schienen in einem See der stummen Nachdenklichkeit versunken zu sein, bis sie ihr inneres Gleichgewicht wiedererlangt hatten.

Reese war noch dabei zu erforschen, wie sie mit den traumatischen Erfahrungen umging, aber vermutlich würde ihre Zeit hier enden, bevor sie es herausgefunden hatte. Sie dachte über den Vorfall nach und versuchte, ihn in den Kontext ihrer langfristigen Ziele einzubetten.

Solange sie sich erinnern konnte, hatte sie sich auf diese Karriere vorbereitet. Sie konnte sich nicht einmal daran erinnern, sich für diesen Weg entschieden zu haben. Vielleicht hatte der Weg sich für sie entschieden. Oder genauer gesagt: Er war für sie entschieden worden. Manchmal kam sie sich vor wie eine Fremde in ihrem eigenen Leben. Rip Van Winkle, der zwanzig Jahre später in der Zukunft aufwachte. Sie blinzelte, schaute sich um und fragte sich, wie zum Teufel sie nur hier gelandet war.

Auf dem Papier war ihre Reise so klar wie ein eingezeichneter Streckenverlauf auf einer Landkarte. Ihre Eltern waren Ärzte und wahnsinnig erfolgreich auf ihren Gebieten – Behandlung von Unfruchtbarkeit und Neugeborenenmedizin. Ihr Vater hatte einen hoch dotierten Posten an der Penn University. Hector und Joanna Powell waren für ihre bahnbrechende Arbeit bekannt, und Reese war ihr erfolgreichstes Experiment von allen. Sie war künstlich gezeugt worden und das Ergebnis einer In-vitro-Fertilisation. Ihr Dasein verdankte sie einzig den Anstrengungen und der Expertise ihrer Eltern.

Darüber dachte sie nicht allzu oft nach, aber ab und zu weckte die Art ihrer Entstehung in ihr das Gefühl … anders zu sein. Auf der einen Seite wusste sie, dass sie so verzweifelt gewünscht gewesen war, dass ihre Eltern unglaubliche medizinische Qualen auf sich genommen hatten, um sie auf die Welt zu bringen. Auf der anderen Seite war der Gedanke, dass ihr Leben in einer Petrischale begonnen hatte, seltsam.

Ihre Eltern hatten sie auf die besten Schulen des Landes geschickt, was sie sich dank ihrer Bemühungen um andere unfruchtbare Paare hatten leisten können. Dass Reese Ärztin würde, war von Anfang an beschlossene Sache gewesen. Nachdem sie ihr Grundstudium abgeschlossen hatte, hatte sie direkt ihr AiP-Programm angefangen und schoss jetzt gerade wie ein Pfeil auf eine Karriere in der Kinderchirurgie zu – die perfekte Ergänzung für die Praxis ihrer Eltern. Fünf Jahre in der allgemeinen Chirurgie, gefolgt von zwei Jahren in der Kinderchirurgie, würden sie direkt in den Schoß ihrer Eltern führen.

Manchmal verursachten ihr die Gedanken an den Weg, der vor ihr lag, Kopfschmerzen.

Mel kam heraus, und seine freundliche, leicht zerzauste Erscheinung war eine willkommene Unterbrechung ihrer Grübelei. Er war ein guter Arzt und ein guter Tutor – und glücklich verheiratet, wofür sie dankbar war, denn so bestand keine Gefahr, von ihm angemacht oder nachts im Pausenraum befummelt zu werden. Das hatte sie während des Studiums viel zu oft erlebt.

»Also, was denkst du über das eben?«, fragte er. »Ziemlich intensiv, oder?«

»Ja. Das Team ist unglaublich.« Sie schüttelte den Kopf. »Der arme Junge. Sein Leben wird nie wieder das gleiche sein.«

»Die Sanitäterin aus dem Helikopter meinte, er sei ein Amischer.«

Mit gerunzelter Stirn verarbeitete Reese diese Information. Vor ihrem inneren Auge sah sie von Pferden gezogene Kutschen, Frauen mit Hauben auf dem Kopf, barfüßige Kinder. »Wirklich? Wie kommt es dann, dass er von einer Maschine verletzt wurde? Ich dachte, die Amischen würden alles per Hand machen.«

Er zuckte mit den Schultern. »Wie es aussieht, wohl nicht alles. Aber die Sanitäterin sagte, die Nachbarn und ein Teil der Familie hätten einen Riesenaufstand wegen des Helikopters gemacht. Sie wollten nicht, dass der Junge fliegt. Das widerspricht einer ihrer Regeln.«

»Ich bin froh, dass der Vater diese Regel trotzdem gebrochen hat. Ist deswegen die Presse aufgetaucht?« Sie wies zum Parkplatz, wo gerade Kabel und Ausrüstungen aus Übertragungswagen geholt und die Reporter für ihren Auftritt vor der Kamera zurechtgemacht wurden. So ein Unfall wie der des Jungen wurde im Krankenhaus »Drama-Trauma« genannt – ein außergewöhnlicher und oft tragischer Unfall, der die örtliche Presse anzog und in den sozialen Medien einen Sturm entfachte.

»Vermutlich«, erwiderte Mel. »Die Presseabteilung des Krankenhauses wird sich darum kümmern.«

»Gut. Das Letzte, was die Familie jetzt gebrauchen kann, ist, von den Medien gejagt zu werden.« Sie blickte durch die breiten Fenster ins Gebäude hinein. In den Untersuchungszimmern und im Wartebereich der Notaufnahme saßen die Menschen ängstlich zusammen oder liefen rastlos im Flur auf und ab. Ein großer blonder Mann, so aufrecht und still wie ein Baum an einem windlosen Tag, schaute hinaus. Sein Gesicht wirkte wie aus Stein gemeißelt.

Reese runzelte die Stirn. »Ist das nicht der Vater?«

»Ja, ich glaube schon.«

»Warum ist er nicht oben beim OP?«

Wieder zuckte Mel mit den Schultern. »Vielleicht hat es ihm niemand gesagt?«

Reese verspürte einen Anflug von Genervtheit. Ein großes Krankenhaus war auf viele Arten ein Wunder. Aber manchmal rutschte etwas durch die Maschen. »Verdammt. Ich gehe zu ihm und sage ihm, wo der Wartebereich der Chirurgie ist.«

Mel nickte, und Reese kehrte ins Gebäude zurück. Mit seiner dunklen Kleidung und dem flachkrempigen Hut in der Hand wirkte der Vater des Jungen hier in dem High-Tech-Trauma-Zentrum vollkommen fehl am Platz. Auf seinem Hemd, an seinen Händen und Stiefeln klebte Blut. Dieser Mann hatte seine Prinzipien beiseitegeschoben, um den Jungen zu retten, aber diese Entscheidung forderte offenbar ihren Tribut, denn er sah elendig aus.

Mitleid mit dem Mann stieg in ihr auf. Dank des Berufs ihrer Eltern waren Krankenhäuser für sie immer eine vertraute Umgebung gewesen, der Ort, an dem die beiden arbeiteten. Für die meisten Menschen war es jedoch eine fremde und unfreundliche Welt.

»Entschuldigen Sie«, sagte sie. »Sind Sie der Vater von Jonah Stoltz?«

Der Mann drehte sich um. Er trug nicht den Backenbart, den sie mit den Männern der Amischen in Verbindung brachte. Blonde Männer schienen immer jünger zu wirken, als sie waren. Als wären sie aus einem anderen Holz geschnitzt als der Rest der Menschheit. Er hatte die gleichen klaren blauen Augen wie der Junge, und sein Mund war aus unterdrückter Angst zu einer grimmigen Linie zusammengepresst.

»Ich bin Caleb Stoltz«, sagte er mit voller, ruhiger Stimme. »Jonahs Onkel.«

»Ich bin Reese Powell.« Ihr Mitgefühl für den Mann schwoll an, vermutlich, weil er so einsam wirkte. »Werden seine Eltern bald eintreffen?«

»Seine Eltern sind tot.« Die offenen Worte fielen schwer in das Schweigen zwischen ihnen.

»Oh … das wusste ich nicht.« Die Wärme in ihrer Kehle wurde zu einem schmerzhaften Brennen. Sie fragte sich, ob sie wohl durch einen schrecklichen Unfall auf der Farm aus dem Leben gerissen worden waren. Kam so etwas in den Amisch-Gemeinden häufiger vor?

»Ich ziehe Jonah jetzt für sie auf«, sagte er und schaute kurz auf ihren Namen und das Logo der Universität, die auf ihren Kittel gestickt waren. »Gibt es etwas Neues? Wie geht es ihm?«

»Mr. Stoltz«, sagte sie. »Hat jemand Ihnen Bericht über Jonahs Zustand erstattet? Haben Sie mit einem Sozialarbeiter gesprochen?«

»Man hat mir nur gesagt, er müsse operiert werden. Ich habe die entsprechenden Papiere bereits unterzeichnet.«

Hatte sich denn niemand die Mühe gemacht, diesem Mann zu erklären, was passierte? Reeses Verärgerung kehrte zurück. »Das Trauma-Team hat ihn stabilisiert, bevor er in den OP hinaufgebracht wurde. Der befindet sich in einem anderen Teil des Krankenhauses. Wenn Sie möchten, begleite ich Sie zum Wartebereich.«

»Ja«, entgegnete er. »Okay. Ich werde dort so lange warten, wie es nötig ist.« Als er sprach, fielen Reese zwei Dinge an ihm auf. Zum einen lag eine seltsame Steifheit in seiner Haltung. Zum anderen war sein Blick, wenn er sie ansah, ganz ruhig.

Sie ging mit ihm zum Fahrstuhl. Auf dem Weg ernteten sie ein paar Blicke, als den Leuten seine Größe, die blutige Kleidung und der Hut aus geflochtenem Stroh, den er in seinen großen Händen hielt, auffielen. Er war hier wirklich vollkommen fehl am Platz. Aber andererseits war es vielleicht nicht schlecht, in der Notaufnahme fehl am Platz zu sein.

Reese drückte den Knopf, um den Fahrstuhl zu rufen, und wenige Sekunden später öffneten sich die Türen. Sie hatte gedacht, dass der Mann vielleicht zögern würde, bevor er eintrat, aber das tat er nicht. Sie drückte auf den Knopf fürs vierte Stockwerk, und der Lift glitt nach oben.

Da sie nicht wusste, was sie sagen sollte, begnügte sie sich damit, ihn heimlich zu mustern. Er hatte seine Hände an die Wand gelegt, als wollte er sich abstützen, und sein Blick ruhte fest auf den nacheinander aufleuchtenden Knöpfen. Reese wusste nicht viel über die Amischen, aber ihre Kleidung war unverkennbar – Hosen ohne Bügelfalten oder Umschlag, ein schlichtes weißes Hemd mit aufgerollten Ärmeln, Hosenträger, ein breitkrempiger Hut und Arbeitsstiefel.

Reese empfand etwas, das sie nicht einordnen konnte. Überraschung vielleicht, gepaart mit warmherzigem Mitgefühl. Er war absolut bemerkenswert. Er hatte ein Gesicht, das sie niemals vergessen würde, so perfekt wie das Meisterstück eines Künstlers mit kantigem Kiefer, hohen Wangenknochen und durchdringenden Augen.

Er ertappte sie dabei, wie sie ihn anstarrte, und sie spürte, wie ihr die Röte in die Wangen schoss. »Mein Kollege hat mir gesagt, Sie seien von den Amischen.«

»Das stimmt.«

Amisch. Was wusste sie über diese Gruppe? Quilts und Bonnets. Die einfachen Menschen. »Wo wohnen Sie? Drüben im Lancaster County?« Die Gegend war für ihre Amische Gemeinde bekannt. Am Wochenende unternahmen die Stadtbewohner oft Ausflüge, um sich auf den Märkten und Handwerksausstellungen umzuschauen, die hausgemachten Köstlichkeiten zu probieren und in gemütlichen Gästehäusern zu übernachten. Reese hatte das nie getan. In ihrer freien Zeit lernte sie, oder sie traf sich mit Menschen, von denen ihre Eltern glaubten, sie müsse sie kennenlernen. Nur ganz selten fand sie Zeit, um auf ein Date zu gehen.

Er schüttelte den Kopf. »Nein, nicht in Lancaster. Wir leben nordwestlich von hier in einem Ort namens Middle Grove.«

»Die Sanitäterin hat mir gesagt, Sie seien im Helikopter mitgeflogen«, sagte sie. »War das Ihr erster Flug?«

»Ja, das war er. Es gibt Regeln, die das Fliegen verbieten«, antwortete er. »Ich verstehe das. Aber ich habe Regeln dagegen, einen kleinen Jungen verbluten zu lassen.«

Die Qual, die sie in seiner Stimme hörte, ließ Reese innerlich zusammenzucken. »Ich bin sicher, alle stimmen darin überein, dass Sie die für Jonah beste Entscheidung getroffen haben.«

»Ich bin mir dessen überhaupt nicht sicher«, gab er zurück und bedachte sie mit einem düsteren Blick.

Diese Unterhaltung läuft ja großartig, dachte Reese. Nun, sie hatte Besseres zu tun, als Small Talk mit diesem Typen zu halten. Als der Fahrstuhl im vierten Stock anhielt, geleitete sie den Mann am Schwesternzimmer vorbei in den Wartebereich, der mit grünen Sofas, niedrigen Tischchen, hoffnungslos zerfledderten Zeitschriften und Büchern eingerichtet war. Über einen großen Monitor liefen verschlüsselte Information zum Stand der gerade stattfindenden Operationen.

»Machen Sie es sich bequem«, sagte sie. »Ich sage im Schwesternzimmer Bescheid, dass Sie wegen Jonah hier sind.«

»Okay. Danke.« Er machte keine Anstalten, sich zu setzen.

»Nun«, sie zog sich langsam zurück, »ich weiß, dass man sich hier ausgezeichnet um Jonah kümmert. Unsere Chirurgen sind die besten des Landes.«

Er nickte nur kurz. Sie konnte ihm seine Skepsis bezüglich so einer Plattitüde nicht vorwerfen. In jedem anderen Krankenhaus würde man vermutlich das Gleiche behaupten.

Sie eilte zum Schwesternzimmer. Die drei anwesenden Krankenschwestern standen nebeneinander am Tresen und starrten Caleb Stoltz mit offen stehenden Mündern an. Unter anderen Umständen hätte Reese über ihre sichtbare Begeisterung gelacht.

»Dieser Mann ist …«

»Ein wahrer Augenschmaus«, sagte eine der Schwestern.

»Er ist Mr. Stoltz«, setzte Reese neu an und senkte die Stimme. »Caleb. Er ist der Onkel und gesetzliche Vormund von Jonah Stoltz.«

Eine der Schwestern, auf deren Namensschild *ALICE* stand, schaute zum Monitor. »Der Junge ist in OP sieben.« Sie bedachte Reese mit einem abschätzenden Blick. Medizinstudenten erkannte man an ihren kurzen weißen Kitteln, und sie besaßen keine besonderen Privilegien.

»Es wäre schön, wenn ihn jemand auf dem Laufenden halten könnte, ja? Ich habe ihn ganz verloren im Wartezimmer der Notaufnahme gefunden. Zeigen Sie ihm bitte, wie er seinen Neffen auf dem großen Bildschirm beobachten kann.«

»Wird erledigt.«

Schnell kehrte sie zum Fahrstuhl zurück und wäre beinahe mit Caleb Stoltz zusammengestoßen. Er war so nah, dass ihr sein Geruch nach Schweiß und Blut und Sonnenschein in die Nase stieg, dessen Intensität sie nervös machte.

»Äh, die Schwestern hier können alle Ihre Fragen …«

»Ich möchte Blut spenden«, sagte er leise. »Für den Fall, dass Jonah es braucht.«

In der Notaufnahme hatten sie dem Jungen schon mehrere Blutkonserven gegeben. Der leitende Arzt hatte Jonah für stabil erklärt, aber bei einer OP konnte alles Mögliche passieren. Reese schaute zu den Schwestern hinüber, die alle einen sehr beschäftigten Eindruck machten.

»Ich kann Ihnen den Weg zur Blutbank zeigen«, schlug sie vor.

»Danke«, erwiderte er. »Das weiß ich sehr zu schätzen.«

Auf dem Weg zum Fahrstuhl zögerte sie kurz. »Warten Sie einen Moment. Ich besorge Ihnen frische Kleidung zum Wechseln.«

Sie ging in eine Wäschekammer und fand einen Satz OP-Kleidung in großer Größe.

»Das sollte für den Moment reichen«, sagte sie und deutete auf die Herrentoilette. »Ihre Kleidung können Sie in diesen Beutel stecken.«

Er zögerte und starrte einen Moment auf sein hoffnungslos verschmutztes Hemd und die Hose. »Ich schätze, ich sehe aus, als hätte ich gerade ein Schwein geschlachtet.«

»Das kann ich nicht beurteilen, aber hierin werden Sie sich wohler fühlen.«

Während er sich umzog, checkte sie ihre Nachrichten. Eine Erinnerung an das Abendessen mit ihren Eltern. Lerngruppe um neun – der zweite Schritt auf dem Weg zu ihrer Zulassung als Ärztin war nicht mehr weit: ein Test ihres medizinischen Wissens und ihrer diagnostischen und klinischen Fähigkeiten. Wenn es in der Notaufnahme ruhig blieb, könnte sie vielleicht noch ein kleines Nickerchen im Pausenraum einlegen.

Caleb kam aus der Herrentoilette. In den geborgten Sachen sah er etwas weniger wie ein Fisch an Land aus. Sie nahm ihm die Plastiktüte ab, auf der *Eigentum des Patienten* stand und die seine blutige Kleidung enthielt. »Ich lasse die Sachen für Sie reinigen.« Das Angebot rutschte ihr einfach so über die Lippen, als wäre sie seine Dienerin. Doch angesichts dessen, was mit seinem Neffen passiert war, fand sie, dass ein wenig Freundlichkeit durchaus angebracht war. Und er hatte vermutlich wichtigere Dinge, die ihm durch den Kopf gingen, als sich über ihre Geste zu wundern.

Genau wie du, flüsterte ihr eine innere Stimme zu, die verdächtig wie die ihrer Mutter klang.

Über die gewundenen Flure führte sie ihn zur Blutbank und stellte ihn dem Laborangestellten vor. »Das ist Mr. Stoltz«, sagte sie. »Sein Neffe wird gerade operiert, und er möchte gerne Blut spenden.«

»So viel, wie erlaubt ist«, warf Caleb ein. »Meine Blutgruppe ist 0 negativ.«

Reese war überrascht, dass er das wusste, denn die meisten Menschen kannten ihre Blutgruppe nicht.

»Dann sind Sie ein Universalspender. Ausgezeichnet«, stellte der Labortechniker fest, ein entspannter Typ mit Pferdeschwanz und kleinen Creolen im Ohr, der Klaus hieß. »Immer hier entlang, Mr. Stoltz.«

Ruhig und fügsam nahm Caleb in dem Sessel Platz.

Klaus reichte ihm ein Klemmbrett. »Nur einige Standardfragen.«

Reeses Handy vibrierte. Eine Nachricht von Mel. *Schwing deinen Hintern hier runter, und entgifte bitte diesen Betrunkenen.*

Na super. »Ich muss los«, sagte sie. »Finden Sie den Weg zum Wartezimmer allein?«

»Ja, danke.«

Sie wünschte, sie könnte bei ihm bleiben. Oder zumindest etwas Tröstendes sagen. Er sah so verloren und verwirrt und verängstigt aus. »Äh, gut. Ich wünsche Ihnen und Jonah das Allerbeste.« Wie lahm! Das Allerbeste was? Das beste Ergebnis einer Amputation? Die beste Art, mit einem kleinen Jungen umzugehen, der jetzt einarmig durchs Leben gehen musste? Fieberhaft dachte sie darüber nach, was sie noch sagen könnte, aber ihr fiel nichts Beruhigendes oder Ermutigendes ein.

Er sagte nichts, sondern nickte nur und fing an, das Formular auszufüllen.

Damit endete ihre Verbindung. So war es in der Notaufnahme immer – sobald der Notfall ans nächste Team weitergereicht worden war, waren der Patient und seine Familie Geschichte. Die Ärzte und Schwestern, die auf dieser Station arbeiteten, mochten gerade diesen Aspekt ihres Berufs. Reese hingegen war sich nicht so sicher. Manchmal wollte sie erfahren, wie die Geschichte weiterging.

Als sie im Fahrstuhl stand, fiel ihr Blick auf ihre Hand, und sie sah, dass sie noch die Tüte mit Calebs Kleidung hielt. Noch nie war sie so froh darüber gewesen, sich um die schmutzige Wäsche eines anderen kümmern zu müssen.

4. Kapitel

»Komm mit mir, Baby. Ich fahr dich direkt in den Himmel«, dröhnte der Betrunkene und klammerte sich an Reeses Hand. »Du bist eine verdammt scharfe Braut, jawohl, das bist du.«

Reese atmete den Duft von Mastisol ein. Sie hatte eine Ampulle geknackt und ein paar Tropfen des Klebstoffs als Geruchsblocker auf ihren Mundschutz geträufelt – den Trick hatte sie von einer Krankenschwester gelernt. »Alles wird gut, Mr. James. Ruhen Sie sich ein wenig aus. Hier sind die Anweisungen für Ihre Entlassung. Das Programm, über das wir gesprochen haben, kann Ihnen helfen, aber dazu müssen Sie auch hingehen. Ich sorge dafür, dass Sie später nach Hause gefahren werden.«

Er unterhielt sie mit einer schiefen Version von »Ride Sally Ride«, während sie sich die Hände wusch.

»Sie sind gut im Umgang mit ihm«, sagte die Schwester, die ihr assistiert hatte. »Nicht alle hier können ihn leiden.«

»Und seine Kotze sieht auf mir so ansprechend aus.« Reese nahm den Mundschutz ab, zog die Handschuhe und den Wegwerfkittel aus und warf alles in den Mülleimer. Selbst in Momenten wie diesen hasste sie die Notaufnahme nicht. Sie hasste es nicht einmal, Patienten wie Mr. James zu behandeln – Stammgäste, die es schafften, ihr Mitgefühl zu wecken, obwohl sie auf dem besten Weg waren, sich selbst zu zerstören. Tatsächlich hegte sie die Hoffnung, dass ein Typ wie er tatsächlich eines Tages clean sein würde. Es gab Dinge, die sie an der Erstversorgung liebte, und manchmal konnte sie nicht anders, als diese Momente mit den ermüdenden Stunden im OP zu vergleichen – das waren Schichten, die sie insgeheim nicht liebte.

Sie ließ Mr. James zurück und eilte zu ihrem Spind in der Mitarbeiterumkleide. Darin herrschte ein Chaos aus Lehrbüchern, Notizblöcken und Klemmbrettern voller Mitschriften. Dazu ein

Knäuel aus Kabeln von verschiedenen Ladegeräten, ihr Schminktäschchen und Kleidung zum Wechseln. Sie warf einen Blick in den kleinen Spiegel auf der Innenseite der Spindtür. Ihre dunklen, kurzen Haare hingen in wilden Strähnen um ihr Gesicht, und die dunklen Ringe unter den Augen, die inzwischen schon ein Teil von ihr waren, ließen sie aussehen, als hätte sie zu lange Dienst geschoben. *Mist.* Sie wünschte, sie hätte Zeit, um vor dem Abendessen mit ihren Eltern nach Hause zu fahren und zu duschen. Sie traf sich mit ihren Eltern im *Urban Farmer*, einem der besten Restaurants der Stadt. Aber wie üblich war sie spät dran und würde sich mit einer Katzenwäsche auf der Damentoilette begnügen müssen.

Vor dem Waschbecken brachte sie ihre Haare in Ordnung und trug ein wenig Make-up auf, das so alt war, dass sie sich nicht mehr daran erinnern konnte, es gekauft zu haben. Ihr Arztkittel war von ihrer Begegnung mit Mr. James so verschmutzt, dass sie ihn zusammenknüllte und in die Tüte mit Calebs Sachen stopfte. Dabei fiel etwas mit einem leisen Klirren zu Boden: die Münze, die sie in der Notaufnahme gefunden hatte.

Schnell steckte sie die in ihre Tasche, strich sich dann den Rock glatt und wandte sich dem Spiegel zu, um einmal tief durchzuatmen. Sie fragte sich, ob andere Menschen bei der Aussicht auf ein Dinner mit den eigenen Eltern ebenfalls so nervös waren. Ob sie die Last der Erwartungen spürten, die ihr wie ein Gewicht auf der Brust lag. Es ist nur ein Abendessen, sagte sie sich.

Nur war es mit Hector und Joanna Powell nie nur ein Abendessen. Und auch heute war das elegante Dinner in dem beliebten Restaurant mehr als nur ein gemütliches Zusammensein. Sie wollten mit ihr über ihre Aussichten zur Aufnahme in eines der Eliteprogramme für ihre Assistenzzeit sprechen. Die Einsätze waren hoch, und ihre Eltern wollten sichergehen, dass sie dort landete, wo sie sie haben wollten. Reese konnte sich nicht erinnern, dass sie jemals gefragt worden war, ob sie mit den Plänen einverstanden war.

Auf dem Weg nach draußen lief sie Mel über den Weg, der gerade seinen Sohn begrüßte. Mit einem breiten Grinsen klatschte er mit dem Jungen ab.

»Sieh an, wer da von der Kinderbetreuung rübergekommen ist«, sagte Reese. »Wie war dein Tag, Frankie?«

»Gut«, antwortete der kleine Junge. Er war vier Jahre alt und sah in seinem Phillies-T-Shirt einfach bezaubernd aus. »Ich war dran, den Hamster zu füttern.«

»Cool. Was essen Hamster denn so?«

»Karotten und Alfalfasprossen.«

»Lecker. Ich bin beeindruckt, dass du das Wort Alfalfa kennst.« Gemeinsam gingen sie nach draußen. Die Luft war staubig von der Hitze des Tages, und die Abgase der Autos, die auf der Straße zwischen dem Krankenhaus und dem Fluss fuhren, hingen schwer über dem Parkplatz.

»Und, habt ihr große Pläne für heute Abend?«, fragte sie.

»Die größten«, erwiderte Mel. »Würstchen grillen im Garten.«

»Juchhu«, jauchzte Frankie und tänzelte auf der Stelle.

Reese verabschiedete sich und ging zu der Reinigung, bei der sie bevorzugt ihre schmutzige Arbeitskleidung reinigen ließ. Dort gab sie ihren Kittel sowie Calebs Sachen ab und bat darum, alles so schnell wie möglich zu erledigen. Wieder draußen, zögerte sie und schob dann die Hand in die Rocktasche. Ihre Finger berührten den kleinen Talisman, den sie in der Notaufnahme aufgelesen hatte. Sie holte ihn heraus und betrachtete ihn von allen Seiten. Die Blakeslee Sawmill. Vermutlich gehört der Penny Jonah Stoltz. Das Bild einer Präzisionssäge stieg vor ihrem inneren Auge auf. Sie hatte noch nie einer Amputation beigewohnt. Guter Gott, das arme Kind.

Aus einem Impuls heraus kehrte sie ins Krankenhaus zurück und rief den Fahrstuhl.

Verglichen mit dem Chaos in der Notaufnahme war die Intensivstation eine Oase der unheilvollen Stille, die nur von dem künstlichen Zischen und Pochen der Beatmungsmaschinen, der Überwachungsapparate und der sonstigen lebenserhaltenden Maschinen unterbrochen wurde. Der Wartebereich war leer. Sie ging zum Schwesternzimmer und fragte nach Jonah Stoltz.

Er hatte die OP überstanden und lag jetzt im Aufwachraum der Intensivstation. Reese betrat das mit High-Tech-Geräten ausgestattete Zimmer. In dem stählernen Kokon des Krankenhausbettes wirkte der Junge noch kleiner. Eine Krankenschwester stand an dem Computerterminal, das alle Geräte überwachte. Sie schaute auf, und Reese nickte ihr zu. Neben dem Bett saß Caleb Stoltz auf einem Hocker mit Rollen.

Der große Mann hatte den Kopf gebeugt und die Augen geschlossen. Reese fragte sich, ob er betete oder schlief. In seiner Armbeuge hielt ein Verband einen Wattebausch an Ort und Stelle.

»Mr. Stoltz?«, fragte sie leise.

Er schaute zu ihr auf und blinzelte, dann richtete er den Blick sofort wieder auf den Jungen.

»Ich bin nur vorbeigekommen, um zu sehen, wie es ihm geht«, erklärte Reese ein wenig unbehaglich.

»Er ist einmal kurz aufgewacht, war aber nicht richtig da, falls Sie wissen, was ich meine.«

»Das ist unter den gegebenen Umständen normal«, entgegnete sie selbstbewusster, als sie sich fühlte. Aus dem Augenwinkel sah sie die Schwester zustimmend nicken. »Er hat ein schweres Trauma durchlebt, und der tiefe Schlaf ist Teil des Genesungsprozesses.«

»Das haben die Ärzte auch gesagt.«

»Ich, äh ... ich habe etwas gefunden.« Sie reichte ihm die platt gedrückte Münze. »Ich dachte, die gehört vielleicht Jonah.«

Caleb Stoltz nahm die Münze in seine großen Arbeiterhände. »Sein Glücksbringer. Ich schätze, heute hat er ihm kein Glück gebracht.« Seine Hand schwebte zwischen den Seitengittern des Krankenhausbetts. Er schien nicht zu wissen, was er tun sollte. Schließlich ließ er seine Finger auf Jonahs Knie sinken.

Bei der Geste zog sich Reeses Herz zusammen. Die beiden zu sehen war schrecklich – Fremde, die aus ihrer ruhigen Existenz gerissen und in diese beängstigende, sterile Welt geschubst worden waren. Ihre Kehle schnürte sich zu. »Mr. Stoltz, hat jemand mit Ihnen darüber gesprochen, wo Sie unterkommen können, solange sie in der Stadt sind?«

»Nein.« Er hielt den Blick auf Jonah gerichtet. »Darüber habe ich noch gar nicht nachgedacht.«

Ein vertrauter Anflug von Gereiztheit ergriff Reese. »Ich werde mal sehen, ob ich jemanden finde, der Ihnen helfen kann.« Sie machte einen Schritt auf die Tür zu, als ihr etwas anderes einfiel. »Ich wette, Sie haben den ganzen Tag noch nichts gegessen.«

»Auch daran habe ich nicht gedacht.«

»Kommen Sie, ich zeige Ihnen, wo sich die Cafeteria befindet.«

Seine langen, von der Sonne gebräunten Finger krallten sich um das Knie des Jungen. »Ich bleibe besser hier.«

»Ich schätze, er wird noch eine Weile schlafen. Sie tun also weder ihm noch sich etwas Gutes, wenn Sie hier sitzen bleiben.« Er warf ihr einen Blick zu, und sie ergänzte: »Die Cafeteria ist ganz in der Nähe. Wir werden nicht lange fort sein.«

Er stand langsam von dem kleinen Hocker auf. »Okay«, sagte er nur.

Im Fahrstuhl konnte Reese nicht anders, sie musste kurz auf ihre Uhr schauen.

»Kommen Sie zu irgendetwas zu spät?«, fragte er.

Ihre Wangen wurden ein wenig warm. »Nein, ist schon gut«, erwiderte sie.

Die Cafeteria des Mercy Heigths war ein in Linoleum und Resopal gehaltener Tempel der sofortigen Belohnung. Schüsseln mit Salatzutaten schwebten in Seen aus gecrashtem Eis. Dahinter standen lange Tische mit dampfenden Aufläufen und überkochten Fleischgerichten in zu salzigen Soßen. Die Nachtische reichten von dickem Bananenpudding mit geschmacklosen Vanillewaffeln bis zu Kuchen, die von einer drei Zentimeter dicken Baiserschicht bedeckt waren.

Als sie sein Zögern spürte, wurde Reese klar, dass er nicht viel Erfahrung mit dem Essen in einer Cafeteria hatte. Sie übernahm die Führung, indem sie sich ein braunes Plastiktablett griff und es auf der Ablage vor der Salatbar vor sich her schob. Auch wenn sie nicht vorhatte, etwas zu essen, nahm sie wahllos einen Salat, eine Vorspeise und ein Brötchen, danach schenkte sie sich eine große, sirupartige Cola aus dem Getränkespender ein. Caleb folgte ihr und nahm sich genau das Gleiche. Nur wirkte das Essen auf seinem Tablett für einen großen Mann, der den ganzen Tag noch nichts zu sich genommen hatte, ausgesprochen mager.

»Sie brauchen mehr«, sagte sie zu ihm. »Ansonsten werden Sie in ein paar Stunden wieder Hunger haben.«

Schweigend gehorchte er und belud sein Tablett mit einem Hauptgericht, einem Nudelsalat und einem Bananenpudding. Dann folgte er Reese zur Kasse, wo Reese mit ihrer Mitarbeiterkarte bezahlte. Kurz überlegte sie, auch sein Essen zu übernehmen, entschied sich dann aber dagegen. Sie wusste zwar so gut wie nichts über Caleb Stoltz, aber sie hatte schon gespürt, dass er seinen Stolz hatte.

Er zog ein abgetragenes Portemonnaie aus der Tasche und zählte den Betrag in bar ab. Dann gingen sie gemeinsam zu einem Tisch und setzten sich, wobei Reese den Impuls unterdrückte, erneut auf die Uhr zu schauen. Mit einem Familienangehörigen eines Patienten zu Abend zu essen verstieß eigentlich nicht gegen die Regeln, aber üblich war es auch nicht. Reese zumindest hatte so etwas noch nie gemacht.

Aber sie hatte ja auch noch nie jemanden wie Caleb Stoltz getroffen.

Nur um ihren Händen etwas zu tun zu geben, nahm sie eine Serviette aus dem Spender und breitete sie auf ihrem Schoß aus. »Ich schätze …« Sie brach ab, weil ihr auffiel, dass er ganz still geworden war und seinen Kopf gesenkt hielt, während er sein Tablett musterte.

Einen Moment später schaute er auf. »Wie bitte?«

»Ich schätze, es war ein schwerer Tag für Sie. Bitte, essen Sie.« Sie selbst spielte nur mit ihrem Salat und ließ die Gabel durch die welken Blätter gleiten.

Caleb hingegen haute rein. Er aß mechanisch und schmeckte vermutlich nichts von dem Fleisch und den Kartoffeln, den grünen Bohnen, dem mit glänzender Butter bestrichenen Brötchen. Reese versuchte weiterhin herauszufinden, was genau sie an ihm so faszinierte. Diese Andersartigkeit. Er schien von einer unsichtbaren Blase umgeben zu sein. Obwohl er ihr am Tisch gegenübersaß, bewohnte er eine Welt, die sie nicht berühren konnte.

»Ich fürchte, ich weiß nicht viel über die Amischen, Mr. Stoltz«, sagte sie und schämte sich ein wenig für ihre Ignoranz. Sie hatte ein Seminar zum Thema kulturelle Kompetenz für Ärzte besucht, das Ärzten helfen sollte, die Perspektive ihrer Patienten besser zu verstehen. In dem Kurs hatten sie sich mit so weit entfernten Kulturen wie dem Volk der Samburu und den tibetischen Nomaden beschäftigt, aber über die Menschen, die direkt vor ihrer Haustür wohnten, hatten sie nicht gesprochen. »Meine Eindrücke basieren einzig auf dem, was ich in *National Geographic* gelesen und auf PBS gesehen habe.«

»Das ist meist alles, was die Leute wissen.« Er aß noch ein paar Bissen. »Wenn es Ihnen nichts ausmacht, würde ich es vorziehen, bei meinem Vornamen genannt zu werden. Caleb.«

Reese erinnerte sich vage daran, gehört zu haben, dass es bei den Amischen Usus war, die Leute beim Vornamen zu nennen anstatt bei ihrem Nachnamen. Ihr Leben wurde von Einfachheit bestimmt, so viel wusste sie. Ich wünschte, ich wüsste, was du denkst, versuchte sie ihm schweigend zu übermitteln. Er wirkte so ruhig, und doch spürte sie, dass in ihm etwas vorging.

»Also … Middle Grove?« Sie aß einen kleinen Happen von ihrem Salat und kaute ihn sehr sorgfältig. Dabei stellte sie sich grüne Hügel vor, bunt angestrichene Häuser und Scheunen und Quilts, die davor an der Wäscheleine trockneten. »Ich habe mein ganzes Leben in der Stadt gewohnt«, fuhr sie fort. »Nicht direkt hier in Philly, aber in Gladwyne, ungefähr zwanzig Minuten entfernt.« Sie drehte ihr Handgelenk, um auf die Uhr zu schauen, hielt sich aber in letzter Sekunde zurück.

Nach einem Blick auf ihren Teller sah sie zu ihrer Überraschung, dass sie beinahe den ganzen Salat aufgegessen hatte. Schulterzuckend machte sie sich über das Brötchen her. »Stimmt es, dass Sie weder Elektrizität noch Telefone benutzen?«

»Jede Gemeinde hat ihre Standards«, erwiderte er geduldig. »Auf unserer Farm haben wir weder Strom noch ein Telefon. Wenn es einen Notfall gibt, so wie mit Jonah, gibt es eine Telefonzelle, die wir uns mit den Nachbarn teilen.«

»Dann ist jeder in Ihrer Gemeinde amisch?«

»Die meisten, ja. Es kommen aber auch viele Touristen, die einen Ausflug zu uns machen«, erwiderte er. »Sehr viele Touristen sogar, aber es ist nicht so schlimm wie in Lancaster.«

Ihr fielen die Übertragungswagen ein, die auf dem Parkplatz vor dem Krankenhaus standen. »Stören die Touristen Sie?«

»Mich persönlich nicht. Ich schätze aber, dass es einige von uns sehr wohl stört, von anderen dabei beobachtet zu werden, wie wir unsere Arbeit erledigen, das Getreide ernten oder ein Feld pflügen oder wie unsere Kinder zur Schule gehen.«

Sie nippte an ihrer Cola. »Mich würde es stören.«

Sie aßen auf, und das Schweigen zwischen ihnen war überraschend angenehm. Reese hatte nicht vorgehabt, etwas zu essen. Das war einfach so passiert. Dieser große, ruhige Amisch-Mann hatte eine seltsame Wirkung auf sie. Die Zeit schien sich zu verlangsamen, die Augenblicke schlüpften unbemerkt vorbei.

Aus ihrer Handtasche erklang ein nasales Geräusch. Caleb erstarrte. Das war die erste abrupte Bewegung, die sie von ihm gesehen hatte. »Sorry«, sagte sie und wühlte in ihrer Handtasche. »Das ist mein Handy.« Sie holte es heraus und schaute aufs Display.

Ihre Mutter. Natürlich.

»Mist.«

»Wie bitte?«, fragte er.

Mist. Sie hatte die Zeit vollkommen aus den Augen verloren. Das war total untypisch für sie. »Würden Sie mich einen Moment entschuldigen?« Ohne auf seine Zustimmung zu warten, stand sie auf und stellte sich ein wenig abseits. »Mom, es tut mir wirklich leid, aber ich schaffe es heute Abend nicht. Ich hänge hier im Krankenhaus fest.«

»Deine Schicht war vor einer Dreiviertelstunde vorbei«, erwiderte Joanna Powell.

Wie viele Erwachsene hatten Eltern, die den Schichtplan ihrer Kinder auswendig kannten?

»Ich weiß, aber da ist ein … interessanter Fall, mit dem ich zu tun habe.« Sie warf einen Blick zu Caleb Stoltz, der es geschafft hatte, ein Abendessen zu verputzen, von dem drei normal große Männer satt geworden wären. »Es tut mir wirklich leid. Ich hatte mich darauf gefreut, mich heute mit dir und Daddy zu treffen.«

»Ich schätze, da kann man nichts machen«, sagte ihre Mutter.

»Wir müssen dann wohl einen neuen Termin finden. In der Zwischenzeit maile ich dir ein paar Informationen über Bewerbungsgespräche für deine Assistenzzeit.«

»Danke, Mom«, sagte Reese. »Du bist die Beste.«

Sie beendete das Gespräch und eilte an den Tisch zurück. Caleb trank gerade seine Cola in einem Zug aus.

»Möchten Sie noch etwas anderes trinken?«, fragt sie. »Es gibt Limonade, Eistee …«

»Nein, danke. Ich bin den Geschmack von Cola nicht mehr gewohnt. Ist lange her.«

Reese war nicht ganz sicher, warum sie ihre Eltern versetzt hatte, um bei diesem Mann im Krankenhaus zu bleiben. Einem Fremden, dessen Neffe bei ihr in der Notaufnahme gewesen war. Dort kamen und gingen die Patienten wie Blätter, die stromabwärts trieben. Oft war dieser Fluss mit Blut getränkt, aber er floss so stetig, wie die Putzkräfte zuverlässig die Räume nach jedem Patienten reinigten.

Etwas an diesem Mann und dem kleinen verletzten Jungen ging Reese zu Herzen. Sie war einfach noch nicht bereit, sich von ihm zu lösen. Das passierte manchmal mit Patienten. Die Ärzte und Schwestern, mit denen sie zusammengearbeitet hatte, hatten manchmal davon gesprochen, dass ein spezieller Fall, ein Patient oder auch ein Familienmitglied ihnen aus irgendeinem Grund besonders naheging.

Reese gab widerstrebend zu, dass ihr Grund dieser ungewöhnliche Mann mit dem durchdringenden Blick und dem süßen, verletzten Jungen war.

Sie begleitete Caleb zurück auf die Intensivstation und blieb am Schwesternzimmer stehen, um zu gucken, ob der diensthabende Arzt da war, um noch einmal mit ihm zu sprechen. Als sie ihn nicht sah, gingen sie weiter zu Jonahs Zimmer und betrachteten den Jungen gemeinsam durch das dicke Sicherheitsglas.

»Er schläft immer noch tief und fest«, sagte Reese.

»Haben Sie eine Ahnung, wann er aufwachen wird?«

»Das können Sie den Doktor fragen, wenn er zur Abendvisite kommt.«

»Sind Sie nicht auch ein Doktor?«

»Beinahe. Ich bin Medizinstudentin im vierten Jahr. Ich war im Trauma-Team, als Jonah hereingebracht wurde, aber er ist nicht mein Patient. Ich dachte nur, Sie hätten gerne jemanden bei sich für den Fall, dass Sie noch weitere Fragen haben.«

Er stützte sich mit der Hand am oberen Fensterrahmen ab und hielt den Blick auf Jonah gerichtet. Sein ganzer Körper war angespannt. »Es ist nett von Ihnen, sich Zeit für uns zu nehmen, Reese.«

Es fühlte sich seltsam an, von ihm Reese genannt zu werden. Patienten und deren Familienangehörige sprachen sie meist mit »Doktor« an, ohne zu wissen, dass sie diesen Titel noch gar nicht trug.

Sie lehnte die Stirn an die Scheibe und sah zu der kleinen, stillen Gestalt zwischen den Schläuchen und Monitoren. Der große Verband um den höher gelagerten Armstumpf dominierte das Bild. Der Junge mochte zwar zu den »einfachen Menschen« gehören, aber in seinem Leben würde von jetzt an nichts mehr einfach sein.

»Hat man mit Ihnen darüber gesprochen, was Sie zu Jonah sagen können, wenn er aufwacht?«

»Nein. Aber ich habe lange darüber nachgedacht. Wie erklärt man einem kleinen Kind, dass es einen Arm verloren hat? Wie sagt man ihm, dass es mit dieser Hand nie wieder einen Baseball werfen, ein Sandwich zwischen den Fingern halten oder ein Werkzeug greifen kann? Wie sagt man ihm, dass er nie ordentlich die Hand des Vaters seiner Braut schütteln oder den Kopf seines Hundes tätscheln wird?«

Der Schmerz in seiner Stimme ließ sie zusammenzucken. »Sie erzählen es ihm einfach. Ich wünschte, es gäbe einen anderen Weg, aber den gibt es nicht. Sie müssen es ihm einfach geradeheraus und ehrlich sagen. Dass er seinen Arm verloren hat und lernen wird, damit zurechtzukommen. Es ist schrecklich, aber das Schlimmste ist vorbei, und er hat überlebt. Nun wartet ein anderes Leben auf ihn.« Sie sprach mit größerem Selbstvertrauen, als sie empfand. Wenn sie es recht überlegte, sprach sie wie die Ärztin, die sie hoffentlich einmal sein würde.

»Was für ein Leben wird das sein?«

Zum ersten Mal nahm Reese Wut an ihm wahr. »Mit der richtigen Therapie und einer Prothese wird er klarkommen«, sagte sie. »Die heutige Technologie ist so weit fortgeschritten, dass eine Armprothese mit einer perfekt angepassten Hand beinahe so gut funktioniert wie eine natürliche Hand.« Sie biss sich auf die Unterlippe und wünschte, ihre Worte würden zuversichtlicher klingen.

»Sie meinen also, er wird einen künstlichen Arm bekommen?«

»Das wird zumindest empfohlen. Auf diese Weise erhält er einen Großteil seiner Funktionalität zurück«, erwiderte sie. »Der Stumpf wird allerdings eine Zeit brauchen, um vernünftig zu heilen, und erst dann kann Jonah eine permanente Prothese angepasst werden. Sobald er damit ausgerüstet ist, wird er weitere Therapien erhalten, um den Umgang mit seiner neuen Hand zu lernen.« Sie blickte ihm direkt ins Gesicht. »Ich weiß, dass es schwer ist. Das Leben des Jungen hat sich innerhalb von einer Sekunde vollkommen verändert. Aber ich habe schon oft mit Kindern gearbeitet. Sie sind erstaunlich widerstandsfähig und können sich beinahe jeder Situation anpassen.« Sie unterdrückte das plötzliche Bedürfnis, ihre Hand auf Calebs Arm zu legen. »Diejenigen, die am besten zurechtkommen, sind die mit einer Familie, die sie unterstützt. Angesichts dessen, wie hingebungsvoll Sie sind, schätze ich, dass Jonah eine solche Familie hat.«

Als er nicht antwortete, kam ihr ein verstörender Gedanke. »Sagen Sie mir nicht, dass eine Prothese gegen Ihre Religion verstößt«, sagte sie.

»Soweit ich weiß, nicht.«

»Gut.«

Dann standen sie noch einen Moment schweigend beisammen, bevor sie das Zimmer betraten. Die Schwester am Computerterminal nickte ihnen zu. Reese versuchte, sich vorzustellen, wie Jonah Baseball spielte, auf der Farm aushalf, seinen Hund streichelte.

»Haben Sie das Bedürfnis, über den Unfall zu reden?«, fragte sie.

»Ich habe der Frau von irgendeinem Dienst bereits alles erzählt. Sie hat es aufgeschrieben und es noch dazu auf Tonband aufgenommen.«

Das war vermutlich die Dame vom Kinder- und Jugendschutz, dachte Reese. »Ja, es gehört zum Standardablauf, den genauen Unfallhergang aufzunehmen.«

»Ich verstehe.« Seine Miene war ernst und strahlte förmlich Schuldgefühle aus.

»Nun, wenn Sie mal reden wollen – ganz inoffiziell –, höre ich gerne zu.«

Zu ihrer Überraschung nickte er langsam. Wenn er von seinem Neffen sprach, fiel die Reserviertheit von ihm ab. »Ich war in der Küche, als es passiert ist. Gemeinsam mit Hannah, Jonahs großer Schwester. Wir hatten gerade den Abwasch nach dem Frühstück gemacht. Ich sah ihn auf der anderen Seite des Feldes am Silo der Nachbarn arbeiten. Alles schien gut zu laufen. Er hat schon Dutzende Male geholfen, das Silo zu füllen. Alle Kinder packen mit an. Dann habe ich mich mit irgendetwas anderem beschäftigt, und auf einmal kam der Nachbar herbeigerannt und sagte, es hätte einen Unfall gegeben.« Er ballte die Hände zu Fäusten. »So, wie es mir erzählt wurde, hatte sich etwas im Schredder verhakt. Jonah hat versucht, einen Maisstängel hindurchzuschieben, als die Klingen ihn erfasst haben. Das ist alles sehr, sehr schnell passiert.«

Reese hielt den Blick auf die roten und blauen Lichter des Monitors gerichtet, die konstant Jonahs Vitalwerte übermittelten. Sie verstand langsam, warum selbst ein Junge von Jonahs Alter auf einer familiengeführten Farm eine so wichtige Rolle spielte. Vermutlich hatte er mehr verloren, als ein nicht amischer Junge verloren hätte.

Auf einmal stieg Empörung in ihr auf. Bei allem Respekt für die Lebensweise der Amischen stellte sie die Praxis, einen Jungen die Arbeit eines Mannes machen zu lassen, doch ernsthaft infrage. Sie überlegte, ob es weitere Untersuchungen vonseiten der Behörden gäbe, ob Caleb befragt würde, weil er das Wohl eines Kindes gefährdet hatte.

Dann biss sie sich auf die Unterlippe, um ihre Gedanken nicht laut auszusprechen. Jetzt war nicht der richtige Zeitpunkt, und sie hatte kein Recht, ihn zu verurteilen. Sie erinnerte sich an das, was sie in dem Seminar zum Thema kulturelle Kompetenz in Bezug auf Mitgefühl gelernt hatte. Selbst nach dem schlimmsten Unfall durfte ein Arzt niemals dem Patienten, einem Freund oder der Familie die Schuld geben. Die Schuldfrage zu klären war Aufgabe der Behörden. Und oft genug war ein Unfall einfach genau das – ein Unfall. In der Notaufnahme hatte sie unzählige behütete, geliebte Kinder gesehen, die Unfälle erlitten hatten. Eine schlechte Landung bei einem Gymnastikwettbewerb. Ein in der Schranktür eingeklemmter Finger. Ein Sturz die Treppe hinunter.

Schuld war eine mächtige Kraft. Sie bedurfte keines Antriebs von außen. Ohne Zweifel litt Caleb auch so schon ausreichend unter seinen Schuldgefühlen.

Aus dem Augenwinkel fiel ihr die Anspannung in seinem ebenmäßigen Gesicht auf. Sie versuchte, sich den Schock vorzustellen, den er erlitten haben musste, als ein normaler Tag in einen Albtraum verwandelt worden war.

Schließlich sprach er wieder, und der Klang seiner Stimme verriet tiefste Qualen. »Ich habe heute Morgen mit ihm geschimpft«, sagte er leise und ausdruckslos. »Ich habe ihn zurechtgewiesen, weil er seine Schwester geärgert hat. *Ich* habe ihm gesagt, er soll zu den Nachbarn gehen und beim Befüllen des Silos helfen.«

»Was hätten Sie getan, wenn er seine Schwester nicht geärgert hätte?«

Caleb senkte den Blick auf seine zu Fäusten geballten Hände und löste sie. »Ich hätte ihn zu den Nachbarn geschickt, um beim Befüllen des Silos zu helfen«, gestand er.

»Dann können Sie vermutlich aufhören, sich die Schuld an dem Unfall zu geben. So schrecklich das alles ist, Sie müssen verstehen, dass solche Dinge einfach passieren.«

»Ich bin sein Vormund. Ich liebe diesen Jungen mehr als mein Leben. Aber ich habe ihn im Stich gelassen. Ich habe ihn nicht beschützt.«

»Hören Sie auf, sich wegen Jonahs Unfall zu geißeln«, sagte sie, obwohl sie wusste, dass tröstende Worte die Schuldgefühle oft nicht auslöschen konnten. »Das tun sehr viele Menschen, gerade in der Notaufnahme, und es hilft niemandem. Unfälle passieren. Das ist schlimm, aber der einzige Weg ist, nach vorne zu blicken.« Ihr kam eine Idee. Die Amischen waren Menschen, deren Leben von ihrem Glauben bestimmt war. Das nahm sie zumindest an, wenn sie an das Wenige dachte, was sie über die Amischen und ihre Lebensweise wusste. »Es tut mir leid, ich weiß nicht viel über ihren Glauben. Aber wenn Sie beten möchten, es gibt hier im Krankenhaus eine Kapelle.«

»Ich bin kein Mann des Gebets.«

Diese Aussage überraschte sie, denn sie war fest davon ausgegangen, dass sein Glaube das Element war, das ihn an die Amisch-Gemeinde band. Kein Mann des Gebets … und hinter seiner reservierten Miene entdeckte sie eine seltsame Traurigkeit. Er repräsentierte eine Welt, die so anders war als ihre, und sie fragte sich, wie diese Welt wohl sein mochte.

Er stand recht nah bei ihr, und diese Nähe machte sie auf eine Weise nervös, auf die sie nicht vorbereitet war. Nicht, weil von ihm eine Gefahr ausging. Seine Nähe löste Gefühle in ihr aus, die sie schon seit langer Zeit nicht mehr empfunden hatte – oder vielleicht noch nie. Und zugleich schwang darin etwas Spirituelles mit; Sehnsucht gemischt mit Hoffnung, als stünde er für ein lange unterdrücktes Verlangen. Trotz ihrer Erschöpfung und der Tatsache, dass sie seinetwegen das Essen mit ihren Eltern abgesagt hatte, trotz ihrer eigenen Regel, sich nicht zu sehr auf einen Patienten oder dessen Familie einzulassen, fühlte sie sich zu diesem Mann hingezogen. Und zwar nicht nur aus reiner Neugier. Als sie ihn anschaute, legte sich ein sanfter Frieden über sie. Auf einmal fiel aller Stress, den die Arbeit in der Notaufnahme mit sich brachte, von ihr ab.

Sie wünschte, jemand vom Sozialdienst oder einer der Seelsorger würde auftauchen. Über das Haustelefon hatte sie eine weitere Nachricht hinterlassen.

Die diensthabende Schwester kam, um nach Jonah zu sehen. Obwohl sie schnell und effizient arbeitete, sah Reese, wie sie Caleb Stoltz immer wieder Blicke zuwarf. Die Frauen schienen ihn anzustarren, wie Menschen ein Kunstwerk oder ein Tier im Zoo anschauten. Er schien von dem Interesse, das er in der weiblichen Bevölkerung weckte, nichts zu merken. Auf nachlässige Weise attraktiv mit einem Körper, der von harter, ehrlicher Arbeit geformt war, sah er wesentlich interessanter aus als die Ärzte und Mitarbeiter, die die Hallen des Mercy Heights bevölkerten.

Reese tauschte einen Blick mit der Schwester und stellte fest, dass sie einander wortlos verstanden.

Um Himmels willen. Was in Dreiteufelsnamen hatte sie nur für Gedanken? Das musste die Müdigkeit sein. Vielleicht erlebte sie gerade eine Art Erschöpfungstief nach einer langen Schicht. Sie hatte überhaupt nichts gemeinsam mit diesem amischen Farmer. Aber womöglich waren es gerade die großen Unterschiede, die ihr Interesse weckten. Sie fand ihn so exotisch, wie er das große Krankenhaus zu finden schien.

Mit Mühe unterdrückte sie eine Flut an neugierigen Fragen. Ihr Zeitplan war eng gesteckt, und irgendwann musste sie auch mal schlafen. Es war an der Zeit – nein, eigentlich war es schon überfällig –, dass sie sich zurückzog und zu der professionellen Distanz zurückkehrte. »Nun«, sagte sie, verstört von ihren eigenen Gedanken. »Ich sollte dann mal gehen.« Sie sah noch einmal Jonahs Karteikarte an. »Ihr Neffe ist stabil, aber sein Zustand ist immer noch kritisch«, erklärte sie.

Caleb trat so nahe ans Bett, wie es nur ging. Er betrachtete den verbundenen Stumpf an Jonahs Arm, und der Ausdruck auf seinem Gesicht zerriss Reese beinahe das Herz.

»In den nächsten Tagen werden Sie mehr über die Therapien und die Prothese erfahren, die ich erwähnt habe«, versuchte sie, ihn zu beruhigen. »Wirklich, Jonah wird in der Lage sein, ein normales Leben zu führen.«

Er schwieg so lange, dass sie nicht sicher war, ob er sie gehört hatte. Dann schaute er auf. »Was ist ein normales Leben?«

»Ich schätze, das ist für jeden etwas anderes. Jonah wird seine eigene Antwort darauf finden müssen.«

»Das ist eine ziemlich große Frage für einen kleinen Jungen.«

Wieder folgte ein langes Schweigen. Reese wusste nicht, was sie noch hätte sagen können. Zum Glück rettete sie ein Mitarbeiter des Seelsorgeteams, der den Raum betrat. Widerstrebend verabschiedete sie sich, und auf dem Weg nach draußen nahm sie die Abkürzung über die Verbindungsbrücke zur Geburtsstation, die nicht aus Zufall *Powell Pavilion* hieß. Sie war zu Ehren von Reeses Großvater benannt worden, der zu seiner Zeit ein Pionier in der Behandlung von Unfruchtbarkeit gewesen war. Kurz dachte sie an ihre Eltern und deren hohen Ziele, ihre Hightech-Welt, in der sie Gott spielten und Wunder wirkten. Was würde Caleb Stoltz von Ärzten halten, zu deren täglicher Arbeit es unter anderem gehörte, den Uterus einer Frau chemisch einzufrieren, um ihn zur Empfängnis zu zwingen?

Und warum interessierte es sie überhaupt, was er darüber denken könnte?

5. Kapitel

Als Reese an diesem Abend in ihre Wohnung kam, schloss sie die Tür ab, drehte sich um und merkte, dass sie nicht allein war. Eine unbekannte Energie hing in der Luft, das Gefühl, als wäre etwas nicht so, wie es sein sollte.

Vor sich hin murmelnd ging sie in die Küche. Der Mann, den sie zu sehen erwartete, saß an dem Tisch aus Ahornholz, trank ein Glas Wein und las die aktuelle Ausgabe der *Vanity Fair* über die jungen Türken von Hollywood, die sie aus einem Untersuchungsraum im Krankenhaus hatte mitgehen lassen. Es war sozusagen ihr erstes Date seit sechs Monaten.

Der Eindringling war ein schlanker, attraktiver Mann, der ein paar Jahre älter war als sie und sanfte Augen und ein verschmitztes Lächeln hatte.

»Hey«, sagte sie. »Du weißt, dass ich dir den Schlüssel nur für Notfälle gegeben habe.«

»Das hier ist ein Notfall«, entgegnete Leroy Hershberger, ihr Nachbar aus der Wohnung gegenüber, der seit seinem Einzug im letzten Jahr langsam, aber stetig auf eine Freundschaft mit ihr hingearbeitet hatte. »Ich hatte keinen Wein mehr.«

Sie nahm die Flasche und schenkte sich ebenfalls ein Glas ein. »Sehr komisch.« Sie stieß mit ihm an und trank einen Schluck.

»Ich war mir ziemlich sicher, dass es dir nichts ausmacht«, meinte Leroy. »Ich habe übrigens diese Sendung für dich angenommen.« Mit seinen großen, sanften Händen, die ihn zu einem großartigen Physiotherapeuten machten, deutete er auf den dicken Umschlag vom Johns Hopkins. »Noch ein Programm für deine Assistenzzeit, über das du in Schweiß ausbrechen kannst.«

»Danke.« Sie trank noch einen Schluck Wein und musterte ihn über den Rand ihres Glases hinweg. Er hatte einen frischen Haarschnitt von dem teuren Salon, in den er immer ging, und trug Sachen von Abercrombie & Fitch – ein Luxus, der ihm, wie er behauptete, seine geistige Gesundheit erhielt, indem er ihn daran erinnerte, dass er ein Leben außerhalb des Arztkittels hatte. »Du siehst schick aus. Hast du irgendwelche Pläne für den Abend?«

»Ich bin versetzt worden. Deshalb der Wein.«

»Was? Das gibt's ja nicht. Wer ist die Schuldige? Und wie kann sie es wagen, dich zu versetzen?«

»Tja, einige Frauen haben Nerven.« Nonchalant streckte er seine langen Beine aus, doch Reese wusste, dass er mit der Enttäuschung zu kämpfen hatte. Leroy war Single und einsam. Obwohl zwischen ihnen beiden nichts Romantisches lief, tauschten sie sich oft über ihr ereignisloses Liebesleben aus.

»Ein ruhiger Abend zu Hause wird vollkommen unterschätzt«, sagte sie und ließ den Blick durch den Raum gleiten. Ihre Wohnung hatte Potenzial, fühlte sich aber nicht wie ein Zuhause an. Es herrschte eine Atmosphäre des Übergangs, als wenn jemand gerade gepackt hätte, um auszuziehen. Sie war nie dazu gekommen, ein paar Bilder aufzuhängen oder ihre Sammlung an Lehrbüchern und Lieblingsromanen ordentlich in die Regale zu räumen.

Hier und da gab es zwar einen persönlichen Touch, Hinweise auf das Bedürfnis nach mehr Tiefe und Dauerhaftigkeit. Da war der Quilt, den eine ehemalige Patientin für sie gemacht hatte und der über einem bunt gestrichenen Holzstuhl lag. Eine Kuckucksuhr, die einst ihrer Großmutter gehört hatte. Zu ihren Küchenutensilien gehörten eine Kuchenrolle und ein Teigschneider, die sie beide noch nie benutzt hatte. Und sie besaß ein Aquarium, das lediglich mit Wasser und ein paar Plastikpflanzen gefüllt war.

Sie hatte immer vor, die Wohnung gemütlicher zu gestalten, aber die Arbeit und das Lernen kamen ihr ständig in die Quere. Wenn sie dem Plan ihrer Eltern folgen würde, könnte sie sich irgendwann ein fabelhaftes Haus am Fluss leisten oder ein Apartment in einem der Hochhäuser oder vielleicht sogar ein Kolonialhaus in der Vorstadt. Das Problem war, sie schien nicht in das Bild ihres eigenen Lebens zu passen.

Wie Caleb Stoltz nicht hineinpasste, dachte sie und erinnerte sich an das Bild von ihm, wie er mit dem Hut in der Hand im Krankenzimmer seines Neffen gestanden hatte.

Schnell trank sie noch einen Schluck. Wie viele der Therapien, die Jonah benötigen würde, würde der Amisch-Mann wohl tolerieren?

Leroy stand auf und trat hinter sie. Mit seinen sanften, talentierten Händen begann er, ihr den Nacken und die Schultern zu massieren. Als ausgezeichneter Physiotherapeut hatte er die Gabe, sofort zum Kern ihrer Verspannungen vorzudringen. »Ich denke, die Leichenstarre hat schon eingesetzt«, sagte er. »Du bist steif wie ein … Steifftier.«

»Sehr lustig.«

»Harter Tag?«

»Das könnte man so sagen. Auf jeden Fall ein seltsamer Tag.«

»Ich dachte, du würdest heute Abend mit deinen Eltern essen gehen.«

Sie schaute auf den Kalender, der am Kühlschrank hing. »Hat da jemand geschnüffelt?« Jeder einzelne Tag hatte mindestens einen Eintrag. *Gespräch mit Jacobson. Lerngruppe um 18 Uhr, Ausschusssitzung 6.30 Uhr.*

»Meine Güte«, sagte Leroy. »Sieh dir nur an, wie du dich selbst durchplanst. Das ist nicht normal. Ich wette, du hast auch deine Toilettengänge durchgetaktet.«

Sie trank ihr Glas aus. »Wer hat denn schon Zeit für so was?«

»Eines fehlt auf dem Kalender«, meinte er.

»Und das wäre?«

»Ein Sozialleben. Oder überhaupt ein Leben. Für den Fall, dass du es nicht bemerkt hast, das ist etwas, nach dem die meisten Menschen streben.«

»Ich werde ein Leben haben, sobald ich das hier hinter mir habe.«

»Natürlich wirst du das. Nur, sobald du deine erste Assistenzstelle angetreten hast, musst du es zur nächsten schaffen, und sobald du die gefunden hast, wirst du dich für noch eine bewerben müssen, und danach musst du dich auf dein Fachgebiet konzentrieren und dann auf die Spezialisierung in deinem Fachgebiet und danach …«

»Okay, okay. Ich habe es verstanden.« Sie ging zum Kühlschrank, wählte einen der wenigen Termine aus, die noch nicht vergeben waren, und kritzelte *Das Leben leben* in die freie Spalte. »Zumindest bin ich nicht versetzt worden – wer war es dieses Mal? Roberta vom Catering, richtig?«

»Roberta, ja. Der Rest meines Tages war aber gut. Zwei Schlaganfallpatienten, ein wenig Rückentherapie, ein Unfallopfer mit einem ernsthaften Wutproblem. Es war kein Picknick, aber ich habe es geschafft, dass er die Energie seiner Wut umleitet und nutzt, um zu lernen, mit dem Rollstuhl umzugehen.«

Reese setzte sich wieder und schenkte sich Wein nach. »Hast du je mit einem Amputierten gearbeitet?«

»Klar. Ich habe sogar eine Zusatzausbildung dafür.«

»In der Notaufnahme hat es heute eine Amputation gegeben«, sagte sie. »Ein kleiner Junge hat einen Arm verloren.«

»Wow, das ist ätzend. Armer Kerl. Wie ist das passiert?«

»Es war ein Unfall auf einer Farm. Er ist mit der Hand in einen Schredder oder so gekommen. Er gehört zu den Amischen«, fügte sie hinzu. »Ich habe noch nie zuvor ein Amisch-Kind behandelt. Ich bin sogar noch nie einem Amischen begegnet.«

Ein seltsamer Ausdruck legte sich über Leroys Gesicht. »Dessen wäre ich mir nicht so sicher.«

Anfangs verstand sie nicht, was er meinte. Dann fiel der Groschen. »Heilige Scheiße, Leroy. Willst du mir damit sagen, dass du amisch bist?«

»Ich war es. Aber jetzt bin ich es offensichtlich nicht mehr.«

Reese fühlte sich auf seltsame Weise hintergangen. »Wie kann es sein, dass du amisch warst und mir nie davon erzählt hast? Du bist mein nächster Nachbar. Ich sollte alles über dich wissen.«

»Ich kannte dich schon sechs Monate, bevor *du* mir erzählt hast, dass du ein Retortenbaby bist.«

»Ich dachte nicht, dass das wichtig ist«, meinte sie abwinkend.

»Ja, klar. Dass du das Ergebnis der medizinischen Spezialisierung deiner Eltern bist, hat dich geformt, Prinzessin. Die Petrischalen-Prinzessin.«

»Und amisch zu sein hat offensichtlich dich geformt. Warum

zum Teufel hast du es mir nicht erzählt?« Sie musterte ihn, als wäre er ein Fremder. Leroy? Amisch? Wie konnte das sein?

An diesem Mann war nichts, was auch nur im Entferntesten an einen Amischen erinnerte. Und doch – jetzt, da sie es wusste, wurde einiges klarer. So hatte sie zum Beispiel in all der Zeit, die sie ihn kannte, nie jemanden aus seiner Familie kennengelernt. Als sie ihn danach gefragt hatte, hatte er nur gesagt, seine Familie habe ihn verstoßen, weil er sich geweigert hatte, ein Mädchen zu heiraten, dem er versprochen gewesen war. Stattdessen war er in die Stadt gezogen.

»Das war kein Witz«, sagte sie. »Ich meine, dass deine Familie dich verstoßen hat. Das hat sie wirklich getan – auf die Weise der Amischen.«

Er lachte bitter auf. »Es geht doch nichts über eine gute alte amische Meidung. Darin sind sie besser als eine Gruppe Siebtklässler.«

»Bedeutet das, dass du nie mit deinen amischen Freunden sprichst oder sie triffst?«

»Ja, das ist die generelle Idee dahinter. Aber es ist kompliziert. Diejenigen, die getauft sind, dürfen nicht mit mir reden oder mit mir zusammen eine Mahlzeit einnehmen. Diejenigen, die nicht getauft sind, haben ein wenig mehr Spielraum. Aber alles in allem bin ich in der Gemeinde, in der ich aufgewachsen bin, eine Persona non grata.«

»Ich fasse es nicht, dass du amisch warst.« Sie musterte ihn nachdenklich. Glatt rasiert mit seelenvollen Augen und gepflegten Händen sah er aus wie der Inbegriff des modernen Mannes. »Ich versuche, mir dich als Amischen vorzustellen, aber es gelingt mir nicht.«

»Oh, ich habe alles gemacht, was man als Amischer so macht.« Ein Hauch von Bitterkeit schwang in seiner Stimme mit. »Der Topfschnitt, der flachkrempige Hut, die schlichten Hosen mit Hosenträgern und innerhalb eines Fünf-Meilen-Radius kein Reißverschluss in Sicht. Ich habe neun Geschwister, dazu Nichten und Neffen, die ich noch nie gesehen habe. Ich habe schon seit Jahren keinen Kontakt mehr zu meiner Familie.«

»Das muss dir doch das Herz brechen«, sagte Reese. »Und deiner Familie auch.«

»Sie sind darüber hinweg, daran habe ich keinen Zweifel. Das ist der amische Weg.«

»Und du?«

Er leerte den Rest der Weinflasche in sein Glas. »Erzähl mir von dem Kind heute.« Seine Aufforderung setzte einen Schlussstrich unter dieses Thema. »Er hat vermutlich beim Befüllen des Silos geholfen, oder?«

»Woher weißt du das?«

»Jetzt ist die Zeit dafür. Bei den Amischen wird das Leben von den Jahreszeiten und den damit einhergehenden Arbeiten bestimmt. Mais und anderes Getreide ist jetzt reif und muss geerntet werden. Auf einer amischen Farm packt die ganze Gemeinde mit an.«

»Ich höre da einen entschiedenen Mangel an Zuneigung und Nostalgie in deiner Stimme«, stellte Reese fest.

»Sagen wir einfach, meine Erfahrungen bei den Amischen würden mehr als eine Ausgabe von *National Geographic* füllen.« Er trommelte mit den Fingern auf der Tischplatte.

»War deine Familie gemein zu dir? Hat sie dich vernachlässigt? Was war los?«

»Ich bin damit durch, Prinzessin. Was hast du noch gleich gesagt, wo das Kind herkommt?«

Sie zwang sich, das Thema fallen zu lassen. »Aus einem Ort namens Middle Grove. Kennst du den?«

»Das tue ich tatsächlich. Der liegt oben am Highway 57 in der gleichen Gegend wie meine Heimatstadt Jamesville. Das ist ein wunderschöner Fleck Erde nahe den Poconos. Die Amischen aus Middle Grove sind sehr streng. Ich erinnere mich, dass sie keine Partnerschaft mit unserer Gemeinde eingehen wollten, weil wir ein wenig liberaler sind.«

»Ich hoffe, was Jonah, den Jungen mit dem amputierten Arm, angeht, sind sie nicht zu streng. Es könnte schwierig für ihn werden, wenn sie ihm die Prothese verbieten. Glaubst du, das könnte passieren?«

»Schwer zu sagen. Die Amischen kümmern sich um die Ihren. Ich schätze, es hängt von der Unterstützung ab, die er bekommt.«

Reese dachte an Caleb Stoltz und daran, welch ungewohnte Gefühle bei seinem Anblick über sie hereingebrochen waren, als sie ihn am Bett seines verletzten Neffen hatte stehen sehen. »Ich kenne die Familie nicht«, sagte sie. »Aber er hat einen liebevollen Onkel, der ihn aufzieht. Einen unglaublich liebevollen Onkel«, ergänzte sie. »Er ist im Helikopter mit dem Jungen geflogen. Die Sanitäterin hat erzählt, dass einige der Gemeindemitglieder vor Ort darauf beharrten, dass es gegen ihren Glauben verstoße zu fliegen.«

»Aber es verstößt nicht gegen ihren Glauben, einen kleinen Jungen verbluten zu lassen. Ich bin froh, dass der Onkel vernünftig war.«

»Das war er.« Reese stützte ihr Kinn in die Hand. »Er ist definitiv vernünftig. Die Eltern des Jungen sind tot, und Caleb – das ist der Onkel – zieht Jonah auf. Er hat auch erwähnt, dass der Junge noch eine Schwester hat.«

Sie stellte sich den großen Mann und sein Leben irgendwo auf dem Land vor, das er ihr beschrieben hatte, und musste seufzen.

»Oh mein Gott«, sagte Leroy. »Kann es sein, dass du von ihm ganz hingerissen bist?«

Sie straffte die Schultern. »Unsinn. Der Neffe dieses Mannes hat ein schweres Trauma erlitten.«

Über ihre Empörung lachte er nur. »Der attraktive amische Farmer und die Vorstadtprinzessin. Das ist köstlich.«

Sie funkelte ihn an. »Woher weißt du, dass er attraktiv ist?«

»Ich kenne deinen Typ. Du magst Männer, die schon beinahe verboten gut aussehen.«

»Hast du nicht eine Verabredung, zu der du dringend losmusst?«

»Nein. Ich bin versetzt worden, weißt du noch? Du solltest mir helfen, den Abend zu überstehen. Aber zum ersten Mal ist dein Leben wesentlich interessanter als meins.«

»Du hast mir gerade noch vorgeworfen, kein Leben zu haben.«

»Das war, bevor ich von dem Amischen erfahren habe.«

»Hör endlich auf damit. Da ist nichts«, wehrte sie ab.

»Ich sage dir was.« Er grinste. »Ich komme morgen mal vorbei und besuche den Jungen und seinen Onkel. Liegt er auf der Intensivstation?«

Nickend nahm sie die leeren Weingläser und trug sie zur Spüle. »Ja. Das wäre gut.«

»Siehst du? Ich bin nett.«

Caleb erwachte von dem leisen saugenden Geräusch der Krankenhausapparate. In der Luft hing ein bitterer Geruch, der sich mit dem kupfrigen Aroma von Blut vermischte. Auch als er vollständig wach war, rührte er sich nicht gleich, sondern blieb ganz still in dem viel zu harten, zu kleinen Kunststoffstuhl sitzen, der in einer Ecke des kleinen Raumes stand, in dem Jonah schlief. Ein Seelsorger hatte angeboten, ihm einen Schlafplatz für die Nacht zu besorgen, aber Caleb hatte dankend abgelehnt. Er zog es vor, in Jonahs Nähe zu bleiben. Die stets präsente Schwester stand im dämmrigen Licht des Computermonitors und ließ den Bildschirm nicht aus den Augen. Durch das Fenster hinter dem Schwesternzimmer sah Caleb den grauen Schimmer des neuen Tages.

Sein Hut lag neben dem Stuhl auf dem Boden, weil er keinen anderen Platz für ihn gefunden hatte. Dieser Käfig aus Glas, Linoleum und Stahl sah keinen Raum für persönliche Gegenstände vor.

»Guten Morgen«, sagte die Schwester am Computer.

»Wie geht es ihm?«, fragte er.

»Er ist stabil und hatte eine ruhige Nacht.« Die asiatische Frau sah ihn an, wobei sie weiter auf der Tastatur herumtippte. »Kann ich Ihnen irgendetwas bringen?«

»Danke, nein.«

Caleb stand auf und trat ans Bett. Jonah schien sich während der Nacht nicht gerührt zu haben. Während der dunklen, endlosen Stunden waren Schwestern, Pfleger, Medizinstudenten und mindestens ein Arzt hereingekommen, um nach Jonah zu sehen – oder, um genau zu sein, die Apparate zu überprüfen, an die sein armer, geschundener Körper angeschlossen war. Währenddessen hatte der Junge, soweit Caleb das beurteilen konnte, nicht einmal mit der Wimper gezuckt.

Er legte die Handfläche an die kalten Edelstahlsprossen des Betts. Irgendetwas war in der Nacht mit Jonah geschehen. Die verlorenen Stunden hatten ihn kleiner gemacht, ihm die Lebenskraft ausgesaugt. Der Junge war blasser, als er es noch vor Kurzem gewesen war. Es war einfach … weniger von ihm da.

Vielleicht machte das ein Ort wie dieser mit einem Menschen. Er entzog ihm das Leben, verwandelte ihn in einen Geist. Andererseits, sagte Caleb sich, wäre Jonah jetzt tot, wenn sie ihn nicht ins Krankenhaus gebracht hätten.

Als er nun das weiche, gräuliche Gesicht betrachtete, tobten Panik und Liebe in seiner Brust. Man hatte Jonahs Kopf an einer Seite rasiert und die Schnittverletzungen dort mit etwas zusammengeflickt, was nach Zwirn und Kleber aussah. Sein Gesicht war von blauen Flecken und winzigen Schnitten übersät. Etwas Blut hatte sich in der Ohrmuschel gesammelt. Caleb widerstand dem Drang, es wegzuwischen.

War ich das? fragte er sich. *Habe ich zugelassen, dass einem unschuldigen kleinen Jungen etwas Schlimmes zugestoßen ist?* Die Schuldgefühle fraßen ihn beinahe auf.

Nach dem Tod seines Bruders war Caleb nicht sicher gewesen, ob er Jonah und Hannah vernünftig aufziehen konnte. Und vielleicht war er darin wirklich nicht so gut, aber von Anfang an hatte er gewusst, wie man ein Kind liebt. Es war das Einfachste, was er je getan hatte. Er liebte Jonah von ganzem Herzen, und jede Sekunde seines Leidens litt er mit ihm.

Unter solch ungewöhnlichen Umständen würde ein Mann des Glaubens doch sicherlich beten. Er würde dafür beten, dass sein wunderbares Kind gesund wurde; er würde dem Herrgott dafür danken, Jonah am Leben gelassen zu haben. Aber Caleb Stoltz war kein Mann des Glaubens mehr. Und vielleicht war er das auch nie gewesen.

Er ertappte sich dabei, an John zu denken, seinen älteren Bruder und Jonahs Vater. Johns Glaube war so tief gewesen wie eine Quelle, so endlos wie der Himmel. Er hätte gewusst, wie er für seinen Sohn beten musste.

»Es tut mir leid, John. Das mit deinem Sohn tut mir wirklich, wirklich leid«, murmelte er leise. »Ich werde mein Bestes geben, so gut ich kann. Ich hoffe, es reicht.« Aber noch während er die

Worte aussprach, fürchtete Caleb, dass es nicht reichen würde.

Ihm knurrte der Magen, und das Geräusch klang laut und profan in der unnatürlichen, zischenden Stille des Krankenhauszimmers. Die Bedürfnisse seines Körpers waren ihm ein wenig peinlich. Es kam ihm nicht richtig vor, dass er Hunger hatte, nachdem so etwas Schreckliches geschehen war. Oder dass seine Barthaare wuchsen, dass er auf Toilette musste. Und doch war es so.

Er ging zur Herrentoilette am Ende des Ganges, erleichterte sich und wusch sich die Hände mit der wässrigen Seife aus dem alten Wandspender. Dann trocknete er sie mit dünnen braunen Papierhandtüchern ab. Sein Spiegelbild erschreckte ihn. In Amisch-Haushalten gab es keine Spiegel, denn Spiegel bedeuteten Stolz und Eitelkeit, und davon sollte ein Amischer frei sein. Er spülte sich den Geschmack von Schlaf aus dem Mund und wollte seine Hosenträger richten.

Nur hatte er keine Hosenträger. Er trug immer noch das grüne Hemd und die lose sitzende Hose, die Reese Powell ihm gegeben hatte.

Schnell kehrte er in Jonahs Zimmer zurück. Am Bett stand ein dunkelhäutiger Pfleger und markierte etwas auf einem Tablet. Als Caleb eintrat, lächelte er höflich. »Ihr Sohn war die ganze Nacht über stabil. Das ist ein gutes Zeichen.«

»Wann wird er aufwachen?«, fragte Caleb.

»Das liegt hauptsächlich bei ihm«, antwortete der Mann. »Die Ärzte können Ihnen während der Morgenvisite sicher mehr sagen. Aber Sie sollten mit Ihrem Jungen reden. Anfangs wird er noch etwas groggy sein, aber wenn alles gut läuft, wird er bald richtig aufwachen und plappern wie ein Wasserfall.«

Als der Pfleger gegangen war, kehrte Caleb zu seinem Wachposten am Bett zurück. »Jonah.« Er sagte ein paarmal den Namen des Jungen, einfach nur Jonah, und mehr nicht. Da die Krankenschwester vollkommen in ihren Computer vertieft zu sein schien, traute er sich dann, mehr zu sagen. »Jonah, ich bin's, Onkel Caleb. Ich warte hier darauf, dass du aufwachst, denn wir haben viel, worüber wir reden müssen. Kannst du mich hören, Jonah?«

Der Junge lag still wie ein Stein da. Er wirkte wie einer dieser Engel aus Marmor, die in die Grabsteine gemeißelt waren, die die Englischen auf ihren Friedhöfen so zu mögen schienen.

»Jonah, kannst du mich hören?«, versuchte er es noch einmal. »Ich bin's, Onkel Caleb. Spürst du meine Hand auf deinem Bein? Sie liegt gleich hier auf deinem Knie. Ich mache mir wirklich Sorgen um dich, Jonah. Ich wünschte, du würdest aufwachen, damit wir reden können.«

Er stand weiter da, schaute auf seinen Neffen hinunter, streichelte abwesend mit dem Daumen über das Knie des Jungen. Dann sah er es. Eine winzige Bewegung. Das Flackern eines Schattens auf der Wange.

»Jonah?« Caleb beugte sich vor. »Komm schon, kleiner Mann. Du kannst das.«

Der Junge blinzelte noch einmal und schlug dann die Augen auf. Erst starrte er nach oben, dann schloss er die Augen wieder, als wollte er sich vor dem grellen Licht der Deckenbeleuchtung schützen. Caleb wiederholte seinen Namen, berührte sein Knie und seine rechte Schulter, darum bemüht, keine Aufmerksamkeit auf den dick bandagierten, amputierten Arm zu lenken. Jonah öffnete erneut die Augen – und blinzelte verwirrt. Dieses Mal schaute er nicht zu den Lichtern, sondern zu Caleb. Er bewegte seine Lippen, diese bläulichen, aufgeplatzten Lippen, aber kein Ton kam heraus.

»Sie können ihm etwas Wasser geben«, sagte die Schwester. »Er darf ein wenig Wasser nippen oder Eischips lutschen, bis der Arzt sagt, dass er wieder normal essen und trinken darf.«

Caleb schnappte sich den Pappbecher vom Tablett am Bett. »Hier«, sagte er und hielt Jonah den Strohhalm an die Lippen. Er wechselte in ihre Sprache, die sie *Deitsch* nannten. »Ganz langsam, mein Junge.«

Jonah saugte schwach an dem Strohhalm. Der Großteil des Wassers tropfte ihm seitlich aus dem Mund und rann in das Kissen unter seinem Kopf.

»Hiermit können Sie das Kopfteil des Bettes anheben.« Die Schwester reichte Caleb eine Fernbedienung an einem Kabel.

Caleb fummelte mit der Fernbedienung herum, bis er den Knopf gefunden hatte, der das Kopfteil langsam nach oben fahren ließ. Jonah wirkte etwas erschrocken von der plötzlichen Bewegung, aber als er sah, was passierte, entspannte er sich. Caleb fuhr das Bett nur so weit hoch, dass der Junge schlucken konnte und nicht alles verschüttete. Jonah nahm noch einen Schluck und flüsterte schließlich: »Onkel … Caleb.«

»Das bin ich«, sagte Caleb zu laut und zu fröhlich. »Ich sitze hier schon die ganze Zeit herum und frage mich, wann du wohl aufwachst.«

»Wie lange habe ich geschlafen?«

»Die ganze Nacht und noch ein bisschen länger.« Caleb schaute Jonah direkt in die verwirrt dreinblickenden Augen. »Weißt du, wo du bist?«

Der Blick des Jungen schoss von links nach rechts. Sein armes Gesicht sah aus, als wäre es von gemeingefährlichen Krallen attackiert worden. »Nein.«

»Wir sind im Krankenhaus«, erklärte Caleb. »Du hast dich böse verletzt, Jonah. Wirklich böse. Du musstest operiert werden. Erinnerst du dich daran, dass du dir wehgetan hast?«

»Äh, nein. Ich habe Schwierigkeiten, mich zu erinnern«, antwortete Jonah.

Eine der Schwestern hatte Caleb davor gewarnt. Menschen, die schwere Traumata erlitten hatten, verloren oft alle Erinnerungen an den Unfall. Manchmal kehrten diese Erinnerungen nie mehr zurück. Das war eine Schutzreaktion des Gehirns, das sich nicht an einen so tiefen und unerträglichen Schmerz erinnern wollte.

»Erinnerst du dich daran, dass du zu den Haubers gegangen bist, um ihnen zu helfen?«

»Ja, klar.«

Caleb schämte sich, weil er gehofft hatte, Jonah hätte den gesamten Vormittag vergessen. »Dann erinnerst du dich vermutlich auch daran, dass ich dich gescholten habe«, fuhr er fort. »Ich hätte dich nicht anschreien dürfen, Jonah. Ich hätte es besser wissen müssen.«

»Es stört mich nicht, dass du mich angeschrien hast, Onkel Caleb.«

»Aber mich.« Caleb atmete tief ein. »Erinnerst du dich an den Schredder?«

»Den Schredder?« Jonah runzelte leicht die Stirn. »Ich weiß, wie man ihn bedient. Ich weiß von allen Geräten, wie man sie bedient. Du hast es mir selbst beigebracht.«

Der vertrauensvolle Ausdruck in seinem Gesicht stach Caleb mitten ins Herz. »Etwas hat sich in den Klingen verkantet.«

»Das passiert«, meinte Jonah. »Und ich weiß auch, wie man das richtet. Ich schnappe mir einen langen Stängel und schiebe ihn mit aller Kraft ...« Er brach abrupt ab. Sein Stirnrunzeln vertiefte sich, dann wurde sein Gesicht ganz schlaff. Seine Unterlippe begann zu zittern. »Onkel Caleb?«

Caleb hätte sein eigenes Leben dafür gegeben, die nächsten Worte nicht aussprechen zu müssen. »Es ist etwas Schlimmes passiert, Jonah. Du bist schwer verletzt worden, *Liebling*. Sehr schwer.«

Der Junge öffnete die Lider ganz langsam, als wüsste er irgendwie, was für einer Realität er sich nun stellen musste. Mit einer noch langsameren Bewegung zog er seine rechte Hand unter der blauen Decke hervor. Das Blut war an den Rändern seiner kurzen, breiten Fingernägel getrocknet. Er öffnete und schloss die Faust.

Caleb nahm sie in seine großen Hände und führte sie sich an die Lippen. »Es tut mir so leid, Jonah. So unendlich leid.« Er spürte den Widerstand, als der Junge versuchte, ihm seine Hand zu entziehen. Und mit bestürzender Klarheit wusste Caleb, warum.

Er verspürte den Drang einzuschreiten, bevor Jonah das Undenkbare allein entdeckte. »Jonah, mein Sohn, sieh mich an.«

Die ernsten blauen Augen richteten sich auf Calebs Gesicht. In ihnen lagen Verwirrung und das Gefühl, verraten worden zu sein. Jonah war ein Kind; er hatte sein kindliches Vertrauen darauf gesetzt, dass Caleb auf ihn aufpassen würde, und dieses Vertrauen hatte er verraten.

»Dein anderer Arm ist nicht mehr da, mein Sohn«, sagte Caleb. »Er wurde abgeschnitten.«

Beide verfielen in ein dumpfes Schweigen. Caleb stellte sich vor, wie die Erkenntnis langsam in das Gehirn des Jungen einsickerte.

Jonah rührte sich nicht. Blinzelte nicht. Sprach quälend lange Minuten kein Wort, während er seinen bandagierten Stumpf betrachtete, der in viele Lagen cremefarbenen Verbands eingewickelt war. Aus dem Verband schaute eine Art Kappe oder Ventil heraus.

»Nicht mehr da?«, fragte er mit brüchiger Stimme.

»Er ist in dem Schredder zermalmt worden. Der Schaden war so groß, dass sie nichts mehr tun konnten. Sie mussten dir den Arm abnehmen, um dein Leben zu retten.«

»Nicht mehr da?«, fragte Jonah noch einmal. »Das ist mein Arm. Wie kann der weg sein?«

»Es ist sehr viel auf einmal zu verdauen«, erwiderte Caleb. »Ich bin immer noch … Ich kann es selbst kaum glauben, obwohl ich dabei war. Die Sanitäter haben dir das Leben gerettet. Sie sind sofort gekommen, haben alles in ihrer Macht Stehende getan, um die Blutungen zu stoppen, und dann haben sie den Rettungshubschrauber gerufen.« Das war alles erst vierundzwanzig Stunden her, doch ihm kam es vor, als wäre seitdem ein ganzes Leben vergangen. »Sie haben uns mit dem Helikopter hierher in die Klinik gebracht«, fügte Caleb hinzu. »Dich und mich.«

»Wir sind geflogen.«

»Ja, wir sind geflogen. Im Himmel, wie ein Vogel oder eine Libelle.«

»Verstößt das nicht gegen die Ordnung?«

Caleb bemühte sich um ein Lächeln. »Du bist genau wie dein Daddy«, sagte er. »Um ehrlich zu sein, ich habe mir mehr Sorgen darüber gemacht, dass du verbluten könntest, als darüber, dass wir damit gegen die Regeln verstoßen.«

Jonah zuckte zusammen und riss den Blick von dem schrecklichen, verbundenen Stumpf los. Auf seinem Gesicht zeichnete sich dumpfer, verständnisloser Schock ab. Er hatte den Ausdruck, den man vielleicht auf dem Gesicht einer Mutter sah, die gerade ihr Kind verloren hatte. Miriam Hauber hatte genauso geschaut, als sie nur wenige Stunden nach der Geburt ihr Kind verloren hatte. Dieses wie benebelte, hohle Nichts, als wäre die Welt mit einem Mal zu einem Ort geworden, den er nicht wiedererkannte.

»Was ist dann passiert?«, wollte Jonah wissen.

»Es ging alles ganz schnell«, antwortete Caleb. »Ich bin mir nicht mal sicher, ob ich mich noch richtig an alles erinnere. Sie haben dich in den Helikopter geladen, während die Rotorblätter noch liefen, und sind dann mit dir in die Notaufnahme geflogen. Dann war es wie mit Fliegen bei einem Picknick, bei dem du das Hauptgericht warst. Ich hatte keine Ahnung, dass so viele Menschen um einen so kleinen Hüpfer wie dich herumschwirren können. Sie haben Beutel mit Blut aufgehängt und dich an Kabel und Schläuche angeschlossen und sich gegenseitig Sachen zugerufen, die ich nicht einmal ansatzweise verstanden habe. Alle haben sehr hart daran gearbeitet, dir das Leben zu retten, Jonah. Das ganze Team im Trauma-Zentrum, die Ärzte und Schwestern und Pfleger und so weiter haben dich stabilisieren können. Das bedeutet, sie haben sichergestellt, dass dein Herz und dein Blutdruck und deine Atmung funktionieren, damit sie dich in den OP bringen können.« Es fühlte sich seltsam an, über so unvertraute Dinge zu sprechen, aber Caleb sah keinen Anlass, Jonah irgendetwas zu verheimlichen.

Jonah wandte den Blick zur Decke. »Was ist ein OP?«

»Das ist … das ist ein Raum, in den sie dich gebracht haben, um dich zu operieren und dir damit das Leben zu retten.«

»Haben sie mir da den Arm abgeschnitten?«

Caleb bemerkte überrascht einen Anflug von Kopfschmerzen und massierte sich den Nasenrücken. Er hatte nur selten Kopfschmerzen. »Ja, mein Sohn. Ja.«

Jonah richtete seine Aufmerksamkeit wieder auf den bandagierten Stumpf. »Warst du dabei?«, fragte er. »Ich meine, als sie mir den Arm abgeschnitten haben?«

»Wie bitte? Nein!«

»Ich frage mich, ob sie eine Säge benutzt haben, so wie Elizabeth Kemp beim Schlachten.«

Guter Gott. »Ich habe im Wartezimmer gesessen und die ganze Zeit an dich gedacht. Als die Operation vorbei war, haben sie dich in dieses Zimmer auf der chirurgischen Intensivstation gebracht. Die ganze Nacht über haben Krankenhausmitarbeiter nach dir gesehen. Ich schätze, die Ärzte werden froh sein zu sehen, dass du wach bist und sprichst.«

Caleb schwieg einen Moment. Manchmal war Stille vonnöten und nicht weiteres Geplapper. Das hatte er gelernt, als er in einem einzigen, schrecklichen Moment auf einmal für Jonah und Hannah verantwortlich gewesen war.

Gestern jedoch, als sie den Jungen in den OP geschoben hatten, war er dankbar fürs Reden gewesen. Er erinnerte sich daran, wie er durch den Wartebereich getigert war und sich gefragt hatte, was als Nächstes passieren würde, aber nicht gewusst hatte, wen er danach fragen konnte. Dann war Reese Powell auf ihn zugekommen. Caleb konnte sich nicht mehr entsinnen, was ihm genau durch den Kopf gegangen war, als sie auftauchte. Aber er wusste noch, dass er sich an sie gewandt und ein kleines, aber spürbares Gefühl der Erleichterung empfunden hatte, als sie ihm Kleidung zum Wechseln besorgt und ihn dann durch das Labyrinth des Krankenhauses geleitet hatte.

Er war nicht sicher, warum sie solch ein Interesse an ihm hatte. Alle anderen in der Notaufnahme schienen von einem Notfall zum nächsten zu rasen, durch einen Hindernisparcours aus Ausrüstungen, Kollegen, verängstigten Patienten und Familienangehörigen zu spurten.

Reese hatte auf Caleb sehr jung gewirkt, obwohl sie großes Selbstvertrauen ausgestrahlt hatte. Sie unterschied sich von allen Menschen, die er bisher getroffen hatte – ob Mann oder Frau – auf eine Weise, die ihn verleitete, sie anzustarren, wie er die Niagara-Fälle oder eine Sternschnuppe angestarrt hätte. Ihre kurzen Haare waren schwarz und glänzend wie die Flügel eines Raben, und sie rahmten ein Gesicht ein, das er den ganzen lieben langen Tag hätte anschauen können. Natürlich war es nicht angebracht, dass er die Schönheit einer Frau bemerkte, schon gar nicht zu einem Zeitpunkt wie diesem, aber andererseits änderte seine Faszination für sie nichts an dem, was passiert war, egal, wer blutend auf dem OP-Tisch lag.

Als sie angefangen hatte, mit ihm zu reden, war ihm aufgefallen, dass die Quelle ihrer Schönheit etwas Schlichtes und doch Mächtiges war: Mitgefühl, verbunden mit einer ernsten Intelligenz. Sie hatte so eine Art, ihn anzusehen, als wüsste sie, wie viel Angst er um Jonah hatte und wie wichtig es ihm war zu verstehen, was geschehen war und was seinen Neffen erwartete. Als sie ihm alles erklärt hatte, hatte Caleb einen Anflug von Hoffnung verspürt. Er wusste, dass eine Medizinstudentin erst am Anfang ihrer Laufbahn als Ärztin stand, so wie ein Zimmermannslehrling von einem erfahrenen Zimmermann noch viel zu lernen hatte. Und doch wusste sie Dinge, die er sich nicht einmal vorstellen konnte. Dinge über den menschlichen Körper und seine Funktionsweise. In den langen Stunden des Vortages hatte Reese Powell absolut entschlossen gewirkt, bei ihm zu bleiben und nicht nur die Fragen zu beantworten, die er stellte, sondern auch die, von denen er nicht wusste, wie er sie formulieren sollte.

Damit wusste er schon eine ganze Menge über die Frau, die er gerade erst kennengelernt hatte. Aber das hatte Caleb schön häufiger erlebt. Er traf jemanden und wusste anhand einer wenige Minuten andauernden Unterhaltung, wie dieser Mensch war.

Doch das war jetzt egal. Vermutlich würde er sie nie wiedersehen. Sie war eine der vielen Fremden, die durch sein Leben glitten. Und doch kehrten seine Gedanken immer wieder zu Reese Powell zurück. Neben ihrer entschlossenen, einschüchternden Intelligenz hatte er auch etwas Steriles und Einsames an ihr gespürt. Als sie in die Cafeteria gegangen waren, hatte sie auf dem Weg dorthin mit niemandem gesprochen. Vermutlich war es ganz untypisch für sie, dass sie sich die Zeit genommen hatte, ihm in seiner ersten Nacht in der Stadt zu helfen.

Jonah sah ihn schweigend an, und Caleb fühlte sich schuldig, weil er über seine Begegnung mit dieser Frau nachgedacht hatte. Das Gesicht seines Neffen wurde ganz weich und schläfrig, und ihm fielen die Augen halb zu. »Wo ist Hannah?«, fragte er leise.

Caleb sah Jonahs Schwester vor sich, zusammengesackt auf dem Boden, als der Helikopter ihren Bruder davontrug. »Zu Hause in Middle Grove. Ich habe Alma über die Telefonzelle informiert, dass du wieder gesund wirst. Und das wirst du, kleiner Mann, das schwöre ich.«

»Wie kann ich gesund werden, wenn mein Arm fehlt?« Jonahs Stimme war nur ein zartes Flüstern.

»Weil du Jonah bist. Mein bester guter Junge. Und ich schwöre bei allem, das ich bin, dass wir das gemeinsam überstehen.«

Unter der Lüge schnürte sich ihm die Kehle zusammen. So einen Verlust konnte man nicht überstehen.

»Weiß Hannah von meinem Arm? Hast du Alma gesagt, sie soll es ihr erzählen?«

»Ich habe Alma gesagt, dass du wieder auf die Beine kommst«, erwiderte Caleb. »Sie wird es Hannah ausrichten.« Er hatte nichts über den Arm gesagt, sondern nur, dass Jonah auf dem Weg der Besserung war. Angesichts dessen, was Hannah und ihr Bruder bereits verloren hatten, war er ihr die ganze Wahrheit schuldig, aber erst, wenn er sie sehen konnte, ihre Hand halten, sie trösten.

»Du trägst komische Sachen«, stellte Jonah fest.

Caleb schaute an sich hinunter. »Eine Lady namens Reese hat sie mir geliehen.« Er verschwieg, dass seine eigenen Sachen von Jonahs Blut getränkt gewesen waren.

Jonah nickte nur und gähnte, dann fielen ihm die Lider flatternd zu.

»Du ruhst dich jetzt aus.« Caleb streichelte ihm sanft über die Stirn. »Schlaf, solange du willst.«

Caleb schloss die Augen ebenfalls, doch er schlief nicht. Stattdessen wanderten seine Gedanken in der Zeit zurück und berührten Augenblicke, die er für immer im Heiligtum seiner Erinnerungen bewahren würde.

Als er ein Junge im ungefähren Alter von Jonah gewesen war, hatte Caleb oft am Dorftelefon herumgelungert und entgegen aller Wahrscheinlichkeit gehofft, dass es klingeln und er am anderen Ende der Leitung die Stimme seiner Mutter hören würde. Hoffte, sie würde erklären, warum sie ihn und seinen älteren Bruder John im Stich gelassen hatte und nie zurückgekommen war.

Natürlich klingelte das Telefon nie. Caleb hatte versucht, ihren Namen im Telefonbuch zu finden, einem schmalen, papiergebundenen Verzeichnis mit malerischen Bildern der Poconos auf dem Titel. Er erinnerte sich daran, auf dem Fußboden der kleinen Hütte gesessen und methodisch jeden Namen in dem Buch gelesen zu haben auf der Suche nach Jenny Stoltz oder Jenny Fischer, ihrem Mädchennamen. Irgendwann war John gekommen und hatte ihm erklärt, dass in dem Buch nur die Namen der Leute standen, die ein eigenes Telefon besaßen.

»Mem könnte eine Million Meilen entfernt sein«, hatte John gesagt. Er war sieben Jahre älter als Caleb und wusste viele Dinge. »Du wirst ihren Namen in keinem der Bücher hier in der Gegend finden.«

Kurz danach, erinnerte sich Caleb, hatte John den großen Sprung gewagt, entschlossen, sein Leben zu beenden, indem er von der Hängebrücke am Stony Gorge sprang. Bis zu dem Tag hatte niemand die schrecklichen Dämonen verstanden, die John verfolgten und ihn so sehr quälten, dass er seinem Leben ein Ende setzen wollte. Damals hatte auch Caleb den Zusammenhang zwischen der Abwesenheit ihrer Mutter und Johns Verzweiflung nicht hergestellt.

Aber an jenem Tag war ein Wunder geschehen. Obwohl er gute dreißig Meter in die Tiefe gestürzt war, war John nicht gestorben. Er war mit ein paar Prellungen, Kratzern und einem gebrochenen Arm davongekommen. Die Leute, die den Vorfall beobachtet hatten, sprachen darüber nur in leisen, ehrfürchtigen Tönen.

John selbst war nach dem Sprung wie verwandelt. Er war danach ein wiedergeborener Mann und kein wütender Rebell mehr und hatte erklärt, dass es die Hand Gottes war, die ihn gerettet hatte. In der Zeit, die er gebraucht hatte, sich von der Hängebrücke zu stürzen, war sein Leben neu erschaffen und ihm zurückgegeben worden. Aus Dankbarkeit verkündete er, dass er den Rest seiner Tage damit verbringen wollte, Gott zu dienen. Und er machte sich mit einer Hingabe an diese Arbeit, die beinahe schon fanatisch war. Er war in die Gemeinde zurückgekehrt, hatte sich demütigen Herzens taufen lassen, Naomi geheiratet und einen neuen Weg eingeschlagen.

Nachdem die Kinder gekommen waren, schienen alle zu glauben, dass die schlimmen Zeiten endlich hinter ihnen lagen. Caleb dachte immer noch an seine Mutter, aber die Zeit dämpfte den Schmerz des Verlustes. Er bewunderte, wie es seinem Bruder gelungen war, sein Leben nach diesem verzweifelten Tag am Stony Gorge neu zusammenzusetzen.

Und doch ertappte Caleb sich oft dabei, wie er sich Gedanken über die Welt machte. Er hatte Tagträume von Flugzeugen, die über ihn hinwegflogen, oder von Autos, die über den Highway brausten. Gegen die Regeln seines Vaters lieh er sich Bücher aus der örtlichen Bücherei aus und las Romane über Fantasiewelten und ferne Orte und Menschen, die mit Schwierigkeiten kämpften, die er sich nur ansatzweise vorstellen konnte. Als er sechzehn wurde, wusste er, dass er in die Welt hinausziehen musste. Sein Vater hatte es ihm natürlich verboten, aber Caleb war entschlossen gewesen.

Die Sache bei den Amischen war die: Den Jugendlichen wurde nicht nur erlaubt, das Leben außerhalb der Grenzen der Gemeinde zu erleben, sondern sie wurden sogar dazu ermutigt. Diese Zeit hatte sogar einen speziellen Namen: *Rumspringa*. Die meisten Jugendlichen kamen zurück, um sich taufen zu lassen und dem schlichten Leben zu verschreiben. Die Gemeinde dachte, dass Caleb seine *Rumspringa* so verleben würde, wie die meisten es taten – mit Autos herumfahren, Zigaretten und Joints rauchen, laute Musik hören, in Shoppingmalls herumhängen und ins Kino gehen.

Doch Caleb hatte gewusst, dass er zu der geringen Anzahl von amischen Jugendlichen gehörte, die ihre Gemeinde für immer verlassen würden. Er wusste, dass er sich nie der Kirche anschließen, nie ein amisches Mädchen heiraten, nie eine Familie in der Weise aufziehen würde, wie sein Bruder es tat. In ihm herrschte schon immer eine Sehnsucht, er hatte immer einen Fuß in der Tür, bereit zu fliehen. Er wollte eines Tages das Meer sehen. Wollte in einem Flugzeug fliegen. Er wollte Algebra lernen und Naturwissenschaften und Literatur und alles, was mit der Natur zusammenhing, studieren. Er wollte die Welt in all ihrer chaotischen, verwirrenden Schönheit erfahren.

Aber vor allem wollte er Distanz zu seinem Vater.

Anstatt zu feiern, verbrachte Caleb seine Zeit in der Bibliothek. Er lernte, Bücher und Computer als Informationssysteme zu nutzen, um alles herauszufinden, was er sich nur vorstellen konnte.

Und so fand er schließlich seine Mutter. Eine zermürbende Busfahrt hatte ihn nach Florida gebracht, wo die Luft so heiß und feucht war, dass er kaum atmen konnte. Die Stadt lag weder in der Nähe des Meeres noch in der Nähe vom Golf von Mexiko, sondern kauerte sich an den Rand eines Highways, der den langen, schmalen Staat durchtrennte. Seine Suche endete in einer Straße, die von bescheidenen Häusern, vertrocknetem Gras und Bäumen gesäumt war, an denen kleine, orangefarbene und bittersüße Früchte hingen, die Calamondin-Orangen hießen. Noch immer erinnerte er sich an die Miene seiner Mutter, als sie die Haustür geöffnet hatte. Erst war ihr vor Schreck sämtliche Farbe aus dem Gesicht gewichen, dann hatte sich darauf ein Ausdruck des Staunens ausgebreitet.

»John?«

»Caleb«, korrigierte er sie. Bei Gott, sie konnte ihre Söhne nicht auseinanderhalten.

»Wer ist da, Mom?«, rief eine Stimme, dann kam ein junges Mädchen an die Tür. Sie blieb stehen und sah Caleb an. Obwohl er englische Kleidung trug, starrte sie ihn an, als wäre er ein Außerirdischer.

Mem lehnte sich gegen den Türrahmen und legte den Kopf in den Nacken. Sie schaute in den Himmel hinauf und schloss dann die Augen.

Da es bei ihm zu Hause keine Fotos von ihr gab, waren die Erinnerungen an ihr Gesicht im Laufe der Zeit verblasst. Er hatte immer wieder versucht, sie sich vorzustellen, aber das Bild wollte sich nie formen. Nun jedoch sah er Hannah in dem Schwung ihrer Wangen, in dem welligen blonden Haar. Er sah Jonah in den hellblauen Augen und den geschäftigen Händen.

Sie bewegte die Lippen, aber es kam kein Laut heraus. Die Beine schienen unter ihr nachzugeben, und sie ließ sich auf die Fußmatte sinken und zog die Knie an die Brust. Ein trockener Schluchzer stieg in ihrer Kehle auf, und dann öffneten sich die Fluttore.

Daran erinnerte er sich noch von früher. Mem hatte immer viel geweint. Das Mädchen – später erfuhr Caleb, dass es Nancy hieß –

zog sich zurück. In ihren weit aufgerissenen Augen spiegelte sich Angst. »Mom!«, rief sie. »Mommy, was ist los?«

»Du reißt dich besser zusammen, Mem«, sagte Caleb in Deitsch.

Vielleicht war es die ihr einst vertraute Sprache, die ihre Aufmerksamkeit erregte. Sie atmete tief ein und stand wieder auf. Caleb drückte die Tür ganz auf. »Lass uns hineingehen.«

Er betrat das fremde Haus. Es hatte einen Vinylfußboden und schäbige Möbel, und es roch feucht nach Schimmel. Das Mädchen namens Nancy setzte sich auf einen Hocker in der Ecke, und Mem setzte sich an das eine Ende eines Sofas. Caleb blieb im Türrahmen stehen und verschränkte die Arme vor der Brust. »Wir sind eines Morgens aufgewacht, und du warst fort«, sagte er.

Schweigen breitete sich zwischen ihnen aus. Der Ventilator an der Decke ließ eine kühle Brise durch den Raum wehen, einen magischen Wind, der den heißen Tag abkühlte.

»Nancy, Liebes, geh nach draußen spielen«, sagte Mem. »Ich muss kurz mit Caleb allein reden.«

Das Mädchen reckte das Kinn. »Ich will aber bleiben.«

Mem sah sie ruhig an. »Geh«, wiederholte sie. »Wir unterhalten uns später.«

Nancy zögerte eine Sekunde. Dann stieg sie vom Barhocker und verließ den Raum. Das Klicken der Fliegengittertür markierte ihren Abgang.

Endlich begann Mem zu reden, und sie schien für Stunden nicht mehr aufzuhören. »Ich konnte nicht bleiben. Ich ertrank – oder erstickte. So habe ich mich Tag und Nacht gefühlt. Ich konnte nicht atmen, lebte in der Angst davor, was Asa mir als Nächstes antun würde. Ich war so jung und naiv, ich wusste nicht einmal, wie man die Dinge nennt, die er mit mir gemacht hat.«

Caleb hatte nicht gewusst, was er dazu sagen sollte. Er war sich nicht ganz sicher gewesen, was sie damit meinte, aber da er das Temperament seines Vaters kannte, hatte er eine gewisse Ahnung.

»Ich bin in jener Nacht weggelaufen, ohne irgendetwas mitzunehmen«, fuhr Mem fort. »Asa hatte mir sehr wehgetan. Ich dachte, ich würde sterben, aber das tat ich nicht. Ich habe überlebt und war zum ersten Mal in meinem Leben allein. Es war schrecklich. Aber nicht so schrecklich, wie es gewesen wäre zu bleiben. Anfangs hatte ich meinen Lebenswillen verloren. Ich bin auf einen viel befahrenen Highway gerannt, ohne einen Gedanken daran zu verschwenden, was mir passieren könnte. Ich war verloren. So unglaublich verloren.« Sie wandte den Kopf zum Fenster und schaute hinaus. »Ich habe viele dumme Fehler gemacht, aber Stück für Stück habe ich es geschafft. Hier in Florida habe ich Arbeit gefunden und noch einmal von vorn angefangen.«

»Ist dir nie in den Sinn gekommen, dich um deine Kinder zu kümmern?«, fragte Caleb. »Hast du geglaubt, es wäre richtig, uns mit dem Mann allein zu lassen, vor dem du weggelaufen bist, weil du solche Angst vor ihm hattest?«

Sie musterte ihn aus blassen, tränenerfüllten Augen. »Asa hätte nie zugelassen, dass ich euch mitnehme, und zu bleiben, das war für mich unmöglich. Ich hatte keinen Penny. Ich kannte nichts anderes als das einfache Leben. Und ich hatte nie einen Fuß außerhalb der Gemeinde gesetzt. Ich konnte nur hoffen, dass es dir und John gut ergehen würde.« In ihren Augen spiegelte sich ihr Schmerz. »Hat er ... hat dein Vater ...?«

»Du meinst, ob er mich geschlagen hat? Ja, sicher, bis John groß genug war, um sich zu wehren und mich zu verteidigen.«

Ihr Vater hatte nicht den Hauch einer Ahnung gehabt, wie man zwei Jungen aufzog. Er war schon immer streng und ernst gewesen und hatte ein furchteinflößendes Temperament gehabt, aber Caleb hatte keine Erinnerung an die schrecklichen Dinge, die Mem erlitten hatte. Doch er hatte die Wutausbrüche seines Vaters am eigenen Leib erlebt. John hatte den Großteil der Schläge abbekommen. Und ja, es waren Schläge, keine Klapse – mit einem Gürtel, einer Schaufel, einer Bügelsäge oder jeder anderen Waffe, die sein Vater sich gerade schnappen konnte. Caleb hatte immer zitternd unter der Kellertreppe gekauert, wenn sein Vater auf John losgegangen war. Nachts hatte er das Schniefen seines Bruders gehört, der versuchte, lautlos zu weinen, denn wenn ihr Vater Wind davon bekommen hätte, dass er weinte, hätten die Schläge von Neuem begonnen.

Eines Sonntags hörte Caleb, wie John den Bischof um Hilfe bat. Der Bischof hatte erwidert, dass ein Mann verpflichtet war, seine Familie zu disziplinieren, um die friedliche Frucht der Rechtschaffenheit zu erhalten.

Später am gleichen Tag hatte Caleb sich über den Apfeleimer hergemacht und so viele Äpfel gegessen, wie sein Magen aushalten konnte. Als sein Vater ihn entdeckte, hatte Caleb erklärt, dass er die Frucht der Rechtschaffenheit probierte. Asa explodierte vor Wut und zerrte Caleb in den Garten hinaus, um ihn zu verprügeln. Das war der Moment, in dem John einschritt. Mit fünfzehn war er bereits eine Hand größer als ihr Vater. Er stellte sich wie eine Wand zwischen Caleb und Asa.

»Du wirst keine Hand an meinen Bruder legen«, hatte John gesagt. »Nicht heute. Und niemals. Wenn du heute jemanden schlagen willst, dann mich.«

Calebs Mutter sackte in sich zusammen. »John war immer der Beschützer. Er wusste, wie er seinem Vater entgegentreten musste. Und sieh dich nur an. Wie attraktiv du geworden bist. Ich wusste, dass John sich um dich kümmern und es dir gut ergehen würde.«

»Wenn du das gerne glauben möchtest.«

»Du siehst wundervoll aus.« Sie saugte ihn förmlich mit ihren Blick auf. »Es ist ein Wunder, dich wiederzusehen, Caleb. Ich hätte nie gedacht, dass es einmal passiert, aber ich habe von diesem Tag geträumt. Du bist so groß und stattlich wie dein Bruder. So selbstbewusst und klug. Wie geht es John heute?«

»John hat versucht, sich das Leben zu nehmen«, erklärte er seiner Mutter.

Sie wurde ganz still. »Oh, Herr im Himmel«, flüsterte sie. »Nein. *Nein.*«

»Er ist von der Brücke am Stony Gorge gesprungen …«

»Nein«, wiederholte sie voller Entsetzen.

»Er war siebzehn Jahre alt. Und er ist nicht gestorben. Er war nicht einmal allzu schwer verletzt. Laut der Leute, die es beobachtet haben, ist er aufgestanden, hat sich den Staub abgeklopft und ist zu Fuß den ganzen Weg nach Middle Grove zurückgegangen.

Dr. Shrock hat ihm den gebrochenen Arm gerichtet. Das Einzige, was er verloren hat, war sein Hut.« Und sich selbst, ergänzte Caleb stumm. Nach dem Vorfall war John so anders gewesen. Er sah noch genauso aus – auch wenn sein Gesicht seit der Taufe der klassische Bart umrahmte. Und doch schien da weniger von Calebs Bruder zu sein. Ja, John hatte sich mit Eifer auf seinen Glauben gestürzt, aber er hatte sich irgendwie verändert. Er war nicht mehr er selbst. Beinahe wie ein Uhrwerk rezitierte er die Sprüche aus den *Regeln für ein gottesfürchtiges Leben*.

»Mein armer John.« Eine Träne löste sich aus Mems Auge und rollte ihr über die Wange. »Er ist nicht verletzt worden. Das ist ein Wunder.«

»Inzwischen ist er verheiratet. Naomi und er haben zwei Kinder, Hannah und Jonah.«

»Ich wünschte, ich könnte ihn sehen«, sagte Mem. »Und die Kinder …«

»Du stehst unter dem Bann«, erwiderte er. »Jetzt, da er in der Kirche ist, würde er nicht mehr mit dir sprechen. Wir hätten dich vor Jahren gebraucht, doch da warst du nicht da. Schlussendlich haben wir gelernt, ohne dich zurechtzukommen.«

Sie schlang die Arme um sich und begann erneut zu weinen. Caleb schaute sich in dem Raum um, der düster und kalt war und in dem der Geruch nach Schimmel in der Luft hing. Auf einem Regal standen Fotos von Nancy aus verschiedenen Jahren, und auf einem anderen Regal gab es eine Sammlung von Selbsthilfebüchern – *Überleben nach dem Missbrauch. Verändere deine Gedanken, und du veränderst dein Leben.*

Selbst jetzt noch zuckte Caleb unter der Erinnerung zusammen, wie das Gesicht seines Vaters wutverzerrt gewesen war und John sich standhaft geweigert hatte nachzugeben. Wenn John sich nicht für seinen jüngeren Bruder eingesetzt hätte, wäre Caleb vielleicht derjenige gewesen, der auf der Hängebrücke über dem Abgrund gestanden hätte, nicht John. Er schuldete seinem Bruder Ergebenheit und Loyalität. Das war eine Schuld, die er nie würde zurückzahlen können.

Jonah begann sich zu rühren. Er öffnete die Augen weit und schien sich selbst wachzurütteln. Sofort schoss sein Blick zu dem Verband, dann zu Caleb. »Ich wünschte, ich hätte meinen Arm noch«, sagte er.

»Ich auch«, entgegnete Caleb. »Ich habe gerade an deinen *Dat* gedacht, meinen Bruder John. Er war der mutigste, stärkste, liebevollste Mensch der Welt, und du bist sein Fleisch und Blut. Es wird wirklich schwer werden, aber eines Tages wirst du genauso sein wie er.«

»Aber was ist, wenn ich nicht mutig und stark sein kann?«

»Das kannst du. Ich werde dir helfen, so wie dein Dat mir geholfen hat.« Caleb streckte die Hand aus und berührte sanft Jonahs Kopf. »Und deshalb werde ich dich nie verlassen.«

Es gab keine Tür zu dem Raum auf der Intensivstation, in dem Jonah lag, nur eine breite Öffnung zum Schwesternzimmer. Eine der Schwestern stand immer an dem Computer und beobachtete alles auf dem Bildschirm. Bei jedem Schichtwechsel fragten sie Caleb, ob er etwas brauche, ob er jemanden anrufen wolle, aber er lehnte immer höflich ab. Er nahm sich jedoch ein Buch über Schnorcheln in der Karibik und las es in dem dämmrigen, künstlichen Licht von vorne bis hinten.

Gerade wollte er Jonah ein paar der Bilder zeigen, als Reese Powell auftauchte. Sie trug eine weite blaue Hose mit passendem Shirt und darüber einen hüftlangen, weißen Kittel, in dessen vielen Taschen verschiedene Objekte aus Edelstahl und Gummi steckten. Als sie den Raum betrat, brachte sie etwas mit, mit dem Caleb nicht gerechnet hatte: den Geruch von Blumen. Das muss ihre Seife sein, dachte er und fühlte sich sofort schuldig, weil ihm ihr Duft aufgefallen war.

»Guten Morgen«, sagte sie. »Ich wollte mal sehen, wie es Jonah so geht.«

»Er ist vor ein paar Minuten aufgewacht und wartet auf sein Frühstück.« Calebs Neffe war wütend und verängstigt aufgewacht. Alles hier im Krankenhaus war für ihn neu und fremd, und er kämpfte immer noch damit, den Verlust seines Armes zu verarbeiten.

Sie schaute Jonah mit weichem, freundlichem Blick an. »Hallo, Jonah.«

Der Junge beobachtete sie aus misstrauisch zusammengekniffenen Augen und murmelte. »Morgen.«

»Ich freue mich, dich kennenzulernen«, sagte sie. »Ich heiße Reese Powell, und ich hatte Dienst in der Notaufnahme, als du eingeliefert wurdest. Wir alle haben uns angestrengt, um das bestmögliche Ergebnis zu erzielen.«

»Das ist kein gutes Ergebnis«, entgegnete Jonah.

»Das stimmt.« Sie nickte. »Es tut mir leid.« Sie überreichte Caleb ein in Papier eingeschlagenes Paket. »Ihre Kleidung. Ich habe sie für Sie reinigen lassen.«

Er las das Etikett auf dem Paket – *City Wash & Fold* – und fragte sich, was Reese wohl über den alten Waschstein und die handbetriebene Mangel auf der Farm denken würde.

Jonah sah sie mit für ihn untypischer Verärgerung an. »Reese«, sagte er beißend. »Das ist kein Name, das ist eine Süßigkeit.«

»Wenigstens bin ich nie von einem Wal verschluckt worden«, gab sie zurück.

Caleb verfolgte den Wortwechsel erstaunt. Noch nie war Jonah einem anderen Menschen gegenüber so unhöflich gewesen. Doch genauso erstaunt war er darüber, dass es Reese nicht das Geringste auszumachen schien. Trotz allem, was passiert war, verspürte er einen Anflug von Amüsiertheit.

Jonah lehnte sich gegen das Kissen, und Caleb sah, dass seine Angst ein klein wenig nachgelassen hatte. »Die Geschichte habe ich immer gemocht«, murmelte er. »Sind Sie Ärztin?«

»Beinahe. Ich wollte nur vorbeischauen, weil ich dachte, dass du vielleicht ein paar Fragen hast. Du hast hier ein sehr erfahrenes Team, das sich um dich kümmert. Ich gehöre nicht dazu, weil ich auf einer anderen Station arbeite, aber ich kann gerne mit dir über deinen Arm sprechen, wenn du willst.«

»Warum ist er weg?«, fragte er.

»Weil er sehr schwer verletzt war. Sie wollten ihn retten, aber der Schaden war zu groß.«

»Wo ist er jetzt?«, fragte Jonah.

Sie hielt den Atem an. »Du meinst deinen Arm.«

Der Junge nickte.

»Er … der Teil, der abgenommen wurde, ist weggebracht worden.« Sie verlagerte das Gewicht auf den anderen Fuß und steckte ihre Hände in die Taschen ihres Kittels.

»Wohin hat man ihn gebracht?«, hakte Jonah nach.

»Den genauen Ort kenne ich nicht, aber das Krankenhaus hat eine spezielle Art, sich darum zu kümmern.«

»Was für eine spezielle Art ist das?«

»Nun, es gibt bestimmte Regeln. Er muss verbrannt und dann entsorgt werden. Was vermutlich schrecklich klingt.«

»Zu Hause verbrennen wir unseren Müll.«

»Dein Arm war kein Müll, Jonah.«

»Ich wünschte, ich hätte meine Hand zurück.«

»Das wünschten wir alle. Aber nun musst du mit dem arbeiten, was du hast. Du bekommst etwas, das sich Prothese nennt. Vielleicht sogar mehr als eine, das kommt darauf an, was das Beste für dich ist. Es wird eine Weile dauern, weil dafür viele Schritte nötig sind. Erst muss die Wunde verheilen, dann bekommst du Physiotherapie. Ich verspreche, dein Behandlungsteam wird dir ganz viel helfen.«

»Was ist mein Behandlungsteam?«

»Die Ärzte, Schwestern, Therapeuten und alle Menschen, die für dich da sind. Es ist eine andere Welt als gestern, so viel steht fest, aber irgendwann wirst du stärker sein als je zuvor. Ich weiß, im Moment scheint das kaum möglich zu sein, aber ich habe es schon erlebt.«

»Woher wissen Sie das?«

Sie verschränkte die Arme vor der Brust und sah ihm direkt in die Augen. »Ich weiß so einiges.«

»Was denn?« Er kniff misstrauisch die Augen zusammen.

»Wenn sie dich auf die neue Station bringen, werde ich dich einigen Kindern vorstellen, deren Superkräfte dich umhauen werden. Weißt du, was eine Superkraft ist?«

»Natürlich. Und ich weiß, dass sie sich das in den Büchern nur ausdenken.«

»Ah. Da irrst du dich. Es gibt einen Patienten, der hatte eine Herztransplantation, und er kommt immer noch jede Woche her, um Ballontiere für die anderen Kinder zu machen, nur, um sie lächeln zu sehen. Wenn das keine Superkraft ist, weiß ich es auch nicht.«

»Der Chirurg hat gesagt, ich hätte Glück gehabt«, meinte Jonah. »Finden Sie, dass es Glück ist, wenn einem der Arm abgeschnitten wird?«

Sie schaute von rechts nach links, dann beugte sie sich über ihn. »Lass mich dir etwas über Chirurgen verraten. Wenn sie sagen, du hättest Glück gehabt, hattest du es nicht. Was sie wirklich meinen, ist, dass sie gedacht haben, du würdest sterben, bist es aber nicht. Also vielleicht haben deine Superkraft und die Superkraft des Chirurgen zusammengearbeitet.«

Jonah riss die Augen auf. Caleb sah, dass seine Angst beinahe verschwunden war. Es konnte sein, dass die schonungslose Ehrlichkeit von Reese Powell genau das war, was der Junge brauchte. Ihm gefielen ihr Mitgefühl und die Art, wie sie mit Jonah sprach. Sie versuchte nicht, die Probleme, die ihm bevorstanden, schönzureden.

Reese wandte sich ihm zu und wirkte ein wenig nervös. »Wie ist es Ihnen letzte Nacht ergangen?«, erkundigte sie sich. »Ist einer der Sozialarbeiter gekommen und hat Ihnen geholfen, einen Schlafplatz zu finden?«

Als Caleb nicht sofort antwortete, ließ Jonah den Blick zu dem Kunststoffstuhl in der Ecke gleiten, unter dem immer noch Calebs Hut lag. »Ich wette, er war die ganze Nacht über hier.«

»Das waren Sie nicht, oder?«, fragte sie Caleb.

Er wollte niemanden in Schwierigkeiten bringen, also zuckte er nur mit den Schultern und sagte: »Ich wollte hier sein für den Fall, dass Jonah aufwacht.«

Reese biss sich auf die Unterlippe. Sie hatte sehr weiße, sehr gerade Zähne und weich aussehende Lippen – was ihm alles gar nicht hätte auffallen sollen. »Sie werden niemandem etwas nützen, wenn Sie nicht vernünftig schlafen und essen«, erklärte sie, und ihre Bestimmtheit überwand alle kulturellen Grenzen zwischen den Englischen und den Amischen. Es gab so viel, was an dieser

Frau bewundernswert war: ihre wohlüberlegten Gesten, dass sie sich gestern, an seinem ersten Abend in der Stadt, Zeit genommen hatte, ihm zu helfen. Und sie hatte eine ehrliche, klare Art, Jonah die Dinge zu erklären.

Er fragte sich, wie ihre Welt außerhalb des Krankenhauses wohl aussah. Verbrachte sie viel Zeit mit ihrer Familie und ihren Freunden? Wohnte sie in der Nähe? Was machte sie, wenn sie nicht arbeitete?

Er stellte sie sich in englischer Kleidung vor, wie sie Auto fuhr, sich ihre Fingernägel in einem Salon lackieren ließ – ein Konzept, das für die Amischen so fremd war, dass sie es sich kaum vorstellen konnten. Ging sie mit Freunden in Bars? Surfte sie im Internet? Studierte sie ihr Handy, als enthielte es die Geheimnisse des Universums?

Aus einer ihrer Kitteltaschen ertönte ein Summen. Sie holte ein flaches Mobiltelefon mit einem glänzenden Display heraus. »Ich muss los«, sagte sie.

»Ich wünschte, Sie könnten bleiben«, erwiderte Jonah.

»Das freut mich. Aber ich arbeite in der Notaufnahme, nicht in der Chirurgie. Ich bin nur hochgekommen, um zu sehen, wie es dir geht.«

»Oh«, sagte Jonah, der ganz eindeutig den Unterschied zwischen der Notaufnahme und der Chirurgie nicht kannte.

Sie zog sich, immer noch redend, zur Tür zurück. »Ich sag dir was. Am Ende meiner Schicht komme ich noch mal vorbei. Wenn sie dich auf eine andere Station verlegt haben sollten, finde ich dich. Und weißt du, was noch? Wir finden einen Platz, wo dein Onkel übernachten kann. Vielleicht besorgen wir ihm auch einen bequemeren Stuhl.«

Das entlockte Jonah den Anflug eines Lächelns. »Ja, das wäre gut, Reese.«

Sie schenkte ihm einen Blick, dem selbst ein verwundeter Junge nicht widerstehen konnte. »Du kommst wieder in Ordnung, Jonah Stoltz«, sagte sie. »Das ist ein Versprechen. Und weißt du was?«

»Was?«

»Versprechen zu halten ist *meine* Superkraft.«

6. Kapitel

Für einen Ort der Genesung war das Krankenhaus eine sehr kalte, laute Institution. Die Menschen waren so sehr damit beschäftigt, ihrer Arbeit nachzugehen, dass sie die Besucher kaum bemerkten. Während sie hierhin und dorthin eilten, wichen die meisten Caleb aus, als wäre er ein Möbelstück. Was ihm allerdings nichts ausmachte. Er hatte keine Lust, das abzuwehren, was die Englischen »Small Talk« nannten – eine Angewohnheit, die Stille mit sinnlosem Geplapper zu füllen.

Die Amischen hatten nichts Vergleichbares. Zumindest fiel Caleb nichts ein. Wenn Schweigen herrschte, ließen sie es zu. Niemand fühlte sich verpflichtet, die Leere zu füllen.

Wenn die Leute in dieser Welt jedoch niemandem zum Reden hatten, sprachen sie in ihre Handys, mit denen sie über Kopfhörer verbunden waren, oder tippten auf dem Display herum, schickten sich Nachrichten und Fotos hin und her. Das taten sie sogar im Gehen, wobei sie kaum darauf achteten, wohin sie ihre Füße setzten.

Die Patienten wurden zumeist bei ihren Verletzungen und nicht bei ihren Namen genannt. Manchmal wurden sie der »Code« genannt oder »die Leberbiopsie in Raum zehn«, als würde ihre Krankheit ihre gesamte Persönlichkeit definieren. Die Krankenhausmitarbeiter schienen nicht wissen zu wollen, dass »das Aneurysma« jemandes Großmutter war oder »der Bypass« mehr als siebenundzwanzig Jahre in der öffentlichen Bibliothek gearbeitet hatte.

Jonah driftete zwischen Schlafen und Wachen, während die Stunden vergingen. Wenn er wach war, wirkte der Junge auf Caleb vollkommen verändert. Er war hohl, freudlos, mit dem Blick von jemandem, der für ein Verbrechen bestraft worden war, das er nicht begangen hatte.

Als Jonah schlief, ging Caleb in die Herrentoilette und wusch sich, wofür er ein kleines Reiseset nutzte, das eine Schwester ihm gegeben hatte und das Seife, eine Zahnbürste und Zahnpasta sowie einen Einwegrasierer enthielt. Dann zog er seine frisch gereinigten Sachen an, die gewaschen, gebügelt und zu einem ordentlichen Päckchen zusammengefaltet worden waren. Sein schlichtes Hemd war nie so gestärkt gewesen. Es war besser als neu. In seiner eigenen Kleidung fühlte Caleb sich wieder mehr wie er selbst, und er war der leicht herrischen und dennoch fürsorglichen Reese Powell sehr dankbar.

Ein wenig erfrischt atmete er die künstlich wirkende Luft ein, die durch die Klimaanlage in den Flur geblasen wurde. Am Ende des Korridors gab es ein Fenster, hinter dem er den blauen Himmel und hohe, moderne Gebäude sehen konnte. Er sagte der Schwester, die gerade bei Jonah war, wo er zu finden sei, und ging dann über die Treppe nach unten. Es gab einen zum Krankenhaus gehörenden Garten, und während Jonah schlief, zog Caleb sich hierhin zurück, um in dem Chaos sein Gleichgewicht wiederzufinden. Er setzte sich auf eine der schmiedeeisernen Bänke und betrachtete das Gras und die Bäume, nahm sich eine Auszeit von dem grellen Licht und der klimatisierten Luft, dem Piepen und Zischen auf den Fluren des Krankenhauses. Jonah musste das alles jede Sekunde eines jeden Tages ertragen. Für ihn gab es keine Auszeit. Caleb empfand leichte Schuldgefühle, weil er der seltsamen und kalten Umgebung entfloh, und sei es nur für ein paar Minuten.

Es hatte weitere Fragen vom Kinder- und Jugendschutz gegeben. Verschiedene Menschen hatte ihm die gleiche Frage auf Dutzende unterschiedliche Arten gestellt, um herauszufinden, ob der Unfall aufgrund einer Aufsichtspflichtverletzung passiert war – entweder durch Caleb oder durch die Haubers. Er hatte mit einem halben Dutzend Menschen mit Klemmbrettern und Laptops und Namensschildern gesprochen, aber nach den ganzen Befragungen – oder »Interviews«, wie jemand es genannt hatte – war entschieden worden, dass der Unfall genau das gewesen war, was Reese Powell gesagt hatte: ein Unfall, an dem niemand Schuld trug.

Aber unter dessen Folgen Jonah leiden musste.

Im Laufe des Tages traf Caleb sich mit Ärzten und anderen Mitarbeitern des Krankenhauses, und eines wurde ihm rasch klar: Reese hatte mit noch etwas recht gehabt – Jonahs Genesung würde sehr lange dauern.

Und sie würde sehr viel Geld kosten. Verschiedene Mitarbeiter hatten ihn um Informationen über seinen »Status« gebeten, was, wie Caleb bald herausfand, ihre Art war herauszufinden, ob er sich Jonahs Behandlung leisten konnte. Vermutlich war den Mitarbeitern des Krankenhauses bewusst, dass die Amischen beinahe niemals eine Krankenversicherung hatten, weil das gegen ihre Regeln verstieß. Der Hintergrund war, dass die Leute in der Gemeinde sich umeinander kümmerten und niemals auf Hilfe von außerhalb angewiesen sein wollten. Middle Grove hatte einen Hilfsfonds, der von einem Komitee betreut wurde, und wenn eine große medizinische Ausgabe anstand, bemühte sich die gesamte Gemeinde, das Geld aufzutreiben, indem sie Spendenaktionen und Benefizauktionen veranstaltete.

Aber Caleb war Realist. Angesichts dessen, was mit Jonahs Eltern passiert war, hatte er sich trotz der wütenden Einwände seines Vater nicht davon abbringen lassen, eine Versicherung für sich und die Kinder abzuschließen. Und so konnte er nun hier im Krankenhaus seine Versichertenkarte zeigen, die er immer im Portemonnaie bei sich führte. Er füllte die Formulare aus, übermittelte alle notwendigen Informationen, und sofort schienen sich alle zu beruhigen.

Das war eines der wenigen Dinge, die an dieser Tortur einfach waren.

Im Garten wurden die Schatten der Birken und der auf den Wegen vorbeischlendernden Menschen immer länger, und die Verkehrsgeräusche der viel befahrenen Straßen verstärkten sich.

Zufällig vorbeikommende Leute warfen Caleb kaum verhohlene, neugierige Blicke zu. Die Amischen waren es gewohnt, angestarrt zu werden. Soweit er wusste, waren sie die einzige Volksgruppe in Amerika, die einfach nur aufgrund dessen, wie sie lebten, eine Touristenattraktion waren. Die Menschen kamen mit

Bussen und Autos in die amischen Dörfer auf dem Land. Die Besucher schienen von dem Anblick der Farmer und Handwerker, die ihren alltäglichen Aufgaben nachgingen, magisch angezogen zu werden. Die meisten Touristen waren sehr respektvoll und behandelten die Amischen wie seltene, scheue Vögel, die man aus der Ferne betrachtete und ohne ihr Wissen fotografierte.

Ein paar waren aber auch dreist bis zur Unhöflichkeit. Sie stocherten und fragten neugierig herum wie eine Katze, die ihre Nase in ein Mauseloch steckt. Mehr als einmal hatte sich ein englisches Mädchen in kurzen Shorts und Trägerhemd für ein Foto oder Selfie neben ihn gestellt, ohne ihn nach seiner Erlaubnis zu fragen.

Jonah fand es lustig, für eine Kamera zu posieren, obwohl es ihm Schwierigkeiten mit den Älteren einbrachte, wenn sie ihn dabei erwischten. Caleb fragte sich, ob dieser lachende, fröhliche Junge jemals wieder zu ihm zurückkehren würde.

Ein langer, schmaler Schatten fiel über das Gras zu seinen Füßen. Er schaute auf und sah Reese Powell mit Sonnenschein auf den Haaren und einem unsicheren Lächeln auf dem Gesicht. »Caleb?«

Automatisch stand er auf. »Ist etwas mit Jonah?«

»Nein«, gab sie schnell zurück. »Er schläft. Die Schwester hat mir gesagt, dass ich Sie vielleicht hier im Garten finde. Da ist jemand, den ich Ihnen gerne vorstellen würde.« Sie zeigte auf den Mann, der neben ihr stand. Er war wie ein Krankenhausmitarbeiter gekleidet, aber seine Kleidung war grün, nicht blau wie die, die Caleb geliehen worden war.

Der Mann streckte ihm die Hand hin. »Ich bin Leroy Hershberger.« Unter seinem gestutzten Schnurrbart verzog sich sein Mund zu einem Lächeln. »Ich arbeite hier im Mercy Heights als Physiotherapeut. Reese hat mir erzählt, was mit Ihrem Neffen passiert ist. Das tut mir sehr leid.«

»Ja … äh, danke.« Caleb hatte keine Ahnung, wofür er diesem Mann dankte. Vermutlich für seine Besorgnis. Er verspürte einen Anflug von Vertrautheit, als er Leroy anschaute und die Modulation seiner Stimme hörte. Leroy Hershberger hatte das, was Caleb als einfaches Gesicht bezeichnete. In seiner Miene war alles zu sehen. Es war ein Gesicht, das keine Geheimnisse barg. Ein ehrliches Gesicht.

»Leroy ist mein Nachbar«, erklärte Reese. »Wir wohnen im gleichen Haus, nur sechseinhalb Block die Straße hinunter.«

»Sie brauchen einen Platz, an dem Sie bleiben können, solange Ihr Neffe im Krankenhaus ist«, erklärte Leroy. »Reese hat mir erzählt, dass Sie aus einer Amisch-Gemeinde stammen, also dachte ich, eine Privatwohnung wäre für Sie besser als ein Hotel. Deshalb würde Ihnen gerne mein Gästezimmer anbieten.«

»Das kann ich Ihnen unmöglich zumuten«, erwiderte Caleb, auch wenn er von der Güte des Mannes gerührt war.

»Das ist keine Zumutung«, widersprach Leroy.

»Aber wenn Jonah mich braucht ...«

»Wir besorgen Ihnen ein Handy, damit Sie immer in Kontakt bleiben können.«

Das Angebot war verlockend, und doch schüttelte Caleb den Kopf. »Ich muss in Jonahs Nähe sein.«

»Sie müssen irgendwo bleiben«, beharrte Reese. »Und wie ich schon zuvor gesagt habe, Sie sind ihm keine große Hilfe, wenn Sie nicht auf sich aufpassen. Aber natürlich liegt die Entscheidung bei Ihnen. Sie wissen aber hoffentlich, dass das Krankenhaus sie nicht hier wohnen lassen wird.«

Caleb verstand, dass er nicht weiter in seinen Sachen schlafen und sich mit der dünnen Seife und den Papierhandtüchern in der Männertoilette waschen konnte. »Ich bin Ihnen sehr verbunden.«

»Ich freue mich, helfen zu können.« Leroy schien das ernst zu meinen.

Caleb schaute von ihm zu Reese und wieder zurück. »Irgendwie habe ich das Gefühl, dass nicht jeder in den Genuss dieser Behandlung kommt.«

»Damit haben Sie recht«, bestätigte Leroy. »Für die Familien der Patienten gibt es Hotels in der Nähe. Aber Reese meinte, Sie seien etwas Besonderes.«

Caleb sah sie an und bemerkte überrascht, dass ihre Wangen ganz rot waren.

»Und mit besonders«, fuhr Leroy auf Deitsch, dem speziellen

deutschen Dialekt der Amischen, fort, »meine ich, dass sie ein wenig für Sie schwärmt, aber verraten Sie nicht, dass ich Ihnen das erzählt habe.«

Caleb lachte kurz auf. »Ich wusste, dass irgendetwas an Ihnen mir vertraut vorkam, Leroy Hershberger.«

Reese schaute von einem zum anderen. »Das ist ja, als wärt ihr in einem Geheimclub oder so.«

»Wie eine Sekte?«, fragte Leroy.

Wieder lachte Caleb. Es fühlte sich gut an, inmitten von all dem, was vor sich ging, zu lachen, auch wenn es nur kurz war. Und es fühlte sich seltsam an zu hören, dass die wunderschöne und exotische Reese Powell für ihn schwärmte. Wie ein Scherz. Und noch dazu ein schlechter.

»Wir verlassen in ungefähr einer Stunde die Klinik«, sagte sie. »Warum gehen Sie nicht zu Jonah und erzählen ihm von unserem Plan?«

Als Caleb wieder nach oben kam, war Jonah wach und las ein Buch. Das Kopfteil des Bettes hatte er hochgestellt. »Da ist so ein Typ, der mich eingeladen hat, bei ihm zu wohnen, während du hier bist«, erzählte Caleb ihm. »Er war früher mal amisch.«

»Okay.« Jonah schaute kaum von seinem Buch auf.

»Die Wohnung liegt ganz in der Nähe des Krankenhauses, also wenn du mich brauchst, kann ich innerhalb von wenigen Minuten hier sein.«

»Das ist gut.«

»Oder ich kann auch hierbleiben, wenn dir das lieber ist«, schlug Caleb vor.

Endlich hob Jonah den Blick, und in seinen Augen sah Caleb seinen Bruder. »Du kannst nicht jede Nacht auf dem Stuhl schlafen«, sagte er.

Ihre Blicke hielten einander für ein paar Sekunden fest. Dann gab Caleb seinem Neffen einen Zettel, auf den er Leroys Telefonnummer geschrieben hatte. »Wenn du irgendetwas brauchst, und sei es, dass du mir nur etwas erzählen willst, bitte die Schwester, mich anzurufen.«

»Okay«, sagte Jonah. »Wir sehen uns, wenn du wiederkommst.«

Als Caleb mit Reese und Leroy das Mercy Heights verließ, fühlte er sich von dem Gewimmel um sich herum ein wenig eingeschüchtert. Auf vier Fahrspuren sausten die Autos auf der Straße am Fluss entlang. Große LKW stießen Dieselwolken aus, Autofahrer drückten auf die Hupe. Busse bremsten zischend, und ab und zu ertönte eine Sirene. Kinder liefen auf dem Bürgersteig und rempelten einander an, ohne auf die anderen Fußgänger zu achten, die an ihnen vorbeieilten. Boote und Barkassen fuhren den Schuylkill River hinauf und hinunter, und über ihnen blitzten Flugzeuge auf und zogen ihre Kondensstreifen über den dunkler werdenden Abendhimmel.

Reese wandte sich Caleb zu, der sich überfordert umschaute. In Middle Grove bestand ein Stau meistens aus einer Gruppe kichernder Mädchen auf Rollschuhen oder aus ein paar Buggys, die in der Mitte der Straße angehalten hatten, damit die Fahrer ein Pläuschchen halten konnten.

»Das muss Ihnen alles sehr chaotisch vorkommen«, sagte sie, als hätte sie seine Gedanken gelesen.

»Wir sind so an den ganzen Lärm gewöhnt, dass er uns gar nicht mehr auffällt«, meinte Leroy.

»Ja, es ist ein wenig viel«, gab Caleb zu. »Ich komme mir vor wie Mike Smith.«

Reese runzelte die Stirn. »Wie bitte?«

»Wer ist Mike Smith?«, fragte Leroy gleichzeitig.

»Valentine Michael Smith.«

Reeses Stirnrunzeln verstärkte sich, aber der Ausdruck ließ sie eher konzentriert als böse aussehen. »Warten Sie. Nichts sagen.« Sie schnippte mit den Fingern. *»Fremder in einer fremden Welt.«*

»Ganz genau.«

»Cool, dass Sie das Buch gelesen haben.«

»Ich habe es nicht gelesen«, sagte Leroy.

»Das ist ein Klassiker«, erklärte Reese. »Lesen Sie viel, Caleb?«

»Sicher. Und Sie?«

»Nicht so viel, wie ich gerne würde«, gab sie mit Bedauern zu. »Also sind Sie … Es gibt niemanden, der sagt, was Sie lesen dürfen?«

»Ach, es gibt Regeln. Einige Leute denken, das einzig Lesenswerte sei die Heilige Schrift.«

»Aber Sie sehen das nicht so.«

Er erwiderte nichts.

Sie sah erst ihn, dann Leroy an. »Ich frage mich, wer ›einige Leute‹ sind und ob ihre Meinung über das, was lesenswert ist, wichtig ist.«

Auf Deitsch sagte Leroy: »Wir könnten ihr einiges erzählen, was? Ich bin einmal mit Stockschlägen bestraft worden, weil ich ein Comic-Heft unter meiner Matratze versteckt hatte.«

Caleb nickte. »Mein Dat hätte das Gleiche getan, aber nicht mit einem Stock.« Asa hätte eher ein Stahlkabel oder einen Gürtel benutzt.

»Hey«, rief Reese. »Ich fühle mich hier ein wenig außen vor. Erzählen Sie mir mehr von Middle Grove. Ich komme nicht oft raus aus der Stadt.«

»Es ist eine landwirtschaftlich geprägte Gemeinde«, erklärte Caleb auf Englisch. »Dort leben viele Amische und Mennoniten.«

»Und Sie wohnen auf einer Farm. Wie ist das so?«

Caleb tauschte einen Blick mit Leroy, der abwehrend die Hände hob.

»Sie ist eine Gewächshausblume, mein Freund.«

Reese stieß ihn gespielt verärgert mit dem Ellbogen an.

»Unsere Farm hat ungefähr zwanzig Hektar«, sagte Caleb. »Die meisten Familien haben vierzig Hektar oder mehr. Viele der Familien in der Gegend von Middle Grove sind sehr groß, aber bei uns gibt es nur Jonah, Hannah, meinen Vater und mich. Während der Erntesaison engagiere ich Helfer und bekomme Unterstützung von den Nachbarn.«

»Wird es zu einem Problem für Sie, wenn Sie länger fort sind?«, fragte Leroy.

»Ja, aber ich habe keine andere Wahl. Ich muss für Jonah da sein. Vermutlich werde ich eine Gruppe von Arbeitern anheuern müssen, um bei der Ernte zu helfen.«

»Das ist nicht billig«, warf Leroy ein.

»Das stimmt. Ab und zu nehme ich einen Job bei den Englischen an, um über die Runden zu kommen.«

»Mit den Englischen meinen Sie Nicht-Amische?«, erkundigte sich Reese.

»Ja, das ist unsere Bezeichnung für sie.«

»Was für Jobs sind das?«

»Ich habe ein Gespann aus Zugpferden, das man mieten kann, und dazu arbeite ich Teilzeit auf der Grantham Farm oben in New Hope. Dort kümmere ich mich jedes Jahr im Frühling um die Steuern der Leute.«

»Wahnsinn. Also verstößt es nicht gegen die Religion Ihrer Gemeinschaft, staatliche Formulare auszufüllen?«

Er spürte, wie der Hauch eines Lächelns seine Mundwinkel umspielte. »Sie haben sehr seltsame Vorstellungen von den Amischen«, sagte er.

Sie errötete. »Sorry. Ich bin wirklich ignorant. Aber Steuererklärungen zu machen, das klingt so modern. Benutzen Sie dafür einen Computer oder wenigstens einen Taschenrechner?«

»Nein, ich rechne alles per Hand.« Ihre ungläubige Miene hätte ihn beinahe wieder zum Lächeln gebracht.

Leroy schaute erst Reese, dann Caleb an. »Ihr beide werdet gut miteinander klarkommen.«

Die Vorstellung, Caleb in ihre Wohnung einzuladen, machte Reese unerklärlich nervös. Er war noch dabei, sich in Leroys Wohnung einzurichten, die auf der anderen Seite des Flurs lag. Aber da Leroy zu seiner nächsten Schicht ins Krankenhaus musste, würde sie heute Abend die Gastgeberin für Caleb spielen.

Sie hatte ihm angeboten, etwas zu kochen, und bereute diese Entscheidung bereits. Wann hatte sie je für jemanden gekocht – und die Red-Bull-Dosen und Käsecracker, die sie bereitstellte, wenn die Studiengruppe sich bei ihr traf, zählten nicht.

Mit einem Blick auf die Uhr stürzte sie sich hektisch in die Vorbereitungen. Sie hastete durch ihre Wohnung in dem Versuch, schnell Ordnung zu schaffen. Ihre Mutter hatte ihr immer wieder angeboten – oder angedroht? –, Viola einmal in der Woche zum

Putzen vorbeizuschicken, aber Reese hatte jedes Mal abgelehnt. Sie war weit privilegierter aufgewachsen als ihre Kommilitonen, und eine Putzfrau zu haben, bevor sie genügend Geld verdiente, um sie selbst bezahlen zu können, fühlte sich einfach falsch an.

Sie schaltete das Radio ein, um nebenbei Nachrichten zu hören, warf ihre Krankenhauskleidung in den Wäschekorb und sprang schnell unter die Dusche. Danach waren die Nachrichten zu Ende, und ruhige, alternative Musik schallte aus den Lautsprechern. Was für Musik hörten wohl die Amischen? Vermutlich nicht *Yo La Tengo*. Während sie sich abtrocknete, überlegte sie, was sie zu einem Abendessen mit einem Amisch-Mann anziehen sollte. Sie entschied sich für ein schlichtes, aber sommerliches Kleid in einem Lavendelton und Sandalen. Ihr Haar war so kurz, dass sie es nur trocken rubbeln musste – was der Hauptgrund für diese Frisur war. Als Schminke reichte ihr ein Hauch Lippenstift. Sie war sich ziemlich sicher, dass die Amischen kein Make-up verwendeten. Nicht, dass sie versuchte, amisch zu sein, aber sie wollte nicht, dass Caleb sich noch unbehaglicher fühlte als sowieso schon.

Als es an der Tür klopfte, eilte sie sofort hin – ein weiteres Zeichen ihrer Nervosität. Warum war sie nur so aufgeregt? Nun ja, sie wollte, dass der Abend gut verlief, aber es gab so viel, was schiefgehen konnte.

Sie öffnete die Tür, und da stand Caleb, frisch geduscht und in Jeans und schwarzem T-Shirt mit V-Ausschnitt, das gerade eng genug war, um seine Brust- und Schultermuskeln auf eine Weise zu betonen, als wären sie direkt einer weiblichen Fantasie entsprungen. Als sie ihn anschaute, spürte sie, wie in ihrem Kopf eine Gehirnzelle nach der anderen die Arbeit niederlegte.

»Oh, hey«, sagte sie, weil ihr nichts anderes einfiel, um diesen Augenblick weniger unbehaglich zu machen. Ihn in normaler Kleidung zu sehen ließ sie erkennen, dass die körperliche Anziehungskraft, die er auf sie ausübte, nicht nur darauf beruhte, dass er so komplett anders war als jeder Mann, den sie kannte.

Leroy gesellte sich zu ihnen. »Ich habe ihm ein paar englische Klamotten gegeben.«

»Nicht schlecht, oder?«, fragte Caleb.

Angesichts dessen, dass der letzte Mann, mit dem sie ausgegangen war, eine Weste aus Sweatshirt-Stoff und sein Handy in einem Gürtelholster getragen hatte, hing ihre Latte, was das Erscheinungsbild von Männer anging, sehr niedrig. »Sie sehen so anders aus. Wo haben Sie die Sachen her?«

»Aus dem Lab.«

»Dem was?«

»Na, dem Secondhandladen im Erdgeschoss des Krankenhauses«, erklärte Leroy.

»Es gibt im Krankenhaus einen Secondhandladen?«

Leroy verdrehte die Augen. »Wir können nicht alle bei Saks einkaufen. Der Laden heißt *The Lab* und wird von Freiwilligen geführt. Die Gewinne gehen ans Krankenhaus.«

Der Hinweis auf ihre privilegierte Herkunft ließ sie erröten.

»Wir sehen uns, Prinzessin«, sagte Leroy und wandte sich an Caleb. »Du hast den Code für die Tür, oder? Fühl dich ganz wie zu Hause.« Offensichtlich hatten die beiden sich schon angefreundet.

»Das mache ich. Und danke noch mal, Leroy.« Sie schüttelten einander die Hände, und Leroy machte sich auf den Weg.

»Sie übrigens auch«, meinte Caleb, als er sich mit einem leichten Lächeln wieder zu Reese umdrehte. »Also, Sie sehen anders aus, meine ich.«

»Ja, unter der OP-Kleidung und dem Kittel steckt ein echter Mensch. Nach einer langen Schicht vergesse ich das manchmal.« Sie trat beiseite und hielt ihm die Tür auf. »Bitte, kommen Sie doch rein.« Sie musste sich auf die Zunge beißen, um sich nicht zu entschuldigen – *Sorry, dass es bei mir so wüst aussieht. Sorry, dass ich nur unechte Pflanzen habe. Sorry, dass das Aquarium nur mit Wasser gefüllt ist, weil die Fische letztes Jahr gestorben sind und ich nie dazu gekommen bin, neue zu kaufen …*

Warum wollte sie diesen Mann beeindrucken? Es gab doch gar keinen Grund dazu …

»Kann ich Ihnen etwas zu trinken anbieten?«, fragte sie, denn wenigstens höflich konnte sie sein.

»Ein Wasser wäre nett.« Er legte den Kopf schief, und seine Miene wurde ein wenig weicher. »Das ist schön.«

Oh. Die Musik. »Ich glaube, das ist Yo La Tengo. Mir gefällt es auch.« Sie spülte ein Wasserglas aus und füllte es mit Eis aus dem Spender am Kühlschrank. Caleb beobachtete jede ihrer Bewegungen, und ihr wurde bewusst, dass das für ihn alles fremd sein musste.

»Ich habe im Internet ein wenig über amische Gebräuche recherchiert«, sagte sie. »Also nicht wie ein Stalker. Ich war einfach neugierig.« Guter Gott, sie plapperte. *Hör sofort damit auf, Reese.* »Ich habe gelesen, dass es in amischen Haushalten keinen Strom, keine Kühlschränke, kein fließendes Wasser und keine Kleidung mit Reißverschlüssen gibt.«

»In manchen Gemeinden ist das so«, bestätigte er. »Es gibt eine gewisse Bandbreite. Für die Konservativen, wie zum Beispiel in Middle Grove, gilt das auf alle Fälle.«

Sie reichte ihm das Glas Wasser und schenkte sich selbst einen Wein ein. »Das ist also mein großes Geständnis«, fuhr sie fort. »Ich habe mich online informiert.« Sie deutete auf ihren Laptop. Der Bildschirmschoner zeigte einen tropischen Strand mit weißem Sand und türkisfarbenem Wasser. »Ich hoffe, das macht Ihnen nichts aus.«

»Nein«, antwortete er. »Aber Sie hätten mich natürlich auch einfach fragen können.«

»Vielleicht mache ich das noch. An manchen Tagen verbringe ich mehr Zeit damit, auf den Bildschirm zu starren, als mit Menschen zu reden. Das ist nicht gut, oder?«

Er trank einen großen Schluck. Fasziniert beobachtete sie, wie sich sein Adamsapfel unter der sonnengebräunten Haut an seinem Hals bewegte, und vergaß für einen Moment die Welt um sich herum. Reiß dich zusammen, ermahnte sie sich.

»Ich schätze, das hängt von dem jeweiligen Menschen ab«, sagte er schließlich.

»Ich möchte gerne eine Ärztin sein, die mit Menschen und nicht mit Daten arbeitet«, gestand Reese. »In dem Artikel, den ich gelesen habe, stand etwas von einer Übergangszeit für Teenager, die sich Rumspringe nennt – habe ich das richtig ausgesprochen?«

»Fast. Es heißt *Rumspringa.*«

»Rumspringa«, wiederholte sie.

»Manchmal auch bekannt als Jerry Springa«, fügte er hinzu.

Sie lachte. »Heißt das, die Gerüchte sind wahr? Dass die Jugendlichen ausbrechen und die Nicht-amische-Welt erkunden?«

»Einige ja. Kinder sind Kinder. Irgendwann rebellieren sie. Strikt ausgelegt sollen sie die Zeit nutzen, um einander den Hof zu machen – das Ziel ist es, einen Partner oder eine Partnerin zu finden. Aber viele der Jugendlichen ziehen sich englisch an und fahren Autos, probieren Drogen aus und feiern mit den Englischen.«

»Haben Sie das auch gemacht?« Erst jetzt fiel ihr auf, dass er sie wie versunken betrachtete. Vielleicht hatte sie mit ihren Fragen eine Grenze überschritten. »Was ist?«

»Mir fällt nur auf, was Ihre Augen tun, wenn Sie etwas interessiert.«

»Was tun die denn?«

»Sie zeigen, was Sie denken.«

Reese war nicht sicher, was sie davon halten sollte, also wiederholte sie ihre Frage. »Haben Sie auch über die Stränge geschlagen?«

»Das kommt darauf an, was Sie damit meinen«, antwortete er. »Und ich kenne Sie nicht gut genug, um Ihnen weitere Einzelheiten zu verraten.«

»Offensichtlich haben Sie ferngesehen – wenn ich mich an Ihre Anspielung auf Jerry Springer erinnere.«

»Das hat mich nicht sonderlich interessiert.«

»Das geht fast allen so. Nun, ich werde aufhören nachzubohren. Wenn Sie möchten, kann ich zum Abendessen meine Spezialität machen.«

»Die da wäre?«

»Eine Reservierung in einem Restaurant.« Während sie auf ihrem Handy durch die Optionen scrollte, sah sie aus dem Augenwinkel, dass er sein Gewicht von einem Fuß auf den anderen verlagerte, während er aus dem Fenster schaute. Er wirkte wie ein Löwe im Käfig.

Vielleicht wäre es für ihn zu unangenehm, in ein Restaurant zu gehen, wo das Essen aus einer nicht einsehbaren Küche kam und von Fremden serviert wurde. »Wissen Sie was? Ich habe eine bessere Idee. Am Flussufer gibt es einen schönen Platz, an dem Foodtrucks stehen. Ich gehe da ständig hin. Wir können uns da was holen und ein Picknick machen.«

»Klingt gut, auch wenn ich nicht weiß, was Foodtrucks sind.«

»Eine der großen Errungenschaften der Moderne.« Es war seltsam aufregend, diesen Mann in eine Welt einzuführen, die ihm vollkommen fremd war. Gemeinsam gingen sie durchs Treppenhaus nach unten und steuerten auf den Fußgängerüberweg an der Ecke zu. Auf dem sechsspurigen Boulevard staute sich der Verkehr in beide Richtungen. Die Bürgersteige wimmelten nur so von dahineilenden Fußgängern. Ein Straßenkünstler spielte abwechselnd auf seiner Mundharmonika und einer akustischen Gitarre und ließ in den Pausen zwischen den Songs seinen Hut rumgehen. Luigi, der Gemüsemann, bei dem Reese meistens ihr Obst kaufte, stand in seiner Schürze auf dem Bürgersteig, wippte auf den Fersen und ließ die Welt an sich vorüberziehen. Sie lächelte ihm im Vorbeigehen zu, dann sah sie, dass Caleb seinen Blick über die Obst- und Gemüsekisten gleiten ließ – einheimisches Steinobst und Beeren von Farmen am Rande der Stadt, dazu ein paar exotische Früchte. Sie sah, dass er die Stern- und die Drachenfrüchte länger betrachtete.

»Das sieht ganz schön verrückt aus, oder?«, merkte sie an.

»Stimmt. Wie schmeckt das?«

»Finden wir es heraus.« Sie kaufte ein paar Früchte und reichte ihm die Tüte. »Da haben wir was für später. Ich bin gespannt, was Sie dazu sagen.«

Sie erreichten die Ecke, und Reese deutete auf den Fluss. An der Promenade war es etwas ruhiger als auf dem Bürgersteig. Eine breite Grünfläche zog sich am Flussufer entlang, und die Wege waren voller Jogger, Kinderwagen, Skateboarder, Rollerblader und Touristen. »Auf dem Uferweg können wir beinahe bis zum Krankenhaus gehen. Wie wäre es, wenn wir uns etwas zu essen holen und dann noch einmal nach Jonah sehen, um zu gucken, ob er alles hat, was er für die Nacht braucht?«

Caleb trat vom Bürgersteig und wäre fast einem Lieferwagen in den Weg gelaufen. Reese riss ihn am Arm zurück. »Obacht!«, rief sie. »Beinahe wären Sie überfahren worden.« Sie hielt ihn weiter am Arm fest. Seine Muskeln fühlten sich an wie aus Stein gemeißelt.

»Entschuldigung. Ich sollte mich wohl besser schnell daran gewöhnen, dass ich hier in einer Großstadt bin.«

»Sie haben mir einen ganz schönen Schrecken eingejagt.« Ihr Herz raste immer noch. »Sie müssen auf die Ampel achten. Wenn der rote, stehende Mann von dem grünen, gehenden Mann abgelöst wird, können wir die Straße überqueren.«

»Verstanden.«

Langsam löste sie ihre Hand von seinem Arm. Als sie sich umschaute, sah sie, dass Caleb die Aufmerksamkeit der Menschen auf sich zog. Nicht, weil er amisch war – das konnte man dank der geborgten Kleidung nicht erkennen. Nein, er erregte Aufmerksamkeit, weil er so groß und eindrucksvoll war. Wenn Michelangelos *David* zum Leben erweckt werden könnte, würde er so aussehen wie Caleb: überlebensgroß, beinahe mythisch attraktiv mit perfekten Proportionen und irgendwie der Welt entrückt. Caleb machte aber nicht den Eindruck, als wäre er sich seiner Wirkung auf seine Mitmenschen bewusst.

»Das ist der Millenium Park«, erklärte sie. »Die Fahrrad- und Spazierwege bringen einen in der einen Richtung direkt in die Old City und in der anderen nach Penn's Landing. Waren Sie je in diesen historischen Vierteln?«

Er schüttelte den Kopf. »Die Wiege der Freiheit, richtig?«

»So sagt man.«

»Die würde ich gerne einmal sehen.«

»Dann sollten Sie das tun, solange Sie hier sind.«

Am Race Street Park im Schatten der Benjamin-Franklin-Brücke blieben sie stehen. In der Nähe standen einige Foodtrucks in einem lockeren Kreis. »Das ist hier wie die Vereinten Nationen des Essens«, erklärte sie und zeigte auf die Szene. »An jedem Wagen hängt die Flagge seiner Küche – Mexiko, Frankreich, Deutschland, Australien, Indien ... Sie haben die freie Auswahl. Was würden Sie heute Abend gerne probieren?«

»Balinesisch«, sagte er und deutete auf einen der Trucks.

Außer einer pfirsichfarbenen Flagge mit einem Symbol in der Mitte deutete nichts auf das Herkunftsland hin. »Woher wissen Sie, dass das balinesisch ist?«

»Weil da die balinesische Flagge weht.« Er lächelte, als er ihre erstaunte Miene sah. »Ich weiß ein paar Sachen.«

Kurz darauf fanden sie einen Platz auf einer Bank, wo sie ihren Ikan Pepes genossen – einen köstlichen weißen Fisch, der in Bananenblätter gedünstet worden war. »Hören Sie«, sagte Reese. »Ich wollte nicht andeuten …«

»Ist schon gut. Die meisten Leute denken, amisch zu sein ist das Gleiche wie ignorant zu sein.«

»Das ist nicht …«

»Es ist schon gut«, wiederholte er. »Einige Amische sind ignorant. Genau wie einige Englische.«

Sie erblickte einen Mann in einem Muskelshirt mit einer Konföderiertenflagge darauf und nickte. »Verstanden. Sie reisen also viel?«

»Nur in meinem Sessel. Als ich noch klein war, bin ich mit meiner Familie an den Niagarafällen gewesen. Das ist schon lange her.«

»Sie haben Geschwister?«

»Ich hatte einen Bruder. John. Nach den Standards der Amischen waren wir eine kleine Familie.« Er schaute einem Touristendampfer hinterher, der den Fluss hinaufglitt.

»Ihr Bruder war dann also Jonahs Vater?«

»Ja.«

Reese hatte noch so viele Fragen und überlegte, wie viele sie davon wohl stellen konnte, ohne allzu aufdringlich zu wirken. Irgendwie hatte sie das Gefühl, dass dieser Mann sich ihr nur in seinem eigenen Tempo öffnen würde – oder auch nicht. Als Ärztin würde sie sich an schwierige Unterhaltungen gewöhnen müssen.

»Ihr Bruder John und seine Frau sind demnach beide gestorben«, wagte sie sich weiter vor. »Das tut mir sehr leid. War es ein Unfall?«

Er schluckte den Bissen, den er gerade aß, hinunter und schaute wieder zum Fluss. »Sie sind vor einigen Jahren ermordet worden.«

»Mein Gott ... Wie bitte? Ich meine, ich habe gehört, was Sie gesagt haben, aber ... Oh, mein Gott. Die armen Kinder. Was ist passiert?«

»John und seine Frau Naomi kamen eines Abends von einer Auktion. Wir Amische sind beliebte Ziele für Überfälle, weil wir nur mit Bargeld bezahlen und uns nicht wehren dürfen. Und weil es bei uns keine Anzeigen oder Gerichtsverfahren gibt. Wie auch immer, John hatte an jenem Abend einige Clydesdales auf der Auktion verkauft und ein Bündel Bargeld bei sich, als er und Naomi mit dem Buggy nach Hause fuhren. Eine Bande von Räubern hat sie überfallen und ausgeraubt. Ich schätze, John hat sich doch gewehrt, denn einer der Räuber war schlimm zugerichtet. Der andere hat meinen Bruder und seine Frau erschossen, damit sie sie nicht identifizieren konnten. Aber John hat lange genug überlebt, um der Polizei davon zu erzählen ...« Er hielt inne und schluckte schwer. »Ich habe damals weit entfernt von Middle Grove gewohnt, aber ich bin sofort zurückgekommen. Ich habe auch Blut gespendet, doch es war zu spät. Ich versprach John, mich um seine Kinder zu kümmern. Ich versprach ihm, sie in seinem Glauben aufzuziehen. Die Mörder sitzen inzwischen beide im Gefängnis.«

»Was für ein Albtraum«, sagte sie. Ihr war übel. Deshalb wusste er also seine Blutgruppe. »Das tut mir für Ihre Familie so unendlich leid. Sind Sie deshalb Jonahs Vormund geworden?«

»Jupp.«

»Wow, Sie mussten zwei Kinder bei sich aufnehmen. Gab es niemanden sonst, der sich um sie hätte kümmern können?«

Er schüttelte den Kopf. »Naomis Familie hatte eigene Probleme.«

»Und Ihre Eltern? Hätten die nicht helfen können?«

»Meine Mutter hat die Familie verlassen, als ich noch ein Kind war. Sie hatte auch Probleme.« Er räusperte sich. »Sie stellen sehr viele Fragen.«

»Ich könnte behaupten, das gehört zu meiner Arbeit als Ärztin«, sagte sie. »Vielleicht stimmt das zum Teil auch. Aber es liegt auch daran, dass ich mich für Sie interessiere. Und für Jonah.«

Ihr fiel auf, dass sie schon wieder plapperte, und das Blut stieg ihr in die Wangen. »Nachdem Ihre Mutter gegangen war …?«

»Hat John sein Bestes gegeben, um sich um mich zu kümmern, und ich war zu jung, um zu verstehen, wie schwer das für ihn gewesen sein musste. Das habe ich erst erkannt, als er versucht hat, sich das Leben zu nehmen. Er ist auf eine Hängebrücke über einer Schlucht geklettert und heruntergesprungen.«

»Oh, Mist«, sagte sie. »Mein Gott, das ist ja noch ein Albtraum. Aber er hat den Sturz überlebt.«

Caleb nickte. »Einige sagen, es sei ein Wunder, denn er ist einfach aufgestanden und gegangen, obwohl der Sturz ihn hätte umbringen können. Er ist zu Fuß ganz bis nach Middle Grove gelaufen. Dort hat er direkt den Bischof aufgesucht und auf Knien um Vergebung gefleht. Dann hat er sich auf der Stelle taufen lassen. Danach hat er den Glauben mit offenen Armen empfangen und sich ihm mit jeder Faser seines Herzens hingegeben. Er hat Naomi eine Uhr geschenkt – das tut ein Mann bei uns, wenn er einer Frau verspricht, sie zu heiraten. Sie haben sich niedergelassen und die Kinder bekommen, und John war als Mann von mächtigem Glauben bekannt. Er hat immer gesagt, der Herr habe ihm eine zweite Chance aufs Leben geschenkt, also würde er den Rest seines Lebens damit verbringen, den alten Gesetzen zu folgen. Und das hat er bis zu seinem Tod getan.«

»Das ist eine unglaubliche Geschichte. War der Weggang Ihrer Mutter der Grund dafür, dass er versucht hat, sich das Leben zu nehmen?«

»Ich schätze, ja. Sein ganzes Leben lang hat er sehr viel Traurigkeit in sich getragen. So war er einfach. Nachdem unsere Mutter gegangen war, wurde diese Traurigkeit noch tiefer. Ich denke, das war der Auslöser, der ihn zu dieser Tat getrieben hat.«

Vermutlich eine nicht diagnostizierte Depression, dachte Reese. »Und sie ist einfach gegangen?«

»Auch sie hatte diese Traurigkeit in sich. Mein Vater … Vorsichtig ausgedrückt, könnte man sagen, dass er kein einfacher Mann ist. Meine Mutter war wesentlich jünger als er, und sie … Ich erinnere mich nur, dass sie sehr viel geweint hat. Eines Tages hat sie ihre Tasche gepackt und ist zur Bushaltestelle gelaufen. Mein Vater hat sie gewarnt, dass sie ausgestoßen würde, und das hat sie zurückgetrieben. Doch sie hat immer wieder versucht zu gehen, und eines Nachts hat sie es schließlich getan.«

Reese empfand unendlich viel Mitgefühl für Caleb. Von der Mutter verlassen, der Selbstmordversuch seines Bruders, dann ein Doppelmord. Wie viel konnte ein Mensch ertragen? »Sie haben so viel durchgemacht.«

»Ja, das stimmt wohl. Aber ich musste weitermachen. Die Arbeit erledigt sich nicht von allein, und nach dem Vorfall an der Brücke musste ich ein Auge auf John haben, damit er so etwas Verrücktes nicht noch einmal tut.«

»Das ist eine ganz schöne Bürde.« Sie dachte an ihre eigene Jugend zurück. Schule, Sport, Freunde. Eltern, die sie dazu antrieben, nur Einsen zu schreiben, um auf eine Eliteuni gehen zu können, wie sie es selbst getan hatten. Sicher, das war viel Druck gewesen, aber nichts im Vergleich zu einem selbstmordgefährdeten Bruder und einer Mutter, die sich aus dem Staub gemacht hatte.

»Ich habe es nie als Bürde betrachtet.«

»Warum ist Ihr Vater nach dem Tod Ihres Bruders und Ihrer Schwägerin nicht eingesprungen, um Ihnen mit den Kindern zu helfen?«, fragte sie.

»Das konnte ich nicht zulassen.«

Und mit diesen wenigen Worten, dachte Reese, hat er mir alles erzählt, was es zu erzählen gibt. *Er ist kein einfacher Mann.*

»Wo ist Ihre Mutter jetzt?«

»Sie wohnt in Florida und hat eine neue Familie.«

»Haben Sie Kontakt zu ihr?«

»Nicht sonderlich oft, auch wenn ich nicht verpflichtet bin, sie zu meiden. Ich habe mich nicht taufen lassen, weshalb die strengen Regeln für mich nicht gelten.« Mehr sagte er nicht, dabei drängten sich die Fragen in Reeses Kopf wie die Flugzeuge über dem O'Hare-Flughafen. War seiner Mutter bewusst, was sie zurückgelassen hatte? Wie konnte sie mit sich und ihrer Entscheidung leben?

Sie atmete tief ein. »Das klingt alles unglaublich hart. Ihre Familie hat Glück, Sie zu haben, Caleb.«

»Jonah und Hannah bringen mir sehr viel Freude«, erwiderte er schlicht. »Auch wenn Hannah jetzt sechzehn und mir ein totales Rätsel ist.«

»Als sechzehnjähriges Mädchen ist das ihr Job«, meinte Reese lächelnd.

»Ich hoffe, sie kommt klar, während ich hier bin.«

»Haben Sie inzwischen mit ihr gesprochen?«

Er schüttelte den Kopf. »Das Telefon ist nur für Notfälle. Ich habe ihr eine Postkarte geschickt, um sie wissen zu lassen, dass wir eine Weile in der Stadt bleiben werden.«

»Ich kann mir das gar nicht vorstellen«, gestand Reese. »Sie muss vor Angst doch sicherlich ganz panisch sein.«

»Nein, Panik kommt nur auf, wenn das Telefon klingelt. Wenn es das nicht tut, gibt es auch keinen Notfall.« Er faltete die leeren Pappbehälter zusammen und stand auf. »Kommen Sie, besuchen wir Jonah.«

Als werdende Ärztin lernte Reese unter anderem, mit dem Schmerz anderer Menschen umzugehen. Oft sah sie einen Patienten an dem schlimmsten Tag in seinem Leben, und sie musste seiner Angst und seinem Leiden professionell begegnen – ebenso der Panik und Unsicherheit seiner Familienangehörigen.

Als sie gemeinsam durch den Park gingen, kamen sie an einer Pferdekutsche vorbei, mit der Touristen herumgefahren wurden. Am Bordstein wartete eine weitere Kutsche, in der ein Paar mit einem kleinen Kind saß. Der Kutscher mit Zylinder, weißem Hemd und schwarzer Hose mit Hosenträgern schnalzte mit den Zügeln und trieb das große schwarze Pferd an. Das Pferd reckte den Kopf, schien aber zu scheuen, denn es hielt ein Vorderbein angehoben in der Luft. Der Kutscher ließ die Zügel noch einmal schnalzen. »Bumbles«, rief er. »Auf geht's.«

Das Pferd verlagerte sein Gewicht, rührte sich aber ansonsten nicht von der Stelle. Der Kutscher griff nach einer abgegriffenen Lederpeitsche.

Caleb schlenderte zu ihm hinüber. »Entschuldigen Sie«, sagte er. »Es sieht so aus, als wäre Ihr Tier verletzt.«

Der Kutscher runzelte die Stirn. »Wer sind Sie? Und was geht Sie das überhaupt an?«

Caleb antwortete nicht, sondern ging um das Pferd herum, wobei er leise, beruhigende Geräusche von sich gab. Mit der Hand strich er über die Kruppe des Tieres und dann an seinem Bein hinunter. Als er das untere Gelenk betastete, zuckte das Pferd zusammen. »Ich bin mir ziemlich sicher, dass Bumbles eine Zerrung hat.«

»Was zum Teufel …« Der Kutscher schaute seine Passagiere an. »Es dauert nur eine Minute, Leute.« Er sprang vom Kutschbock. »Bumbles geht es gut. Er und ich machen das hier schon sehr lange.«

Caleb winkte ihn zu sich. »Genau hier.« Er nahm die Hand des Mannes und legte sie an das Bein des Pferdes. »Er lahmt vor Schmerzen. Fühlen Sie die Wärme und die Schwellung?«

»Ich … Ja, vielleicht. Heute ist einfach ein ziemlich warmer Tag.«

»Nein. Die Sehne ist gezerrt. Die Hitze ist zusätzlich belastend. Außerdem müssen seine Hufe mal wieder getrimmt werden, und er braucht andere Hufeisen. Es wäre eine Schande, ihn zu zwingen, mit diesen hier weiterzulaufen.«

»Wer zum Teufel sind Sie? Ein Tierarzt oder was?«

»Ich kenne mich mit Pferden aus«, erwiderte Caleb nur.

»Hör mal, Kumpel, das tue ich auch. Ich verdiene damit meinen Lebensunterhalt und kümmere mich gut um Bumbles.«

»Er braucht eine Pause, wenn es sich nicht noch verschlimmern soll«, beharrte Caleb. »Und er braucht ein Kühlpack, einen Druckverband und Kräuter gegen die Schwellung. Haben Sie Igelkraftwurz oder Yuccawurzel-Tinktur? Und geben Sie ihm etwas Schwefel ins Futter.«

»Klar, mach ich sofort.« Der Kutscher verzog angesäuert das Gesicht.

Reese sah, dass der Mann in der Kutsche sich zu seiner Frau beugte und etwas sagte. Dann stiegen sie aus und kamen auf den

Kutscher zu. »Wir verzichten auf die Fahrt«, erklärte der Mann. »Wir möchte nicht, dass Ihr Pferd arbeiten muss, wenn es verletzt ist.«

»Bumbles geht es gut«, beharrte der Kutscher. »Wir werden eine schöne Tour mit Ihnen machen.«

»Nein, das möchten wir lieber nicht.« Der Mann reichte ihm einen Zwanzigdollarschein. »Für Ihre Mühen.«

»Hey, warten Sie …« Der Kutscher zögerte, dann nahm er das Geld. »Danke«, sagte er und warf Caleb einen bösen Blick zu.

Das kleine Kind jammerte. Die Mutter brachte es zu Bumbles. »Du kannst das Pferd streicheln, Sidney«, meinte sie. »Es hat sich am Bein verletzt und kann heute nicht laufen.«

Der Junge hörte auf zu schmollen und strich dem Pferd über die Wange. »Tschüss, Bumbles. Gute Besserung.«

Der Kutscher wandte sich wieder an Caleb. »Ich hoffe, Sie sind jetzt glücklich, Kumpel.«

Reese reichte ihm noch einen Zwanziger. »Kümmern Sie sich um Ihr Pferd. Bitte. Wir wollen keinen Ärger machen.«

»Tja, das haben Sie aber gerade, Lady.«

»Eine gezerrte Sehne braucht sechs Monate, um zu heilen.« Caleb schien die Gereiztheit des Kutschers nicht zu bemerken. »Wenn Sie sich nicht darum kümmern, könnte er für immer lahmen.«

»Das ist super«, rief der Kutscher. »Einfach großartig.« Er riss sich seinen Zylinder runter und fuhr sich mit der Hand durch die Haare. Dann schaute er auf das Bein seines Pferdes. »Klar. Was auch immer. Ich habe einen guten Tierarzt. Der soll sich das mal ansehen.«

»Das wäre gut. Er ist ein feines Pferd.«

»Einen schönen Abend noch«, sagte Reese und berührte Caleb am Arm. *Gott, was für Muskeln.* »Wir sollten weiter.«

Er nickte dem Kutscher zum Abschied zu, dann setzten sie ihren Weg zum Krankenhaus fort.

»Also«, sagte sie. »Sie kennen sich also mit Pferden aus.«

»Ich habe eigene und arbeite außerdem in den Ställen auf der Grantham Farm oben in den Bergen – den Poconos.«

Jeder in der Stadt kannte die Grantham Farm. Teils Themenpark, teils Zuchtbetrieb, war es einer der Orte, an denen die berühmten Budweiser Clydesdales gezüchtet und trainiert wurden.

»Davon habe ich schon gehört«, sagte Reese. »Aber ich war noch nie da. Was machen Sie dort?«

»Ich arbeite hauptsächlich mit den Pferden. In der Zucht und beim Training. Schon als ich noch ganz klein war, hatte ich ein Händchen für Tiere. Große Kaltblüter wie Belgier oder Clydesdales scheinen die meisten Englischen einzuschüchtern. Wir Amische sind den Umgang mit großen, kräftigen Pferden gewohnt, weil wir sie auf den Farmen zum Pflügen und Ziehen einsetzen.«

Reese fand, es passte zu Caleb Stoltz, dass er eine Vorliebe für die riesigen Clydesdales hegte. Er hatte es zwar nicht gesagt, aber sie spürte, dass er ein ausgezeichneter Pferdetrainier war. Wie hätte es auch anders sein können, so groß und elegant, wie er war? So einen Mann hatte sie noch nie zuvor getroffen. Er strahlt eine Art Magie aus, dachte sie, und auch wenn der Gedanke etwas überspannt war, ging er ihr nicht aus dem Kopf.

»Das ist ... bemerkenswert«, sagte sie. Alles an ihm war bemerkenswert. Ihn kennenzulernen war so, als würde man das Farbspiel eines Edelsteins im Sonnenlicht betrachten. Einiges an ihm war ganz einfach und klar, und doch spürte sie in seinem Charakter eine Tiefe, die sie gerne näher erkunden würde. Dazu war er allerdings ein wenig zu reserviert. Was sie ihm nicht vorwerfen konnte. Angesichts dessen, was er ihr über seine Familie erzählt hatte, verstand sie nun die Traurigkeit, die ihn wie eine Wolke zu umhüllen schien. Wie war es wohl, inmitten so vieler Tragödien aufzuwachsen? Wie schaffte er es weiterzumachen? Wie heilte ein Herz nach so vielen Schicksalsschlägen? Gegen das, was er erlebt hatte, wirkte ihr eigenes Leben wie ein Märchen.

Er unterschied sich auf jede nur erdenkliche Weise von den Menschen, mit denen sie zusammenarbeitete. Die waren alle ehrgeizig, getrieben, eilten ständig von hier nach dort. Er hingegen, mit seiner attraktiven Ernsthaftigkeit und diesem von harter, ehrlicher Arbeit geformten Körper, war für sie wesentlich interessanter als die schlanken Ärzte und wettbewerbsorientierten Medizinstudenten, mit denen sie in der Vergangenheit ausgegangen war. Aber das hier war kein Date. Im Gegenteil, es war so weit von einem Date entfernt, dass es ihr peinlich war, diesen Gedanken überhaupt gehabt zu haben. Sie hatte nichts mit diesem amischen Farmer gemeinsam, und doch fand sie ihn genauso faszinierend und rätselhaft, wie er sie zu finden schien.

Sie konnte nicht leugnen, dass sie sich in seiner Gegenwart anders als sonst fühlte. Gegenwärtiger. Zentrierter. Leichter. Schnell tat sie dieses Gefühl als Müdigkeit nach einer zu langen Schicht ab. Als die Verlockung der verbotenen Frucht. Er repräsentierte etwas Natürliches und Ursprüngliches – etwas, das außerhalb ihrer Reichweite lag.

Caleb befürchtete, während des Essens und des Spaziergangs zum Krankenhaus zu viel erzählt zu haben. Aus irgendeinem Grund fiel es ihm leicht, mit Reese Powell zu reden, dabei war er sonst eigentlich eher der schweigsame Typ. Und doch, als er ihr von seiner Familie erzählt hatte, waren die Worte mit Leichtigkeit aus ihm herausgeströmt.

Es gab allerdings auch Dinge, die er ihr nicht anvertraut hatte, wie zum Beispiel, warum er so entschlossen war, die Kinder seines Bruders so aufzuziehen, wie John es gewollt hätte. Er hatte ihr nichts von den Plänen gesagt, die er aufgegeben hatte, um sich um Jonah und Hannah zu kümmern. Zu jammern lag ihm nicht.

Bevor das alles passiert war, hatte Caleb sich ein ganz anderes Leben für sich vorgestellt. Doch die Welt hatte einen anderen Weg für ihn vorgesehen. Der Mord an John und Naomi hatte ihn auf die Farm zurückgeholt. Der Familie zuliebe hatte Caleb die Träume, die er heimlich seit Jahren genährt hatte, fallen gelassen. In der Zeitspanne, die es dauerte, den Abzug einer Waffe zu drücken, hatte sich sein Leben komplett, radikal und für immer verändert.

Im Krankenhaus ging Reese zum Fahrstuhl voran. »Jonah ist auf die Kinderstation verlegt worden«, sagte sie. »Das sind gute Neuigkeiten. Es bedeutet, er ist auf dem Weg der Besserung und muss nicht mehr so streng beobachtet werden wie auf der Intensivstation.«

Das klang tatsächlich positiv. Als sie gemeinsam den breiten, hell erleuchteten Flur hinuntergingen, verlangsamte Caleb seine Schritte und schaute sich in der unvertrauten Umgebung um. An den Wänden im Flur standen Computer auf Rolltischen. Einige der Türen zu den Krankenzimmern waren mit selbst gemachten Kunstwerken und bunten Genesungskarten beklebt. Andere Türen standen einen Spalt offen, und er konnte einen Blick auf die Patienten werfen. Ein paar Kinder lagen bewegungslos und mit dumpfem Blick da und starrten auf einen Fernseher. Andere waren lebhaft und quatschten, umgeben von bunten Luftballons und mit Geschenken beladenen Besuchern. Andere wirkten ernsthaft krank oder verletzt – er sah ein Kind mit einem bandagierten Kopf, ein anderes, das an einer Beatmungsmaschine hing. In einem Zimmer erblickte er ein blasses, kahlköpfiges Kind, das eine dünne Hand zum Winken hob. Seine ernsten Augen waren von aussichtsloser Hoffnung erfüllt.

Reese blieb stehen und drehte sich zu ihm um. »Hier wird Jonah die nächsten paar Tage bleiben.«

»Es ist … nett, denke ich.« Er musterte Reese einen Moment. So jemanden wie sie hatte er noch nie getroffen: neugierig und klug, hilfsbereit und ernst, leicht herrisch und unbestreitbar hübsch. Er konnte seine Neugierde, was sie betraf, einfach nicht verdrängen. Diesen Wunsch, sie nicht nur besser kennenzulernen, sondern sie auch einzuladen, *ihn* auf eine Weise kennenzulernen, die vollkommen unangebracht war. Das war ein Quell tiefer Scham für ihn, denn er hätte es besser wissen sollen, als solche Gefühle für eine Englische zu hegen, vor allem, während Jonah hier lag und um sein Leben kämpfte.

Ein Arzt in einem langen weißen Kittel kam den Flur entlang. Er hatte ein rundes, glänzendes Gesicht und ein aufrichtiges Lächeln. Aus einer seiner Kitteltaschen lugte ein Teddybär, und die Sohlen seiner Turnschuhe leuchteten bei jedem Schritt auf. »Reese Powell wie sie leibt und lebt«, rief er. »Ich musste glatt zweimal hinsehen. Du bist ja das Abbild deiner Mutter.«

»Willst du damit sagen, dass das Medizinstudium den Alterungsprozess beschleunigt?«, entgegnete sie lachend.

»Ups, da bin ich wohl ins Fettnäpfchen getreten, oder, junger Mann?« Der Mann streckte Caleb die Hand entgegen. »Oliver Edwards.«

»Caleb Stoltz.« Caleb schüttelte ihm die Hand.

»Sein Neffe ist Patient hier – Jonah Stoltz. Wir sind gerade auf dem Weg zu ihm«, erklärte Reese.

Der Arzt nickte. »Schön, dich gesehen zu haben, Reese. Grüß deine Eltern lieb.« Er ging in das Zimmer mit dem kahlköpfigen Kind. »Suzannah Banana«, sagte er. »Wie geht es meinem Mädchen?«

Caleb wandte den Blick ab. »Ich dachte, das wäre ein Junge. Armes Ding.«

Reese setzte sich wieder in Bewegung, und Caleb folgte ihr. »Edwards ist ein großartiger Kinder-Onkologe«, sagte sie. »Das Mädchen ist bei ihm in guten Händen.«

»Und er ist mit Ihrer Mutter bekannt?«

»Sie sind Kollegen. Meine Eltern sind beide Ärzte.« Sie zeigte einem vorbeikommenden Pfleger ihren Krankenhausausweis. »Mit der Sicherheit nehmen sie es hier sehr genau«, erklärte sie Caleb. »Die meisten hier auf der Etage kennen mich. Meine Eltern sind hier sehr bekannt.«

»Wegen ihrer Arbeit?«

»Die Doktoren Joanna und Hector Powell. Einer Spezialist für Fruchtbarkeit und einer für Neonatologie. Sie helfen Paaren, die Probleme haben, Kinder zu bekommen, und den Neugeborenen helfen sie auch. Als ich noch klein war, habe ich mir Babys immer wie kleine Stückchen Holzkohle vorgestellt, denen nur ein Wunder Leben einhauchen kann. Meinen Eltern ist es gelungen, Babys zu retten, die nicht die kleinste Überlebenschance hatten – Neugeborene, die zu früh oder krank auf die Welt kamen.« Sie zögerte. »Ich war eines dieser Babys. Bei meiner Geburt war ich so klein, dass ich in die Handfläche meines Vaters gepasst habe.«

Wenn sie über sich und ihre Familie sprach, funkelten ihre dunkelbraunen Augen besonders stark. »Das würde man nie glauben, wenn man Sie heute so sieht«, meinte er.

Sie lächelte. »Das habe ich meinen Eltern zu verdanken.« Das

Lächeln erstarb. »Man könnte sagen, dass ich ihnen im wahrsten Sinne des Wortes mein Leben verdanke. Ich habe sie als Kind so bewundert. Nie habe ich ihre Pläne für mich infrage gestellt – Ärztin zu werden, in ihre Praxis mit einzusteigen. Aber ab und zu erwische ich mich dabei, mich zu fragen, ob das wirklich der richtige Weg für mich ist. Dann fühle ich mich schuldig. Denn natürlich ist es der richtige Weg, oder?«

Sie würde sich vermutlich wundern, wenn sie wüsste, wie oft Caleb sich schon die gleiche Frage gestellt hatte. »Ich schätze, das können nur Sie beantworten.«

Reese zeigte in Richtung der Station. »Eines Tages werden das hier meine Patienten sein – vorausgesetzt, ich folge dem Weg, den meine Eltern für mich vorgezeichnet haben.«

»Ihre Eltern wollen also, dass Sie Kinderärztin werden.«

»Kinderchirurgin, um genau zu sein. Der Plan ist, ihre Praxis zu erweitern und einen Spezialisten für Kinderchirurgie aufzunehmen – nämlich mich. Dazu muss ich nur fünf weitere Jahre in der Chirurgie arbeiten, gefolgt von zwei Jahren in der Kinderchirurgie. Dann noch die Approbation, und schon bin ich perfekt vorbereitet.«

»Das klingt nach sehr viel Vorbereitung.«

Sie seufzte. »Manchmal frage ich mich, worauf ich dann vorbereitet bin – auf mein Leben oder auf ihres?«

»Sind das denn zwei verschiedene Dinge?«

»Gute Frage.« Sie schwieg einen Moment. »Ab und zu kämpfe ich mit den Erwartungen, die meine Eltern an mich haben. Aber ich liebe die Pädiatrie. Auch wenn es hart ist. An diesen Ausbildungsprogrammen teilzunehmen, in denen ein so großer Wettbewerb herrscht, ist ein wenig, wie mit einer blutenden Wunde in ein Haifischbecken geworfen zu werden.«

Sie blieb abrupt stehen. »Ich glaube, wir haben unseren Jungen gefunden.«

Die Tür zu Jonahs Zimmer zierten weder Luftballons noch bunte Karten, nur eine Klammer, an der eine Karteikarte mit seinem Namen hing. Die beiden Betten in dem Zimmer trennte ein blauer Vorhang. Das erste Bett war leer und akkurat gemacht; die straff gezogenen Laken und Decken warteten auf den nächsten Patienten. Reese zog den Vorhang zur Seite und enthüllte das zweite Bett. Das ebenfalls leer war.

Caleb verspürte einen Anflug von Panik. »Wo ist Jonah?«

Reese betrachtete das zerwühlte Bett und die Notizen an der Tafel daneben. »Die Abkürzung hier bedeutet, er ist bei der Entspannungstherapie.« Sie trat aus dem Zimmer und deutete auf ein Zeichen, das den Weg zum Aufenthaltsraum für die Patienten wies. »Vielleicht ist er dort. Schauen wir mal nach«, schlug sie vor und ging voran.

Sie kamen an einem Physiotherapeuten vorbei, der einem Jungen mit einem weißen dicken Gurt um die Taille und einem Gehwagen beim Laufen half. Der Kopf des Jungen war rasiert, und über seinem Ohr verlief eine dicke Narbe. Ein erschöpftes Paar stand vor einem der anderen Zimmer, die Frau war an der Brust ihres Mannes zusammengesackt. Um die Ecke befand sich ein großer, luftiger Raum mit hohen Fenstern und Möbeln in Kindergröße. Die Regale waren mit Büchern, Spielzeug und Spielen gefüllt. Auf den Boden waren Hinkekästchen gemalt, und Zeichentrickameisen marschierten in einer Reihe. Mehrere kleine Kinder lagen zusammengerollt im Schoß von ehrenamtlichen Mitarbeitern oder Verwandten. Um einen Tisch saßen ein paar ältere Kinder und spielten Karten.

»Da ist er.« Caleb zeigte in die entfernteste Ecke. Jonahs strohblonde Haare standen in alle Richtungen ab. Er trug eine Art Schürze und dicke, hellgrüne Socken. Caleb berührte Reese an der Schulter. »Was macht er da?«

»Es sieht aus, als spielten sie ein Videospiel.«

Jonah und die Helferin schienen ganz in das Geschehen auf dem flachen Bildschirm auf dem Tisch vor ihnen vertieft zu sein. Darauf versuchte eine Superheldenfigur, ein Labyrinth zu überwinden.

Caleb eilte zu ihm. Beim Anblick seines Neffen wurde ihm das Herz ganz leicht. »Jonah, du bist aufgestanden.«

Das Bild auf dem Bildschirm fror ein. »Hi Onkel Caleb. Sie haben gesagt, in Begleitung darf ich aufstehen.«

Die Frau erhob sich. »Ich bin Tammy und kümmere mich ein wenig um Jonah. Wir haben gerade eine Runde Dr. Boom gespielt.«

Caleb stellte sich vor. »Danke, dass Sie sich um ihn kümmern.«

»Das bringt wirklich Spaß«, sagte Jonah, und seine blauen Augen wirkten strahlender als bei Calebs letztem Besuch. Die Schnittwunden im Gesicht – Reese nannte sie Lazerationen – schienen bereits zu verheilen. Der dick bandagierte Stumpf ruhte in einer Schlinge. »Wir kämpfen gegen Krankheiten an und gewinnen dadurch Punkte.«

»Das klingt cool.« Reese nickte anerkennend. »Hi Jonah. Erinnerst du dich noch an mich?«

Er stand auf und hätte beinahe das Gleichgewicht verloren. Tammy stützte ihn sanft. Caleb rief sich in Erinnerung, dass es seine Zeit dauern würde, mit dem Verlust des Armes klarzukommen.

»Sie waren in der Notaufnahme«, sagte Jonah höflich. »Mit dem schwarzen Arzt zusammen, der einen goldenen Ohrring hat.«

Sie lächelte. »Das ist Jack. Ich bin beeindruckt, dass du dich daran erinnerst.«

»Und dann haben Sie mich in dem anderen Zimmer besucht.«

»Ganz richtig. Ich wette, du lernst hier alle möglichen neuen Leute kennen.«

»Danke, dass du mit mir Dr. Boom gespielt hast, Jonah«, sagte Tammy. »Wir sehen uns später, okay? Ich komme dich holen, wenn es an der Zeit ist, in dein Zimmer zurückzugehen.«

Er nickte. »Danke, Tammy.«

Nachdem sie gegangen war, zeigte Reese auf einen unbesetzten Tisch, auf dem Zeichenpapier und Wachsmalstifte lagen. Sie setzten sich gemeinsam hin. Caleb musste die Knie fast bis zu den Schultern anziehen, um auf dem winzigen Stuhl sitzen zu können. »Genau meine Größe, was?«, meinte er und entlockte Jonah ein Lächeln.

»Genau *meine* Größe«, stellte Jonah klar. »Hier ist alles für Kinder gemacht.«

»Wie war dein Tag heute, Jonah?«, fragte Reese ihn.

»Sie haben mir das Essen auf einem Tablett gebracht. Das haben sie direkt an mein Bett gerollt, und ein Ete hat sich zu mir gesetzt, um sicherzustellen, dass ich mit meiner guten Hand essen kann.«

»Ein Ete?«, fragte Caleb.

»Jupp. Die Buchstaben standen auf seiner Jacke – E und T.«

»Das steht für Ergotherapeut«, erklärte Reese. »Hat dir das Essen geschmeckt?«

Er nickte. »Es gab ein Sandwich und ein paar Beeren und so etwas Hellgrünes, das sich Wackelpudding nennt.«

»Aha. Du hast vermutlich gedacht, es wäre eine außerirdische Lebensform.«

»So wie ein Außerirdischer aus dem Weltall?

»Ja. Es ist ein sehr geheimnisvolles Zeug.«

Caleb war froh, die Fröhlichkeit in den Augen des Jungen zu sehen. Er hatte noch einen schweren Weg vor sich, aber für den Moment war er in guter geistiger Verfassung.

»Ich habe ferngesehen, Onkel Caleb«, gestand Jonah ihm.

Caleb hob eine Augenbraue. »Und, hat es dir gefallen?«

»Ja. Und wenn es mir nicht gefallen hat, habe ich einfach einen Knopf gedrückt und das Programm gewechselt. Ich habe eine Geschichte über Robin Hood gesehen. Aber nach einer Weile wurde es mir langweilig. Eine Lady hat mir ein paar Bücher zum Lesen gegeben. Hier gibt es viele Bücher. Viel mehr als Sender im Fernsehen.«

»Liest du gerne?«, fragte Reese.

Er nickte wieder. »Sie haben mir einen Halter gegeben, auf den ich das Buch legen kann, damit ich es nicht mit zwei Händen festhalten muss.« Er senkte den Blick, als wäre ihm das ein wenig peinlich.

»Wie geht es dir?«, erkundigte sich Reese. »Tut dir dein amputierter Arm weh? Oder irgendetwas anderes?«

Er blieb ganz still und hielt den Blick gesenkt. Schließlich sagte er: »Ich weiß es nicht genau. Wie kann mein Arm wehtun, wenn er nicht mehr da ist?«

»Nun, dein Gehirn muss sich daran gewöhnen, dass es eine große Veränderung in deinem Körper gegeben hat. Während du hier bist, werden dich viele Leute beim Heilungsprozess unterstützen. Dazu gehört auch, deine Gefühle zu verstehen. Ergibt das einen Sinn für dich?«

Jonah runzelte leicht die Stirn. »Ich spreche nicht gerne über meine Gefühle.«

»Dann musst du das auch nicht. Aber vielleicht probierst du es mal und guckst, ob es hilft. Wenn Menschen eine Gliedmaße verlieren, ist das anfangs ein großer Schock, dem oft eine tiefe Traurigkeit folgt. Das ist ganz normal. Aber ich kann dir versprechen, dass es besser wird. Nicht jetzt gleich und nicht so schnell, wie du es dir wünschst, aber es wird besser.«

Caleb mochte, wie sie mit dem Jungen umging. Sie war liebevoll, ohne dass es erzwungen wirkte. Und sie war ehrlich.

»Wann kann ich nach Hause?« Jonah hob den Kopf und sah seinen Onkel an.

»Das müssen die Ärzte entscheiden. Du schlägst dich ziemlich gut, also vielleicht wird es schon bald so weit sein.«

»Ist unser Zuhause weit weg?«, fragte der Junge. »Bist du im Buggy hierhergekommen?«

»Nein, für den Buggy ist es zu weit. Während du hier bist, bleibe ich in der Stadt. Reese hat mich einem Freund vorgestellt. Er heißt Leroy und lässt mich bei sich schlafen. Von dort ist es zu Fuß nur ein kurzer Spaziergang hierher, sodass ich dich jederzeit besuchen kann.«

»Was ist mit der Farm?« Jonah zog die Augenbrauen zusammen. »Wer kümmert sich um Jubilee?«

»Ich denke, Hannah schafft es, sich eine Weile um deinen Hund zu kümmern.« Caleb beugte sich vor und stützte die Ellbogen auf die Knie. »Die Nachbarn helfen mit dem Vieh. Das ist alles nur vorübergehend, kleiner Mann.«

»Ich wünschte, ich könnte Jubilee sehen. Und Hannah«, sagte Jonah. »Und auch Großvater.«

»Wie fändest du es, deiner Schwester einen Brief zu schreiben? Ich wette, sie würde sich freuen, von dir zu hören.«

Jonah strahlte. »Das ist eine gute Idee.«

»Ich hole Papier und einen Stift«, sagte Reese. »Dann kannst du das hier am Tisch machen.« Sie ging zu einem Regal und wühlte in einer Kiste mit Bastelbedarf. Dann kehrte sie mit ein paar Dingen in der Hand zurück. »Also, je nachdem, wie du gerne schreibst, musst du dich ein wenig umgewöhnen. Caleb hat mir verraten, dass du Rechtshänder bist, also bist du es vielleicht gewohnt, das Blatt mit der linken Hand festzuhalten. Hier ist ein wenig Tesafilm, damit das Papier nicht verrutscht.«

Sie legte ein leeres Blatt vor Jonah und klebte es am oberen und unteren Rand am Tisch fest. »Wie ist das?«

»Das könnte gehen.« Jonah nahm den Stift in die Hand. »Danke, Reese.« Er beugte sich über das Papier und fing an, sorgfältig zu schreiben.

Reese und Caleb traten zum Fenster und schauten über die Dächer der Stadt mit ihren Klimaanlagen und Kiesoberflächen hinaus. Dahinter lagen der Fluss und im Osten das Stadtzentrum. Reese deutete auf ein paar Wahrzeichen – den Spazierweg am Fluss und das Universitätsviertel, die Altstadt mit der Independence Hall, die inmitten eines langen Grünstreifens im Park lag.

»Danke, dass Sie mit Jonah sprechen«, sagte Caleb leise. »Er und seine Schwester stehen einander sehr nah. Dieser Brief wird ihnen helfen. Heute Abend wirkt er schon mehr wie er selbst.«

»Ich denke, er wird noch viele Höhen und Tiefen durchleben. Er ist ein tolles Kind und wird das überstehen.«

Auch wenn sie erwähnt hatte, dass sie die Pläne, die ihre Eltern für sie hatten, nämlich Kinderchirurgin zu werden, hinterfragte, konnte sie mit Jonah gut umgehen. Vielleicht war der Plan doch nicht so schlecht.

»Wie schreibt man ›künstlich‹?«, fragte Jonah und schaute zu ihnen herüber.

Caleb buchstabierte das Wort, und der Junge hob den Daumen.

»Und wie schreibt man ›Prothese‹?«, fragte er einen Moment später.

Caleb und Reese schauten einander an. »Ich versuche es mal«, sagte sie und fing an zu buchstabieren. »Sie stehen hier vor der zweifachen Gewinnerin des Boynton-County-Buchstabierwettbewerbs«, erklärte sie danach mit einem selbstgefälligen Grinsen.

»Hannah hat in der Schule immer alle beim Buchstabieren geschlagen«, sagte Jonah. »Manchmal sogar die Lehrer. Sie hat bei ihrer Abschlussfeier einen Preis als beste Buchstabiererin bekommen.«

»Sie ist erst sechzehn und hat schon ihren Schulabschluss?«, fragte Reese. »Ich wette, sie ist echt klug.«

»Die Schule endet nach der achten Klasse«, erklärte Caleb.

Sie riss überrascht die Augen auf. »Oh. Das ist … Ich weiß nicht, was ich sagen soll.«

»Schade?«, schlug er vor.

»Ich schätze, das hängt davon ab, was ein Mensch im Leben machen will.«

»In unserer Gemeinschaft glaubt man nicht, dass junge Leute eine lange Schulausbildung benötigen«, erklärte Caleb.

»Aber wenn sie ihre Ausbildung fortsetzen wollen? Ich meine, ich will das nicht verurteilen, aber … guter Gott. Achte Klasse?«

Sie verurteilt doch, dachte Caleb. »Es ist nicht verboten, die Schule weiter zu besuchen. Aber man wird auch nicht ermutigt.« Er sah, wie sein Neffe das Blatt umdrehte und wieder an den Tisch klebte. Er arbeitete ein wenig unsicher mit nur einer Hand. »Ich schätze, es hätte schlimmer kommen können – wenn es sein rechter Arm gewesen wäre.«

Ein paar Minuten später hielt Jonah seinen Brief hoch. »Fertig!«, rief er. »Ich habe auf die Rückseite ein Bild gemalt.«

Es war eine Zeichnung eines Roboterarms wie die aus den Informationsbroschüren, die ihnen jemand vorbeigebracht hatte. Neben dem Arm stand ein Mensch mit kurzen dunklen Haaren, der einen kurzen weißen Kittel trug und ein Stethoskop um den Hals hängen hatte. Die Augen waren groß mit langen Wimpern, und der Mund bildete eine feste Linie.

»Bin ich das?«, fragte Reese.

»Hm, hm. Ich bin nicht so gut darin, Menschen zu malen.«

»Das würde ich nicht sagen.« Sie berührte kurz das Papier. »Allerdings zieht es mir ein wenig das Herz zusammen. Vergesse ich etwa zu lächeln?«

»Nein, ich bin nur auch nicht gut darin, Münder zu malen.«

»Na, um deinetwillen werde ich daran arbeiten, mehr zu lächeln.«

Jonah drehte das Blatt wieder um. »Sie können gerne lesen, was ich geschrieben habe.«

»Gerne.« Reese schaute über seine Schulter. »Du hast eine sehr schöne Schrift.«

»Danke. Ich mag es, ordentlich zu schreiben.«

»Wie wäre es, wenn du uns den Brief vorliest?«, schlug Caleb vor.

»Okay.« Jonah setzte sich aufrechter hin. »Liebe Hannah, mein Arm ist im Krankenhaus abgeschnitten worden. Er wurde von dem Schredder so sehr verletzt, dass er nicht gerettet werden konnte. Jetzt habe ich einen dicken Verband um den Stumpf. Ich bekomme einen neuen, künstlichen Arm, den nennt man auch Prothese. Sie sagen, das wäre wie ein Roboterarm und dass ich mich daran gewöhnen werde. Wie geht es Jubilee? Ich vermisse dich und wünschte, ich könnte dich sehen. Und Großvater auch. Herzliche Grüße, dein Bruder Jonah.« Er schaute auf. »Ist das okay?«

Caleb verspürte einen Anflug von beinahe schmerzhafter Zuneigung für den Jungen. »Das ist es, mein Großer. Hannah wird sich freuen, von dir zu hören.«

»Ich kann den Brief für dich einwerfen, wenn du magst«, bot Reese an. »Die Post hat schon geschlossen, aber morgen habe ich meinen freien Tag.«

»Das wäre schön, Reese«, sagte Jonah.

»Was machen Sie normalerweise an Ihrem freien Tag?«, fragte Caleb. »Außer zur Post zu gehen.«

Sie ließ den Blick durch den Raum gleiten. »Ich wünschte, ich könnte sagen, dass ich Unterricht im Kitesurfen nehme oder Gourmetmahlzeiten zubereite, aber die traurige Wahrheit ist, wenn ich nicht im Krankenhaus arbeite, bin ich ziemlich langweilig. Ich lerne für die Prüfungen, fülle Formulare für meine Assistenzzeit aus und mache Erledigungen, wie zum Beispiel zur Post zu gehen. Es ist wirklich jämmerlich.«

»Was ist Kitesurfen?«, fragte Jonah. »Das klingt nach Spaß.«

»Es sieht auch nach Spaß aus, aber ich habe es noch nie probiert. Man steht auf einem Surfbrett und hängt mit einem Geschirr an einem großen Kite, das ist so eine Mischung aus Segel und Fallschirm, und der Wind trägt einen über das Wasser.«

»Das würde ich gerne mal machen«, sagte Jonah und schaute dann auf seinen Verband. »Kann ich das auch mit nur einem Arm?«

Calebs Herz zog sich erneut zusammen. Das würde von jetzt an immer Jonahs erste Frage sein: *Kann ich das auch mit nur einem Arm?*

Tammy kehrte in den Aufenthaltsraum zurück. »Hey Jonah. Zeit, aufs Zimmer zurückzugehen, dein Abendessen wartet. Danach kommt die Abendvisite, und dann heißt es Licht aus.«

Als Jonah aufstand und sich mit seiner Hand am Tisch festhielt, schaute er Caleb an. »Die machen hier nie wirklich das Licht aus«, flüsterte er. »Nicht mal nachts.«

»Aber sie dimmen das Licht hier mehr als auf der Intensivstation«, erklärte Tammy.

»In der Stadt wird es niemals richtig dunkel. Nicht so wie bei uns zu Hause.« Caleb dachte an das Gefühl der Weite, das ihn überkam, wenn er im Stockdunkeln in Middle Grove stand und zu den Sternen hinaufschaute.

Auf dem Weg zurück zu seinem Zimmer war Jonah sehr gesprächig. Neben dem Videospiel hatte er schon die Verkaufsautomaten entdeckt und wie man Musik streamen konnte, dazu die Harry-Potter-Bücher und aufgezeichnete Baseballspiele. Beinahe alles hier war für ihn neu. »Hast du je von der Magna Carta gehört?«, fragte er.

»Das habe ich«, erwiderte Caleb. »Was weißt du darüber?«

»Viel«, sagte Jonah. »Ich habe darüber in einem Buch gelesen, das ich mir hier geliehen habe. Sie heißt Magna Carta Libertatum, was *Große Urkunde der Freiheiten* bedeutet. Sie ist berühmt, weil in ihr die Gesetze und Rechte der Menschen stehen.«

»Du liest hier ganz schön viel, mein Kleiner.« Caleb lächelte. »Das gefällt mir.«

»Sie haben mir nie gesagt, dass Ihr Neffe ein Genie ist«, warf Reese ein. »Jedes Mal, wenn ich mit dir rede«, sagte sie zu Jonah, »bist du noch ein Stückchen klüger.«

Jonahs Ohren wurden ganz rot. Er war es nicht gewohnt, Komplimente zu bekommen, vor allem nicht von hübschen Frauen.

Reese und Caleb blieben auch während der Abendvisite. »Sehen Sie den Mann dort?«, flüsterte sie und berührte ihn leicht am Arm, während sie auf eine Gruppe zeigte, die den Flur hinunterkam. »Das ist der diensthabende Arzt. Ein Kubaner namens Jimenez. An seinem langen Kittel erkennen Sie, dass er die Leitung innehat. Die anderen bei ihm sind Studenten im dritten Jahr. Jimenez ist ein Guter. Man hat Ihnen gesagt, dass das hier ein Lehrkrankenhaus ist, oder?«

Er nickte leicht. Ihre Hand ruhte wie ein kleiner Vogel auf seinem Arm. Er fragte sich, ob sie die Anspannung in seinen Muskeln fühlte. Tief in der Sorge um Jonah vergraben lag noch etwas anderes – eine unerwünschte Anziehung, die er nicht empfinden wollte, aber dennoch nicht verleugnen konnte.

Ihr schien aufzufallen, dass sie ihn berührte, und sie zog ihre Hand weg.

Dr. Jimenez betrat das Zimmer mit langen Schritten. Wie ein Schatten folgte ihm eine Gruppe von Studenten in kurzen Arztkitteln. Caleb stellte sich ihm vor. »Ich bin Jonahs Onkel«, sagte er. »Wenn es Ihnen nichts ausmacht, würde ich bei der Visite gerne dabei sein.«

Der Arzt nickte nur kurz und sagte: »Schön, dass Sie für Ihren Neffen da sind. Wir kümmern uns gut um …« Er schaute auf die Tafel an der Wand. »Um Jonah.«

Die Studenten schienen neugierig auf Caleb zu sein, vor allem die Frauen. Das war Caleb schon aufgefallen, seitdem er hier angekommen war. Frauen neigten dazu, ihn anzustarren. Nicht wie die Touristen, die in den Gemischtwarenladen in Middle Grove kamen, sondern auf eine Weise, die jeder normale Mann bemerken würde.

Reese war es offenbar auch nicht entgangen, denn sie stupste ihn an und flüsterte: »Sie haben eine ganz besondere Wirkung auf sie.«

Er spürte, dass seine Ohren so rot wurden wie die von Jonah. »Seien Sie nicht albern«, murmelte er. Es war nicht so, dass es ihm nicht gefiel, aber die Aufmerksamkeit kam ihm nicht richtig vor, da es Jonah so schlecht ging. Das lenkte ihn ab.

Reese lenkte ihn auch ab, aber auf andere Weise. Er musste ständig an sie denken, auch wenn Jonah eigentlich das Einzige sein sollte, was seine Gedanken beherrschte. In dem kleinen Zimmer stand sie mit dem Rücken zu ihm und drückte sich ein wenig an ihn, um den Ärzten Platz zu machen. Ihr Haar duftete nach Blumen, und im Nacken hatte sich eine Strähne gelöst, die sich dunkel von der blassen, zarten Haut abhob.

Er rief sich in Erinnerung, warum er hier war – um zuzuhören, zu beobachten und zu erfahren, was für Jonah das Beste war, und nicht, um Freundschaften zu schließen. Nicht, um über Reese Powell nachzudenken.

Der leitende Arzt rief einen der Studenten auf, um den Fall vorzustellen. Der junge Mann hielt sich an seinem Tablet fest, als wäre er Moses auf dem Berg, schob sich die Brille auf der Nase hoch und ließ den Blick durch den Raum flattern.

Reese raunte Caleb ins Ohr: »Er ist nervös. Das erinnert mich an letztes Jahr, als ich hier noch neu war.«

»Wenn er so klug ist wie Sie, wird er darüber hinwegkommen«, flüsterte Caleb zurück, wobei er sich ein wenig vorbeugen musste, um ihr ins Ohr zu sprechen. Ihr so nah zu sein erforderte ziemlich viel Selbstdisziplin.

Sie drehte sich um und schaute ihn an. Ihre Stimme war nur ein Hauch an seiner Brust. »Sich in die Welt der Medizin zu stürzen ist ein wenig so, als würde man sich in ein Becken mit Eiswasser fallen lassen – atemberaubend, kaum zu überleben. Furcht einflößend. Es steht so viel auf dem Spiel.«

»Ich möchte nicht, dass irgendjemand Jonahs wegen Angst bekommt«, murmelte Caleb.

»Das würde Dr. Jimenez niemals zulassen. Aber mündliche Fallvorstellungen sind schwer. Man trägt eine große Verantwortung, denn auf diese Weise teilen Ärzte die Krankengeschichte des jeweiligen Patienten ihren Kollegen mit. Das erfordert Übung.

Man muss die Symptome des Patienten exakt beschreiben mit dem Ziel, die bestmögliche Behandlung für ihn zu finden.«

Der junge Mann, der Jonahs Fall vorstellte, sprach mit aufgeregter, monotoner Stimme und zog immer wieder sein Tablet zurate. »Das ist Jonah Stoltz, ein elfjähriger Junge, Tag drei im Krankenhaus, Behandlung erfolgt nach irreparablem Verlust der Blutzufuhr und der Funktion des Arms nach einem akuten Trauma, verursacht durch die Klingen eines landwirtschaftlichen Schredders. Achtundzwanzig Stunden nach der OP wurde der Patient von der chirurgischen Intensivstation auf die Kinderstation verlegt. Der Patient erscheint stabil und sagt, er fühle sich besser.«

Caleb biss die Zähne zusammen – irreparabler Verlust der Blutzufuhr. Diese Bilder von Jonahs Arm würden ihn noch sehr lange begleiten.

»Er sollte nicht zu Boden gucken«, flüsterte Reese. »Das ist bei Dr. Jimenez ein absolutes No-Go. Er hat sich vor lauter Nervosität nicht im Griff. Mir tut der arme Kerl richtig leid.«

»Ist denn mit Jonah so weit alles in Ordnung?« Caleb empfand zwar durchaus Mitgefühl mit dem jungen Mann, aber seine Hauptsorge galt seinem Neffen.

»Ja, keine Sorge.« Reese wandte sich zu ihm um und lächelte ihm beruhigend zu, bevor sie fortfuhr: »Der Student scheint die klinischen Informationen zu verstehen, doch er kämpft damit, sich kurzzufassen.«

»... Vitalwerte sind normal, Puls zwischen sechzig und achtzig Schlägen pro Minute, Blutdruck einhundert zu sechzig, Sauerstoffsättigung neunundneunzig ...«

»Lassen wir doch Dr. Grandjean weitermachen«, sagte Dr. Jimenez und erlöste somit den nervösen jungen Mann von seinem holprigen Vortrag.

Eine Frau mit Haarreif und frisch gestärktem weißen Kittel trat vor wie eine Pfadfinderin, die alle Regeln kannte. »Jonahs medizinische Vorgeschichte ist nur insofern bemerkenswert, als dass sie vollkommen unauffällig ist. Er hatte keine schwerwiegenderen Kinderkrankheiten, und seine Impfungen sind auf dem neuesten Stand.«

Reese schaute Caleb fragend an.

»Das verstößt nicht gegen die Ordnung«, flüsterte er.

»Er lebt in Middle Grove«, fuhr die Frau fort. »Eine amische Gemeinde in Carbon County, nördlich von hier in der Nähe der Poconos. Seine Familie achtet die amischen Traditionen. Er hat eine Schwester namens Hannah, die sechzehn ist, und sie leben zusammen bei ihrem Onkel und gesetzlichen Vormund Caleb Stoltz.« Sie hielt inne, um sich zu Caleb umzudrehen und ihm einen grüßenden Blick zuzuwerfen. Er nickte ganz leicht. Ja, er war Jonahs Vormund, wobei »gesetzlich« ein wenig übertrieben war.

»Jonahs Eltern sind beide verstorben«, fügte die Studentin hinzu.

Jetzt stellten sie sich vermutlich alle vor, wie die gesamte Stoltz-Familie von einem Maisschredder zerhackt wurde. Caleb fragte sich, wie viel Jonah von all dem hier mitbekam. Angesichts seiner ernsten Miene alles.

Der leitende Arzt schaute Jonah an und sagte: »Auch wenn die Vorgeschichte dieses jungen Mannes unter medizinischen Gesichtspunkten nicht bemerkenswert ist, ist es sein bisheriger Heilungsprozess sehr wohl.« Jimenez fasste den Fall zusammen, wobei er Jonah die ganze Zeit mit einem warmen Lächeln anschaute. »All der Unsinn, den wir hier reden, mein Freund, bedeutet, dass du der prognostizierten Entwicklung weit voraus bist. Darauf kannst du stolz sein.«

Jonah reckte den Kopf und schaute zu Caleb, der ihn ermutigend anlächelte. »Das ist eine gute Form von Stolz«, sagte er und wiederholte es dann noch mal auf Deitsch.

Dr. Jimenez und seine Gefolgschaft verließen das Zimmer, wobei sie alle Jonah ein Lächeln zuwarfen.

Caleb ging zum Bett hinüber. »Wenn du irgendetwas brauchst, drückst du auf diesen Knopf, ja? Selbst, wenn du nur Hallo sagen willst. Die Leute hier wissen, wie sie mich erreichen können, und ich komme sofort her.«

»Ja, ich verstehe«, antwortete Jonah auf Deitsch. Dann gähnte er und kuschelte sich tiefer in die blaue Baumwolldecke. Caleb las ihm noch ein wenig aus einem der Harry-Potter-Bücher vor, aber

nach ein paar Augenblicken konnte der Junge die Augen nicht mehr offen halten. »Gute Nacht, mein kleiner Mann«, murmelte Caleb. Er wechselte in ihre Sprache und fügte hinzu: »Schlaf gut.« Dann legte er Jonah eine Hand auf den Kopf und strich ihm ganz sanft mit dem Daumen über die Stirn. »Träum süß.«

Jonahs Lächeln war tapfer und herzzerreißend. »Gute Nacht, Onkel Caleb.«

Reese blieb stumm, als sie das Krankenhaus verließen. Caleb war überrascht, Tränen in ihren Augen schimmern zu sehen. »Tut mir leid«, sagte sie, als sie seinen Blick bemerkte. »Es ist ... es ist schwer. Ich weiß, dass ich mich irgendwann daran gewöhnen muss, den Schmerz der Patienten und die Angst ihrer Familie zu sehen. Aber heute bin ich noch nicht so weit.«

In seiner Gemeinde wurden Gefühle nicht offen zur Schau gestellt, und noch weniger sprach man darüber. Er fragte sich, ob es bei den Mitarbeitern eines Krankenhauses genauso war.

»Es war seltsam, sie so über ihn sprechen zu hören. Sie haben viele Informationen über Jonah, aber kennen ihn trotzdem nicht.«

Sie tupfte sich die Augen trocken. »Erzählen Sie mir etwas über Ihren Neffen.«

Das weiche, zärtliche Gefühl, das ihn jedes Mal überkam, wenn er an Jonah dachte, breitete sich auch jetzt in ihm aus. »Da gibt es viel zu erzählen. Er ist ein Junge, der seinen Hund liebt und lauter pfeifen kann als ein Zug. Er weiß, wie er nur mit einem Feuerstein und einem Metallstab Feuer machen kann. Er hat ein Lachen, das wie Musik klingt, und er kann die Rufe mehrerer Vögel nachahmen. Seine Spezialität ist die Schwarzkehl-Nachtschwalbe.« Er hielt inne, weil ihm die Kehle mit einem Mal wie zugeschnürt war. »Er ist ein Junge, dessen gesamte Zukunft sich im Bruchteil einer Sekunde verändert hat.«

Normalerweise sprach er nicht so offen, so ungefiltert und ehrlich, was seine Gefühle anging, aber etwas an Reeses Art gab ihm den Mut, ihr sein Herz zu öffnen. Was das anging, stellte sie wirklich eine Gefahr für ihn dar.

7. Kapitel

Reese schreckte aus dem Schlaf. Sie richtete sich im Bett auf und presste beide Fäuste an die Brust. So etwas passierte ihr morgens öfter. Sie wurde von einer Panik aus dem Schlaf gerissen, die sich anfühlte wie ein Herzinfarkt. Inzwischen war sie beinahe daran gewöhnt. Die Panikattacken hatten auf dem College angefangen und sich während des Studiums fortgesetzt. Sie waren intensiv, aber unspezifisch und überkamen sie immer wieder, egal, was sie dagegen unternahm.

Das rasende Herz, die Lungen, die nach Luft rangen, der kalte Schweiß waren vertraute Dämonen, die von dem Gefühl hervorgerufen wurden, etwas vergessen oder bei etwas Wichtigem versagt zu haben. Im Laufe der Zeit hatte sie sich einige Techniken angeeignet, um sich zu beruhigen: ruhig auf sich einsprechen, Yoga, Meditation, bitter schmeckende Kräutertees, Verleugnung. Doch diese Techniken funktionierten nicht immer.

Das Einzige, was sie nicht tun wollte, war, jemandem davon zu erzählen. Sie wusste, dass solche Anfälle weit verbreitet waren und es effektive Behandlungen gab, aber um Hilfe zu bitten, das kam ihr wie ein weiteres Versagen vor – ganz zu schweigen davon, welche Sorgen sie ihren Eltern damit bereiten würde. Sie waren so ehrgeizig und erfolgreich. Sie hatten ihr alles und mehr gegeben. Das Letzte, was sie wollte, war, die beiden zu enttäuschen.

Sie stand auf und ließ sich auf dem Boden in ihre liebste Yogapose sinken – den herabschauenden Hund. Sie spürte, wie ihr das Blut in den Kopf strömte. Mit geschlossenen Augen atmete sie tief ein und hielt den Atem für fünf Herzschläge an. Dann stieß sie ihn für weitere fünf Herzschläge langsam aus. Diese Sequenz wiederholte sie ein paarmal, um ihr inneres Gleichgewicht wiederzufinden.

Den an ihr nagenden Unmut abschüttelnd, sprang sie kurz unter die Dusche, machte sich einen Kaffee und trank ihn schwarz.

Dann schrieb sie schnell noch einen Punkt auf ihre To-do-Liste: Milch kaufen.

Was machen Sie an Ihren freien Tagen?

Calebs schlichte Frage hatte sich ihr unter die Haut gebrannt. Sie hatte einen Termin in New Hope, um über eine Assistenzstelle zu sprechen, aber der würde erst später am Tag stattfinden. Heute war sie entschlossen, nicht langweilig zu sein. Das Leben sollte interessant, aufregend, unvorhersehbar sein. Einige der besten Ärzte, die sie kannte, spielten Klavier oder schrieben Romane oder stellten Tonfiguren her. Sie sollte einen Glasbläserkurs besuchen oder in den Poconos klettern gehen. Oder sich ein Konzert im *Jazz Works* anhören. Doch wenn sie ehrlich zu sich war, wollte sie am liebsten den ganzen Tag mit Caleb Stoltz verbringen. Er war das Interessanteste, was ihr seit langer Zeit über den Weg gelaufen war.

Ihr Telefon klingelte, und sie zuckte zusammen. Dr. Joanna Powell. »Hey Mom.«

»Wie sehen deine Pläne für deinen heutigen freien Tag aus?«

»Lustig, dass du das fragst. Ich habe überlegt, klettern zu gehen, dann zum Aerial Yoga, und danach wollte ich mit einem amischen Pferdetrainer abhängen.«

Ihre Mom lachte. »Ja, klar. Bei mir wurde eine Verabredung zum Lunch abgesagt. Treffen wir uns doch zum Mittagessen im *Flying Dutchman*. Dann können wir deine Bewerbung für *The Match* durchgehen.«

Wieder einmal. *The Match* – das Programm, das angehende Assistenzärzte mit den passenden freien Stellen zusammenführte – dominierte schon seit über einem Jahr ihre Unterhaltungen. »Wann hast du aufgehört, mir zuzuhören, Mom?«

»Ich höre dir immer zu.«

»Aber du nimmst mich nicht wahr.«

»Na gut. Ich bin ganz Ohr. Was möchtest du mir sagen?«

»Dass ich meine Zweifel bezüglich *The Match* habe.«

»Ruhig, Braune. Dafür ist es jetzt zu spät. Du hast es beinahe geschafft. Du musst nur noch die beste Reihenfolge für deine Assistenzprogramme finden.«

»Das weiß ich, aber …«

»Wir sollten uns definitiv treffen und noch einmal darüber sprechen. Wenn nicht zum Lunch, dann später auf einen Drink? Wir haben heute Dinnerpläne mit den Josephsons. Du erinnerst dich doch an sie, oder? Er ist emeritierter Professor an der Drexel. Und sie ist Mitglied im Guggenheim …«

Während ihre Mutter weiterredete, wanderte Reese zum Fenster. Sie beobachtete die Fußgänger, die auf der Straße hin und her eilten, vermutlich auf dem Weg zur Arbeit. Ein großer, in Schwarz und Weiß gekleideter Mann erregte ihre Aufmerksamkeit. Caleb war auf dem Weg ins Krankenhaus. Es war nicht nur seine Größe, die ihn hervorstechen ließ, sondern vor allem die langen Schritte und die konzentrierte Energie, die ihren Blick angezogen hatten. Sie hörte die Stimme ihrer Mutter, doch die Worte verschmolzen miteinander. Ein konstanter Wortschwall, den sie schon ihr ganzes Leben gehört hatte.

Während einer Pause im Monolog ihrer Mutter sagte sie: »Zum Lunch schaffe ich es nicht. Vielleicht ein andermal, okay? Grüß Daddy schön von mir.«

Sie beendete das Telefonat, schnappte sich ihre Sachen und rannte aus der Tür. *Mach etwas Interessantes.* Gut. Da war sie voll dabei. Erster Stopp die Kombucha-Bar, in der es Sitarmusik und meditative Gesänge gab.

Sie hielt ungefähr vierzig Minuten durch. Ihr Gehirn weigerte sich zu tun, wozu der Gesang sie aufforderte, nämlich ihren Kopf zu leeren und ihre Gedanken loszulassen. Sie konnte nur an die Arbeit denken. Und an Caleb Stoltz. Und an *The Match*, und Caleb Stoltz, und ihre Mutter, und Caleb Stoltz … Als ihr klar wurde, dass sie ihr spirituelles Zentrum heute nicht finden würde, ging sie und holte ihr Handy heraus, um eine Freundin anzurufen. Ja, sie könnte sich bei einer Freundin melden und ihr vorschlagen … was zu tun? Gemeinsam einen Kaffee zu trinken? Eine Spritztour aufs Land zu unternehmen?

Ja, das war ein guter Plan. Mit einem Fingerwisch scrollte sie durch ihre Kontakte. Es gab nur ein Problem – zu ihrer großen Schande hatte sie jämmerlich wenige Freunde. Sie hatte Kollegen.

Sie hatte Kommilitonen. Ab und zu hatte sie Dates, die ihr, wenn sie Glück hatte, kurzfristig ein warmes Gefühl verschafften – und wenn sie Pech hatte, nur dazu dienten, sie ihre Einsamkeit besonders spüren zu lassen. Es gab einfach niemanden, den sie einen Freund oder eine Freundin nennen konnte.

Aha. Lorraine Kavorkian, deren unglückselige Namensähnlichkeit mit dem berühmten Sterbehilfeverfechter Jack Kevorkian stets zu allerlei Kommentaren geführt hatte. Während Reeses erstem Studienjahr war Lorraine eine Mentorin für sie gewesen, und seitdem waren sie befreundet – wenn auch beide zu beschäftigt, um sich regelmäßig zu verabreden. Reese rief sie an, erreichte aber – kaum überraschend – nur die Mailbox. »Dies ist der Anschluss von Lorraine Kavorkian – nicht verwandt, nicht verschwägert, mein Name wird anders geschrieben. Wenn es sich um einen Notfall handelt, legen Sie auf und wählen Sie 911. Ansonsten hinterlassen Sie mir eine Nachricht.«

»Hier ist Reese. Es ist kein Notfall, ich habe mich nur gefragt, ob wir uns heute mal wieder treffen wollen. Ich weiß, es ist ein bisschen kurzfristig ...« Sie hinterließ zur Sicherheit ihre Nummer und legte auf, wobei sie bezweifelte, dass Lorraine zurückrufen würde.

Ihr fiel eine andere Kandidatin ein. Didi Cobb, ihre beste Freundin aus der Mittelstufe, mit der sie kürzlich auf einer Social-Media-Seite wieder in Kontakt getreten war. »Hey«, lautete die Ansage auf der Mailbox. »Ich gehe niemals ans Telefon und höre auch meine Mailbox nicht ab.«

»Willkommen im Club«, murmelte Reese. »Ich auch nicht.«

»Schickt mir eine Nachricht, okay?«, schloss Didis Stimme.

Reese scrollte weiter. Die Letzte auf ihrer Liste war Trini Sizemore, eine Bibliothekarin, die Reese in ihren monatlich stattfindenden Literaturclub eingeladen hatte – ein Kreis aus gebildeten Frauen, die verrückt nach Büchern und Wein waren. Reese hatte zwar alle vorgeschlagenen Bücher gelesen, es aber beinahe nie geschafft, zu den Treffen zu gehen. Und das war schade, denn bei den Zusammenkünften gab es immer unglaubliche Vorspeisen und Desserts. Als sie dran gewesen war, das Treffen zu veranstalten, war sie von dem Zustand ihrer Wohnung und Küche so entsetzt gewesen, dass sie einen privaten Salon im Hotel Geneva mit dazugehörigem Catering gebucht hatte. Wie sich herausgestellt hatte, war das der perfekte Weg gewesen, um einer Gruppe von Frauen vor den Kopf zu stoßen, die oft genug damit zu kämpfen hatten, über die Runden zu kommen.

Aber Trini war immer supernett zu ihr gewesen und hatte einen ausgezeichneten Geschmack, was Bücher anging.

Zu Reeses Überraschung hob Trini nach dem dritten Klingeln ab. »Reese? Hey Fremde. Lang, lang ist's her.«

»Selber hey. Hör mal, das ist sehr kurzfristig, ich weiß, aber ich habe mich gefragt, ob du Lust hast, heute mit mir etwas zu unternehmen?«

»Ah, das klingt fabelhaft«, erwiderte Trini. »Ich würde so gerne mal wieder mit dir quatschen. Es ist wirklich lange her, oder? Mindestens ein Jahr. Aber ...«

Das unausweichliche *aber.* »Du hast vermutlich zu tun«, warf Reese ein.

»Das habe ich tatsächlich, man mag es kaum glauben. Erinnerst du dich an Bill, meinen seltsamen Freund?«

»Du hast ihn ein paarmal erwähnt. Ist er zu annehmbar hochgestuft worden?«

»Nein. Er ist zu einem kompletten Arschloch heruntergestuft worden, und ich habe mit ihm Schluss gemacht. Aber er hatte einen Freund – Jory –, und der ist umwerfend. Wir haben uns verliebt und geheiratet und ein Baby bekommen. Und das alles innerhalb des letzten Jahres.«

Reese schluckte ihre Überraschung hinunter. »Trini, das ist ja super. Ein Baby. Wow. Du hast wirklich keine Zeit vergeudet.«

»Wenn man weiß, dass es richtig ist, zögert man nicht. Timothy ist im St. Rocco's zur Welt gekommen, und er ist einfach toll. Gestern ist er fünf Wochen alt geworden. Ich bin total überwältigt – aber auf die bestmögliche Weise. Doch dieses häusliche Glück verpasst meiner Spontaneität leider einen Dämpfer.«

»Wow. Ich freue mich für dich«, sagte Reese.

»Danke. Das ging alles so schnell. Für die Hochzeit sind wir weggeflogen – nur wir und unsere Eltern. Auf die Bermudas. Und dann bin ich gleich schwanger geworden – wer hätte das in meinem Alter gedacht? Und nun bin ich hier! Und um dem Ganzen die Krone aufzusetzen, haben wir gerade ein Haus in Wayne gekauft, das noch renoviert werden muss. Ich komme mir ganz schlecht vor, weil ich es meinen Freunden nicht erzählt habe.«

»Du musst dich nicht schlecht fühlen. Ehrlich, ich ziehe den Hut vor dir. Es klingt, als wären für dich alle Puzzleteile an ihren Platz gefallen. Du bist eine großartige Erinnerung daran, dass es im Leben um mehr geht, als nur zu lernen und zu arbeiten.«

»Für dich werden sich die Puzzleteile auch noch richtig zusammensetzen«, versprach Trini. »Du hast nur leider keinerlei Einfluss darauf, wann oder mit wem, also halte die Augen offen. Das macht das Leben interessanter. Warte mal – hörst du das?« Sie hielt inne, und ein Geräusch drang durch das Telefon, das klang wie das Blöken eines Lammes.

Reese seufzte. »Hi Timothy. Ich hoffe, ich lerne dich bald mal kennen.«

»Das sollten wir wirklich planen. Sorry, ich muss jetzt auflegen. Ich …«

»Natürlich. Ruf mich an, wenn es bei dir ruhiger geworden ist. Wir hören bald wieder voneinander.« Reese legte auf. »Und mit *bald* meine ich *vermutlich nie*.«

Sie mustert den Kombucha, den sie gekauft hat. Er schmeckte schrecklich, aber sie hatte neun Dollar dafür bezahlt, also trank sie ihn aus, während sie geschlagen den Weg nach Hause antrat.

Leroy war im Foyer und holte seine Post.

»Was ist los?«, fragte er. »Du siehst aus, als hättest du gerade deine beste Freundin verloren.«

»Schlimmer«, erwiderte sie. »Mir ist klar geworden, dass ich gar keine beste Freundin habe. Ich habe überhaupt keine echten Freunde.«

»Was bin ich denn? Ein Pfund Gehacktes?«

»Du bist mein Nachbar. Und ein Mann. Ich sollte Freundinnen haben, und wir sollten ausgehen und über Männer reden und unsere Geheimnisse miteinander teilen, so wie die Leute das in den Arztserien im Fernsehen tun.«

»Bist du deshalb Ärztin geworden? Weil du gedacht hast, es wäre wirklich so?« Er lachte laut auf. »Der Witz ging auf dich.« Er klemmte sich seinen Stapel Briefe unter den Arm und umarmte Reese kurz mit dem anderen. »Komm schon. Du tust dir nur gerade selbst leid. Ich bin dein Freund.«

»Du bist mein Kollegenfreund«, sagte sie und ließ sich tiefer in den Morast aus Selbstmitleid sinken. »Ein bester Freund ist jemand, den man schon sein ganzes Leben lang kennt. Jemand, der alles von einem weiß. Von dir wusste ich ja nicht mal, dass du bei den Amischen aufgewachsen bist.«

»Hör mal, ich bin gerade mit meiner Schicht fertig und habe den Rest des Tages frei. Lass uns was unternehmen.«

Wirklich? Was mit Leroy unternehmen? So etwas machten sie nicht; sie waren Nachbarn. »Du musst schlafen.«

»Du bist unterhaltsamer als Schlaf.«

Reese lächelte. »Ich jammere.«

»Ich bin Physiotherapeut. Ich bin es gewohnt, dass Leute jammern.«

Sie überlegte einen Moment. Schaute in den wunderschönen Tag hinaus. »Ich habe eine großartige Idee. Treffen wir uns in zehn Minuten hier wieder.«

»Jetzt weiß ich, dass ich dein bester Freund sein will«, sagte Leroy, als sie das Parkhaus betraten, das sechs Blocks von ihrem Apartmenthaus entfernt lag. »Du hast ein Auto. Wie kommt es, dass du mir das nie erzählt hast?«

»Weil ich normalerweise nicht so gern darüber spreche. Ich benutze es nicht oft, und es ist schwer, einen Parkplatz zu finden.«

»Armes reiches Mädchen.«

»Hör auf.« Sie ging zu ihrem gemieteten Parkplatz und drückte auf den Knopf am Schlüssel, um das Auto zu öffnen.

»Und dann ist es noch ein verdammtes Cabrio!«, rief Leroy aus. »Ein Mini Cooper. Verdammt, Reese. Wenn du dir angewöhnen würdest, Leute hier drin mitzunehmen, hättest du definitiv mehr Freunde.«

»Wie diplomatisch von dir. Drücken wir die Daumen, dass die Batterie nicht leer ist. Es ist ewig her, dass ich irgendwo hingefahren bin. In der Stadt ist ein Auto ziemlich nutzlos, wie du sicher weißt.«

»Stimmt. Aber dieses Auto?« Er setzte sich auf den Beifahrersitz und reckte die Faust in die Luft, als der Motor ohne zu zögern ansprang. Nachdem Reese einen Knopf gedrückt hatte, öffnete sich langsam das Verdeck.

»Der Wagen hat mal meinem Vater gehört. Er hat ihn mir geschenkt, als er sich einen neuen gekauft hat.« Sie schnallte sich an. »Das sind die Vorteile, wenn man ein Einzelkind ist.«

»Wo fahren wir hin?«

»An einen interessanten Ort.«

»Das schränkt die Auswahl erheblich ein.«

Sie suchte sich ihren Weg durch den dichten Verkehr in der Old City und fuhr dann auf den Riverside Parkway. Philly war eine bunte Mischung aus eleganten Gebäuden und wahren Schandflecken. Der Glanz der Altstadt ging über in die Gegend um Strawberry Mansion und den Fairmount Park, ein abgerocktes Viertel, das drohte, der Gentrifizierung anheimzufallen. Die Kolonial- und Backsteinhäuser machten schnell Platz für graue Wohnblocks und schließlich die Weite der Vorstädte. Die Gegenden nördlich der Stadt zeichneten sich durch eine wenig charmante Einförmigkeit aus, als hätte ein Komitee beschlossen, wie Erfolg auszusehen hatte, um dann die Viertel entsprechend zu bauen – gusseiserne Laternenpfähle, Kutschhäuschen. Schmiedeeiserne Tore und von Bäumen gesäumte Auffahrten.

Sie kamen an einer traurig aussehenden Enklave aus gepflegten neo-klassizistischen Häusern vorbei. Jede Bastion aus Mörtel und Backstein war von einem üppigen Garten mit beschaulichem Teich und verlegen wirkenden Statuen umgeben. »Hier bin ich aufgewachsen«, sagte sie.

»In Gladwyne? Wow, das ist nobel.«

Sie dachte an schattige Herbstspaziergänge mit Juanita zurück, an Klavieraufführungen in der unnatürlichen Stille von Gemeindehäusern und Kirchen, an Picknicks mit Catering, die ihre Eltern für die Kollegen rund um den perfekt symmetrischen, blitzsauberen Pool im Garten veranstaltet hatten.

»Ich weiß nicht, ob es nobel ist, aber es ist mein Viertel.« Aus einem Impuls heraus bog sie in eine beschattete Allee ein und rollte langsam an den gepflegten Häusern vorbei. »Das ist unser Haus.« Sie zeigte auf ein im griechischen Stil erbautes Gebäude, das auf einem makellos gepflegten Rasen stand.

»Es ist hübsch hier, Reese«, meinte Leroy. »Deine Eltern müssen Gazillionäre sein. Wohnen sie immer noch hier?« Er drehte sich um und warf einen Blick zurück auf den Park, der die Villa umgab.

»Nein. Sie wohnen jetzt in einem Hochhaus in der Stadt. Sie wollten näher am Krankenhaus und an ihrer Praxis sein.«

»Es muss schön gewesen sein, hier aufzuwachsen.«

»Das war es. Ich erinnere mich daran, wie ich mit meinen Freunden herumgestromert oder Fahrrad gefahren bin …«

»Siehst du, du hast doch Freunde«, unterbrach er sie.

»Ich hatte welche. Wir haben unterschiedliche Richtungen eingeschlagen. Das kommt mir alles so lange her vor. Meine Eltern haben mich für die Highschool auf ein Internat geschickt.«

»Oh«, sagte er. »Wie war das so?«

Sie war nicht sicher, wie sie ihm die Schule beschreiben sollte. »Es war die Lawrenceville School. Ich schätze, man könnte sagen, dass es genauso sehr eine Entscheidung für einen gewissen Lebensstil wie für eine gewisse Bildung war. Ist es schlimm, dass es mir besser gefallen hat, dort zu wohnen als zu Hause?«

»Sag du es mir.«

»Ich hatte deswegen immer solche Schuldgefühle, aber die habe ich inzwischen abgelegt. Es ist eine Schule, auf die Eltern ihre Kinder schicken, damit sie später einen Platz auf einem Elitecollege kriegen.«

»Hat es funktioniert?«

Sie hatte ihren Abschluss in Princeton gemacht und stand kurz davor, ihr Studium an der Penn zu beenden. »Ja«, antwortete sie. »Es hat funktioniert. Was ist mit dir, Leroy? Wo bist du zur Schule gegangen?«

Er lachte leise. »Eine höhere Bildung hatte in meiner Familie keine Priorität. Ich bin amisch, weißt du noch?«

»Ja, Caleb hat mir erzählt, dass die Amischen normalerweise nur bis zur achten Klasse in die Schule gehen.«

»Das stimmt. Ich Glücklicher. Ich stamme aus einer großen Familie, und je eher wir mitarbeiten konnten, desto besser für die ganze Sippe.«

»Ich habe immer davon geträumt, zu einem großen Clan zu gehören. So wie in dem Buch *Der Schweizerische Robinson*.«

»Vertrau mir, so toll ist das auch nicht. Zumindest nicht, wenn es sich um meine Familie handelt.«

»Wie war es dann?«

Er schwieg einen Moment. »Das Leben kreist um die Farm, die Familie und den Glauben. Die Toleranzschwelle für Widerspruch liegt ziemlich niedrig. Ich habe da nicht reingepasst. Ich wollte in die Welt hinausziehen, und ich wusste, es war unmöglich, beides zu haben. Ich musste mich zwischen dem Leben, das ich wollte, und der Familie, die ich liebe, entscheiden. Sie halten mich auf Armeslänge Abstand.«

»Leroy, das tut mir so leid. Sie fehlen dir bestimmt.«

»Manchmal. Inzwischen komme ich klar. Wohin fahren wir übrigens?«

»Nach New Hope. Das ist ungefähr eine Stunde von hier entfernt.«

»Oh. Warum? Was gibt es denn in New Hope?«

»Ich hatte die Wahl zwischen dort und Jim Thorpe. Ich fand, New Hope klang netter.«

»Oh«, wiederholte er. »Netter für was?«

»Um an meinem freien Tag etwas Interessantes zu machen«, erklärte sie.

»Warum bist du auf einmal so besessen davon, interessant sein zu wollen?«

»Ich habe einen Weckruf erhalten. Seit Jahren laufe ich im Hamsterrad – Uni und Arbeit, die nächste Stufe auf der Karriereleiter erreichen.« Reese fand es komisch, diese Gedanken laut auszusprechen, aber sie konnte die Unzufriedenheit nicht länger leugnen, die sich schon viel zu lange in ihr breitmachte. Die Arbeit im Krankenhaus und der damit einhergehende Druck frustrierten sie schon länger. Und ihr Privatleben war quasi nicht mehr vorhanden. Auszugehen und Sex zu haben war zur gleichen langweiligen Routine geworden wie die täglichen Visiten. »Ich will die Magie zurück«, sagte sie zu Leroy. »Was bedeutet es, dass ich schon so früh in meiner Laufbahn so abgestumpft bin?«

»Das liegt nur am anstrengenden Studium, dass du so erschöpft bist«, sagte er, wie immer die Stimme der Vernunft. »Sobald du deine Praxisphasen hinter dir und das richtige Assistenzprogramm gefunden hast, wird sich deine Einstellung verändern, und du wirst eine Zen-ähnliche Ruhe erlangen. Vertrau mir, ich arbeite schon lange genug mit Ärzten zusammen, um das zu wissen.«

»Ich möchte dir so gerne glauben«, entgegnete sie. »Meine gesamte Berufslaufbahn konzentriert sich darauf, Menschen zu heilen, damit sie ihr Leben leben können. Doch in der Zwischenzeit mache ich mir Sorgen, dass ich vergesse, mein eigenes Leben zu leben.«

»Mal sehen, ob New Hope uns da helfen kann.« Er lehnte den Kopf zurück und lächelte in den Sommerhimmel hinauf. »Das ist nur vorübergehend, Reese. Dein Leben ist nicht schlecht.«

»Ich bin froh, dass du das so siehst.« Zögernd überlegte sie, ob sie ihm von ihrem Plan erzählen sollte oder nicht. Ja, dachte sie. Wenn er wirklich ihr Freund war, würde er es verstehen. »Ich fahre nicht einfach nur aus Spaß nach New Hope.«

»Aha. Und der wahre Grund wird mir nicht gefallen, oder?«

»In dem dortigen Krankenhaus gibt es ein Programm für Assistenzärzte. Ich habe ein Treffen mit zweien der Tutoren arrangiert.«

»Also ist das heute ein beruflicher Ausflug. An deinem freien Tag.«

»Aber es könnte wirklich eine ganz ausgezeichnete berufliche Gelegenheit sein.« Sie erzählte ihm, was sie über das Programm in Erfahrung gebracht hatte. Es war von einem älteren Allgemeinmediziner entwickelt worden, Dr. Mose Shrock, ein Tutor, der mennonitische Wurzeln hatte. Die Mission des Programms war es, den

Standard der Krankenversorgung in ländlichen Regionen zu heben. Als Assistenzärztin in dem kleinen, einstöckigen Krankenhaus könnte sie in einer abgelegenen Gemeinde leben und arbeiten und von einem Landarzt in dessen Praxis mit ihrer Bandbreite an Patienten und Problemen lernen.

»Allgemeinmedizinerin auf dem Land? Wirklich? Deine Eltern werden dich enterben.«

Ihr Magen zog sich zusammen. »Damit hast du vermutlich recht. Es ist vielleicht nicht das Richtige für mich, aber das weiß ich erst, wenn ich mich informiert habe.«

Zu der Musik aus den Neunzigern, die aus dem Radio schallte, rollten sie in ein winziges, charmantes Städtchen. Die Hauptstraße war von Cafés und Antiquitätengeschäften gesäumt, entlang der Fahrrad- und Spazierwege verlief ein Kanal, und über allem prangte ein Baldachin aus dem Sommerlaub der Bäume. Sie parkten den Wagen, stiegen aus und schauten sich um.

Familien und Paare schlenderten umher und genossen den Sonnenschein. »Wow, ich muss wirklich öfter mal raus«, stellte Reese fest.

»Was machen deine Eltern in ihrer Freizeit?«

»Sie besuchen Seminare. Retten Leben. Gewinnen Preise. Vergeben Stipendien. Solche Sachen. Als ich noch klein war, haben wir zweimal im Jahr Urlaub gemacht. Einmal sind wir an irgendeinen dekadenten Ort wie Kapstadt oder Paris gefahren, das andere Mal an einen Ort in der Welt, an dem Hilfe gebraucht wurde, wie zum Beispiel ein Krankenhaus in Lesotho oder Bhutan.«

»In meinen Ohren klingt das fantastisch.«

»Das ist es auch. Meine Eltern sind gute Menschen und gute Ärzte. Sie haben mir immer alles ermöglicht, und ich weiß, wie unglaublich das ist. Aber manchmal …« Sie verstummte.

»Manchmal was?«

»Ich weiß es nicht. Manchmal fühlte es sich an, als würde ich ihren Traum verfolgen und nicht meinen. Sie üben extremen Einfluss auf mich aus, und ich bin so mit ihrer Welt verwoben, dass ich nicht einmal weiß, wie mein Traum aussieht. Ich weiß nur, wie er nicht aussieht. Ich träume nicht von einer Backsteinvilla und wohlerzogenen Kindern, deren Tage bis auf die letzte Minute durchgetaktet sind.«

»Ha. Ich habe es gehört. Du willst Kinder.«

Einen Moment lang überlegte sie. Beobachtete einen kleinen Jungen, der lachend mit einem Stock in der Hand herumtollte. »Ja, das will ich. Vermutlich sollte ich vorher aber erst einmal auf ein Date gehen. Aber wann? Ich habe Prüfungen und die Arbeit und die Bewerbungsgespräche für *The Match* und eine Million andere Dinge zu tun. Keine Ahnung, wann dieser andere Teil meines Lebens passieren soll.«

»Vielleicht musst du es einfach auf dich zukommen lassen und nur daran glauben, dass es geschehen wird. Es könnte zum Beispiel direkt in diesem Moment passieren, aber du wärst zu beschäftigt, um es zu bemerken.«

»Das ist ein sehr deprimierender Gedanke.« Sie blieb stehen, um einen Freiluftkünstler zu beobachten, der an einer Staffelei stand und malte. Einen Strohhut auf dem Kopf und eine Schürze umgebunden, schaute er in Richtung einer Steinbrücke, die sich über den Kanal bog. Er schien sich in einer Traumwelt zu befinden, vollkommen versunken in seine Arbeit, während er mit gezielten, ruhigen Strichen ein Bild erschuf. »Siehst du, er weiß vermutlich, was er will«, sagte sie. »Nicht, dass ich je Künstlerin werden könnte. Ich bin eine totale Niete, was Kunst angeht. Aber es wäre toll, neben der Arbeit und der Medizin noch eine Leidenschaft zu haben. Ich würde mich zu gerne in etwas verlieren, das nichts mit meinen Zielen oder meinen Eltern oder ... sonst irgendetwas zu tun hat.«

»Dann verlier dich«, sagte Leroy. »Das ist nicht so schwer. Ich verliere mich, wenn ich laufen gehe. Also in meinem Kopf, meine ich.«

»Ganz genau das meine ich. Ich bin allerdings keine Läuferin. Ich habe mich schon mal nach zu vielen Tequilas verloren.«

Er lächelte. »Du bist ein Wrack, weißt du das?«

»Das stimmt. Das bin ich. Und ich bin todlangweilig. Kein Wunder, dass ich keine Freunde habe. Ich habe dich hier mit rausgeschleppt, um mich über mein dummes Leben auszuheulen.«

»Woher kommt diese plötzliche Sinnsuche?«, fragte er.

»Keine Ahnung.«

»Es hat nicht zufällig etwas mit einer gewissen Person zu tun, die wie ein Holzfäller gebaut ist und breite Schultern und blaue Augen hat, oder?«

Sie errötete. »Ganz sicher nicht.«

»Du musst es mir nicht erklären. Ich weiß bereits, was dir durch den Kopf geht.«

»Ach ja?«

»Ja. Caleb Stoltz. Aber was hat er, was ich nicht habe? Ach ja – er ist unerreichbar. Das scheint dir an Männern zu gefallen.«

»Jetzt halt aber mal die Luft an.« Sie warf ihm einen strafenden Blick zu. Er hatte nicht ganz unrecht. Wenn sie Freunde werden wollten, musste sie ehrlich zu ihm sein. »Na gut. Okay. Ich scheine ein wenig besessen von ihm zu sein. Er hat mich gefragt, was ich an meinem freien Tag mache, und mir fiel keine Antwort ein, die nicht total langweilig geklungen hätte. Das hat mich zum Nachdenken gebracht. Ich glaube, ich brauche einen Ausgleich im Leben.«

»Worauf beruht seine Anziehungskraft? Sind es die breiten Schultern oder der große Intellekt?«

»Jetzt bist du gemein.« Sie seufzte. »Es ist einfach so, dass ich noch nie jemanden wie ihn getroffen habe. Hast du noch nie einen Menschen kennengelernt, der deine Sicht auf gewisse Dinge total verändert hat?«

»Bei mir war es sogar noch besser. Ich habe jemanden kennengelernt, der in mir den Wunsch geweckt hat, alles auf der Welt zu wollen. Sie ist der Grund, warum ich die Amisch-Gemeinde verlassen habe. Der Grund, warum ich gemieden werde.«

Reese merkte alarmiert auf. »Wow. Ich hoffe, sie ist es wert. Wer ist sie? Trefft ihr euch noch?«

»Sie heißt Gabrielle. Gabby. Ich habe sie mehr geliebt als das Leben. Wir sind aber nicht mehr zusammen.«

»Ach Leroy, das tut mir leid.«

»Danke. Sie fehlt mir, aber es tut mir nicht leid, dass wir uns getroffen haben. Ich habe das Mädchen verloren, aber ein besseres

Leben gewonnen. Ein Leben, das ich nie gehabt hätte, wäre ich nicht mit Gabby zusammen gewesen, hätte mich nicht Hals über Kopf in sie verliebt. Die Liebe ist kompliziert. Es ist schwer, vorab zu wissen, ob sie halten wird. Als wir Schluss gemacht haben, dachte ich, mein Leben wäre zu Ende. Dann habe ich mich zusammengerissen und mir ein noch besseres Leben aufgebaut.«

»Ich bin froh, dass du das sagen kannst.« Sie schaute ihn an. »Ich bin froh, dass das hier ein besseres Leben für dich ist.«

»Wenn Gabby mich nicht von der amischen Gemeinde weggelockt hätte, hätte ich niemals diesen Beruf erlernen, diese Karriere hinlegen können. In der englischen Welt gibt es Wege, Menschen zu heilen oder ihnen zumindest ein wenig zu helfen. Einige der Techniken und Methoden, die ich einsetze, sind bei den Amischen verboten. Und so frage ich mich, ob ich Teil einer Gesellschaft sein will, die einen Menschen leiden lässt, obwohl eine sichere und einfache Maßnahme helfen könnte. Die Antwort lautet Nein.«

»Das ist ein guter Punkt«, meinte sie. »Auch ich erlebe immer wieder Momente, in denen Glaube und gesunder Menschenverstand verschiedene Wege einschlagen.«

»In unserer Gemeinde gab es ein Mädchen, das eine böse Knieverletzung erlitten hatte. Es ist nicht diagnostiziert worden, aber ich bin mir ziemlich sicher, dass sie einen gerissenen Meniskus hatte.«

»Dann hätte ihr eine intensive Physiotherapie helfen können.«

»Vorausgesetzt, man ist mit Elektrizität einverstanden«, sagte er. »Als ich meine Praktika gemacht habe, habe ich ähnliche Fälle gesehen. Und einen Fall, der beinahe identisch war. In der Klinik haben wir mit Elektrostimulation gearbeitet, und der Patient ist vollständig geheilt worden. Das war der Moment, in dem ich wusste, dass ich bei den Englischen bleibe, ob mit oder ohne Gabby. Weißt du, es passiert selten, dass jemand die Gemeinde verlässt. Ich habe gelesen, dass die Rückkehrrate über neunzig Prozent beträgt. Was bedeutet, neunzig Prozent der Leute entscheiden sich dafür, sich taufen zu lassen und sich der Kirche anzuschließen.«

»Das ist ziemlich beeindruckend«, sagte Reese. »Worin besteht der Reiz?«

»Es bietet eine gewisse Form der Sicherheit. Und ist zum Großteil einfach. Man verbringt sein Leben mit vertrauten Menschen in vertrauter Umgebung. Deshalb tun die meisten Leute, was ihre Eltern wollen. Ich schätze, wir bleiben aus Angst oder Unentschlossenheit da.«

»Ich mache, was meine Eltern wollen, seitdem ich … Ach, schon immer. Als ich noch klein war – vielleicht sechs Jahre alt – wollte ich ein Poster mit allen Disney-Prinzessinnen an der Wand haben. Doch meine Eltern haben stattdessen Bilder von den großen Frauen der Naturwissenschaften aufgehängt: Dr. Ann Preston, Mary Edwards Walker, Mary Putnam Jacobi …«

»Die ersten beiden kenne ich, aber wer ist Jacobi? Was hat sie gemacht?«

»Sie ist meine Favoritin. Im neunzehnten Jahrhundert glaubten Ärzte, dass Frauen nicht menstruieren und gleichzeitig denken können. Also hat sie ein umfangreiches Forschungsprojekt gestartet, um diese Theorie zu widerlegen. Auf dem Poster, das meine Eltern in meinem Zimmer aufgehängt haben, stand ein Zitat von ihr: ›Nichts in der Natur der Menstruation weist darauf hin, dass Bettruhe notwendig oder auch nur wünschenswert ist.‹«

»Deine Eltern wollten, dass du das weißt«, sagte er.

»Ich war sechs Jahre alt. Ich wollte Jasmine und Mulan angucken, nicht Zitate über die Menstruation.«

»Disney-Prinzessinnen … Du bist also doch romantisch.«

»Meinst du? Ich dachte, ich wäre einfach nur oberflächlich gewesen.«

»Oder sechs Jahre alt, wie du schon gesagt hast. Was ist mit dir?«, fragte er. »Bist du jemals verliebt gewesen?«

Sie zögerte. »Darüber können wir ein andermal reden.«

Am Ende des Spazierwegs kehrten sie in ein pittoreskes kleines Café zum Mittagessen ein. Es gab Limonade und einen Salat aus dicken Scheiben heimischer Tomaten, cremigem, hausgemachtem Burrata und dünnen Streifen frischen Basilikums.

Leroy ließ sich vom Essen jedoch nicht ablenken. Er war wie ein Hund mit einem Knochen. »Das ist doch eine einfache Frage.«

»Aber ich kann dir darauf keine einfache Antwort geben. Okay, ich denke Folgendes: Vielleicht war ich mal verliebt, aber es war nie lebensverändernd. Nicht so wie für dich. Es gab da diesen Typen auf dem College ... und einen anderen während meines dritten Studienjahres. Beide Male dachte ich, ich wäre verliebt. Und ich habe die beiden geliebt – zumindest fühlte es sich so an. Aber die Gefühle sind schnell vergangen, und mir fiel es nicht schwer, mich zu trennen. Bedeutet das, es war keine wahre Liebe?«

Er dippte ein Stück frisches Brot in die Salatsoße. »Ich bin kein Experte.«

»Manchmal frage ich mich, ob ich vielleicht einfach nicht für die romantische Liebe geschaffen bin.«

»Du bist zu jung, um so einen Schluss zu ziehen. Genau wie ich. Also hören wir auf, uns selbst zu bemitleiden. Ich werde jemanden finden und du auch. Ich denke immer, ich werde sie erkennen, wenn ich sie treffe, aber ich habe mich schon einmal geirrt.«

»Tja.« Sie stieß mit ihrem Glas gegen seines, um ihm zuzuprosten. »Auf die Hoffnung.«

»In New Hope. Die Rechnung übernehme ich.« Er winkte der Kellnerin.

Danach stöberten sie in einigen der Antiquitätenläden. Reese kaufte einen kleinen, grün glasierten Topf, in dem Kräuter wuchsen. »Für den Fall, dass ich mal etwas kochen sollte«, erklärte sie. Als sie Leroys skeptischen Blick bemerkte, fügte sie hinzu: »Kann doch sein?«

»Und Gott verhüte, dass du auf dem Markt sechzig Cent für Petersilie ausgibst«, warf er ein und nahm ein rundes Hex-Schild in die Hand, das mit einer Windrose und bunten Vögel bemalt war. »Hier steht, dass es sich um ein amisches Schild handelt, aber das stimmt nicht.«

»Woher weißt du das?«

»Die Amischen benutzen die nicht. Es handelt sich um Volkskunst der Pennsylvania Dutch, aber die Menschen glauben, das wäre das Gleiche.« Er hob ein besticktes Tuch an, das ebenfalls als amisch deklariert war. »Das hier hingegen könnte echt sein. Das ist ein Lied, das wir in der Schule lernen. Es wird zu der Melodie von ›Twinkle Twinkle‹ gesungen. *In der stillen Einsamkeit, findest du mein Lob bereit* … Es geht noch weiter, aber ich werde dich nicht mit meinem Gesang quälen.«

Sie musterte die Stickerei genauer. Dann schaute sie Leroy an. In seinen Augen lag der weiche Schimmer der Erinnerungen, seine Lippen waren zu einem schmalen, traurigen Lächeln verzogen.

»Es muss einiges geben, was dir fehlt«, sagte sie.

»Das stimmt. Aber nicht genügend, um zurückzugehen. Mir fehlen zum Beispiel die Geräusche der Farm beim Anbruch der Morgendämmerung. Frische Eier aus dem Hühnerhaus, Milch und Sahne direkt von der Kuh. Und dann fällt mir wieder ein, dass es meine Aufgabe war, jeden Tag das Milchhaus auszuspülen, selbst wenn es draußen eiskalt war. Im Winter musste ich einen Scheffel heißer Kohlen mit zum Brunnen nehmen, nur um ihn zum Laufen zu bringen. Weißt du, was für ein Luxus es ist, heißes Wasser direkt aus dem Hahn zu haben?«

»Ich bin sicher, es gehört zu den Tausenden von Dingen, die wir jeden Tag als selbstverständlich hinnehmen.«

»Die Amischen betrachten nichts als selbstverständlich. Sie sind für alles sehr dankbar. Darin sind sie besser als die Englischen.« Er sah auf die Uhr. »Du musst zu deinem Termin. Ich werde in der Zeit auf dem Bauernmarkt ein paar Sachen für unser Abendessen einkaufen.«

Reese hätte erwartet, sich wie ein Fisch auf dem Trockenen zu fühlen, sobald sie das Humboldt Division Regional Care Center betrat. Doch stattdessen überkam sie, als sie in der Eingangshalle des älteren Gebäudes stand, eine Welle der Vorfreude. Irgendwie ähnelten sich alle Krankenhäuser, aber die überschaubare Größe dieses Hauses ließ es persönlicher und nahbarer wirken. Nachdem sie sich in den letzten beiden Jahren in dem riesigen Krankenhaus in der Stadt immer wieder verlaufen hatte – was ihr selbst heute noch ab und zu passierte –, war dieses eher altmodische Gebäude ein echter Schub für ihr Selbstbewusstsein.

Die Ärzte Penelope Lake und Mose Shrock empfingen sie in einem sonnigen Büro, das aus einem Norman-Rockwell-Gemälde hätte stammen können. An der einen Wand hing ein handgenähter

Quilt, es gab eine alte Waschschüssel und einen rot gestrichenen Holzstuhl mit dünnen Beinen. Auf diesen Stuhl setzte sie sich und stellte ihre Tasche neben sich auf den Boden. Dann schaute sie ihre Gesprächspartner an, die auf der anderen Seite des antiken Schreibtischs saßen. Als ihr auffiel, dass sie ihr Handy fest umklammert hielt, steckte sie es schnell weg.

Dr. Lake war gertenschlank mit einer charismatischen Ausstrahlung. Sie kam sofort auf den Punkt. »Wir bilden nur vier Assistenzärzte zurzeit aus«, sagte sie. »Warum sollten Sie eine davon sein?«

Reese war auf diese offene Frage vorbereitet, weil sie mit ihr gerechnet hatte. »Während meines dritten Studienjahres habe ich ein Praktikum im Upper Appalachia Medical Center absolviert. Die Bandbreite der Behandlungen – Kaiserschnitte, Scheidenspiegelungen, Herzinfarkte, Endoskopien, Knochenbrüche richten, notärztliche Versorgungen ... Es war das beste Praktikum, das ich bisher hatte.«

Dr. Lake hatte sich mit Reeses Lebenslauf offensichtlich intensiv beschäftigt, denn sie fragte sie konkret nach bisherigen Stationen ihrer medizinischen Ausbildung, nach ihren Zielen, ihren Vorbildern. Dr. Shrock war älter, hatte einen Bart und eine Brille und eine seltsame Art zu sprechen. »Der Stuhl, auf dem Sie sitzen«, sagte er. »Erzählen Sie mir etwas darüber.«

War das eine Fangfrage? Sie berührte die Oberfläche aus Holz. »Er sieht handgearbeitet aus. Und er ist ein paar Zentimeter niedriger als üblich.«

»Das stimmt«, bestätigte er. »Er ist einst fürs Powwow benutzt worden. Sind Sie damit vertraut?«

Mist.

»Entschuldigung ... Powwow? Nein, damit bin ich nicht vertraut. Aber es klingt nach einer Tradition, wie ich sie auch bei den Appalachen miterlebt habe.«

Der Hauch von Zustimmung. »Damit sollten Sie sich auskennen, wenn Sie in dieser Gemeinde arbeiten wollen. Der Stuhl ist mit Symbolen versehen – die rote Farbe für das Blut Christie, der doppelte Steg für die beiden Steintafeln Moses', die vertikalen

Streben für die Säulen der Kirche, die Spindeln für die Heilige Dreifaltigkeit …« Er warf Dr. Lake einen Blick zu. »Habe ich etwas vergessen?«

»Judas der Verräter steckt da auch irgendwo mit drin«, sagte sie. »Und der niedrige Sitz dient dazu, den Patienten demütig zu machen.«

»Glauben Sie mir«, erwiderte Reese. »Ich fühle mich gerade sehr demütig. Also ist ein Powwow ein Heilritual der Gemeinschaft?«

»*Braucherei* ist eine uralte Praktik. Sie werden ihr hier und da noch begegnen. Als Junge wurden mir Warzen mithilfe einer Kartoffel und eines Pennys weggemacht, aber nur bei abnehmendem Mond. Was ich damit sagen will: Sie werden Patienten haben, die daran glauben. Ich bin im mennonitischen Glauben aufgewachsen«, erzählte er. »In meinen jüngeren, wilderen Tagen habe ich den Weg verloren und angefangen zu trinken. Beinahe hätte ich meinen Führerschein verloren. Irgendwann habe ich Erlösung und Erfüllung in den medizinischen Künsten gefunden.«

Sie war nicht sicher, wie sie darauf reagieren sollte. »Ich kann nicht sagen, dass ich nach Erlösung suche. Aber nach Erfüllung definitiv. Als ich mit dem Studium angefangen habe, dachte ich, ich würde Chirurgin werden.« Ihre Eltern glaubten das immer noch. *Erwarteten* es immer noch. »Ich liebe die Medizin«, erklärte sie. »Ich liebe es, Patienten zu behandeln. Ich habe nie in Erwägung gezogen, ein Programm auf dem Land zu absolvieren, bis ich erkannt habe, dass meine Stärke in der medizinischen Grundversorgung liegt. Und dass ich diese Arbeit liebe.«

Dr. Shrock lächelte. »Das ist das Zauberwort. Liebe.«

Als Leroy und Reese in die Stadt zurückfuhren, konnte sie nicht aufhören, über das Bewerbungsgespräch zu reden. »Das ist die einzige Option, die ich noch nicht mit meinen Eltern besprochen habe«, erklärte sie ihm.

»Oje. Wenn ich jede Entscheidung mit meinen Eltern abgesprochen hätte, wäre ich jetzt in einem Geschirr an einen Pflug gebunden, der über das Feld gezogen wird.«

»Ich habe das Gefühl, sie zu hintergehen, indem ich es ihnen nicht erzähle. Ich weiß, das ist albern, aber sie haben mich in meiner Ausbildung immer unterstützt – ach was, in allen Bereichen meines Lebens. Sie haben ein Recht darauf, es zu erfahren.«

»Und du hast es ihnen nicht erzählt, weil du nicht willst, dass sie es dir ausreden.«

»Für einen Mann bist du ziemlich einfühlsam.«

»Ich kenne dich besser, als du denkst.«

Ihr schoss das Blut in die Wangen. Sie wusste, dass er wieder an Caleb Stoltz dachte. »Ich frage mich, was mit Jonah passiert, wenn er mit einer Prothese in seine Gemeinde zurückkehrt.«

»Caleb und ich haben darüber gesprochen. Er ist absolut für die Prothese und liebt das Kind wie verrückt. Aber Jonah muss in der Gemeinschaft klarkommen, also könnte es schwierig werden. Was helfen würde, wäre, wenn Jonah so schnell wie möglich nach Hause entlassen wird, damit er sich in vertrauter Umgebung an die neuen Umstände gewöhnen kann.«

»Wird er dort die therapeutische Unterstützung bekommen, die er benötigt?«

»Ich bin gerade dabei, das zu organisieren. Denn eine dreistündige Busfahrt in die Stadt ist nicht die beste Option.«

»Es ist wirklich nett, dass du dich so für Jonah einsetzt.«

»Lass uns doch auf dem Rückweg in die Stadt im Krankenhaus vorbeifahren«, schlug er vor.

»Das war genau mein Gedanke.«

In der Lobby des Mercy Heights wimmelte es nur so von geschäftig hin und her eilenden Mitarbeitern und Besuchern. Mitten in der Menge stand eine einsame Gestalt – eine junge Frau in amischer Kleidung. Sie hielt eine Busfahrkarte in der Hand, die sie nervös zwischen den Fingern hin und her drehte.

Reese stupste Leroy an. »Ich wette, das ist Jonahs Schwester. Sie sieht verloren aus. Komm, gehen wir zu ihr.«

Leroy sprach das Mädchen in einer Mischung aus Deitsch und Englisch an. Sie musterte ihn mit großen, ängstlichen Augen und antwortete leise etwas.

»Reese, du hattest recht. Das ist Hannah Stoltz«, sagte Leroy. »Jonahs Schwester.«

Im Näherkommen bemerkte Reese eine leichte Ähnlichkeit mit Jonah – die Gesichtszüge, die blauen Augen, die Sommersprossen. Doch wo Jonah dünn und drahtig war, schien das Mädchen pummeliger zu sein, auch wenn das an der formlosen Kleidung liegen konnte, die sie in unbequem aussehenden Lagen übereinander trug. Ihr Erscheinungsbild war sehr schlicht, was vermutlich Absicht war. In einem anderen Outfit und mit einer anderen Frisur hätte sie wie ein ganz normaler Teenager aussehen können. Sie war sehr hübsch, die blasse Haut bildete einen schönen Kontrast zu ihren meerblauen Augen. Die blonden Haare trug sie zu einem Zopf geflochten, auf ihrem Hinterkopf thronte ein kleines, schwarzes Bonnet, dessen Bänder ihr lose über die Schultern fielen. Sie war komplett bedeckt von einem langärmligen, sackartigen Kleid in Dunkelblau, dessen Saum ihre abgetragenen braunen Stiefel streifte.

»Reese war Teil des Teams, das sich nach seiner Einlieferung um Jonah gekümmert hat«, erklärte Leroy ihr.

»Kann ich ihn sehen?« Hannah klang leise und schüchtern, und Reese erkannte den leicht singenden Akzent wieder.

»Natürlich«, sagte sie. In ihrem Kopf drängten sich die Fragen. »Hat dich jemand angerufen? Ich habe einen Brief von Jonah an dich abgeschickt, aber das war erst heute Morgen.« Sie hatte den Brief per Express aufgegeben, weil sie sich nicht einmal vorstellen mochte, wie seiner Familie in der Ungewissheit über Jonahs Schicksal zumute war, doch so schnell war die Post dann auch nicht.

»Ich habe mir solche Sorgen um meinen Bruder gemacht«, sagte Hannah. »Also bin ich losgefahren, sobald ich herausgefunden habe, wie ich allein hierherkomme.«

Leroy sagte etwas auf Deitsch, und Hannah nickte. Nach seinem nächsten Satz schaute sie zu Boden und schüttelte den Kopf.

»Hier entlang.« Reese ging voran zum Fahrstuhl. Hannah schien vor den glänzenden Türen zurückzuschrecken. Als die Kabine nach oben fuhr, keuchte das Mädchen auf. Seine Augen glänzten – aber nicht vor Angst, sondern vor Staunen.

In dem Moment, in dem sie Jonahs Zimmer betraten, strömten Hannah die Worte in ihrer Sprache nur so über die Lippen. Jonah, der in seinem Bett saß, lächelte sie mit einer Zärtlichkeit an, die Reese tief berührte. Er war so ein süßer kleiner Junge. Nichts an ihm schien künstlich oder erzwungen zu sein.

Hannah näherte sich dem Bett und blieb dann stehen. Ihre Schultern bebten. »Sieh dich nur an«, sagte sie und wiederholte es noch zweimal. »Sieh dich nur an. Sieh dich nur an.« Sie nahm sein Gesicht in beide Hände und küsste ihn mit einer solchen Zuneigung, dass Reese den Blick abwenden musste. Diese armen, mutterlosen Kinder, die in eine vollkommen fremde Umgebung geschubst worden waren. Sie mussten solche Angst haben.

»Wo ist Caleb?«, fragte Hannah.

»Er holt mir ein neues Buch, weil ich das letzte zu Ende gelesen habe«, entgegnete Jonah. »Ich lese gerade Harry Potter. Vielleicht können wir die ja zusammen lesen.«

»Hannah«, rief Caleb von der Tür aus. »Was machst du denn hier?« Er breitete die Arme aus, und sie lief auf ihn zu.

Reese bemerkte, dass sein Gesicht – genau wie das seines Neffen – nichts verbarg. Seine Miene strahlte Liebe aus, als er das Mädchen fest in die Arme schloss. Mit seiner schlichten Hose und dem weißen Hemd sah er heute fast amisch aus – der Hemdkragen stand offen, die Ärmel waren bis zu den Ellbogen hochgerollt. Hannah entspannte sich sichtlich, und er murmelte etwas Tröstendes in ihrer Sprache, während er sie mit seinen großen Händen an den Schultern festhielt. Nach einem emotionalen Moment trat er zurück und hielt sie auf Armeslänge von sich. »Bist du mit dem Bus gekommen?«

»Das musste ich, Caleb. Ich konnte nicht fortbleiben. Sei nicht böse.«

»Ich bin nicht böse.«

Leroy holte ein paar Hocker auf Rollen. Dann setzten sie sich alle hin und erzählten Hannah gemeinsam, was Jonah passiert war und wie es weitergehen würde. Sie hörte meist schweigend zu und stellte dann die nicht weiter überraschende Frage: »Wann kann Jonah nach Hause kommen?«

»Daran arbeiten wir«, erklärte Reese ihr. »Er hat ein ganzes Team um sich, das ihm hilft. Erst muss die Wunde heilen, dann wird er lernen, mit der Prothese umzugehen. Dein Bruder ist wirklich klug und stark. Er wird das schaffen.« Sie spürte Calebs Blick auf sich und sah einen Anflug von Wärme in seinen Augen. Dann bemerkte sie, dass Jonah gähnte, und sagte: »Das Wichtigste für ihn ist im Moment allerdings, dass er sich ausruht.«

Caleb stand auf und strich dem Jungen über den Kopf. »Das stimmt. Du solltest dich ganz viel ausruhen, junger Mann.«

Reese und Leroy warteten draußen, während Hannah und Caleb dem Jungen Gute Nacht sagten und ihn mit seinem neuen Buch zurückließen. Leroy runzelte nachdenklich die Stirn.

»Was ist?«, fragte Reese.

»Ich weiß nicht … Caleb ist anders.«

»Wie meinst du das?«

»Es ist nur eine Beobachtung. Die Amischen zeigen ihre Gefühle normalerweise nicht so offen. Man sieht nie Eltern ihre Kinder so umarmen, wie Caleb es macht.«

»Soll heißen?«

»Vermutlich nichts. Es ist nur … ungewöhnlich.«

Nachdem Hannah und Caleb zu ihnen gestoßen waren, gingen sie gemeinsam durch die Station.

Aus einem Impuls heraus führte Reese die kleine Gruppe über die gläserne Brücke in die Geburtsstation. Ein paar Besucher standen vor dem Babyzimmer und betrachteten durch eine große Fensterscheibe die Neugeborenen. »Die meisten Babys schlafen bei ihren Müttern im Zimmer«, sagte Reese. »Aber das Babyzimmer wird immer noch für Untersuchungen genutzt. Magst du Babys, Hannah?«

»Oh ja.« Sie stand vor dem großen Fenster und betrachtete die kleinen Bettchen mit den winzigen, kostbaren Bündeln darin. »Neun Babys«, flüsterte sie. »Hier sind sie alle sicher, oder?«

»Natürlich«, antwortete Reese. Die Bemerkung kam ihr seltsam vor. Hannah beugte sich näher an die Scheibe und blieb ganz still stehen. Sie wirkte so unschuldig, wie sie die Babys mit großen Augen anschaute.

In der Nähe befand sich ein Pärchen – die frischgebackene Mutter saß noch im Rollstuhl – und schaute voller Liebe durch das Fenster auf ihr kleines Baby.

»Ihr Erstes?«, erkundigte sich Reese.

Die Frau schüttelte den Kopf. »Ich habe vier Kinder.«

Gewollt? schoss es Reese durch den Kopf, aber natürlich sprach sie den Gedanken nicht laut aus. Sie musste sich wirklich zusammenreißen, um nicht die Ärztin mit den meisten Vorurteilen auf der Welt zu werden. »Herzlichen Glückwunsch. Ihr Baby ist so süß.«

Hinter ihnen sprachen Caleb und Leroy in gemurmeltem Ton auf Deitsch miteinander. Sie drehte sich zu ihnen um. »Ist alles in Ordnung?«

»Es gibt heute Abend keinen Bus mehr zurück nach Middle Grove«, sagte Caleb.

Hannah wirbelte zu ihm herum. »Ich will sowieso nicht zurück.« Sie starrte zu Boden. »Ich habe kaum Geld mitgebracht.«

»Du kannst bei mir bleiben«, sagte Reese schnell, weil sie nicht wusste, was sie sonst hätte tun sollen. Das Mädchen konnte ja schlecht auch bei Leroy wohnen. Und auf keinen Fall würde Hannah in ein Hotel gehen.

»Das macht zu viel Mühe«, widersprach Caleb.

»Überhaupt nicht. Ich betrachte es als Privileg, helfen zu können.«

Caleb schenkte ihr wieder dieses Lächeln, das sie innerlich schmelzen ließ. »Na dann … Danke, Reese.«

»Ich bin heute mit dem Auto hier«, sagte sie. »Ich nehme an, es ist für euch in Ordnung mitzufahren?«

Caleb und Hannah tauschten einen Blick und grinsten dann breit. »Das wäre sehr in Ordnung, Reese«, erwiderte er.

Es war ein einmaliges Erlebnis, mit allen zusammen zum Parkhaus zurückzufahren. Der Feierabendverkehr war schon vorbei, und die Sonne ging gerade unter. Die Hitze des Tages hing noch in der Luft. Reese ließ das Verdeck herunter und nahm den Weg am Fluss entlang. Caleb und Hannah saßen hinten, und Hannah sah mit ihrem langen Rock und der schwarzen Haube aus, als käme sie gerade von einem Filmset. Sie schaute sich mit glänzenden Augen um.

»Ein Auto ohne Dach!«, rief sie. »Das ist wundervoll.«

»Das nennt man ein Cabriolet«, erklärte Caleb ihr und fügte etwas auf Deitsch hinzu.

Reese fuhr langsam, weil sie den beiden keine Angst machen wollte. Deshalb war sie überrascht, als Hannah sich vorbeugte und sagte: »Uns würde es nichts ausmachen, schneller zu fahren.«

Reese warf Leroy einen Blick zu, der nur mit den Schultern zuckte. »Wie ihr wünscht!«, zitierte sie ihren Lieblingsfilm und drückte das Gaspedal durch. Als der Wagen nach vorne schoss, lachte Hannah laut auf. Im Rückspiegel sah Reese, dass sie ihre Arme in die Luft geworfen und den Kopf in den Nacken gelegt hatte, als säße sie in einer Achterbahn. Das Bonnet flog davon wie ein kleiner schwarzer Vogel.

»Oh, Mi… meine Güte, deine Haube«, rief Reese und bremste ab.

Hannah berührte ihren Kopf mit der Hand. »Meine *Kapp*.«

»Wir können umdrehen und sie holen«, sagte Reese, während sie im Spiegel beobachtete, wie der Hauch von Stoff zwischen den entgegenkommenden Autos dahinschwebte.

»Die ist weg«, meldete Leroy sich zu Wort und drehte sich auf seinem Sitz um. »Es hat keinen Sinn, wegen einer *Kapp* sein Leben zu riskieren.«

»Wenn du sicher bist …«

»Lassen Sie es«, unterbrach Caleb sie. »Sie zu tragen ist nur eine Tradition und keine in Stein gemeißelte Vorschrift.«

Reese sah erneut Hannah an. Das Mädchen wirkte alles andere als bekümmert, als ihr langer Zopf im Wind flatterte. Ihr Blick war auf die vorbeiziehende Szenerie gerichtet – Fußgänger und Busse, moderne Gebäude, Statuen und Springbrunnen.

»Es ist schön, dass du gekommen bist, um Jonah zu sehen«, sagte Caleb zu Hannah. »Aber morgen wirst du nach Middle Grove zurückfahren müssen.«

Sie wandte sich ihm zu. »Ich wünschte, ich könnte bleiben.«

»Das kannst du aber nicht. Du wirst in Almas Laden gebraucht. Und hier ist kein Platz für dich.«

Sie zuckte zusammen. »Aber …«

»Hannah …« Er verfiel ins Deitsche. Das Mädchen stieß einen tiefen Seufzer aus und schwieg den Rest der Fahrt über.

Reese stellte den Wagen ab und öffnete den Kofferraum, in dem die Tüten mit den Einkäufen lagen, die sie früher am Tag gekauft hatten. Hannahs Haare standen wild in alle Richtungen; lange blonde Strähnen hatten sich aus ihrem hüftlangen Zopf gelöst. Ihre Wangen waren gerötet, die Augen, von dem gleichen Kornblumenblau wie die ihres Onkels, funkelten vor Vergnügen.

»Danke, Reese. Das war meine erste Fahrt in einem Auto.«

Reese konnte es kaum fassen – ein sechzehnjähriges Mädchen, das noch nie in einem Auto mitgefahren war. »Du machst Witze. Wow. Also hat es dir gefallen.«

Sie nickte heftig. »Oh ja.«

»Und was ist mit Ihnen, Caleb? Sind Sie schon einmal Auto gefahren?«

»Schon sehr lange nicht mehr«, erwiderte er schlicht.

»Mein Großvater sagt, Caleb hat Schwierigkeiten bekommen, weil er Auto gefahren ist, als er noch jünger war. Stimmt's nicht, Onkel Caleb?«

»Das ist sehr lange her. Damals war ich ein dummer Junge.«

»Das sagt Großvater auch.«

Reese lächelte darüber, wie gut die beiden sich verstanden. »Du musst mir mehr über deinen dummen Onkel erzählen«, sagte sie zu Hannah.

»Wir haben gute Neuigkeiten«, meinte Leroy, der die Einkaufstüten aus dem Kofferraum holte. »Als wir heute in New Hope waren, haben wir alles besorgt, was wir für ein Abendessen brauchen. Also muss niemand mehr einkaufen.«

Gemeinsam gingen sie zu dem Gebäude, in dem sich Leroys und Reeses Wohnungen befanden. Hannah betrachtete alles mit großen Augen. Sie lebte behütet in einer kleinen Gemeinde, hatte nur eine minimale Schulbildung genossen, auf ihrer rustikalen Farm gab es weder Fernseher noch sonstige Medien, und so war für sie alles neu und aufregend: das Auto, das geschäftige Viertel, das Nummernschloss an der Haustür, selbst die Wohnung von Reese, so unordentlich sie auch war.

»Was für ein schöner Ort zum Leben«, sagte sie.

Reese lächelte. »Danke. Manchmal wünschte ich mir, es wäre hier etwas gemütlicher, aber ich habe irgendwie nie Zeit, mich darum zu kümmern.« Sie sah, dass Hannah den Quilt musterte, der über der Rückenlehne eines Holzstuhls hing. »Den habe ich von einer ehemaligen Patientin, und ich liebe ihn.«

»Ja, er ist sehr schön«, bestätigte Hannah.

»Zu quilten ist Hannahs Superkraft«, warf Caleb ein.

»Wirklich? Dann würde ich deine Arbeiten eines Tages sehr gerne mal sehen.«

»In der Stadt gibt es einen Händler, der meine Quilts verkauft.« Hannah strahlte und errötete gleichzeitig. »Und natürlich biete ich sie bei den *Mud Sales* im Frühling an.«

Leroy fing Reeses fragenden Blick auf. »Ein Mud Sale findet vor der Pflanzsaison im Frühling statt, wenn das Wetter die Straßen matschig macht.«

Es war schwer zu glauben, dass nur wenige Stunden Autofahrt entfernt eine so komplett andere Welt existierte. »Mud Sale«, wiederholte Reese. »Das muss ich mir merken.«

Leroy winkte Hannah zu sich an den Tisch. »Kannst du mir hier kurz helfen?«

»Sicher.«

Er reichte ihr Teller und Besteck. Während sie den Tisch deckte, fragte Leroy sie: »Kochst du gerne, Hannah?«

Wieder stieg ihr Röte in die Wangen, und sie schaute zu Caleb, der ihren Blick grinsend erwiderte. »Um ehrlich zu sein, nicht so gerne.«

»Es gibt Schlimmeres, als in der Küche nicht gut zu sein«, warf Reese ein.

»Das ist Frauenarbeit«, entgegnete Caleb. »Und sie ist bei uns zu Hause das einzige Mädchen.«

Reese plusterte sich auf. »Bei euch zu Hause gibt es immer noch so etwas wie Frauenarbeit?«

»Natürlich nicht«, sagte er. »Das habe ich nur gesagt, damit Sie sich aufregen.«

»Herzlichen Glückwunsch, das ist Ihnen gelungen.«

»Arbeit ist Arbeit«, meinte er. »Dem Abendessen ist es egal, wer es anbrennen lässt.«

Hannah errötete erneut. »Die meisten Mädchen lernen das Kochen und Putzen von ihren Müttern.«

Reese wusch sich die Hände an der Spüle und öffnete dann die Kartons mit dem mitgebrachten Essen. »Caleb hat mir erzählt, was mit deinen Eltern passiert ist. Das tut mir so leid.«

Hannah hielt den Kopf gesenkt. »Danke für Ihr Mitgefühl. Mehr weiß ich dazu nicht zu sagen.«

»Es muss wirklich schwer für euch sein. Meine Mutter und ich stehen uns nah«, sagte Reese. »Ich bin ein Einzelkind. Ich wüsste nicht, was ich ohne sie tun sollte.«

»Irgendetwas sagt mir, dass du gut zurechtkommen würdest«, warf Leroy ein.

»Hat sie Ihnen beigebracht, wie man kocht?«, fragte Hannah.

Bei dieser Frage musste Reese lachen. »Das Wenige, das ich in der Küche kann, hat mir unsere Haushälterin beigebracht. Mom hatte nie Zeit zu kochen, geschweige denn, es mir beizubringen. Sie und mein Vater sind beide Ärzte. Eines Tages werde ich in ihre Praxis mit einsteigen. Zumindest ist das der Plan.«

»Das unterscheidet sich dann gar nicht so sehr von den amischen Traditionen«, sagte Hannah. »Wir sollen auch in die Fußstapfen unserer Eltern treten.« Als sie das Essen auf den Tisch stellten, wurde sie immer gesprächiger. »Das ist kein Gesetz oder so. Mehr eine Tradition.« Sie sah Leroy an. »Aber einige Leute gehen ihren eigenen Weg.«

»Das stimmt.« Leroy nickte. »Aber es besteht immer die Möglichkeit, dass wir unsere Meinung ändern.«

Reese räumte schnell ihre Lehrbücher und Papiere von den Stühlen, dann setzten sich alle.

»Da wir hier so nett zusammensitzen …«, lächelnd schaute sie in die Runde, »wollen wir uns nicht alle duzen?« Sie sah erst Hannah, dann Caleb an. »Wir sind doch irgendwie schon Freunde geworden.«

Die beiden Amischen nickten.

Das Essen vom Bauernmarkt war der reinste sommerliche Genuss – ein Salat mit Mais und Paprika, frisch gebackene Brötchen und der für die Region typische Topfkäse, eine Schüssel mit grünem Salat und dicken Tomatenscheiben, und zum Nachtisch gab es einen indianischen Pudding, der langsam in Ahornsirup gebacken worden war.

Reese wollte gerade zugreifen, als sie sah, dass Hannah den Kopf gesenkt hatte. Caleb und Leroy folgten ihrem Beispiel. Reese konnte sich nicht erinnern, wann sie das letzte Mal ein Dankgebet gesprochen hatte. Doch ein wenig Besinnlichkeit mit geschlossenen Augen vor einer Mahlzeit war vermutlich ganz gut, egal, welche Gedanken einem durch den Kopf gingen – Dankbarkeit, Bedauern, allgemeine Nachdenklichkeit oder auch gar nichts.

Einer der behandelnden Ärzte während ihrer Zeit in der Chirurgie war praktizierender Buddhist gewesen. Um sich zu beruhigen, bevor man mit der Klinge in lebendiges, menschliches Fleisch schnitt, hatte dieser Mann etwas Ähnliches wie ein stummes Gebet empfohlen: *Sei ruhig. Sei still. Finde dein Zentrum.* Er war ihr Lieblingsmentor gewesen. Mit ihm hatte sie ihre erste Lebertransplantation erlebt.

»Limonade?«, fragte Caleb und riss sie aus ihren Gedanken.

Sie errötete, als ihr auffiel, wie unpassend es war, eine Operation mit einer Mahlzeit zu vergleichen. »Gerne. Danke. Bon Appétit zusammen. Das ist meine Art zu sagen, haut rein.«

»Mahlzeit«, sagte Hannah. »So sagen wir das zu Hause.«

Reese lächelte und wiederholte das Wort. »Na, wie war ich?«

»Für eine Englische nicht schlecht«, meinte Caleb.

Nach dem Essen räumten Caleb und Leroy den Tisch ab und stellten alles in die Spülmaschine. »Danke, dass ihr die Frauenarbeit macht«, zog Hannah sie auf.

Caleb grinste. »Hier macht niemand irgendwelche Arbeit. Das wird alles von der Maschine erledigt.«

Reese bemerkte, dass Hannah ein Gähnen unterdrückte. »Wann bist du heute Morgen aufgebrochen?«, fragte sie.

»Sehr zeitig. Ich bin mit dem Fahrrad zur Bushaltestelle gefahren, als die Sonne gerade aufging.«

»Du musst ja total erschöpft sein. Komm, ich mache dir das Sofa zurecht.«

An der Wohnungstür warf sie Caleb einen Blick zu. »Keine Sorge«, sagte sie. »Ich passe auf sie auf.«

»Das weiß ich.«

Leise schloss sie die Tür und blieb einen Moment stehen. Das inzwischen schon vertraute Sehnen kollidierte mit einem noch stärkeren Gefühl der Unmöglichkeit. Sie war in ihrer Welt und der der Krankenhäuser verwurzelt, doch Calebs Auftauchen hatte sie aus der Bahn geworfen. Sie ertappte sich immer wieder dabei, wie sie die Entscheidungen, die sie bislang getroffen hatte, infrage stellte. In unbeobachteten Momenten schaute sie unter die Oberfläche ihres Lebens und spürte, wie unglücklich sie war.

Doch die Dinge, die sie in diesem Leben verankerten, übten einen enormen Druck auf sie aus – nicht nur die Erwartungen ihrer Eltern, sondern auch ihre eigenen. Patienten, denen sie helfen wollte, eine Zukunft, die sie mit unerschütterlicher Entschlossenheit verfolgte.

»Reese?« Hannahs leise Stimme durchbrach ihre Gedanken.

Verlegen wandte Reese sich ihrem Gast zu. »Sorry. Ich habe gerade nur an … den morgigen Tag gedacht.«

Hannah legte den Kopf schief. »Aber es ist doch immer noch heute.«

Diese schlichten Worte ließen Reese innehalten. Dann nickte sie. »Da hast du recht. Es ist immer noch heute.«

8. Kapitel

Trotz Hannahs Worten fing Reese an, sich auf den nächsten Tag vorzubereiten. Die Liste war bereits eine Meile lang und wurde noch länger, als sie die verschiedenen Nachrichten von ihren Eltern und Kollegen auf ihrer Mailbox abhörte.

Langsam bekam sie schlechte Laune. Mit einem genervten Schnauben schaltete sie das Handy aus. Heute Abend hatte sie Gesellschaft. »Wie wäre es mit einer Dusche, Hannah? Das wäre nach der langen Busfahrt doch bestimmt angenehm.«

Das Mädchen schaute sich in der Wohnung um und knetete nervös die Finger. Dann blieb sein Blick an der offenen Badezimmertür hängen. »Ja. Sicher. Danke.«

»Ich habe noch nie zuvor ein amisches Mädchen kennengelernt«, sagte Reese beinahe entschuldigend. »Du musst mir sagen, wie ich dir helfen kann. Habt ihr zu Hause fließend Wasser?«

Hannah schüttelte den Kopf. »Einige schon, aber wir nicht. In der Küche gibt es eine Handpumpe. Wenn es Zeit ist zu baden, tragen wir das Wasser mit Eimern zu einem großen Kupferkessel, der auf allen vier Gasbrennern des Herds steht. Das heiße Wasser schütten wir dann in eine große runde Stahlwanne aus dem Keller und stellen sie auf den Teppich vor dem Holzofen in der Waschküche.«

»Das klingt … anstrengend.« Reese versuchte sich vorzustellen, wie es wäre, diese Prozedur jeden Tag durchführen zu müssen.

Dagegen wirkte ihre To-do-Liste wie ein Spaziergang.

»Wir kennen es nicht anders. Im Sommer ist es einfacher, weil wir dann in den Bach hinter dem Haus springen können. Dort gibt es eine tiefere Stelle, wie ein natürliches Schwimmbecken. Caleb hat uns dort ein Schwingseil angebracht. Jonah kann bis zur Mitte schwingen und …« Hannahs Stimme brach. »Ich habe solche Angst um ihn. Was soll er mit nur einem Arm anfangen?«

»Er bekommt viel Hilfe, um das herauszufinden«, erwiderte Reese. »Vor ihm liegt noch ein langer Weg. Aber es gibt einige gute Hilfsmittel, um ihn zu unterstützen. Wenn er so weit ist, bekommt er eine sehr moderne Prothese. Vielleicht sogar mehr als eine, damit er auch schwimmen gehen kann. Was das Schwingseil angeht, bin ich mir allerdings nicht so sicher.«

Hannah erschauderte. »Eine Prothese ist nicht das Gleiche wie ein richtiger Arm. Er ist doch nur ein kleiner Junge.«

Reese nickte mitfühlend. »Ich weiß, es ist schrecklich, und ich kann verstehen, dass du traurig bist.«

Hannah atmete zitternd ein und wischte sich mit dem Ärmel über die Wange.

»Wie wäre es, wenn ich dir erkläre, wie die Dusche funktioniert?« Reese ging ins Badezimmer und zeigte Hannah den Lichtschalter sowie die Regler für kaltes und heißes Wasser. Dann reichte sie ihr ein paar Handtücher und einen Frotteebademantel, der gerade frisch aus der Reinigung gekommen war. Es faszinierte sie, dass Hannahs langer Rock und die Bluse nur mit Stecknadeln zusammengehalten wurden. »Brauchst du sonst noch etwas?«

Hannah schüttelte den Kopf. »Nein danke.«

Das Mädchen duschte siebenundvierzig Minuten. Reese hatte die Zeit gestoppt. Sie stellte sich vor, wie der Teenager den endlosen Strom an warmem Wasser genoss, ohne sich Gedanken darüber machen zu müssen, wo es herkam und wohin es verschwand. Der amische Weg schien sehr arbeitsintensiv zu sein. Und doch hatte das einfache Leben in einer Gemeinschaft wie Middle Grove auch etwas Reizvolles. In den Artikeln, die Reese im Internet gelesen hatte, stand, dass der schlichte Rhythmus der Tage und Jahreszeiten das Herz für den Glauben offenhielt. Vielleicht war das gar keine schlechte Idee.

Als Hannah in den Bademantel gekuschelt wieder auftauchte, hatte Reese das Sofa mit einem Laken und einer leichten Sommerdecke zum Schlafen vorbereitet.

»War alles in Ordnung?«, fragte sie.

Hannah nickte begeistert. »Ja, danke.« Mit beinahe komischer Verwirrung betrachtete sie das Sofa. »Das war alles darin versteckt?«

»Ja.« Reese klopfte auf die Kissen. »Das ist ein Ausziehsofa. Es ist zwar nicht das bequemste Bett der Welt, aber …«

»Es ist perfekt«, unterbrach Hannah sie schnell. Dann berührte sie die Masse an goldenen Haaren, die ihr über den Rücken fielen. »Ich habe vergessen, eine Bürste mitzubringen.«

»Kein Problem. In der Schublade unter dem Waschbecken findest du Kamm und Bürste.«

Hannah kehrte ins Bad zurück und ließ die Tür einen Spalt offen. Sie schob sich die Bürste tief in die Haare und zerrte so fest daran, dass Reese zusammenzuckte.

»Komm, ich geb dir etwas Conditioner«, schlug sie vor. »Der steht in dem Schränkchen dort.«

Sie sah, dass Hannah in den beschlagenen Spiegel schaute. Dann streckte das Mädchen die Hand aus und wischte einen Teil des Spiegels frei, bevor sie sich fasziniert betrachtete. »Wir haben keine Spiegel«, sagte sie. »Mein Großvater sagt, sie seien ein Zeichen der Eitelkeit.«

»Hier wird dich niemand für eitel halten.« Reese reichte ihr das Spray.

Hannah musterte die Flasche stirnrunzelnd. Dann sagte sie: »Oh, das ist das, was du Conditioner genannt hast.«

Reese konnte sich nicht vorstellen, diese Haare ohne Hilfe von Pflegemitteln vernünftig durchkämmen zu können. »Das wird dir gefallen«, sagte sie und nahm dem Mädchen die Flasche wieder ab. »Darf ich?«

Hannah nickte. Reese sprühte ihr die Haare ein und kämmte sie dann vorsichtig.

»Als ich noch ganz klein war«, fing Hannah an, »hat Mem mir immer den Zopf geflochten. Aber jetzt, wo nur noch Großvater, Caleb und Jonah da sind, bekomme ich da keine Hilfe mehr.«

»Mem … Das ist deine Mutter?«

Sie nickte.

Reese entwirrte die Strähnen vorsichtig und methodisch. Wieder wurde ihr Herz vor lauter Zuneigung für dieses so unsichere Mädchen ganz weit. Mutterlos und die einzige Frau in einem Haus voller Männer, die vermutlich nicht das geringste Verständnis für sie aufbrachten.

»Ich hoffe, du behältst diese Erinnerung immer in deinem Herzen«, sagte Reese. »Und ich hoffe, du hast noch mehr so schöne Erinnerungen.«

Hanna lächelte sanft. »Die habe ich. Mem war allerdings nicht so vorsichtig wie du. Und sie hat definitiv keinen Conditioner benutzt. Aber sie war eine echte Expertin, wenn es darum ging, Haare zu flechten. Ich erinnere mich immer noch daran, wie es sich angefühlt hat. Ihre Finger flogen so schnell und leicht über meinen Kopf, und die Zöpfe sahen aus wie zwei schimmernde Tampen.«

»Ich hoffe, es gibt Frauen in deiner Gemeinde, die dir helfen«, sagte Reese.

»Oh ja. Alma Troyer zum Beispiel. Ich arbeite mit ihr an den Quilts, und sie ist wundervoll zu mir. Solange Caleb fort ist, wohne ich bei ihr.«

Reese fuhr mit den Fingern durch die langen, goldenen Strähnen. »Dein Haar ist wunderschön – so lang und dick.«

Hannah seufzte und beobachtete die Bewegung des Kamms im Spiegel. »Es ist noch nie geschnitten worden. Manchmal schneidet Alma mir die Spitzen, aber mehr nicht.«

»Ich hatte früher auch lange Haare«, erzählte Reese. »Ich bin mir allerdings nicht sicher, ob meine Mutter sie mir jemals geflochten hat.«

»Ich finde dich sehr hübsch.« Hannah warf ihr über die Schulter ein Lächeln zu. »Sogar mit kurzen Haaren.«

»Wie nett von dir. Ich trage sie so kurz, um Zeit zu sparen.«

»Zeit für was?«

»Für … nun ja, für alles andere. Hauptsächlich fürs Arbeiten und Lernen. So – nun haben wir alle entwirrt. Lass uns ins Wohnzimmer zurückgehen. Dann kannst du dich setzen und ich mich im Flechten probieren.«

Während Reese das seidige Haar vorsichtig zu einem Zopf flocht, saß Hannah auf einem Barhocker und ließ den Blick über die Bücherregale schweifen, die vor allem mit Lehrbüchern und

Studienführern gefüllt waren. Es standen aber auch ein paar Klassiker und einige der neuesten Bestseller dazwischen. »So viele Bücher«, sagte sie. »Hast du die alle gelesen?«

»Die meisten«, entgegnete Reese. »Liest du gerne?«

»Ich liebe es. In einem Buch findet man eine ganz eigene Welt. Unsere Gemeinde verbietet das Lesen von bestimmten Büchern – sie nennen sie die weltlichen Bücher –, aber ich bin mir nicht sicher, wie genau dieses Verbot lautet und mit welchen Regeln es verbunden ist. Onkel Caleb lässt uns lesen, was wir wollen, auch wenn es nicht der *Märtyrerspiegel* oder das *Family Life*-Magazin ist.« Sie hielt kurz inne. »Mem und Dat haben mich immer dafür gescholten, wenn ich englische Bücher gelesen habe.«

Reese wusste nicht, was sie dazu sagen sollte. Sie wollte nicht schlecht über die Toten reden, aber in ihren Augen ergab es keinen Sinn, die Bücherauswahl eines Kindes einzuschränken. »Ich bin froh, dass du alles lesen darfst, was du willst«, sagte sie schließlich. »Hast du ein Lieblingsbuch?«

»Nein. Die Entscheidung ist zu schwer. Ich liebe *My Ántonia* und *Junge Menschen – Die Töchter der Frau March*. Die Bibliothekarin in Stephensville gibt mir aber auch moderne Bücher wie zum Beispiel *The Hunger Games*.«

»Bibliothekare sind unglaublich. Viele der besten Momente meiner Kindheit habe ich zwischen den Seiten einer Geschichte verbracht. Du kannst dir hier jedes Buch ausleihen, das du möchtest. Ich liebe es, meine Bücher zu teilen.«

»Danke. Das Angebot nehme ich gern an.« Sie stand auf, zog ein Buch aus dem Regal und betrachtete den Umschlag. Es handelte sich um *Sprich* von Laurie Halse Anderson. »Worum geht es da?«

»Um ein Mädchen auf der Highschool, das aufhört zu sprechen, weil es Angst hatte, über etwas Schlimmes zu reden, das ihm passiert ist. Ich werde dir das Lesevergnügen aber nicht vermiesen, indem ich dir sage, was das Schlimme war.«

Hannah legte das Buch auf den Tisch. »Vielleicht borge ich mir das aus.«

»Natürlich. Gerne.« Reese lächelte. »Du bist wesentlich gesprächiger als dein Onkel.«

»Wirklich? Das könnte durch den Quilting-Kreis kommen. Dort reden wir den lieben langen Tag. Onkel Caleb ist den ganzen Tag nur mit Pferden zusammen.« Sie schaute sich noch einmal in der Wohnung um. »Er wollte Middle Grove eigentlich für immer verlassen. Er ist nur zurückgekehrt, um sich um Jonah und mich zu kümmern.«

»Du meinst, er wollte eure Welt so verlassen, wie Leroy es getan hat?«

»Ja.«

Das überraschte Reese. Caleb hatte ein komplett anderes Leben für sich im Sinn gehabt, war aber schlussendlich wieder in der Gemeinde gelandet, die er hatte verlassen wollen. Was hatte er vorgehabt? Die Neugierde brachte sie fast um. Sie versuchte, sich vorzustellen, wie das wohl gewesen sein musste – seine Pläne ad acta zu legen, um für die Familie zu sorgen. Hatte er sein Los einfach akzeptiert? Es mit offenen Armen angenommen? Es gehasst? Dachte er noch daran, wie seine Zukunft ausgesehen hätte, wenn sein Bruder nicht gestorben wäre? »Er wirkt dir und deinem Bruder sehr ergeben«, sagte sie.

»Ja. Er ist sehr gut zu uns. Und jetzt wird Jonah ihn mehr brauchen als je zuvor. Und ich … nun, ich bin jetzt sechzehn. Ich werde bald heiraten und ausziehen, also kann ich nicht mehr da sein, um zu helfen.«

»Wow, warte mal. Bald? Ich hoffe, damit meinst du in zehn Jahren?«

Hannah lächelte. Ihre Lippen und Wangen waren so zart wie die eines Kindes. »Wo ich herkomme, würde ich in zehn Jahren als alte Jungfer gelten. In dem Alter haben die Mädchen bei uns schon ein eigenes Haus und eine Familie, um die sie sich kümmern müssen.«

Reese biss die Zähne zusammen. *Nicht verurteilen.* »Als ich sechzehn war, habe ich mich Hals über Kopf in einen Jungen namens Troy Decker verliebt. Das Einzige, was ich wollte, war, ihn zu heiraten und Kinder zu kriegen.«

»Das ist ein netter Gedanke – sich Hals über Kopf zu verlieben. Aber wir sehen das praktischer. Ich möchte einen Jungen, der ein guter Ernährer ist, ein guter Partner. Ein guter Freund.«

»Du bist wesentlich geerdeter, als ich es in deinem Alter war.«

Hanna zögerte, dann sagte sie: »Was Caleb angeht … der hat es nicht so eilig. Wobei mein Großvater will, dass er sich taufen lässt und eine Amische heiratet.«

»Und will dein Onkel das auch?« Reese kam sich zwar neugierig vor, konnte aber nicht anders, als diese Frage zu stellen.

»Ich weiß es nicht. Caleb redet nicht über die Dinge, die er möchte. Es gibt da ein Mädchen … Rebecca Zook, eine Nachbarin in unserer Gemeinde. Sie will ihn heiraten. Jeder weiß, dass sie das schon immer wollte.« Hannah schaute zu Reeses Kuckucksuhr, die Reese nach dem Tod ihrer Großmutter aus deren Haus gerettet hatte. »Wenn ein Mann heiraten möchte«, erklärte Hannah, »schenkt er dem Mädchen etwas Praktisches, wie zum Beispiel eine Uhr.«

Reese lachte kurz auf. »Wirklich? Dein Onkel hat das mir gegenüber mal erwähnt, aber ich dachte nicht, dass es so ernst gemeint ist. Um mich für sich zu gewinnen, bedürfte es mehr als einer Uhr.«

»Und wenn das Mädchen sein Angebot annehmen will, bestickt sie ihm ein Tuch und gibt es ihm, um den Mann wissen zu lassen, dass sie ihn will.«

»Weil nichts so sehr ›Ich liebe dich‹ sagt wie ein Geschirrhandtuch«, meinte Reese.

»Ach, ihr Englischen. Ihr habt schon seltsame Vorstellungen über Liebe und Ehe, *ne*?«

Reese hatte noch so viele Fragen zu Caleb, aber sie wollte Hannah nicht in Verlegenheit bringen. »Was ist mit dir? Willst du wirklich so jung heiraten? Eine Familie gründen?«

Hanna zuckte kurz zusammen und wandte den Blick ab. »Es gibt da jemanden. Einen Jungen. Aaron Graber … Er mag mich.«

»Und du ihn auch?«

Erneut huschte Hannahs Blick davon. »Meine Freundin Miriam hat ihre Uhr schon. Sie ist genauso alt wie ich. Sie und der Junge werden einander den Hof machen, bis sie achtzehn ist, dann wird sie getauft, und die beiden heiraten.«

»Das soll heißen, du möchtest auch heiraten?«

Hannah zuckte mit den Schultern. »Ich würde gerne weggehen.« Sie sprach so leise, dass Reese nicht sicher war, ob sie sie richtig verstanden hatte.

Sie war mit dem Flechten fertig und band den Zopf mit einem Band zusammen. »Wo würdest du gerne hingehen?«

»Ich … nirgendwohin. Das war ein dummer Gedanke. Middle Grove ist mein Zuhause, das einzige, das ich kenne und je kennen werde. Ich habe eine andere Freundin, die letzten Monat ihr erstes Baby bekommen hat.« Hannah zog den Bademantel enger um sich. »Ich wüsste nicht, was ich mit einem Baby machen sollte. Das ist eine so große Verantwortung. Vielleicht wäre es anders, wenn ich verheiratet wäre.«

»Du bist noch so jung. Du musst jetzt noch gar nichts wissen. Ich bin keine Expertin, aber ich finde es besser, sich Zeit zu lassen, wenn es darum geht, wichtige Entscheidungen zu treffen.« Noch während sie sprach, fragte Reese sich, ob sie das auch getan hatte – hatte sie gut darüber nachgedacht, Kinderchirurgin zu werden? Hatte sie sich Zeit gelassen, oder war die Entscheidung vor so langer Zeit gefallen, dass sie sich nicht mehr daran erinnern konnte, wie sie überhaupt zustande gekommen war?

»Ich werde gründlich darüber nachdenken.« Gedankenverloren strich Hannah mit ihren Händen über den Bademantel. Das Gespräch über Babys und Ehe schien sie nervös zu machen.

»Gründlich nachzudenken ist gut. Es gibt Tage, an denen bin ich so beschäftigt, dass ich das vergesse. Und an anderen Tagen denke ich so gründlich nach, dass ich davon Kopfschmerzen bekommen.« Reese legte den Kamm zur Seite. »Okay. Was würdest du heute Abend gerne machen? Es ist lange her, dass ich Übernachtungsbesuch hatte.«

Hannah ließ den Blick durch den Raum wandern und nahm die ganzen elektronischen Apparate und Geräte in Augenschein, die auf sie vermutlich sehr verwirrend wirken mussten. »Ich weiß es nicht.«

»Hast du schon mal bei einer Freundin übernachtet?«

Das Mädchen ließ ein Lächeln aufblitzen. »Ich wette, es ist anders, als du es dir vorstellst.«

»Schieß los.«

»Hast du je von der *Bündelung* gehört? Das ist, wenn Kinder zusammen übernachten … Ich meine Mädchen und Jungen zusammen. In einem Bett.«

»Wirklich? Das klingt wie eine Einladung, sich mit sexuell übertragbaren Krankheiten anzustecken oder ungewollt schwanger zu werden.«

Hannas Blick glitt zur Seite. »Deshalb bündeln wir uns. Wir schlafen Seite an Seite auf dem gleichen Bett, aber in sogenannten Bündelsäcken unter verschiedenen Decken. Wir bleiben die ganze Nacht lang wach und reden. Das ist ein Weg, einander kennenzulernen.«

»Okay. So viel Unterhaltung kann ich dir nicht versprechen, aber … Wir könnten uns gegenseitig eine Mani- und Pediküre geben? Weißt du, was das ist? Hast du das schon jemals gehabt?« Sie hielt ihre fürchterlich vernachlässigten Hände hoch.

»Nein. Das habe ich noch nie gemacht. Das ist nicht *einfach*.«

»Oh. Tut mir leid.« Reese schnippte mit den Fingern. »Ich hab's. Popcorn und ein Film. Wie klingt das? Hast du je einen Film gesehen?«

»Nein. Aber ich mag Popcorn.«

»Dann habe ich das perfekte Programm im Kopf«, sagte Reese, der eine Idee gekommen war. »Es ist der beste Film, der je gedreht wurde. Ich finde, wir können ruhig gleich mit dem besten anfangen.« Sie nahm die Fernbedienung in die Hand und rief den Streamingdienst auf. »Halte dich bereit. Ich mache eben Popcorn.«

Während Reese in der Küche werkelte, starrte Hannah den großen flachen Bildschirm an der Wand an und rührte keinen Muskel, als der Vorspann begann. Als die ersten leisen Klänge der Titelmelodie den Raum füllten, ließ sie sich wie verzaubert auf dem Sofa zurücksinken. »Wie heißt dieser Film?«

Reese lächelte. »Warte, der Titel kommt gleich.«

Kurz darauf erschien auf dem Bildschirm der Titel: *Die Braut des Prinzen.*

Als der Film vorbei war, war Hannah von einem mächtigen Gefühl erfüllt, das sie nicht benennen konnte. Namen und Worte liefen über den Bildschirm, während ein wunderschönes Lied aus einer unsichtbaren Quelle erklang. Tränen stiegen ihr in die Augen, und sie schaute zu Reese hinüber und sah, wie die sich die Wangen abwischte.

»Der packt mich jedes Mal«, gestand Reese lächelnd und schniefend.

»Ich wünschte, wir könnten ihn noch einmal anschauen«, sagte Hannah. »Das war wirklich ein Wunder ... wie einen Traum anzusehen.«

Reese nahm die leere Popcornschüssel, stand auf und trug sie zur Spüle. »Das sehe ich genauso. Aber es ist schon spät, und ich muss noch was für die Arbeit lesen.«

»Okay. Gute Nacht, Reese.« Hannah ging noch mal ins Badezimmer – einfach, weil sie es konnte. Zu Hause versuchte sie, den Abort so selten wie möglich aufzusuchen. Sie mochte den Weg quer über den Hof nicht, die Spinnen im Sommer und die Kälte im Winter. Es war eine schreckliche Sünde des Stolzes, so verliebt in ein Badezimmer zu sein, aber sie konnte nicht anders. Ihr gefiel es, heiß zu duschen und eine Toilette mit Spülung zu benutzen.

Und sie liebte den Film, den Reese mit ihr angeschaut hatte. Als sie es sich auf dem Sofa zwischen den weichen Bettlaken und dem Kissen gemütlich gemacht hatte, schaute sie auf den leeren Bildschirm. Wo waren die Bilder und Geräusche hergekommen? Und wohin waren sie verschwunden? Passierten auf diesem Bildschirm noch andere Dinge, die erst sichtbar wurden, wenn man den Knopf auf der Fernbedienung drückte?

Sie fragte sich, ob es wie im echten Leben war, wo die Menschen, wenn man sie nicht sehen konnte, weiter ihrem Tagewerk nachgingen. Sie dachte an Aaron Graber, versuchte, sich vorzustellen, was er in diesem Moment gerade tat. In letzter Zeit war ihr Kopf nur mit Aaron, Aaron, Aaron gefüllt.

Dachte er auch an sie? Liebte er sie stark genug, um um ihr Herz zu kämpfen, so wie Wesley für Buttercup gekämpft hatte? Lag er nachts wach und erlebte die Momente noch einmal, die sie beim Singen und der Bündelung geteilt hatten? Bedauerte er, wie nah sie sich gekommen waren?

Sie dachte über das nach, was Reese über die Bündelung gesagt hatte. War sie ein oder zwei Mal zu weit gegangen? Während des Kuschelns zu eng an ihn herangerückt? Andere Mädchen hatten Mütter und Schwestern, die sie fragen konnten, aber Hannah nicht. Es gab zwar Alma und die Quilt-Ladys, aber Hannah konnte sich nicht vorstellen, mit ihnen über ein so persönliches Thema zu sprechen. Sie waren nicht so offen, wie Reese es zu sein schien. Hannah musste darauf vertrauen, dass ihre Werbungsphase richtig verlief. Sie fragte sich, ob sie wirklich wohl bald heiraten würde. Ihre Freundin Ruth war bereits verheiratet. Sie hatte ein Baby und war vollkommen erschöpft, weil sie keinen Schlaf bekam. Hannah war nicht sicher, ob sie dazu schon bereit war.

Seufzend wünschte sie, sie könnte in das Herz von Aaron sehen, so wie ein allwissender Erzähler in einer Geschichte es konnte. Sie schlug das Buch auf und versank in der Geschichte. Laut dem Bischof und ihrem Großvater sollte sich das Lesen strikt auf Andachten, religiöse Traktate und die Bibel beschränken. Aber Caleb meinte, sie solle lesen, was immer sie wolle, und sich ihre eigene Meinung bilden. Sie liebte Bücher aller Genres, und die Bibliothekarin war immer darauf erpicht, ihr etwas Neues zu geben.

Das Buch, das sie sich von Reese geliehen hatte, handelte von einem Mädchen auf der Highschool. Darüber hatte Hannah oft nachgedacht. Sie war nie auf der Highschool gewesen und kannte auch niemanden, der dort gewesen war. Bei ihnen wurde von den Mädchen erwartet, im Haushalt und auf der Farm zu helfen und die notwendigen Fähigkeiten zu erlernen, um eines Tages Ehefrau und Mutter zu sein.

Der Gedanke summte ihr durch den Kopf wie eine nervige Mücke, und sie schob ihn resolut beiseite. Einige ihrer Freundinnen hatten Arbeit als Haushälterin für die in der Nähe wohnenden Englischen gefunden, aber das war für Hannah keine Option. Großvater hatte ihr verboten, in einem nicht amischen Haushalt zu arbeiten. Hannah hatte ihm nicht widersprochen, weil sie wusste, dass ihre Putz- und Kochkünste durchaus zu wünschen übrig ließen.

Trotz ihrer Mühen mit der ganzen Hausarbeit hatte sie eine Superkraft, wie Reese oder Jonah es immer nannten. Sie war die beste Quilterin der Stadt.

Stoffe und Näharbeiten hatten sie schon immer fasziniert. Als sie fünf Jahre alt gewesen war, hatte Mem ihr ein paar Lumpenpuppen in schlichten Kleidern gegeben. Die Puppen hatten keine Gesichter, um zu verdeutlichen, dass im Angesicht Gottes jeder gleich ist.

In diesem jungen Alter hatte Hannah dazu noch keine Meinung gehabt, aber sie war davon besessen gewesen, Kleider für die Puppen anzufertigen. Beinahe ohne Hilfe hatte sie die Fetzen und Stoffstücke, die Bänder und Schleifen aus Mems Nähkästchen zusammengesteckt und für jede Puppe einzigartige Kreationen erschaffen. Großvater hatte gemurrt, was für eine Zeitverschwendung es sei, Puppenkleider herzustellen, aber Mem hatte ihn ignoriert und Hannah ermutigt weiterzumachen.

Und das hatte sie getan. Sie hatte sich Entwürfe ausgedacht und jeden Abend nach dem Essen genäht. Selbst jetzt noch, Jahre, nachdem Mem fort war, fühlte Hannah sich ihr beim Nähen näher. In Alma Troyers Quilt-Manufaktur fühlte sie sich außerdem wertgeschätzt. Hier war sie ein Teil von etwas, das größer war als sie. Handgenähte Amisch-Quilts waren in dem kleinen Laden in der Stadt sehr beliebt, der von Mr. Jolly geführt wurde, einem Englischen, der aber das amische Leben liebte und das einfache Volk fair behandelte. Alma war so freundlich, Hannah ihre eigenen Muster entwerfen und nähen zu lassen. Nachdem sie die typischen Sterne, Dreiecke, Ringe und Holzhüttenmuster gelernt hatte, erwachte ihr Interesse an Farben und Design als Weg, sich auszudrücken. Oft kamen ihr die Ideen für einen Quilt ganz unvermittelt. Das Bild, das entstehen sollte, erschien wie ein Traum vor ihrem inneren Auge. Und wie ein Traum folgten ihre Entwürfe keiner erkennbaren Ordnung.

Hannahs Quilts entwickelten sich zu Explosionen von Licht und Schatten und geheimnisvoll verschlungenen Mustern. Einige in der Gemeinde sagten, ihre Entwürfe seien skandalös, voll verbotener Farben, zu ausdrucksstark für ein Mädchen des Glaubens. Aber andere, darunter Alma, lobten Hannahs Fleiß und Kreativität, vor allem, wenn sie verborgene Botschaften in die Stücke stickte. Mr. Jolly nannte sie »Avantgarde-Quilts« und erklärte den Touristen, die seinen Laden besuchten, dass es sich um originale Kunstwerke handelte.

Hannah war das alles egal. Sie wusste nur, dass sie am glücklichsten war, wenn sie etwas Schönes erschuf und dabei von Jungen tagträumte.

Frisch aus der Dusche, rubbelte Caleb sich die Haare trocken und rasierte sich vor dem Spiegel in dem dampfgefüllten Badezimmer von Leroys Wohnung. An so eine warme Dusche könnte er sich schnell gewöhnen, so viel war sicher. Er drehte den Kopf und schaute aus dem Fenster in den Morgen hinaus. Der Sommer war beinahe vorbei, aber in der Stadt schien der Wechsel der Jahreszeiten nicht die Bedeutung zu haben wie auf der Farm. Hier hasteten die Menschen hin und her und gingen ihren Angelegenheiten nach, egal, wie das Wetter war.

Das Gefühl unerledigter Dinge lastete auf seinem Gewissen. Seine Abwesenheit sorgte dafür, dass wichtige Arbeiten liegen blieben. Während er fort war, kümmerten sich seine Nachbarn in Middle Grove um seine Farm, aber das war nur vorübergehend. Er konnte darauf zählen, dass die Zooks die Kühe molken und die Pferde fütterten. Die Haubers würden nach den Hühnern, Enten und dem Getreide sehen – für eine gewisse Zeit. Doch es gab andere Aufgaben, die nur Caleb erledigen konnte: die Rechnungen für die Grundsteuer, die Buchhaltung für seine Kunden, die Hilfe mit den Pferden oben auf der Grantham Farm. Bald würde er an die Arbeit zurückkehren müssen, aber er fühlte sich hin- und hergerissen. Er konnte sich nicht vorstellen, Jonah allein in der Stadt zurückzulassen.

Aber er konnte sich auch nicht vorstellen, den Jungen jetzt schon wieder mit nach Hause zu nehmen.

Und nun musste er sich auch noch Sorgen um Hannah machen.

Er zog sich seine Amisch-Kleidung an, die frisch gestärkt aus der Reinigung gekommen war. Dann klopfte er an die Tür zu Reeses Wohnung. Sie ging auf, und da stand Reese vor ihm, frisch wie der junge Morgen. Ihre dunklen Haare waren feucht, und sie wirkte ein wenig außer Atem. Als hätte sie sich beeilt. Oder wäre nervös. Oder beides.

Das erste Lächeln von ihr blitzte wie ein Sonnenstrahl auf. Ihr Blick glitt über ihn hinweg, und beim Anblick seiner traditionellen Kleidung weiteten sich ihre Augen ein wenig. »Oh, hey. Willst du einen Kaffee?«

»Danke«, entgegnete er und trat ein. Sie zeigte auf die Küche, und er schenkte sich eine Tasse aus der Kanne der elektrischen Maschine ein. »Ist Hannah fertig?«

»Fast.« Reese stopfte Papiere und elektronische Geräte und Kabel in einen Rucksack. »Sie genießt seit … ach, gut vierzig Minuten eine heiße Dusche.«

Er grinste. »Du hast sie schon verwöhnt. Jetzt kann kein Essig sie mehr retten.«

Reese lächelte wieder. Und Calebs Herz schlug schneller. »Ich glaube, sie hatte eine gute Nacht«, sagte sie, während sie hierhin und dorthin eilte und weitere Dinge in ihren Rucksack steckte. Diese Frau stand niemals still. »Bringst du sie zum Busbahnhof?«

»Ich bringe sie nach Middle Grove zurück.«

Reeses Lächeln schwand. »Wirklich? Ich verstehe.«

Aber das tat sie nicht, das merkte er. »Ich werde so schnell wieder zurück sein, wie ich kann. Wenn möglich, noch heute Abend. Es fühlt sich nicht richtig an, Jonah allein in der Stadt zu lassen.«

»Ja, das verstehe ich. Es muss schwierig sein, Arbeit und Familie in so einer Situation unter einen Hut zu bringen.«

»Ja.« Wenn sie nur wüsste. Seine Gedanken schossen ständig vom Krankenhaus zur Grantham Farm zu Middle Grove und zurück. Aber er konnte nicht an allen drei Orten gleichzeitig sein.

Reese hörte auf herumzulaufen und gesellte sich zu ihm an den Küchentresen. »Nach allem, was ich so sehe, schlägt Jonah sich gut. Seine Therapiesitzungen beschäftigen ihn beinahe den ganzen Tag. Du musst nicht in jedem Moment da sein.«

Sie hatte recht. Caleb hatte bereits viele Stunden im Krankenhaus einfach nur mit Warten verbracht. Um Jonah kümmerte sich eine ständig neu zusammengesetzte Parade aus Ärzten und Therapeuten, ehrenamtlichen Mitarbeitern, Schwestern und Pflegern. Wenn Jonah nicht gerade daran arbeitete, Fortschritte zu machen, ruhte er sich aus, aß, spielte im Aufenthaltsraum oder verschlang Bücher.

»Ich möchte nur nicht, dass er sich ängstigt oder einsam fühlt.«

»Hat er Angst? Ist er einsam?«, fragte sie. »Hast du ihn gefragt, wie es ihm geht?«

So eine einfache Frage von einer Englischen. *Hast du ihn gefragt, wie es ihm geht?* In der Amisch-Gemeinde – und vor allem in der Familie Stoltz – fragte man nicht nach Gefühlen. Und man bot auch nicht an, sie zu offenbaren. Manchmal war Caleb nicht mal sicher, ob er überhaupt *fühlte*.

»Nein, habe ich nicht«, antwortete er ehrlich und trank einen Schluck von dem heißen, milden Kaffee. Zu Hause war er nie so gut. Weder er noch Hannah hatten je die Technik gemeistert, den Kaffee in dem alten, gesprenkelten Emaille-Perkolator zu kochen.

»Dann frag ihn«, meinte sie.

Caleb schüttelte den Kopf. »Das würde ihn nur verwirren. Er kennt nichts anderes als den amischen Weg.«

»Und die Amischen reden nicht über ihre Gefühle?«

»Nicht so oft. Und nicht direkt. In unserer Sprache gibt es nicht einmal den Satz ›Ich liebe dich‹.«

»Ernsthaft?«

Er hatte gelernt, dass Reese das Wort »ernsthaft« benutzte, wenn sie eine weitere Erklärung haben wollte. »*Lieve* ist das Wort für Liebe, aber das ist eine Sache, etwas, das passiert. Ein Nomen, kein Verb. Ein Mensch sagt nicht: ›Ich liebe dich.‹ Wenn er beim Singen von einem Mädchen in die Ecke gedrängt wird, könnte ein Junge vielleicht sagen: ›Ich habe eine Liebe für dich.‹«

»Das will mir nicht in den Kopf.«

»Ehrlich gesagt würde das niemand sagen. Eher schon: ›Ich denke viel an dich.‹«

»Eine recht beliebige Art, um jemandem zu sagen, dass er einem wichtig ist«, fand Reese.

»Ich denke, das Wichtige ist nicht das, was man sagt«, erwiderte Caleb. »Sondern das, was man tut.«

»Dann weiß Jonah, dass du ihn anbetest«, behauptete sie voller Überzeugung. »Du bist ihm gegenüber unglaublich loyal und aufmerksam.«

Ihre Worte legten sich um Calebs Herz. Er wusste ihre Worte zu schätzen. Er wusste *sie* zu schätzen.

»Ich weiß, du machst dir Sorgen darüber, wie du das hier und zu Hause alles regeln sollst«, fuhr sie fort. »Aber Jonah kommt ab und zu gewiss ohne dich zurecht. Manche Kinder machen sich auch zu große Sorgen um ihre Eltern.«

»Das stimmt. Jonah denkt immer nur an andere Menschen.«

»Dabei soll er sich darauf konzentrieren, gesund zu werden. Da willst du nicht, dass er sich Sorgen macht. Ich sag dir was: Ich gucke nach ihm, während du Hannah nach Hause begleitest.«

Die Anspannung in seiner Brust löste sich, und Erleichterung nahm ihren Platz ein. »Da wäre ich dir sehr dankbar, Reese.«

Ihr Lächeln wurde noch breiter. »Vergiss nie, ich freue mich, wenn ich helfen kann.«

Hannah kam aus dem Nebenzimmer. Sie war schon fertig angezogen, nur ihre *Kapp* fehlte. Ihre Augen funkelten aufgeregt. »Guten Morgen, Caleb. Ich habe gestern Abend die wundervollsten Dinge gesehen.«

Er ertappte sich dabei, wie er kurz zu Reese schaute. »Ach wirklich? Und was waren das für Dinge?«

»Es war ein Film namens *Die Braut des Prinzen*.«

»Ein Film. Und der hat dir gefallen.«

Sie nickte begeistert. »Er handelt von einem Mädchen namens Buttercup. Sie ist eine Braut *und* eine Prinzessin.«

»Einige Mädchen haben aber auch Glück.« Er grinste Reese an.

Ihre Wangen färbten sich leicht rosa. »Ich hoffe, es war in Ordnung, dass wir einen Film geguckt haben.«

»Für Hannah scheint es definitiv in Ordnung gewesen zu sein«, erwiderte er.

»Oh ja«, sagte seine Nichte. »Das war das Beste auf der Welt. Es ist eine Geschichte über die wahre Liebe. Bis ich diesen Film gesehen habe, wusste ich gar nicht, was wahre Liebe ist.«

»Wirklich?«

»Ja. Ich weiß, es ist nur eine erfundene Geschichte, aber sie fühlte sich in meinem Herzen so wahr an. Eines Tages werde ich diese Form der Liebe für mich auch finden.« Sie seufzte. »Denn genauso muss die Liebe sein.«

Reese und Caleb tauschten einen Blick.

»Nun, finden wir erst einmal heraus, wie eine Busfahrt nach Hause sein muss«, sagte Caleb. »Wir verabschieden uns von Jonah im Krankenhaus und gehen dann zur Haltestelle.«

Jonah schaffte es, sich allein in den Rollstuhl zu setzen, den jemand auf dem Flur abgestellt hatte. Nachdem Caleb und Hannah gegangen waren, war ihm langweilig, und er wollte etwas unternehmen. Irgendetwas. Außerdem war er wütend. Angepisst, wie eines der Kinder in der Gruppe es genannt hatte. Zu Hause würde ein Junge sich ordentlich etwas anhören können, wenn er so ein Wort in den Mund nähme, aber hier nicht. Hier ließen sie einen viele Sachen tun und sagen. Vermutlich, weil die Kinder auf der Station krank und verletzt und verängstigt und noch viel mehr waren.

Er löste die Bremsen des Stuhls und schaute einmal den Flur entlang. Niemand schien auf ihn zu achten. Er drückte gegen den Ring am rechten Rad, und der Rollstuhl drehte sich. Aber es gelang ihm nicht, ihn fortzubewegen.

Weil er auf der linken Seite keinen Arm hatte.

Dieser Arm war ihm genommen worden. Jetzt konnte er sich nur im Kreis drehen.

Nun war er noch angepisster. Er drehte das Rad mit seinem guten Arm – seinem einzigen Arm – und drehte im Flur wieder und wieder Kreise, immer schneller und schneller, bis ihm der Schweiß über das Gesicht lief. Schneller und schneller, bis er gegen einen Servierwagen stieß, der mit lautem, zufriedenstellendem Klappern umkippte und seinen Inhalt über den ganzen Boden verteilte.

Der Rollstuhl mit Jonah darin kippte gleich mit um. Instinktiv wollte er seine linke Hand ausstrecken, um den Sturz abzufangen. Doch die Hand war nicht da, und sein Kopf knallte auf den Boden. Ein schrecklicher Schmerz durchfuhr ihn. Er biss die Zähne zusammen, sein Atem ging stoßweise – rein und raus, rein und raus.

»Jonah! Was ist passiert?« Tammy, die Helferin, kam angelaufen. Sie musste den Notrufknopf gedrückt haben, denn direkt hinter ihr kam ein Pfleger. »Hey Kumpel«, sagte sie. »Komm, helfen wir dir auf, und dann geht es zurück ins Bett.«

»Ich kann allein aufstehen«, entgegnete er und riss sich von ihr los. Er sah, wie sie einen Blick mit dem Pfleger tauschte. Dann schickte sie über ihr kleines Gerät an irgendwen eine Nachricht. Jonah rutschte von ihr weg. Sein nicht vorhandener Arm brüllte vor Schmerzen. Sein Arm war ein Geist. Ein Geist, der verdammt wehtat.

Innerhalb weniger Minuten war Reese da. Sie atmete schwer, als wäre sie den ganzen Weg hierher gerannt. »Wie es aussieht, hattest du ein wenig zu viel Spaß«, meinte sie und wandte sich an Tammy. »Wie kann ich helfen?«

»Ich brauche keine Hilfe«, beharrte Jonah.

»Cool«, erwiderte sie. »Willst du auf dem Boden sitzen bleiben oder aufstehen?«

»Ich kann das allein.« Er spuckte die Worte förmlich aus.

»Kann ich zuschauen? Das hier ist ein Lehrkrankenhaus, weißt du noch?«

Er konnte nicht aufstehen. Das war so peinlich. Ständig verlor er das Gleichgewicht und plumpste wieder zu Boden.

Tammy und der Pfleger sammelten die Sachen auf, die von dem Wagen gefallen waren. Reese setzte sich neben Jonah auf den Boden. Sie bot ihm nicht an, ihm zu helfen.

Er versuchte es wieder und wieder. Doch der in Flammen stehende, nicht vorhandene Arm brachte ihn immer wieder aus dem Gleichgewicht. Inzwischen war er schweißgebadet und atmete durch zusammengebissene Zähne. »Fuck«, sagte er. »Fuck, fuck, fuck, fuck, fuck.« Es war das erste Mal, dass er dieses Wort laut ausgesprochen hatte. Er war nicht zu hundert Prozent sicher, was es bedeutete, aber er wusste, dass es böse war. Es war so böse, dass er Reese einen Blick zuwarf, um zu sehen, ob sie schockiert war. Doch sie saß einfach nur da und wartete. »Fuck«, sagte er noch mal.

»Das ist ehrlich gesagt eines meiner Lieblingswörter«, sagte sie. »Es ist ziemlich unfein, aber ich ertappe mich ständig dabei, es zu sagen. Also, erinnerst du dich noch, dass ich gesagt habe, ich wüsste so ein paar Dinge?«

Er antwortete nicht. Er versuchte auch, nicht zuzuhören, konnte aber nicht anders.

»Ich weiß, dass dein Arm so um die drei Kilo gewogen hat«, fuhr sie fort. »Das ist ungefähr das Gewicht einer sehr großen Zuckertüte. Und es bedeutet, dass dein Körperschwerpunkt jetzt anders ist als vorher. Du musst etwas lernen, was man adaptive Techniken nennt. Ich bin Rechtshänderin, so wie du. Wenn ich also meinen linken Arm so wegstecke, als hätte ich keinen«, sie legte den Arm hinter ihren Kopf, »muss ich einen anderen Weg finden, um mich zu bewegen.« Sie rollte sich auf dem Flur herum. Jonah biss sich auf die Innenseite der Wange, um nicht zu lächeln.

»Ich versuche mal, auf die Knie zu kommen.« Sie kippte seitlich um.

»Nein, nicht so«, sagte er. »Du musst die Füße auf die rechte Seite bringen, nicht auf die linke.«

»Oh. Stimmt.« Es gelang ihr, die Knie unterzuziehen. »Hey, das ist viel besser.«

Er knurrte, weil er wusste, dass sie ihn ausgetrickst hatte. »Du tust nur so, damit ich mich besser fühle.«

»Funktioniert es?«

»Nein.«

»Tja … fuck«, sagte sie.

Er verbarg sein Lächeln, ging dann auf die Knie und schaffte es aufzustehen.

Reese ballte ihre Hand zur Faust und reckte sie ihm entgegen.

»Was?«, grummelte er.

»Abklatschen. Das tut man, nachdem man etwas geschafft hat.«

Und so klatschte er das erste Mal in seinem Leben ab, auch wenn das, was er geschafft hatte, albern war. Dann drehte er ihr den Rücken zu und schlurfte zu seinem Bett. Er legte sich auf die rechte Seite, das Gesicht zum Fenster gewandt. Er hörte, wie sie hereinkam, hörte, wie die Luft leise aus dem Plastikbezug des Hockers neben seinem Bett wich, als sie sich setzte.

»Was vermisst du an deinem Arm?«, fragte sie.

»Handstand machen zu können«, kam es wie aus der Pistole geschossen.

»Wow. Ich habe zwei Arme und kann trotzdem keinen Handstand.«

»Ich jetzt auch nicht mehr.« Seine Stimme klang klein und schwach. »Ich kann auch nicht mehr mit Messer und Gabel essen, so wie früher.«

»Ja, nicht gleichzeitig, das stimmt. Aber ich wette, dein Ergotherapeut kann dir da helfen. Vielleicht hat er etwas, das Messer und Gabel in einem ist. Ein Gesser. Oder eine Mabel.«

»Du bist nicht so lustig, wie du denkst.«

»Ich finde mich überhaupt nicht lustig. Einen Arm zu verlieren ist ätzend. Erzähl mir noch etwas, das du vermisst.«

»Ich vermisse meinen Hund. Ich vermisse es, Baseball zu spielen. Ich vermisse Kuchen.«

»Hunde, Baseball und Kuchen sind drei der besten Sachen auf der Welt«, stimmte sie ihm zu.

»Kann ich jetzt schlafen?«, fragte er.

»Auf jeden Fall.« Eine kühle Hand strich ihm über den Kopf. Er wollte Reese nicht sagen, dass er sich den auf dem Boden angeschlagen hatte, denn dann würde sie womöglich zu viel Aufhebens darum machen. »Ich gehe jetzt besser. Ich war gerade dabei, einer Dame in der Notaufnahme zu helfen, die ein Baby bekommt. Es ist ein Notfall, weil sie nicht einmal wusste, dass sie schwanger ist. Ich will mal nach ihr sehen.«

»Okay«, meinte er. Ein Baby war definitiv ein großer Notfall. Ganz langsam drehte er sich zu ihr um. »Bis später.«

Sie wirbelte einmal auf dem Hocker herum. »Bis später. Bleib wachsam, Jonah.«

9. Kapitel

Auch wenn er nur wenige Tage fort gewesen war, fühlte Caleb sich, als wäre er für immer weg gewesen. An der Kreuzung mit der überdachten Bushaltestelle, wo die Einheimischen den Bus nahmen, wenn eine größere Reise notwendig war, stiegen er und Hannah aus dem nach Diesel riechenden Gefährt. An dieser Kreuzung war eigentlich nie etwas los – es war nur eine zweispurige Landstraße, die einen schlecht asphaltierten Weg kreuzte, der in das Zentrum von Middle Grove führte.

Hannahs Fahrrad stand noch dort, wo sie es abgestellt hatte – an der Rückseite der Bushaltestelle. Sie schob es neben Caleb her, und gemeinsam machten sie sich auf den Weg zur Farm. Die vertrauten Geräusche des Landlebens umgaben sie – singende Vögel, der Wind, der durch die Bäume strich, Hundegebell. Nach dem Krach in der Stadt war das wie Musik in Calebs Ohren. Als sie sich dem Ort näherten, hörten sie das Klappern von Hufen auf dem Asphalt.

Sie traten an den Straßenrand, um den Buggy passieren zu lassen. Er gehörte Jacob Zook – Rebeccas Vater. Caleb erkannte das Pferd davor.

»Steigt ein!«, rief Jacob. »Ich habe Platz.«

»Vielen Dank«, entgegnete Caleb. Er stellte Hannahs Fahrrad hinten drauf, dann setzten sie sich auf die Bank der Kutsche.

Jacob betrachtete Hannah mit leicht gerunzelter Stirn. Sie berührte ihre Haare und errötete. »Ich habe meine *Kapp* verloren«, sagte sie und starrte die Bodenbretter des Buggys an. »In der Stadt war es sehr windig.«

»Was gibt es Neues von Jonah?«, fragte Jacob.

»Er ist im Krankenhaus, aber er wird wieder.« Caleb wurde bewusst, dass die Geschichte vermutlich noch vor Ende des Tages die Runde in Middle Grove gemacht haben würde, also war es am besten, wenn er direkt die Wahrheit sagte. »Sie mussten ihm den Arm abnehmen. Er war zu stark verletzt, um gerettet zu werden.«

Jacob rieb sich den Backenbart. »*Mein Gott.* Das ist wirklich schrecklich.«

»Ja, es war ein fürchterlicher Schock«, stimmte Caleb zu.

Hannah neben ihm zitterte. Während der Busfahrt nach Hause hatte sie immer wieder geweint. Sie machte sich große Sorgen um ihren Bruder. Caleb tätschelte ihr kurz das Knie. »Aber unter den gegebenen Umständen schlägt er sich tapfer. Die Ärzte sagen, dass er gute Fortschritte macht, und er ist in erstaunlich guter seelischer Verfassung.«

»Sie werden ihn bald nach Hause gehen lassen«, sagte Hannah.

Caleb hoffte, dass das nicht nur Wunschdenken war. Eine Zeit lang fuhren sie schweigend dahin, an stoppeligen, frisch abgeernteten Feldern vorbei, die eine weitere Ermahnung an die Aufgaben waren, die erledigt werden mussten. »Wo bist du gewesen, Jacob?«

»Ich musste Rebecca von ihrem Besuch bei Mose Shrock zurückbringen.«

Als Mennonit hatte Mose das Vertrauen der Amischen und der mennonitischen Gemeinde gewonnen. Er war weit und breit bekannt für sein Mitgefühl und seine praktische Art genauso wie für seine Fähigkeiten als Arzt.

»Ist sie krank?«

Jacob starrte geradeaus zwischen die aufgerichteten Ohren des Pferdes. »Ich schätze, Mose wird es herausfinden und es uns später sagen. Rebecca wird traurig sein, dass sie bei deiner Heimkehr nicht da war.«

Caleb verlagerte unbehaglich das Gewicht, als ihm einfiel, was er an jenem Morgen von Jonahs Unfall vorgehabt hatte. Er hatte eine unangenehme, aber längst überfällige Unterhaltung mit Rebecca führen wollen. Die Rede hatte er schon ausformuliert im Kopf gehabt – er hatte ihr sagen wollen, dass sie eine Hingabe verdiente, die er ihr niemals geben könnte. Die Art Liebe, von der Hannah während der Busfahrt immer wieder gesprochen hatte – die Liebe der *Braut des Prinzen*.

Er musste immer noch mit Rebecca sprechen, und zwar bald. Aber wenn sie krank war, würde das warten müssen.

Ein schlichtes Zeichen markierte den Ortseingang von Middle Grove. Sie kamen an dem kleinen, weiß gestrichenen Schuppen vorbei, in dem sich das Gemeinschaftstelefon befand – ein widerstrebendes Zugeständnis an die modernen Zeiten. Vor seinem kleinen Laden war Mr. Jolly gerade dabei, einige der neuen Quilts zum Verkauf aufzuhängen. Caleb stieß Hannah an. »Ich weiß immer sofort, welche von dir sind.«

Sie lächelte. »Was Kochen und Putzen angeht, bin ich vielleicht nicht so gut, aber ich kann quilten.«

Das stimmte. Selbst Caleb, der keinerlei Auge für Näharbeiten hatte, wusste, dass die Quilts seiner Nichte etwas Besonderes waren – lebendige Abstraktionen, manchmal vermischt mit ungewöhnlichen Elementen wie einem schimmernden Flussstein, Federn, gestickten Worten. Ihre Quilts waren so anders, dass sie Sammler aus der gesamten Region anzogen.

»Ich möchte etwas Besonderes für Jonah machen«, sagte sie.

»Ich denke, das würde ihm gefallen.«

Sie lächelte wieder und schüttelte den Kopf. »Jonah? Er würde es nicht mal merken, wenn ich ihm eine Satteldecke schenkte. Es wäre mehr für mich als für ihn.«

Der Buggy rollte an der Straße aus, die zur Farm der Stoltz' führte.

»Danke, dass du uns mitgenommen hast, Jacob«, meinte Caleb. »Wir sind dir sehr verbunden.«

Der ältere Mann nickte. »Rebecca würde sich freuen, wenn du sie besuchst«, sagte er und zwinkerte nicht allzu subtil.

»Pass auf dich auf.« Caleb sprang von der Kutsche und ging nach hinten, um Hannahs Rad herunterzuheben. Sie stieg darauf und fuhr auf dem Weg in Richtung Farmhaus.

Calebs Vater wartete auf der Veranda auf sie, die Daumen in die Hosenträger gehakt, das Gesicht von seinem schwarzen Hut beschattet. Stechende blau-graue Augen blitzten unter der Krempe hervor »Gut, dass du zurück bist«, sagte er. »Und gut zu hören, dass es Jonah gut geht.«

»Er hat überlebt«, sagte Caleb. »Sein Arm nicht.« Schnell erklärte er die Situation, genau wie er es vorhin im Buggy Jacob gegenüber getan hatte.

Sein Vater nahm den Hut ab und strich sich mit der Hand durch die Haare. Sein Blick wanderte düster in die Ferne. »Das ist eine verdammte Schande. Wie soll der Junge mit einem Arm weitermachen? Auf der Farm wird er so nutzlos sein.«

Caleb biss die Zähne zusammen und schluckte eine Erwiderung hinunter. »Ich wäre dir sehr verbunden, wenn Jonah diese Worte niemals von dir zu hören bekommt.«

»Es hat keinen Sinn, sich vor den Tatsachen zu verstecken.«

Caleb schwieg. Sich mit seinem Vater zu streiten war, wie gegen eine Wand zu reden.

»Es ist an der Zeit, dass er nach Hause kommt«, verkündete Asa. »Wir können uns hier um ihn kümmern – seine Familie und seine Freunde.«

»Er ist noch nicht so weit.« Caleb ging die Treppen zur Veranda hinauf. »Entschuldige bitte, ich muss packen.«

Sein Vater folgte ihm ins Haus. »Packen?«

Caleb nickte. »Ich bin, wie du dich erinnerst, ziemlich überstürzt abgereist.« Und gegen deine lautstarken Einwände, fügte er in Gedanken hinzu. »Ich brauche ein paar Dinge für die Stadt.«

»Die Stadt ist weder ein Ort für dich noch für Jonah. Ich will, dass du den Jungen nach Hause bringst.«

»Ich sagte bereits, er ist noch nicht so weit.« Caleb bemühte sich, seine Stimme und sein Temperament im Zaum zu halten, und ging in sein Zimmer, um ein paar Habseligkeiten zusammenzusuchen.

»Hannah hat gesagt, er ist wach und plappert wie ein Vogel.« Asa funkelte ihn von der Tür aus an. »Es gibt keinen Grund für ihn, im Krankenhaus umgeben von fremden Leuten zu bleiben. Was geschehen ist, ist geschehen. In der Stadt wartet nichts als Ärger auf ihn. Er muss bei den Menschen sein, denen etwas an ihm liegt.«

Caleb stopfte seine Wechselkleidung in den alten Canvas-Rucksack. »Er bleibt, wo er ist, bis die Ärzte sagen, dass er gefahrlos nach Hause kann.«

»Ich weiß mehr darüber, wie man einen Jungen beschützt, als ein englischer Arzt«, gab Asa zurück.

Caleb wirbelte zu ihm herum. »So wie du mich und John beschützt hast? Ich glaube nicht.«

Seinem Vater stieg die Röte ins Gesicht wie Quecksilber in einem Thermometer. Sie erwähnten die Vergangenheit beinahe nie, obwohl Calebs Seele von Erinnerungen befleckt war. Er hatte schon lange aufgehört, irgendeine Anerkennung, geschweige denn Reue, von seinem Vater zu erwarten.

»Entschuldige bitte«, sagte er. »Ich muss den Bus erwischen.« Er setzte den Rucksack auf und drängte sich an seinem Vater vorbei nach draußen. Auf der Veranda pfiff er nach Jubilee. Der Hund kam den Weg hinter dem Haus hinuntergelaufen und bellte vor Freude, während er mit dem Schwanz wedelte. Caleb tätschelte ihn und ging mit dem Hund quer über das frisch gemähte Feld zwischen seiner Farm und der der Nachbarn.

Levi Hauber lud gerade Kornsäcke auf einen Wagen. Er hielt inne und sprang herunter, als er Caleb sah.

Caleb erzählte ihm von Jonah. »Ich fahre in die Stadt zurück, bis er so weit ist, dass ich ihn nach Hause holen kann.«

»Ich verstehe. Wir wollen dir alle helfen.«

»Das tut ihr, indem ihr euch um meine Farm kümmert, während ich fort bin.«

»Solange du uns brauchst. Dein Gespann ist das Beste«, fügte er hinzu und bezog sich damit auf Calebs Zugpferde. »Ich schwöre, so ein gutes Team habe ich noch nie gesehen. Selbst der alte Boudouin sieht quicklebendig aus.«

»Ich bin dir sehr verbunden.«

»Wir schauen auch jeden Tag nach Asa«, versicherte Levi ihm.

»Ich danke dir, Levi.« Die Haubers und die Stoltz' waren schon seit Jahrzehnten Nachbarn, und Asas Art war ihnen gut bekannt.

Caleb und Levi schüttelten einander die Hand. Gerade als Caleb sich zum Gehen wenden wollte, kam jemand aus dem Haus.

»Caleb, warte.«

Rebecca. Sie wirkte auf ihn immer so zart und zerbrechlich mit ihren blassen Augen und den dünnen blonden Haaren. Aus Erfahrung wusste er jedoch, dass sie einen eisernen Willen hatte. Sie eilte quer über den Hof auf ihn zu. »Ich bin gerade zu Besuch bei den Haubers.«

Als ob. Wahrscheinlicher war, dass ihr Vater ihr erzählt hatte, dass Caleb wieder zurück war. Er wünschte aufrichtig, er würde sich mehr darüber freuen, sie zu sehen. Rebecca war ein feiner Mensch, nett und sehr ergeben. Aber sie war nicht die Richtige für ihn, und er konnte sich nicht zwingen, so für sie zu empfinden.

»Wie geht es dir?«, fragte er. »Dein Vater sagte, du bist beim Arzt gewesen.«

Sie winkte ab. »Es war nichts. Ich bin froh, dass ich rechtzeitig zurückgekommen bin, um dich zu sehen. Und es sind wundervolle Neuigkeiten, dass es Jonah gut geht. Kommst du mit Asa zum Abendessen?«

»Ich kann nicht bleiben«, erwiderte er. »Ich bin auf dem Rückweg in die Stadt, um bei Jonah zu sein.«

»Wie lange wirst du fortbleiben?«

»Solange es nötig ist. Mindestens ein paar Wochen.«

»Oh. Ich verstehe. Nun, ich werde dich vermissen. Und ich bete für Jonah.«

»Pass auf dich auf.« Er trat einen Schritt zurück.

»Caleb. Ich habe mich gefragt ... Ich denke, wir sollten uns unterhalten.«

Oje. Vielleicht war er durchschaubarer, als er dachte. »Worüber?«

»Über uns«, sagte sie. »Ich fürchte, du hast Zweifel bekommen.«

Damit lag sie goldrichtig. Als ihre Familie und der Bischof ihre Werbung verkündet hatten, hatte er geglaubt, es könnte der richtige Weg sein, um Jonah und Hannah ein stabiles Zuhause zu geben. Doch je mehr Zeit verstrichen war, desto mehr hatte er den Plan infrage gestellt. Ein paarmal hatte er versucht, mit Rebecca darüber zu reden, doch sie hatte immer das Thema gewechselt. Nun endlich schien sie bereit zu sein, ein offenes Gespräch zu führen.

»Ich bin dir dankbar, dass du das Thema ansprichst«, sagte er und sah sie ganz ruhig an. »Du bist ein feiner Mensch, Rebecca, und du hast die Liebe und Sicherheit einer guten Familie verdient.«

»Ja«, hauchte sie. »Genau das wünsche ich mir.«

»Jeder wünscht es dir. Aber ich glaube nicht, dass du mit uns glücklich wärst. Wir sind nicht die Richtigen für dich.«

»Aber ...«

»Johns Kinder sind nicht einfach. Und nach Jonahs Unfall wird es nicht besser werden.«

Sie zögerte, dann sagte sie: »Hannah wird in einem oder zwei Jahren verheiratet sein. Und was Jonah angeht ... nun, ich muss meine Pflicht tun.«

Es störte Caleb, dass sie Jonah als Pflicht ansah. Er war eine Freude, und zwar jeden einzelnen Tag.

»Es wäre nicht fair, dich so einer schwierigen Situation auszusetzen«, sagte er.

»Ich habe das Tuch bestickt, Caleb«, erwiderte sie und ignorierte seinen Einwand.

Sie meinte es ernst. Sie machte ihm unmissverständlich klar, dass sie bereit war, dem Plan ihrer Familie zu folgen – Taufe, Hochzeit, Babys; den Weg der Vorfahren gehen.

»Irgendetwas hält dich zurück«, meinte sie. »Und das sind nicht nur Hannah und Jonah.«

»Mir einen Bart wachsen zu lassen wird zu einem kratzigen Ausschlag führen.« Er versuchte, die Stimmung aufzulockern. Doch an ihrer Miene erkannte er, dass es ihm nicht gelang. »Es tut mir leid. Dieses Thema verdient eine wesentlich längere Unterhaltung, aber ich muss den Bus kriegen.« Er streckte die Hand aus und berührte Rebecca sanft an der Schulter. »Rebecca, es tut mir so leid. Ich weiß, du hast andere Gelegenheiten ausgeschlagen, und ich hätte niemals zulassen dürfen, dich in falschem Glauben zu lassen.«

»Ich bin nicht an anderen *Gelegenheiten* interessiert.« Sie nahm seine Hand. »Ich bin an dir interessiert, Caleb Stoltz.«

Er verspürte ein quälendes Schuldgefühl, als er seine Hand vorsichtig aus ihrer löste. »Es wäre nicht richtig. Das wäre es wirklich nicht, und es war falsch von mir, dir einen anderen Eindruck zu vermitteln.«

Sie schürzte die Lippen und atmete dann tief durch. »Geh nur«, sagte sie. »Geh zu Jonah. Alles andere kann warten.«

Mit einem Winken drehte sie sich zum Haus um. Seltsamerweise stolperte sie dabei ein wenig zur Seite, und Caleb sprang aus Reflex vor und packte sie am Arm. »Hey. Ist alles in Ordnung?«, fragte er.

Einen Moment lang sagte sie nichts. Dann sah sie ihn auf seltsame Weise mit einem verwirrten Ausdruck in den Augen an. »Caleb. Nein. Ich bin nur ... Ich bin in letzter Zeit nur so ungeschickt.«

»Was ist los? Brauchst du Hilfe?«

»Ach, es ist nichts. Nur ein wenig Kopfschmerzen, mehr nicht. Mose Shrock hat mir ein paar Tabletten gegeben. Ich gehe jetzt hinein.« Sie legte die Hand auf das Treppengeländer und stieg die Stufen zur Küche der Haubers hinauf.

Er sah ihr nach, dann schüttelte er den Kopf und wünschte, es wäre leichter, sich aus dieser Situation zu befreien. Er wünschte, er hätte nie zugestimmt, ihr den Hof zu machen. Seinem Bruder zu versprechen, die Kinder im Glauben aufzuziehen, war eine Sache. Aber sich selbst zu zwingen, nach diesem Glauben zu leben – das hatte er nicht versprochen. Er pfiff nach dem Hund, und sie gingen zusammen über das Feld zurück zum Haus. Hannah wartete auf ihn, um sich zu verabschieden.

Er reichte ihr einen Zettel, auf den er die Handynummer geschrieben hatte, unter der er zu erreichen sein würde, solange er in der Stadt war. »Wenn du irgendetwas brauchst – egal was –, bitte Rachel Hauber oder Alma Troyer um Hilfe. Levi kümmert sich um deinen Großvater, also mach dir keine Sorgen.«

»Werde ich nicht.«

»Und ruf mich an, wann immer dir danach ist. Es ist in Ordnung, das Telefon zu benutzen.«

»Wie Ihr wünscht.« Sie ließ ein Lächeln aufblitzen. »Das ist aus *Die Braut des Prinzen*.«

10. Kapitel

Caleb hatte seit Tagen keine schwere Arbeit mehr erledigt, und doch fühlte er sich am nächsten Morgen vollkommen erschöpft. Zurück in Leroys Wohnung, hatte er das seltsame Gefühl, dass er einmal um die Welt gereist war. Die Gedanken, mit denen er sich plagte, strengten ihn wesentlich mehr an als die Knochenarbeit auf der Farm oder der Umgang mit Kaltblütern.

Doch er bedauerte seine Entscheidung nicht. Jonah gehörte zur Familie, und ein Mann schreckte nicht davor zurück, für seine Familie Opfer zu bringen.

Als er an diesem sonnigen Morgen die Tür öffnete, um das Haus zu verlassen, flatterten die Zettel am Schwarzen Brett in der Lobby. Caleb drehte sich um, machte ein paar Schritte und begann, die Zettel zu studieren – Jobgesuche, Angebote für Mitbewohner, Verkaufsangebote für Möbel. Beschwerden über Lärm im Gebäude. Es gab auch eine Furcht einflößend klingende Nachricht von der Nachbarschaftswache, die vor einer Gang warnte, die im Viertel Überfälle beging. Die Stadt war dreckig und gefährlich und seltsam, und Caleb war von all dem unglaublich fasziniert.

Reese kam die Treppe herunter. In der einen Hand hielt sie einen Becher mit Kaffee, zwischen ihren Zähnen klemmte ein Teilchen. »Hey«, nuschelte sie um das Gebäck herum.

»Hey.« Er hielt ihr die Tür auf. »Du bist in Eile.«

»Ich bin zu spät.« Sie nahm das Teilchen aus dem Mund. Selbst mit zerzausten Haaren und Krümeln auf dem Hemd konnte sie seine Laune allein mit ihrem Lächeln heben.

»Ich bin schnell«, sagte er und ging in Richtung Uferweg.

»Du bist zurück.« Sie eilte neben ihm her. »Ich meine, das ist offensichtlich, aber ich wusste nicht, ob du es so schnell schaffen würdest.«

»Ich wäre schon eher da gewesen, aber ich habe den Bus zurück verpasst«, erklärte er. »Zum Glück kam gerade ein Milchlaster daher, der in diese Richtung fuhr und mich mitgenommen hat.« Im letzten Winter war der gleiche Lastwagen in einem Schneesturm von der Straße gerutscht, und Caleb hatte ihn mit seinem Pferdegespann herausgezogen. Der Fahrer hatte geschworen, Caleb diesen Gefallen jederzeit zurückzuzahlen. Gestern hatte Caleb diesen Gefallen benötigt.

»Ich habe beschlossen hierzubleiben, bis Jonah nach Hause kann«, sagte er. »Ich konnte mir einfach nicht vorstellen, ihn nicht jeden Tag zu sehen. Allerdings muss ich ein paar Dinge regeln. Die Grantham Farm liegt näher an der Stadt als an Middle Grove, also kann ich jeden Tag für ein paar Stunden hinfahren und meine Arbeit erledigen.«

»Willkommen in der modernen Welt«, meinte sie. »Wo man in verschiedene Richtungen gezerrt wird und ungefähr ein Dutzend Dinge gleichzeitig und trotzdem noch gut machen muss.«

»Ja«, sagte er. »Das ist super.«

Sie warf ihren leeren Becher in einen Mülleimer. Selbst so eine Kleinigkeit betonte die Unterschiede ihrer Welten. In Middle Grove wurde alles entweder wieder benutzt, in den Kompost gegeben oder zur Müllverbrennung geschickt.

Als sie am Krankenhaus ankamen, verabschiedete Reese sich, um zu ihrer Station zu gehen, und Caleb fuhr direkt hinauf zur Kinderstation. Er beobachtete Jonah bei seiner Therapiesitzung, in der er seine Muskeln trainierte und lernte, mit nur einem Arm umzugehen. Es war sowohl herzzerreißend als auch inspirierend, zu sehen, wie konzentriert und entschlossen er seine Übungen absolvierte. »Er macht sich sehr gut«, sagte der Physiotherapeut und klatschte mit Jonah ab. »Jonah, du bist mein am härtesten arbeitender Patient.«

»Habe ich hart genug gearbeitet, um eine Runde *Birdbrain* zu verdienen?« Das war im Moment sein liebstes Videospiel.

»Natürlich hast du das. Wir sehen uns später, Kleiner.«

»Komm, Onkel Caleb. Ich zeige dir, wie das geht.« Jonah lief zum Aufenthaltsraum hinüber.

Während der Junge ihm fröhlich *Birdbrain* erklärte, war Caleb in Gedanken ganz woanders. Er fragte sich, was die Zukunft für Jonah bereithielt. Wie würde sein Leben nach dieser verheerenden Verletzung aussehen? In seinen dunkelsten Momenten ertappte Caleb sich bei der Frage, ob Jonah die gleiche verstörte Seele in sich trug wie Calebs Mutter und sein Bruder John. Was, wenn der Junge versuchte, sich etwas anzutun? Würde Caleb es schaffen, ihn vor sich selbst zu beschützen?

Vielleicht würde Jonah sich so entschlossen an die Traditionen der alten Ordnung klammern, wie John es nach seinem Selbstmordversuch getan hatte. Oder würde er sich eher wie Caleb fühlen – gefangen zwischen den beiden Welten? *Und gleicht euch nicht dieser Welt an.*

»Woran denkst du?«, fragte Jonah und riss ihn aus seinen trüben Gedanken.

»An dich, kleiner Mann.« Er zwang sich zu einem Lächeln.

»Das ist lustig, ich auch«, ertönte da eine Stimme hinter ihnen. Mit lockigen Haaren und einem breiten Lächeln betrat Reese den Aufenthaltsraum und sah Caleb an, als wäre er der einzige Mensch auf der Welt. Selbst in ihrer Krankenhauskleidung sah sie aus wie ein frisch gepflücktes Gänseblümchen. Auf einem Anstecker an ihrem Kragen stand: *Ich arbeite in der IMMER-Schicht.*

Jonah lächelte strahlend, und Calebs Herz hob sich. »Hallo Reese.«

»Ich habe gerade Pause«, sagte sie. »Und da habe ich ein Gerücht über dich gehört, junger Mann. Man sagte mir, dass du der Liebling von allen hier auf der Station bist.«

»Wirklich?«

»Wirklich.«

»Das ist nett.« Das Lächeln verschwand. »Was ist, wenn das nur daran liegt, dass ich den Leuten leidtue, weil ich meinen Arm verloren habe?«

»Vertrau mir, niemand hat Mitleid mit einem Jungen, der Dr. Permenter beim Schach *und* bei *Mensch ärgere dich nicht* schlägt.«

Das Lächeln kehrte zurück. »Ja, okay.«

Ein paar Minuten später kam eine Helferin, um ihn zu holen. »Zeit für deine Gruppentherapie«, sagte sie.

»Was ist das?«, fragte Caleb.

»Wir sitzen im Kreis zusammen und sprechen über unsere Gefühle«, erklärte Jonah. »Das ist ziemlich lustig.«

Caleb konnte sich ein Lachen nicht verkneifen. »Seit wann weißt du, wie man über seine Gefühle spricht, Jonah Stoltz?«

Der Junge grinste. »Siehst du? Ich mache Fortschritte.« Er umarmte Caleb kurz, dann ballte er die Hand zur Faust und stieß mit Reese an. »Bleib wachsam«, sagte er.

»Mach ich.«

Nachdem Jonah fort war, wandte Caleb sich an Reese. »Abklatschen? Wirklich?«

Sie zuckte mit den Schultern. »Das macht man so.«

»Und bleib wachsam?«

»Das ist so ein Spruch. Jonah lernt sehr schnell.«

Er nickte und schaute auf die Uhr. »Gleich fährt der Bus hinauf zur Half Moon Junction – das ist die Bushaltestelle, die der Grantham Farm am nächsten liegt. Ich muss los.«

»Ich sollte auch mal wieder auf meine Station zurückkehren.« Sie hielt inne und sah ihn an. »Hast du heute Abend schon was vor?«

Sein Herz setzte einen Schlag aus. »Was schwebt dir vor?«

»Es ist kein Date«, sagte Reese zu ihrer Mutter. Joanna Powell war unangekündigt hereingeschneit, ein Wirbelwind aus Energie und Motivation. Reese war gerade dabei, sich für ihren Abend mit Caleb fertig zu machen. »Es ist nur eine … Verabredung.«

Ihre Mutter fegte durch die Wohnung, musterte Lehrbücher, in denen unzählige Post-its steckten, ungeöffnete Briefe und Stapel an Papieren für die Assistenzprogramme. »Ich bin überrascht, dass du Zeit für eine Verabredung hast, geschweige denn ein Date. Also, wer ist dieser Mensch?«

»Nur jemand, den ich im Krankenhaus kennengelernt habe.« Reese biss sich auf die Unterlippe und weigerte sich, ins Detail zu gehen. Die Anziehung, die Caleb auf sie ausübte, konnte sie sich selbst nicht erklären, und ihrer Mutter schon gar nicht. Er war wie ein Magnet. Oft ertappte sie sich dabei, dass sie es darauf anlegte, ihm zufällig über den Weg zu laufen, dieses aufregende Gefühl der Wärme zu suchen, das sie in seiner Nähe jedes Mal durchflutete. Während sie im Pausenraum gedöst hatte, hatte sie von ihm geträumt und war mit der Idee aufgewacht, ihm die Stadt zu zeigen. Sein Staunen über die ganz normalen Dinge war ansteckend und ließ auch sie die Dinge, die sie immer als gegeben hingenommen hatte, mit neuen Augen sehen. Sie sagte sich immer wieder, dass diese Gefühle vergehen würden, sobald der Reiz des Neuen verflogen war. Doch die Sehnsucht wurde immer größer. Sie wollte mehr Zeit mit ihm verbringen. Sie mochte es, wie sie sich in seiner Gegenwart fühlte – ruhig und zentriert, was eine willkommene Abwechslung von ihrer üblichen Anspannung war.

»Also, was ist er? Ein Assistenzarzt? Ein leitender Arzt?«, hakte ihre Mutter nach.

Ihrer Mutter würde nie in den Sinn kommen, dass Reese sich mit einem Mann anfreunden könnte, der nicht im gleichen Bereich arbeitete.

»Nichts davon. Er ist der Onkel eines Patienten. Dem Jungen musste der Arm amputiert werden, und Caleb ist sein Vormund. Ich war in der Notaufnahme, als der Kleine eingeliefert wurde, und Caleb war … Nun, in der Wartezeit während der OP haben wir uns … angefreundet.«

»Ich verstehe.« Ein verkniffener Ausdruck legte sich über den Mund ihrer Mutter. »Du hättest mehr gelernt, wenn du bei der OP zugeschaut hättest, anstatt mit dem Onkel herumzuschäkern. Ich mache mir Sorgen, dass du dich ablenken lässt.«

Reese weigerte sich, den Köder zu schlucken. »Manchmal glaube ich, dass ich eine Ablenkung brauche.«

Der Blick ihrer Mutter glitt einmal über sie hinweg. »Willst du das anziehen?«

Reese strich sich das figurbetonte Kleid glatt, das sie ausgewählt hatte. Es war knallrot und hatte einen ausgestellten Rock. »Offensichtlich.«

»Dann wird *er* abgelenkt sein.«

»Das nehme ich als Kompliment.«

»Tja, ich schätze, du hast ein wenig Spaß verdient.« Joanna legte eine Mappe mit Informationen auf den Tisch. »Guck dir mal dieses Programm in Georgetown an. Ich glaube, das solltest du auf deine Liste setzen.«

»Das werde ich, Mom. Danke.«

Ihre Mutter warf einen Blick auf ihr Handy. »Ich muss los. Dein Vater hat heute eine Vorlesung, weißt du noch? Ich habe dir davon erzählt.«

»Okay, cool.« Reeses Stresslevel stieg ein wenig. Sie war wirklich stolz auf das, was ihre Eltern erreicht hatten, und sie wusste, sie liebten es, wenn sie an ihren Veranstaltungen teilnahm.

»Also, wo gehen du und dieser geheimnisvolle Mann hin?«

Reese zog schnell ihren Lippenstift nach und steckte ihn dann in ihre Tasche. »Salsa tanzen.«

Joanna hob eine Augenbraue. »Ach wirklich? Nun dann, viel Spaß.«

Nachdem ihre Mutter gegangen war, stieß Reese einen Seufzer aus. Sie sagte sich, dass sie keine Schuldgefühle zu haben brauchte, weil sie die Vorlesung ihres Vaters versäumte. Er war brillant und berühmt. Er war nicht auf ihre Anwesenheit angewiesen.

Ein paar Minuten später war Caleb da. Bei seinem Anblick lösten sich ihre Sorgen bezüglich ihrer Eltern in Luft auf, und eine andere Art der Nervosität ergriff von ihr Besitz. »Hey«, sagte sie und bewunderte seine gut sitzende Hose und das frische weiße Hemd. Seine Haare waren noch feucht vom Duschen. »Du siehst super aus.«

Er sah sie an, und sein Blick wurde ganz warm. »Du bist aber auch nicht schlecht.«

»Danke. Ich hoffe, du hältst mich nicht für verrückt, weil ich dich heute Abend mit zum Salsatanzen schleppe.«

»Und ich hoffe, *du* hältst mich nicht für verrückt, weil ich mitgehe. Ich will dich nur warnen: Ich habe in meinem ganzen Leben noch nicht einen Schritt getanzt.«

»Keine Sorge. Da bist du in guter Gesellschaft. Es ist Amateurnacht im Salsa Club. Wir treffen uns dort mit Leroy und seiner neuen Flamme, Cheryl, und ein paar anderen aus dem Krankenhaus.« Ein Sozialleben. Was für ein Konzept. Caleb motivierte sie doch tatsächlich dazu, mal auszugehen und etwas anderes zu tun, als zu lernen, zu arbeiten und für *The Match* zu planen.

Sie gingen zu Fuß ein paar Blocks in ein Viertel voller Cafés mit Tischen auf dem Bürgersteig, gut besuchten Restaurants und Clubs. Es war ein goldener Spätsommerabend, und die Menschen ergossen sich über die Fußgängerzone, um die letzte Wärme des Tages zu genießen. Reese und Caleb trafen die anderen, die sich um einen Bistrotisch vor dem Club versammelt hatten.

Reese stellte Caleb vor und beobachtete die Reaktionen von Cheryl, Misty, der Labortechnikerin, und ihrem Begleiter, einem Mann aus Australien namens Stuart. Caleb wurde von Misty und Cheryl voller Bewunderung angeschaut. »Auf Freitagabend«, sagte Misty. »Wir arbeiten hart. Also ist es an der Zeit, auch hart zu feiern. Nehmt euch ein Bier, ihr zwei.« Sie schenkte ihnen beiden ein Glas ein.

Das Gespräch wandte sich dem neuesten Krankenhaus-Klatsch und einigen aktuellen Fällen zu. Reese schaute zu Caleb, der höflich schweigend zuhörte. Er war sowieso schon ein Außenseiter, und Gespräche über die Arbeit verstärkten den Kontrast nur noch.

»Hören wir auf, über die Arbeit zu reden«, schlug sie vor. »Da verbringen wir sowieso viel zu viel Zeit.«

»Guter Punkt. Ich weiß ein Spiel, das wir spielen können.« Cheryl nahm eine kleine Kiste mit Karten vom Tisch. »Es heißt: ›Ich habe noch nie …‹.«

Reese nahm einen großen Schluck Bier. »Das ist nicht gerade mein Lieblingsspiel. Dabei blamiere ich mich immer.«

»Dann sollten wir es auf jeden Fall spielen«, meldete Caleb sich zu Wort und warf ihr einen Blick zu.

»Gibt es nicht irgendein Wissensquiz oder so?«

Caleb ignorierte sie und wandte sich an Cheryl. »Wie geht das Spiel?«

»Das ist ganz einfach«, erklärte sie. »Du hebst deine Hand mit fünf ausgestreckten Fingern hoch. Wenn die Aussage nicht auf dich zutrifft, nimmst du einen Finger herunter. Du bist raus, wenn alle Finger unten sind.«

»Gehört zu diesem Spiel nicht normalerweise Alkohol?«, fragte Stuart.

»Kann man machen«, meinte Reese. »Ist aber nicht Pflicht.«

Leroy ließ die oberste Karte fallen. »Ich habe noch nie … meine Haare in einer Farbe gefärbt, die in der Natur nicht zu finden ist.«

Jede der Frauen senkte einen Finger. Reese hatte sich mal neonpinke Strähnen machen lassen – hauptsächlich, um ihre Eltern zu ärgern. Die Jungs behielten ihre Finger oben. Caleb wirkte etwas verwirrt.

»Nächste Karte«, sagte Leroy. »Ich habe noch nie … gelogen, um Schwierigkeiten zu entgehen.«

Alle außer Caleb senkten einen Finger. »Alle schuldig«, stellte Reese fest und wandte sich an Caleb. »Ich kann mir nicht vorstellen, dass du noch nie eine kleine Notlüge erfunden hast.«

Er grinste. »Ich wusste gar nicht, dass Lügen eine Option ist.«

Ehrlich gesagt wunderte sie das nicht. Er war kein Lügner. Einer der ersten Wesenszüge, die ihr an ihm aufgefallen waren, war seine Ehrlichkeit gewesen.

»Es geht weiter«, sagte Leroy. »Ich bin noch nie … auf einem Pferd geritten.«

Caleb senkte einen Finger. Natürlich war er schon mal geritten. Genau wie alle anderen außer Reese.

»Ich hatte eine armselige Kindheit«, meinte sie.

»Ja, genau«, zog Leroy sie auf. »Du wurdest wirklich sehr benachteiligt.«

»Ich habe noch nie … Make-up benutzt, um einen Knutschfleck zu verdecken«, lautete die nächste Herausforderung.

Reese errötete, nahm aber einen Finger herunter – womit sie die Einzige war. »Wirklich?« Sie schaute sich am Tisch um. »Kommt schon.«

»Was ist ein Knutschfleck?«, fragte Caleb.

»Das solltest du ihm am besten zeigen«, schlug Misty vor.

»Nächste Frage«, sagte Reese und drehte eine Karte um. »Ich habe noch nie … während des Sex Multitasking betrieben.«

»Also das ist einfach albern«, warf Cheryl ein. »Lasst uns die überspringen. Wenn du beim Sex Multitasking betreiben kannst, machst du was falsch.«

»Nein, *er* macht was falsch«, korrigierte Reese. »Okay, weiter geht's. Ich habe noch nie … Sex in einem fahrenden Fahrzeug gehabt.« Na super. Hierzu würde sie auch stehen müssen. Damals, das Auslandsjahr, der Trip mit dem Minivan und einer Gruppe Studenten an die Costa Brava in Spanien. An den Jungen erinnerte sie sich kaum noch, aber an den Wein und den Sex …

»Zählt ein Boot auch?«, fragte Stuart.

Alle außer Caleb senkten einen Finger. Reese hätte zu gerne mehr über seine romantische und sexuelle Vergangenheit erfahren. Vielleicht würden sie sich in den nächsten Wochen nahe genug kommen, dass sie ihn danach fragen konnte.

»Ich bin noch nie … neben jemandem aufgewacht, dessen Namen ich nicht wusste«, las Leroy die nächste Karte vor.

Oje. Reese musste peinlich berührt noch einen Finger senken und war damit aus dem Spiel. »Das war nur dieses eine Mal, okay? An Silvester, als ich noch auf dem College war.« Sie konnte Caleb kaum ansehen. »Ich werde das hier das ›Verurteilt mich nicht‹-Spiel nennen.«

Die anderen flogen einer nach dem anderen bei weniger delikaten Fragen raus – unter anderem ging es darum, ob man schon mal einen Bacon-Donut gegessen oder so getan hatte, als wäre man ein Ausländer. Am Ende blieb nur Caleb übrig, der zugegeben hatte, ein Pferd geritten, etwas aus Holz gebaut und eine Waffe abgefeuert zu haben.

»Hey, das Tanzen geht los!«, rief Cheryl. »Lasst uns reingehen.«

Reese atmete erleichtert auf und fragte sich, was Caleb jetzt über sie dachte, nachdem sie einige der Highlights ihres College-Lebens offenbart hatte.

Im Club war es dunkel und voll, die Luft vibrierte vor Musik und Aufregung. Reese schaute zu Caleb. Er beobachtete die funkelnden Lichter und die Tanzfläche mit leicht verwirrter Miene.

»Komm, wir schnappen uns einen Tisch und schauen einen

Moment zu«, schlug sie vor. »Und dann probieren wir es auch mal.«

»Klingt gut, Reese.«

Sie fanden einen Platz in der Nähe der Tanzfläche und bestellten die Spezialität des Hauses – weiße Sangria mit Fruchtstückchen. Caleb probierte. »Das gefällt mir«, sagte er und leerte sein Glas in wenigen Zügen.

»Wow, Cowboy«, warnte Reese. »Dieses Zeug ist ganz schön stark.«

»Das brauche ich auch, wenn ich tanzen soll.«

Sie lachte. »Verstanden. Ich bin zwar auch nicht sonderlich gut darin, Salsa zu tanzen, aber die Grundschritte sind ziemlich einfach.«

Während sie die Tanzenden beobachteten, wippte Caleb im Takt mit dem Knie. Auf einer Bühne führte ein professionelles Paar die Schritte vor. Misty und Stuart, dann auch Leroy und Cheryl gesellten sich mit gemischten Ergebnissen, aber viel Gelächter zu den Tanzenden. Nach dem zweiten Glas Sangria streckte Caleb seine Hand aus. »Sollen wir?«

Reese legte ihre Hand in seine. »Ich dachte schon, du würdest nie mehr fragen.«

Sein Griff war fest und sicher, so wie sie es erwartet hatte. Was sie jedoch nicht erwartet hatte, war die Aufregung, die durch sie hindurchbrauste, als er eine Hand an ihren Rücken legte und sie auf die Tanzfläche führte.

»Es sind nur drei einfache Schritte auf acht Takte«, erklärte Reese. »Beobachte mal das Paar auf der Bühne. Der Rest ist nur Show.«

»Und du beherrschst die drei Schritte?«

Sie zeigte sie ihm – eins, zwei, drei, Pause. Fünf, sechs, sieben, Pause. Er beobachtete sie mit einer Intensität, die sich wie eine Liebkosung anfühlte und ihr die Röte in die Wangen trieb. »So«, sagte sie und tat so, als bemerke sie nicht, wie er sie ansah. »Einmal noch, dann probieren wir es.«

Er stellte sich vor sie, und ein kleiner Schauer überlief sie, als er seine Hand zwischen ihre Schulterblätter legte und sie so an sich heranzog, wie das Profipaar auf der Bühne es ihnen vormachte. »Wie ist das?«

Ihr ganzer Körper kribbelte. »Äh, gut. Das passt. Üben wir jetzt die Schritte.«

Nach ein paar Fehlstarts hatte er die einfache Schrittfolge verstanden. »Wo hast du diesen Tanz gelernt?«, fragte er.

»Ich habe mal Tanzunterricht für Anfänger genommen. Das war ein Wahlfach an der Schule, für das es Extrapunkte gab.«

Er grinste. »Extrapunkte fürs Tanzen. Auf die Idee würden wir bei uns nicht kommen.« Er fuhr fort, die Schritte zu üben, und meisterte den Takt erstaunlich rasch.

»Hey, für einen Anfänger bist du ganz schön gut. Du hast die Schritte in Nullkommanichts gelernt.«

»Ich gehe oft zu Pferdeshows.«

»Das ist entweder eine vollkommen zusammenhanglose Antwort oder ich fühle mich beleidigt.«

»Das musst du nicht. Meine Pferde gewinnen ständig Preise.«

»Jetzt bin ich es definitiv ...« Sie verstummte, als Caleb den Rhythmus der Musik aufnahm und sich mit einer Anmut, die sie nie erwartet hätte, über die Tanzfläche bewegte. Mitten im Lied fiel ihr auf, dass sie von mehreren Umstehenden beobachtet wurden. In seinem schlichten weißen Hemd und der dunklen Hose machte er aber auch eine gute Figur. Dazu seine Größe, die breiten Schultern, die Haare und seine selbstvergessene Freude am Tanzen.

»Um Himmels willen«, flüsterte Misty ihr während einer Pause ins Ohr. »Wenn du ihn nicht sofort mit nach Hause nimmst und flachlegst, muss ich das selbst tun.«

»Wir sind ... Es ist nicht so, wie du denkst«, protestierte Reese, aber nicht laut genug, als dass Misty sie hätte hören können. Denn in Wahrheit wollte sie ihn. Diese pure Anziehungskraft war für sie vollkommen neu. Bei den anderen Männern, mit denen sie ausgegangen war, hatte es immer Fragen gegeben – *sind unsere Terminpläne kompatibel? Arbeiten wir im gleichen Bereich? Haben wir ähnliche Ziele?*

Was Caleb anging, interessierte sie das alles jedoch gar nicht. Er war wie ein geheimnisvoller, mächtiger Zauber, und sie hatte keine

Ahnung, was sie deswegen unternehmen sollte – außer zu hoffen, dass diese Gefühle irgendwann wie ein Virus von allein verschwinden würden.

Auf dem Heimweg dachte sie darüber nach. Etwas mit Caleb anzufangen wäre gewiss eine ganz schlechte Idee, fühlte sich aber wie die beste Idee an, die sie seit Langem gehabt hatte. Während sie nebeneinander hergingen, streiften sich ihre Hände ab und zu, und Reese empfand diese Berührung als unglaublich erregend.

Leroy und seine Verabredung waren ein wenig angeheitert. Die Arme umeinander geschlungen, lachten und flirteten sie miteinander. An der Haustür nahm er Caleb beiseite und murmelte ihm etwas zu; dann ging er mit Cheryl die Treppe hinauf.

»Er hat heute Abend Glück«, sagte Caleb. »Und ja, ich weiß, was das bedeutet. Es bedeutet aber auch, dass ich auf deinem Sofa schlafen muss, wenn das in Ordnung ist.«

Ihre gesamte Haut kribbelte. »Und wenn es das nicht ist?«

Er grinste. »Oh, aber das ist es. Ich kenne dich, Reese. Und ich kenne diesen Blick.«

Sie ging vor ihm die Treppe hinauf. »Du kennst mich gar nicht.« Während sie die Tür aufschloss und sie die Wohnung betraten, drehte sie sich um und sah ihn an. »Aber in Ordnung. Du kannst das Sofa haben. Ich hole dir schnell eine Decke und ein Kissen.«

11. Kapitel

Während Jonah weiterhin im Krankenhaus seine Therapien machte, stellte sich zwischen Reese und Caleb eine gewisse Routine ein. Jeden Morgen fuhr er mit dem frühen Bus hinauf zur Grantham Farm, wo er mit den Pferden arbeitete. Später am Tag kehrte er zurück, um Jonah während des Abendessens und bis zum Schlafengehen Gesellschaft zu leisten. Wenn Reeses Dienst es zuließ, unternahmen sie etwas zusammen. Sie redete sich ein, dass sie so viel Zeit mit ihm verbrachte, weil er in der Stadt ganz allein war und versuchte, seiner Verantwortung für Jonah, seiner Arbeit und der fernen Farm in Middle Grove gerecht zu werden. Aber Güte war nur eine ihrer Antriebsfedern.

Es erfüllte sie mit großer Freude, ihre Welt mit ihm zu teilen. Alles erstaunte ihn – Auslegeware in Wohnungen, die Speisekarte eines Restaurants, die Tatsache, dass Menschen Essen an einen Tisch bringen und dafür ein Trinkgeld verdienen konnten. Eines Abends führte sie ihn in die Feinheiten des Pizzaessens ein, ein anderes Mal gab es Sushi, und sie strahlte förmlich vor Vergnügen, als sie die Miene sah, mit der er beobachtete, wie die Sushi-Köche mit ihren Messern und Gasbrennern hantierten.

»Zu Hause würden wir den Fisch vermutlich als Köder benutzen«, meinte er und betrachtete eine Portion Unagi, den speziell zubereiteten japanischen Aal, und eine Sushirolle, die mit orangefarbenem Rogen bedeckt war.

»Probier mal«, sagte sie. »Danach wirst du Köder nie wieder mit den gleichen Augen sehen.«

Etwas unbeholfen bediente er sich der Essstäbchen, schaffte es aber, sich ein Stück Sushi in den Mund zu schieben. Seine Augen weiteten sich erst, dann fingen sie an zu tränen. Er schluckte heftig, griff sich sein Glas mit Wasser und leerte es in einem Zug.

»Ist wohl nicht ganz dein Geschmack, was?«, bemerkte Reese grinsend.

Tapfer nahm er sich noch ein Stück, dieses Mal von der vegetarischen Variante. »Ich bemühe mich, es zu mögen.«

Sie musterte ihn quer über den Tisch. »Ist das schwer? Also, in dieser Welt zu sein?«

Er legte die Stäbchen weg und sah Reese an, wobei sein Blick an ihren Lippen hängen zu bleiben schien. »Manchmal ist es nur allzu leicht.«

Sie dachte über diese Worte nach, als sie nach dem Essen langsam nach Hause zurückschlenderten. »Mit allzu leicht meinst du, dass es zu bequem ist?«

»Vielleicht ist es ja nur eine Frage der Gewöhnung, weil hier alles so anders funktioniert. Zum Beispiel, dass einem jemand fertiges Essen an den Tisch bringt und danach das Geschirr abräumt. Oder dass es im Computer Programme für die Buchhaltung gibt, die alles von allein ausrechnen.«

»Du sagst das, als wäre es etwas Schlimmes.«

»Nein, es ist nur so eine Sache, wie meine Freundin Reese sagen würde.« Als sie an einem trendigen Fitnessstudio vorbeikamen, das mit Maschinen vollgestopft war, schüttelte er den Kopf. »Also das würde man in einer amischen Gemeinde definitiv nicht finden – Maschinen, die einen Körper noch härter arbeiten lassen.«

»Viele Menschen sitzen den ganzen Tag an ihrem Schreibtisch. Wenn du die Steuererklärungen machst, sitzt du vermutlich auch viel.«

»Aber nicht den ganzen Tag. Sondern abends. Tagsüber gibt es nur die Farm oder die Pferde. Da braucht man kein Fitnessstudio.«

Das sieht man, dachte sie und konnte nicht anders, als einen Blick auf seine muskulösen Arme zu werfen. Tief in ihrem Innern wusste sie, dass sie mehr als nur körperliche Anziehung empfand. Und ebenfalls tief in ihrem Innern verspürte sie einen Anflug von Trotz – was ihr überhaupt nicht ähnlich sah. Dieses Gefühl war neu und anders und unerwartet. Sie konnte sich die Reaktion ihrer Eltern vorstellen, wenn sie ihnen gestehen würde, dass sie für einen Amischen schwärmte. Es würde sie vermutlich weniger überraschen, wenn sie ihnen sagte, sie gehe mit einem Eskimo aus.

Doch gleichzeitig verspürte sie auch eine gewisse Besorgnis. Ein besserer Mensch hätte diese Beziehung vollkommen selbstbewusst und offen vorangetrieben. Aber sie war kein besserer Mensch. Und deshalb konnte sie im Moment nichts anderes als Zweifel empfinden.

Mit Caleb Stoltz gab es keine Zukunft, das wussten sie beide, auch wenn sie nie darüber gesprochen hatten. Seit Jahren verfolgte sie entschlossen ihre Karriere als Ärztin, und sie konnte es sich nicht leisten, diesen Weg jetzt zu verlassen. Jede Ablenkung – und er lenkte sie zutiefst ab – würde das Gefühl der Zweifel in ihr nur verstärken.

Als sie sich auf dem Uferweg umschaute, sah sie ein Paar auf einer Parkbank sitzen. Der farbige Mann in einem teuer aussehenden Anzug und mit einer hochwertigen Aktentasche neben sich hatte seinen Arm um eine weiße Frau in der Uniform einer Fast-Food-Kette gelegt. Seine Aufmerksamkeit war vollständig auf sein Handy gerichtet, während sie Kaugummiblasen platzen ließ und gelangweilt aussah. Das mit diesen beiden, dachte Reese, die nichts über das Pärchen wusste, wird nie funktionieren. Sie fragte sich, was die Leute dachten, wenn sie Caleb und sie zusammen sahen.

»Aber du musst zugeben, dass einige der Annehmlichkeiten durchaus großartig sind«, sagte sie schließlich, um sich auf andere Gedanken zu bringen.«

»Ich habe nie etwas anderes behauptet. Einfach über das Telefon Musik hören zu können, das ist wirklich unglaublich.«

»Ja, das stimmt. Dafür gibt es Programme, die sich ›Apps‹ nennen.« Sie zeigte ihm ihr Telefon.

»Aha.« Er nahm ihr das Handy ab und musterte das Display. Dann zog er eine Augenbraue hoch. *»Booty Call?«*

Sie errötete. »Die habe ich nie benutzt. Ich hatte ganz vergessen, dass ich die noch habe.«

Sie griff nach ihrem Handy, doch er hielt es außer Reichweite. Dann tippte er auf ein anderes Icon, das *Lieblingsplätze* hieß. »Na, das ist doch mal wirklich nett.«

»Das sind die Reisebilder anderer Nutzer. So kann man die Welt sehen, ohne jemals das Haus verlassen zu müssen.« Sie musterte die faszinierte Miene, mit der er eine idyllische Strandszene betrachtete, und ihr kam ein Gedanke. »Wann warst du das letzte Mal am Meer?«

»Noch nie. Ich habe noch nie das Meer gesehen.«

»Das geht wirklich nicht. Also rate, was wir tun werden.«

Er sah ihr direkt in die Augen, und der nagende Zweifel verschwand. »Denkst du, was ich gerade denke?«

Caleb bewunderte Reeses Beharrlichkeit. Sobald sie sich einmal etwas in den Kopf gesetzt hatte, konnte sie nichts mehr aufhalten. Sie war absolut davon überzeugt, dass er das Meer sehen musste, und an einem warmen Septembertag machte sie es wahr. Nach seinem morgendlichen Besuch bei Jonah trafen sie sich an dem Parkhaus, in dem ihr Auto stand.

In ihrem fließenden weißen Kleid und dem breitkrempigen Strohhut mit dem pinkfarbenen Tuch darum sah sie aus wie ein Schmetterling. Er konnte nicht aufhören, ihre Beine anzustarren, als sie ihre Sachen in den Kofferraum und auf die Rückbank räumte. Er räusperte sich, bevor er sich näherte, um sie nicht zu erschrecken.

Als sie sich zu ihm umdrehte, schenkte sie ihm das strahlende Lächeln, an das er in letzter Zeit viel zu oft gedacht hatte. »Bereit?«, fragte sie.

»Bereit. Brauchst du Hilfe?«

»Noch nicht, aber wenn wir dort sind.« Sie ließ das Verdeck herunter, und er setzte sich auf den Beifahrersitz. Von Leroy hatte er sich Shorts und Flipflops geliehen, die er zu einem schlichten weißen T-Shirt trug. Als sie an einer Ampel stehen blieben, ertappte er Reese dabei, wie sie ihn anschaute.

»Was ist?«, fragte er.

Sie riss den Blick los. »Nichts.«

»Du siehst mich so an und siehst nichts?« Lachend stützte er seinen Ellbogen auf das offene Fenster.

»Mir ist nur aufgefallen, dass du recht braune Beine hast.«

»Das passiert jeden Sommer.«

»Ich dachte, amische Männer tragen nur lange Hosen.«

»Nicht, wenn wir schwimmen gehen.«

»Oh. Dann trägst du kurze Hosen?«

»*Ne.* Ich habe noch nie in meinem Leben eine kurze Hose besessen.«

Sie drehte den Kopf wieder zu ihm und schob ihre Sonnenbrille ein Stück die Nase hinunter. Ihre Augen weiteten sich, als ihr der Sinn seiner Worte klar wurde. »Oh.«

»Es ist nicht logisch, sich etwas Trockenes anzuziehen und dann ins Wasser zu gehen.«

»Wenn du es so ausdrückst …« Die Ampel sprang auf Grün, und Reese richtete den Blick wieder auf die Straße. »Nimm dir die Sonnencreme aus der Tasche auf dem Rücksitz«, sagte sie. »Es ist meine Pflicht als Ärztin, dich vor den Schäden der Sonneneinstrahlung zu warnen. Also tu dir einen Gefallen, und creme dich ein. Wenn wir dort sind, cremen wir noch einmal nach.«

Gutmütig verteilte er die nach Kokosnuss duftende Sonnenmilch auf seinen Armen und Beinen.

»Den Fußrücken nicht vergessen«, sagte sie. »Der ist sehr empfindlich.«

»Ich habe im Sommer nie Schuhe getragen, bis ich alt genug war, auf der Farm zu helfen.«

»Ich bin neugierig. Bei dir klingt das einfache Leben so idyllisch. Warum sollte irgendjemand das hinter sich lassen wollen?«

»Jeder hat seine eigenen Gründe. Es ist kompliziert.«

»Kompliziert kann ich.« Sie streckte ihre Finger am Lenkrad. »Hannah hat mir erzählt, dass du vorhattest, die Gemeinde zu verlassen, aber nach dem Mord an deinem Bruder zurückgekehrt bist.«

Er kniff die Augen zusammen und richtete den Blick geradeaus. »Ich war gerade in meiner *Rumspringa* …« Er erinnerte sich noch an das schwindelig machende Gefühl von Freiheit in dieser Zeit. Es hatte sich angefühlt wie ein Meer an Möglichkeiten.

»Und wie war das so? Wie Jerry Springa? Hast du im Einkaufszentrum abgehangen und Drogen genommen?«

Er grinste. »Du scheinst diese Dokumentation im Fernsehen gesehen zu haben.«

»Teile davon, das gebe ich zu. Also war es so?«

»Für einige vielleicht. Aber nicht für mich.«

»Dann warst du kein Rebell.«

»Das kommt darauf an, wen du fragst. Einige Leute würden sagen, ich war der schlimmste aller Rebellen. Zumindest in den Augen der konservativen Mitglieder unserer Gemeinde.«

»Oh. Was ist denn die schlimmste Form der Rebellion?«

»Ich bin zur Uni gegangen.« Ihrer Miene entnahm er, dass sie ihn nicht verstand. »Aufs Community College. Der Besitzer der Grantham Farm hat die Studiengebühren übernommen, und ich habe Vorlesungen besucht.«

»Und die Leute in deiner Gemeinde waren dagegen?«

»Oh ja.« Weltliches Wissen löste einen Anflug von Angst aus. Und Angst war es, die das Biest zum Leben erweckte. Asa hatte angespannt vor ihm gestanden und die Hände in stummer Wut immer wieder zu Fäusten geballt und gelockert. »Bildung wird als schlimmere Verlockung als 3-D-Filme oder Rock-'n'-Roll-Musik angesehen«, erklärte Caleb. »Je mehr ein Mensch lernt, desto mehr will er die Welt entdecken.«

»Und dann bist du nach Middle Grove zurückgekehrt.«

»Ganz genau.«

»Hast du je darüber nachgedacht, die Gemeinschaft zusammen mit den Kindern zu verlassen?«

»Nein. John wollte, dass sie als Amische aufwachsen. Das Mindeste, was ich tun kann, ist, den letzten Wunsch meines Bruders zu erfüllen.« Er hielt inne und enthüllte dann eine seiner schmerzhaftesten Erinnerungen. »John ist nach dem Schuss, der ihn getroffen hat, nicht direkt gestorben. Er hat lange genug gelebt, um dem Bischof und mir seinen letzten Wunsch mitzuteilen.«

»Dass seine Kinder im Glauben aufwachsen. Ja, das hast du mir erzählt. Du bist sehr loyal«, sagte sie. »Und die Kinder haben Glück, dich zu haben.«

Er war eher dankbar als loyal. Es hatte Zeiten gegeben, in dem John das Einzige gewesen war, was zwischen Caleb und den Fäusten seines Vaters gestanden hatte. Er schuldete John so viel. Und nach dem, was Jonah nun durchmachen musste, galt das mehr als je zuvor.

Reese warf ihm einen Blick zu, als sie die Stadt hinter sich ließen. »Du bist ein guter Kerl, Caleb Stoltz. Und deine große Rebellion als Teenager bestand darin, aufs College zu gehen. Darüber komme ich immer noch nicht hinweg.«

»Wie sah deine Rebellion aus? Vorausgesetzt, du hast überhaupt rebelliert.«

»Das Übliche. Sex, Drugs, Rock 'n' Roll. Ich habe meinen Eltern aber keinen richtigen Ärger gemacht. Sie haben, schon lange bevor bei mir die Pubertät eingesetzt hat, mit mir über Safer Sex gesprochen. Außerdem haben sie mir eine Übersicht der gängigen Drogen gegeben und mich über sämtliche Risiken und Nebenwirkungen aufgeklärt. Und sie haben während meiner ganzen Kindheit Rock gespielt – Pearl Jam, Nirvana, Soundgarden. Wenn ich sie wirklich hätte schocken wollen, hätte ich mich weigern müssen, aufs College zu gehen.«

»Ich schätze, wir beide haben als Rebellen kläglich versagt«, sagte er.

Der Highway trug sie davon, und der dichte Verkehr verebbte schließlich zu einem dünnen Tröpfeln. Bald würden sie die Grenze nach New Jersey überqueren. Caleb war noch nie in New Jersey gewesen. Die Straße, die nach Osten führte, war menschenleer – einer der Vorteile, wenn man an einem Wochentag fuhr, wie Reese ihm erklärte.

»Bist du je Auto gefahren?«, fragte sie. »Hannah hat da so etwas angedeutet.«

»Ein paarmal. Einer meiner Kumpel hatte einen alten Chevy in einer Scheune zu Hause. Wir haben es geschafft, ihn zum Laufen zu bringen. Dann sind wir abwechselnd damit gefahren, bis der Vater meines Kumpels uns erwischt und den Wagen auf den Schrottplatz gebracht hat.« Er beschloss, die Reaktion *seines* Vaters für sich zu behalten.

Reese bog in eine Nebenstraße ab. »Lass uns Plätze tauschen.«

Das musste sie ihm nicht zweimal sagen. Er sprang aus dem Wagen, lief zur Fahrerseite, stieg ein und schnallte sich an. Seine Knie stießen gegen das Armaturenbrett. »Wie kann man den Sitz verstellen?«, fragte er.

»Auf der linken Seite am Sitz ist ein Schalter.« Sie beugte sich über ihn, nahm seine Hand und führte sie zu dem kleinen Schalter in Bodennähe. Ihr sanftes Gewicht auf ihm, der Duft ihrer Haare, das Gefühl ihrer sonnengewärmten Haut machte ihn schwindelig. Er blieb ganz starr sitzen und versuchte, nicht auf ihre Nähe und Berührung zu reagieren.

Nachdem er den Sitz nach hinten geschoben hatte, richtete er den Gurt. »Ich hab's«, meinte er. »Okay. Alles bereit.«

»Hier auch«, sagte sie. »Es ist eigentlich ganz einfach, aber wenn du Fragen hast, scheu dich nicht, sie zu stellen.«

Er richtete den Rückspiegel aus und versuchte, sich daran zu erinnern, wann er das letzte Mal ein Auto gelenkt hatte. Vielleicht vor zehn Jahren, Hiram Voss' alter Chrysler? Ab und zu ein Traktor oder Truck auf der Grantham Farm. Das war es auch schon. Aber ein Cabrio? Noch nie.

Ein Lächeln breitete sich auf seinem Gesicht aus, als ihm die Vorfreude durch den Körper schoss. Er legte den Gang ein und musterte die Straße – immer noch leer. Dann bog er wieder auf den Highway. Der Wagen holperte ein wenig, bis Caleb sich an ein so schnell reagierendes Fahrzeug gewöhnt hatte. Weiche, stete Beschleunigung und ebenso leichtes Bremsen, das war der Schlüssel.

Reese schaltete das Radio ein. Ein Lied über schlechte Angewohnheiten und die Suche nach einem Fremden erklang, der heftige Beat pochte aus den unsichtbaren Lautsprechern. »The Kooks«, sagte sie. »Ein Oldie aus den Neunzigern.«

Er mochte es, zu der Musik über die schnurgerade Straße in Richtung Strand zu fahren. Der Asphalt durchschnitt eine Niederung, und sie kamen an mit niedrigen Büschen bewachsenen Marschen vorbei. Ab und zu zweigten schmalere Straßen links und rechts zu kleinen Farmen oder Grundstücken ab. Als Kind war er von Landkarten nahezu besessen gewesen. Mit dem Finger war er die Linien entlanggefahren, die Straßen und Flüsse kennzeichneten und zu Orten führten, die er niemals sehen würde.

Nach einem Blick auf den Tacho beschleunigte er auf die Höchstgeschwindigkeit und spürte, wie die Kraft des Motors sie vorantrug. Er entspannte sich und ließ sich in das Gefühl der Freiheit sinken, das durch ihn hindurchfloss. Die warme Sonne und der Wind, die Musik aus dem Radio, der Kokosnussduft der Sonnencreme und ein hübsches Mädchen neben ihm – alles zusammen war eine so schwindelig machende Mischung, dass er beinahe kein Wort dafür hatte. Er legte den Kopf zurück und lachte laut auf.

»Ich bin froh, dass du das hier genießt«, meinte Reese.

»Genießen wäre untertrieben. Es fühlt sich wie Freiheit und Freude und Aufregung auf einmal an.«

»Davon können wir alle mehr gebrauchen.«

»Ach ja?«

»Ich habe das Problem, dass ich dazu neige zu vergessen, Spaß zu haben, weil ich so damit beschäftigt bin, zu lernen, zu arbeiten und meine Zukunft zu planen.«

»Das ist wirklich ein Problem.«

»Ich arbeite daran.« Sie drehte sich ein wenig auf ihrem Sitz. »Das hier hilft. Wie gefällt es dir zu fahren?«

»Dieses Auto reagiert nicht so wie ein Traktor.« Er trat das Gaspedal durch, und mit einem mächtigen Knurren beschleunigte der Wagen noch mehr. Caleb ließ zu, dass die Sorgen wie Blätter im Wind davonflogen. Er konnte alles tun. Alles war möglich. Jonah würde gesund werden. Hannah würde irgendwo ihr eigenes Glück finden. Und er …

Ein hohes Fiepen durchbrach seine Gedanken.

»Oh Mist!«, rief Reese und warf einen Blick über die Schulter. »Fahr rechts ran. Mist. Mist. *Mist.*«

Er schaute in den Rückspiegel und sah darin das blinkende Licht eines Streifenwagens. Er bremste ab und fuhr an den Straßenrand, wo er den Motor ausschaltete.

»Weißt du, was du zu tun hast?«, fragte Reese. Sie wirkte geisterhaft blass, als wappnete sie sich gegen eine Katastrophe.

»Das, was man mir sagt, nehme ich an.«

»Verdammt. *Mist.* Schnell, lass uns unsere Geschichte absprechen.«

»Was stimmt denn nicht mit der Wahrheit?«

»Die Wahrheit bringt dir nur einen teuren Strafzettel wegen zu schnellen Fahrens ein.«

»Verbrechen zahlt sich nicht aus«, murmelte er. »Genauso wenig wie lügen.«

Er hörte das Knirschen von Stiefeln auf Kies, als eine Polizistin in der Uniform der Highway Patrol sich näherte. Die Marke und die Pistole am Holster funkelten in der Sonne. Sie trug eine dunkle Sonnenbrille und eine Mütze, hatte einen Pferdeschwanz und einen Hauch Lippenstift auf den Lippen, aber kein Lächeln.

»Führerschein und Fahrzeugpapiere bitte«, sagte sie.

Reese wirkte, als wäre ihr ein wenig übel, als sie im Handschuhfach herumwühlte und die Papiere herausholte. Caleb fischte seine Geldbörse aus der Hosentasche, zog seinen Führerschein heraus und reichte ihn der Polizistin. Reese war die Erleichterung anzusehen.

Die Polizistin nahm die Sonnenbrille ab und begutachtete seinen Führerschein. Dann ließ sie den Blick über den Wagen schweifen. »Mr. … Stoltz«, sagte sie. »Wissen Sie, wie schnell Sie gefahren sind?«

Schnell wie der Wind. »Nein, Miss. Ich habe auf die Straße geschaut.«

Sie sah ihn an, dann den Führerschein, und etwas an ihm schien ihr ins Auge zu fallen, denn ihre Miene veränderte sich ein wenig.

»Sie sind sechsundsiebzig Meilen pro Stunde gefahren«, sagte sie. »Wissen Sie, wie hoch die Höchstgeschwindigkeit hier ist?«

»Auf dem letzten Schild stand fünfundfünfzig«, sagte Caleb.

»Wieso die Eile?«

»Ich fahre ans Meer«, entgegnete er. »Das habe ich noch nie gesehen.«

Sie kniff die Augen zusammen. »Sicher.« Dann zupfte sie Reese die Zulassungspapiere aus der Hand. »Warten Sie hier«, befahl sie. »Ich bin gleich zurück.« Sie machte auf dem Absatz kehrt und ging zu ihrem Streifenwagen.

»Gott sei Dank, du hast einen Führerschein«, sagte Reese.

»Den habe ich gemacht, als ich sechzehn war.«

»Ist er noch gültig?«

»Ich erneuere ihn alle fünf Jahre, ob ich ihn brauche oder nicht.«

»Gut. Sechsundsiebzig in einer fünfundfünfziger Zone. Ich kann mir gar nicht vorstellen ...« Sie nahm ihren Hut ab und fächelte sich damit Luft zu. Ihm fiel der Schweißtropfen auf, der langsam zwischen ihren Brüsten hinunterrollte.

Die Polizistin kehrte zurück und gab Reese die Papiere, die diese wegpackte. Dann sah sie Caleb an, den Führerschein noch in der Hand, und schwieg sehr lange. »Sie sind im System«, sagte sie.

Reese atmete hörbar ein.

»Ich weiß nicht, was das bedeutet«, gab Caleb zu.

»Es bedeutet, ich habe mir Ihre Vorgeschichte angesehen.«

»Du hast eine Vorgeschichte?« Reese sah wieder aus, als würde sie gleich in Ohnmacht fallen.

»Oh«, sagte Caleb. »Ist das ein Problem?«

»Der Vorfall mit dem Milchlaster. Darüber existiert eine Akte. Es gab davon ein virales Video im Internet.« Die Polizistin hielt inne. »Ich schätze, als Amischer schauen Sie keine Internetvideos.«

»Da haben Sie recht.«

»Aber Sie erinnern sich an den Vorfall, oder?«

»Das tue ich.« Ein Wintermorgen; die Straßen mit Eis bedeckt; er quält sich aus dem Bett, um einem Freund zu helfen.

»Was ist denn passiert?« Reese fächelte sich wieder Luft zu.

»Ein Milchlaster steckte in einer Schneewehe fest, und der Abschleppwagen konnte nichts ausrichten, also hat das Clydesdale-Gespann Ihres Freundes hier den Laster herausgezogen. Jemand hat das mit dem Handy gefilmt und das Video ins Internet gestellt, von wo aus es sich verbreitet hat.«

»Das wusste ich gar nicht«, sagte Caleb. Er hatte nur eine grobe Vorstellung davon, was ein virales Video war. Der ganze Vorgang hatte vielleicht eine halbe Minute gedauert. Er konnte sich nicht vorstellen, warum sich Menschen dreißig Sekunden lang Pferde bei der Arbeit anschauen sollten.

»Du hast einen vollen Milchlaster mit deinen Pferden aus dem Graben gezogen?«, fragte Reese.

»Das hat er.« Die Polizistin gab ihm seinen Führerschein zurück. »Das mit Ihrem Bruder tut mir leid«, fügte sie hinzu. »Das steht auch in der Akte.«

Er steckte den Führerschein in seine Geldbörse zurück. »Vielen Dank, Miss.«

»Passen Sie auf sich auf«, sagte sie. »Und nicht mehr so rasen.«

Als er den Motor wieder anmachte, seufzte Reese. »Das muss nett sein.«

»Was?«

»Sich aus einem Strafzettel herauszureden. Das ist mir noch nie gelungen.«

»Mir kam es so vor, als hätte die Polizistin den Großteil des Redens übernommen.«

»Sie war total hingerissen, weil du mit einem Pferdegespann einen Laster aus dem Schnee gezogen hast.« Sie holte ihr Handy heraus und tippte auf dem Display herum. Als sie das Video gefunden hatte, schauten sie es sich zusammen an. Es war das erste Mal, dass Caleb diese Bilder sah. Trotz des Schneegestöbers war deutlich zu sehen, wie sein Gespann den Milchlaster aus dem Graben zog. Caleb war unter dem Hut und in dem dicken Mantel zwar kaum auszumachen, aber er erkannte sich dennoch, wie er auf dem Gespann stand und die mächtigen Pferde dirigierte. Außer dem Wind war nichts zu hören, und am Ende des Videos sagte eine anonyme Stimme: »So etwas bekommt man nicht jeden Tag zu sehen.«

Damals hatte es die ganze Nacht über geschneit, und auch am Morgen fielen die Flocken noch dick und dicht. Der Lastwagen war gekommen, um die Milch von den örtlichen Farmen abzuholen, was normalerweise ein Routinevorgang war. Doch bei dem schlechten, eisigen Wetter war der Truck von der Straße abgekommen, und seine Räder hatten sich nutzlos im Graben gedreht. Caleb hatte seine Pferde angespannt, eine Kette an dem Lastwagen befestigt und sich mit den großen Pferden an die Arbeit gemacht. Innerhalb von Sekunden war der Lastwagen wieder frei gewesen, und Caleb hatte in dem dankbaren Fahrer einen neuen Freund gefunden.

Als er damit fertig war, Reese den Hergang der Geschichte zu erklären, sah sie ihn einfach nur mit einem sanften Lächeln auf den Lippen an. »Du hörst nie auf, mich zu überraschen.«

Während er den Wagen weiter in Richtung Meer lenkte, dachte er, dass er das Gleiche über sie sagen könnte. Ihre Art, die Dinge zu sehen, überraschte ihn – ihre Gedanken über alles, vom Heilen bis zum Salsatanzen. Die Worte, die sie benutzte, waren eine Überraschung – die häufigen Flüche standen in einem krassen Gegensatz zu der liebevollen Art, wie sie mit Jonah umging. Die Gefühle, die sie in ihm auslöste ... nun, die waren keine Überraschung. Er hatte Probleme, den Blick und seine Gedanken von ihr zu lösen.

Der Highway brachte sie quer durch das östliche Flachland New Jerseys zu einem Strand namens Sudbury Park. In den engen Straßen mit ihren geschäftigen Läden und dem dichten Verkehr wurde er ein wenig nervös, und er war froh, als er einen Parkplatz gefunden hatte.

»Ich bin beeindruckt, wie du den Wagen eingeparkt hast«, sagte Reese.

»Ich schätze, das kommt davon, wenn man mit einem Clydesdale-Gespann arbeitete. Wobei mir das im Vergleich zum Einparken einfach vorkommt.«

Die Luft roch hier anders. Salzig. Darüber hatte er bisher nur in Büchern gelesen.

Reese öffnete den Kofferraum und reichte ihm zwei Handtücher, einen Picknickkorb, eine Kühltasche mit Getränken und einige Bücher und Zeitschriften. Dann schaute sie auf ihr Handy und sagte: »Ach, was soll's.« Sie schloss das Telefon im Kofferraum ein. Caleb wankte ein wenig unter dem Gewicht ihres Gepäcks, als sie den Parkplatz überquerten und einer langen Promenade entlang des Strandes folgten.

»Ich weiß, warum du mich mitgenommen hast«, sagte er. »Du brauchtest jemanden, der dein ganzes Zeug trägt.«

»Ha, schuldig im Sinne der Anklage. Aber wenn du siehst, was es zum Lunch gibt, wirst du dich nicht mehr beschweren.«

»Ich beschwere mich gar nicht.«

»Gut. Danke übrigens für deine Hilfe.«

Sie verließen die Promenade und betraten einen lang gestreckten Strand mit bernsteinfarbenem Sand. Kinder rannten lachend herum und spielten in den Wellen. Menschen lagen auf ihren Handtüchern, spazierten am Wasserrand entlang oder saßen in Gruppen auf Decken und Liegen unter Sonnenschirmen.

Caleb blieb stehen und nahm alles in sich auf. Die Gerüche und Geräusche. Die neue Erfahrung.

Reese ging voran zu einem blau-weiß gestreiften Sonnenschirm, der am Rand der sich brechenden Wellen im Sand steckte. »Hier können wir es uns gemütlich machen.« Sie breitete eine karierte Decke auf dem Boden aus. Der Sonnenschirmverleiher kam, und Reese bezahlte die Leihgebühr. Dann reihte sie ihre Sachen fein säuberlich im Schatten auf.

»So«, sagte sie mit einem zufriedenen Lächeln. »Unser Tag am Strand kann beginnen. Zieh die Flipflops aus. Das ist immer der Moment, den ich am meisten mag.«

Er zog die Sandalen aus und schob seine bloßen Füße in den Sand, dessen beinahe seidige Konsistenz sich wunderbar angenehm anfühlte. »Oh ja«, murmelte er. »Das ist schön.«

»Ja, oder? Was möchtest du als Erstes machen? Wir können ein wenig am Wasser entlangspazieren, schwimmen gehen …«

»Ja«, unterbrach er sie. »Lass uns schwimmen gehen.« Er zog das T-Shirt aus und ließ es auf die Decke fallen.

»Aber behalte deine Shorts an«, ermahnte Reese ihn. »Wir sind hier nicht im Amisch-Land.«

Er grinste. »Verstanden.«

Sie löste die Schleife ihres dünnen weißen Kleides und ließ es zu Boden fallen. Was sie darunter trug, raubte ihm den Atem. Der enge rote Badeanzug schmiegte sich wie die Hände eines Liebhabers an ihre Kurven und zeichnete eine Figur nach, die ihn in seinen Träumen verfolgen würde. Auf der Außenseite ihres Oberschenkels hatte sie eine Tätowierung – eine schlichte Zeichnung eines Vogels.

Calebs Knie drohten, unter ihm nachzugeben. Und er war nicht der Einzige, der nicht aufhören konnte, sie anzuschauen.

Einige Männer in der Nähe warfen ihr ebenfalls interessierte Blicke zu. Reese beugte sich vor, um die Sonnencreme zu nehmen, und schenkte ihm damit einen noch faszinierenderen Blick auf ihre Kehrseite.

»Davon können wir heute gar nicht genug auftragen«, erklärte sie und cremte sich Arme, Beine, den Hals und die Schultern ein. »Wenn du mir den Rücken eincremst, creme ich dir deinen ein.« Sie wandte ihm den Rücken zu und reichte Caleb die Flasche.

»Klar. Sicher.« Er gab einen Streifen Sonnencreme auf ihre Schultern und stellte die Flasche ab. Dann ließ er seine Hände mit mehr Vergnügen, als schicklich war, über ihre Schultern und ihren Rücken gleiten und wieder hinauf zu ihrem Nacken. Ihre Haut war unglaublich weich und von der Sonne gewärmt, und er ließ sich Zeit damit, ihre seidige Rückseite einzucremen. Als sein Blick auf eine dunkle, lockige Strähne in ihrem Nacken fiel, dachte er, wie zart und verletzlich sie war. Manchmal war es leicht, das zu vergessen.

Nach ein paar Minuten drehte sie sich um, sodass sie einander zugewandt dastanden. Ihre nackte Haut berührte sich. »Danke«, sagte sie mit leiser, leicht rauer Stimme. »Jetzt bist du dran.«

»Ich gehöre ganz dir.« Er drehte sich um und spürte kurz darauf, wie die warme Sonnencreme auf seiner Haut landete. Dann strichen Reeses Hände über seine Schulter und seinen Rücken, und er schloss die Augen und biss die Zähne zusammen, um nicht aufzustöhnen. »Ich muss dir etwas gestehen«, sagte er.

»Ach ja?«

»Ich genieße das hier mehr, als ich sollte.«

Sie wurde langsamer, hielt aber nicht inne. »Und ich muss dir etwas gestehen.«

»Ach ja?«

»Ich auch.«

Er blieb ganz still stehen, während sie ihn zu Ende eincremte. »Was das Schwimmen anbetrifft …«

Sie nickte. »Gehen wir.«

Die Wellen rollten ans Ufer und wirbelten ihm erfrischend kühl um die nackten Füße. Das Meer war so endlos wie der Himmel.

Caleb trat in die Brandung, und die ganze Welt veränderte sich.

Grinsend sah er zu Reese. »Wow.«

Sie ging rückwärts ins tiefer werdende Wasser. Die Wellen schäumten um ihre Hüften. »Gefällt es dir?«

Er konnte den Blick nicht von ihr abwenden, als er ihr tiefer und tiefer ins Wasser folgte. »Ja, sehr.«

»Ich wünschte, ich könnte mich an meinen ersten Besuch am Meer erinnern«, sagte sie. »Aber ich war noch so klein, und …« Eine große Welle erhob sich wie die Hand eines Riesen und spülte über sie hinweg. Mit einem kleinen Aufschrei ging sie unter. Dann schnappte die Welle nach ihm und stieß ihn mit unerwarteter Kraft nach hinten. Salzwasser stieg ihm in die Nase und den Mund, und ein elementares Gefühl packte ihn. Er fand das Gleichgewicht wieder und richtete sich auf. In der Nähe erblickte er Reese, die im Wasser zu schweben schien, das schwarze Haar lag ihr nass und glatt am Kopf. Sie lächelte, und auf ihrem Gesicht funkelten Wassertropfen wie kleine Brillanten.

Ihr Anblick war wieder einmal faszinierend, und die Bewegung der Wellen war unglaublich. Ihre Kraft war beinahe muskulös, stärker als jeder Mensch, stärker als jede Willenskraft.

Er nahm Reeses Hände und zog sie zu sich. Die Brandung trug sie direkt zu ihm. Ohne nachzudenken oder zu zögern, gab er ihr einen festen Kuss auf den Mund. Eine Frau zu packen und zu küssen, das war das Letzte, was er von sich erwartet hätte, und doch war der Impuls so schnell über ihn gekommen, dass es passiert war, bevor ihm überhaupt klar wurde, was er da tat. Das war vollkommen untypisch für ihn. So wie sein ganzes Verhalten seit Jonahs Unfall untypisch für ihn war.

Als Kind war er einmal von einer Welle davongetragen worden, gegen die er nicht ankämpfen konnte. John hatte ihn weiter unten aus dem Fluss gepflückt und ihn angebrüllt, dass er ein Idiot sei, aber Caleb hatte nur grinsen können. Vom Wasser davongetragen zu werden war der Ritt seines Lebens gewesen. Und das hier … Gütiger Himmel. Reese schmeckte wie das Meer – elementar, unvergesslich. Widerstrebend löste er seine Lippen von ihren. »Danke«, sagte er. »Danke für den heutigen Tag.«

Sie keuchte und paddelte rückwärts. »Äh, gern geschehen.«

Er wusste nicht, wie er ihre Reaktion deuten sollte. War sie erschrocken? Beleidigt? Abgestoßen? Sofort hob er entschuldigend die Hände. »Ich habe mich mitreißen lassen. Tut mir leid.«

»Mir nicht«, erwiderte sie lediglich und schwamm spielerisch davon.

Mit der Antwort wusste er auch nichts anzufangen. Alle Frauen, ob amisch oder englisch, waren ihm ein Rätsel.

Er schob ihre Worte beiseite, um später darüber nachzudenken. *Mir nicht.* Eine Weile ließen sie sich auf den Wellen treiben. Caleb legte sich auf den Rücken, schaute in den blauen Himmel hinauf und genoss das Gefühl der Schwerelosigkeit. Reese zeigte ihm, wie man die anbrandenden Wellen so nahm, dass man sich von ihnen ans Ufer tragen lassen konnte. Um sich herum sah er Leute, die bäuchlings auf kleinen Brettern über die Wellen ritten, und Reese erklärte ihm, dass man diese Bretter Boogie Boards nannte.

Ein Mann und sein Sohn in gleichen orangefarbenen Badehosen rannten lachend wieder und wieder mit ihren Brettern in die Brandung. Caleb fragte sich, wie es wohl gewesen wäre, so einen Vater zu haben – spielerisch und leicht, der Spaß nicht nur erlaubte, sondern aktiv suchte.

Weiter draußen stand ein Mann auf einem Brett, der mit einem Geschirr an einer Art Fallschirm festgemacht war. Der Schirm füllte sich mit Luft und zog das Brett mit sich über die Wellen, und der Mann jauchzte auf. Während Caleb ihn beobachtete, wurde er von einer tiefen Sehnsucht erfasst.

»Kitesurfen«, sagte Reese. »Das wollte ich schon immer mal ausprobieren.«

»Was hält dich davon ab?«, fragte er. »Ich finde, es sieht fantastisch aus.«

»Vielleicht können wir das irgendwann mal zusammen ausprobieren.«

Ihm wurde das Herz ein wenig schwer, weil er wusste, dass »irgendwann« für sie beide vermutlich nie kommen würde. Noch immer konnte er den Kuss schmecken. Der Geschmack würde ihn nie verlassen.

Nach einer Weile kam sie durch das Wasser auf ihn zugeschwommen.

»Ich bin kurz vorm Verhungern«, sagte sie. »Was ist mit dir?«

Er zögerte, wartete, bis sein Gehirn wieder funktionierte. »Ich kann immer essen.«

Sie gingen aus dem Wasser, schlangen sich die Handtücher um und setzten sich gemeinsam auf die Decke. Das Salz auf seiner Haut und in seinen Haaren fühlte sich unglaublich an. Alles an diesem Tag fühlte sich unglaublich an.

Reese zog sich ihr weißes Kleid über und öffnete den Picknickkorb. »Aus der *Big Belly Deli*«, sagte sie. »Du wirst das Essen lieben.«

Es gab Vollkorn-Sandwiches mit Eiersalat, eingelegte Gurken und Scheiben gekühlter Wassermelone. Das alles spülten sie mit eiskalter Limonade hinunter. Nach dem Essen beschlossen sie, einen Spaziergang zu machen, und liefen über den Strand zur Promenade. Dort fanden sie einen Eiswagen und gönnten sich einen Nachtisch.

Während er sein Eis aß, lehnte er sich an die Brüstung aus Holz, die die Promenade vom Strand trennte, und ließ den Blick über den Strand schweifen. Musik, Gelächter, die Schreie der Möwen. Eis mit dem Geschmack von Karamell. Warmer Sand unter den Füßen und eine wunderschöne Frau an seiner Seite. Der Geruch nach Meer in der sanften Brise. Wie Reese geschmeckt hatte, als er sie geküsst hatte.

Perfektion.

Später legten sie sich faul auf die Decke, und er überlegte, ob er sie noch einmal küssen sollte. Ob er etwas sagen sollte. Er drehte sich zu ihr und legte ihr seine Hand auf den samtweichen Oberschenkel.

»Hilfe!« Ein panischer Schrei hallte durch die Luft. Caleb sprang auf, packte Reeses Hand und zog sie daran auf die Füße.

»Sieht so aus, als würde da drüben etwas nicht stimmen.« Sie sprinteten über den Strand auf eine kleine Menschengruppe zu, die sich am Wasserrand versammelt hatte.

»Mein Dad ertrinkt!«, rief der Junge in der orangefarbenen Badehose und stürzte sich wieder ins Wasser. »Da hinten!«

Caleb und Reese schwammen gemeinsam zu dem blauen Boogie Board, dessen Leine am Knöchel eines bewusstlosen Manns befestigt war. Ein anderer Mann war bereits dort und zog ihn an Land. Die Haut des Ohnmächtigen war ganz blau, und er atmete nicht. Als sie ihn an den Strand gebracht hatten, fiel eine Frau – vermutlich seine Ehefrau – neben ihm auf die Knie. »Oh mein Gott. Oh mein Gott. Oh mein Gott …«

»Ich habe gesehen, wie eine Welle über ihm zusammengebrochen ist«, sagte jemand. »Er ist mit dem Kopf zuerst untergegangen.«

Einige hatten bereits den Notruf gewählt. Ein Rettungsschwimmer mit einem Erste-Hilfe-Kasten kam angelaufen. »Oh Jesus«, rief er. Er sah kaum älter aus als Hannah.

Reese drängte sich vor und ließ sich neben dem Mann auf die Knie sinken. »Ich kann helfen.« Sie überprüfte seine Atmung und suchte dann nach seinem Puls.

Caleb deutete auf sie. »Das kann sie wirklich. Sie ist Ärztin.«

»Jemand sagt bitte den Sanitätern, dass es weder Atmung noch Puls gibt. Ich fange mit der Wiederbelebung an«, sagte Reese. »Das ist die einzige Option, bis der Krankenwagen eintrifft.« Sie presste ihre Hände rhythmisch auf den bewegungslosen Brustkorb in dem Versuch, das Herz zum Schlagen zu bringen. Der Junge schluchzte hysterisch. Ohne den Rhythmus zu verlieren, schaute Reese zu dem Rettungsschwimmer auf. »Bist du in Reanimation ausgebildet?«

»Ja, aber ich habe nie …«

»Ist das eine Beatmungsmaske?«

»Ja, ich glaube schon.«

»Hey, Sie da in dem Nike-Shirt«, sagte sie zu einem in der Nähe stehenden Mann. »Gehen Sie zur Straße hoch, damit die Sanitäter uns finden.« Reese war klatschnass, ihre kleinen Hände rutschten auf der Brust des Mannes, aber sie hielt nicht inne, sondern presste abwechselnd die Hände auf seine Brust und beatmete ihn. Sie instruierte den Rettungsschwimmer, ihr zu helfen, aber er schien wie erstarrt zu sein. Caleb ließ sich neben ihr auf die Knie fallen. »Sag mir, was ich tun soll«, bat er.

Sie zeigte ihm, was er machen sollte, und sie wechselten sich ab. Die Minuten zogen sich dahin. Niemand sprach, bis auf den Jungen, der in einem endlosen Strom »Daddy, Daddy, Daddy« wiederholte. Einige der Schaulustigen filmten die Szene mit ihren Handys.

»Ich denke, wir haben einen Puls«, sagte Reese schließlich. Sie hielt inne und legte ihr Ohr an die Brust des Mannes. *»Ja!«* Dann spuckte der Mann eine Fontäne schaumigen Meerwassers aus. Die Tropfen regneten auf die Umstehenden nieder. Er schien immer noch bewusstlos zu sein.

»Er lebt!«, rief jemand. »Ist das zu fassen? Er lebt!«

»Reich mir die Maske«, sagte Reese zu dem Rettungsschwimmer.

Einige quälende Minuten vergingen. Hektische Aktivitäten auf der Promenade deuteten an, dass Hilfe im Anmarsch war. Eine Gruppe Sanitäter joggte, beladen mit einem Rettungsbrett und Ausrüstung, über den Strand.

»Kein peripherer Puls«, sagte Reese zu einem von ihnen. »Aber er hat einen Herzschlag.«

Die Sanitäter kümmerten sich um den Mann, während Reese ihnen erklärte, was sie bisher getan hatte.

»Gute Arbeit«, meinte einer von ihnen. »Verdammt, Sie haben ihm das Leben gerettet. Wir übernehmen jetzt.«

Reese nickte und stolperte zurück. Caleb fing sie auf. Sie zitterte und atmete schwer. »Hast du das gehört?«, fragte er. »Du hast gute Arbeit geleistet, Reese. Du hast ein Leben gerettet.« Er zog sie näher an sich. »Du tust, wozu du geboren worden bist, und es ist ein Privileg, dir dabei zuzusehen.«

»Caleb hat mich geküsst«, sagte Reese zu Leroy. Irgendjemandem musste sie es erzählen, und er war nach eigener Aussage ihr bester Freund.

Leroy erstarrte inmitten der Bewegung. Er war gerade dabei, eine große Schale Brombeeren, Himbeeren und Blaubeeren zu sortieren, die Reese bei Luigi gekauft hatte. »Ich bin … eifersüchtig? Schockiert? Ich bin mir nicht sicher, was du von mir hören willst.«

»Ich bin mir auch nicht sicher. Vielleicht musst du gar nichts sagen. Ich wollte es nur jemandem erzählen.« Es war nett, ihn als den Menschen in ihrem Leben zu haben, mit dem sie vorbehaltlos alles teilen konnte. Sie waren zwar schon seit einer ganzen Weile Nachbarn auf dem gleichen Flur, aber jetzt erst lernte sie ihn richtig kennen. Und das war ihre Schuld, nicht seine. Sie war so auf ihre Arbeit konzentriert gewesen, dass sie sich nie Zeit für irgendetwas anderes genommen hatte – zum Beispiel dafür, einfach mal das Leben zu genießen.

»Und ich dachte, dem Mann das Leben gerettet zu haben wäre das Größte, was dir an dem Tag passiert ist«, meinte Leroy.

»Tja, das auch.« In Wahrheit musste sie über den Vorfall am Strand nicht sprechen, weil ihre diesbezüglichen Gefühle eindeutig waren. Zum ersten Mal hatte sie sich in ihrer Haut vollkommen wohlgefühlt. Im Nachgang des Dramas hatte es hektische Aktivitäten gegeben. Ungefähr fünf Minuten lang war sie der Star des Internets gewesen – »Medizinstudentin und ihr attraktiver blonder Freund holen Ertrinkungsopfer ins Leben zurück.« Sie hatte mehrere Heiratsanträge erhalten sowie ein paar anzügliche Kommentare über das Tattoo an ihrer Hüfte.

Ihre Eltern platzten natürlich vor Stolz. Nein, es war mehr als Stolz. Es war ein Triumph. Nicht so sehr, weil sie eine Tochter aufgezogen hatten, die wusste, wie man einem Menschen das Leben rettete, sondern weil Reese nun den perfekten Aufhänger für ihre Bewerbungsschreiben hatte. Sie war ein PR-Juwel in der Krone des Krankenhauses.

Reese machte sich nichts aus all diesen Dingen. Ihr war nur wichtig, dass sie vor Ort gewesen war und effektiv gehandelt hatte, dass sie das Wissen, die Fähigkeiten und die Nerven gehabt hatte, um zu tun, was getan werden musste. Die Zeit war für sie stehen geblieben. Sie hatte an nichts anderes gedacht als an den Mann ohne Atmung und Puls vor sich auf dem Boden. Vor ihrem inneren Auge sah sie immer noch sein Gesicht vor sich. Und sie würde niemals seinen Namen vergessen. Mr. Howard Roth. Die Sanitäter vor Ort hatten bestätigt, dass er nur dank Reese noch am Leben war.

Und doch konnte sie das Gefühl nicht abschütteln, dass *ihr* Leben gerettet worden war. Es fühlte sich wie eine Art Erlösung an.

Durch den Vorfall hatte sie einen privaten Frieden gefunden. Aber nicht, was den Kuss betraf. An den sie ständig denken musste. Und ihre lebhafteste Erinnerung an die Rettung des Mannes war der Ausdruck auf Calebs Gesicht gewesen, als sie Mr. Roth wieder zum Leben erweckt hatte.

»Du hast gerade zum ersten Mal jemandem das Leben gerettet«, sagte Leroy. »Und doch kannst du nur daran denken, dass du einen Mann geküsst hast?«

»Meine Gefühle bezüglich der Rettung von Mr. Roth sind kein Thema«, erwiderte sie. »Meine Gefühle bezüglich dieses Kusses hingegen sind ... verwirrend.« Zum bestimmt tausendsten Mal dachte sie darüber nach.

»Oh, Liebes. Verwirrt?«

»Okay. Aufgeregt. Vielleicht ... Was ist? Ja gut, ich habe auch ein wenig Angst. Es ist alles so neu und anders.«

»Klingt für mich wie der Anfang von etwas.«

»Der Anfang von was?« Mit dem Handrücken wischte sie sich eine Strähne aus der Stirn.

»Vom Verlieben.«

»Ich bin nicht ...«

»Das, meine liebe Freundin, ist ein klassisches Symptom.«

»Ich habe keine Symptome.«

»Leugnen ist ein Symptom.«

»Ach, Quatsch. Wieso habe ich nur gedacht, mit dir zu reden wäre eine gute Idee?«

Sie wich Leroys Blick aus, indem sie auf das Rezept schaute und zwei Backformen in die Mitte der Arbeitsplatte stellte. Sie bestreute die Böden mit Maismehl, so wie sie es von Juanita gelernt hatte, als sie ihr früher in der Küche geholfen hatte. Backen war eigentlich kein Hobby von ihr, aber sie hatte entschieden, dass es gut für ihre seelische Gesundheit wäre. Es zwang sie, sich zu beruhigen und sich Zeit zu nehmen, präzise, aber auch kreativ zu sein, sich auf die vor ihr liegende Aufgabe zu konzentrieren und auf sonst nichts. Sie hatte vor, Jonah einen der Kuchen mitzubringen, denn der Junge machte aus seinem Heimweh kein Geheimnis.

So vorsichtig wie möglich hob sie die ausgerollten Teigböden an und legte sie sanft in die Formen. Auf den Böden verteilte sie eine Mischung aus Brombeeren und Himbeeren, die sie mit Zucker und Mandelextrakt gesüßt hatte. Darüber kam die unersetzliche Tapiokastärke, damit die Masse während des Backvorgangs richtig schön fest wurde.

Leroy beobachtete sie leicht verwundert.

»Was ist?« Sie gab Butterflocken auf die Beerenmischung.

»Du bist sehr geschickt mit den Händen.«

»Meine Eltern sagen, das wird aus mir eines Tages eine hervorragende Chirurgin machen.«

»Im Kuchenbacken bist du bereits hervorragend.«

Vorsichtig legte sie eine weitere Teigplatte auf jeden Kuchen und stach mit einem Skalpell mehrere Löcher hinein. Dann nahm sie den alten Teigroller heraus, um damit ein Muster in den Rand zu drücken. Kurz noch mit Eigelb eingestrichen und eine Lage Hagelzucker obenauf, und ihre Kreation war bereit, in den Ofen geschoben zu werden.

»Eine Stunde im Ofen und dann eine weitere auf der Fensterbank«, sagte sie auf Spanisch und wiederholte den Satz auf Englisch. »Das hat Juanita immer gesagt. Der häufigste Fehler, den Leute beim Backen dieses Kuchens begehen, ist, ihn nicht ausreichend an frischer Luft abkühlen zu lassen. Wenn man ihn direkt aus dem Ofen kommend anschneidet, läuft der Saft aus. Die Menschen haben keine Geduld, was Kuchen angeht.«

Sie spürte seinen Blick auf sich, als sie sich gemeinsam daranmachten, die Küche aufzuräumen. »Was?«

»Der Kuss«, sagte er.

»Ich habe darüber nachgedacht und entschieden, dass er nichts zu bedeuten hat.«

»Sei nicht albern.«

»Also für uns. Er hatte eigentlich nichts mit Caleb und mir zu tun Ich bin überzeugt, dass Caleb total davon überwältigt war, zum ersten Mal am Meer zu sein. Er hätte in diesem Moment jede geküsst. Es war wie an Silvester oder wenn die Phillies gewinnen – man schnappt sich einfach den Nächstbesten und küsst ihn.«

»Wenn das stimmt, erinnere mich daran, dass ich mit Cheryl bei unserem nächsten Date ans Meer fahre. Bislang ist sie nämlich alles andere als begeistert von mir.«

»Ich dachte, neulich hättet ihr die Nacht zusammen verbracht.«

»Das wollte ich auch, aber sie meinte dann, sie sei vom Tanzen zu müde.«

»Das tut mir leid. Mein Gott, Leroy, ich war so damit beschäftigt, über Caleb nachzudenken, dass ich gar nicht auf dem Laufenden bin, was dein Liebesleben angeht.«

»Siehst du, ich hatte recht. Da ist etwas.«

Sie wischte sich das Mehl von den Händen. »Meinst du?«

»Ja. Meine ich. Und glaub mir, das ist wesentlich interessanter als mein Liebesleben.« Er sah auf die Uhr. »Ich muss los«, sagte er. »Bewahre mir ein Stück Kuchen auf.«

Eine Stunde später ruhten die Kuchen in all ihrer goldbraunen Pracht auf der Fensterbank. Reese hatte geduscht und sich zurechtgemacht und viel zu viel Zeit damit verbracht, sich zu überlegen, was sie anziehen sollte. Ständig hatte sie ihre Meinung geändert, etwas anprobiert und wieder verworfen.

»Das ist verrückt«, murmelte sie. »Es geht hier doch nicht um den Abschlussball. Es ist nicht mal ein Date. Es ist nur …« Caleb Stoltz. Er besetzte jede freie Stelle in ihrem Gehirn.

Schließlich schnappte sie sich ein blaues Kleid und zog dazu Espadrilles und eine weiße Baumwollstrickjacke an. »Egal«, sagte sie, als sie sich stirnrunzelnd im Spiegel betrachtete und sich die Haare richtete. Sie widerstand der Versuchung, sich stärker zu schminken. Aber sie hatte diese hübsche Kette, die sie immer zu diesem Kleid trug. Einen das Licht auffangenden Turmalin, der in Weißgold gefasst war. Es war das Geschenk ihrer Großmutter zum Schulabschluss gewesen und sah zu dem schlichten blauen Kleid hübsch aus – nicht zu auffällig, aber auffällig genug, um bemerkt zu werden.

Sie genoss es, von Caleb Stoltz bemerkt zu werden.

So. Sie hatte es zugegeben.

Erneut betrachtete sie sich im Spiegel. Zu viel Glitzer für einen Amischen?

Dann wandte sie sich ab. Was soll's, dachte sie. Sie war nicht amisch. Und das, sagte sie sich, ist der Grund, warum es so unsinnig war, auch nur an ihn zu denken. Sie und Caleb Stoltz kamen aus total unterschiedlichen Welten. Ohne Jonahs schrecklichen Unfall wären sie einander niemals begegnet. Ihre Leben verliefen für eine winzig kleine Zeitspanne parallel. Doch nicht mehr lange, dann würden sie wieder ihrer Wege gehen und einander vermutlich niemals wiedersehen.

»Das ist deprimierend«, sagte sie laut.

Das ist die Realität, flüsterte eine Stimme in ihr. Er hatte seine ländliche Gemeinde und die Kinder, seine Farm und die Pferde. Sie hingegen hatte das allgegenwärtige *The Match* und Jahre voller Arbeit vor sich. Ihre Leben würden in unterschiedlichen Bahnen verlaufen, und Reese bezweifelte, dass ihre Wege sich je wieder kreuzen würden.

Gleichzeitig war es erstaunlich befreiend, mit einem Mann zusammen zu sein, der sich ausschließlich für sie und nicht für ihren beruflichen Werdegang zu interessieren schien. Nichts zählte, außer ihrer Beziehung.

Natürlich gab es da auch einen Haken, das wusste sie. Und zwar den, dass ihre Beziehung niemals funktionieren konnte. Sie war nicht aufrechtzuerhalten. Und sie war so fragil. Sie konnte bei der kleinsten Erschütterung zusammenfallen und sie beide zerstören.

Hannah hatte angedeutet, dass es in Middle Grove eine Frau gab, die etwas für Caleb empfand – Rebecca Zook. Da war irgendetwas mit einer Uhr und einem bestickten Tuch gewesen. Hatten sie eine Übereinkunft getroffen? Das hatte Hannah nicht gesagt.

Reese wusste, dass sie ihn fragen sollte. Und dass er ihr die Wahrheit sagen würde, denn er log nie. Aber sie war nicht sicher, ob sie die Wahrheit hören wollte.

12. Kapitel

Jonah war in seinem Zimmer, als Reese und Caleb im Krankenhaus eintrafen. Reese hatte einen locker mit einem Geschirrhandtuch abgedeckten Kuchen bei sich und war wahnsinnig stolz auf ihre Leistung.

Das andere Bett im Zimmer war noch immer leer, aber das Bettzeug war zerwühlt. Anscheinend war hier nun jemand eingezogen.

Jonah war so in sein Buch versunken, dass er ihre Ankunft gar nicht bemerkte. Reese und Caleb tauschten einen Blick.

»Was macht Harry Potter denn dieser Tage so?«, fragte Caleb und beugte sich vor, um dem Jungen einen Kuss auf den Scheitel zu geben.

Beinah hätte Jonah das dicke Buch auf den Servierwagen vor sich fallen lassen. »Oh! Ich habe euch nicht hereinkommen hören. Ich lese jetzt etwas anderes – eine Geschichte, die sich *Wer die Nachtigall stört* nennt. Darin geht es um einen Anwalt, der einen farbigen Mann verteidigt. Die ganze Stadt glaubt, er hätte etwas Schlimmes getan. Ich kann es kaum erwarten herauszufinden, ob das stimmt.«

»Das ist ein wundervolles Buch«, sagte Reese. »Ich bin beeindruckt, dass du das in deinem Alter schon liest.«

»Das Mädchen, das die Geschichte erzählt, ist auch ein Kind, so wie ich. Und ihr Daddy ist Anwalt, so wie ich einmal einer werden möchte.«

»Ein amischer Anwalt?«, fragte Reese. »Gibt es so etwas überhaupt?«

Caleb grinste und zerzauste seinem Neffen die Haare. »Laut der Ordnung nicht. Aber es gibt für alles ein erstes Mal.«

Als sie die beiden so zusammen beobachtete, wurde Reese von einer Welle der Zuneigung gepackt. Die Beziehung zwischen

Onkel und Neffe war sowohl mächtig als auch unangestrengt. Seit dem Kuss und dem Vorfall am Strand war sie irgendwie sensibler. Sie sehnte sich nach einer solchen Verbindung mit ihren Freunden und ihrer Familie. Sie zeigte auf das näher an der Tür stehende Bett. »Wie es aussieht, hast du einen neuen Mitbewohner.«

Jonah nickte. »Ein Junge, der gerade operiert worden ist. Er schläft viel, aber er wirkt ganz nett.«

Caleb hob die Plastikhaube über Jonahs Teller an. »Hattest du keinen Hunger?«, fragte er.

Jonah wandte den Blick ab. »Ich weiß, es ist Verschwendung, aber das Essen hier schmeckt nicht immer so gut.« Er seufzte. »Ich vermisse Miriam Haubers Brathähnchen.«

»Ich bin sicher, sie bringt eines vorbei, wenn du wieder nach Hause kommst. Aber solange du hier bist, musst du essen, was dir gebracht wird, um stark zu werden.«

Jonah ließ traurig den Kopf hängen. »Ich will jetzt nach Hause.«

»Das kann ich verstehen, kleiner Mann.«

»Wann denn endlich?«

»Wenn die Ärzte es sagen.«

Jonah schaute zu Reese und schien ihr mit seinen runden, verstört dreinblickenden Augen direkt in die Seele schauen zu können. »Wann?«, fragte er noch einmal.

Sie wappnete sich gegen einen Sturm wie beim letzten Mal. Sie sah, wie Jonah kämpfte. Seine Miene war verzerrt von Gefühlen, die er kaum verstand. »Ich bin nicht die Ärztin, die hier das Sagen hat.« Sie trat an die andere Bettseite. »Aber heute Abend gibt es gute Neuigkeiten.« Sie stellte sein Tablett weg und ersetzte es durch die Backform. »Ich habe eine neue Superkraft«, verkündete sie und enthüllte den Kuchen. Er war perfekt, mit goldbrauner Kruste, auf der die Zuckerkristalle glitzerten.

Ein breites Grinsen hellte Jonahs Gesicht auf. »Das sieht wie ein ganz wunderbarer Kuchen aus, Reese.«

»Das hoffe ich. Ich meine, ich hoffe, er schmeckt so gut, wie er riecht und aussieht. Weißt du, die Sache mit Kuchen ist die, dass man erst nach dem Servieren weiß, ob er gelungen ist. Man kann ihn nicht heimlich probieren, ohne ihn anzuschneiden.«

»Dann sollten wir uns besser sofort ein Stück abschneiden«, schlug Caleb vor. »Ich habe auch etwas mitgebracht: Eiscreme. Und wir müssen nicht mal die Handrührmaschine herausholen, um sie herzustellen.« Er stellte einen Becher Vanilleeis neben den Kuchen.

Reese legte ihnen je ein Stück Kuchen auf einen Pappteller, die sie von zu Hause mitgebracht hatte, und Caleb gab eine Kugel Eis dazu. Jonah beobachtete jede ihrer Bewegungen. »Hau rein«, sagte Reese und stellte einen Teller vor ihn. »Sag mir, wie er dir schmeckt.«

Er nahm einen Happen von dem Kuchen und schob ihn sich in den Mund. Dann lehnte er den Kopf gegen das Kissen, und Reese sah ein kleines Funkeln in seinen Augen – ein gutes Zeichen. Lächelnd erklärte er dann: »Du hast wirklich eine neue Superkraft, Reese.«

»Er hat recht.« Caleb machte kurzen Prozess mit seiner Portion. »Der ist köstlich. Wo hast du gelernt, so einen Kuchen zu backen?«

»Von meiner … von Juanita. Sie hat während meiner Kindheit bei uns gewohnt und sich um mich gekümmert, wenn meine Mutter und mein Vater arbeiten waren. Sie war eine unglaubliche Köchin.«

Der andere Patient kam herein, und sie stellten sich einander schnell vor – Dane Rasmussen mit seinen Eltern und seiner Schwester. »Ich bin gestern operiert worden«, sagte Dane, der ungefähr in Jonahs Alter war. »Sie haben mir den Blinddarm rausgenommen.«

»Er war sehr tapfer«, warf seine Mutter ein.

Seine Schwester schniefte. »Pft. Er hat die ganze Zeit tief geschlafen.«

»Gibt es irgendwelche Ernährungseinschränkungen für ihn?«, fragte Reese. »Wir haben selbst gebackenen Kuchen und noch ein wenig Eiscreme übrig.«

Danes Gesicht leuchtete auf. »Das sieht sehr gut aus.«

»Das ist der beste Kuchen aller Zeiten«, verkündete Jonah, und Reese verspürte einen Anflug von Stolz.

Sie und Caleb verteilten den Rest des Kuchens an die Neuankömmlinge, die ihn dankbar annahmen. »Du hast recht«, sagte Dane zu Jonah. »Deine Mom macht den besten Kuchen.«

»Reese ist nicht meine Mom«, erwiderte Jonah, aber so leise, dass es außer Reese niemand hörte.

Die Rasmussens schienen die perfekte Familie zu sein. Die Eltern hatten sowohl mit den Kindern als auch miteinander einen liebevollen Umgang. Als Reese sie beobachtete, fragte sie sich, ob sie das jemals im Leben finden würde – einen Partner, den sie liebte, Kinder, die sie gemeinsam aufzogen. Dieses unbeschreibliche Gefühl der Zusammengehörigkeit.

An diesem Punkt in ihrem Leben konnte sie sich das nicht vorstellen. Das alles auf die Beine zu stellen kam ihr vollkommen unerreichbar vor. Und vermutlich idealisierte sie die Familie sowieso. Die Eltern gingen einander sehr wahrscheinlich ständig auf die Nerven und hatten keinen Sex mehr. Die Kinder stritten sich um nichts und hinterließen überall Chaos. Mrs. Rasmussen träumte von den Tagen, an denen sie Single gewesen war und Zeit gehabt hatte, einem Beruf nachzugehen.

Reese wurde aus ihren Gedanken gerissen, als die Visite auftauchte. Der leitende Arzt, Dr. Jimenez, hatte dieses Mal nur zwei Studenten im dritten Jahr bei sich. »Jonah macht schneller Fortschritte, als wir gedacht haben«, sagte er zu Caleb.

Die Studenten zogen den Vorhang vor, der die Betten voneinander trennte, und schilderten ernst die Lage der Dinge.

»Wann kann er nach Hause?«, erkundigte Caleb sich, als sie fertig waren.

»Morgen früh gibt es eine Teamsitzung«, erwiderte Dr. Jimenez nach einem Blick auf sein Tablet. »Dort werden die Entlassungspläne besprochen. Die Empfehlung für ihn wird lauten, eine Weile in eine Rehaklinik zu gehen.«

»Ist das verpflichtend?«, fragte Caleb.

»Nein. Es ist nur eine Empfehlung, basierend auf dem, was wir für das Beste für Jonah halten.«

»Und manchmal gibt es dazu auch unterschiedliche Meinungen«, sagte Caleb.

Jimenez musterte ihn einen Moment mit undurchdringlicher Miene. Reese wusste, dass Jimenez Menschen gegenüber misstrauisch war, die ihn infrage stellten. »Manchmal ja«, antwortete er schließlich. »Und manchmal ist es eine Frage der medizinischen Fakten.«

»Ich will das, was für Jonah das Beste ist«, gab Caleb zurück. Anders als die Studenten, die unter Jimenez' Blick zu Staub zerfielen, schien der Arzt ihn nicht einzuschüchtern.

»Klingt, als wollten wir alle das Gleiche.« Jimenez hielt kurz inne. »Jonah entwickelt sich super. Wir alle trauen ihm jede Menge zu.«

»Hast du das gehört?«, fragte Caleb, als die Visite vorbei war. »Du entwickelst dich super. Wenn der leitende Arzt das sagt, muss es stimmen.«

»Was ist eine Rehaklinik?«, fragte Jonah.

»Eine Rehaklinik ist so ähnlich wie ein Krankenhaus – da wirst du noch besser lernen, mit einem Arm zu leben«, erklärte Reese.

»Und hast du mich nicht gestern schon danach gefragt?« Caleb öffnete die Schublade vom Nachttisch. »Hier sind Informationsbroschüren von verschiedenen Rehakliniken. Hast du dir die mal angeschaut?«

Jonah schüttelte den Kopf. »Atticus Finch und Harry Potter sind viel interessanter.«

»Es gibt zwei Kliniken, die sich auf Prothesen spezialisiert haben.« Caleb schlug eine der Broschüren auf. »Diese hier, die Northwoods Lodge, liegt näher an der Grantham Farm. Die andere ist Teil des Krankenhauses. Du würdest hier in der Nähe bleiben, aber in einem anderen Gebäude untergebracht sein.«

»Werde ich trotzdem mein Essen auf einem Tablett kriegen und Bücher und einen Fernseher haben?« Jonah schaute Reese an.

»Du kannst so viel lesen, wie du willst. Und ich schätze, es gibt auch Fernsehzeiten«, antwortete sie. »Aber keinen Zimmerservice mehr. Wenn du in der Reha bist, sollst du in die Cafeteria gehen. Hast du je in einer Cafeteria gegessen?«

»Nein, aber ich wette, es würde mir gefallen.«

»Ich werde dir trotzdem Kuchen vorbeibringen.«

Er blätterte durch die Hochglanzbroschüre, in der lächelnde Patienten und ernst dreinschauende Therapeuten abgebildet waren. »Die haben einen Swimmingpool?«, fragte er, als er ein entsprechendes Foto sah.

»Sieht so aus«, sagte Caleb.

»Ich war noch nie in einem Swimmingpool.«

»Das bringt Spaß«, warf Reese ein. »Kannst du gut schwimmen?«

Er sah seinen bandagierten Stumpf finster an. »Das konnte ich mal. Aber wie soll ich mit nur einem Arm jemals schwimmen können?«

»Im Kreis«, sagte Caleb nur.

»Hey!« Jonahs Blick verfinsterte sich noch mehr. Reese unterdrückte ein Lachen.

»Selber hey. Ich sag dir was, kleiner Mann. Ich schlage vor, wir statten beiden Kliniken einen Besuch ab und gucken, welche dir besser gefällt«, sagte Caleb.

»Das ist eine gute Idee. Ich weiß jedoch noch was Besseres. Wie wäre es, wenn ich einfach nach Hause komme?«

»Das könntest du auch tun. Die Leute im Krankenhaus sagen aber, zu Hause wäre es erst einmal schwerer für dich, weil du dort nicht so viel Hilfe erhältst wie in einer Rehaklinik.«

»Die meisten Patienten machen dort sehr schnell Fortschritte«, schaltete Reese sich ein. »Alle Mitarbeiter arbeiten daran, dir zu helfen, gesund zu werden.«

Jonah schob den Tisch mit den Broschüren von sich und betrachtete mehrere Sekunden seinen bandagierten Arm. »Ich möchte wieder gesund werden«, sagte er leise.

»Das wirst du auch.« Caleb berührte ihn an der Schulter. »Dafür sorge ich.«

»Warum müssen die das hier einen Stumpf nennen?« Jonah starrte immer noch seinen Verband an.

»Du kannst es so nennen, wie du willst«, meinte Reese.

Er schaute zu ihr hoch, und seine Augen hellten sich ein wenig auf. »Wirklich? Wie zum Beispiel?«

»Wie … ich weiß es nicht. Atticus Finch?«

Ein kleines Lächeln legte sich um seine Mundwinkel. »Das vielleicht eher nicht.«

»Jonahs umwerfendes Anhängsel? Der Titan-Titan?«

Er schüttelte immer noch lächelnd den Kopf. »Nee.«

»Ich sag dir was: Du denkst darüber nach und lässt mich wissen, was dir eingefallen ist.«

»Okay.« Er griff nach seinem Buch auf dem Tisch.

Caleb richtete ihm die Kissen und sagte etwas auf Deitsch.

»Ja, okay. Wir sehen uns später«, erwiderte Jonah.

Auf dem Weg zum Fahrstuhl schaute Reese zu Caleb. »Ich liebe diesen Jungen«, platzte es aus ihr heraus. Dann hielt sie den Atem an, so überrascht war sie von sich. Wobei, andererseits auch nicht. Jonah war unglaublich liebenswert – lustig und süß und verletzlich, dazu dieser staunende Blick auf die Welt, der ihre Laune immer hob.

»Ich auch«, sagte Caleb nur. Gemeinsam betraten sie den Fahrstuhl.

»Er ist so klug«, meinte Reese. »Ich meine, in seinem Alter *Wer die Nachtigall stört* zu lesen.«

»Jonah setzt sich immer für andere Kinder ein, wenn er glaubt, dass sie ungerecht behandelt werden. Manchmal frage ich mich, ob es mit dem zusammenhängt, was seinen Eltern passiert ist. Er war damals noch so jung, aber ich habe ihm die Wahrheit nie verschwiegen.«

»Er ist wirklich etwas ganz Besonderes, Caleb. Du hat Glück, ihn in deinem Leben zu haben.« Sie verstand, warum er nach Middle Grove zurückgekehrt war, obwohl er einen anderen Weg für sich im Kopf gehabt hatte.

»Das bin ich auch. Also, was heute Abend angeht.«

»Ja? Was ist damit?«

»Heute ist Vollmond. Und ich habe einen Plan. Natürlich nur, wenn du Zeit hast.«

Reese verspürte einen Anflug von Aufregung. Der sofort von der Realität in Form ihrer nächsten Prüfung zerquetscht wurde, die kurz bevorstand. Sie musste das Thema im Schlaf beherrschen, und so weit war sie noch nicht. Aus genau diesem Grund hielt ihre Studiengruppe heute Abend ein Treffen ab. Sie schaute zu Caleb, um es ihm zu erklären, doch was sie sich stattdessen sagen hörte, war: »Was hast du vor?«

Er lächelte. »Dafür muss ich mir dein Auto leihen.«

»Hier oben bin ich noch nie gewesen«, sagte Reese, als Caleb von der Hauptstraße auf eine kleinere Landstraße abbog. Philadelphia lag vierzig Meilen hinter ihnen. Die Sonne ging gerade unter und breitete eine Decke aus wunderschönen Farben über dem Himmel aus. Davor erhoben sich die Silhouetten und sanften Kurven der Hügel um sie herum. Reese hatte nicht einen Moment des Bedauerns verspürt, weil sie das Lernen auf später am Abend verschoben hatte. Selbst wenn sie die ganze Nacht durcharbeiten müsste, dann war es eben so. Solche Nächte war sie gewöhnt.

»Hier ist es wunderschön«, stellte sie fest.

Er wurde langsamer und bog an einem großen Felsstein neben einem schmiedeeisernen Tor ab. »Willkommen auf der Grantham Farm.«

Sie las das Schild, das an der Steinmauer hing. »Heim der Budweiser Clydesdales. Gegründet 1927. Oh mein Gott. Als du gesagt hast, du arbeitest mit Zugpferden, wusste ich nicht, dass du *diese* Pferde meinst. Das ist so cool.«

An der Mauer hing ein Codeschloss. Caleb gab ein paar Ziffern ein, und das Tor schwang langsam nach innen.

»Hier gibt es überall Überwachungskameras«, sagte Reese, als sie die Kameras über dem Eingang sah.

»Die Leute hier wollen ihre Pferde gut schützen. Einige sind sehr viel Geld wert.«

»Das kann ich mir vorstellen. Aber wenn ich etwas des Geldes wegen stehlen würde, dann vermutlich kein zweitausend Pfund schweres Pferd.«

»Dreitausend«, murmelte er lächelnd.

»Dreitausend Pfund?«

»Ein ausgewachsener Wallach in Bestform. Ich zeige dir ein paar.«

Weiße Lattenzäune säumten beide Seiten der Straße, und in der Ferne stand eine Reihe Holzhäuschen für die Arbeiter und Tierpfleger. Sie erreichten ein kleines, aus Holz und Steinen gebautes Büro, in dem noch Licht schien. Auch hier waren überall Kameras. Ein Mann kam heraus, und Caleb hielt den Wagen an. »Guten Abend, George«, sagte er.

»Kumpel. Ich dachte doch, dass das dein Zugangscode war. Sieh dich einer an, fährst hier mit diesem kleinen heißen Flitzer herum.« Der Mann nickte Reese zu und ließ den Blick einen Moment auf ihr verweilen. »Damit meinte ich das Auto. Guten Abend, Miss.«

»Hi George. Ich bin Reese.«

Er schaute zu Caleb, nahm seinen Hut ab und kratzte sich am Kopf. »Ich nehme an, du bist nicht zum Arbeiten hier.«

»Heute Abend nicht«, bestätigte Caleb.

»Verdammt, ich habe dich noch nie ein Auto fahren sehen«, sagte George. »Du siehst scharf aus.«

»Das ist auch mein einziges Ziel im Leben: scharf auszusehen.« Caleb lachte.

George musterte erneut Reese. »Mission erfüllt.«

»Wir werden nicht lange bleiben. Ich wollte Reese nur ein wenig herumführen.« Er rollte vor zu einem großen Stallgebäude. Es gab Schilder, die zu den Besucherparkplätzen wiesen, und einige Plätze, die nur für Mitarbeiter bestimmt waren.

Das Abendlicht überzog alles mit einem magischen Glanz – die Gebäude und Berge, die eingezäunten Weiden und Wege, die offenen und die überdachten Reitplätze. Ein Arbeiter führte gerade ein Pferd zum Stall.

Caleb hielt neben dem Stall an und stieg aus. »Hey Miguel«, rief er.

»Caleb.« Wie George musterte auch Miguel ihn mit unverhohlener Neugierde. Offensichtlich bot der Anblick von Caleb mit einem Auto und in Begleitung einer Frau Anlass für Spekulationen. »Ich bin hier gleich fertig«, sagte Miguel.

Reese stieg aus.

»Ay, mujer«, stieß Miguel leise aus. *»Qué guapa estás …«*

»Diesen Weg wollen Sie nicht einschlagen«, erwiderte Reese leichthin auf Spanisch.

»Hört euch nur an, wie ihr da auf Spanisch plaudert.« Caleb nahm die Führleine des Pferdes in die Hand. »Ich bringe Rolf weg, Miguel. Mach dir einen schönen Abend.«

»Danke, Mann.« Er warf Reese einen vorsichtigen Blick zu. »Wir sehen uns morgen.«

Mit dem Pferd am Strick ging Caleb die Stallgasse hinunter. Der warme Geruch nach Heu und Pferden hing in der Luft. Der Stall war ein unglaubliches Gebäude, beinahe wie eine Kathedrale. Das Dach erhob sich hoch über Reihen von Boxen an jeder Seite. Bernsteinfarbenes Licht fiel schräg durch die Dachfenster und hüllte den Raum in einen weichen Schimmer.

»Wow.« Reese schaute sich um. »Dieser Stall ist schöner als mein erstes Studentenwohnheim.«

»Es stimmt, die Tiere werden hier wahrhaft königlich behandelt.« Caleb blieb vor einer der Boxen stehen und berührte ein weiteres Codeschloss. Die Tür glitt auf, und er führte Rolf in den großzügigen Stall mit Wasserrinne, durch die frisches Wasser floss, und einem Netz mit frischem grünem Heu. »Für die Bier-Veranstaltungen reisen sie sehr viel, deshalb müssen sie top in Form sein.«

Reese fühlte sich wie ein Kind, als sie in die anderen Boxen schaute und die großen, wunderschönen Tiere mit den friedlichen Mienen und den großen, von langen Wimpern umrahmten Augen sah. »Die berühmten Clydesdales. In natura sind sie noch schöner als im Fernsehen.«

»Es gibt nur ein paar Ställe im Land«, erklärte Caleb. »In New Hampshire, Virginia, Missouri, Wyoming … und noch an ein paar anderen Orten. Ich reise jedoch nicht mit.« Er ging zum Ende der Stallgasse und öffnete eine Tür, an der sein Name und Titel standen: *Senior-Pferdepfleger und Stallmanager.*

Er nickte und hielt ihr die Tür auf. Das Büro war klein und sparsam eingerichtet. Ein schlichter Holzschreibtisch, ordentliche Posteingangskörbe und ein großer Wandkalender mit handschriftlichen Einträgen. Das Bücherregal war mit Fachliteratur und Pferdezeitschriften gefüllt. Es gab keinen Computer und kein Telefon, sondern nur eine manuelle Rechenmaschine. Caleb holte einen

Schlüssel aus der Schreibtischschublade. »Die Sattelkammer ist gleich hier.«

»Okay.« Reese hatte noch nie in ihrem Leben eine Sattelkammer gesehen. Wie sich herausstellte, war es ein weiterer wunderschön eingerichteter Raum voller Sättel, Zaumzeuge und Halfter sowie Zuggeschirren. Caleb nahm eine schmale Lederleine von einem Haken. Dann warf er Reese eine beigefarbene Reithose und ein Paar Stiefeletten zu. »Das solltest du unter deinem schicken Kleid tragen«, sagte er und trat durch die Tür nach draußen.

Reese beäugte die Hose misstrauisch. Der Po-Bereich war verstärkt, und auf der Innenseite der Oberschenkel hatte sie kleine Silikonpunkte. Eine Reithose? Das war nicht gerade die passende Ergänzung zu ihrem Kleid. Die Stiefeletten waren zu groß, aber sie zog sie trotzdem schulterzuckend an und gesellte sich zu Caleb.

»Das ist Stanley.« Er deutete auf ein Pferd, das links und rechts in der Stallgasse angebunden war. »Er wird uns auf einen Ausritt mitnehmen.«

Sie betrachtete das riesige Tier. »Du meinst in einer Kutsche oder so?«

»Nö.« Er schob das Gebiss zwischen die großen gelben Zähne des Pferdes und legte ihm dann das Zaumzeug an. »Wir reiten ohne Sattel.«

»Auf einem Zugpferd?«

»Okay, es ist nicht üblich, auf diesen Tieren zu reiten, aber es ist machbar.«

Ihr inneres Kind führte einen Freudentanz auf. »Das ist super. Ich bin noch nie geritten.«

»Ich weiß«, sagte Caleb. »Das hast du neulich während des Spiels verraten. Deshalb reiten wir heute ja auch aus.« Er reichte Reese dann einen Helm. Während sie ihn aufsetzte und den Kinnriemen schloss, holte Caleb einen Tritt und stellte ihn neben das Pferd.

Reese ließ den Blick von den tellergroßen Hufen zum Kopf des Pferdes gleiten, und ein leichter Schauder überlief sie. »Ich, äh … Das ist ziemlich groß.«

»Stanley ist unser Bester. Ich trainiere ihn, seitdem er zwei Jahre alt ist. Und auch wenn die Tiere sehr groß sind, ist diese Rasse für ihre Gutmütigkeit bekannt. Einige Menschen nennen sie die sanften Riesen. Das Wichtigste ist, ihm zu zeigen, dass du ihm vertraust.« Er stellte sich neben den Tritt und streckte seine Hand mit der Handfläche nach oben aus.

Sie schaute Caleb an und legte ihre Hand in seine. »Ich habe Vertrauen.«

Er half ihr, ein Bein über den Pferderücken zu schwingen. Reese war erstaunt, wie breit der Rücken war – sie saß beinahe im Spagat. Dann schaute sie nach unten und klammerte sich schnell an der Mähne fest. »Heilige Scheiße. Von hier oben wirkt er noch größer.«

»Sein Stockmaß liegt bei etwas über einem Meter neunzig«, erklärte Caleb. »Er ist wirklich ein Riesenkerl.«

Reese kam sich unglaublich klein und verletzlich vor und klammerte sich beidhändig an der langen Mähne des Pferdes fest. »Ich bin mir nicht sicher, ob wir das hier wirklich …«

»Ich aber.« Er löste die Stricke, mit denen Stanley festgebunden war, und schnappte sich ebenfalls einen Helm. »Das Krankenhaus ist deine Welt. Das hier ist meine.«

Die Situation vermittelte ihr einen Eindruck davon, wie fehl am Platz er sich im Krankenhaus fühlen musste. Hier hingegen wirkte er vollkommen zu Hause und bewegte sich mit Leichtigkeit und selbstbewusst zwischen den Pferden. Sie beobachtete ihn und zwang sich, sich zu entspannen. Zu vertrauen. Caleb wusste, was er tat. Er würde nicht zulassen, dass ihr etwas zustieß. Sie hatte ihn zum Salsatanzen und zum Sushi-Essen geschleppt, und er hatte alles einfach mitgemacht. Das Mindeste, was sie tun konnte, war, sich von ihm einen Einblick in seinen Alltag geben zu lassen.

Aber in dem Moment, in dem das Pferd sich bewegte, quiekte sie auf. »Mist. Ich habe Angst.«

»Halte durch«, sagte Caleb. »Ich führe ihn hinaus auf die Koppel, und dann reiten wir zusammen. Guck nach vorne, nicht nach unten. Entspann dich, Reese. Alles ist gut.«

Mit einem tiefen Atemzug rang sie ihren inneren Kontrollfreak nieder und richtete den Blick zwischen die aufgerichteten Ohren des Pferdes. Mit dem Strick in der Hand ging Caleb nach draußen zu einer eingezäunten Koppel neben einer Wiese. Mit jedem Schritt, den das Pferd machte, fühlte Reese sich wacklig und gefährlich nah am Abgrund.

Dann schaute sie sich auf der Farm um, und eine nie gekannte Ruhe überkam sie. Es war hier wirklich wunderschön. Die Felder und Hügel lagen im Schatten der Abenddämmerung, in der Ferne erschufen die ersten bunten Herbstblätter ein Bild aus Farben.

»Geht es dir gut?«, fragte Caleb.

»Klar.« Sie versuchte, sich an den Rhythmus des Tieres unter ihr anzupassen. »Ehrlich gesagt sieht Reiten wesentlich einfacher aus, als es ist.« Sie stellte sich Wesley und Buttercup in *Die Braut des Prinzen* vor, wie sie auf dem Rücken eines Pferdes wie ein Seidenbanner über die Landschaft flogen. In der Realität gehörte dazu offenbar wesentlich mehr Zähneknirschen, Fluchen und Festklammern.

Caleb führte das Pferd zu einem Aufsitzblock und schwang sich mit einer fließenden Bewegung hinter Reese. Der intime Kontakt ließ sie aufkeuchen, was er aber nicht zu bemerken schien. »Bereit für einen Ausritt?«

»Hab ich den nicht gerade schon gemacht?«

Er lachte leise. »Pass auf, das wird dir gefallen, Reese.«

»Wenn du das sagst.«

»Das sage ich.« Er schlang seine langen, starken Arme um sie herum und ergriff die Zügel. Das Pferd setzte sich in Bewegung, dieses Mal allerdings etwas schneller und gleichmäßiger.

Reese verstärkte ihren Griff in Stanleys Mähne.

»Du kannst dich entspannen«, sagte Caleb. »Ich werde dich nicht herunterfallen lassen.«

»Okay. Nur … geh es langsam an, ja? Denk dran, es ist mein erstes Mal.«

»Ich bin froh, dass ich bei deinem ersten Mal dabei bin«, sagte er.

Sie spürte seinen Atem im Nacken. Die Nähe zu ihm, die harten Muskeln seiner Arme weckten Gefühle in ihr, die sie noch nie zuvor erlebt hatte. Wer hätte auch geahnt, dass die Schulterblätter eine erogene Zone waren?

Als das Pferd noch etwas schneller wurde, hielt Reese sich an Calebs Armen fest. »Hey, das ist schnell genug«, protestierte sie. »Sein Rücken ist so breit, ich kann mich mit den Beinen nicht festhalten.«

»Das erledigt die Schwerkraft für dich«, erwiderte er. »Du musst nur deine Hüften im Einklang mit dem Pferd bewegen. Da er wesentlich größer ist als du, hast du einzig die Aufgabe, seine Bewegungen in dich aufzunehmen, nicht andersherum. Es fühlt sich wesentlich geschmeidiger an, wenn ich ihn in einen kurzen Galopp bringe.«

»Du meinst, er hat einen noch schnelleren Gang?«

Einen Moment später lief das Pferd schneller. Reese hielt den Atem an und klammerte sich an Calebs Armen fest. Entspann dich, ermahnte sie sich.

Caleb schien das Pferd vollkommen zu beherrschen, und das war schließlich ausschlaggebend dafür, dass sie beschloss, ihm zu vertrauen. Es dauerte nicht lange, und sie hatte wirklich das Gefühl, sie würden wie Seide über die Felder dahingleiten. Das Pferd galoppierte über die gesamte Länge des Feldes, dann lenkte Caleb es auf eine Reihe Bäume zu, die auf einer Wiese standen. Während der Himmel sich langsam purpurn verfärbte und der Vollmond auftauchte, drehten sie ein paar Runden. Auf dem Rückweg zum Stall warf der Mond sein silbernes Licht auf das Feld, und Caleb trieb das Pferd zu einem gestreckten Galopp an.

Das ist das beste Date aller Zeiten, dachte Reese. Als sie schließlich wieder an der Koppel ankamen, kribbelte ihr gesamter Körper vor Freude und Aufregung. Caleb sprang vom Pferd, packte sie an der Taille und hob sie zu sich auf den Aufsitzblock.

»Wow!«, rief sie. »Wow, das war … einfach nur wow.« Ihr zitterten die Knie, und sie musste sich an Calebs Arm festhalten.

»Ganz ruhig«, sagte er. »Reiten ist für die Beine anstrengend, wenn man es nicht gewohnt ist. Vor allem auf einem so großen Kerl wie Stanley.«

»Ich bin in Stanley verliebt«, erklärte sie. »Nur damit du es weißt.«

»Dann kannst du mir helfen, ihn für die Nacht fertig zu machen. Wir müssen ein wenig mit ihm umhergehen, damit er trocknet.«

Reese konnte auch ein wenig Abkühlung gebrauchen. Gemeinsam wanderten sie im Mondlicht, und das Pferd folgte ihnen wie ein treuer Hund. Dann führten sie Stanley hinein, bürsteten ihn und kämmten ihm die Mähne.

»Das ist wirklich die unpassendste Kleidung für diesen Anlass«, sagte Reese lachend und erinnerte sich daran, welche Gedanken sie sich um ihr Outfit gemacht hatte. »Ich will mich aber nicht beschweren.«

»Du kannst dich dort drüben frisch machen, während ich Stanley in seine Box bringe.«

Reese verschwand in der Toilette, wo sie die Stiefel und die Hose auszog und sich die Hände wusch. Ihre Haare waren zerzaust, und ihr Kleid hatte ein paar Flecken, aber sie konnte trotzdem nicht aufhören zu lächeln. Nachdem sie fertig war, ging sie wieder zu Caleb nach draußen, und gemeinsam verließen sie den Stall. Der Abend war kühl und windstill, und als ihr Arm den von Caleb streifte, erschauerte sie ein wenig.

»Ist dir kalt?«, fragte er.

»Ich … nein.«

»Natürlich ist dir kalt.« Er zog seine Jacke aus und legte sie ihr um die Schultern. Der Stoff strahlte seine Wärme aus und seinen Duft, und es fühlte sich wie eine Umarmung an.

»Danke, dass du mich mit hierhergenommen hast. Ich mag deine Welt. Ich glaube, ich mag es sogar zu reiten. Das hier ist ein ganz besonderer Ort, Caleb.«

»Es freut mich, dass du das so empfindest.«

Wieder streiften ihre Arme einander, und dieses Mal wusste Reese, dass es kein Zufall war. Sie wusste aber auch, dass es eine ganz schlechte Idee war. »Hannah hat gesagt, dass es bei dir zu Hause ein Mädchen gibt und ihr beide eine Übereinkunft habt.« So. Sie hatte es ausgesprochen und diese Tür endlich geöffnet.

Er blieb stehen und ergriff ihre Hand. Dann zog er daran, bis Reese ihn anschaute. »Das nehmen alle an. Alle außer mir.«

»Wirklich? Und was ist mit dir? Was nimmst du an?«

»Ich nehme an, dass es in Ordnung ist, dich zu küssen.«

Jeder Protest erstickte unter dem sanften, beharrlichen Druck seiner Lippen auf ihren. Sie verlor sich in seinem Geschmack und seiner Wärme, in der Art, wie er sie umfing. Alles, was zwischen ihnen geschwelt hatte, floss über, und Reese presste sich an ihn, spürte seinen Herzschlag neben ihrem. Ein Kuss von Caleb war erotischer als eine ganze Nacht mit einem anderen Mann.

Es gab ein paar Dinge, die sie wusste – wie zum Beispiel, dass dieser Kuss ernst gemeint war. Dass er ihr Leben komplizierter und ihre Ziele schwerer zu erreichen machen würde. Dass er die Pläne, die sie seit Jahren verfolgte, durcheinanderbringen würde. Und dass es vermutlich damit enden würde, dass einer von ihnen verletzt wurde.

Doch trotz ihrer Zweifel konnte sie nicht anders. Wenn sie nicht aufhörten, sich zu küssen, würde sie explodieren. Und wenn sie aufhörten, würde sie in sich zusammenfallen. Sie krallte ihre Finger in sein Hemd, so wie sie sich an der Mähne des Pferdes festgekrallt hatte, hielt sich an ihm fest, an diesem Gefühl des Erstaunens, das sie noch nie zuvor empfunden hatte. Und sie wusste, sie würde sich zwingen müssen, ihn loszulassen.

13. Kapitel

»Ich habe Gerüchte über dich gehört.«

Reese schreckte schuldbewusst zusammen und schaute sich im Aufenthaltsraum um. Im Moment befanden sich darin nur sie und ihre Mutter. »Was für Gerüchte, Mom?« Im Kopf ging sie die Möglichkeiten durch. Die Spione ihrer Eltern waren überall im Krankenhaus. Immerhin war es ihr Terrain. Die Bühne, auf der sie agierten. Jeder, der hier etwas zu sagen hatte, kannte auch Reese. Sie lebte wie in einem Aquarium, was normalerweise kein Problem darstellte, da sie kaum ein Leben hatte. Zumindest bis vor Kurzem.

Ihre Mutter stellte die Birkin Bag auf den Stuhl an der Tür. »Die Art Gerücht, die mich nachdenklich stimmt.«

»Mein Leben ist nicht interessant genug, um irgendjemanden nachdenklich zu stimmen. Was hast du gehört?«

»Dass du dich auf einen hinterwäldlerischen Farmer eingelassen hast.«

»Ich versuche, ernst zu bleiben«, sagte Reese, obwohl ihr Herz schuldbewusst schneller schlug. *Schuld.* War sie immer noch das Kind, das in Angst davor lebte, seine Eltern zu enttäuschen? Das so begierig auf ihre Bestätigung war? »Wo hast du das gehört?«

»Du weißt doch, wie Krankenhäuser sind. Hier quatscht jeder. Also ist es wahr?«

»Was? Der Farmer? Das Hinterwäldlerische? Oder dass ich mich auf ihn eingelassen habe?«

»Alles.«

Nein. Ja. *Ich weiß es nicht.* »Ich schätze, sie meinen damit Caleb Stoltz. Ich habe ihn schon mal erwähnt. Sein Neffe ist hier Patient, und Caleb wohnt bei meinem Nachbarn, um nahe bei Jonah zu sein.«

Ihre Mutter sagte nichts, was Reese noch entschlossener machte, die Sache klarzustellen. »Er kennt in der Stadt niemanden. Und nur, damit du es weißt, ich habe mich auf nichts *eingelassen*. Wir haben ein oder zwei Mal Zeit miteinander verbracht, und ich habe ihn ein paar Freunden vorgestellt. Es ist nichts.«

Sie hasste es, dass sie das erklären musste. Sie hasste das Gefühl, sich zu verteidigen. Und sie hasste es, dass sie die Sache mit Caleb als »nichts« bezeichnet hatte.

»In dem Fall müssen wir uns ja keine Sorgen machen, oder?«, sagte ihre Mutter.

»Warum solltest du dir Sorgen machen, selbst wenn ich mich auf Caleb eingelassen hätte?«

»Willst du damit sagen, das könnte passieren?«

»Meine Güte, Mom …«

»Das ist eine einfache Frage.«

Auf die es keine einfache Antwort gab.

Ihre Mutter schaute auf die Uhr. »Komm morgen Abend zum Essen zu uns«, sagte sie. »Und bring deinen Freund mit.«

»Aber …«

»Du hast doch selbst gesagt, dass er ganz allein in der Stadt ist. Ich bin sicher, er weiß ein selbst gekochtes Essen zu schätzen.«

»Seit wann kochst du?«

»Ich habe nie gesagt, dass ich das Kochen übernehme. Aber ich habe ein Haus. Und ich habe einen Koch. Du musst etwas essen. Und ich nehme an, dein Freund auch.«

»Aber …«

»Drinks um sieben, Dinner um acht. Schick mir eine Nachricht, sollte er irgendwelche Allergien oder Unverträglichkeiten haben.«

Nach der Unterhaltung mit ihrer Mutter fühlte Reese sich schlecht. Caleb war nicht »nichts«. Er war genau das Gegenteil von nichts.

Der Ausritt im Mondlicht auf der Grantham Farm war für Reese ein Wendepunkt gewesen. Vielleicht sogar für sie beide. Der Moment, in dem Caleb sie geküsst hatte, war der Moment gewesen, in dem sie hatte aufhören müssen, so zu tun, als wäre zwischen ihnen nichts. Es war der Moment gewesen, in dem sie sich der Wahrheit hatte stellen und zugeben müssen, dass es nicht nur nichts, sondern sogar etwas ganz Großes war.

Was ein Problem darstellte.

Sie dachte Tag und Nacht an ihn. Sie dachte im OP an ihn, wenn sie zusah, wie ein Neurochirurg ein Aneurysma entfernte. Sie dachte im Bereitschaftsraum an ihn, wenn sie schlafen sollte. Oder lernen. Oder essen oder sich mit den anderen Studenten und Kollegen treffen.

Ihre Besessenheit von Caleb war wie eine chronische Krankheit – die sie allerdings niemals loswerden wollte.

Sie konnte nicht aufhören, an seine Berührung zu denken. An die kleinen Fältchen, die sich in seinen Augenwinkeln bildeten, bevor er anfing zu lächeln. Sie bekam nicht genug von seiner tiefen Stimme und seiner einzigartigen Sprachmelodie. Sein Duft berauschte sie. Genau wie seine Art, sie anzuschauen und ihr zuzuhören, als wäre sie der einzige Mensch auf der Welt.

Jedes Mal, wenn sie an Caleb dachte, verblasste alles andere um sie herum; ihre Pflichten und Aufgaben, die sonst jede wache Minute ihres Lebens bestimmt hatten.

Wenn sie nicht zusammen waren, fiel es ihr schwer, sich auf irgendetwas anderes als ihre nächste Begegnung zu konzentrieren. Das Gefühl, das sie bei ihrem Kuss gehabt hatte – diese pure Seligkeit, die warme Zuneigung, das Kribbeln sexueller Erregung –, war eine lächerliche Sehnsucht, die sie dennoch nicht abstreifen konnte.

Ein so starkes Gefühl war gefährlich. Gefährlich, weil es so unglaublich ablenkend war. Sie hatte aufgehört, sich über irgendetwas anderes Gedanken zu machen. Nur diese ungebetene Sehnsucht zählte. Sie fürchtete sich nicht davor, von der Leidenschaft davongetragen zu werden. Nein. Sie sehnte sich danach.

Sie war vollkommen verzaubert. Einige Menschen mochten es Chemie nennen, aber es war mehr wie Elektrizität. Caleb Stoltz hatte den Schalter gedrückt, der ihren gesamten Körper zum Leben erweckte.

Manchmal versuchte sie, die Gefühle logisch zu erklären. Immerhin war sie eine Vertreterin der Wissenschaft. Sie sollte es besser wissen. Gegenseitige Anziehung war ein Ergebnis von Pheromonen, eine chemische Reaktion, ein menschlicher Instinkt, um die genetische Vielfalt der Art zu bewahren. Sie hatte geglaubt, ihren eigenen sexuellen Archetyp verstanden zu haben. Und doch widersprach das, was sie für Caleb empfand, jeder Logik. Wenn sie sich mal wieder dabei ertappte, über die Tiefe ihrer Gefühle nachzudenken, ergaben keine empirischen Daten mehr irgendeinen Sinn.

Sie wartete darauf zu entdecken, dass er langweilig oder engstirnig war. Dass er kein Interesse an den Dingen hatte, die sie interessierten, dass sein Kopf neuen Ideen und sein Herz neuen Gefühlen gegenüber nicht aufgeschlossen war. Doch stattdessen enthüllte jeder Moment, den sie mit ihm verbrachte, mehr Liebenswertes über ihn – seine unangestrengte Männlichkeit, seine Güte, seinen erfinderischen Geist und sein zärtliches Herz.

Wenn sie je miteinander intim werden würden, wäre es dann so intensiv, wie sie es sich vorstellte?

Und sie stellte es sich oft vor. Auch als sie am Morgen nach dem Gespräch mit ihrer Mutter quer über den Flur ging, an Leroys Wohnungstür klopfte und Caleb öffnete. Er war für die Arbeit gekleidet und bereit, den Bus um sieben Uhr zur Grantham Farm zu erwischen.

»Meine Eltern haben uns heute Abend zum Dinner eingeladen«, sagte sie.

»Okay«, erwiderte er nur.

»Wirklich?«

»Klar. Eltern essen jeden Tag mit ihren Kindern zu Abend.« Er schloss die Tür leise hinter sich. »Ich muss den Bus kriegen.«

»Ich begleite dich ein Stück.« Nach einem leichten Regen in der Nacht war der Asphalt draußen feucht und roch ein wenig beißend. In der Luft lag ein Anflug von Kälte, der erste Hinweis auf den nahenden Herbst.

»Wie auch immer«, sagte sie und wünschte, sie wäre nicht so nervös. »Was meine Eltern angeht … Die sind ein wenig intensiv.« Sie schob sich den Riemen ihrer Tasche auf der Schulter zurecht. Erinnerungen an ihre Kindheit blitzten in ihrem Kopf auf – wie sie zur Schule gegangen war, den Ranzen auf dem Rücken, die Eltern, die ihr hinterherwinkten. Sie waren immer liebevoll gewesen, aber ihre unausgesprochenen Erwartungen hatten Reese das Gefühl gegeben, ihr Ranzen wäre mit Backsteinen gefüllt.

Er lächelte. »Das kann ich mir kaum vorstellen.«

Sie stieß ihn mit dem Ellbogen an. »Hey.«

»Die Einladung macht dir Sorgen«, stellte er fest.

»Nein, gar nicht. Okay, doch. Und das ärgert mich. Weißt du, meine Eltern haben sehr spezielle Vorstellungen von ... Mist. Sie glauben, du und ich sind ... Vergiss es. Bringen wir es einfach hinter uns. Können wir uns nach deinem Besuch bei Jonah heute Abend im Krankenhaus treffen?«

»Klar.« Er blieb stehen und musterte sie einen Moment eindringlich. Dann streckte er ganz sanft eine Hand aus und legte sie an Reeses Wange. »Mach dir keine Sorgen, Reese. Ich werde mich benehmen.«

»Über dein Verhalten mache ich mir keine Sorgen.«

Er ließ die Hand sinken. »Das ist gut zu wissen«, sagte er. »Wir sehen uns später.«

In dem stürmischen, frühherbstlichen Wetter beschleunigte Reese ihre Schritte, als sie mit Caleb zum Haus ihrer Eltern ging. »Es ist ein ziemlich weiter Weg«, sagte sie. »Wenn du lieber mit dem Auto ...«

»Mir macht es nichts aus, zu Fuß zu gehen.«

»Okay. Es geht schneller, wenn wir die Fußgängerbrücke nehmen. Sie führt allerdings durch ein etwas raues Viertel. Nicht gerade die malerischste Gegend.«

»Willst du damit sagen, es ist gefährlich?«

»Ich sage, es ist rau. Wenn ich nachts allein wäre, würde ich die Gegend vermutlich meiden. Aber mit dir zusammen am frühen Abend mache ich mir keine Sorgen.«

»Ich dann auch nicht.«

Mit ihm fühlte sie sich sicher, ob das Gefühl nun berechtigt war oder nicht. Eine steife Brise wirbelte durch die unwirtlichen Straßen und Gassen des heruntergekommenen Viertels. Verlassene Lagerhäuser mit eingeworfenen Fensterscheiben waren von Stacheldrahtzäunen und Warnschildern umgeben. Baufällige Wohnhäuser drängten sich Schulter an Schulter über kleinen Lebensmittelläden, Pfandhäusern mit Gittern vor den Fenstern und Kautionsbüros. Mit Graffiti beschmierte Schrottautos und Mauern säumten die Straße auf beiden Seiten. Bettler und Junkies lungerten herum, aber niemand achtete sonderlich auf Reese und Caleb – bis sie eine Kreuzung am Rande des Viertels erreichten.

»Kannste 'nem Kumpel helfen?«, fragte ein ungeschlachter Kerl, der in mehrere Lagen Kleidung und Straßendreck gehüllt war.

Reese hielt sich an Calebs Arm fest. »Tschuldigung«, sagte sie und versuchte, an dem Mann vorbeizueilen.

Caleb jedoch wurde langsamer. »Was für Hilfe brauchst du?«

»Was immer du erübrigen kannst«, sagte der Mann und streckte seine dreckige Hand aus.

»Caleb ...«

»Hier, mein Freund. Und viel Glück.« Caleb gab ihm ein paar Dollar. Dann schüttelte er dem Mann die Hand, schaute ihm in die Augen und schenkte ihm ein warmes Lächeln.

»Äh ... danke.« Der Mann trat zurück, drehte sich um und ging davon.

Reese hielt sich zurück, Caleb all die Gründe aufzuzählen, warum es nicht empfehlenswert war, einem Schnorrer etwas zu geben. Sie wusste, es hatte keinen Sinn. Außerdem war die Art, wie Caleb dem Mann das Geld gegeben hatte – indem er dessen Menschlichkeit anerkannt und ihm Glück gewünscht hatte –, einwandfrei gewesen.

Sie seufzte. »Du bist ein so viel besserer Mensch als ich.«

Er nahm ihre Hand und legte sie wieder in die Beuge seines Arms. »Einem Mann Geld zu geben macht mich nicht zu einem netten Menschen. Es bedeutet nur, dass ich etwas übrig hatte.«

»Es war aber nett von dir, so freundlich zu ihm zu sein. Die meisten Menschen nehmen die Bettler gar nicht wahr, auch wenn sie ihnen Geld geben.« Sie seufzte erneut. »Die Stadt kann ein harter Ort zum Leben sein. Manchmal träume ich davon, irgendwo aufs Land zu ziehen. Ich glaube, das würde mir gefallen.«

»Dann solltest du es vielleicht ausprobieren.«

In ihrem Kopf blitzte die Erinnerung an das Treffen mit Dr. Lake und Dr. Shrock auf, und sie schüttelte den Kopf. »Das geht nicht. Mein ganzes Leben dreht sich um meine Karriere als Ärztin. Das bedeutet noch mindestens sieben Jahre in Großstadtkrankenhäusern, und danach steige ich in die Praxis meiner Eltern ein. Ich schwöre aber, meine Ferien werde ich nur auf dem Land verbringen.« Sie sah, dass er lächelte. »Du machst keine Ferien, oder?«

Er schüttelte den Kopf. »Nein, nie.«

Sie war erleichtert, als das heruntergekommene Viertel dem stillen Luxus des Fitler Square wich, einem jahrhundertealten Park, der von alten Backsteingebäuden, baumgesäumten Straßen und gepflegten Gärten mit Springbrunnen und Statuen umgeben war. Am Rande des alten Viertels am Fluss erhob sich das Hochhaus, in dem Reeses Eltern wohnten, wie ein gläserner Obelisk. Der Luxus in dem Gebäude war beinahe beschämend – das große Eingangsportal, die Sicherheitsleute, die zurückhaltende Eleganz der Lobby. Jedes Detail dieses Hauses war dazu gemacht, zu beeindrucken und den Erfolg seiner wohlhabenden Bewohner zu betonen. Reese sah, wie Caleb alles mit seiner gewohnten Offenheit und Leichtigkeit in sich aufnahm.

Auf dem Weg zu den Fahrstühlen hallten ihre Schritte auf dem polierten Marmorboden. Vor dem Fahrstuhl, der mit *Privat* markiert war, hielt sie ihre Zutrittskarte an das Lesegerät, dann betraten sie die vergoldete, verspiegelte Kabine. Wieder wedelte Reese mit ihrer Karte, und der Fahrstuhl schwebte in das Penthouse im zweiundzwanzigsten Stock. Die Türen öffneten sich mit einem leisen Zischen direkt in der Wohnung von Reeses Eltern.

»Willkommen im Casa Powell«, sagte sie einen Tick zu fröhlich und trat aus dem Fahrstuhl. Zu ihrer Erleichterung wirkte Caleb überhaupt nicht nervös. Und auch nicht eingeschüchtert, so wie einige ihrer Freunde, die sie mit hierhergebracht hatte. Er ließ einfach alles mit der ihm eigenen Geduld auf sich zukommen.

»Hey Mom, Dad«, rief Reese. »Wir sind da!«

»Kommt herein«, trällerte ihre Mutter. Ihre Pumps klapperten über den Parkettboden. Sie trug ein schlichtes Designerkleid und eine Kaschmirstola, und ihre Frisur und ihr Make-up waren perfekt. »Wir nehmen die Drinks auf der Veranda ein.« Sie umarmte Reese und schüttelte Caleb die Hand. »Ich bin Joanna«, sagte sie. »Vermutlich müsste ich jetzt sagen, ich habe schon so viel von Ihnen gehört, aber das stimmt nicht. Reese hat mir beinahe gar nichts über Sie verraten.«

»Mom …«

Caleb lächelte, und um seine blauen Augen bildeten sich kleine Fältchen. »In dem Fall nehme ich an, dass wir uns viel zu erzählen haben.«

Die Miene ihrer Mutter ließ Reese beinahe laut auflachen. Selbst Joanna Powell war nicht immun gegen Calebs Aussehen. Sie fächelte sich gespielt Luft zu. »Sie, junger Mann, gefallen mir jetzt schon. Kommen Sie, ich stelle Ihnen Hector vor.« Sie ergriff Calebs Hand und ging quer durch das Apartment, an Designermöbeln und Kunst, die eines Museums würdig gewesen wären, vorbei durch die große Glastür, die auf die weitläufige, von einer Glasbrüstung umgebene Terrasse mit großem Pool, eingetopften Bäumen und Bar führte. Durch unsichtbare Lautsprecher erklang leise Musik.

»Es ist heute ein wenig frisch, aber ich wollte, dass Sie den Sonnenuntergang sehen«, meinte sie. »Ich habe Quentin gebeten, die Heizstrahler für uns anzumachen.«

»Hi Dad.« Reese steuerte zur Bar, die dramatisch von unten beleuchtet wurde. Auf dem Regal hinter ihrem Vater waren verschiedene Flaschen aufgereiht. »Was auch immer du da gerade in den Shaker füllst, mach für mich einen Doppelten draus.«

»Harter Tag?« Er umarmte sie fest.

Ich glaube eher, dass der Abend hart wird, dachte sie. »Das ist Caleb Stoltz. Caleb, mein Vater Hector.«

»Es ist mir ein Vergnügen«, sagte ihr Vater. »Welches ist Ihre Droge?«

Reese merkte, dass das eine der Phrasen war, die Caleb verwirrten. Dafür hatte er nicht genügend Fernsehsendungen gesehen. »Möchtest du etwas trinken?«, übersetzte sie für ihn.

»Ein Bier, bitte.«

Sie nahmen ihre Drinks mit zu dem Tisch, der unter der sanften Wärme der Heizstrahler stand. »Cheers«, sagte Reeses Vater und hob sein Highball-Glas.

»Wir sind so froh, dass ihr kommen konntet. Es ist beinahe unmöglich, unserer Tochter einen Besuch abzuringen, weil sie immer so beschäftigt ist.«

Caleb nickte höflich, aber Reese wusste, dass er nicht auf Small Talk stand. Er schien Stille nie füllen zu müssen.

»Reese hat uns erzählt, dass Sie vom Land kommen.« Joanna lächelte ihn erwartungsvoll an.

»Ja. Aus einem Ort namens Middle Grove. Etwas nordwestlich von der Stadt.«

»Und wie gefällt Ihnen Philly?«

Meine Güte, dachte Reese, er ist hier, weil sein Neffe einen schweren Unfall hatte, und nicht, um die verdammte Liberty Bell zu besuchen.

»Es ist ganz schön«, antwortete er.

»Hector und ich lieben es, hier zu leben«, verkündete Joanna und deutete auf das Panorama. Wie versprochen war der Sonnenuntergang bombastisch. Die Wolken sahen aus, als würde in ihnen ein Feuer brennen. »Ich vermisse unser Haus in Gladwyne, aber als Reese aufs College gegangen ist, schien es uns der richtige Zeitpunkt für eine Veränderung zu sein. Der Gedanke, ins Stadtzentrum zu ziehen, hat uns ein wenig beklommen gemacht, aber dann fanden wir diese Wohnung und haben nun das Beste aus beiden Welten.«

Anders als andere Freunde, die Reese mit zu ihren Eltern gebracht hatte, fing Caleb nicht an, von dem umwerfenden Apartment zu schwärmen, von der Kunst, dem atemberaubenden Blick durch die deckenhohen Fenster und von der Terrasse. Das war einfach nicht seine Art.

»Die Hauptsache ist, dass wir unsere Mitgliedschaft im Golfclub behalten konnten«, warf ihr Vater ein. »Schmeckt Ihnen das Bier?«, fragte er. »Ich habe von Bier nicht viel Ahnung.«

»Es ist köstlich, danke«, entgegnete Caleb.

»Im Moment stehst du an einem so entscheidenden Punkt in

deiner Karriere«, wandte Hector sich an Reese. »Bring mich auf den neuesten Stand, wie es mit *The Match* aussieht. Hast du schon einen Plan, wie du das mit den Programmen angehen willst?«

Super, lass uns vor unserem Gast über die Arbeit reden. »Alles läuft gut«, sagte sie. »Und natürlich habe ich einen Plan.« Sie schaute sich um und suchte nach etwas, um das Thema zu wechseln. »Die Terrasse sieht toll aus. Wie in einem Fünfsternehotel.«

»Für die nicht Eingeweihten: *The Match* nennt sich das Programm, das angehende Assistenzärzte mit den passenden freien Stellen zusammenbringt«, erklärte Hector an Caleb gewandt.

Für die nicht Eingeweihten, dachte Reese. Warum klang das so herablassend?

»Oh Mann, ich erinnere mich noch so gut an diese Zeit«, fuhr Hector fort. »Ich habe jede Nacht wach gelegen und gegrübelt, was das Richtige ist. Setz ich das Mass General an die Spitze oder Johns Hopkins? Und dann war da die Gelegenheit mit der Mayo-Klinik … Es war die reinste Qual.«

»Ich quäle mich nicht, Dad.«

»Welches Programm steht bei dir im Moment ganz oben?«, erkundigte sich ihre Mutter.

»Nun, die, die Dad erwähnt hat, und natürlich die Penn hier vor Ort.«

»Wir würden gerne sehen, dass du dein Leben ein wenig ernster nimmst. Jetzt, wo *The Match* kurz bevorsteht, wird alles auf einmal sehr schnell gehen.«

Reese zuckte unter der unterschwelligen Kritik zusammen und warf Caleb einen Blick zu, um sicherzustellen, dass er nicht kurz vorm Einschlafen war.

Ihr Vater warf ihm einen Es-tut-mir-leid-aber-irgendwie-auch-nicht-Blick zu. »Ein großer Schritt für unser kleines Mädchen«, sagte er. »Wir wollen nur das Beste für sie.«

»Perelman an der Penn ist die beste Wahl für globale Gesundheitsstudien«, sagte Caleb. »Für Chirurgie wäre es Johns Hopkins.« Er schaute von einem überraschten Elternteil zum anderen. »Ich habe ein wenig recherchiert. Wegen Jonah.«

»Oh«, sagte Joanna. »Das ist … bewundernswert.«

»Ich hatte auch ein Bewerbungsgespräch für eine Assistenzstelle in einer ländlichen Klinik«, gestand Reese – sie konnte es genauso gut auf den Tisch packen.

»Ländlich?« Ihr Vater wirbelte das Eis in seinem Glas herum. »Auf dem Land bildet man keine Kinderchirurgen aus.«

Reese versuchte, sich nicht aufzuregen. »Aber Allgemeinmediziner.«

Mit einem Ausdruck leichter Verwirrung lauschte Caleb der Unterhaltung, als würde er ein Tischtennismatch verfolgen.

»Das ist aber nicht dein Fachgebiet«, wandte ihre Mutter ein. »Du willst doch deine Zeit nicht damit verbringen, Ohrenschmerzen und Heuschnupfen zu behandeln.«

Reese spürte, dass sie auf gefährliches Terrain gerieten. »Hey«, sagte sie. »Ich sterbe vor Hunger. Was gibt es zum Essen?«

»Ah, ich hatte gehofft, dass ihr Appetit mitbringt. Quentin war heute Morgen auf dem Markt und steht schon den ganzen Tag in der Küche.«

Sie gingen hinein und versammelten sich um den Tisch, der mit Porzellan und Kristall gedeckt war. Die Wasser- und Weingläser waren perfekt positioniert, das silberne Besteck lag ordentlich auf gestärkten Leinenservietten.

Quentin kam aus der Küche. »Alles bereit?«, fragte er.

»Ich verhungere«, sagte Reese und stellte ihm Caleb vor. Sie schaffte es jedoch nicht zu sagen, dass Quentin ein echter Butler war. Das kam ihr so protzig vor.

»Crostini mit Prosciutto und Burrata«, sagte Quentin, als er kurz darauf die Vorspeise servierte und alle sich gesetzt hatten.

Caleb beugte sich zu Reese. »Das ist ein Schinken-Käse-Sandwich.« Dann lächelte er Quentin an. »Und wer mag das nicht?«

Quentin grinste. »Jupp. Der Burrata ist ganz frisch. Dazu passend habe ich einen schönen Lambrusco. Guten Appetit.« Er schenkte ihnen allen ein.

Das Essen war wirklich köstlich, aber auch prätentiös – ein Salat aus Fenchel und Blutorangen, ein Ragout aus Waldpilzen und Farro, einem nussig schmeckenden Getreide. Gefolgt von einem Dessert, das mehr wie ein per Hand gezeichnetes 3-D-Gemälde auf Glas aussah. Während des Essens zeigten Reeses Eltern sich von ihrer besten herablassenden, voreingenommenen Seite.

»Ich finde es so faszinierend, dass Sie amisch sind«, sagte Joanna, als hätte er eine seltene Krankheit. »Wir haben noch nie einen Amischen getroffen, oder, Hector?« Sie hielt einen Moment inne. »Nein, warte, ich habe eine Kollegin in Lancaster. Erinnerst du dich noch an sie, Reese? Lane St. John. Sie war Professorin für Genetik, und ihre beiden Söhne sind nach Princeton gegangen. Aber egal, das ist nicht wichtig.«

Nein, Mom, du wolltest nur Princeton anbringen. »Lane hatte diese wunderbare Haushälterin, ein amisches Mädchen. Und ich meine wirklich wunderbar. Sie hat alles gemacht – die Laken gebügelt, Brot und Kuchen aus frischen Zutaten gebacken, den Bürgersteig vor dem Haus auf Händen und Knie geschrubbt. Und sie hat auch alle Näh- und Änderungsarbeiten gemacht. Wirklich unglaublich. Meine Kollegen und ich waren total neidisch. So jemanden wollten wir alle auch haben.«

Reese biss die Zähne zusammen. Das hatte ihre Mutter gerade nicht wirklich gesagt.

Doch. Hatte sie.

Caleb hingegen zuckte nicht mal mit der Wimper. »Ich schätze, wir alle könnten so jemanden gebrauchen«, meinte er mit einem übermütigen Grinsen. »Wo hatte Ihre Freundin das Mädchen her? Aus dem Supermarkt?«

Joanna hatte den Anstand zu erröten. »Ich meine ja nur, ein junges Mädchen mit so vielen Talenten ist schwer zu finden. Die meisten Mädchen heutzutage interessieren sich nicht für Hausarbeit.«

Hör auf zu reden. Reese schickte die Nachricht telepathisch über den Tisch. »Ich habe vor Kurzem auch einen Beerenkuchen aus frischen Zutaten gebacken«, sagte sie beinahe verteidigend. Etwas an ihren Eltern sorgte dafür, dass sie sich wieder wie eine Zwölfjährige fühlte.

»Er war köstlich«, sprang Caleb ihr bei. »Jonah, mein Neffe, der im Krankenhaus liegt, spricht immer noch davon. Ihre Tochter ist sehr nett zu uns.«

»Freut mich, das zu hören«, sagte Reeses Vater. »Ich kann mir vorstellen, dass es ein ziemlicher Kulturschock ist, wenn man als Amischer in die Stadt kommt.«

»Ja, es ist definitiv anders. Einen Schock würde ich es jedoch nicht nennen.«

Sie bombardierten Caleb mit Fragen, die darauf ausgelegt waren, dass er sich unbehaglich fühlte, fehl am Platz, weniger wert. Er antwortete mit ungerührter Offenheit, sprach locker von dem Leben auf der Farm, der eng zusammenhaltenden Gemeinschaft, der Geschichte seiner Familie, die seit sechs Generationen in dem gleichen Haus wohnte.

»Ich wünschte, ich hätte mehr Ahnung von Gartenarbeit.« Reeses Mutter seufzte. »Ich habe darüber nachgedacht, hier auf der Terrasse einen kleinen Garten anzulegen. Glauben Sie, das könnte funktionieren? Und Bienenkörbe. Wussten Sie, dass Bienen in der Stadt zu halten ein Trend ist? Vielleicht können Sie uns ein paar Tipps geben.«

»Nur weil er amisch ist, heißt das nicht, dass er ein wandelnder Bauernalmanach ist«, warf Reese ein.

Er grinste sie an. »Vielleicht bin ich das doch.« Er wandte sich an ihre Mutter. »Bienen und Schmetterlinge fliegen normalerweise nicht so hoch, also könnten Bienenkörbe bei der Bestäubung der Gartenfrüchte helfen.«

»Oh, das ist clever. Ich werde Quentin nächstes Frühjahr gleich darauf ansetzen.«

Während sie im Wohnzimmer Kaffee und einen Digestif zu sich nahmen, musste Reese sich zusammenreißen. Caleb lehnte beide Getränke höflich ab, und genauso höflich richtete er seine Aufmerksamkeit auf die Kunstsammlung, als Reeses Mutter ihm ihre Lieblingswerke zeigte.

»Haben Sie in der Schule Kunstunterricht gehabt?«, fragte Joanna.

Caleb lächelte kurz. »So eine Schule habe ich nicht besucht. Bei uns geht es nur um die Grundlagen, und die Schule endet nach der achten Klasse.«

»Die Schule endet nach der achten Klasse?« Die Augenbrauen von Reeses Vater schossen nach oben. »Ist das überhaupt legal?«

Nun war für Reese das Maß voll. »Um Himmels willen, Dad …«
Caleb drückte sein Bein gegen ihres. *Ist schon gut.*

Sie zügelte sich und stellte ihre Kaffeetasse übertrieben korrekt ab. »Wir müssen morgen beide früh raus«, erklärte sie. »Also sollten wir besser gehen.«

»Ich rufe einen Wagen.« Ihre Mutter griff nach dem Telefon.

»Nein, bitte nicht«, sagte Reese. »Ein Spaziergang wird uns guttun.«

»Dann geht ihr am besten den Weg am Ufer entlang. Von dort hat man einen spektakulären Blick auf die Stadt bei Nacht. Nehmt auf keinen Fall die Abkürzung. Die ist nachts gefährlich.«

Reese umarmte ihre Eltern kurz um Abschied. *Gefährlich.* »Ja«, sagte sie. »Ich weiß.«

Als sie das Haus der Powells verließen, nahm Caleb die Gefühle wahr, die in Reese brodelten. Er sagte nichts. Sie würde sprechen, wenn sie so weit war. Dessen war er sich vollkommen sicher. Reese war eine Frau, die redete, wenn sie musste.

»Tut mir leid«, sagte sie nach ein paar Minuten. »Warum lasse ich immer zu, dass sie mir so nahegehen?«

»Weil ihnen so viel an dir liegt. Sie wollen nur das Beste für dich. Und du willst sie glücklich machen, weil sie deine Eltern sind und du sie liebst.«

Sie nahmen den Fußweg am Ufer entlang, den Joanna vorgeschlagen hatte. Im Fluss spiegelten sich die hellen Lichter und Farben der nächtlichen Stadt. Das Kunstmuseum wurde von unten angestrahlt und erinnerte an einen griechischen Tempel auf einem Hügel. In irgendeinem Wartezimmer hatte er gelesen, dass dieser Weg der Stolz der Stadt und eine ihrer neuesten Attraktionen war. Trotz des kühlen Wetters schlenderten Menschen in modischer Kleidung und glänzenden Schuhen umher, Geschäftsleute eilten mit ihren Aktentaschen dahin, Gruppen von Kindern tobten herum, Radfahrer und Jogger absolvierten ihre spätabendlichen Trainingseinheiten. Es war ein starker Kontrast zu Middle Grove, wo man abends zu Hause im sanften Licht einer leise zischenden Laterne saß und ein Buch las.

»Natürlich hast du recht«, sagte Reese. »Ich liebe sie, und ich will sie stolz und glücklich machen. Sie haben mir so viel gegeben. Dafür bin ich ihnen dankbar. Aber … ich mache mir Sorgen.«

»Worüber?«

»Ich habe Angst, dass das, was ich für mich will, und das, was sie für mich wollen, zwei ganz verschiedene Dinge sind. Wenn ich tue, was sie wollen, werde ich mich immer fragen, ob es die richtige Entscheidung war. Wenn ich tue, was ich will, werden sie von mir enttäuscht sein.«

»Was ist schwerer? Deine Eltern zu enttäuschen oder dich?«

»Beides ist ätzend.«

Er verspürte eine Welle der Zuneigung zu ihr, zu dieser Frau, die wie eine Frühlingsblume in sein Leben geplatzt war. Sie durchdachte immer alles. Und dann durchdachte sie es noch einmal. »Dann entscheide dich für eine dritte Option«, schlug er vor.

»Die da wäre?«

»Sag du es mir.« Es fiel ihm schwer, die Hände bei sich zu behalten. Mit jeder Faser seines Körpers wollte er sie berühren, sie an sich ziehen, sie küssen, so wie er es auf der Grantham Farm getan hatte. Und er wollte, dass diese Küsse zu langen, fiebrigen Stunden der Liebe führten. Er war dazu erzogen worden, diese Sehnsüchte zu unterdrücken, aber Reese zu küssen fühlte sich ehrfürchtiger an als jedes Gebet, und wenn das Gotteslästerung war, würde er dafür nur zu gerne in der Hölle schmoren.

»… was sie antreibt, weißt du?«

»Entschuldige, was hast du gesagt?« *Konzentrier dich.*

»Meine Eltern«, sagte sie. »Hatten wir nicht darüber gesprochen?«

»Doch, sicher.«

»Ich mache mir Sorgen, dass ich nicht ihren Ehrgeiz habe. Sie sind beide so erfolgreich. Jede Erinnerung, die ich aus meiner Kindheit und Jugend an sie habe, dreht sich darum voranzukommen – sie in ihrer Arbeit und ich in der Schule. Selbst an den Wochenenden und in den Ferien haben wir nur Dinge unternommen, die etwas damit zu tun hatten, die zielorientiert waren. Ich erinnere mich nicht daran, jemals etwas einfach nur getan zu haben, um es zu tun, verstehst du? Wenn ich im Gras liegen und in die Wolken schauen wollte, musste ich dabei die verschiedenen Wolkenarten und wie sie sich bilden lernen.«

Er schwieg.

»Du sagst ja gar nichts.«

Als Kind wäre er froh gewesen, wenn jemand Erwartungen an ihn gestellt hätte. Jemand, der erwartete, dass er mehr als die Grundlagen lernte, der wollte, dass er einen großen Traum verfolgte. Da er nicht wusste, wie er ihr das sagen sollte, schwieg er.

»Okay, hier ist noch ein Beispiel. Als ich zehn oder vielleicht elf Jahre alt war, war ich bei den Pfadfinderinnen. Weißt du, was das ist?«

Er nickte. »Die Keksverkäuferinnen.«

Sie lachte. »Ganz genau. Wie auch immer, meine Eltern hießen das gut, weil es darum ging, sich Ziele zu setzen und für ihr Erreichen belohnt zu werden. Ein Abzeichen zu kriegen. Damals wusste ich es nicht, aber ich glaube, sie haben sich mehr auf die Abzeichen konzentriert als auf die Dinge, die ich tun musste, um sie zu verdienen. Ein Projekt, an das ich mich erinnere, war, ein Beet anzulegen. Ich habe mir ein sonniges Fleckchen neben der Auffahrt ausgesucht und gearbeitet und gearbeitet. Als die ersten Erbsen und Bohnen wuchsen, war ich so aufgeregt. Ich konnte es morgens kaum erwarten zu sehen, was über Nacht passiert war. Für mich schmeckten die Erbsen so süß wie Bonbons. Dann kam ich eines Tages nach Hause, und das Beet war weg.«

»Was meinst du damit, es war weg?«

»Einfach ... eingeebnet. Das gesamte Beet. Mein Vater hatte Arbeiter angeheuert, um einen Unterstand für sein Golfcart zu bauen, und sie haben das Fundament genau an der Stelle ausgehoben, an der sich mein Beet befunden hatte. Ich habe Zeter und Mordio geschrien, habe meinen Eltern eine Riesenszene gemacht. Und mein Dad hat mich nur angeschaut und gesagt: ›Du hast ihn doch für das Pfadfinder-Abzeichen angelegt.‹ Als würde das alles erklären. Er ist davon ausgegangen, dass ich das Beet nicht mehr brauchte, weil ich das Abzeichen ja bereits hatte. Er meinte: ›Wenn du grüne Bohnen willst, bitte die Haushälterin, dir nächstes Mal, wenn sie auf den Markt geht, welche mitzubringen.‹ Er wollte nicht gemein sein. Er war nur realistisch. Und hatte überhaupt keine Ahnung davon, was ich wirklich wollte – das ging so weit, dass ich mich selbst infrage gestellt habe.«

Er berührte sie am Arm und führte sie zu einer Bank, die im Licht einer Laterne stand. Sie setzten sich, und ohne darüber nachzudenken, legte er Reese einen Arm um die Schultern. »Du zitterst.«

»Das Wetter schlägt um«, sagte sie leise. »Und ich bin … Ich schätze, du merkst, dass das ein sehr emotionales Thema für mich ist.«

»Das ist die Familie meistens«, erwiderte er.

»Erzähl mir von deiner Familie«, bat sie. »Ich meine, ich kenne die Grundzüge – deine Mom, dein Bruder … Erzähl mir eine Geschichte aus deiner Kindheit. Ich nehme an, du hast kein Abzeichen dafür bekommen, dass du ein Beet angelegt hast. Erzähl mir etwas, das ich noch nicht über dich weiß.«

Ihre Frage ließ eine Flut an Erinnerungen in ihm aufsteigen. Er saß bewegungslos da und spürte ihre Wärme neben sich.

Ein Boot fuhr auf dem Fluss an ihnen vorbei. Vier Männer auf Fahrrädern sausten zwischen den Spaziergängern hindurch und passierten die Bank. Teenager liefen laut redend und lachend an ihnen vorbei.

Als sie fort waren, stieß Reese ihn an. »Nun?«

»Das ist nicht so einfach.« Er schaute sie an, und der Blick, mit dem sie seinen erwiderte, raubte ihm den Atem. Denn was er in ihren Augen sah, war ein Echo dessen, was er in seinem Herzen fühlte. »Als ich noch klein war, habe ich gestottert.«

»Oh. Das muss hart gewesen sein.«

Wieder schwieg er. Wappnete sich. Denn Reese war zu klug, um die Punkte nicht miteinander zu verbinden. Er wusste, sie würde anfangen zu graben. Und das Seltsame war, er wollte, dass sie es tat. Er wollte, dass sie es erfuhr.

»Caleb?« Ihre Stimme war ganz leise. »Was hat das Stottern ausgelöst?«

Und da war es. Die Frage, die ihm noch nie jemand gestellt hatte. »Alles diente als Waffe«, sagte er. »Eine Schaufel. Eine

Bügelsäge. Ein Pferdegeschirr. Was auch immer mein Vater in die Finger bekam. Im Stall, im Abort, im Milchhaus. Ich wusste nie, wann er auf mich losgehen würde. Er hat mich geschlagen, bis ich um Gnade gewinselt habe. Wenn ich es mal gewagt habe, mich zu beschweren, hat er nur gesagt, ich solle inbrünstiger beten.«

Aufkeuchend zog sie sich ein Stück zurück und packte ihn an den Armen. »Oh mein Gott, Caleb. Nein.«

»John hat das Schlimmste abbekommen, weil er der Ältere war«, fuhr er fort. Noch nie in seinem Leben hatte er jemandem davon erzählt. Es war, als würde jemand anderes die Worte aussprechen. Ihn wunderte, wie roh die Erinnerung selbst jetzt, Jahrzehnte später, noch war. Als wäre es gestern gewesen. Er erinnerte sich noch an den Terror und den Schmerz. Die Scham und die Demütigung. »Als John größer geworden war als unser Vater, hat er diesem Treiben ein Ende gesetzt.«

»Gab es denn niemanden, dem du es sagen konntest? Das ist kriminelles Verhalten. Ist es keinem aufgefallen – einem Lehrer, einem Nachbarn?«

»Die Gemeinde ist stolz darauf, eng zusammenzuhalten und ihre Mitglieder zu beschützen. Derartiges Verhalten wird nicht als kriminell angesehen. Man hat gehorsam zu sein, sich zu unterwerfen und sich nach Salomos Regeln zu richten.«

»Wer sein Kind liebt, züchtigt es? Mein Gott.«

»Ich schätze, in einigen Familien funktioniert es.«

Reese zitterte. »Ach Caleb. Ich weiß nicht, was ich sagen soll.«

»Ich kann mit Schweigen gut umgehen.«

Sie lachte erstickt auf, während sie sich die Tränen von den Wangen wischte. »Okay, du gewinnst den Wettbewerb ›Wer hat die schlimmsten Eltern?‹. Ich schäme mich, dass ich mich überhaupt über irgendetwas beschwert habe. Und es tut mir so unendlich leid, dass dir das passiert ist. Ich wünschte mir von ganzem Herzen, ich könnte diesen kleinen Jungen in die Arme nehmen und ihn für immer beschützen.«

»Das ist sehr süß von dir.« Er strich ihr sanft mit den Fingerspitzen über die feuchte Wange. »Das habe ich noch keiner Menschenseele erzählt.«

»Ich bin froh, dass du es mir erzählt hast. Und was auch immer es für dich bedeutet, du wirkst nicht im Entferntesten wie ein Mann, der von seinem eigenen Vater misshandelt wurde. Wenn ich dich mit Jonah sehe, bin ich immer wieder erstaunt, wie geduldig und liebevoll du mit ihm umgehst.«

»Als ich zurückkam, um mich um Jonah und Hannah zu kümmern, habe ich mir geschworen, die Art Mann zu sein, die ich mir als Vater gewünscht hätte.«

»Du bist unglaublich. Aber ich habe ein paar Fragen.«

Er lächelte. »Natürlich hast du die.«

»Warum bleibst du in der Gemeinde, wenn es für dich doch so schrecklich war?«

»Für John war es das nicht. Zumindest nicht mehr, nachdem er meinen Vater gezwungen hatte, sich zu beherrschen. Danach, nachdem er von der Brücke gesprungen war, hat die amische Gemeinde ihn gerettet. Er hat sich all dem, was am amischen Weg gut ist, geöffnet – Familie und Gemeinschaft, das Land bestellen und ein gottesfürchtiges Leben führen. Das wollte er auch für seine Kinder. Nicht das Leben, das unser Vater uns aufgezwungen hat. Sondern das Leben, das er sich mit Naomi aufgebaut hatte. Sie haben die Farm in ein wunderbares Zuhause verwandelt, ein wirklich fröhliches Haus. Ich gebe mein Bestes, um das fortzuführen.«

»Es ist bemerkenswert – und bewundernswert –, dass du dich von dem, was du als Junge durchleiden musstest, erholt hast. Jonah wird vermutlich nie erfahren, was für ein Glück er gehabt hat.«

»Wenn ich Jonah und seine Schwester anschaue, habe *ich* das Gefühl, Glück gehabt zu haben.«

»Wie nett von dir, das zu sagen. Familiäre Verpflichtungen können so kompliziert sein. Es ist schwer, die Erwartungen der Eltern von den eigenen zu trennen.«

Caleb steckte in einem ähnlichen Dilemma, und die Parallelen waren offensichtlich. »Ich würde es nicht kompliziert nennen«, sagte er. »Eigentlich ist es sehr klar. Ich weiß, was ich zu tun habe.« Er hatte früher immer über die Zukunft gegrübelt. Über die Zeit, wenn Hannah und Jonah ausgezogen waren. Vielleicht hätte er

Middle Grove dann verlassen. Doch jetzt, da Jonah so schwer verletzt war, stand ihm diese Option womöglich nicht mehr offen.

Doch er würde einen Weg finden, das Gute an Middle Grove mehr zu schätzen. Die Dinge, die sein Bruder gesehen hatte. Es war ein sicheres Zuhause für Jonah. Ein geschützter Hafen. Das Problem war nur, dass Caleb so fest verankert war, dass er manchmal das Gefühl hatte zu ertrinken.

Reese stand auf. »Danke, dass du mir das erzählt hast. Ich wünschte, es wäre eine andere Geschichte, aber ich bin trotzdem froh.«

»Es ist sehr leicht, mit dir zu reden, Reese.« Er stand ebenfalls auf, und sie setzten ihren Weg fort.

»Du lügst niemals«, sagte sie. »Das liebe ich an dir.«

Sie täuschte sich. Und er wusste es. Die größte Lüge erzählte er sich selbst. Und zwar jeden Tag.

Reese widerstand dem Drang, Calebs Hand zu nehmen, als sie gemeinsam durch die kühle Nacht liefen. Nach der Unterhaltung eben kam es ihr komisch vor, ihn nicht zu berühren, aber es gab noch etwas, über das sie sprechen mussten.

»Ich habe mich gefragt, was das mit uns ist«, setzte sie an. »Ich weiß, das ist ziemlich unverblümt von mir, aber ich denke, es ist am besten, direkt zu sein.«

»Und das ist ziemlich direkt.« In seiner Stimme schwang der Anflug eines Lächelns mit. Sie war nicht sicher, woher sie das wusste. Aber irgendwie kannte sie ihn. Woher kam es nur, dass sie nach so kurzer Zeit schon so viel über ihn wusste? Lag es daran, dass sie nicht aufhören konnte, an ihn zu denken?

»Ich weiß nicht, wie ich das sonst angehen soll. Zwischen uns ist etwas. Es fühlt sich … romantisch und besonders an. Und wenn du denkst, dass ich mich irre, dann sag lieber jetzt etwas, weil es für mich nämlich eine ziemlich große Sache ist.«

»Du irrst dich nicht.«

Erleichterung breitete sich in ihr aus. Dann spürten sie es also beide. »Ich werde jetzt sehr ehrlich sein und dir sagen, dass ich vermutlich nicht viel mit einer amischen Frau gemeinsam habe.

Ich erwähne das nur, damit du weißt, dass ich es wirklich so meine, wenn ich sage, dass ich … sehr viel an dich denke. Erinnerst du dich noch, dass du mir erklärt hast, was das bedeutet?«

»Ja, ich erinnere mich.«

»Dann weißt du, dass ich dabei bin, mich in dich zu verlieben.« So. Endlich hatte sie die Worte laut ausgesprochen. Und sosehr sie sich auch innerlich wand, so wahr war es. »Du musst das nicht auch sagen«, fügte sie hinzu. »Wenn du gar nichts sagen willst, verstehe ich das, denn ehrlich gesagt bitte ich dich um nichts, und ich verstehe, dass unsere Leben total unterschiedlich sind und es eigentlich keinen Sinn hat …«

Er unterbrach sie mit einem schnellen, harten Kuss. Mitten auf der Promenade, vermutlich im Fokus einer Überwachungskamera, packte er sie und gab ihr einen so feurigen, leidenschaftlichen Kuss, dass ihre Welt sich auf den Kopf stellte und die Farben sich veränderten. Der Moment dauerte bis in die Unendlichkeit an und war doch nicht lang genug. Dieser Kuss war wie eine Welle, die sich zum Scheitelpunkt aufbaut und dann bricht. Reese war schwindelig. Wer hätte das gedacht, überlegte sie. *Wer hätte gedacht, dass es auf dieser Welt so ein Gefühl gibt?*

Unendlich sanft löste er seine Lippen von ihren und lächelte sie an.

»Oh«, sagte sie. »Also, wow.« Sie versuchte, ihre Gedanken zu ordnen und mehr als nur einsilbige Worte zu finden. »Nach so einem Kuss«, sagte sie schließlich, »muss es ein Nachspiel geben.«

»Das muss es.« Er nickte. »Außer du meinst damit zu reden.«

»Mist, ich rede immer zu viel«, gab sie zu. Mit einem Mal war sie in Eile. »Aber nein, ich meinte nicht, weiter zu reden.« Verdammt. Das hier passierte wirklich. Und sie wollte es mehr als ihren nächsten Atemzug. Sie waren beinahe zu Hause. Eine kaum zu zähmende Aufregung ergriff Reese, als sie die Treppe von der Promenadenbrücke zur Straße hinunterstiegen.

Am Ende der Treppe lagen Scherben von einer zerbrochenen Straßenlampe auf dem Bürgersteig. Auf der anderen Straßenseite blinkte ein Neonschild über einem Waschsalon. Überall lagen kaputte Backsteine und kleine Kugeln auf dem Boden.

»Vorsichtig.« Caleb legte ihr eine Hand auf den Rücken und führte sie vorsichtig um die Stelle herum.

Ein Rascheln ertönte. Vier junge Männer auf Fahrrädern kamen aus den Schatten. Einer von ihnen wäre beinahe mit Reese zusammengestoßen, und sie stolperte rückwärts gegen Caleb. »Hey«, rief sie. »Passt auf, wo ihr langfahrt.«

»Gebt uns alles, was ihr habt«, sagte einer der Kerle. Er trug einen tief in die Stirn gezogenen Hut und einen Rollkragenpulli. Tattoos zierten seine Handrücken, und in seinen Augen schien ein Feuer zu glimmen. »Und zwar schnell.«

O nein. Ein Überfall. Wirklich? Jetzt?

Sie packte Caleb am Arm und merkte sofort, dass er seine Muskeln steinhart angespannt hatte. »Wir wollen keine Probleme«, sagte sie mit vor Panik zitternder Stimme.

»Nein«, bestätigte Caleb. »Die wollen wir nicht.« Seine Stimme zitterte überhaupt nicht.

Die Fahrräder fielen scheppernd zu Boden. »Dann tut, was wir euch sagen«, drohte einer der Männer und kam schwankend auf sie zu. Hoodie und locker sitzende Jeans. Fehlender Vorderzahn. »Aaaalles her. Brieftaschen, Bargeld, Schmuck, Handys …«

Ruhig holte Caleb seine zusammengesteckte Lederbörse heraus. Wie üblich enthielt sie nichts außer ein wenig Bargeld.

Eine Hand schnappte sie sich und wühlte ein paar Scheine heraus. »Fünfunddreißig Kröten? *Fuck.* Das ist nichts.«

»Das könnt ihr doch besser«, sagte ein anderer und zerrte so heftig an Reeses Handtasche, dass er ihr beinahe den Arm ausgekugelt hätte. Er ließ die Tasche zu Boden fallen, und alle stürzten sich auf Reeses Portemonnaie und das Handy.

»Schmuck.« Einer riss an ihrer Kette – mit dem Anhänger von ihrer Großmutter. Reese schrie auf, als die Kette sich ihr in die Haut grub.

»Fasst sie nicht an«, sagte Caleb. »Bitte.« Immer noch ruhig, aber Reese hörte einen neuen Ton in seiner Stimme – das leise Knurren eines angreifenden Hundes.

Sie versuchte, durch ihre Panik hindurch zu atmen. Adrenalin schoss ihr durch den Körper, und doch fühlte sie sich wie gelähmt.

Sie sah, wie Calebs große Hände sich ballten und wieder entspannten.

»Hier«, sagte sie und löste mit zitternden Fingern ihre billigen Ohrringe. »Nehmt alles und geht.«

»Der Kerl hat Manieren«, meinte einer der Ganoven. »Er hat *bitte* gesagt. Ich denke, er sollte aber *bitte, bitte* sagen.«

»Ja, genau, sag *bitte, bitte*, Großer.«

»Und entsperr das Scheißhandy, Schlampe.« Einer von ihnen reckte es ihr entgegen und packte Reeses Handgelenk.

»Ich habe gesagt, ihr sollt sie nicht anfassen«, wiederholte Caleb.

»Und ich habe gesagt, du sollst *bitte, bitte* sagen. Und wo du schon dabei bist, rück den Rest deines Geldes raus.« Während er sprach, zog der Typ eine Waffe und stieß den Lauf gegen Calebs Kinn. »Hast du mich verstanden?«

Reese hätte sich beinahe übergeben. »Oh mein Gott. Bitte nicht schießen. Bitte …«

Einer der Männer hielt ihr das Handy vors Gesicht. »Entsperren! Sofort, Schlampe.«

Sie zitterte so heftig, dass sie sich beim Eingeben des Codes vertippte. Der Mann verlor die Geduld und schubste Reese gegen das Treppengeländer aus Eisen. Er roch nach Hasch und Schweiß. »Drück deinen verfickten Daumen auf den verfickten Knopf«, rief er, und sein Atem strich ihr heiß über das Gesicht.

Reese konnte ihre Hand nicht still halten. Aus dem Augenwinkel sah sie, wie Calebs rechte Hand sich zu einer festen Faust ballte. »Caleb, nein«, schrie sie. »Er hat eine Waffe …«

Es erklang ein nicht sonderlich lauter Knall. Dann ein Übelkeit erregendes Knirschen, als Calebs Faust nach oben schoss und so hart auf das Gesicht des Kerls traf, dass dieser rücklings zu Boden fiel. Die Waffe rutschte in Richtung Rinnstein und verschwand in den Schatten. Die anderen drei Männer stürzten sich wie tollwütige Hunde auf Caleb.

Reese sprang vor und packte das Rückenteil eines Sweatshirts mit beiden Händen in dem Versuch, den Kerl von Caleb loszureißen. Ein Ellbogen stieß gegen ihre Brust und raubte ihr den Atem. Sie stolperte, stürzte aber nicht.

Ein Klicken. Dann blitzte eine Klinge im Licht des Neonschildes auf. Caleb packte den Arm des Angreifers und verdrehte ihn. Reese hörte das Reißen einer Sehne oder eines Bandes, dann einen ohrenbetäubenden Schmerzensschrei. Sie erblickte das Messer und hob es auf, auch wenn sie sich nicht vorstellen konnte, es zu benutzen. Ein weiteres Geräusch ertönte; ein feuchter Aufprall. Es kam von Calebs Faust, die mit erstaunlicher Kraft in dem Gesicht seines Widersachers gelandet war.

Einer der Kerle schnappte sich sein Fahrrad und raste davon in die Dunkelheit. Die anderen richteten sich stöhnend und fluchend auf.

»Verfickte Scheiße, verfickte«, heulte einer von ihnen und hielt sich das Gesicht. »Der Mistkerl hat mir die verfickte Nase gebrochen.«

»Ich kann meinen verdammten Arm nicht bewegen«, sagte der andere. Der Arm hing in einem seltsamen Winkel an ihm herunter. Vermutlich war er an der Schulter ausgekugelt. Trotzdem schaffte der Typ es, auf sein Fahrrad zu steigen und wackelig davonzufahren.

»Wenn ich dich noch mal treffe, bist du tot, Motherfucker.« Den Worten mangelte es allerdings an Autorität, weil die Kerle allesamt im Begriff waren zu flüchten.

Reese ließ das Klappmesser fallen und geriet ins Stolpern, als die Knie unter ihr nachgaben. Caleb legte ihr seinen Arm um die Hüfte und half ihr, sich auf die Treppe zu setzen. »Bist du verletzt?«, fragte er.

»N-nein.« Sie rieb sich den Nacken. »Ich habe nur fürchterliche Angst. Und du?«

»Mir geht es gut.« Er beugte sich vor und hob etwas auf – Reeses Kette.

Sie steckte sie, ohne sie anzugucken, in die Tasche. »Die hatten eine Waffe, Caleb. Man soll sich nicht wehren, wenn jemand eine Waffe auf einen richtet. Warum zum Teufel hast du das getan? Verdammt, du hättest angeschossen werden können. Oder Schlimmeres«

Er rieb sich das Kinn. »Das wurde ich.«

»Wie bitte? Mein Gott, wo?«

Er hob das Kinn. »Hier. Ist aber nicht schlimm.«

»Du bist angeschossen worden? Die Kugel hat dich gestreift? Mein Gott.«

Er ging zum Rinnstein und sammelte die Pistole auf.

Reese schreckte vor dem finsteren schwarzen Objekt zurück.

Er schüttelte die Waffe und hörte etwas wie eine Schlange klappern. »Das ist eine Softair-Pistole«, sagte er. »Das habe ich sofort erkannt. Sie sieht echt aus, ist aber nicht so gefährlich. Sie müssen sie vorhin abgefeuert haben, denn ich habe die Kugeln auf dem Bürgersteig gesehen.«

Beinahe wäre Reese auf den Stufen ohnmächtig geworden. »Eine Softair-Pistole.«

»Sie haben dein Handy vergessen.« Er reichte es ihr.

Sie nahm es. Ihre Hände zitterten immer noch zu sehr, um es bedienen zu können, aber der Notruf konnte mit einem einzigen Tastendruck aktiviert werden.

»Neun-eins-eins«, sagte die Stimme am anderen Ende. »Um was für einen Notfall handelt es sich?«

2. TEIL

THE MATCH

März

Am Ende ist es wichtig, sich daran zu erinnern, dass wir nicht zu dem werden können, was wir sein möchten, indem wir das bleiben, was wir sind.

Max De Pree

14. Kapitel

Silber glitzernd hob sich die Klinge vor dem Winterhimmel ab, als Caleb sie hoch in die Luft schwang. Jonah schaute zu, wie sein Onkel mit der Axt einen Bogen durch die Luft beschrieb und die Klinge dann tief in dem Holzstück versenkte, das er gerade spaltete. Vor dem blendenden Tiefblau über sich sah Jonah die Kondensstreifen eines Flugzeugs. Der weiße Pfeil zeigte in Richtung Südwesten, direkt nach Philadelphia.

Caleb hielt in seiner Arbeit inne und wischte sich den Schweiß von der Stirn. »Ein Mann, der Holz hackt, wärmt sich zweimal«, sagte er grinsend. »Hast du Lust, es mal zu versuchen?«

Jonah beäugte die Axt. »Vielleicht später. Ich muss noch mit meinem Arm üben.«

»Okay. Ich denke, wir haben genug für heute Abend.« Caleb stapelte die Holzscheite in die alte Canvas-Tasche. »Ist dir warm genug?«

Jonah nickte, obwohl die Finger seiner guten Hand von der Kälte schon ganz taub waren. Seiner einzigen Hand. Der Winter hatte Middle Grove bis in die Mitte des März hinein in seinem eisigen Griff. Bei der letzten Sonntagsversammlung hatte er gehört, wie die Leute über den brutal langen Winter gesprochen hatten. Die Holzvorräte waren dezimiert, und die Pflanzzeit hatte sich nach hinten verschoben.

Seine andere Hand bestand aus Aluminium, Thermoplastik und Karbon, und er hätte darin nichts fühlen sollen, und doch tat sie beinahe ständig weh – ein pulsierendes, drückendes Gefühl. Phantomschmerzen, sagten die Orthesenspezialisten. Im Laufe der Zeit und nach weiteren Operationen würde er verschwinden.

Jonah klopfte sich gegen den Schenkel, um Jubilees Aufmerksamkeit zu erregen. Seitdem er vor sechs Monaten nach Hause gekommen war, war die Hündin seine ständige Begleiterin. Sie war so eine große Hilfe, wenn er mit seinem Arm übte, dass der Therapeut in New Haven erlaubt hatte, sie zu all seinen Terminen mitzubringen.

»Komm, machen wir uns an die Arbeit, Mädchen«, sagte er und stellte sich vor die Werkbank, an der er seine Übungen absolvierte.

Fang mit einem tiefen Atemzug an. Konzentrier dich. Jonah starrte seinen Roboterarm an. Nicht so, wie die Kinder in der Schule ihn anstarrten, sondern so, wie er es gelernt hatte. Er sollte sich seine Muskeln und Nerven und ihre Verbindungen im Inneren der Halterung vorstellen, in der sein Stumpf steckte. Der Arm hatte elektronische Motoren und Sensoren, die er darauf trainierte zu wissen, was er dachte. Sein Orthopäde hatte gesagt, Beine seien stärker, aber Arme und Hände klüger.

Aber nur, wenn Jonah sich konzentrierte. Die heutige Übung lautete: ein Hundespielzeug aufheben, das die Form eines Donuts hatte. Jubilee war auf das Spielzeug fokussiert und konzentrierte sich genauso sehr wie Jonah. Sie saß auf dem Boden, der gerade anfing zu tauen, und starrte den Donut an, als versuchte sie, ihn zu hypnotisieren.

Jonah schaffte es, das Spielzeug zu greifen. *Jetzt den Ellbogen heben, den Griff verstärken.* Der Arm hob sich, aber die künstlichen Finger öffneten sich, anstatt sich zu schließen.

»Versuch es weiter«, ermutigte Caleb ihn ruhig, während er das Holz zusammensammelte.

In der kalten Stille hörte Jonah die winzigen Motoren in seinem neuen Arm surren.

Er zog die Augenbrauen zusammen. *Finger krümmen. Schließen. Atmen.*

Und endlich gelang es ihm, den Donut aufzuheben. Das Spielzeug quietschte, was Jubilee aufspringen ließ. Er hielt es ganz ruhig, genau wie sein Gehirn es seinem Arm befahl. Dann versuchte er das komplizierteste Manöver von allen: das Spielzeug für seinen Hund zu werfen. Das Ausholen war kein Problem, aber es loszulassen war eine ganz andere Geschichte.

Er bog den Arm an der Schulter zurück und dann wieder nach vorne. *Loslassen.*

Der Griff öffnete sich im genau richtigen Moment. Das Spielzeug flog durch die Luft. Jubilee fiepte freudig auf und sprang hinterher.

»Gut gemacht«, sagte Caleb und grinste übers ganze Gesicht. Das tat er immer, selbst wenn es sich nur um kleine Erfolge handelte.

»Ich habe für meinen Hund ein Spielzeug geworfen«, sagte Jonah.

»Mit deinem neuen Arm. Das ist doch was.«

Er lernte, an Muskeln zu denken, die er nicht mehr hatte, zum Beispiel seinen Bizeps, damit sein Gehirn dem Arm sagte, was er tun sollte. Beugen, strecken zusammenziehen.

In Philadelphia hatten sie ihm gesagt, die Pionier-OP sei nur der Anfang gewesen. Er hatte herausgefunden, dass Pionier in diesem Zusammenhang bedeutete, dass er einer der Ersten war, an der sie durchgeführt wurde. Wie ein Weltraumforscher. Es bedeutete aber auch, dass die eigentliche Arbeit bei ihm lag.

Er war sehr überrascht gewesen, als Caleb plötzlich die Entscheidung getroffen hatte, nach Middle Grove zurückzukehren. Eines Tages war Caleb ins Krankenhaus gekommen; sein Gesicht und seine Knöchel waren von einem Zusammenstoß mit einer Gruppe böser Männer, die ihn überfallen und sein Geld geklaut hatten, ganz zerschunden gewesen. Es hatte eine große Sitzung mit dem Behandlungsteam gegeben, an der selbst Jonah hatte teilnehmen dürfen. Onkel Caleb hatte erklärt, dass er und Jonah nach Hause zurückkehren müssten.

Jonah war außer sich vor Freude gewesen. Endlich zurück nach Hause zu Jubilee und seinem normalen Leben. Irgendwie schafften sie es, einen Plan auszuarbeiten, der es Jonah erlaubte, zu Hause zu sein und trotzdem das Training und die Therapien zu bekommen, die er brauchte. Auf gewisse Weise waren seine Tage gleich, auf gewisse Weise anders. Er hatte mehr Zeit zum Lesen, und Caleb und die Frau von der Gemeindebibliothek stellten sicher, dass er immer neuen Lesestoff hatte. In den letzten Wochen hatte er eine Reihe von Abenteuerbüchern über einen Kinderanwalt namens Theodore Boone verschlungen.

»Hilf mir mal, das reinzutragen«, bat Caleb. Er blies sich in die Hände, um sie aufzuwärmen.

Jonah konnte sich nicht mehr daran erinnern, wie es war, zwei kalte Hände zu haben. Er beobachtete seinen Onkel, musterte dessen große Hände. Sie waren stark genug, um einen sturen Bullen zu bezwingen. Und doch trugen sie auch jetzt, lange nach dem Überfall in Philadelphia, immer noch weiße Narben.

»Was ist?« Caleb hatte Jonahs Blick bemerkt.

»Wie hast du dir die Hände verletzt, als die bösen Männer dich angegriffen haben?«, fragte Jonah. Er schluckte schwer und kam sich unglaublich dreist vor. Bis jetzt hatte er sich nicht getraut zu fragen. Als er noch im Krankenhaus gewesen war, hatte er nichts zu den Händen seines Onkels gesagt, weil er fürchtete, damit seine Chancen, nach Hause zu können, aufs Spiel zu setzen.

»Ich nehme an, ich bin gegen irgendetwas gestoßen oder an etwas entlanggeschrammt.« Caleb lehnte sich gegen den Holzschuppen.

»Woran?«, hakte Jonah nach. »Haben die bösen Männer dir auf die Hände geschlagen, weil du versucht hast, sie davon abzuhalten, dein Geld zu nehmen?«

Caleb drehte sich zu ihm um und setzte sich dann auf die Ecke der Werkbank. »Was glaubst du, kleiner Mann?«

»Ich glaube nicht, dass du mich anlügst, weil du niemals lügst. Aber du sagst auch nicht die Wahrheit und nichts als die Wahrheit.« Jonah mochte es, seinen fiktiven Helden Theodore Boone zu zitieren. Gesetz war Gesetz. Es legte alles genau fest, was viel einfacher war, als wenn alle darüber diskutierten, was richtig und was falsch war. Er beugte sich vor und hob Jubilees Spielzeug auf. »Ich glaube, du hast dich gewehrt.«

»Wirklich?«

Jonah lernte gerade, dass man, wenn man die Wahrheit von jemandem erfahren wollte, niemals sagen durfte, was man selbst dachte. Man musste Fragen stellen, um herauszufinden, was der andere dachte. »Hast du mit den Männern gekämpft, die dich angegriffen haben?«

Caleb schaute ihn direkt an. Seiner Miene war nichts zu entnehmen. »Das habe ich. Es verstößt gegen unsere Prinzipien, und ich bin nicht stolz darauf. Es gibt keine Entschuldigung für solch ein Verhalten.«

Jonah fiel auf, dass Caleb nicht sagte, es tue ihm leid. Er sagte nicht, er wünschte, er hätte es nicht getan.

»Warum verstößt das gegen unsere Prinzipien?«, fragte er.

»Weil die Amish strenge Pazifisten sind«, erklärte Caleb. »Die *Ordnung* verbietet es uns, einem anderen menschlichen Wesen gegenüber die Hand zu heben.«

»Warum hat Ray Graber dann gestern Stockschläge von seinem Dat bekommen? Direkt vor der Schule war das. Wo liegt da der Unterschied?«

»Wir haben kein Feuerholz mehr«, rief eine laute Stimme. Großvater kam mit dem Küchenabfall nach draußen. Er warf ihn in die Tonne. Sein Mund war eine missbilligende Linie über seinem buschigen Bart.

»Jonah und ich bringen gleich etwas rein«, rief Caleb zurück.

»Jonah auch, hm?« Großvater schloss die Tonne und drehte sich um. Er hasste den künstlichen Arm. Behauptete, er sei ein Werk des Teufels. Er war auch gegen die Steckdose, die Caleb im Milchhaus installiert hatte, um den Akku zu laden. »Holz zu tragen ist eine Aufgabe, für die man zwei Hände braucht.«

»Ich wäre dir dankbar, wenn du deine Gedanken für dich behalten würdest«, sagte Caleb. Er wurde niemals laut, aber Jonah hörte die Verärgerung in der Stimme seines Onkels. Sie war wie eine tiefe Vibration in der Kehle eines Hundes, der ein warnendes Knurren ausstößt.

»Ich habe zwei Hände«, meinte Jonah, um die angespannte Atmosphäre zu lockern. »Nur ist eine davon aus Aluminium.« Er hakte den Griff der Tasche über seine künstliche Hand.

Großvater war nicht der Einzige, der den neuen Arm nicht mochte. Der Bischof sagte, es wäre Gottes Wille gewesen, dass Jonahs Arm abgenommen worden war, und es sei eine Sünde, einen künstlichen Arm zu benutzen.

Im Haus fachte Jonah das Feuer in dem gusseisernen Ofen an. Vielleicht *war* die Prothese eine Sünde, aber wenigstens würde er sich beim Feuermachen nicht die Finger verbrennen. Sobald die Flammen flackerten, stapelte er den Rest der Scheite in der Kupferwanne.

Hannah kam vom Quilt-Laden zurück. Ihre Wangen waren von der Kälte gerötet. In der Hand hielt sie einen Korb, in dem sich, wie Jonah hoffte, etwas zu Essen befand. Die Ladys, die im Quilt-Laden arbeiteten, machten die besten Kekse und Kuchen.

»Das ist kein Essen«, sagte sie, als hätte sie seine Gedanken gelesen. Diese Fähigkeit hatte sie schon immer besessen. »Wir haben eine Decke für Rebecca Zook gemacht. Ihr geht es wieder schlechter.« Hannah warf Caleb einen Seitenblick zu, und Jonah wusste, warum. Vor einer Weile hatten die Leute gedacht, Caleb würde Rebecca heiraten und als seine Frau mit auf die Farm bringen.

Seitdem Hannah sich hatte taufen lassen, schien sie geheimnisvoller und erwachsener zu sein. Jonah war bei der Zeremonie anwesend gewesen, in der sie und ihr Freund ihren Glauben an die Kirche versprochen hatten. Das Überschütten mit Wasser, die ernst klingenden Fragen und die Gebete hatten seine Schwester auf eine Weise verändert, die er nicht ganz verstand.

»Komm mit mir, wenn ich sie ihr gebe«, sagte sie zu Jonah. »Dann können wir gleich einen Spaziergang mit Jubilee machen.«

»Ich bin müde vom Training und vom Holztragen.«

»Du hast zwei gesunde Beine, Jonah Stoltz«, sagte sie mit herrischer Stimme und klang wieder wie die alte Hannah. Sie zog ihm seine gestrickte Mütze über die Ohren. »Gehen wir.«

Sie kannte ihn besser als alle anderen. Sie erzählten einander fast alles. Er war froh, sie zu haben. Caleb arbeitete jeden Tag – auf der Grantham Farm, als Buchhalter für seine englischen Kunden, mit seinem Gespann; er machte alles, was ein wenig Geld einbrachte. Jonah wusste, das lag daran, dass seine Arztrechnungen so hoch waren. Aber Hannah hatte immer Zeit für ihn, und manchmal brauchte sie ihn so sehr wie er sie. Trotzdem wirkte sie in letzter Zeit irgendwie anders. Sie verbrachte viel Zeit allein in ihrem Zimmer, unternahm mitten in der Nacht mysteriöse Ausflüge zum Abort. Sie war jedoch seine Blutsschwester, und deshalb würde sie immer zu ihm stehen, so wie er zu ihr.

Sie überquerten zwei Felder, wobei sie ihre Füße hoch über die im Winter getrockneten Weizenstoppeln heben mussten. Jubilee rannte und tollte vor ihnen her und schreckte eine Gruppe Krähen auf.

»Aaron Grabers Eltern lassen ihn heute Abend nicht zum Singen gehen«, sagte Hannah. »Sollte ich trotzdem gehen, auch wenn er nicht dort ist?«

»Das fragst du mich?«

»Nein, ich frage das Orakel von Delphi«, erwiderte sie. »Natürlich frage ich dich. Du bist alt genug, um einen neumodischen Arm zu haben, also musst du auch alt genug sein, um eine Meinung zu haben.«

»Warum solltest du zu Hause bleiben, nur weil Aaron nicht kommt?«

»Weil wir einander den Hof machen. Ich will aber trotzdem gehen.« Sie ließ ihren Stiefel auf ein Büschel Stoppeln niedersausen. »Solche Dinge sind irritierend. Ich wünschte ...« Sie verstummte, aber Jonah wusste, was sie hatte sagen wollen.

»Fragst du dich je, wie es wäre, normale Eltern zu haben so wie die meisten?«, fragte er.

Sie blickte zum Himmel, und die Bänder ihres Bonnets wehten im Wind. »Ständig«, sagte sie. »Ständig.«

Die Strafanstalt in Forest Hills zu betreten fühlte sich so normal an, wie am Sonntag in Middle Grove in die Kirche zu gehen. Abgetastet und durchleuchtet und von Hunden beschnüffelt zu werden, bevor er das Gebäude betrat, war irgendwie nicht viel anders, als die prüfenden Blicke der Kirchenältesten über sich ergehen zu lassen. Caleb war nicht sicher, wie er es einordnen sollte, dass es ihm schon länger nichts mehr ausmachte, auf dem Prüfstein zu stehen.

Drei Mal im Jahr besuchten die Stoltz' die Insassen Anthony Frackton und Darryl Krebs. Das amische Prinzip der Vergebung verlangte es so von ihnen. Diese Männer hatten John und Naomi ermordet, doch die *Ordnung* sah vor, dass die Überlebenden – Caleb, Asa, Hannah und Jonah – Gnade fanden, indem sie den

Mördern ihre Tat vergaben. Sie brachten erlaubten Lesestoff mit und ein wenig Kleingeld für die Verkaufsautomaten. Den Insassen durfte kein selbst gekochtes Essen oder sonst irgendetwas von zu Hause mitgebracht werden. Man durfte ihnen lediglich etwas aus den Automaten im Besucherraum holen.

Anfangs hatte Caleb eine Mordswut auf die Männer empfunden, die zwei unschuldige Leben geraubt hatten. Im Laufe der Zeit hatte er sich mit den Besuchen im Gefängnis abgefunden. Wut würde seinen Bruder nicht zurückbringen. Verbitterung vergiftete einen Menschen nur.

Doch die heutige Begegnung fühlte sich für Caleb anders an. Er wusste auch, warum. Denn jetzt verstand er, wie es war, jemanden in rohem Zorn anzugreifen, um einen anderen zu beschützen. Das, glaubte er, musste John gefühlt haben, als er versucht hatte, die Angreifer abzuwehren. Trotz des amischen Prinzips der Gewaltlosigkeit hatte John sich gewehrt. An jenem Abend in Philadelphia hatte Caleb das Gleiche getan. Der Überfall und die mächtige Wut, die ihn überkommen hatte, als die Kerle ihn und Reese bedroht hatten, verfolgten ihn auch Monate später noch.

Der Überfall hatte ihn aus der Trance gerissen, in der er sich während seines Aufenthalts in der Stadt befunden hatte. In jener Nacht hatte er erkannt, dass er gehen musste. Nicht, weil er Philadelphia nicht mochte, sondern weil es ihm dort *zu* gut gefiel – mit dem Auto fahren und tanzen, alle möglichen Speisen probieren, Reese und ihre Freunde, die alle so interessant und einzigartig waren. Und natürlich Reese selbst – kompliziert und herausfordernd, klug und unvorhersehbar, lustig und sexy. Sie hatte ihren Zauber an ihm gewirkt, bis er angefangen hatte, von einem Leben weit weg von der amischen Gemeinde zu träumen. Ein Leben, das er nicht haben konnte. Selbst der Kampf mit den Gaunern war gefährlich verführerisch gewesen. Er konnte diese rohe Energie nicht vergessen, die er empfunden hatte, als die Gang sie umstellt hatte. Er war dazu erzogen worden, sich zu ergeben oder höchstens zu fliehen, wenn er bedroht oder angegriffen wurde. Doch der Instinkt hatte die alten Lehren und Traditionen überrannt.

Danach hatte er sich seltsam beschwingt gefühlt, als könnte er alles schaffen. Und er hatte gewusst, dass er diesem Gefühl nicht trauen durfte. Er hatte sich gesagt, dass er die Männer in Notwehr verprügelt hatte, obwohl er wusste, dass das gegen die amischen Prinzipien verstieß. Reese hatte versucht, ihn zu beruhigen, ihm zu sagen, dass er unter den gegebenen Umständen das Richtige getan hatte.

Caleb hatte sich jedoch keine Gedanken um richtig und falsch gemacht. Er hatte sich Gedanken gemacht, weil ihm der Kampf gefallen hatte. Er hätte es nicht genießen dürfen, einem Mann die Nase zu brechen und einem anderen den Arm auszukugeln. Und doch hatte er in diesem gewalttätigen Akt eine tiefe Zufriedenheit verspürt. Es war, als hätte seine ganze Wut auf die Mörder von John und Naomi eine geheime Zuflucht tief in seinem Inneren gefunden und dort wie eine unbehandelte Wunde vor sich hin geschwärt. Irgendwie hatten die Gauner aus Philadelphia diese Wut berührt, woraufhin sie wie ein Vulkan ausgebrochen war.

Am Ende dieser endlos erscheinenden Nacht hatte Caleb sich gezwungen, sich der Wahrheit zu stellen: Die englische Welt hatte ihn in den Bann gezogen, als wäre er hypnotisiert worden. Er hatte hier nichts zu suchen. Er konnte das Versprechen, das er John am Sterbebett gegeben hatte, nicht brechen. Sein Bruder hatte Caleb angefleht, seine Kinder als schlichte Menschen aufzuziehen. Die Amischen kümmerten sich um ihresgleichen. Sie vermischten sich nicht mit den Englischen, vor allem nicht mit Frauen wie Reese Powell. Es war an der Zeit, Jonah nach Hause zu bringen.

Er hatte geglaubt, in Middle Grove Frieden zu finden. Doch stattdessen lebte er in einem ständigen Spannungsfeld mit seinem Vater und in Sorge um die Kinder. Frieden war eine relative Sache. Es kam offenbar nicht darauf an, wo ein Mensch lebte, sondern *wie* er lebte.

Anthony war so angespannt wie immer – »Was habt ihr dabei?« – und nahm die Schokoriegel, die sie am Verkaufsautomaten gezogen hatten. Darryl war auch wie immer, was bedeutete, er hatte einen unsteten Blick und aus seinem Mundwinkel tropfte ein Speichelfaden. Caleb hatte keinen der Männer vor dem Überfall gekannt, aber laut der Berichte hatte Darryl bei dem Kampf einen

Gehirnschaden erlitten. John hatte ihn so hart getroffen, dass der Schädel des Mannes gebrochen war, und jetzt war er das, was die Englischen »simpel« nannten.

Asa drückte seine abgearbeiteten Hände flach auf den Tisch. »Lasst uns beten«, sagte er mit seiner rauen Stimme.

Jonah betrachtete die Gefangenen mit ruhigem Blick. Hannah hatte die Arme um sich geschlungen und tat es ihm gleich. Im Laufe der Jahre hatten sie gelernt, den Mördern ihrer Eltern in die Augen zu schauen. Caleb fragte sich, was es die beiden wohl kostete, welchen Preis ihre Seelen dafür zahlten.

Asa räusperte sich. »Möge der Herr in uns einen Hunger und Durst nach Rechtschaffenheit erwecken. Möge er uns lehren, in seinem Willen zu handeln …« Die vertrauten Worte, gesprochen in ausdruckslosem, ernstem Ton, schienen von Dunkelheit umgeben zu sein. Die Häftlinge waren still, hörten aber vermutlich nicht zu, sondern fragten sich, wann sie endlich ihre Leckereien aus dem Automaten essen konnten.

Nachdem Asa geendet hatte, betrachtete Anthony den Arm von Jonah. »Wassn da los?«, fragte er.

»Ich hatte einen Unfall«, antwortete Jonah. »Mir wurde der Arm abgeschnitten.«

»Das ist Scheiße.«

»Ja.«

»Meine Eltern haben gesagt, ihr sollt heute Abend ordentlich Appetit mitbringen«, sagte Reese zu Leroy und Cheryl. »Mehr weiß ich auch nicht.«

»Deine Eltern sind super«, meinte Cheryl. »Ich habe immer noch unanständige Gedanken über den Schokokuchen, den sie beim letzten Dinner serviert haben.« Seitdem sie und Leroy ein Paar waren, hatte Reese sie ein paarmal zu ihren Eltern mitgenommen.

Auch wenn sie sich noch an jede Sekunde des Abends erinnern konnte, den sie mit Caleb bei ihren Eltern verbracht hatte, kam es ihr inzwischen wie ein Traum vor. Oder als wäre es jemand anderem passiert.

In den Momenten, die dem Überfall gefolgt waren, nachdem die Kerle das Weite gesucht hatten, hatte keiner von ihnen gesprochen. Es gab nichts zu sagen. Reese versuchte, der Polizistin am anderen Ende der Leitung zu erklären, was vorgefallen war, aber Caleb nahm ihr sanft das Handy aus der Hand und sagte: »Alles ist gut. Es gibt keinen Notfall.« Und dann beendete er das Gespräch.

Später rief sie noch einmal bei der Polizei an, weil sie sicher war, dass die etwas unternehmen musste. Doch als dem überarbeiteten Mann, den sie erreicht hatte, klar wurde, dass weder jemand verletzt noch Eigentum beschädigt worden war oder Verdächtige noch vor Ort waren, sagte er ihr, sie könne gerne Anzeige erstatten, ermutigte sie aber nicht gerade dazu.

»Lass es gut sein«, meinte Caleb beschwichtigend. »Du bist in Sicherheit. Das ist alles, was zählt.«

In ihrer Wohnung reinigte sie seine Schürfwunden. »Es tut mir leid, dass das passiert ist. Und ich bin dankbar, dass du dich so gut verteidigen kannst.«

»Ich wusste nicht, dass ich das kann. Ich habe einfach nur reagiert.«

»Tja, diese Typen sind in einem schlechteren Zustand als du.«

»Wirklich?«

»Ich habe Knochen brechen gehört.« Sie sah die Qual in seinen Augen. Die Amischen waren bekannt dafür, Pazifisten zu sein, die andere Wange hinzuhalten. Sich von einem Kampf fernzuhalten. Aber Caleb hatte nicht gezögert. Angesichts dessen, was mit seinem Bruder und seiner Schwägerin passiert war, ergab sein Misstrauen den Englischen gegenüber Sinn. Genau wie die Wut, mit der er sich gewehrt hatte.

Calebs Stimme war ruhig und fest, aber auch von Bedauern erfüllt gewesen, als er ihr gesagt hatte: »Ich werde Jonah mit nach Hause nehmen.«

Die Außenwelt hatte seiner Familie ein schlimmes Leid zugefügt. Sie wusste, sie würde ihn nie davon überzeugen können, dass diese Welt nicht immer schrecklich war. Nach dem Überfall würden ihre Versicherungen hohl klingen.

Nachdem Caleb und Jonah die Stadt verlassen hatten, war sie zu ihrer üblichen Routine zurückgekehrt – die endlose Jagd nach dem richtigen Assistenzprogramm, unzählige Stunden des Lernens und des Arbeitens im Krankenhaus.

Nur hatte sich seitdem nichts mehr wie früher angefühlt.

»Ich weiß nicht, um was es heute geht«, sagte sie nun zu Cheryl. »Und dieser Mangel an Information macht mich nervös, vor allem, weil es sich um eine Einladung meiner Eltern handelt. Und das am Abend vor *The Match*.«

»Bist du nervös?«, fragte Leroy.

Sie lächelte dem Pförtner im Haus ihrer Eltern zu. »Nervös wegen des bisher wichtigsten Schritts in meiner Karriere? Nervös, weil ich dem Ziel bedeutend näher komme, nach dem ich strebe, seitdem ich den Uterus meiner Mutter verlassen habe? Wie kommst du darauf, dass ich nervös sein könnte?«

»Okay.« Er trat beiseite, um sie und Cheryl zuerst in den Fahrstuhl einsteigen zu lassen. »Dumme Frage. Du solltest allerdings selbstbewusst sein. Du bist eine der besten Medizinstudentinnen, die ich je getroffen habe.«

Ihr zog sich der Magen zusammen, als der luxuriöse Fahrstuhl sie ins Penthouse hinauftrug. Der Auswahlprozess für die Vergabe der Assistenzplätze hatte endlich ein Ende. Die Entscheidung lag nicht mehr bei ihr. Sich von ihren Nerven beherrschen zu lassen, würde nichts ändern. Und doch …

»Ich habe etwas gemacht«, gestand sie leise.

Leroy runzelte die Stirn. »Was?« Er schien ihren Gesichtsausdruck richtig zu deuten, denn er packte sie an den Schultern. »Reese, was hast du getan?«

»Atme«, sagte Cheryl, eine Atemspezialistin.

»Es war …«

»Überraschung!«

Die Fahrstuhltüren öffneten sich, und eine Gruppe von Leuten stand davor, um Reese willkommen zu heißen. In ihrer Mitte standen Reeses Eltern und strahlten vor Stolz. Des Weiteren waren ihre Großeltern, mehrere Tanten und Onkel, ein paar Cousinen und Cousins, Kollegen der Powells und andere Studenten aus ihrem Programm anwesend. Der Anwalt ihrer Eltern, Domenico Falco, ein silberhaariger Fuchs in einem maßgeschneiderten Anzug, war ebenfalls da.

»Wow.« Reese presste sich eine Hand aufs Herz. Trotz allem freute sie sich. »Überraschung ist das richtige Wort. Mom, Dad, die Überraschung ist gelungen.«

Auf der Veranda fing eine Live-Band an »Let's Get It Started« zu spielen.

»Nett«, meinte Leroy und zog Cheryl in die Arme, als alle nach draußen gingen und anfingen zu tanzen.

Reese trat einen Schritt zurück und strahlte ihre Eltern an. »Ihr seid verrückt, das wisst ihr, oder? Das ist alles viel zu viel.« Sie begrüßte ihre Großeltern mit ehrlicher Freude. Die Liebe und der Stolz, die ihr entgegengebracht wurden, erfüllten sie mit Zuneigung zu ihrer Familie. Sie alle waren ihretwegen hier, aber sie hatte es vermasselt, dessen war sie sich sicher. Sie würden niemals verstehen, was sie getan hatte.

»Es ist nicht zu viel«, widersprach ihre Mutter. »Niemand hat härter für seinen Assistenzplatz gearbeitet als du. Das haben wir alle gesehen, Reese.«

»Wir könnten nicht stolzer auf dich sein«, sagte ihr Vater. »Komm, mein Mädchen, tanz mit mir.«

Auf dem Weg zur Terrasse, auf der Heizstrahler für Wärme und Lichterketten für Beleuchtung sorgten, schaffte Reese es, einen Tequila zu exen, der in einem Reagenzglas serviert wurde. »Du weißt, dass ich Überraschungspartys hasse«, sagte sie.

»Deshalb haben wir es gemacht. Weil du nicht damit gerechnet hast.«

»Eine Sekunde«, meinte sie, bevor sie sich zu den Tanzenden gesellten. »Ich brauche noch einen Kurzen.« Aber als ihr der Tequila brennend durch die Kehle floss, wusste sie, dass es nicht reichen würde, um ihre Nerven zu beruhigen.

Mitten im Tanz klatschte Trent Withers, ein Herz-Spezialist, mit dem sie in ihrem letzten Praktikum zusammengearbeitet hatte, mit ihrem Vater ab. »Du kommst aus einer Familie von Rockstars, oder?«, fragte er.

Trent schien nur aus Zähnen zu bestehen. Perfekt überkronten Zähnen. In dem Moment, in dem ihre Praxisphase vorbei gewesen war, hatte er sie um ein Date gebeten. Oberflächlich betrachtet war er der perfekte Partner für sie – ein begabter Arzt mit hervorragender Herkunft und einer strahlenden Zukunft.

»Weißt du«, sagte er und zog sie in seine Arme, »ich wollte immer mit dir ausgehen. Und ich wusste, dass du eines Tages Ja sagen würdest.«

»Trent …«

»Das glaube ich jetzt nicht mehr«, unterbrach er sie.

Sie versuchte, höflich zu bleiben, als sie sich ein wenig zurücklehnte. »Okay, dann …«

»Es passiert nicht eines Tages«, fuhr er fort.

Sie atmete erleichtert auf.

»Es passiert heute Abend«, schloss er.

Oje.

»Mir gefällt dein Selbstbewusstsein«, meinte sie und fragte sich, ob seine Zähne wirklich überkront oder von Natur aus so perfekt waren. »Aber die Antwort lautet immer noch Nein, Trent. Du bist ein guter Arzt und Tutor, aber außerhalb des Krankenhauses passen wir nicht zusammen.«

Er lachte und verstärkte seinen Griff. Nicht so, dass es sie alarmiert hätte … aber beinahe. »Ich bin zu einer anderen Diagnose gekommen.«

»Puh, du machst es mir nicht leicht«, sagte sie. »Hör mal, im Moment muss ich entscheiden, ob ich so tun soll, als wäre das hier ein großer Spaß, oder ob ich dir das Knie in den Unterleib rammen und auf dieser superspeziellen Party, die meine Eltern für mich am Vorabend vom *Match Day* schmeißen, eine Szene verursachen soll. Und nur damit du es weißt, ich entscheide mich nicht für Option eins.«

Er legte ihr eine Hand auf den Po. »Ich kenne dich, Powell. Du wirst deiner Mommy und deinem Daddy an ihrem strahlenden Abend keinen Ärger machen.«

»Ich war dreizehn, als ich bei den Pfadfinderinnen mein Abzeichen in Selbstverteidigung bekommen habe.« Sie behielt ein angenehmes Lächeln bei, während sie sich näher an ihn drückte und ihn in Richtung von einer der Fackeln manövrierte, die die Tanzfläche säumten. »Du solltest mir glauben, dass ich mich immer noch an die Griffe erinnere. Oder du kannst glauben, dass ich bluffe, um dann eines Besseren belehrt zu werden.«

»Du bist süß, Powell«, sagte er und kniff ihr in den Po.

Im gleichen Moment schob sie ihn rückwärts gegen eine der Fackeln. »Und deine Hose steht in Flammen, Dr. Withers.«

Er schrie auf und sprang zur Seite, wobei er hektisch mit den Händen auf seine Hose einschlug. Niemand außer Reese hörte ihn, weil die Musik so laut war. Sie wandte sich schnell ab und rief jemandem vom Catering zu, dass einer der Gäste etwas Wasser benötige.

»Hast du Spaß?«, fragte ihre Mutter und reichte ihr einen Drink.

»Unglaublich viel Spaß«, erwiderte Reese.

Domenico, der Anwalt, übergab ihr ein mehrseitiges Dokument. »Deine Eltern haben das von mir aufsetzen lassen. Es ist ein Partnervertrag mit ihrer Praxis. Herzlichen Glückwunsch, junge Dame.«

Oje, dachte sie wieder. »Oje«, wiederholte sie laut. »Ich weiß nicht, was ich sagen soll. Ist das nicht ungefähr sieben Jahre zu früh?«

»Wir haben noch eine Überraschung für dich.« Ihre Mutter führte sie zu einer Sitzgruppe, wo sie sich zu ihrem Vater gesellten.

»Hey, ihr zwei«, meinte Reese. »Hört auf.«

Ihr Vater reichte ihr einen großen, flachen Umschlag. Reese stellte ihr Getränk ab und öffnete den Umschlag. Darin befand sich eine Hochglanzbroschüre für ein Hochhaus, das sich *The Lofts* nannte. Sie runzelte die Stirn. »Was ist das?«

»Apartment 4B. Sag Hallo zu deinem neuen Zuhause.«

»Wie bitte?« Reese wurde übel. »Das ist in Baltimore. Wie zum Teufel kommt ihr darauf, dass ich in Baltimore enden werde?«

»Weil sich dort dein Top-Match für deine Assistenzzeit befindet«, antwortete ihr Vater. »Guck nur, es hat sogar eine bewachte Tiefgarage, einen Whole Foods im Gebäude und …«

»Meine Güte, ihr beide könnt doch unmöglich wissen, welcher Platz mir morgen zugeteilt wird.« Dann kniff sie misstrauisch die Augen zusammen. »Oder doch? Bitte sagt mir, dass ihr nicht schon was gehört habt.«

»Natürlich nicht. *The Match* ist bis zum Schluss vertraulich. Aber wir kennen dich, Süße. Du hast es dir verdient. Der Kauf ist noch nicht abgeschlossen, aber es ist alles vorbereitet. Eine Sache weniger, um die du dir beim Umzug Sorgen machen musst. Wir haben die Papiere noch nicht unterschrieben …«

»Unterschreibt sie nicht«, platzte es aus Reese heraus.

»Warum nicht?«, fragte ihre Mutter. »Wir haben uns alle Optionen angeschaut, und das hier ist bei Weitem das Beste …«

»Ich bin sicher, die Wohnung ist perfekt.« Reese wünschte, sie könnte sich so freuen wie ihre Eltern, aber stattdessen wollte sie sich einfach nur zusammenrollen und sterben. Diese Menschen hatten immer alles für sie getan, und sie sollte ihnen dankbar sein. Und doch lasteten die Hoffnungen und Erwartungen ihrer Eltern wie ein schweres Gewicht auf ihr. Sie war immer ihre Vorzeigetochter gewesen, das Kind, dessen Erfolge ihrem Ruf noch mehr Glanz verliehen. Doch wie ein glänzender Pokal war auch sie im Inneren hohl.

»Vertrau mir, das ist sie«, sagte ihr Vater. »Liebes, eine bessere Wohnung wirst du nicht finden.«

»Damit hast du vermutlich recht. Und wenn ihr sie als Investition kaufen wollt, würde ich es euch nicht verdenken, denn sie sieht spektakulär aus. Aber kauft sie nicht für mich.« Sie atmete tief ein und schaute in die stolzen, liebenden Gesichter ihrer Eltern. »Ich werde dort nicht einziehen. Ich werde nicht dem Hopkins zugeteilt.«

»Unsinn. Natürlich wirst du das. Darum geht es bei *The Match* doch – die richtigen Kandidaten den richtigen Programmen zuzuordnen.«

»Das verstehe ich, Mom. Aber … ich habe etwas getan«, sagte sie leise.

»Natürlich hast du das«, bestätigte ihre Mutter. »Wir könnten nicht stolzer auf dich sein.«

Reese starrte auf die Hochglanzbroschüre, bis sie vor ihren Augen verschwamm. »Bitte hört zu. Mom, Dad, ich könnte mir keine bessere Familie wünschen. Keine bessere Ausbildung. Überhaupt nichts Besseres. Alles, was ihr für mich getan habt und tut, ist unglaublich. Aber ihr müsst mir jetzt zuhören. Bitte.« Sie wünschte, sie hätte die beiden Tequila nicht getrunken, denn jetzt stiegen sie ihr in den Kopf.

»Du bist ja weiß wie die Wand«, stellte ihr Vater fest.

»Ich weiß, es ist ein bisschen viel auf einmal«, meinte ihre Mutter tröstend.

»Ich habe meine Prioritätenliste verändert«, sprudelte es aus Reese heraus.

Ihre Eltern sahen einander an, dann sie. »Du hast …«

»Meine Reihenfolge. In allerletzter Minute. Letzten Februar. Kurz vor dem Meldeschluss habe ich mich für ein anderes Programm als erste Wahl entschieden.«

»Wie bitte?« Ihre Mutter beugte sich vor und ergriff Reeses Hand. »Hopkins ist nicht deine erste Wahl?«

»Nein. Ich habe etwas anderes genommen. Und ich bete, dass ich es bekomme.«

»Und das sagst du uns erst jetzt?« Ihr Vater rieb sich übers Kinn.

Reese atmete tief durch. Ermahnte sich, nicht in den Verteidigungsmodus zu schalten. Sie versuchte, das Durcheinander der Musik und das Gelächter auf der Terrasse auszublenden, den Lärm in ihrem Kopf zum Schweigen zu bringen. »Ich wollte meine Entscheidung ganz allein treffen. Ich wollte es mir nicht ausreden lassen. Was nicht bedeutet, dass ich nicht lange darüber nachgedacht habe. Es ging darum, wie ich nicht nur die nächsten drei Jahre, sondern den Rest meines Berufslebens verbringen will. Und ich möchte auf dem Land arbeiten. Meine erste Wahl ist ein Krankenhaus in New Hope.«

Einen Moment lang schwiegen ihre Eltern. Sie gab ihnen die Zeit, das Gehörte zu verdauen. Die zu erwartenden Fragen wirbelten wie ein Nebel um sie herum. Sie hatte keine andere Antwort als: »Es ist das, was ich will.«

Sie drückte die Hand ihrer Mutter und ließ sie dann los. »Während meines dritten Studienjahres war ich in einem ländlichen Gesundheitszentrum in West Virginia, um zu sehen, wie ein Allgemeinmediziner auf dem Land arbeitet …«

»Du hast das Praktikum gehasst«, unterbrach ihre Mutter sie. »Ich erinnere mich daran, dass du gesagt hast, wie sehr du es gehasst hast.«

»Nein, ich habe gesagt, es war hart, aber nicht, dass ich es gehasst habe. Ehrlich gesagt waren die harten Teile die, die mir am besten gefallen haben, bei denen ich mich am meisten wie die Ärztin gefühlt habe, die ich sein möchte. In der einen Minute hilft man einem Baby auf die Welt und in der nächsten behandelt man die Urgroßeltern des Neugeborenen. Es war unglaublich herausfordernd, aber das schreckt mich nicht ab.«

»Glaub mir, das Programm an der Hopkins wird eine Herausforderung«, warf ihr Vater ein.

»Natürlich würde es das, Dad. Ich weiß, was ich mir entgehen lasse. Wirklich.«

»Ich kann nicht fassen, dass du uns nie etwas gesagt hast.«

»Es tut mir leid. Mein ganzes Leben habe ich mich einfach immer auf euch verlassen. Und ihr wart fabelhaft. Ich verdanke euch alles. Im letzten Herbst bin ich dann aber auf eine Wahrheit gestoßen, die ich versucht habe, sehr lange zu ignorieren – ich habe erkannt, dass ich nicht das Leben führen möchte, auf das ich all die Jahre hingearbeitet habe.«

»Reese, wir sehen, dass du durcheinander bist«, sagte ihr Vater. »Warum hast du nicht mit uns darüber gesprochen? Wir hätten dir helfen können, bezüglich deiner Ziele Klarheit zu gewinnen.«

»Das ist es ja – das habt ihr mein ganzes Leben lang gemacht. Und das war toll. Ihr seid toll. Aber diese Spezialisierung auf Kinderchirurgie – das ist euer Traum. Nicht meiner. Ich wusste nicht einmal, wie mein Traum aussieht, weil ich ihn ausgeblendet hatte. Ich wollte euch nicht enttäuschen.«

»Du hättest wissen sollen, dass es nicht darum geht, ob wir enttäuscht sind«, widersprach ihre Mutter. »Wir wollen einfach nur ein gutes Leben für dich.«

»Ich danke euch. Wenn die Ergebnisse morgen verkündet werden, werde ich genau das bekommen. Und wenn nicht, kann ich nur mir die Schuld daran geben.« Mit pochendem Herzen räusperte sie sich. »Ich glaube aber nicht, dass ich mich irre. Es gibt nur vier Plätze in dem Programm, doch ich bin mir fast sicher, dass ich genommen werde.«

»Ich habe noch nicht mal von diesem … was auch immer gehört«, sagte ihre Mutter verstört. »Und New Hope? Ist das nicht ein Dorf in den Poconos? Wessen Programm ist das? Wer ist der Direktor?«

»Es gibt zwei Leiter – Penelope Lark und Mose Shrock. Ich habe mich mit ihnen getroffen und möchte von ihnen lernen.«

Ihr Vater schüttelte angespannt den Kopf. »Du hast das nicht durchdacht. Ich möchte, dass du mit meinem Freund Paul Medford sprichst. Er ist der beste Karriereberater, den ich kenne. Er wird dir helfen, zum Grund deiner Motivation vorzustoßen und herauszufinden, was dich wirklich antreibt.«

»Ich kenne meine Motivation«, sagte sie.

»Hat sie breite Schultern und spricht mit einem amischen Akzent?«, fragte ihre Mutter.

Reese keuchte auf. »Ich fasse es nicht, dass du das gesagt hast.«

»Ich möchte, dass du ehrlich zu uns bist – und zu dir. Willst du wirklich irgendwo im Hinterland arbeiten, oder ist das deine Art, gegen uns zu rebellieren?«

»Ich weiß, worauf ich mich einlasse.« Reese hasste das Zittern, das sogar sie in ihrer Stimme hörte. »Ich habe etwas gefunden, das ich liebe, und ich werde es mir nicht durch die Lappen gehen lassen.«

»Süße, wir wollen doch nur nicht, dass du verletzt wirst. Wir wollen nicht, dass du deine Talente und deine erstklassige Ausbildung wegwirfst, um in einem Provinzkrankenhaus zu landen.«

»Dad, das ist nicht fair. Nein, das ist sogar … beleidigend.«

»Ich bin immer noch wie vor den Kopf gestoßen.« Ihre Mutter griff nach ihrem Glas. »Das Programm am Hopkins ist deine Eintrittskarte in ein Leben, von dem die meisten Menschen nur träumen können.«

»Ich schätze, ich bin nicht wie die meisten Menschen. Es fühlt sich schrecklich an, dass ich euch enttäuscht habe, und ich liebe euch, weil ihr euch so sehr um mich sorgt. Aber ich habe meine Entscheidung getroffen. Wenn ich dem Programm in New Hope zugeteilt werde, ist das genau das, was ich will.«

»Und wenn du nicht zugeteilt wirst?«

»Dann werde ich das Nächste auf meiner Liste nehmen.«

Ihre Eltern tauschten einen Blick. »Dann hoffen wir besser, dass du keinen Platz in dem Landarztprogramm bekommst.«

15. Kapitel

Caleb zog sein Hemd aus und rannte mit einem Jauchzen den Hügel zum Fluss hinunter. Er sprang vom Ufer ab und tauchte kopfüber in das klare Wasser. Es war eiskalt, fühlte sich an diesem schwülen Junitag aber großartig an.

Er schoss an die Wasseroberfläche und schüttelte sich die Tropfen aus den Haaren. Jonah und sein Kumpel Samuel standen zögerlich am Ufer. Ihre mageren Silhouetten hoben sich gegen den Sommerhimmel ab.

»Kommt rein!« Calebs Stimme hallte von den steilen Uferwänden wider. Er schwamm rückwärts. »Dann vergesst ihr, dass ihr je wie ein Maulesel geschwitzt habt.«

Jonah und Samuel schauten einander an, dann zogen sie ihre Unterhosen aus und sprangen mit ausgebreiteten Armen und Beinen ins Wasser, dass eine Fontäne aufstob. Lachend tauchten sie wieder auf.

»Mann, ist das kalt!«, rief Jonah.

»Fühlt sich echt gut an, oder?«, fragte Samuel.

Grinsend planschten sie zu dritt herum. Sommertage waren zwar auch mit Arbeit gefüllt, aber wenn diese erledigt war, gab es keine süßere Belohnung, als in das seidige Wasser an der tiefsten Stelle des Flusses einzutauchen. Jonah legte sich auf den Rücken und wandte das Gesicht der Sonne zu. Mit einer Art Schwimmflosse, die an seinem Arm befestigt war, hielt er sich über Wasser. Es war nicht sein normaler Roboterarm, sondern ein einfacher Apparat, der speziell fürs Schwimmen gemacht war. Jonah hatte ihn schnell beherrschen gelernt, und die anderen Kinder hatten sich inzwischen an den Anblick gewöhnt.

Drei Mal in der Woche spannte Caleb den Buggy an und brachte Jonah in eine Klinik in New Hope zur Therapie – mit dem Physiotherapeuten und dem Fachmann für Prothesen. Es war zeitaufwendig und sorgte dafür, dass Jonah viel in der Schule fehlte, aber seine Fortschritte waren den Aufwand wert. Hannah sorgte abends dafür, dass er seine Hausaufgaben erledigte. Um die Rechnungen bezahlen zu können, arbeitete Caleb zwölf Stunden am Tag auf der Grantham Farm und blieb oft noch spät auf, um die Buchhaltung für seine Klienten zu machen. Dazwischen kümmerte er sich um seine eigene Farm. Dieser Nachmittag stellte eine seltene Verschnaufpause in seinem vollgepackten Terminkalender dar.

»Können wir dieses Jahr das Schwingseil wieder anbringen?«, fragte Jonah.

»Ich schätze schon«, antwortete Caleb. »Wir müssen nur den richtigen Ast dafür finden. Der alte ist letzten Winter abgebrochen.« Er zeigte auf den dicken Eichenast, der jetzt eine Brücke über den Fluss bildete. »Hast du gewusst, dass dein Dat der Erste war, der das Seil angebracht hat?«

»Nein, das wusste ich nicht.« Jonah schüttelte den Kopf.

»Tja, es war seine Idee. Und er war berühmt dafür, einen vollständigen Salto machen zu können, bevor er aufs Wasser traf. Er ist derjenige, der es mir beigebracht hat.«

»Kannst du es uns beibringen?«, bat Samuel.

»Das kann ich, und das werde ich, sobald das Seil wieder hängt.« Caleb schwamm zum Ufer, stieg aus dem Wasser und zog sich an. Dann kletterte er an der Felswand hinauf, um den Baum zu inspizieren. Er sah ein oder zwei Äste, die für ihre Zwecke geeignet waren. Die Jungs spielten und spritzten einander nass, und ihr Gelächter hallte durch die Stille des Nachmittags. Nach einer Weile kamen sie aus dem Wasser, um den abgebrochenen Ast über dem Fluss zu untersuchen, wobei sie wie zwei Papageien plapperten.

Als Caleb auf dem Gras lag und sich von der Sonne die Haare trocknen ließ, schloss er einen Moment die Augen und nahm alles in sich auf. Es gibt Augenblicke, dachte er, in denen das Leben süß wie Honig auf der Zunge ist. Etwas, das man genießen sollte, auch wenn der herrliche Geschmack nur vorübergehend war. Jonah wurde immer mehr wieder er selbst, wurde mit jedem Tag stärker und selbstbewusster. Er machte nicht nur Fortschritte mit seinem

Roboterarm, sondern lernte auch Methoden, um den Phantomschmerz abzuschalten. In der Schule, zu Hause, in der Gemeinde arbeitete Jonah härter, als jemals zuvor, um dazuzugehören und sein Leben zu leben. Caleb war so stolz auf diesen Jungen, dass es ihm manchmal richtig wehtat.

Manchmal überkamen Caleb Schuldgefühle, weil er nicht in Philadelphia geblieben war, wo Jonah die intensive Therapie bekommen hätte, die eigentlich gut für ihn gewesen wäre. Nach Hause zurückzukehren, war allerdings ein notwendiger Schritt gewesen. Caleb dachte oft an die Stadt. Tief in der Nacht, wenn er trotz seiner Erschöpfung nicht schlafen konnte. Auch wenn er wusste, dass es so richtig war, konnte er nicht aufhören, an Reese Powell und ihr verlockendes Bett und die Bluetooth-Lautsprecher zu denken, die alle Musik der Welt spielten. Und daran, wie süß sie geschmeckt und gerochen hatte, an ihr leichtes Seufzen an seinem Ohr und an die Art, wie sie die Hand nach ihm ausgestreckt hatte, wann immer er in der Nähe gewesen war.

Hannah riss ihn aus seinen Gedanken, als sie mit entschlossenen Schritten den Hügel hinaufkam. Ihr langes Kleid und die Schürze flatterten in der Brise. Obwohl es so ein schwül-heißer Tag war, hatte sie sich entschieden, nicht schwimmen zu gehen. »Das ist für ein Mädchen sowieso zu anstrengend, wenn man das Kleid und die Haube anbehalten muss«, hatte sie ihm vorher erklärt.

Als sie noch jünger gewesen war, hatte sie immer clevere Ideen entwickelt, wie sie ihr Kleid feststecken konnte, damit es sich im Wasser nicht aufblähte, und wie sie das Bonnet so binden konnte, dass sie es nicht verlor. In letzter Zeit benahm sie sich jedoch noch geheimnisvoller als sonst. Der eine Besuch in der Stadt hatte ihr den Kopf verdreht, so viel stand fest. Sie hatte sich eine Ausgabe von dem Buch *Die Brautprinzessin* besorgt, das die Vorlage für den Film *Die Braut des Prinzen* war, und es beinahe praktisch auswendig gelernt. Sie hatte sogar einen Quilt um die Geschichte herum entworfen.

Im letzten Herbst hatte Hannah viel zu viel Zeit mit Aaron Graber verbracht. Caleb hätte es gerne verboten, aber dazu gab es keinen Anlass. Sie war jetzt eine junge Dame, und es war ihr erlaubt, eigene Entscheidungen zu treffen – und eigene Fehler zu machen. Im Vorfrühling hatten sie und ihre Freundinnen und Freunde ihre *Rumspringa* gehabt und sich mit einigen englischen Jugendlichen aus Pine Creek angefreundet. Vor ein paar Wochen hatte sie die *Rumspringa* dann abrupt abgebrochen. Sie hatte alles abgebrochen, außer zu quilten, zu lesen und verträumt aus dem Fenster zu schauen.

Das ist typisch für Mädchen, hatte Alma Troyer ihm versichert, als er ihr gestand, welche Sorgen er sich um Hannah machte.

Typisch Mädchen. Kein Wunder, dass er sie nicht verstand.

»Caleb Stoltz, hast du mich nicht vom Haus her rufen hören?«, fragte sie. Ihr Gesicht war von der Wärme ganz rot und verschwitzt.

»Du hast gerufen?« Er grinste. »Vielleicht war es die falsche Nummer.«

Sie lächelte nicht einmal über den vertrauten Scherz. »Du musst mitkommen.«

»Vas is letz?«, fragte er.

»Ich bin mir nicht sicher, was los ist«, antwortete sie ebenfalls auf Deitsch. »Irgendetwas mit Großvater und dem Bischof. Du wirst gebraucht.« Sie wirbelte auf dem Absatz herum und ging den Hügel hinunter.

Mit Calebs Vater war immer irgendetwas. Irgendeine Übertretung, die sie alle in die ewige Verdammnis führen würde.

Trotzdem fühlte er sich besser, als er zum Haus zurückkehrte. Ein Sprung in das kalte, klare Wasser an einem heißen Tag machte alles erträglicher. Pfeifend trat er durch die Küchentür ins Haus.

Das Lied erstarb ihm auf den Lippen, als er seinen Vater mit dem Bischof und einer Fremden, die Caleb nicht kannte, am Tisch sitzen sah – einer Frau in englischer Kleidung. Sie hatte ein Handy und ein Klemmbrett und die Lippen zu einer missbilligenden Linie zusammengekniffen.

Caleb begrüßte den Bischof, indem er ihm die Hand schüttelte, dann stellte er sich der Frau vor.

»Victoria Duncan«, sagte sie und reichte ihm eine Visitenkarte. »Ich komme von der Jugendschutzbehörde.«

»Worum geht's?«, erkundigte Caleb sich. Seine Gedanken rasten. Jonahs Unfall war schon vor Monaten untersucht worden. Es gab hier kein Kind, das beschützt werden musste. *Wo waren Sie, als mein Vater meinen Bruder und mich verprügelt hat?*

»Es geht um eine Vormundschaftssache«, erklärte Victoria Duncan. Sie klappte ihr Klemmbrett auf, und eine Sammlung an Papieren kam zum Vorschein. »Laut unseren Informationen haben Sie als gesetzlicher Vormund für Ihren minderjährigen Neffen Jonah Stoltz und Ihre minderjährige Nichte Hannah Stoltz agiert.«

Caleb sagte nichts. Sein Herz wurde in seiner Brust zu Stein.

»Ihre Eltern sind gestorben, ohne ein Testament zu hinterlassen«, fuhr die Frau fort. »Nach ihrem Dahinscheiden wären der mutmaßliche Vormund nicht Sie gewesen, sondern Ihr Vater, Asa Stoltz. Waren Sie sich dessen bewusst, Caleb?«

Er schaute sie direkt an, doch aus dem Augenwinkel sah er, wie sein Vater sich erwartungsvoll vorbeugte. »Das war ich«, sagte er.

»Hallo, ich bin Dr. Powell.« Am Abend vor ihrem ersten Tag auf der neuen Assistenzstelle betrachtete Reese sich nervös im Spiegel, der über einem altmodischen Waschtisch hing. Die Dielen des alten Farmhauses, das für die nächsten drei Jahre ihr Zuhause sein würde, knarrten unter ihren Füßen. Unter dem Gewicht ihres neuen, noch nicht erprobten Status kam sie sich wie eine Hochstaplerin vor. Sie war fest davon überzeugt, dass sich alles, was sie in den letzten vier Jahren gelernt hatte, in Luft aufgelöst hatte.

Ihre Eltern hatten es nicht fassen können, dass sie sich wirklich für diesen Platz entschieden hatte. Das Programm in New Hope, das von den beiden erfahrenen Ärzten geführt wurde, die sie letztes Jahr kennengelernt hatte, war der letzte Ort, den ihre Eltern in Betracht gezogen hätten. Und doch hatte Reese schon damals, als sie zu ihrem Gespräch mit Dr. Lake und Dr. Shrock gekommen war, gewusst, wie ihre Entscheidung ausfallen würde.

Vermutlich hatte sie einen Fehler gemacht, so wie ihre Eltern es gesagt hatten. Aber es war ihr Leben. Ihr Fehler.

Sie wandte sich vom Spiegel ab und versuchte, die Enttäuschung auf ihren Gesichtern zu vergessen.

Eine Brise wehte durchs offene Fenster und bracht den Duft von Phlox und Rosen aus dem Garten mit. Eine Erinnerung daran, dass sie sich vielleicht doch nicht geirrt hatte. Mit ihrem frischen Abschluss in der Hand und einem Herzen voller Hoffnung, war sie nach New Hope gezogen. Anstatt des Luxusapartments in einem Hochhaus, das ihre Eltern ihr hatten schenken wollen, bewohnte sie nun ein Zimmer im ersten Stock von Mose Shrocks Haus, das hoch auf einem Hügel mit Blick über ein breites Tal lag. So war eben das Landleben. Man musste bei einer einheimischen Familie einziehen, wenn man irgendwo wohnen wollte. Und die Shrocks hatten sie wie eine Streunerin bei sich aufgenommen.

Mose und seine Frau Ida waren zu alt, um die Treppe nach oben zu steigen, also vermieteten sie zwei der vier Schlafzimmer dort an Ärzte der Klinik. Die andere Mitbewohnerin war eine neue Ärztin namens Ursula Mays, die eine von Reeses Mentorinnen sein würde. Ursula schien so entspannt zu sein, wie Reese angespannt war.

Aus dem Fenster von Reeses Zimmer konnte sie über wogende Felder schauen, einen sich dahinschlängelnden Fluss und eine Patchworkdecke aus Bilderbuchfarmen, die jetzt in das goldene Licht der untergehenden Sonne getaucht waren. Doch trotz der Idylle verspürte Reese einen Anflug von Unsicherheit. Diese Veränderung war riesig. Und vielleicht war sie doch nicht das, was sie wollte.

Atme, sagte sie sich. Sie ließ den Blick über die Bäche und Teiche schweifen, auf denen Enten schwammen, über die bestellten Felder auf den Hügeln. Kein Verkehr, kein Stadtlärm störte. Auf einem Hügel in der Ferne erblickte sie einen barfüßigen Jungen ohne Sattel auf einem Pferd, das einen Pflug hinter sich herzog, während der Vater mit einem kleinen Mädchen auf den Schultern hinterherlief und den Pflug lenkte.

Reese beugte sich aus dem Fenster und ließ sich von der Brise umarmen. Das Aroma der frisch gepflügten Erde stieg ihr in die Nase, und Reese nahm nur widerstrebend einen nächsten Atemzug aus Angst, den perfekten Moment zu zerstören. Sie stellte sich die laute Stadt aus Asphalt und Metall vor, die schon immer ihr Zuhause gewesen war, und die verschiedensten Gefühle wallten in ihr auf. Das hier war richtig. Es musste einfach richtig sein.

Sie wandte sich vom Fenster ab und dachte über die kommenden Tage nach. Sie würde ihre Zeit zwischen der Arbeit im Krankenhaus und den Praxen in den umliegenden Gegenden aufteilen.

Es war Zufall, dass eine der Städte, die sie betreuten, ein Ort namens Middle Grove war.

Es ist nur ein Zufall, sagte sie sich.

Reese war wenig überrascht gewesen, dass Caleb nach dem Abend des Überfalls abgereist war. Die Überraschung hatte vielmehr darin bestanden, wie sehr es wehgetan hatte. Wie sehr sie ihn jeden Tag vermisste. Sich nach ihm sehnte. Leroy meinte, die Zeit würde den Schmerz lindern, aber das war nicht passiert. Im Gegenteil, der Schmerz war noch stärker geworden.

Sie hatte versucht, Caleb zu überreden zu bleiben, einen Kompromiss zu finden, einen Weg, Jonah die Hilfe zuteilwerden zu lassen, die er benötigte. Aber Caleb war hartnäckig geblieben. Der Vorfall mit den Ganoven hatte ihm deutlich gemacht, dass er nicht in die Stadt gehörte. Obwohl er es nicht ausgesprochen hatte, glaubte sie, dass er von Schuldgefühlen wegen seiner Beziehung zu ihr geplagt wurde. Er spürte den Druck der amischen Gemeinde, Jonah wieder nach Hause zurückzubringen.

Und wer war sie, dem zu widersprechen? Jonah war nicht ihr Patient. Caleb war nicht ihr Freund.

Nachdem die beiden abgereist waren, hatte sie über ihren eigenen nächsten Schritt nachgedacht. Schlussendlich hatte sie sich gezwungen, auf die beharrliche innere Stimme zu hören, die ihr sagte, dass sie vielleicht, ganz vielleicht, nicht die Ärztin sein wollte, die sie bislang geglaubt hatte werden zu wollen. Vielleicht, ganz vielleicht, musste sie sich von den Erwartungen ihrer Eltern vollkommen frei machen. Sie stellte sich vor, wie amüsiert Caleb reagieren würde, wenn er wüsste, dass er diese tiefe Selbstreflexion ausgelöst hatte.

Sie dachte oft an Caleb. Viel öfter, als sie sollte.

Aufgeregt legte Reese ihre Kleidung für ihren ersten Tag als Ärztin zurecht – ein schlichtes Kleid und bequeme Schuhe. In ihrem Spind im Krankenhaus befanden sich bereits ihre Arbeitskleidung und der Arztkittel mit dem aufgestickten Namen: Dr. Reese Powell.

Dr. Powell. Und doch fühlte sie sich nicht mehr als Ärztin als an dem Tag, bevor ihr der Titel verliehen worden war.

Sie zwang sich, mit dem Herumlaufen aufzuhören und sich in den Korbsessel mit den gequilteten Kissen zu setzen. Der Versuch zu lesen, einen Fantasyroman, in dem es um Sex und Gewalt und politische Intrigen ging, misslang. Es war ihr unmöglich, sich zu konzentrieren.

Die antike Uhr auf dem Regal zählte die Minuten, die verstrichen. Die Geräusche des zur Ruhe kommenden Hauses drangen zu Reese hinauf – Mose, der seinen Hund für die Nacht hereinrief. Ursula, die telefonierte. Reese ging ins Bett und ließ sich in die Kissen sinken, doch sie konnte nicht schlafen. Nach einer Stunde stand sie auf und checkte ihre E-Mails und Social-Media-Seiten, die vor freudigen Posts ihrer Kommilitonen überquollen. Sie setzte sich Kopfhörer auf und tanzte zu Carly Rae Jepsen, hörte aber auf, als sie sich dabei ertappte, lauthals »Call me maybe …« zu singen. Sie fürchtete, dass sie die anderen Hausbewohner aufwecken könnte.

Nach viel zu langer Zeit fiel sie in einen unruhigen Schlaf. Die verschiedenen Wecker, die sie sich gestellt hatte, drangen schließlich in ihr Bewusstsein. Sie setzte sich im Bett auf und spürte die vertraute Panik in sich aufsteigen. Warum hatte sie sich überhaupt die Mühe gemacht, schlafen zu wollen? Wie benebelt stolperte sie zur Dusche und stellte sich unter den festen Strahl aus Quellwasser, das einige Zeit brauchte, um warm zu werden.

Kaffee. Ihr Hauptnahrungsmittel. Das Handbuch für die Assistenzzeit riet ihr, Kaffee und Alkohol zu meiden und stattdessen Kräutertee zu trinken. Scheiß drauf, dachte sie.

Unten in der Küche schien sie die Erste zu sein, die auf den Beinen war, also versuchte sie, so wenig Lärm wie möglich zu machen, als sie den Kessel mit Wasser füllte, um Kaffee zu kochen.

Der Hund kam in die Küche, ein freundliches Knäuel aus beigefarbenem Fell. Er ließ sich von ihr den Bauch kraulen, bevor er nach draußen lief. Reese zwang sich, eine Schüssel Müsli mit Walderdbeeren zu essen, die sie gestern an einem süßen kleinen Obststand erstanden hatte. Ursula hatte ihr geraten, etwas zum Mittagessen in die Klinik mitzunehmen, also bereitete sie sich ein Erdnussbutter-Sandwich zu und steckte es zusammen mit einer Banane in ihre Tasche.

Sie beschloss, früher zum Krankenhaus zu fahren, um sich umzuziehen, die Formulare für das Verschreiben von Medikamenten zu studieren und zu versuchen, sich an alles zu erinnern, was sie in ihren Praxisphasen gelernt hatte – Chirurgie, Neurologie, Psychiatrie, innere Medizin, Geburtshilfe, Kinderheilkunde, Radiologie, Notfallmedizin –, um sich auf ihre dreißigstündige Schicht vorzubereiten. Während sie auf die morgendliche Konferenz wartete, schälte sie die mitgebrachte Banane und nähte die Schale wieder zusammen.

Warren, ein weiterer Assistenzarzt, betrat den Umkleideraum. »Rieche ich da Banane?«, fragte er. »Oder ist das der Geruch der Angst?«

Sie lächelte und zeigte ihm ihre Arbeit. »Hast du Hunger?«

»Machst du Witze?«, sagte Yvonne, eine andere Assistenzärztin, die gerade in ihrem Spind herumwühlte. »Ich habe mich bereits zweimal übergeben.«

Als die Vierte im Bunde eintraf – Riku aus Japan –, gingen sie gemeinsam in den kleinen Konferenzraum, um ihr erstes Briefing zu den derzeitigen Patienten zu erhalten, und dann war Showtime. Die Neuen hefteten sich an die Fersen der ihnen zugeteilten Mentoren – Assistenzärzte im zweiten und dritten Jahr, die ihnen zeigen sollten, wie alles funktionierte. Der Arzt, den Reese begleiten sollte – ein Mann namens Cain mit der nervtötenden Angewohnheit, Shakespeare zu zitieren –, beäugte sie wie ein Stück Frischfleisch. »Weiche, Frischling«, sagte er und wies sie an, die Eintragungen in der Akte ihres ersten Patienten zu übernehmen.

Es bedurfte eines besonderen Talents, sich in einem so winzigen Krankenhaus zu verlaufen, aber irgendwie gelang es ihr trotzdem.

Irgendwann entdeckte sie schließlich ihren ersten Patienten – Mr. Drexler mit Gallenproblemen. Er war an einen Tropf angeschlossen und hatte eine sauertöpfische Miene aufgesetzt. »Ich bin Dr. Powell«, sagte sie. »Ich werde mich heute um sie kümmern.«

»Das hier ist die Zeitung von gestern«, sagte er. »Ich brauche die von heute.«

Oh. Eine Zeitung. Sie eilte zurück in die Lobby. Hier gab es keine kostenlosen Zeitungen, also fischte sie etwas Kleingeld aus ihrer Tasche und kaufte eine am Automaten. Mit einem Lächeln überreichte sie die Zeitung. Vier Jahre Medizinstudium, und sie war zur Zeitungsausträgerin aufgestiegen. Irgendwie schaffte sie es, sich Notizen zu dem Fall zu machen, obwohl sie sich die ganze Zeit wie eine Hochstaplerin fühlte.

»Dr. Powell«, drang eine Stimme über den Lautsprecher. »Dr. Powell in die Ambulanz.«

Erschrocken, ihren Namen zu hören, schlang Reese sich das Stethoskop um den Hals und eilte zu ihrem nächsten Patienten. Dieses Mal verlief sie sich nur kurz. Ein kleines Mädchen hielt einen Inhalator in der Hand. Reese begrüßte sie und machte sich Notizen zum Asthma der Patientin. »Wir sind gerade erst hierhergezogen«, erklärte die Mutter. »Wir dachten, die Landluft würde ihr guttun, aber es ist schlimmer als je zuvor.«

Das Mädchen hatte einen unglücklichen, glasigen Ausdruck in den Augen. Reese kam sich auch hilflos vor. »Es tut mir leid, dass es dir schlecht geht. Die Therapien, die wir dir verschreiben, sollten deine Lungen und Atemwege weiten, sodass es dir bald besser geht.«

»Danke, Dr. Powell«, sagte das Mädchen mit rauer Stimme, bevor sie mit ihrer Mutter die Ambulanz verließ.

Reese wandte sich an den Atemtherapeuten. »Was für ein süßes Kind. Ich weiß nicht, wofür sie mir gedankt hat. Ihr schien es wirklich schlecht zu gehen.«

»Einige Kinder sind gegen Tiere und Getreide allergisch«, sagte der Therapeut und packte die Ausrüstung zusammen. »Das Lustige ist, ich habe hier in diesem Raum noch nie ein amisches Kind gesehen. Es ist beinahe so, als wenn das Leben auf der Farm sie schützt.«

Reese machte sich eine Notiz in ihrem Handy, später nach Asthma-Studien zu suchen. Aber das zählte nicht als Erfolg. Sie hatte an diesem ersten Arbeitsmorgen beinahe überhaupt nichts erreicht.

Später gab es ein weiteres Treffen bezüglich eines Falles. Der Name sprang ihr sofort ins Auge – Rebecca Zook. Hannah hatte gesagt, dass Caleb ihr den Hof machen sollte. Reese versuchte, objektiv zu bleiben, als sie die Berichte las – neurologische Symptome wie Kopfschmerzen, Verhaltensveränderungen, ungewöhnliche Augenbewegungen. Die arme Frau. Dr. Shrock hatte angemerkt, dass die Patientin zögere, die vorgeschlagenen Scans und Test durchführen zu lassen. »Es ist frustrierend«, sagte er. »Aber die Patienten haben das Recht dazu, und wir müssen das respektieren.«

»Was ist mit einem blauen Formular?«, fragte einer aus dem dritten Jahr. »Wäre das eine Option?«

Reese war die Einzige am Tisch, die nicht schnell nachschaute, was ein blaues Formular war. Sie wusste, dass es sich um eine legale Möglichkeit handelte, einen Patienten auch gegen seinen Willen ins Krankenhaus einliefern zu lassen.

Mose setzte die Brille ab und massierte sich den Nasenrücken. »Diesen Weg werden wir nicht einschlagen. Zumindest im Moment noch nicht.«

Reese kehrte in den Bereitschaftsraum zurück, machte aber kein Licht an und blieb im Dunkeln sitzen. Sie verspürte einen Anflug von Unsicherheit. Wer war sie, dass sie glaubte, sie könnte Menschen helfen, sie heilen? Warum konnte sie sich nicht damit zufriedengeben, so zu sein wie ihre Freundin Trini – sesshaft zu werden, Kinder zu bekommen und Kuchen zu backen?

Die Müdigkeit überkam sie und mit ihr eine neue, klare Entschlossenheit. Sie war aus einem bestimmten Grund hier. Sie war hier, weil sie sich diesen Job ausgesucht hatte. Sie war hier, weil sie diesen Job liebte.

16. Kapitel

Mit einem festen Seil in der Hand kletterte Caleb auf den großen Baum an der Badestelle des Flusses, während Jonah und Samuel von unten zuschauten. Er hatte den perfekten Ast für das Schwingseil gefunden. Er war hoch genug und ragte weit genug über das Wasser, sodass man weit schwingen konnte.

Die warme Borke unter seinen Händen und das Rauschen der Blätter in der Brise weckten uralte Erinnerungen. Er und John hatten sich immer ein Rennen den Hügel hinauf geliefert, sobald ihre täglichen Arbeiten erledigt gewesen waren. Es ging darum, wer zuerst im Wasser war. Er wusste, John hatte ihn immer mit Absicht gewinnen lassen, aber das Rennen gehörte zum Spaß dazu. Es war eine Flucht vor der Hitze – und vor ihrem Vater.

Und jetzt, Jahre später, stellte Calebs Vater immer noch ein Problem dar. Seit dem Besuch der Frau von der Behörde steckte Caleb in einem Machtkampf mit Asa fest. Es stimmte, dass Asa juristisch gesehen der gesetzliche Vormund von Jonah und Hannah war. Nachdem John und Naomi getötet worden waren, hatte es eine Flut an Papieren gegeben, um die Vormundschaft zu übertragen. Man hatte Asa die Kinder gegeben, damit die Kinder in dem Zuhause bleiben konnten, das sie kannten.

Doch das Familiengericht wusste nichts von Asas Launen. Seine Wut, seine Intoleranz und seine Gemeinheit waren ein Geheimnis, das von der strikten Unterwerfung der Gemeinde unter die *Ordnung* bewahrt wurde. Caleb hatte erkannt, dass der einzige Weg, um Johns Kinder zu beschützen, der war, auf die Farm zurückzukehren und sich selbst um sie zu kümmern. Asa war nur zu froh gewesen, jemand anderem die Arbeit zu überlassen.

Doch jetzt, da Jonah die moderne Welt brauchte, jetzt, da eine Intervention der Englischen der beste Weg war, um ihm zu helfen, hatte Asa beschlossen, seine Rechte als gesetzlicher Vormund geltend zu machen. Er versuchte, die weiteren Therapien für Jonah zu verbieten. Es gab Momente, in denen sah Caleb in den Augen seines Neffen die gleiche Hoffnungslosigkeit, die er einst in Johns Augen gesehen hatte. John, der wegen der Dinge, die Asa zu ihm gesagt und die er ihm angetan hatte, versucht hatte, sich das Leben zu nehmen.

Caleb war wütend, und die Wut machte ihn unvorsichtig. Als er das Ende des Seils über den Ast warf, verpasste er sein Ziel und verlor den Halt. Er versuchte, sich festzuhalten, bekam aber nur Luft zu fassen und stürzte durch die unteren Äste, wobei er spürte, wie die Spitze des abgebrochenen Astes ihm die Haut an der Schulter aufriss. Dann fiel er mit einem riesigen Klatscher ins Wasser. Als er wieder auftauchte, hörte er Jonah schreien.

Seine Schulter fühlte sich an, als stünde sie in Flammen. Mühsam schwamm er ans Ufer und stieg aus dem Wasser. Blut lief an seiner linken Körperseite herunter.

»Onkel Caleb!« Jonah stürzte auf ihn zu. »Du hast dich verletzt.«

»Das sieht schlimm aus.« Samuels Gesicht war kreidebleich. »Du hast dich an dem abgebrochenen Ast verletzt.«

»Tut es weh?«, fragte Jonah. »Sollen wir Hilfe holen?«

Caleb fluchte normalerweise nicht, aber jetzt kamen ihm doch ein paar Schimpfwörter über die Lippen, während er versuchte, die Wunde zu begutachten.

»Das ist wirklich schlimm«, meinte Jonah. »Das muss genäht werden.«

»Nein. Ich lasse es einfach von Hannah verbinden.«

Jonah schüttelte den Kopf. »Du siehst nicht, was ich sehe. Die Haut ist bis auf den Knochen aufgeschnitten.«

Reese, Ursula und Mose machten sich gemeinsam auf den Weg zu der Praxis in Pine Creek, in der sie heute ihren Dienst versehen würden. Reese versuchte immer noch, Tritt als Ärztin zu fassen, und ein Aspekt, den sie an den Tagen liebte, die sie in den landärztlichen Praxen verbrachte, war, dass sie niemals wusste, was als Nächstes durch die Tür kommen würde – eine Frau in den Wehen, ein verletztes Kind, ein älterer Patient mit Atemproblemen. Trotz des etwas holprigen Anfangs war dieses Programm alles, was sie sich erhofft hatte, und mehr.

Mit geöffnetem Verdeck fuhren sie durch den wunderbaren Sommermorgen. Mose saß auf dem Beifahrersitz und hielt seinen Hut auf dem Schoß fest. Ursula saß hinten, das Gesicht der Sonne entgegengereckt. Der Weg führte sie über im Morgennebel liegende Landstraßen, an kleinen Ortschaften, idyllischen Farmen und goldenen Feldern vorbei. Altdeutsche Namen zierten die Briefkästen, und die Buggys der Amischen und der Mennoniten fuhren über die schmalen Nebenwege. Ein paar Meilen von Pine Creek entfernt stand ein Hinweisschild in Richtung Middle Grove.

Obwohl sie sich ermahnte, sich auf die Arbeit zu konzentrieren, erinnerte Reese sich an alle Momente, die sie mit Caleb geteilt hatte. An diese tiefe, unmöglich erscheinende Verbindung zwischen ihnen, an die ungewöhnliche Nähe, die sie miteinander geteilt hatten. Sie dachte auch an Jonah und fragte sich, wie es ihm ging, nun, da er wieder zu Hause in Middle Grove war. Mose und der Rest des Teams kannten den Jungen, weil sie ihn regelmäßig sahen, wenn er zu seinen Sitzungen mit dem Therapeuten kam. In letzter Zeit war er jedoch nicht mehr gekommen, und Reese musste sich zusammenreißen, um sich nicht einzumischen.

Vor der Praxis, einem modernen Gebäude im Herzen der kleinen Stadt, parkte sie unter den alten Ahornbäumen. Die meisten Tage waren eher Routine, aber heute würde sie Rebecca Zook begegnen. Als sie die Praxis betraten, war die junge Frau schon da. Mit ihrer aus mehreren Lagen Stoff zusammengesteckten Kleidung und dem Bonnet auf dem Kopf sah sie unglaublich schön aus – blond und zierlich, jedes Haar an seinem Platz. Die Fingernägel ihrer zarten Hände waren abgeknabbert. Sie saß unbeteiligt und ausdruckslos daneben, als ihre Mutter, eine schlicht aussehende Frau, die genauso angezogen war wie Rebecca, berichtete, dass ihre Tochter ein neues, seltsames Verhalten zeigte.

»Manchmal zieht sie ihre Kleidung verkehrt herum an«, erklärte Gretchen Zook und zupfte nervös an den Bändern ihres Bonnets.

»Gestern ist sie in ein Kornfeld hineingewandert und hat den Weg hinaus nicht mehr gefunden. Es macht uns wirklich Sorgen.«

Mose murmelte etwas Tröstendes in ihrer Sprache, und die Mutter nickte. »Ja, sie fürchtet sich vor kleinen Dingen wie Blättern und Vögeln.«

Ursula nickte Reese zu, und Reese setzte sich auf einen Hocker vor Rebecca. In ihrer Patientenakte fanden sich die Notizen der letzten paar Monate. »Wie geht es Ihnen?«, fragte sie und kämpfte gegen das vertraute Gefühl der Hilflosigkeit an.

»Nicht so gut«, murmelte Rebecca. »Mein Kopf schmerzt die ganze Zeit. Ich kann nicht schlafen.«

»Darf ich hiermit Ihre Augen überprüfen?« Reese holte ihre Pupillenleuchte heraus, und als Rebecca nickte, leuchtete sie erst in das eine Auge, dann in das andere. Rebeccas Augäpfel bewegten sich rasch hin und her. »Können Sie geradeaus gucken?«

»Ich versuche es, aber es geht nicht.«

Reese tat, was sie konnte, doch ihre Unsicherheit und Ratlosigkeit wurden immer größer. Sie testete Rebeccas Sehvermögen, Koordinationsvermögen und kognitive Fähigkeiten. Es gab ein paar Auffälligkeiten, aber nichts Eindeutiges. Sie gaben Rebecca Tabletten gegen die Kopfschmerzen, dann gingen die beiden Frauen.

»Sie braucht eine vollständige neurologische Untersuchung«, sagte Reese.

»Dazu müsste sie in die Stadt fahren«, wandte Ursula ein.

»Und lass mich raten – das wird sie nicht. Verdammt.«

»Die Neurologie wird nur bestätigen, was wir schon wissen«, meinte Mose. »Ich bin mit diesem Fall schon sehr lange betraut. Rebecca weiß, dass eine aggressive Behandlung ihre Fruchtbarkeit beeinträchtigen würde, und davon will sie nichts hören.«

Das Vertrauen der Patienten von Dr. Shrocks Praxis zu gewinnen war eine Herausforderung, auf die das Studium Reese nicht vorbereitet hatte.

»Vor gar nicht allzu langer Zeit haben viele der Amischen eine *Braucha* konsultiert – hast du je davon gehört?«

»Nach unserem Gespräch damals habe ich mich ein wenig damit beschäftigt. Ich habe auch über Powwows recherchiert«, entgegnete Reese. »Und ich habe genug gelesen, um zu wissen, dass das Quacksalberei ist.«

»Wirklich«, sagte er. »Einige Menschen denken, dass es Leute gibt, die durch Berührung heilen können. Oder dadurch, dass sie einen kranken Menschen besingen.«

»Was ich viel frustrierender finde, ist, dass es Praktiken gibt, die wirklich schädlich sind«, schaltete Ursula sich ein. »Letztes Jahr kam eine Frau in die Klinik, die tatsächlich eine unbehandelte Fistel hatte.«

»Vertrauen ist eine fragile Angelegenheit, und eine amische Gemeinde ist eine empfindliche Schutzzone«, sagte Mose. »Man verdient sich ihr Vertrauen, indem man den Glauben der Patienten respektiert. Und man muss vorsichtig sein, wie man sich äußert und inwieweit man sich einmischt.«

Reese musterte sein müdes, weises Gesicht. »Ist es schwer für Sie zu versuchen, Menschen zu helfen, die Ihre Hilfe nicht wollen?«

»Natürlich ist es das«, antwortete er und nahm die Brille ab, um sie mit dem Zipfel seines Hemdes zu putzen. »Wir tun, wozu wir berufen sind. Aber genauso geht es unseren Patienten.«

Sie behandelten noch ein paar weitere Patienten – darunter einen, der mit Giftefeu in Kontakt gekommen war, was zu schrecklichen Blasen geführt hatte. Später am Tag wurden sie in die Notaufnahme gerufen. Ursula ging voran ins Untersuchungszimmer. Als Reese sah, wer dort wartete, setzte ihr Herz einen Schlag aus. *»Jonah!«*

Er sah wunderbar sonnengebräunt und zerzaust aus und war nicht nur ein paar Zentimeter gewachsen, sondern auch breiter als bei ihrem letzten Zusammentreffen. »Bist du verletzt?«, erkundigte sie sich.

»Du kennst den Jungen?«, fragte Ursula.

»Aus dem Mercy Heights.« Reese wollte den Jungen am liebsten umarmen und nie wieder gehen lassen. Aber das war jetzt nicht mehr angebracht. »Jonah …«

»Caleb hat sich verletzt.« Er wies auf den vorgezogenen Vorhang.

Reese drohten die Knie nachzugeben, und ihr Magen fühlte sich an wie aus Eis. Caleb … verletzt. Sie sollte sich zurückhalten und der Krankenschwester die erste Untersuchung überlassen, aber sie konnte es einfach nicht. Sie riss den blauen Vorhang zurück und fand Caleb auf dem Untersuchungstisch sitzend vor. Sein Hemd hatte er ausgezogen, und die Schwester stand hinter ihm und runzelte die Stirn, während sie mit behandschuhten Händen auf seinem nackten Rücken herumtupfte.

»Caleb.« Beinahe hätte sie vergessen zu atmen. Mit großer Mühe kramte sie den letzten Rest Professionalität hervor. »Ich bin Dr. Powell«, sagte sie zur Schwester. »Caleb ist ein … Freund von mir.« Mit hämmerndem Herzen blickte sie ihn an. »Ich bin vermutlich die Letzte, die du hier zu sehen erwartet hast«, meinte sie. »Was ist passiert?«

»Sie sagen, ich hätte eine tiefe Schnittwunde auf dem Rücken«, antwortete er. »Ich habe sie nicht gesehen, aber es tut höllisch weh.«

»Zwanzig Zentimeter lange Lazeration«, erklärte die Schwester. »Das muss genäht werden.«

»Perfekt«, murmelte Ursula, die hinter Reese stand. »Ich bin Dr. Mays«, sagte sie dann. »Wie es aussieht, kennen Sie Dr. Powell bereits. Sie wird sich heute um Sie kümmern.«

Bislang hatte Reese noch keine größeren Schnittverletzungen zu behandeln gehabt. »Du Glücklicher«, meinte sie zu Caleb. Sie trat hinter ihn, wobei ihr Blick an seinem muskulösen Oberkörper hängen blieb und sie sich unglaublich unprofessionell vorkam.

Konzentrier dich. Untersuche die Wunde, check den Patienten durch. Es war vermutlich gut, dass Caleb den Schnitt nicht gesehen hatte. Er war lang und so tief, dass sie die Muskeln sehen konnte. Sie bat die Schwester, die Instrumente fürs Nähen zurechtzulegen. »Wow, wie hast du das denn angestellt?«

Jonah steckte seinen Kopf durch den Vorhang. »Er ist ganz hoch in den Baum geklettert, um ein Schwingseil über dem Fluss anzubringen«, sagte er. »Dann ist er gefallen und ist an einem abgebrochenen Ast entlanggeschrammt. Ich war dabei. Ich habe alles gesehen.«

Caleb nickte. »So war es ungefähr. Zum Glück bin ich wenigstens im Wasser gelandet.«

Das erklärte die nasse Hose und die nackten Füße.

»Ich gebe dir eine Spritze gegen die Schmerzen«, sagte sie, weil ihr aufgefallen war, wie verspannt er war. »Danach werde ich die Wunde betäuben.«

»Das sieht schrecklich aus«, stellte Jonah mit Blick auf die Wunde fest. »War mein Arm noch schlimmer?«

»O ja«, sagte Reese und setzte die Spritze an. »Sehr viel schlimmer.«

»Onkel Caleb war ganz tapfer. Er hat nicht geschrien und gar nichts.«

»Das ist wirklich tapfer. Du hast mir gefehlt, Kleiner«, sagte sie.

Jonah ließ sein typisches Strahlelächeln aufblitzen und fuhr dann fort: »Ich wusste nicht, wie man einen Verband macht, also habe ich ein paar von Hannahs Stoffmustern genommen, um die Blutung zu stoppen. Sie werden ihr nicht fehlen, weil sie die Dinger immer wegschmeißt, wenn der Entwurf ihr nicht gefällt.« Er hob etwas aus einer rosafarbenen Plastikwanne an. »Guck dir nur all das Blut an.«

Auf dem Stoffstück waren die Worte *Kein Winter hält ewig an* und noch etwas anderes eingestickt, das durch das dicke, getrocknete Blut jedoch nicht mehr zu lesen war.

»Wirst du ihn operieren?«, fragte Jonah. »Musst du ihn zusammennähen? Wie willst du diesen riesigen Schnitt zumachen, hm?«

Reese biss die Zähne zusammen und versuchte, sich zu konzentrieren.

Caleb sagte etwas auf Deitsch zu Jonah, und der Junge verstummte. Auf Englisch sagte Caleb dann: »Ich wette, drüben im Wartezimmer haben sie einige dieser *Highlight*-Magazine herumliegen.«

Jonah schlurfte zum Wartezimmer, in dem ein Stapel zerlesener Zeitschriften lag. Ursula setzte sich ins Schwesternzimmer und öffnete ihren Laptop. Die Krankenschwester bereitete alles für die Behandlung vor, und Reese trat ans Waschbecken, um sich die Hände zu desinfizieren, die vom vielen Waschen und dem Alkohol im Desinfektionsmittel schon ganz rau waren. Sie war bereit für das hier. Zumindest redete sie sich das ein. In Wahrheit starrte sie auf das Tablett mit den Instrumenten und spürte, wie sich alles, was sie je über Wundversorgung und Nähte gelernt hatte, in Luft auflöste.

»Was war das für eine Spritze?«, murmelte Caleb.

»Gegen die Schmerzen und die Schwellung.« Kurz überkam sie Panik, als sie an die lange Liste seltener Nebenwirkungen dachte. »Wie fühlst du dich?«

»Als würde ich träumen. Als könnte ich die Sprache der Frösche übersetzen.«

Sie unterdrückte ein Lächeln. »Das bedeutet, die Spritze wirkt.« Dann sah sie ihn an. Ihren verwundeten Patienten. »Ich wollte dich gerne wiedersehen«, sagte sie. »Allerdings nicht so. Du musst dich jetzt bitte auf den Bauch legen.«

Er nickte und schien förmlich mit der papierbezogenen Liege zu verschmelzen. Der Schnitt an seinem Rücken war ziemlich sauber, doch sie entdeckte ein paar kleine Holzsplitter. Sie warf Ursula einen Blick zu, die von ihrem Computer aufschaute und ihr aufmunternd zunickte. Ursula war nicht nur die Entspannteste der Mentoren, sie war auch die, die ihre Schüler am meisten herausforderte. Sie weigerte sich, die Assistenzärzte nur zuschauen zu lassen – sie wollte, dass sie selbst aktiv wurden.

Reese versuchte, ihren ganzen Mut zusammenzunehmen. Wenn sie nicht lernte, mit solchen Situationen umzugehen, würde noch einer ihrer Patienten die Klinik oder Praxis in einem schlimmeren Zustand verlassen als dem, in dem er zu ihr gekommen war. »Dann wollen wir dich mal wieder zusammenflicken.«

»Ich gehöre ganz dir«, sagte er.

Auch wenn sie sein Gesicht nicht sehen konnte, hörte sie das Lächeln in seiner Stimme. »Das könnte etwas piksen«, sagte sie. »Versuch, nicht zu zucken.« Sie spritzte ein weiteres Anästhetikum in die Wundränder und sah, wie die Haut um die Einstichpunkte leicht anschwoll und weiß wurde. Das hatte sie schon hundertmal oder öfter gemacht, aber da war der Patient eine Schaumstoffrolle oder ein Schweinefuß gewesen. Die Tatsache, dass es sich hier um lebendiges Fleisch handelte – um Calebs lebendiges Fleisch – machte sie leicht schwindelig.

Sie legte die Spritze auf das sterile Tablett und schloss die Augen. Wenn es ihr nicht gelang, sich zusammenzureißen, würde sie ihrem Patienten noch schaden. Vergiss das nicht, ermahnte sie sich.

»Du schaffst das«, murmelte Caleb, als könnte er ihre Gedanken lesen.

Sie öffnete die Augen. »Ja«, sagte sie nur und nahm die Spritze wieder zur Hand. Nun spritzte sie direkt in die Wunde, um die an der Oberfläche liegenden Faszien und die zerrissenen Wundränder zu betäuben. Mit jedem Einstich wuchs ihr Selbstbewusstsein. Nach ein paar Sekunden des Wartens prüfte sie mit einer Pinzette, ob Caleb irgendetwas spürte. »Sag mir Bescheid, wenn du was fühlst.«

»Bis jetzt ist alles gut«, antwortete er.

»Kann ich zusehen?« Jonah war zurückgekommen.

Reese tauschte einen Blick mit der Schwester, die nur mit den Schultern zuckte. »Meinetwegen«, sagte Reese.

»Warst du dabei, als sie meinen Armstumpf zusammengenäht haben?«

»Nein. Das haben sie in der Chirurgie gemacht, nicht in der Notaufnahme.« Sie spülte die Wunde aus. Das vom Blut rot getränkte Wasser versickerte in den Papiertüchern unter Calebs Oberkörper. Die Schwester legte ein steriles Tuch so über seinen Rücken, dass das Loch direkt über der Wunde lag. Reese zog sich Handschuhe an und nahm die erste Packung mit Fäden für die innere Wunde in die Hand. »Ich muss erst die inneren Wunden schließen. Diese Fäden lösen sich im Laufe der Zeit auf.«

Nach einem kurzen Blick zu Jonah sah sie, dass er beim Anblick der frei liegenden Sehnen tief in der Wunde ganz blass geworden war. »Du solltest dich lieber setzen«, murmelte sie. »Wir wollen heute doch nicht noch einen zweiten Patienten haben.«

Er nickte und trat zurück. »Ich gehe vielleicht mal nach den Babys gucken.«

Caleb sah ihn verwirrt an. »Was meinst du denn damit?«

»In der Tür gibt es eine Babykiste. So wie die Buchkiste in der Bücherei.«

»Hast du ihm auch was von dem Schmerzmittel gegeben?«, fragte Caleb an Reese gewandt. »Er ist ebenfalls high.«

Sie sah Jonah nach, der nach draußen eilte. »Er meint die Babyklappe«, erklärte sie. »Du solltest diesen Schnitt sehen, Caleb. Also wirklich, auf einen Baum klettern?«

»Ich habe den Halt verloren«, erwiderte er schlicht. »So etwas passiert.«

»Alles bereit, Doktor?«, fragte die Schwester.

Am Tresen der Aufnahme entstand hektische Aktivität. Ein weiteres Kind war gekommen – es hatte einen pfeifenden, asthmatischen Husten. Reese schaute zur Schwester. »Ja, danke.« Die Schwester eilte davon, und Reese blieb mit Caleb und seiner klaffenden Wunde allein. »Ich mache mich jetzt an die Arbeit«, sagte sie, denn sie hatte den Wirkungszeitraum des Betäubungsmittels im Blick. Noch einmal schloss sie kurz die Augen und versuchte alle Gedanken, die nichts mit der bevorstehenden Aufgabe zu tun hatten, auszuschalten. Das Wohlergehen ihres Patienten hing von ihr ab. Als sie die Augen wieder öffnete, war sie bereit. Sie zwang ihre Hände, ruhig zu bleiben, und nähte die tiefste Schicht der Wunde zusammen, wofür sie vermutlich doppelt so lange brauchte wie ein erfahrenerer Arzt.

»Es haut mich immer noch um, dich hier so zu sehen«, sagte sie.

»Ist das gut oder schlecht?«

»Es ist … es ist einfach so, wie es ist.«

»Ich habe gehört, dass du hier im Krankenhaus arbeitest«, sagte er. »Das war eine Überraschung, Reese. Ich dachte, du hättest dich für irgendeine bekannte Klinik in einer großen Stadt entschieden.«

»Ich habe meine Meinung geändert.« Nein, *du* hast meine Meinung geändert, fügte sie in Gedanken hinzu. Sie biss sich auf die Unterlippe, als tiefe Sehnsucht nach ihm in ihr aufstieg. Nachdem sie die innere Wunde genäht hatte, widmete sie sich der äußeren. Dazu benutzte sie eine gebogene Nadel mit einem eingefädelten Faden. Ein erneuter tiefer Atemzug. »Die Wundränder sind ziemlich ausgefranst«, meinte sie. »Das wird eine Weile nicht sonderlich hübsch aussehen.«

»Ach, ein schöner Rücken war mir noch nie wichtig«, entgegnete er gleichmütig.

Sie lächelte. »Guter Punkt. Ich möchte nicht, dass du eine Narbe davonträgst. Sorg dafür, dass jemand die Wunde zu Hause jeden Tag mit weißer Vaseline behandelt.« Sie drückte die Ränder zusammen wie Teile eines Puzzles. Ursula kam zu ihr, um ihr bei der Arbeit zuzuschauen, und nickte einmal zustimmend. Dann schaute sie nach einem anderen Patienten. Reese drückte die gebogene Nadel durch Calebs Haut und zog den Faden durch. Stich und Knoten, Stich und Knoten nähte sie ihn wieder zusammen. Als sie fertig war, zählte sie die Stiche. »Vierundzwanzig«, sagte sie zu Caleb. »Geht es dir immer noch gut?«

»Ja.« Er zögerte. »Ich hatte auch nicht erwartet, dich noch einmal wiederzusehen. Vor allem nicht so.«

Ihr Herz machte einen Satz. Mit Bedacht nahm sie das Tuch weg, tupfte die Wunde sauber und verschloss sie dann mit steriler Gaze. »Du fehlst mir«, flüsterte sie mit vor Ehrlichkeit rauer Stimme. »Ich vermisse dich, seitdem du gegangen bist.«

»So geht es mir auch«, erwiderte er. »Du … warst … Ich habe gerne Zeit mit dir verbracht. Aber du verstehst, dass ich gehen musste.«

»Ja, das verstehe ich«, gab sie zurück. »Das verstehe ich wirklich, aber … Ich vermisse dich trotzdem.« Sie überprüfte den Verband. »Und jetzt bist du fertig. Lass dir mit dem Aufsetzen Zeit. Dir könnte ein wenig schwindelig werden.«

Er richtete sich auf, und sie stand auf einmal seiner bloßen Brust gegenüber. Schnell wandte sie sich ab und nahm einen Flyer vom Regal. »Hier sind ein paar Informationen über Wundversorgung und Nachsorge. Versprich mir, dass du machst, was darin steht.«

»Versprochen.« Er stand von der Liege auf.

»Was hast du denn gemacht, junger Mann?« Mose kam in die Ambulanz geschlendert. »Ich habe gehört, du hast dich wie Tarzan durch die Bäume geschwungen.«

»Jetzt bin ich wieder ganz«, sagte Caleb.

»Hast du ein Hemd zum Überziehen?«

Calebs Ohren wurden rot. »Ich habe keinen Sinn darin gesehen, ein gutes Hemd zu versauen.«

Reese fand ein OP-Hemd und warf es ihm zu. »Es wäre nicht das erste Mal, dass du Krankenhaus-Kleidung tragen musst.«

Bevor Caleb sich das Hemd überwarf, betrachtete Mose Reeses Arbeit. »Such dir jemanden, der dir beim Versorgen der Wunde hilft, ja?«

»Verstanden.« Caleb nahm seinen Hut vom Haken. »Komm doch mal zum Abendessen vorbei, Reese«, sagte er. »Hannah würde dich sicher gerne sehen. Mose, wir würden uns freuen, wenn du und Ida auch kommen würdet.«

17. Kapitel

»Es ist kein Date«, sagte Reese zu Ursula an diesem Abend, als sie sich für ihren Besuch in Middle Grove fertig machte. Die Unterhaltung erinnerte sie an die, die sie letzten Herbst mit ihrer Mutter geführt hatte. »Es ist nur ein Abendessen.«

»Ich habe gesehen, wie du ihn angeguckt hast«, entgegnete Ursula in dem engen Badezimmer im ersten Stock, das sie sich teilten.

»Na gut. Es ist ein Date. Ein Date mit meinem Tutor und seiner Frau und einem amischen Mann.« Sie trug ein Baumwollkleid und Sandalen und hatte nur ein wenig getönte Tagescreme aufgetragen, sich aber ansonsten nicht geschminkt. Sie hoffte, man merkte ihr nicht an, wie elektrisierend sie die Aussicht fand, Caleb wiederzusehen. Nachdem so viel Zeit vergangen war, hätte sie über ihn hinweg sein müssen, doch das war sie nicht.

»Also du und dieser Typ …« Ursula beugte sich zum Spiegel vor und tuschte sich die Wimpern.

»Da ist nichts zwischen uns.« Wenn sie es nur oft genug sagte, würde sie es vielleicht irgendwann selbst glauben. »Wir haben uns durch Jonah kennengelernt, und er hat letzten Herbst für eine Weile bei meinem Nachbarn in Philly gewohnt.«

»Verstanden.« Ursula trug Lipgloss auf und presste die Lippen kurz aufeinander.

»Du bist wie die schnippische ältere Schwester, die ich nie hatte«, sagte Reese. »Wo gehst du heute hin?«

»Im Gegensatz zu dir habe ich keine Angst, ein Date als Date zu bezeichnen – ich gehe mit dem Assistenzarzt aus der Radiologie aus, von dem ich dir erzählt habe. Drüben im Mountain View gibt es ein Barbecue. Ich habe vor, genug Bier zu trinken, um ihn ranzulassen.«

»Nett.« Reese schnappte sich ihre Schlüssel und ihr Handy.

»Zum Mittagessen morgen bin ich wieder zurück«, fügte Ursula hinzu. »Meine Eltern kommen zu Besuch.«

»Noch netter«, sagte Reese. »Ich vermisse meine Eltern. Ich hoffe immer noch, dass sie irgendwann ihre Verärgerung über meine Entscheidung überwinden.«

»Hast du ihnen das mal gesagt?« Ursula warf ein paar Kondome in ihre Handtasche. »Wenn nicht, solltest du das tun.« Sie war einer dieser Menschen, bei denen alles immer so einfach zu sein schien. Reese war nie so gewesen. Nun nahm sie ihr Handy, rief die Nummer ihrer Eltern auf und drückte auf Wählen.

Der Anrufbeantworter. Natürlich. Heutzutage ging niemand mehr an sein Telefon. »Hey, ihr zwei«, sagte sie ein wenig zu fröhlich. »Ich rufe nur an, um euch zu sagen, dass ihr mir fehlt …«

»Wir kennen die Familie Stoltz seit … oh, ich weiß es nicht. Weißt du es, Ida?«, fragte Mose. Er saß auf dem Beifahrersitz von Reeses Auto und drehte sich halb zu seiner Frau um.

»Das müssen zwanzig oder mehr Jahre sein«, antwortete sie.

»Ich würde sagen, mehr«, stimmte Mose zu. »Asas Frau Jenny hat die Jungs immer zum Impfen in die Klinik gebracht. Daran erinnere ich mich noch, weil sie das vor Asa geheim halten musste.«

Reese richtete sich auf. »Er ist ein Impfgegner?«

»Damals sah es zumindest so aus. Als ich John, den älteren der Söhne, das nächste Mal gesehen habe, musste ich seinen gebrochenen Arm richten.«

»Caleb hat mir erzählt, dass sein Bruder sich den Arm bei einem Sprung von der Brücke gebrochen hat«, sagte Reese. »Es war ein Selbstmordversuch.«

»Das stimmt.« Mose nickte. »Die Familie hatte es wirklich nicht leicht. In der Nacht, in der John und Naomi ermordet wurden, hatte ich Dienst. Ich hoffe, du bekommst nie so einen Anruf, aber man muss auf alles vorbereitet sein.«

Auf der Fahrt durch die grünen Hügel in Richtung Middle Grove versuchte Reese, ihre Vorfreude im Zaum zu halten. Jonah war nicht ihr Patient. Caleb war nicht ihr Freund. Und doch musste sie die beiden wiedersehen.

»Hier ist es so schön«, sagte sie. »Man kann sich kaum vorstellen, dass es an solchen Orten wie diesen Probleme gibt. Was lächerlich ist, das weiß ich. Ärger scheint es egal zu sein, was er durch das Fenster sieht.«

Mose nickte. »Du lernst dazu.«

»Hier draußen ist es schwerer, sich vorzustellen, dass es auch Unglück gibt«, schaltete Ida sich ein. »Aber das Überleben kann in dieser Gemeinde genauso hart sein wie in der Stadt. Ich finde es trotzdem immer noch magisch. Wenn ich vor sechsundvierzig Jahren nicht frisch von der Schwesternschule in New York City hierhergekommen wäre, hätte ich Mose nie kennengelernt. Wir waren wie Romeo und Julia, oder?«

Er nickte wieder. »Das Stadtmädchen und das Landei. Ein paar unserer Familienmitglieder sprechen immer noch nicht miteinander.«

»Wieso bist du aus New York weggezogen?«, fragte Reese. Als Mitbewohnerin hatten ihr Ida und Mose inzwischen das Du angeboten.

»Wegen eines gebrochenen Herzens«, sagte Ida freimütig. »Einige Menschen kommen hierher, um vor etwas zu fliehen, sich vor etwas zu verstecken oder um zu genesen.«

»Zu welcher Gruppe gehörst du?« Mose sah Reese an.

Die unverblümte Frage brachte sie durcheinander. »Was wäre, wenn ich sage, ich bin hierhergekommen, um meinen Weg außerhalb von politischen Verstrickungen und der Bürokratie der großen Krankenhäuser zu finden? Glaubst du, ich bin noch jung und idealistisch genug, dass es mir bei meiner Arbeit wirklich um Fürsorge und Heilung von Patienten gehen kann?«

»Natürlich glaube ich das. Deshalb haben wir dich für das Programm ausgewählt«, erwiderte er. »Du hast allerdings ein wenig Gepäck mitgebracht.« Sie wollte etwas antworten, doch er fuhr fort: »Ich mache das hier jetzt fünfundvierzig Jahre, junge Dame. Ich weiß, wenn ein Mensch seinen Schmerz unterdrückt und glaubt, wenn er ihn ignoriert, verschwindet er von allein.«

Sie ertappte sich dabei, das Gaspedal zu stark durchzudrücken, und zwang sich, wieder langsamer zu fahren. »Ida, hilf mir«, sagte sie.

»Sorry. Wenn Mose in den Psychiatermodus schaltet, kann ihn nichts mehr aufhalten. Ich sehe meinen Mann jetzt schon seit Jahren lehren, und eine der großen Wahrheiten der Medizin lautet, dass die besten Ärzte die sind, die wissen, was sie mit ihrem Gepäck anstellen sollen.«

Es gab nur eine asphaltierte Straße nach Middle Grove. Sie fuhren an einem Friedhof mit Reihen von Grabsteinen entlang und an amischen Häusern mit grünen Fensterläden und ohne Vorhänge. Der Ort war eine bescheidene Ansammlung von Holz- und Backsteingebäuden. Reese versuchte, alles in sich aufzunehmen – Frauen in langen Kleidern und mit Bonnets, Männer in durchgeschwitzten blauen Hemden und schwarzen Hüten; Touristen, die über den kleinen Markt schlenderten; einen größeren Gemischtwarenladen mit Werbeplakaten für hausgemachten Schinken und Würstchen, handgearbeitete Möbel und Quilts. Dazu gab es eine Bäckerei und eine Mühle mit Wasserrad. Das hier war ihr erster Einblick in Calebs Welt, und sie kam sich genauso sehr wie eine Außenseiterin vor, wie er sich in Philly als Außenseiter gefühlt haben musste.

Der Asphalt ging in eine Schotterstraße mit einem Grasstreifen in der Mitte über. Reese fuhr langsam über die Hubbel und betrachtete auf dem Weg die schlichten Briefkästen. Eine sanfte Brise strich durch die Weizen- und Roggenfelder. »Also keine Telefone oder Elektrizität«, sagte sie und genoss es, dass keine Stromleitungen den Blick auf die Häuser verschandelten.

»Die Menschen haben ihre Gründe dafür«, erklärte Mose. »Es gibt moderne Installationen, um den Vorschriften der Gesundheitsbehörde zu entsprechen, damit sie ihre Milchprodukte verkaufen können. Man sieht ab und zu auch mal einen Computer, der einen Generator in einem Hühnerstall oder Milchhaus steuert. Einige Amische telefonieren mit Handys, aber nur, wenn sie draußen auf dem Feld stehen. Sie sind offen für Innovationen, die es einem Mann ermöglichen, zu Hause bei seiner Familie zu bleiben, anstatt zum Arbeiten irgendwo anders hinfahren zu müssen.«

Ein noch schmalerer Schotterweg führte zum Haus der Stoltz'. Es war größer, als sie erwartet hatte. Weiß und kastenförmig, mit einer Leine voller Wäsche, die davor im Wind flatterte. Es gab mehrere Werkstätten und Außengebäude und eine rote Scheune, die alle anderen Gebäude winzig wirken ließ.

Es sah so idyllisch aus, beinahe zu schön, um real zu sein. Ein Ort, an dem nichts Schlimmes passieren konnte. Sie wusste jedoch, dass das nicht der Fall war. Neben der Scheune stand ein großes Silo mit einem gewölbten Dach, und sie fragte sich, ob hier Jonahs Unfall geschehen war.

Als sie in der Nähe des Wohnhauses parkte, sprangen Jonah und ein wuscheliger Hund von den Verandastufen. »Hey Reese, du bist da!«, rief er voller Freude. »Hannah, sie sind da!«, rief er über seine Schulter.

Sein Lächeln war so warm und ansteckend wie der Sonnenschein. »Wir haben euch gefunden«, sagte Reese und beugte sich vor, um den Hund zu streicheln. »Ist das Jubilee, der Wunderhund, von dem ich schon so viel gehört habe?« Die Hündin drückte ihre Schnauze in Reeses Hand und schaute bewundernd zu ihr hoch. »Ich verstehe, warum du sie so magst.«

Hannah kam mit geröteten Wangen und lächelnd hinaus. Reese winkte ihr. Sie versuchte, sich ihre Überraschung nicht anmerken zu lassen, aber Hannah hatte seit dem letzten Herbst ein wenig zugenommen. Vielleicht lag es aber auch an den vielen Lagen ihres langen Kleides und der Schürze. Trotz der Wärme des Abends trug sie eine Stola um die Schultern.

»Wie schön, dich wiederzusehen.« Sie umarmte das Mädchen. »Danke für die Einladung.«

»Wir haben euch eine Kleinigkeit mitgebracht«, sagte Ida und zeigte auf den Korb, den sie über dem Arm trug. »Reese hat einen ihrer berühmten Kuchen gebacken.«

»Hurra, Kuchen«, jubelte Jonah. »Reese macht die besten. Ich erinnere mich noch an den, den du für mich gebacken hast, als ich im Krankenhaus war.«

»Bitte, kommt doch rein«, bat Hannah. »Caleb und Großvater werden bald mit ihrer Arbeit fertig sein.«

Im Haus war es etwas düster und unglaublich warm. Die leichte Brise, die durch die Fenster kam, reichte nicht aus, um die Hitze zu vertreiben. Die Böden bestanden aus Holzbohlen, und die wenigen Möbel waren sehr schlicht. Ein gefalteter Quilt auf einem Ständer an der Wand erregte Reeses Aufmerksamkeit. Sie hielt inne, um ihn zu betrachten. Das Muster war umwerfend – eine asymmetrische Sammlung aus abstrakten Formen und Farben, die von tiefdunkel bis ganz hell reichten.

»Hast du den gemacht?«, fragte sie Hannah.

»Ja. Ich nenne es Sonne und Schatten.«

»Der ist wunderschön«, meinte Reese.

»Du bist sehr talentiert«, bestätigte Ida.

Hannah senkte bescheiden den Kopf und führte sie dann in die Küche, die von einem Esstisch aus geschrubbtem Kiefernholz und einem großen Emaille-Ofen mit gusseisernen Beinen dominiert wurde. In dem Spülbecken mit Handpumpe stapelten sich die Kochutensilien. Hier war die Hitze beinahe unerträglich, und Reese war erleichtert, als Hannah verkündete, sie würden draußen essen.

Ich liebe Elektrizität, dachte Reese.

»Kann ich dir helfen?«, fragte sie Hannah.

»Die Sachen müssen nur nach draußen gebracht werden.« Hannah ging durch die Küchentür voran nach draußen. Jonah war bereits da und breitete eine Tischdecke über dem selbst gezimmerten Gartentisch aus. Er trug nicht den Roboterarm, der für ihn angepasst worden war, sondern ein einfacheres, mechanisches Modell, das er aber mit erstaunlicher Behändigkeit benutzte.

Mose hob einen Arm und winkte Caleb zu, der mit einem anderen Mann – vermutlich seinem Vater – an der Pumpe stand und sich wusch. Caleb nahm ein frisches Hemd von der Wäscheleine und trat hinter einen Schuppen. Ein paar Minuten später kamen er und sein Vater zum Haus. Beim Anblick von Caleb setzte Reese das Herz einen Schlag lang aus. Von diesem Lächeln würde sie nie genug bekommen.

»Danke für die Einladung«, sagte sie, als er sie Asa vorstellte.

Der alte Mann war beinahe genauso groß und breitschultrig wie Caleb, und die Ähnlichkeit in den klaren Zügen ihrer Gesichter und der blauen Augen war nicht zu übersehen. Von einem flüchtigen Lächeln begleitet sagte er: »Gern geschehen. Mose und Ida, es ist viel zu lange her.« Er sagte noch etwas auf Deitsch und schüttelte Mose die Hand. Dann wandte er sich an Hannah und sagte noch etwas – eine Frage oder vielleicht ein Befehl.

»Ja, natürlich«, murmelte sie und eilte zum Tisch, um die Teller und das Besteck zu verteilen.

»Ich helfe dir«, sagte Reese und ging ihr zur Hand. »Wie ist es dir ergangen, Hannah?«

Das Mädchen hielt den Blick gesenkt, als erforderte das Tischdecken seine volle Konzentration. »Sehr gut, vielen Dank«, entgegnete sie. »Ich musste der Kirche beitreten, obwohl ich mich noch nicht bereit dazu fühlte. Doch wenn ich die Taufe nicht angenommen hätte, könnte ich nicht heiraten.«

»Du bist noch so jung«, meinte Reese. »Du solltest dir Zeit lassen.«

»So wird das hier nicht gemacht.« Sie sagte ein Wort, das wie *off giffa* klang. »Das bedeutet, man gibt sich selbst auf, und auf diese Weise wird man Teil der Gemeinde. So wie ein Weizenkorn Teil des Brotlaibs wird.«

Reese biss sich auf die Unterlippe, um sich eines Kommentars zu enthalten. Sie ermahnte sich im Stillen, dass sie hier zu Gast war und Respekt zeigen musste.

Mit nervös flatternden Händen zeigte Hannah auf die Einmachgläser, die auf einem Regal standen. »Es ist Einmachsaison, und ich habe bei den Nachbarn ausgeholfen. Das ist nicht meine Lieblingsaufgabe, wie ich zugeben muss, aber es geht besser, wenn wir alle mithelfen.«

»Was ist deine Lieblingsaufgabe?«, fragte Reese. Sie versuchte, sich das Leben des Teenagers hier vorzustellen – ein endloser Kreislauf aus Arbeit im Haushalt, Unterdrückung durch die Männer der Gemeinde, Druck, der Kirche beizutreten, Gebet und Unterwerfung. War das für ein Mädchen wie Hannah genug? War es das, was sie wollte?

»Ich schätze, meine Lieblingsbetätigung ist das Quilten«, sagte Hannah. »Das ist für mich überhaupt keine Arbeit. Alma – sie leitet die Quilt-Manufaktur – lässt mir freie Hand, wie ich meine Quilts gestalte.«

»Ich würde nur zu gerne mehr von deiner Arbeit sehen«, sagte Reese.

Hannah warf einen Blick zu den anderen. »Hier entlang.« Sie wies aufs Haus. »Ich zeige dir ein paar.«

Im ersten Stock des Hauses war es noch stickiger als unten, aber genauso ordentlich und einfach möbliert. Hannahs Zimmer war so spärlich eingerichtet wie der Rest des Hauses. Es gab zwar ein Fenster, aber keinen Schrank, sondern nur einige Haken an der Wand, an denen ein paar Kleider und Stolen hingen. Neben dem Bett stand ein kleines Regal mit einer Schale voller Stecknadeln und zwei selbst gemachten, gesichtslosen Puppen, die nicht die typische amische Kleidung trugen, sondern bunte, moderne Outfits.

Als Hannah Reeses Blick bemerkte, lächelte sie. »Diese Puppen hat meine Mutter für mich gemacht. Ich habe die Kleidung selbst entworfen. Mem hätte das vermutlich nicht gutgeheißen.«

»Tja, ich schon. Die sind so cool.« Reese lächelte. »Hipster-Amische.«

Hannah hatte eine kleine Büchersammlung, darunter das Buch, das sie sich von Reese ausgeliehen hatte. Der Quilt auf dem Bett hatte ein dramatisches Muster – eine zierliche Feder, deren Spitzen sich in eine Schar Vögel im Flug verwandelten. Hannah zeigte ihr noch mehr – einen, auf dem ein Hex-Schild mit der Dunkelheit zu verschmelzen schien, und einen anderen mit dem Schlüsselsatz aus *Die Braut des Prinzen*: »Wir Ihr wünscht.«

»Ich bin beeindruckt«, sagte Reese. »Hannah, du bist wirklich talentiert. Hast du je …«

»Hey Hannah.« Jonah polterte auf nackten Füßen die Treppe hinauf. »Großvater sagt, du sollst *sofort* zum Essen kommen.«

»Selber hey.« Reese tauschte einen Blick mit Hannah. »Das klingt gar nicht nach dem netten Jonah, den ich kenne.«

Er wurde knallrot. »Entschuldigung. Könnt ihr bitte zum Abendessen hinunterkommen?«

»Sehr gerne.«

Sie versammelten sich um den Gartentisch im Schatten eines Baumes. Reese setzte sich zwischen Caleb und Hannah. »Wie geht es deiner Schulter?«, fragte sie. »Ist sie …«

»Nun werden wir ordentlich beten«, sagte Asa und senkte den Kopf. Eine gute halbe Minute herrschte absolutes Schweigen. Reese hörte den Schlag ihres eigenen Herzens und Hannahs leise Atemzüge. Die Stille endete mit dem Klirren von Gläsern und Besteck, als sich alle auffüllten.

Es gab Schweinekoteletts mit Kartoffeln und Sauerkraut, dazu Mais frisch vom Feld. Das Fleisch war trocken und zäh, das Sauerkraut extrem sauer. »Ich kann nicht so gut kochen«, sagte Hannah.

»Der Mais ist köstlich«, erklärte Reese. »Genau wie das frisch gebackene Brot.«

Hannah nickte. »Den Mais haben Jonah und ich heute Nachmittag geerntet, und das Brot ist von einer Nachbarin. Backen ist im Sommer eine harte Aufgabe, wenn es so heiß ist.«

»Nun, für mich ist dieses Abendessen ein Geschenk, für das ich sehr dankbar bin«, sagte Reese.

Ihr entging nicht, dass Asa sie noch nicht ein einziges Mal direkt angesprochen hatte. Er wirkte ganz freundlich, so wie er sich mit Mose und Ida unterhielt, über das Wetter und die Ernte sprach, über eine anstehende Aktion und eine Scheune, bei deren Aufbau sie alle einem Nachbarn in der Gemeinde helfen würden. Seine altmodische Art unterstrich die Andersartigkeit der amischen Kultur – und dass Reese hier eine Außenseiterin war. Sein Appetit auf den Kuchen war jedoch erfreulich.

»Es ist schön zu sehen, dass es Jonah so gut geht«, sagte sie zu Asa. »Er war einer der eifrigsten Patienten auf der Kinderstation in Philadelphia. Sie wären stolz auf ihn gewesen …«

»Stolz ist etwas, das wir nicht anstreben.« Asas Stimme war milde, doch sein Blick brannte ein Loch in Reese hinein.

Sie biss sich auf die Zunge. Auf seltsame Weise verstand sie diesen Mann vermutlich besser, als er sie verstand. Alles, was er bei der Erziehung seines Sohnes getan hatte, war dazu gedacht gewesen, Caleb vor den Verlockungen einer Frau wie ihr zu beschützen – einer Frau der weltlichen und gottlosen Lebensweise. Asa betrachtete sie so, wie ihr Vater Caleb betrachtet hatte.

Ich bin nicht hier, um Ihnen den Sohn zu stehlen, dachte sie. *Oder vielleicht doch.*

Nach dem Essen gingen Hannah und Jonah in den Ort, um mit ihren Freunden Baseball zu spielen, wie sie es im Sommer abends oft taten. »Wie würde es dir gefallen, einmal mit dem Buggy zu fahren?«, fragte Caleb sie.

Sie schaute sich um und sah, dass sein Vater mit den Shrocks zusammen im Schatten saß. »Au ja«, sagte sie, und ihr Puls beschleunigte sich bei der Aussicht, etwas Zeit mit Caleb allein zu verbringen. »Das würde mir sehr gefallen.«

Er nahm sie mit zum Stall und stellte ihr Arrow vor, ein bezauberndes, kastanienbraunes Pferd, das seine Lippen zu einem komischen Lächeln verzog, als Caleb es in der Stallgasse anband. Mit geübten Bewegungen legte er das Geschirr an, wobei seine Finger nur so über die Schnallen und Ösen flogen. Dann hakte er den grau-schwarzen Buggy an und streckte Reese seine Hand hin.

Sie legte ihre hinein, und diese kleine Berührung war wie ein elektrischer Schlag. Schnell kletterte sie in den Buggy und setzte sich auf die flache Bank. Für einen flüchtigen Augenblick trafen sich ihre Blicke, und Calebs Miene ließ ihr das Herz kurz stocken.

»Bist du sicher, dass du das hier tun willst?«, fragte er.

»Ja.«

»Das wird eine holprige Fahrt werden.«

»Damit komme ich klar.«

Er setzte sich neben sie und ließ die Zügel schnalzen. Das Pferd setzte sich in Bewegung und verfiel dann bald in einen gemütlichen Trab, während sie von dem Schotterweg auf die Hauptstraße fuhren. Die einzigen Geräusche waren das stetige Klappern der Hufe und das Klirren des Geschirrs. Die abendliche Sonne hüllte die Landschaft in goldenes Licht, und in Reese stieg ein Gefühl der Verzauberung auf.

Caleb in seinem eigenen Zuhause zu erleben schärfte ihre Wahrnehmung dafür, dass ihre Welten meilenweit voneinander entfernt waren. Trotzdem war die Anziehung zwischen ihnen beinahe so greifbar wie die warme Luft, die ihr über die Haut strich, und die Berührung seines Oberschenkels an ihrem. Und sie fühlte sich noch verbotener an.

»Also«, sagte sie. »Dein Vater.«

Er verzog den Mund zu einem ironischen Lächeln. »Mein Vater.«

»Er hat mich angesehen, als wäre ich seine private Vorstellung der Hölle.«

»Also ungefähr so, wie dein Vater mich angesehen hat.«

»Die beiden sind gar nicht so verschieden, oder?«

»Sie erkennen eine Bedrohung, wenn sie eine sehen.«

»Bin ich das? Eine Bedrohung? Ich weiß nicht genau, wie ich das finde. Sollte ich beleidigt sein – oder geschmeichelt?«

»Asa ist in dem, was er glaubt, sehr klar. Menschen von außen sollen außen bleiben. Seine rigiden Regeln beruhigen ihn. Wenn man seinen Platz kennt, weiß man, was von einem erwartet wird.«

»Glaubst du das auch?«

Er grinste sie an. »Was meinst du?«

»Ich denke, du brauchst keine Regeln, um zu wissen, was von dir erwartet wird.« Sie zögerte, dann fügte sie hinzu: »Jonah wirkt anders. Ich meine, es scheint ihm gut zu gehen, aber er war ein wenig herrisch zu seiner Schwester.«

Caleb schwieg einen Moment. Die Pferdehufe klapperten auf der Straße, als sie an einem Spielfeld vorbeikamen, auf dem ein Baseballspiel im Gange war. Am Zaun standen ein paar Kutschen und Buggys sowie angebundene Pferde. Kinder aller Altersgruppen, Jungen und Mädchen, riefen durcheinander und klatschten in die Hände. Pfiffe gellten durch die Luft. Reese erblickte Hannah auf einer Bank an der Seitenlinie. Sie hatte sich vorgebeugt und verfolgte das Spiel gebannt. Jonah steckte mittendrin.

»Das sieht nach viel Spaß aus«, stellte sie fest. »Die Sommer meiner Kindheit waren ganz anders.«

»Wie anders?«

»Total durchgeplant. Ich wurde in Camps geschickt, in denen ich mich schulisch verbessern sollte – Sport, Musik, Spanisch, Naturwissenschaften. Das war auch lustig, aber ich kann mich nicht an Momente wie diesen erinnern.« Sie deutete auf einen barfüßigen Jungen, der gerade von der dritten Base loslief. Er hatte die Hände in die Luft gestreckt, und auf seinem Gesicht lag ein Ausdruck purer Freude. Hatte sie je einfach nur um des Spielen willens gespielt? Zwischen den Aufenthalten in irgendwelchen Camps war ihre Kindheit eine Mischung aus anstrengendem Lernen und dem verzweifelten Wunsch zu glänzen gewesen. Sie fragte sich, wie ihr Leben verlaufen wäre, hätte sie sich die Zeit genommen, einmal aus dem Hamsterrad auszusteigen.

»Hannah war mal eine der besten Batter im Dorf«, erzählte Caleb. »In letzter Zeit macht sie aber kaum noch mit.«

»Sie hat erwähnt, dass sie nun, da sie der Kirche beigetreten ist, über das Heiraten nachdenken soll«, sagte Reese. »Und ich schätze, ich muss dir nicht sagen, was ich *davon* halte.«

Schweigend fuhr er am Spielfeld vorbei. Den Blick fest auf die Straße gerichtet, sagte er dann: »Ich habe Streit mit meinem Vater.«

Das überraschte sie nicht im Geringsten. »Was für einen Streit?«

»Er will nicht, dass Jonah den Roboterarm benutzt. Er findet ihn zu modern, und der Bischof ist seiner Meinung.« Er warf ihr einen Blick zu. »Und ja, ich stimme mit deiner Meinung überein.«

»Warum gibt es dann Streit? Jonah sollte bekommen, was er braucht. Als sein Vormund kannst du diese Entscheidung treffen.«

Caleb erwiderte nichts.

»Caleb?«, hakte sie nach.

»Ich bin nicht sein Vormund«, sagte er schließlich.

»Aber ich dachte …«

»Das dachten alle. Tatsache ist aber, dass Asa Jonahs Vormund ist. Und zwar schon, seitdem John und Naomi gestorben sind.«

»Warte mal. Was? Aber im Krankenhaus hast du alles als sein Vormund autorisiert.«

Caleb nickte und lenkte den Buggy in eine schmale Straße, die vom Ort wegführte. »Ich habe mich um alles gekümmert. Aber laut Gesetz ist nach Johns und Naomis Tod Jonahs nächster Verwandter sein Vormund, und das ist Asa. Ich habe einfach übernommen, als ich nach Middle Grove zurückgezogen bin. Es gab nie irgendwelche offiziellen Vereinbarungen. Jetzt allerdings erhebt Asa seinen Anspruch auf die Vormundschaft.«

»Was wirst du tun?«

»Jonah braucht diesen Arm. Ich werde also tun, was ich tun muss.«

Ihr Herz zog sich zusammen. Er schien so hin- und hergerissen zu sein. Er wollte das tun, was für den Jungen richtig war und gleichzeitig den Frieden mit seinem Vater wahren. »Ich wünschte, ich könnte helfen«, sagte sie und legte ihre Hand auf seine. »Ich bin so anders aufgewachsen. Bei meinen Eltern ging es immer um Erfolg und Autarkie. Von jemand anderem abhängig zu sein wird als Zeichen der Schwäche angesehen. In einer Situation wie dieser … hast du sie deinem Vater erklärt? Hat Jonahs Behandlungsteam mit ihm gesprochen?«

»Ich schätze, das tut Mose gerade«, sagte er. »Aber es wird nicht funktionieren. Mit einem Mann, der so intensiv glaubt wie mein Vater, kann man nicht diskutieren. Er ist davon überzeugt, der Junge wird in der Hölle landen, wenn er sich auf die modernen Wege einlässt, also denkt er, dass er Jonahs Seele rettet.«

»Mist. Warum ist dein Vater dir als Vormund vorgezogen worden?«

»Er war in der Nacht da, als es passiert ist, und ich nicht. Ich habe woanders gelebt und auf der Grantham Farm gearbeitet, als es geschah. Am nächsten Tag war ich da. Naomi war schon gestorben, und John war kurz davor. Es war gerade noch Zeit, um Adieu zu sagen. Er hat mich gebeten, seine Kinder im Glauben zu erziehen, aber der Richter, der meinem Vater die Vormundschaft übertragen hat, wusste das nicht.«

»Gibt es eine Möglichkeit, die Vormundschaft zu beantragen?«

»Dazu müsste ich einen Antrag bei Gericht stellen. In unserer Kultur nehmen wir die jedoch nicht in Anspruch. Aber ich fürchte, mein Vater würde alles tun, um seinen Willen durchzusetzen.«

»Du könntest ein Urteil zu deinen Gunsten erhalten.« Sie spürte seine Frustration. »Kennst du einen Anwalt, der sich auf Vormundschaften spezialisiert hat?«

»Ich habe das Recht dazu selber studiert. Es gibt ein Gesetz, das nennt sich *Parens Patriae* und erlaubt dem Staat, das Wohlergehen des Kindes sicherzustellen. Das könnte in dieser Situation greifen. Im Moment behalten wir unser Training mit dem Roboterarm bei.«

»Das ist gut. Vielleicht wird dein Vater einsehen, dass Jonah mit dem Arm besser dran ist.« Sie sah ihn an, und das Herz schien ihr überzugehen. »Du erstaunst mich immer wieder. Wann hast du die Zeit, die Gesetze zu studieren?«

»Gar nicht. Ich schlafe einfach nicht so viel. Aber reden wir lieber über dich«, versuchte er das Thema zu wechseln. »Ich bin mich selbst leid.«

»Mir geht es ein wenig wie dir. Ich arbeite viel, aber schlafe wenig. Es ist schwerer, als ich je gedacht hätte. Und wunderbarer. Und manchmal ist es schrecklich und manchmal grandios. Ich hasse mich, wenn ich Fehler mache. Manchmal hasse ich meine Patienten, wenn sie nicht kooperieren oder eine Behandlung ablehnen oder ihre Medikamente nicht nehmen oder weiter rauchen …«

»Rebecca liebt dich«, sagte er, obwohl Reese den Namen der Frau nicht erwähnt hatte.

»Das ist schön zu hören. Es tut mir leid, dass sie so krank ist. Manchmal weiß ich nicht, ob ich das alles kann«, gestand sie. »Ich weiß, ich muss ihre Wünsche respektieren, aber diese Wünsche zerstören sie.«

»Weil sie keine medizinische Behandlung annehmen will.«

»Ja. Ist es seltsam, dass von dir erwartet wurde, sie zu heiraten?«

»Einige erwarten das immer noch.«

»Rebecca auch?«

»Ich weiß es nicht, Reese. Ich habe ihr sehr klar gesagt, dass das nicht passieren wird, aber …« Er hielt inne und umfasste ihr Gesicht mit beiden Händen. »Was ist? Was denkst du gerade?«

Sie erzitterte unter seiner Berührung und versuchte, den fürchterlichen Kampf der Gefühle in ihrem Inneren im Zaum zu halten. Das hier war eine Herausforderung, der die meisten Ärzte sich nie gegenübersahen. Der starke Kontrast zwischen den modernen Patienten in der Stadt und den ländlichen Amischen. Sie hatte diese Wahl getroffen und war nun gezwungen, sich zu verändern. Nicht nur als Ärztin, sondern vielleicht auch als Mensch – sie musste demütiger werden, seelenvoller. Musste Opfer für ihre Patienten bringen.

»Reese?«

Unter seiner Berührung wäre sie fast dahingeschmolzen. »Wenn du ihr Ehemann wärst, könntest du sie retten.«

Er nahm seine Hand weg. *»Was?«*

Reese konnte ihre Gedanken nicht zügeln. Es war schlimm, aber es wäre ... möglich. Sie sprach schnell weiter. »Als ihr nächster Angehöriger könntest du die Behandlung autorisieren. Du könntest diese Entscheidung für sie treffen.«

Er saß ganz still da. »Du schlägst vor, dass ich eine sterbende Frau heirate, um sie zu einer Behandlung zu zwingen, die sie nicht will.«

»Ich greife hier nach Strohhalmen. Sie ist jung und schön, und ich bin ihre Ärztin und verzweifelt darum bemüht, sie nicht sterben zu lassen.«

»Und dafür bewundere ich dich«, sagte er leise. »Du hast ein großes Herz, Reese.«

Er ließ die Zügel knallen, und das Pferd trabte schneller. Sie rollten über eine überdachte Brücke. Auf der anderen Seite des Flusses lenkte er den Buggy auf einen Kiesplatz unter ein paar Bäumen. Er half Reese abzusteigen und holte einen zusammengerollten Quilt unter der Sitzbank hervor.

Dann nahm er Reese bei der Hand und ging los. Sie wusste nicht, was er vorhatte. Und sie fragte nicht nach. Er führte sie zu einer Wiese an einem Bach und breitete den Quilt aus. Die Nachtluft strich ihr warm über die Haut, die sanfte Brise zerzauste ihr die Haare. Sie waren umgeben von dem frischen Geruch von Gras und dem Zirpen der Grillen.

»Reese Powell«, sagte er und nahm ihr Gesicht wieder in beide Hände. »Ich will dich, seitdem du mein blutiges Hemd gegen die OP-Kleidung ausgetauscht hast, obwohl ich an nichts anderes hätte denken sollen als daran, dass Jonah wieder gesund wird. Es war eine große Schande für mich, dass mein Körper und mein Herz nicht auf meinen Kopf gehört haben. Nachdem ich die Stadt verlassen hatte, dachte ich, das Verlangen würde vergehen, doch es ist nur schlimmer geworden.«

Seine Worte überraschten sie. »Ich bin … Ich weiß nicht, was ich sagen soll.«

Er lächelte. »Das ist ungewöhnlich für dich. Sag mir, dass du das hier willst, oder halte mich auf«, fuhr er fort. »Denn wenn ich dich jetzt küsse, werde ich vermutlich nicht in der Lage sein aufzuhören.«

»Ich … ich will es. Oh mein Gott, ja«, flüsterte sie. »Aber ich … ich schätze, ich sollte dir sagen … Es wird dich vermutlich nicht überraschen zu hören, dass ich keine Jungfrau mehr bin.«

Mit einer Hand zog er sich das Hemd über den Kopf und ließ es zu Boden fallen. »Und dich wird es vermutlich überraschen zu hören, dass ich es noch bin«, sagte er. Und doch hatte er nichts Zögerliches an sich, als er erst sie auszog und sich dann seiner Hose entledigte. Sanft bettete er sie auf den Quilt. Seine Hände, sein Mund und seine Zunge erkundeten quälend langsam ihre nackte Haut.

Seine Küsse, seine Lippen auf ihren – davon hatte sie seit Monaten geträumt, und er schien genauso begierig zu sein wie sie. Gleichzeitig waren seine Berührungen beinahe schmerzhaft sanft, doch unter dieser Zärtlichkeit lag ein Hunger, der mit jedem Schlag seines Herzens durch ihn hindurch zu pulsieren schien. Auch wenn seine Lippen zart auf ihren lagen, war sein Kuss hart und verlangend. Sie fühlte sich wie besessen, als er stöhnte und eine Kraft entfaltete, die bei einem anderen Mann Furcht einflößend gewesen wäre. Doch bei Caleb war es einfach nur die mächtige, pure Lust, die viel zu lange in Schach gehalten worden war. Er setzte jede Stelle, die er berührte, in Flammen. Seine leichten Bisse ließen sie aufkeuchen. Überraschung und Freude wirbelten durcheinander. Sie öffnete sich ihm und hielt sich an ihm fest. Er ließ sie einen schwerelosen Moment lang den Himmel berühren, der sich wie die Ewigkeit anfühlte. Dann sank sie wieder zu Boden und spürte, wie sie mit der Erde verschmolz.

Er erschauerte und lehnte seine Stirn an ihre. Sein Staunen und seine Freude waren selbst in der Dunkelheit greifbar. Sehr lange lagen sie so da, und Reese konnte sich weder rühren noch einen vernünftigen Gedanken fassen.

»Das war …« Sie konnte auch keinen vernünftigen Satz formulieren.

»Ja«, sagte er. »Das war es.«

Gemeinsam lauschten sie den nächtlichen Geräuschen, bis die Nachtluft ihren Schweiß getrocknet hatte. Caleb küsste sie zärtlich und hielt sie in seinen Armen, während sie ein wenig vor sich hin dösten. Sie genoss es, ihm so nah zu sein, zu hören, wie er gleichmäßig ein- und ausatmete.

»Darf ich dich etwas fragen?«

»Sicher, Reese. Ich bin ein offenes Buch.«

»Wie kann es sein, dass das dein erstes Mal war?«

»Habe ich etwas falsch gemacht?«

»Mein Gott, nein. Du warst … Du schienst genau zu wissen, was du tust.«

»Ich bin ein Farmjunge«, sagte er nur. »Ich weiß ein paar Sachen.« Er zeichnete ihr Tattoo mit dem Finger nach. »Ich habe auch noch nie vorher Salsa getanzt und es ganz gut hinbekommen.«

Sie lachte und drehte sich um, sodass sie ihn anschauen konnte. »Dann habe ich jetzt eine schwerere Frage. Wie lautete dein ursprünglicher Plan?«

»Mein …«

»Bevor dein Bruder und seine Frau gestorben sind. Was wolltest du eigentlich machen?«

Eine lange Pause. »Ich hatte keinen festen Plan. Ich wollte die Welt kennenlernen – weiter studieren, die Grantham Farm auf einem höheren Level managen, Dinge tun, von denen ich geträumt habe, wie mit einem Flugzeug fliegen, im Meer tauchen … All die Wunder, die mir als Kind verboten waren. Als ich zurückkommen musste, war das anfangs alles andere als leicht. Aber es war das Richtige. Das Einzige. Ich musste umdenken – bleiben, bis Hannah verheiratet ist und Jonah … Dann kam der Unfall. Was bedeutet, dass ich ihn niemals verlassen werde oder zumindest für eine sehr lange Zeit nicht. Und jetzt bist du hier, und ich wünschte beim Himmel, ich wäre frei.«

Reese war schwindelig, als sie sein Gesicht im Mondlicht betrachtete. Bis jetzt hatte sie keine Ahnung von der unentdeckten Welt gehabt, die in der Wärme und Sicherheit der Arme dieses Mannes zu finden war. Ihr ganzes Leben lang hatte sie sich auf das Erreichen von Meilensteinen, auf Erfolge konzentriert. Darauf, sich Ziele zu setzen und sie zu übertreffen. Es war ein Schock zu erkennen, dass sie neben dem Ehrgeiz, der sie antrieb, überhaupt keinen emotionalen Anker gehabt hatte.

Jetzt wusste sie nicht mehr, was die Zukunft für sie bereithielt. Und es war ihr auch egal. Sie hatte keinen Plan. Sie wollte einfach, dass das geschah, was geschehen sollte.

»Werden wir also gemeinsam den Schritt wagen?«, fragte sie.

Er drehte sie auf den Rücken, legte ihre Hand an seine Brust und schob sie langsam weiter nach unten. Dann drückte er Reeses Schenkel auseinander und lächelte, als er ihren ungläubigen Blick bemerkte. »Das haben wir bereits.«

18. Kapitel

Ihre Assistenzzeit stellte sich als umfangreichere, bedeutungsvollere Ausbildung heraus, als Reese je erlebt hatte. Ihr gesamtes Leben schien sich zu verändern; jeder Augenblick war mit Bedeutung erfüllt, ob sie nun einen Katheder entfernte oder einen Darm ausräumte. Das Prozedere mochte grauenhaft gewesen sein, aber die Erleichterung in der Miene des Patienten war alles wert gewesen. Sie kümmerte sich um alle möglichen Leiden. Sie hatte Blut, Fäkalien und Tränen abbekommen; dem Schrei eines Neugeborenen konnte das hohle Keuchen des letzten Atemzuges eines älteren Patienten folgen.

Zum ersten Mal in ihrem Leben fühlte sie sich emotional mit ihrer Arbeit verbunden. Es war eine Arbeit der Liebe. Selbst bei den alltäglichsten Verrichtungen verspürte sie manchmal eine beinahe spirituelle Berufung. Sie war auf der Welt, um diese Arbeit zu tun.

Sie machte Fehler – brach einem Mann ein Stück vom Zahn ab, als sie versuchte, ihn zu intubieren. Es gab hier unzählige Möglichkeiten, etwas falsch zu machen, und sie lebte in der ständigen Angst, Schaden anzurichten. Mose und Penelope und die anderen Ärzte halfen ihr durch die quälende Angst vor dem Versagen, aber ihr bevorzugter Ort, um sich fallen zu lassen, befand sich in der stillen Isolation von Middle Grove.

Sie verbrachte jede freie Minute mit Caleb. Fuhr nach einer Sechsunddreißig-Stunden-Schicht vor Erschöpfung wie benebelt zu ihm. Wenn sie nicht zusammen waren, fehlte er ihr wie verrückt. Wenn sie ihn wiedersah, war sie von solcher Glückseligkeit erfüllt, so euphorisch, dass sie wusste, es musste einen Haken geben. Dann breitete er die Arme aus und zog sie an sich, und die Sorgen fielen von ihr ab. Er verführte sie auf jede nur erdenkliche Weise. Mit Caleb hatte sie etwas gefunden, von dem sie geglaubt hatte, es würde nur in Märchen und Träumen existieren – eine große Leidenschaft, die endlos und alles verschlingend war.

Zu Jonah und Hannah fühlte sie sich ebenfalls hingezogen. Ihre schönsten Momente verbrachte sie in ihrer Gesellschaft, schlenderte über den Bauernmarkt, bewunderte die Quilts und Handarbeiten im Kaufmannsladen, feuerte Jonah an, wenn er mit seinem Arm trainierte.

Nach einer besonders herausfordernden Schicht im Krankenhaus – ihr Vorgesetzter Cain hatte sie der Intensivstation zugeteilt und alles an ihr kritisiert bis hin zu ihrer Handschrift – kam sie in die Küche und fand Mose und Ursula zusammen beim Essen vor. Das war das Einzige, woran sie erkannte, dass Ursula gestresst war: wenn sie Müsli aß. Und im Moment schlang sie es nahezu hinunter.

»Was ist los?« Reese stellte die Tüte mit den Einkäufen ab, die sie auf dem Heimweg besorgt hatte.

»Wir müssen nach Middle Grove«, sagte Mose.

»Oh, gut. Ich habe einen Fußball für Jonah.« Sie holte ihn aus der Tüte und präsentierte ihn auf ihrer flachen Hand. »Ich dachte, das wäre eine nette Abwechslung zum Baseball.«

»Guter Gedanke«, meinte Mose. »Wir müssen morgen früh gleich als Erstes hin und nach Rebecca Zook sehen.«

»Oh …« Reese setzte sich langsam. Den ganzen Sommer über hatten sie beobachtet, wie sich der Zustand der jungen Frau verschlechterte. Die Kopfschmerzen und die Veränderungen im Sichtfeld hatten sich verstärkt, und immer wieder zeigte die junge Frau seltsames Verhalten. Dennoch verweigerte sich Rebecca allen Behandlungen, die über das Grundlegende hinausgingen.

Früh am nächsten Morgen fuhr Reese mit Mose und Ursula los. Das Haus der Zooks war groß – es gab sieben oder acht Geschwister mit Ehepartnern und Kindern, die alle dort wohnten. Die Frauen wuselten umher, stellten Schüsseln mit gedämpften Pflaumen und Teller mit Zimtröllchen hin, die so frisch und köstlich dufteten, dass Reese ganz schwindelig wurde. Überall liefen barfüßige Kinder herum – die Mädchen halfen mit, ein kleines

Mädchen mit einem Kopftuch fütterte ein Kätzchen mit der Flasche. Einige der Frauen saßen auf Bänken und nähten, während sie in leisem Ton miteinander sprachen. Reese verspürte ein undefinierbares Gefühl des Friedens. Diese Frauen hatten ihren Platz auf der Welt mit ganzem Herzen angenommen.

Alma Troyer kam mit ein paar köstlich aussehenden Kuchen herein. »Die sind mit den Pocono Golds gemacht – meine Lieblingsäpfel für Kuchen«, sagte sie. »Einige meinen, sie sind zu süß, aber ich finde, sie sind genau richtig.«

Andere Frauen hatten Nudelsalat, gebackenen Schinken und gegrilltes Hühnchen dabei. Wenn Essen die Macht hätte zu heilen, würden diese Menschen ewig leben, dachte Reese. Sie waren hier jedoch nicht zu Besuch, also folgte sie Mose in einen Raum neben der Küche. Wie alle amischen Häuser war auch er spärlich und schnörkellos eingerichtet. An einer Wand stand ein Bett, es gab ein paar Holzstühle, einen Waschtisch und einige Haken an der Wand. Über dem Bett hing ein besticktes Tuch: *Wer aber zweifelt, der ist verurteilt, wenn er doch isst, weil es nicht aus Glauben geschieht. Alles aber, was nicht aus Glauben geschieht, ist Sünde.*

Rebecca lag mit ausdrucksloser Miene im Bett. Ihre Augen bewegten sich, ohne etwas wahrzunehmen. Mose bedeutete Reese vorzutreten. »Wie fühlst du dich?«, fragte sie mit ruhiger Stimme.

»Es tut so weh«, flüsterte Rebecca.

Reese schluckte schwer. Sei hier, ermahnte sie sich; sei bei deiner Patientin. »Das tut mir leid. Hilft die Medizin?« Sie hatten ihr Morphium gegen die Schmerzen gegeben.

Die junge Frau antwortete nicht. Reese hatte Stunden damit verbracht, die Situation mit ihren Kollegen zu diskutieren. Als Ärzte kannten sie die Risiken und Vorteile einer Behandlung. Sie wussten aber auch, dass ihre Optionen begrenzt waren, wenn eine zurechnungsfähige Patientin lebensrettende Maßnahmen ablehnte.

»Rebecca, mir ist klar, wir haben schon früher darüber gesprochen, aber ich möchte, dass du weißt, dass es Möglichkeiten gibt, die dir helfen könnten.«

»Das verstehe ich. Du hast mir erklärt, dass es mir mit eurer Behandlung besser gehen könnte. Du hast aber auch gesagt, vielleicht tut es das nicht. Und ich habe euch wieder und wieder gesagt, dass ich das nicht möchte.«

»Du könntest länger leben. Hättest mehr Zeit auf dieser Welt.«

»Mehr Zeit, um kinderlos zu sein. Wenn ich kein Kind bekommen kann, sehe ich keinen Sinn in diesem Leben. Ich weiß, für dich klingt das lächerlich, aber du kennst meine Welt nicht. Du kennst mein Leben nicht. Ich würde leben, würde aber gegen mein Leben nach der Behandlung aufbegehren.«

Etwas rührte sich an der Tür. Reese drehte sich um und war schockiert, Caleb zu sehen. Er war gekleidet, wie sie ihn noch nie zuvor gesehen hatte. Sein Hemd war weiß und frisch gestärkt, die Hose hatte eine Bügelfalte, seine Schuhe glänzten. Er sah Reese nicht an, begrüßte sie nicht, als er eine Uhr aus Holz auf den Tisch am Ende des Bettes stellte.

»Rebecca, die ist für dich«, sagte er. »Ich habe mit deinem Vater und dem Bischof gesprochen. Ich biete dir diese Uhr und meine Hand in der Ehe an, wenn du mich willst.«

Rebecca blinzelte und zuckte zusammen. »*Himmel*, was ist das für ein Unsinn?«

»Es gab eine Zeit, da wolltest du, dass wir heiraten.«

»Diese Zeit ist vorbei. Ich tue dir den Gefallen, Nein zu sagen, Caleb Stoltz. Mir geht es nicht gut. Ich werde nicht mehr lange hier sein.« Sie tat einen schwachen Atemzug. »Ich weiß, was du wirklich brauchst. Und ich bin es nicht.«

Reese verspürte eine Mischung aus Entsetzen, Bedauern und Bewunderung. Er hatte es versucht. Auch wenn er wusste, dass es falsch war, hatte er versucht, einen Weg zu finden, um Rebecca zu helfen. Und Reese war diejenige, die ihm diesen Gedanken eingepflanzt hatte. Beinahe wäre sie in Demut ertrunken, als sie zusah, wie er neben dem Bett auf die Knie ging und Rebecca etwas auf Deitsch zumurmelte, während sie langsam einschlief.

Andere Besucher und Familienmitglieder kamen und gingen. Lieder wurden gesungen, Gebete gesprochen. Reese blieb bei ihrer Patientin. Sie musterte die exquisite Schönheit der jungen

Frau, fühlte die Perfektion ihrer schmalen Hand, die in ihrer ruhte. Inmitten der Angst und der Trauer entdeckte Reese ein Geschenk von Rebecca – ein Gefühl des Friedens. Reese hatte die Ehre, die ihr verbleibenden Momente mit ihr zusammen verbringen zu dürfen. Sie hörte auf, in Rebecca das zu sehen, was die junge Frau hätte sein können, und begann, sie als das zu sehen, was sie in diesem Augenblick war. Sie musste ihre Gefühle nicht dosieren, damit sie lange genug hielten wie eine Packung Antibiotika. Reese verstand endlich, dass das Größte, was ein Arzt tun konnte, manchmal einfach darin bestand, seine Patienten in den ihnen verbleibenden Stunden liebevoll zu behandeln.

Im Licht einer Laterne las sie Rebecca eine ihrer Lieblingsgeschichten vor – *Das Geschenk der Weisen*. Die unglaublich romantische Sage zauberte Rebecca ein kleines Lächeln aufs Gesicht. »Das ist schön«, flüsterte sie. »Sie haben beide ihre wertvollsten Besitztümer aufgegeben und standen am Ende mit nichts da.«

»Nun, zumindest mit nichts Nützlichem. Eine Kette ohne Uhr, ein Kamm für eine Frau ohne Haare.«

»Es ist einer Frau verboten, ihre Haare zu schneiden«, sagte Rebecca. Ihre Gesichtszüge wurden schlaff, ihr Blick unstet.

Reese antwortete nicht. Einer der Gründe, aus denen Rebecca die Behandlung abgelehnt hatte, war, dass man ihr dazu einen Teil der Haare hätte abrasieren müssen. Reese hatte schreien wollen: *Aber es wächst doch nach!*, doch sie wusste, darum ging es nicht. Um das Thema zu wechseln, nahm sie ein Tuch vom Nachttisch. »Hast du das bestickt?«

»Hm. Ich habe damit angefangen, aber ich bin nicht sehr weit gekommen.«

Sie hatte genau einen Buchstaben geschafft – ein perfekt geschwungenes *W*. »Was wolltest du sticken?«

Ein kleines Lächeln flackerte auf. »Ich erinnere mich nicht.«

»Ist schon gut. Das musst du auch nicht.«

Die Zeit verstrich. Rebeccas Mutter und Schwestern kamen und gingen schweigend. Ihre Anwesenheit allein war eine liebevolle Geste. Reese stand auf, als sie glaubte, dass Rebecca döste. Doch die junge Frau schlug die Augen auf. »Du gehst?«

Reese nickte. »Ich muss arbeiten. Danach komme ich wieder.« Sie nahm das Tuch in die Hand. »Macht es dir etwas aus, wenn ich mich daran versuche? Ich kann nicht so gut sticken wie du, aber ich bin großartig darin, Wunden zu nähen.«

»Natürlich«, murmelte Rebecca. Sie bedeutete Reese mit einer Handbewegung, näher zu kommen. »Wie werde ich wissen, dass es an der Zeit ist?«, fragte sie schwach flüsternd.

»Das kann ich dir nicht sagen. Du bist sehr weise und von Liebe umgeben.« Tu das Richtige für deine Patienten, ermahnte Reese sich. »Wenn der Schmerz zu stark und du keine Kraft mehr hast, könntest du darüber nachdenken zu gehen.«

»Zu gehen. Das gefällt mir.«

Während ihrer Zeit bei Mose und Ida hatte Reese ihren Spaß an der Gartenarbeit entdeckt. Sie hatte Ida viel im Küchengarten geholfen. Jetzt war der Indian Summer über New Hope hereingebrochen, und der Garten lebte ein letztes Mal auf und präsentierte stolz seine dicken Kürbisse. Reese hatte den besten Kürbis von allen ausgesucht, um einen Kuchen für die Beerdigung zu backen.

Rebecca war fort. Die wunderschöne, ätherische Rebecca, die beschlossen hatte, nach ihren eigenen Regeln zu leben und zu sterben. Die Beerdigung ließ die gesamte Gemeinde zusammenkommen. Die Frauen hatten Unmengen an Essen vorbereitet. Während des langen Gottesdienstes, der Prozession zum Friedhof und des Abschiednehmens am Grab hatte Reese darüber nachgedacht, wie sie und Rebecca eine Art Freundinnen geworden waren, und das Herz schmerzte ihr vor Trauer.

Im Laufe ihres Studiums hatte sie sich beigebracht, Tragödien mit professioneller Distanz zu begegnen, doch diese Distanz empfand sie nicht mehr. Sie hatte sich Rebecca nahe gefühlt und war unendlich traurig über ihren Tod. Und doch verspürte sie in all dem auch einen Anflug von Dankbarkeit. Zu lernen, im Hier und Jetzt zu leben, trieb sie immer weiter von ihrem alten Ich weg – dem Ich, das stets nach vorne geschaut hatte.

Der Tod war Teil des Lebens. In einem Fall wie dem von Rebecca hatte Reese nichts tun können, und das führte dazu, dass sie einen Weg gefunden hatte, sich dem unausweichlichen Verlust der jungen Frau zu ergeben.

Mit einem Seufzen, das sich mit der Herbstbrise vermischte, rechte sie die gefallenen Blätter und Früchte des Sommers zusammen und lud sie in eine Schubkarre, um alles zum Kompost zu bringen. Wenn man die Arbeit im Herbst ordentlich erledigte, schaffte man damit die Basis für die neue Pflanzzeit im Frühling. Tod und Verwesung würden neues Leben hervorbringen – das war so verlässlich wie die Jahreszeiten. Sie schob ein paar Ranken zurück und fand noch weitere Kürbisse, die sie in einen Korb legte. Gerade als sie ihre Ernte in die Küche tragen wollte, hörte sie das sanfte Schnurren eines Motors und sah einen SUV in die Auffahrt einbiegen.

Sie stellte den Korb ab und zog die Gartenhandschuhe aus. Der Besuch, auf den sie den ganzen Sommer über gewartet hatte, fand endlich statt. »Mom. Dad. Ihr habt mich gefunden! Wie war die Fahrt?«

Ihre Mutter eilte auf sie zu, wie immer unangestrengt stylish in Jeans und Stiefeln, großer Sonnenbrille und einem Seidenschal, der in der Brise flatterte. »Unglaublich pittoresk«, sagte sie und nahm Reese in die Arme. »Und *weit* draußen. Aber wir haben einen wunderbaren Tag ausgewählt, um herzukommen.«

Reese wandte sich ihrem Vater zu und umarmte ihn ebenfalls. »Ich freue mich, dass ihr endlich hier seid.« Seitdem sie rebelliert und sich für das Programm auf dem Land entschieden hatte, war die Stimmung zwischen ihnen angespannt gewesen. Sie wollte, dass ihre Eltern begriffen, dass sie die richtige Entscheidung getroffen hatte.

»Sieh dich einer an.« Ihr Vater hielt sie auf Armeslänge von sich und ließ den Blick über ihren Overall und die Gummistiefel gleiten. »Du hast es immer geliebt, im Garten zu arbeiten.

Die Erinnerung an das Beet ihrer Kindheit stieg in ihr auf. »Jupp. Keine Chance, dass jemand hier einen Schuppen für sein Golfcart hinbaut.« Vermutlich erinnerte er sich nicht einmal mehr an den Vorfall. »Kommt rein, ich will euch Ida vorstellen.« Sie ging voran in Idas große Landhausküche und machte alle miteinander bekannt.

Ida wuselte umher, schenkte Gläser mit Limonade ein und stellte einen Teller mit Haferkeksen auf den Tisch, die mit Zuckerguss verziert waren. »Willkommen, willkommen«, plapperte sie. »Reese hat mir so viel von Ihnen erzählt. Zwei beschäftigte Ärzte und Professoren. Mose hatte gehofft, sich zu uns gesellen zu können, aber er wurde im Krankenhaus aufgehalten.«

»Ich verstehe langsam, warum es Reese hier so gut gefällt«, sagte ihre Mutter. »Ihr Haus ist bezaubernd.«

»Danke. Und wir lieben es, Reese bei uns zu haben. Sie ist bereits unser Liebling. Sie müssen sehr stolz auf sie sein.«

»Wir sind extrem stolz«, erwiderte ihr Vater.

Ida deutete hinaus in den Garten. »Gehen Sie raus und genießen Sie den Tag. Der Indian Summer ist so kurz, da nimmt man den Sonnenschein am besten, solange man ihn kriegen kann.«

Reese warf Ida einen dankbaren Blick zu und führte ihre Eltern auf die sonnige Terrasse, wo sie sich setzten. »Ihr habt mir gefehlt«, sagte sie. »Danke, dass ihr gekommen seid.«

»Du fehlst uns auch«, gestand ihre Mutter. »Und wir haben dir ein Angebot zu machen.«

Mist, dachte Reese und war sofort wachsam.

Ihr Vater legte einen Stapel Papiere vor sie auf den Tisch. »Ich wollte das nicht per E-Mail schicken. Schauen wir es uns zusammen an. Es hat sich eine unglaubliche Gelegenheit aufgetan.«

Reese verspürte einen Anflug von Misstrauen. »Darum geht es also? Ihr wollt, dass ich in ein anderes Programm wechsle?« Sie hätte es wissen müssen. Wenn ihre Eltern eines waren, dann hartnäckig. Nach allem, was passiert war, glaubten sie immer noch, besser zu wissen, was für Reese gut war, als sie selbst.

»Sieh es dir vorurteilsfrei an«, bat ihre Mutter. »Du könntest nächsten Sommer anfangen, und du müsstest nicht noch einmal an *The Match* teilnehmen. Es gibt ein neues Programm für pädiatrische Chirurgie …«

In Reeses Ohren rauschte es, während ihre Eltern weiterredeten. Diese Unterhaltung war wie so viele zuvor in ihrem Leben. Ihre Eltern erklärten, was sie sich für sie vorstellten, und Reeses Aufgabe war es zuzustimmen. Auf gewisse Weise erinnerte sie das an die Wagenladungen der Ältesten aus der Gemeinde, die regelmäßig losfuhren, um weggelaufene Amische einzufangen und sie zu ermahnen, entweder in den Schoß der Gemeinde zurückzukehren oder die ewige Verdammnis zu riskieren.

Ihre Eltern schlugen ihr vor, dass sie in ein konventionelleres Ausbildungsprogramm zurückkehrte, so wie sie es immer für sie geplant hatten. Wenn sie es nicht täte, wäre ihre ewige Verdammnis eine wenig erstrebenswerte und unbedeutende Karriere.

»Es ist wirklich nett von euch, mir diese Option vorzustellen«, sagte sie mit ruhiger Stimme, obwohl sie am liebsten geschrien hätte. »Aber ich bleibe hier.«

»Falls du dir Sorgen machst, was es für einen Eindruck machen könnte, wenn du in ein anderes Programm wechselst – das musst du nicht«, sagte ihre Mutter. »Wenn du schnell handelst, könntest du vielleicht sogar dein erstes Jahr retten und gleich wechseln.«

»Das bezweifle ich, Joanna«, wandte ihr Vater ein. »Sie muss vermutlich das Jahr hier durchhalten. Es wird nicht leicht, aber wir können ihr immer noch die Punkte für das erste Jahr verschaffen. Mit unseren Beziehungen finden wir bestimmt eine Lösung. Reese, du wirst dort sein, ehe du dich versiehst.«

»Zu diesem Zeitpunkt das Programm zu wechseln ist beruflicher Selbstmord«, erwiderte Reese. »Selbst mit euren Beziehungen.«

Ihre Mutter schien sie nicht zu hören. »Hector, wir können mit dem Programmleiter reden und …«

»Vielleicht könntet ihr erst einmal mit eurer Tochter reden«, fiel Reese ihr ins Wort.

»Deshalb sind wir doch hier«, sagte ihr Vater. »Das ist eine wahnsinnige Gelegenheit, und es könnte dir den Weg zu der Karriere ebnen, die du immer gewollt hast.«

»Aber *das hier* ist das, was ich will. Ich werde die Ärztin, die ich sein möchte, und es tut mir leid, wenn das nicht zu euren Vorstellungen passt.«

»Du könntest so viel mehr tun«, gab ihr Vater zu bedenken. »Hochmoderne Einrichtungen, klinische Studien, Forschung auf höchstem Niveau …«

»Ich arbeite gerade an einer Asthma-Studie«, unterbrach Reese ihn. Sie war fasziniert davon, dass so wenige amische Kinder an Asthma litten, und untersuchte dieses Phänomen gemeinsam mit einem der anderen Assistenzärzte.

»Das ist nichts im Vergleich zu dem, was du in einer anderen Klinik erreichen könntest«, sagte ihre Mutter.

In dem Moment verspürte Reese eine starke Verbindung mit Caleb. So war es, wenn man sich mit anspruchsvollen, manipulativen Eltern herumschlagen musste, die so entschlossen waren, ihre Vorstellungen vom Leben durchzusetzen, dass sie auch vor der Drohung, einen zu verstoßen, nicht haltmachen würden.

19. Kapitel

Im Krankenhaus von New Hope blieb weiterhin viel zu tun. Meistens waren es Routinefälle. Tag für Tag gewann Reese an Selbstbewusstsein und Vertrauen in ihre Fähigkeiten. Eines Abends hatte sie mit Ursula gemeinsam Dienst in der Notaufnahme – eine Aufgabe, die ihr inzwischen sehr gut gefiel. Die unterschiedlichsten Herausforderungen, die mit der Arbeit einhergingen, und die Fürsorge für die Patienten erfüllten sie mit Energie. Es war hart, aber auch schön, in das Leid und die Ängste, die Hoffnungen und Freuden der Menschen einbezogen zu werden. Und sie musste zugeben – eine ruhige Nacht in der Notaufnahme bot die Chance, ein wenig Schlaf nachzuholen. Das Reinigungspersonal, die Apotheker und Ernährungsberater sowie der Großteil der restlichen Mitarbeiter gingen um sieben nach Hause und ließen nur ein kleines Grüppchen zurück.

Am heutigen Abend hatte sie einen drogenabhängigen Teenager beraten, dann einen älteren Herrn behandelt, der sich den Kopf an einem in seiner Garage hängenden Werkzeug gestoßen hatte, wodurch er eine Platzwunde und eine dicke Beule davongetragen hatte. Nach dem CT hatte sie die Wunde genäht und dem Mann eine Tetanusspritze gegeben. Danach hatte sie sich in den kleinen, schrankähnlichen Bereitschaftsraum zurückgezogen, wo Ursula bereits vor sich hin schnarchte. Reese hatte gelernt, ihre Gefühle abzuschalten – ein notwendiger Überlebensmechanismus –, um ihren Kopf für den nächsten Patienten frei zu haben. Im Moment gab es jedoch keinen nächsten Patienten. Also legte sie sich hin und träumte von Caleb. Er arbeitete beinahe rund um die Uhr, um die Rechnungen für Jonahs Therapien bezahlen zu können. In ihrem Traum konnte sie ihn schmecken, die Wärme seine Haut an ihrer spüren und seine Stimme hören, die ihr leise ins Ohr flüsterte.

Rebeccas Tod hatte sie auseinandergetrieben, anstatt sie weiter zusammenzuschweißen. Die unerträgliche Traurigkeit und ihre Folgen hatten die unüberwindbaren Gräben zwischen ihnen offengelegt. Doch ein Mädchen durfte träumen. In ihren Träumen konnte sie ihn besuchen.

Als das Summen des Pagers in ihre Träume eindrang, tauchte sie widerwillig auf und wischte die Spinnenweben des Schlafs fort.

»Ich komme«, murmelte sie. »Mist.«

Sie schlüpfte in ihren Arztkittel, steckte ihr Handy ein und schlang sich ein Stethoskop um den Hals. Sie beeilte sich, ohne zu hetzen. Das war ein Unterschied. Vor gar nicht allzu langer Zeit war sie oft von einer Panikattacke aus dem Schlaf gerissen worden. Hier, im Humboldt, passierte ihr das nie. Eines Tages würde sie mal genauer darüber nachdenken, woran das liegen könnte, aber nicht jetzt. Jetzt musste sie herausfinden, was in der Notaufnahme los war.

Nachdem sie sich Wasser ins Gesicht gespritzt hatte und mit den Fingern durch die Haare gefahren war, eilte sie in die Notaufnahme, wo schon rege Betriebsamkeit herrschte. Krankenschwestern und Pfleger standen um den Inkubator herum, und die leitende Schwester sprach schnell ins Telefon. Als eine weitere Schwester Reese bemerkte, winkte sie sie herbei.

»Wir haben ein Neugeborenes. Das Baby wurde ausgesetzt. Es wirkt gesund, ist aber winzig.«

Reese war schockiert. *Ausgesetzt.* Das war das erste Mal für sie und angesichts der Mienen auch für alle anderen hier. Sie wusch sich die Hände am Waschbecken und unterdrückte den Drang, sofort Ursula zu rufen. Ihr war eingeimpft worden, den leitenden Arzt niemals zu stören.

»Schauen wir sie uns mal an«, sagte sie und beugte sich über den winzigen Säugling – ein Mädchen, dessen Nabelschnur, wie es aussah, mit einem Stück Heubindedraht abgebunden worden war. Ihre Haut war noch mit Käseschmiere bedeckt, und sie gab kleine, wimmernde Geräusche von sich. Die Augen hatte sie gegen das helle Licht zugekniffen. Sie sah in der Tat gesund aus, und unter ihrer zarten Haut pulsierte das Leben. Eine Schwester übernahm die erste Untersuchung, während Reese die Atmung überprüfte und sich einen generellen Eindruck verschaffte. Das Bruststück des Stethoskops bedeckte beinahe den gesamten Brustkorb des Babys. Der Puls war gut. Das leise Weinen klang normal, und als Reese langsam die Extremitäten der Kleinen bewegte, war der Muskeltonus gut. Das Gewicht des Babys betrug zweitausendsiebenhundert Gramm, was ein bisschen wenig war, aber immer noch über der Grenze für Frühgeborene lag.

Reese ordnete eine Blutgasanalyse an, um den Sauerstoffgehalt des Bluts zu messen, dazu Glukose-, Kalzium- und Bilirubin-Level-Tests. Außerdem sollten Atmung und Herzschlag des Babys konstant überwacht werden. Sie beschloss zu warten, bis einer der leitenden Ärzte käme, bevor sie eine Röntgenaufnahme des Brustkorbs anordnen würde. »Wer hat sie hergebracht?«, fragte sie, ohne den Blick von dem Säugling zu lösen.

»Das wissen wir nicht.«

»Was soll das heißen?«

»Sie lag eingehüllt in ein paar Handtücher in der Babyklappe und war so leise, wie man nur sein kann. Es ist das erste Mal, dass die Klappe benutzt wurde, und sie hat genauso funktioniert, wie sie soll. Der stille Alarm in der Notaufnahme wurde ausgelöst, und da war sie.«

Krankenhäuser und Feuerwachen, sogar einige Polizeireviere hatten Babyklappen für Neugeborene. Sie sollten verzweifelte Frauen davon abhalten, ihre Babys einfach irgendwo zurückzulassen, wo sie keine Hilfe bekamen. Die Babys konnten anonym und ohne juristische Konsequenzen abgegeben werden.

»Niemand hat gesehen, wer das Baby gebracht hat«, fuhr die Schwester fort. »Die Überwachungskameras erfassen den Bereich der Klappe nicht.«

Reese war fassungslos. Es ging ihr nicht in den Kopf, wie eine Frau ihr Baby aussetzen konnte, obwohl sie natürlich wusste, dass so etwas hin und wieder geschah. Während sie den Säugling für die Aufnahme vorbereitete, konzentrierte sie sich ganz auf das kleine Wesen. Als diensthabende Ärztin war es ihre Aufgabe, das Neugeborene in Schutzgewahrsam zu nehmen – ein Prozess, der sich unglaublich wichtig anfühlte. Sie musste die medizinische Untersuchung durchführen und für das Wohlbefinden des Kindes sorgen. Es ging ein Anruf an andere Einrichtungen raus, um den Vorfall zu melden für den Fall, dass die Mutter irgendwo auftauchte. Die Oberschwester folgte dem Protokoll schnell und professionell, indem sie die örtliche Polizei und die Kinderschutzbehörde der Gemeinde anrief.

Sobald dem Baby – das erst einmal Jane Doe genannt wurde – die Fußabdrücke abgenommen worden waren, es sein kleines Bändchen am Handgelenk erhalten hatte und in die Säuglingsstation gebracht worden war, kehrte Reese in die Notaufnahme zurück, um sich mit der Polizei zu treffen. Sie und die anderen Mitarbeiter erstatteten ausführlich Bericht. Während der Befragung sah sie, wie einer der Polizisten die Kiste, in der das Baby gefunden worden war, als Beweismittel einpackte. Es handelte sich um eine leicht angeschlagene Apfelkiste mit einem sich auflösenden Aufkleber darauf: *Pocono Gold Äpfel, der Stolz von Pennsylvania.*

Sie hielt sich am Rand des Ganzen. Es fühlte sich irreal an, dass dieser Raum jetzt wie ein Tatort behandelt wurde. Mit behandschuhten Händen steckte ein weiterer Ermittler zwei ausgeblichene, fadenscheinige Handtücher in Beweismitteltüten. Als er den Stoff zusammenfaltete, sah sie … etwas. Eine dunkle Naht am unteren Saum, vielleicht eine Stickerei.

Und sie erstarrte vor Schreck.

»Du wirst darin immer besser«, sagte Caleb zu Jonah, als er in die Küche kam.

Erschrocken schaute Jonah vom Tisch auf. »Entschuldige, Onkel Caleb, was hast du gesagt?«

»Du wirst immer besser darin, deinen Arm anzulegen.« Caleb schaute in die alte Kaffeekanne auf dem Herd. »Ist deine Schwester noch nicht auf?«

»Ich glaube nicht.« Jonah konzentrierte sich auf seinen künstlichen Arm. Es war der Roboterarm, von dem sein Großvater nicht wollte, dass er ihn benutzte. Er wusste, dass sein Onkel und sein Großvater diesbezüglich nicht einer Meinung waren; er hatte sie in letzter Zeit oft streiten gehört, aber so getan, als hätte er es nicht mitbekommen. Er hatte gelernt, dass man einiges erfuhr, wenn man so tat, als hörte man nichts.

»Hast du schon gefrühstückt?«, fragte Caleb.

»Das mache ich gleich.«

»Du musst essen, wenn du heute bei den Beilers mitarbeiten willst.« Caleb drückte ihm die Schulter. »Ich gehe jetzt gleich rüber, um beim Bau des Stalls zu helfen. Du kannst nach dem Frühstück mit den Haubers mitfahren, okay?«

»Ja.«

»Ich sage ihnen Bescheid, dass du bald rüberkommst.«

»Okay. Ich gehe rüber, wenn ich mit meiner Arbeit fertig bin.« Jonahs Kehle fühlte sich eng an. Es fiel ihm schwer, die Worte auszusprechen. Die unterschiedlichsten Gefühle und Zweifel drohten, ihn zu ersticken. Er war so unsicher, ob er das Richtige getan hatte.

Kurz nachdem Caleb gegangen war, hörte er ein Schlurfen auf der Treppe und hoffte, es wäre nicht sein Großvater, dessen finstere Miene ihm immer Angst einjagte. Aber nein, es war Hannah.

Sie sah aus wie immer, in einem langen Kleid mit Schürze, den Zopf unter die *Kapp* gesteckt. Aber ihr Gesicht war anders – blasse Haut und traurige, geschwollene Augen.

»Es ist erledigt«, sagte Jonah. »Ich habe getan, worum du mich gebeten hast.«

Sie nickte und stellte Müsli und einen Krug mit Milch auf den Tisch, dann nahm sie sich von beidem ein wenig. »Das ist schön. Nun wird alles gut, *ne*?«

»Ich weiß es nicht.« Ihm war vor Erschöpfung ganz schwindelig. Er hatte Hunger, verspürte aber nicht den Drang zu essen.

»Sag mir, was du gemacht hast«, flüsterte sie und setzte sich so langsam auf den Stuhl wie eine alte Frau. »Ich will es genau wissen.«

Er atmete tief ein und sortierte seine Erinnerungen. Mitten in der Nacht hatte Hannah ihn geweckt. »Ich brauche deine Hilfe«, hatte sie gesagt. »Sperr Jubilee in deinem Zimmer ein und komm mit mir.«

Ihre Stimme hatte angestrengt und verängstigt geklungen und einen Anflug von Furcht in Jonah ausgelöst. Seinen sechsten Sinn getriggert, wie die Kinder es im Krankenhaus in der Stadt genannt hätten.

Ihre nackten Füße verursachten keine Geräusche, als sie in Hannahs Zimmer gingen. Ein seltsamer Geruch hing in der Luft – moschusartig und metallisch. Hannah hob eine Laterne hoch, und das Licht fiel auf ein Bündel, das auf dem Bett lag.

Anfangs hatte Jonah nicht erkannt, worum es sich handelte. Er wollte es nicht wahrhaben. Er zwang sich hinzusehen. Ein Baby. Ein winziges kleines Baby, das leise, miauende Geräusche wie ein Kätzchen von sich gab. Und jetzt erkannte er auch den Geruch. Es war der Geburtsgeruch, den er von der Fohlenbox und aus dem Kuhstall kannte. Ihm fiel eine Wachstischdecke auf, die auf dem Fußboden lag, und ein großes blutiges Ding in einer flachen Schüssel.

»*Gott im Himmel*«, flüsterte er. »Was …?«

»Etwas Schreckliches ist passiert«, sagte Hannah. »Ich brauche deine Hilfe, um es wiedergutzumachen.«

Jonah versuchte, die Situation in ihrem ganzen Ausmaß zu begreifen. »Wir müssen Caleb wecken«, sagte er leise und wandte sich zur Tür, doch Hannah hielt ihn zurück.

»Nein.« Sie packte ihn am Arm. »Ich habe einen besseren Plan.«

Ein eisiger Schauer überlief ihn. »Hannah …«

»Bring es ins Krankenhaus nach New Haven und lass es dort. Sie behalten es und kümmern sich gut darum.«

»Ich kann nicht …«

»Du kannst. Spann den Buggy an. Das hast du schon hundertmal gemacht und so schnell mit deinem neuen Arm. Ich helfe dir. Du kannst hinfahren und wieder zurück sein, bevor es hell wird.«

»Hannah, zwing mich nicht dazu, das zu tun.«

»Es ist die einzige Möglichkeit. Du weißt, was mir und dem Baby passieren wird, wenn ich es behalte. Ich werde gedemütigt und verstoßen. Ich werde alles und jeden verlieren, der mir am Herzen liegt. Und sie werden mich zwingen, Aaron Graber zu heiraten, aber das kann ich nicht. Ich kann mich nicht für immer an ihn binden. Ich würde sterben, wenn ich das müsste.« Seine Schwester nahm seine Hand zwischen ihre, und er spürte die Feuchtigkeit an den Ärmeln ihres Kleides. »Bitte, Jonah«, sagte sie. *»Dabber schpring.«*

Lauf schnell. Nie würde er ihren Gesichtsausdruck vergessen – diese blanke Verzweiflung, die Angst.

Jetzt, im hellen Licht des Morgens, sah sie ihn mit der gleichen Verzweiflung an, aber in ihren Augen schimmerte ein Anflug von Hoffnung. »Jonah, bitte, rede mit mir.«

Einen Moment lang war in der Stille nur das Ticken der Küchenuhr zu hören. »Es war niemand auf der Straße«, fing Jonah schließlich an. »Die Kleine war so unglaublich still. Ich habe den Buggy weit vom Krankenhaus entfernt stehen lassen und bin zu Fuß hingegangen, wie du es mir gesagt hast. Dabei habe ich mich von den Kameras ferngehalten. Ich habe das Baby in die Klappe an der Tür gelegt und bin gegangen. Niemand hat mich aufgehalten. Als ich nach Hause kam, war es draußen immer noch dunkel.«

»Das ist gut, Jonah. Du bist so klug und mutig. Ich wusste, dass ich auf dich zählen kann.«

»Ich bin nicht mutig. Ich habe Angst«, flüsterte er. »Wir haben etwas Schlimmes getan.«

»Nein«, widersprach sie ruhig, aber energisch. »Es war das Richtige.«

Das war es nicht, das spürte er tief in seinem Bauch. Aber er hatte keine Ahnung, wie er es richten sollte.

»Geht es dir jetzt besser?«, fragte er leise. »Ich meine, bist du … ist alles …« Seine Stimme verebbte. Er wusste nicht, wie er fragen sollte, was er wissen wollte.

Sie presste die Hände auf die Tischplatte und erhob sich langsam, um das Wasser in dem großen Kupferkessel zum Kochen zu bringen. »Ich muss mich um die Wäsche kümmern«, sagte sie.

20. Kapitel

Auf dem Weg nach Middle Grove durchbrach Reese beinahe die Schallmauer. Doch die Raserei war vermutlich das geringste der Gesetze, die sie gerade brach. Sie hatte als diensthabende Ärztin ihre Aussage bei der Polizei unterschrieben und bestätigt, dass sie ihnen alle Informationen gegeben hatte, die sie über das Baby besaß.

Aber sie hatte die Aussage unterschrieben, bevor ihr die Stickerei auf dem Handtuch aufgefallen war.

Auf dem Weg rief sie Domenico Falco, den langjährigen Anwalt ihrer Familie, auf dem Handy an. »Sorry, dass ich dich wecke«, sagte sie, als seine schläfrige Stimme durch die Lautsprecher im Auto drang. »Hier ist Reese Powell, und ich spreche als deine Klientin, okay?« Sie wollte sichergehen, dass alles, was sie ihm erzählte, der Geheimhaltung unterlag.

Nachdem sie ihm die Lage geschildert hatte, schwieg er einen Moment. Dank des Fachgebiets ihrer Eltern liefen sie ständig Gefahr, verklagt zu werden. Domenico kümmerte sich auch um Partnerschaftsvereinbarungen, Vertragsverhandlungen mit Krankenhäusern und Versicherungen, medizinische Ermittlungen … aber Reese wusste, dass das hier auch für ihn neu war.

Dann sagte er mit hellwacher Stimme: »Ich kümmere mich sofort darum.«

Sein Selbstvertrauen beruhigte sie ein wenig. Sie atmete ein paarmal tief ein, als sie den Schotterweg zur Farm der Stoltz' hinunterfuhr, die im goldenen Licht der aufgehenden Sonne vor ihr aufragte. Ein leichter Bodennebel hatte sich über die Landschaft gelegt, und es herrschte eine besondere Atmosphäre, wie auf einem alten Gemälde. Reese hatte sich geirrt. Die verrückte Geschichte, die sie Domenico erzählt hatte, war nichts weiter als ein Märchen – ein düsteres Märchen. Sie hoffte so sehr, dass sie sich irrte. Bitte, flehte sie, lass mich falschliegen.

Sie platzte durch die Küchentür und fand Hannah allein am Frühstückstisch mit einer Schüssel Müsli und einer Scheibe Brot, die dick mit Marmelade bestrichen war. So früh am Tag war es in der Küche noch dämmrig und schattig. Hannah schaute mit großen Augen vom Tisch auf. »Reese.«

»Ich muss mit dir reden.«

Hannah runzelte die Stirn. »Es ist noch so früh. Ist etwas passiert?«

Reese wusste nicht, wo sie anfangen sollte. »Wo ist dein Onkel?« Sie schaute sich in der Küche um. Auf dem Herd simmerte ein Kupfertopf mit einer Ladung Wäsche. Es roch nach Kernseife.

»Caleb ist bei den Beilers ein paar Meilen die Straße hinunter, um ihnen beim Bau ihrer Scheune zu helfen.« Sie seufzte. »Ich soll zum Mittagessen zwei Kuchen vorbeibringen, aber ich bin so schlecht im Backen …«

»Und Asa?« Reese schaute sich weiter um.

Hannah zuckte mit den Schultern. »Vermutlich im Daadi Haus, wo er seine Zeitung liest.« Sie redete so, als wäre es einfach ein ganz normaler Tag auf der Farm.

Reese betrachtete die alltägliche Szene vor sich und verspürte einen Anflug von Erleichterung. Ihr Verdacht war vollkommen unbegründet. Sie war froh, dass sie nicht mit einem Schwall Anschuldigungen hereingestürmt gekommen war. Hannah hätte denken müssen, sie hätte den Verstand verloren.

Aber etwas nagte weiterhin an ihr. Hannah aß gerade den letzten Happen Marmeladenbrot, und als sie vom Tisch aufstand, hielt sie sich an der Kante fest, um nicht das Gleichgewicht zu verlieren.

»Geht es dir gut?«, fragte Reese.

»Ja, sicher. Ich muss nur die Wäsche fertig machen und dann gucken, wie ich die beiden Kuchen hinbekomme.« Hannah sah Reese direkt an, ihre Miene war freundlich, ja sogar leicht erfreut. »Kann ich dir etwas anbieten? Das Brot habe ich aufgegessen, aber es gibt noch Gebäck von gestern.«

»Nein, danke. Ich bin nur gekommen, um nach dir zu sehen.« Reese atmete tief durch. »Wir hatten eine aufregende Nacht in der Notaufnahme.« Sie hielt inne und musterte Hannah gründlich.

»Jemand hat ein frisch geborenes Baby ausgesetzt, während ich Dienst hatte. Das habe ich zum ersten Mal erlebt. Und es war auch das erste Mal fürs Krankenhaus. So etwas ist vorher noch nie passiert. Es ist alles sehr rätselhaft, und alle versuchen herauszufinden, was dahintersteckt. Ich bin hergekommen, um dich zu fragen, ob du vielleicht etwas weißt.«

Hannah reckte das Kinn und verschränkte die Arme vor der Brust. »Ich habe keine Ahnung, wovon du redest.«

»Ich rede davon, dass jemand gestern Nacht eine fürchterliche Entscheidung getroffen hat. Ich weiß, du hast ein paar Freundinnen, die bereits verheiratet sind und Babys erwarten. Nimm nur mal an, eine von ihnen hat Panik bekommen und ihr Neugeborenes in der Babyklappe abgegeben.«

»Warum sollte eine von ihnen Panik bekommen haben? Meine Freundinnen freuen sich alle darauf, Mutter zu werden.«

»Nun, irgendeine Frau war nicht glücklich darüber, denn wenn ein Baby allein zurückgelassen wird, bedeutet das normalerweise, dass seine Mutter in Gefahr ist oder in Schwierigkeiten steckt. Ein Säugling, der von seiner Mutter getrennt wurde, braucht besondere Zuwendung.«

»Wird es ihr gut gehen?« Hannah wandte sich ab und beschäftigte sich mit der Wäsche auf dem Herd.

Reese verspürte einen Anflug von Gewissheit. »Du meinst dem Baby?«

Hannah nickte und rührte mit einem Holzstab in dem Topf herum.

Reese ging zu ihr und nahm ihr den Stab aus der Hand. »Du musst dich setzen«, sagte sie.

»Ich muss …«

»Setz dich.« Reese versuchte, sich zu zügeln, indem sie sich sagte, dass sich das Mädchen in einem sehr fragilen Zustand befand. Sie führte Hannah zum Tisch zurück und zog ihr einen Stuhl heran. »Lass uns über das Baby sprechen. Ich möchte helfen.«

»Sie ist nicht mein …«

»Ich habe nie erwähnt, dass es sich bei dem Baby um ein Mädchen handelt. Das warst du. Und das kommt daher, weil sie dein

Kind ist. Du musst mit mir ins Krankenhaus kommen. Dort werden wir das alles klären.«

Hannah verschränkte die Arme. »Nein, das kann ich nicht.«

»Lass es mich so ausdrücken, Hannah. Du kannst dich von mir zum Krankenhaus fahren lassen, oder du kannst hierbleiben und den Staat über das Schicksal deines Babys entscheiden lassen.«

Das Mädchen keuchte laut auf und sagte etwas auf Deitsch.

»So läuft das nun einmal«, fuhr Reese fort. »Hilf mir zu verstehen, warum du das getan hast, Hannah. Ich kenne dich. Du bist ein guter Mensch. Es sieht dir überhaupt nicht ähnlich, ein hilfloses Baby zurückzulassen.«

»So war es nicht. Und ich habe nicht ...«

»Darüber unterhalten wir uns während der Fahrt. Ich werde dir erklären, was passieren wird, und ich verspreche, auf jedem Schritt des Weges an deiner Seite zu sein.« Sie nahm ein Paar Schuhe von der Matte an der Tür und reichte sie Hannah. »Zieh die an.«

Hannahs Hände zitterten. Reese zitterte auch. Als Ärztin war sie dazu verpflichtet, das Mädchen einer ausführlichen Untersuchung zu unterziehen. Im Moment wusste sie jedoch, dass zudringliche Fragen den zerbrechlichen Teenager zerstören würden. Sie wusste außerdem, dass ihr derzeitiges Handeln dazu führen konnte, dass sie ihre Zulassung verlor oder zumindest abgemahnt wurde. *Meine Güte.*

»Blutest du?«

»Ich ... ich trage meine Monatsbinde.«

»Und die Plazenta?«, fragte Reese. »Die Nachgeburt?«

»Draußen in der Tonne«, murmelte Hannah.

Mist, dachte Reese. Es war wichtig, die Plazenta zu untersuchen, um sicherzustellen, dass sie im Ganzen herausgekommen war. »War sie intakt? Sah sie aus, als wäre sie zerrissen?«

»Sie war intakt und die Nabelschnur damit verbunden. Ich weiß alles darüber von den Kühen und Pferden. Ich habe die Nabelschnur selbst abgebunden und durchtrennt.«

Reese beobachtete Hannah genau, als sie sich hinsetzte und ihre Schuhe anzog. Ihre Bewegungen waren vorsichtig, aber sie schien keine Schmerzen zu haben oder unter Schock zu stehen. Reese war überrascht. Hannah wirkte nicht wie eine Frau – eine sehr junge Frau –, die gerade eine der mühsamsten, emotionalsten Prüfungen durchgestanden hatte.

»Sprich mit mir«, bat sie. »Ich kann dir helfen. Aber dazu muss ich alles wissen, was geschehen ist.«

»Es ist einfach … passiert.« Hannah hatte die Schuhe zugebunden und starrte geradeaus ins Leere. Ihr zartes Profil wurde von der morgendlichen Sonne beleuchtet.

Reese schürzte die Lippen und übte sich in Geduld. »Fangen wir mit letzter Nacht an. Wie um aller Welt hast du ein Baby geboren, es zum Krankenhaus gebracht und bist wieder nach Hause gekommen, ohne dass jemand etwas gemerkt hat?«

»Ich war nicht … Ich habe das nicht gemacht.«

»Wer war bei dir? Der Vater des Babys?«

»Nein«, sagte sie entschieden. »Ich … das war ich ganz allein.«

»Du bist also beim Krankenhaus gewesen? Wie hast du es geschafft, dorthin zu kommen?«

»Ich habe es eben geschafft. Ich war es ganz allein«, wiederholte sie. Sie wirkte jetzt aufgebracht; ihre Hände krampften sich in die Falten ihres Kleides und ihrer Schürze.

»Okay, du bist also zum Krankenhaus gegangen. Oder gefahren? Wie hast du es hinbekommen, dass dich niemand gesehen hat, als du das Baby abgelegt hast?«

»Ich weiß es nicht. Ich habe es einfach gemacht.«

»Hannah, es wird viele Fragen geben. Du wirst alles ganz genau erklären müssen.«

Jetzt schaute das Mädchen auf, seine Augen schwammen in Tränen. »Ich kann das Baby nicht behalten. Das geht einfach nicht. Können wir sie nicht einfach dort lassen? Dafür sorgen, dass eine gute Familie sie aufnimmt?«

»So funktioniert das nicht«, entgegnete Reese. »Wir haben verschiedene Optionen, aber diese gehört nicht dazu. Bitte, Hannah. Sag mir, was passiert ist. Wie hast du das Baby zum Krankenhaus gebracht?«

»Das war ich nicht. Ich …«

»Hör zu.« Reese musste sich bemühen, nicht die Geduld zu verlieren. Sie hatte oft mit unkooperativen Patienten zu tun, die nur widerwillig mit Informationen herausrückten, falsche Angaben machten oder sie geradeheraus anlogen. »Hör mir einfach zu«, wiederholte sie. »Ich muss wissen, was du getan hast, damit ich dir helfen kann. Und dazu gehört, dass du mir jetzt sagst, wie du das Baby ins Krankenhaus gebracht hast.«

»Das war sie nicht.« Jonah kam in die Küche. Seine ernste Miene verriet Reese, dass er gelauscht hatte.

»Jonah, nicht.« Hannah streckte ihre Hände in einer flehenden Geste aus. Dann sagte sie in drängendem Ton etwas auf Deitsch.

Reese hörte für einen Moment auf zu atmen. Ein großes Puzzlestück fiel an seinen Platz. »Weißt du eigentlich, was du deinen Bruder da hast tun lassen?«, platzte es aus ihr heraus.

Hannah senkte den Blick. »Ich bin ein fürchterlicher Mensch. Es wird so kommen, wie mein Großvater sagt. Ich werde für alle Ewigkeit in der Hölle brennen.«

»Hör auf.« Reese brach beinahe das Herz, wenn sie an das dachte, was das Mädchen durchgemacht hatte, und an den unerschütterlichen, loyalen Jungen. Jonah und seine Schwester standen einander so nah. Sie teilten alles, das hatten sie schon immer getan, seitdem sie die beiden kannte. Sie ging zu Jonah und legte die Arme um ihn. »Ich nehme euch beide ins Krankenhaus mit. Wir können das alles wieder in Ordnung bringen, aber nur, wenn ihr jetzt ehrlich seid.«

Er widersprach nicht, sondern nahm nur die Hand seiner Schwestern. »Komm, gehen wir mit Reese«, sagte er.

»Ich kann nicht.« Hannah versuchte, sich ihm zu entziehen. »Bitte. Ich …« Sie sagte etwas in ihrer Sprache.

»Sie hat Angst, das Baby zu sehen«, übersetzte Jonah.

In Reese wallte Mitgefühl auf. In einer einzigen Nacht hatte Hannah eine schreckliche Tortur erlebt, und ihr einziger Beistand war ihr kleiner Bruder gewesen. Und das war nur der Anfang von einer Realität, auf die die beiden vollkommen unvorbereitet waren.

Die beiden waren traumatisiert und brauchten eine dementsprechende Behandlung. Ein Teil von Reese wollte Hannah einfach in die Arme nehmen und sie trösten. Hannah hatte sich monatelang mit einer ungewollten Schwangerschaft herumschlagen müssen, ohne Mutter, an die sie sich hätte wenden können. Sie hatte ihr Baby ohne Hilfe zur Welt gebracht und war erschöpft und schwach und musste vermutlich dringend ärztlich versorgt werden.

Doch die Aufgabe, die ihnen bevorstand, zwang Reese dazu, die Erwachsene zu sein und professionell zu agieren. Die Situation war unendlich heikel. Als Ärztin musste sie schnell und entschieden handeln. Sie dachte an die Befragung, der sie sich im Krankenhaus hatte unterziehen müssen, nachdem das Baby gefunden worden war. Sie fühlte sich vollkommen überfordert, aber zu zögern würde das Problem nur noch größer machen.

Reese wusste, dass Hannah die Sache nicht durchdacht hatte. Das Mädchen hatte aus Panik und einem Impuls heraus gehandelt. Vielleicht entschied sie sich am Ende dafür, das Baby zur Adoption freizugeben, aber nicht so. Nicht in diesem traumatisierten Zustand. Sie hatte es verdient, Zeit zu haben, um sich zu sammeln. Um nachzudenken. Und wenn sie nicht sofort handelte, würde Hannah diese Option nicht mehr offenstehen.

Reese hinterließ eine Nachricht auf der Rückseite einer ihrer Visitenkarten, die sie auf den Küchentisch legte.

»Komm, Hannah«, sagte sie. »Wir stehen das durch. Ich bin bei dir.«

Ein paar Minuten später saßen die drei im Auto. »Wann hast du gemerkt, dass du schwanger bist?«, fragte Reese. »Das ist wichtig. Wir müssen das Datum der Empfängnis wissen.«

Hannah kaute auf ihrem Daumennagel und starrte aus dem Fenster. »Das müsste Ende Januar gewesen sein. Ich … ich glaube, ich habe es im März bemerkt.«

Heilige Scheiße, dachte Reese. Den Stress, eine Schwangerschaft zu verbergen, konnte sie sich kaum vorstellen. Noch dazu in einer Gemeinde, die sich weigerte, das Wort überhaupt auszusprechen. »Wer ist der Vater? Ist es der Junge, von dem du mir erzählt hast? Aaron?«

Sie zögerte und starrte geradeaus auf die Straße. »Bitte, er darf es nicht erfahren. Ich will ihn nicht heiraten. Das kann ich nicht.«

»Mach dir darüber jetzt keine Gedanken.«

Innerhalb weniger Minuten war Hannah eingeschlafen. Die salzigen Geister der Tränen bestäubten ihre blassen Wangen, und Reese verspürte wieder ein intensives Mitleid. Sie fing gerade erst an, das Ausmaß dessen zu begreifen, was Hannah durchgemacht hatte – im Geheimen und ganz allein, ohne irgendwelche Unterstützung.

Als sie Domenico anrief, um ihn auf den neuesten Stand zu bringen, war er vorsichtig ermutigend. »Es könnte als Notfall-Hausgeburt gewertet werden. Der Fakt, dass ihr Bruder das Baby ins Krankenhaus gebracht hat, passt dazu.«

»Was ist mit mir?« Sie spürte Jonah, der gespannt wie eine Sprungfeder hinter ihr saß.

»Du hast gutes Urteilsvermögen bewiesen«, meinte er.

»Oh Gott, ich hoffe, du hast recht.«

»Wir treffen uns im Krankenhaus«, sagte er. »Ich bin beinahe dort.«

Nachdem sie aufgelegt hatte, sprach Jonah sie vom Rücksitz an. »Ist er ein Anwalt?«

»Ja, genau.«

»Und wird er das Problem lösen?«

»Er wird uns helfen.« Reese hoffte, dass man ihr die Angst nicht anmerkte. Dadurch, dass sie das Krankenhaus während der Ermittlungen verlassen hatte, hatte sie ihre gesamte Karriere aufs Spiel gesetzt.

Als sie ankamen, war alles ruhig, auch wenn sich eine Frau mit der Uniform eines Deputy Sheriffs in der Notaufnahme aufhielt. Reese begrüßte die Schwester und wies auf den Ausweis, der noch an ihrem Kittel hing. Dann nahm sie Hannah am Arm und führte sie und Jonah ins Wartezimmer. »Rühr dich nicht«, sagte sie zu dem Jungen. »Sprich mit niemandem. Wenn dir jemand eine Frage stellt, sag ihm, er soll sich an mich wenden.«

Er nickte und setzte sich. Reese ging mit Hannah weiter zur Säuglingsstation.

Hannah versuchte, sich ihrem Griff zu entziehen. »Ich will nicht …«

»Was du willst, interessiert im Moment nicht. Du hast eine Verantwortung, der du dich stellen musst, und dafür sorgen wir jetzt.« Reese kam sich schäbig vor, so mit Hannah zu reden, aber sie wurde von einem Gefühl der Eile angetrieben. Hannah hatte nur noch wenige Augenblicke Zeit, um vorzutreten, falls sie sich bezüglich ihres Kindes doch noch anders entscheiden wollte.

Der einzige Bewohner im Säuglingszimmer war Baby Jane Doe. Die anderen Neugeborenen schliefen vermutlich bei ihren Müttern im Zimmer. Eine Sozialarbeiterin und einer der drei Sicherheitsmänner vom Krankenhaus saßen vor dem Zimmer.

»Ich bin Dr. Powell.« Reese wies erneut auf ihren Ausweis. »Das ist Hannah Stoltz, die Mutter des Babys. Hannah muss ihr Kind sehen – bitte lassen Sie uns rein.« In ihrer Stimme schien eine gewisse Autorität mitzuschwingen, denn die Frau und der Wachmann nickten nur und winkten sie durch. Zum ersten Mal seit Beginn ihrer Assistenzzeit hier fühlte Reese sich voll und ganz als Ärztin. Sie war dazu ausgebildet, in lebensbedrohlichen Situationen schnelle Entscheidungen zu treffen.

Doch der Teil von Reese, der sie im Moment so entschlossen machte, hatte nichts mit ihrer medizinischen Ausbildung zu tun. Hannah hatte neun Monate mit einer ungewollten Schwangerschaft gelebt. Ohne eine Mutter, der sie sich hätte anvertrauen können. Sie hatte gerade allein mitten in der Nacht ein Baby zur Welt gebracht. Sie musste in jeder Hinsicht vollkommen erschöpft sein, psychisch wie körperlich. Bestimmt hatte sie viel Blut verloren. Sie musste so schnell wie möglich untersucht werden. Und doch wusste Reese, Hannahs drängendstes Bedürfnis war, ihr Baby zu sehen und zu berühren. Sie wollte nicht, dass Hannah irgendwann ihre Entscheidung bereute, auf die größte Herausforderung im Leben einer Frau verzichtet zu haben – nämlich Mutter zu sein.

Hannahs Gesicht war leichenblass, als sie an das Waschbecken trat, die Ärmel hochschob und eine Weile vor dem Edelstahlbecken stehen blieb. Sie berührte den Wasserhahn, konnte ihn aber nicht bedienen – ein weiteres krasses Beispiel für ihre Andersartigkeit. Reese eilte zu ihr und zeigte ihr, wie man das Wasser anstellte. Sie wusch sich selbst die Hände unter dem warmen Wasserstrahl und trat dann zurück, damit Hannah ihr es gleichtun konnte.

Vorsichtig hob Reese das schlafende Baby aus dem Bettchen. »Sie ist wie dafür gemacht, in die Armbeuge eines Menschen zu passen«, flüsterte sie Hannah zu. »Das ist im Moment ihre einzige Aufgabe. Setz dich.«

Sehr langsam ließ Hannah sich auf einen Stuhl mit hohen Armlehnen sinken. Reese stellte sich vor sie und hoffte, dass der Wachmann nicht die pure Panik in den Augen des Mädchens oder das Zittern seiner Hände sah. »Da ist sie.« Reese legte das Baby in Hannahs wartende Arme.

Hannah keuchte auf und schloss die Augen. Ihre Arme schlossen sich sanft um das kleine Bündel. Sie beugte den Kopf und atmete tief den Duft des Neugeborenen ein, wobei sie etwas auf Deitsch murmelte. Reese sah den Moment, in dem die Magie griff – diese unzerstörbare Bindung zwischen Mutter und Kind. Als Hannah zu ihr aufschaute, wusste Reese, dass die Welt des Mädchens sich verändert hatte.

»Es zerreißt mir das Herz«, wisperte Hannah.

»Es muss überwältigend sein. Allen frisch gebackenen Müttern ergeht es so.«

Hannah musterte die Züge ihrer Tochter – den Schwung ihrer Wange, das Zittern ihrer Unterlippe, als sie einen Babytraum träumte. Die winzige Hand, die wie ein Seestern auf der Decke lag. Den unglaublich feinen Puls an ihrem zarten Hals.

»Sie ist ein Wunder«, sagte Hannah. »Sie ist mein Wunder.«

21. Kapitel

Caleb stürmte durch die Tür des Krankenhauses in New Hope, nachdem er mit einem geliehenen Wagen von Middle Grove hierhergefahren war. Sein Vater hatte ihn bei den Beilers aufgesucht und ihm eine Karte mit einer handgeschriebenen Notiz darauf hingestreckt. »Deine englische Freundin hat Hannah und Jonah mitgenommen«, hatte Asa mit zorniger Stimme gesagt.

Hannah und Jonah geht es gut. Triff uns, so schnell du kannst, im Krankenhaus in New Hope.

Wenn es ihnen gut geht, hatte er gedacht, warum hat sie die beiden dann nach New Hope mitgenommen?

Die Sägespäne von den Holzarbeiten an der Scheune klebten noch an seiner Kleidung, als er vor dem Krankenhaus parkte und aus dem Pick-up sprang. Er steckte den Schlüssel in seine Tasche und ging in großen Schritten zum Eingang. Aus Gründen, die ihm nicht klar waren, näherten sich ihm ein Mann mit einer großen Kamera auf der Schulter und eine Frau mit einem Smartphone in der Hand, doch er ignorierte sie und trat durch die Tür.

Im Krankenhaus schien man ihn erwartet zu haben, denn als er in die Eingangshalle kam, stellte sich ihm jemand aus der Verwaltung vor und führte Caleb in einen Raum, in dem ein Krankenhausbett hinter einem Vorhang stand, um das sich mehrere Personen versammelt hatten. Jonah saß auf einem Rollhocker, schwang vor und zurück und starrte zu Boden. Mose und Reese waren da und unterhielten sich mit einem Mann, den er nicht kannte.

Als Reese ihn sah, kam sie sofort zu ihm. Sie sah zugleich abgehetzt und wunderschön aus. Ihre dunklen Haare waren zerzaust, ihre Augen müde, aber trotzdem klar. »Alles wird gut«, sagte sie.

Er spannte sich an. Obwohl er dankbar war, dass sie ihm als

Erstes gesagt hatte, was er hören wollte, war ihm klar, dass es nicht die ganze Geschichte war. Er schaute zu Jonah. Der Junge stand auf und ergriff Calebs Hand mit seiner guten. Reese zog den Vorhang beiseite. Auf dem Bett lag Hannah. Sie trug ihr Bonnet und ein dünnes Krankenhaus-Hemd. In den Armen hielt sie ein Bündel – ein Anblick, der ihn an die jungen Mütter von Middle Grove erinnerte.

Sein Bauch verriet ihm, was er da sah, während sein Kopf noch Schwierigkeiten hatte, das Ganze zu verstehen. »Gott im Himmel, was ist das?«, murmelte er auf Deitsch.

Hannah hob langsam den Blick zu ihm. »Caleb, es tut mir so leid«, sagte sie ebenfalls auf Deitsch. »Ich bete, dass du mir vergeben kannst.«

Er spürte, wie Jonahs Griff sich verstärkte. »Mach dir darüber keine Gedanken«, erwiderte er. »Erzähl es mir, Hannah. Lass es mich verstehen.« Doch sobald ihm die Worte über die Lippen gekommen waren, wusste er, dass die Erklärung direkt vor ihm war, ihn mit kornblumenblauen Augen anstarrte – den gleichen Augen wie die seines Bruders John.

Es war ein Schock. Und doch irgendwie auch nicht. Die Situation wiederholte sich mit gewisser Regelmäßigkeit – das Jungvolk kam zusammen, sie alberten herum, das Mädchen wurde schwanger. In seinen jüngeren Jahren hatte Caleb ebenfalls herumgealbert, auch wenn er nicht so dumm gewesen war, einem Mädchen ein Kind zu machen.

Jetzt wurde er von Schuldgefühlen überflutet. Seine Nichte hatte eine Schwangerschaft und die Geburt eines Babys vor ihm verheimlicht. Und er hatte nicht den geringsten Verdacht gehabt. Wie hatte das passieren können?

»Ich kann es dir nicht erklären«, sagte Hannah auf Deitsch.

»Egal.« In seiner Brust breitete sich eine nie gekannte Weichheit aus. »Das Wichtigste ist, dass es dir gut geht, *ne*?«

»Ich habe einen schrecklichen Schlamassel verursacht.« Sie zögerte. Ihr Kinn zitterte, die Tränen zeichneten neue Spuren auf ihre bereits tränenfeuchten Wangen. Ah, arme kleine Hannah. *Es tut mir leid, John. Es tut mir so leid.*

Er ließ Jonahs Hand los, trat ans Waschbecken und wusch sich die Hände. Aus dem Augenwinkel sah er, wie Mose alle anderen aus dem Zimmer scheuchte.

»Reese, kannst du bleiben?«, rief Hannah. »Ich brauche … es wäre nett, wenn du bleiben würdest.«

Reese murmelte den Menschen an der Tür etwas zu, dann kehrte sie zum Bett zurück. »Setz dich«, sagte sie zu Caleb und zeigte auf einen großen Sessel mit Armlehnen. Sobald er saß, nahm sie Hannah vorsichtig das Bündel ab und legte es Caleb in den Arm. Er machte sich ganz steif, und sein Herz fühlte sich an, als wollte es ihm aus der Brust springen. Das winzige Wesen war so leicht wie ein Laib Brot. Er schaute nach unten und sah ein rundes, rotes Gesicht, geschwollene Augen, einen Anflug von farblosem Haar und eine elfenkleine Faust, die aus der Decke lugte. Die Liebe und das ehrfürchtige Staunen, die ihn umfingen, waren so rein und mächtig wie eine Meereswelle. Er fühlt sich sieben Wolken höher als Wolke sieben.

»Mein Gott«, flüsterte er. »Dass so ein kleines Wesen so viel Aufruhr verursachen kann.«

»Ich wollte es dir sagen«, setzte Hannah an. »Aber ich habe mich so geschämt, dass ich es nicht konnte.«

Scham. Er biss die Zähne zusammen, um sich eines Kommentars zu enthalten. In ihrer Kultur war Scham der Schlüssel, um die Leute auf Spur zu halten und dafür zu sorgen, dass sie ihre eigentlichen Bedürfnisse in ihren Herzen verbargen. Es wunderte ihn, dass es Hannah gelungen war, ihre Schwangerschaft direkt vor seinen Augen zu verheimlichen. »Du kannst es mir jetzt sagen«, bat er. »Wie wäre es, wenn du damit anfängst, mir zu verraten, wer das hier ist?«

Zum ersten Mal erschien der Anflug eines Lächelns auf Hannahs Gesicht. »Sie ist ein kleines Mädchen, und alle sagen, sie ist einfach perfekt. Das Krankenhaus hat sie Baby Jane Doe genannt, aber ich möchte sie Sarah nennen. Sarah Jane.« Das Lächeln wich einem Ausdruck, der eine Mischung aus Schmerz und Freude war. »Ich habe eine *Tochter*«, wisperte sie mit brüchiger Stimme.

»Sie ist wundervoll.« Caleb betrachtete das schlafende Mädchen. Dann stand er auf und legte sie in Hannahs Arme zurück, bevor er sich wieder setzte. Weder Reese noch Jonah hatten bisher etwas gesagt; sie schienen die ganze Zeit die Luft anzuhalten. »Sarah Jane ist ein wunderschöner Name.«

Hannah drückte die Kleine an sich und begann zu sprechen. Erst zögerlich, dann immer offener. Sie erzählte Caleb, dass sie mit Aaron Graber zu weit gegangen war und erst zu spät erkannt hatte, dass sie nicht seine Frau werden, sich nicht um sein Haus kümmern und nicht seine Kinder aufziehen wollte. Es war ihr so peinlich gewesen, unverheiratet schwanger zu sein, dass sie sich nicht getraut hatte, sich jemandem anzuvertrauen, sondern einfach nur ihre Kleider weiter gesteckt und so getan hatte, als wäre nichts passiert.

Nichts davon überraschte Caleb. Entsetzt war er allerdings, als er erfuhr, dass sie das Baby mitten in der Nacht allein zur Welt gebracht und es dann Jonah gegeben hatte mit der Bitte, es im Krankenhaus abzuliefern. Caleb beugte sich vor und schaute seinen Neffen an. Die Tat des Jungen war ein Akt der Liebe und Solidarität seiner Schwester gegenüber gewesen – und tragisch fehlgeleitet.

»Du hast nie daran gedacht, zu mir zu kommen?«, fragte er leise.

Jonah starrte auf den Boden. Dann erinnerte er sich an seine Manieren und schaute Caleb direkt an. In seinen Augen lag ein Hauch von Trotz, und für einen Moment sah er weit älter aus, als er war. Er und Hannah hatten in der Nacht, in der ihre Eltern ermordet worden waren, ihre Welt verloren. Sie hatten nur einander. Es war kein Wunder, dass sie so aneinanderhingen. »Ich habe es für Hannah getan«, sagte er.

»Ich werfe dir nicht vor, dass du deiner Schwester helfen wolltest«, sagte Caleb. »Aber du verstehst schon, dass es sehr gefährlich war. Nicht nur für das Baby, sondern auch für Hannah.«

Jonah nickte bedrückt, aber keineswegs unterwürfig. »Ich habe sie beschützt. Ich war ganz vorsichtig und habe die Kiste benutzt, damit sie ein Bett hat.«

Caleb legte die Fingerspitzen aneinander und atmete tief durch. »Das hast du.«

»Bekomme ich Prügel?«

»Wann hätte ich dich je verprügelt?«

Jonah wandte sich ab. »Ich frage ja nur …«

Eine neue Sorge erfasste Caleb. Hatte Asa etwa …? Für den Moment schob er diesen Gedanken beiseite und wandte sich an Reese. »Danke für deine Hilfe«, sagte er.

»Gern geschehen.« Obwohl sie so erschöpft aussah, schenkte sie ihm ein ermutigendes Lächeln. In dem Moment liebte er sie so sehr, dass er sie nicht länger anschauen konnte. Dass er zu diesem Zeitpunkt überhaupt so etwas empfinden konnte, war schon ungewöhnlich. Und unpassend, weil er sich auf Hannah und tausend andere Dinge konzentrieren musste.

»Dann will ich mich mal kümmern«, meinte er und stand auf. Er beugte sich vor, gab Hannah einen Kuss auf die Stirn und sagte auf Deitsch: »Alles wird gut. Das verspreche ich dir.«

Reese wusste nicht, was sie zu einer Notfallanhörung anziehen sollte. Schlussendlich entschied sie sich für eine dunkle Hose, einen cremefarbenen Pullover und einen schlichten Blazer. Minimales Make-up, kein Schmuck. Tiefe, beruhigende Atemzüge. Es gab einen Moment, in dem sie nach ihrem Handy griff, um ihre Eltern anzurufen. *Ich habe etwas gemacht … Ich stecke in Schwierigkeiten.*

Sie widerstand dem Impuls. Ihre Eltern hätten vermutlich alle möglichen guten Ratschläge für sie parat gehabt. Sie wären zu ihrer Rettung geeilt, aber das hier musste sie allein durchstehen.

Das Gericht befand sich in einem im griechischen Stil erbauten Gebäude aus dem neunzehnten Jahrhundert. Es hatte eine Kuppel und eine Uhr und eine Glocke, die jede Stunde schlug. Es war ein Gebäude, wie man es auf Postkarten fand, vor allem im Herbst, wenn es von bunt belaubten Ahornbäumen umstanden war. Im Moment hatte sich eine Gruppe Reporter und Übertragungswagen davor versammelt.

Eine Erinnerung an Jonahs Unfall vom letzten Jahr blitzte in ihr auf – die rücksichtslosen Medien, die in den Schmerz einer Familie eingedrungen waren. Die Presse schien eine Vorliebe für alles

Amische zu haben. War es ihre Andersartigkeit? Der Anschein von idyllischer Einfachheit – Glaube, Familie und Feldarbeit? Das ließ Hannahs tiefen Fall noch dramatischer wirken – ein amisches Mädchen, das etwas so Unamisches tat, wie ein Baby auszusetzen.

Ein kalter Schauer der Besorgnis überlief Reese, als sie einen großen Bogen um die Kameras und Mikrofone schlug und die hektischen Fragen der Reporter ignorierte. Domenico traf ein, bewaffnet mit Aktenkoffer und Klemmbrettern. »Es sollte alles gut gehen«, sagte er auf dem Weg hinein. Er blieb stehen und sprach kurz mit dem Gerichtsdiener, dann betraten sie den Gerichtssaal. Der Richtertisch war noch leer, doch der Gerichtsreporter saß schon auf seinem Platz. Irgendwie war es Domenico gelungen, den Richter dazu zu bringen, die Presse vom Verfahren auszuschließen.

Caleb und Jonah saßen auf einer Bank im hinteren Bereich. Als Reese und Dominic erschienen, standen sie auf. Beide trugen ihre Sonntagskleidung – schwarze Hose und schlichte blaue Hemden. Reeses Magen zog sich zusammen, und ihr Mund war ganz trocken. Das Einzige, was sie aufrecht hielt, war der Anblick von Caleb, der gelassen, aber selbstsicher wirkte. Alles war so schnell gegangen, dass sie keine Zeit gehabt hatte, einen Moment mit ihm unter vier Augen zu reden. Falls sie die gehabt hätte, hätte sie ihm gesagt … ja, was? Dass sie Hannah mit ihrer Vermutung, sie wäre die Mutter, konfrontiert hatte, ohne ihm vorher Bescheid gesagt zu haben? Dass sie vermutlich gegen die Krankenhaus-Regeln verstoßen und ihre Zulassung aufs Spiel gesetzt hatte? Dass sie das Gleiche unter den gegebenen Umständen sofort wieder tun würde?

Domenico schüttelte Caleb die Hand. »Das geht heute schnell. Es ist eine Notfallanhörung, was bedeutet, der Richter wird sich nur die Fakten anhören, die im Zusammenhang mit dem Notfall stehen. Um alles andere – wie Ihre Entscheidungen in Bezug auf Hannahs Erziehung zu bewerten sind, was Hannahs Rechte und Bedürfnisse betrifft – werden wir uns später kümmern.«

»Ich verstehe«, sagte Caleb. Jonah drängte sich an ihn, als versuchte er, sich in seinem Schatten zu verstecken, und Caleb sagte etwas auf Deitsch zu dem Jungen.

Mose und Ursula traten ein. Als Oberarzt und diensthabende Ärztin in der Nacht, als das Baby in der Babyklappe abgegeben worden war, hatten sie beide ihre Aussage machen und sich einer Befragung stellen müssen. Domenico bat alle, im Bereich hinter der Brüstung Platz zu nehmen, dann ging er zu dem Tisch auf der anderen Seite. Die einzig anderen Anwesenden waren die Anwältin des Krankenhauses und zwei Herren aus der Verwaltung.

»Erheben Sie sich«, verkündete der Gerichtsdiener. »Das Gericht tritt jetzt zusammen. Vorsitzender ist Richter Orville Rucker. Bitte setzen Sie sich wieder.«

Durch eine Nebentür rauschte der Richter herein, der noch dabei war, den Knopf an seiner Robe zu schließen. Seine Haare waren feucht, und auf einer Wange hatte er einen kleinen Klecks Rasierschaum. »Ich war gerade beim Friseur«, erklärte er. »Aber den Besuch musste ich abkürzen.«

Reese schaute zu Domenico, der nur mit den Schultern zuckte.

»Ja, das war ein Scherz«, erklärte der Richter. »Ich wollte nur das Eis brechen.«

»Verstanden, Euer Ehren«, sagte Domenico. »Ich bin Domenico Falco und vertrete den Antragsteller.« Er drehte sich um und stellte die dort Sitzenden vor. Die Anwältin des Krankenhauses tat es ihm nach.

»Gut«, sagte Rucker. »Ich würde mich gern vergewissern, dass ich richtig verstanden habe, warum ich mein regelmäßiges Rendezvous im Herrensalon abbrechen musste. Wie es aussieht, haben wir es mit einem ausgesetzten Neugeborenen zu tun.«

Domenico sprang auf. »Euer Ehren, das trifft in diesem Fall nicht zu. Das Baby ist während einer Notgeburt zu Hause auf die Welt gekommen und zum …«

»Zum Humboldt Division Regional Care Center in New Hope gebracht worden, ja«, unterbrach der Richter ihn. »Das sehe ich. Setzen Sie sich, Mr. Falco. Haare spalten wir ein andermal.« Er hielt kurz inne. »Sosehr es mich reizt, ein weiteres Bonmot von mir zu geben, verstehe ich doch den Ernst der Situation. Die medizinischen Untersuchungen haben ergeben, dass der Säugling keine zweiundsiebzig Stunden alt ist. Das Krankenhaus hat die

Aufsicht über das Kind übernommen, ist das korrekt, Ms. Wasco?«, fragte er die Anwältin des Krankenhauses.

»Ja, Euer Ehren.«

»Und die leibliche Mutter ist jetzt auch im Krankenhaus? Der Mutterschaftstest wurde durchgeführt?«

»Ja, Euer Ehren.« Wendy Wasco las die detaillierten Aussagen von allen, die anwesend gewesen waren, darunter Reese, vor. Es fühlte sich seltsam an, die eigenen Worte laut zitiert zu hören. In dem Bericht war sie den Krankenhaus-Vorschriften bis aufs i-Tüpfelchen gefolgt und hatte das Baby untersucht und aufgenommen, während die entsprechenden Behörden informiert worden waren.

»Der nächste Schritt besteht darin, dass die Landesverwaltung das vorübergehende Sorgerecht für das ausgesetzte Kind übernimmt«, meldete sich Richter Rucker zu Wort.

Domenico war wieder auf den Beinen. »Wir bitten Sie höflichst, diesen Schritt zu unterlassen und den Fall an das Bezirksgericht zu verweisen. Hannah Stolz, die leibliche Mutter, macht ihre elterlichen Rechte geltend.«

»Und zwar nachdem sie das Kind ausgesetzt hat«, merkte der Richter an. »Das sollten wir nicht vergessen.«

»Die Geburt erfolgte zu Hause in einer Notsituation. Ein Zuhause, möchte ich hinzufügen, in dem es kein Telefon gibt. Es gibt keinerlei Anzeichen von Vernachlässigung, Missbrauch oder Fehlverhalten.«

»Und doch wurde ein Baby in der Babyklappe abgelegt«, betonte der Richter.

Domenico zitierte die Aussage, die Hannah gemacht hatte, nachdem sie von Reese ins Krankenhaus gebracht worden war. »Hannah hat das Baby allein in einer Notgeburt zur Welt gebracht. Da sie nicht in der Verfassung war zu reisen und ihr keine Transportmöglichkeit zur Verfügung stand, hat ihr Bruder das Baby in die Babyklappe des Krankenhauses gebracht. Ich würde sagen, in Bezug auf das Wohlbefinden des Babys hat sie eine vernünftige Entscheidung getroffen.« Domenico sprach direkt zum Richter und entwarf das Bild eines jungen, verängstigten Mädchens, das sich in einem Zustand unerträglicher Schmerzen und

Panik befunden hatte, und eines Jungen, der einfach nur Anweisungen befolgt hatte.

Es gab Fragen: *Warum hat Hannah nicht die Erwachsenen im Haushalt alarmiert?*

Als unverheiratete Frau in einer streng religiösen Gemeinde widerstrebte es ihr verständlicherweise, ihren Zustand publik zu machen.

Warum hat Jonah nicht aus der gemeinschaftlichen Telefonzelle den Notruf angerufen?

Zu Jonahs Verfassung kann ich nichts sagen.

Der Richter legte die Papiere beiseite. »Jonah, kannst du erklären, warum du das Baby abgelegt und mit niemandem darüber gesprochen hast?«

Er stand auf. Reese sah den Moment, in dem Rucker zum ersten Mal der mechanische Arm des Jungen auffiel. Jonah räusperte sich, reckte das Kinn und sah dem Mann in die Augen. »Im Krankenhaus retten sie Menschen«, sagte er schlicht. »Das weiß ich. Es gibt eine spezielle Kiste draußen am Krankenhaus. Sobald das Baby darin liegt und man sie schließt, geht ein stummer Alarm los und die Kiste wird verschlossen. So weiß man, dass das Baby in Sicherheit ist.«

Und Sie behaupten, sie wird ihre elterlichen Rechte nicht abgeben?

Absolut nicht, Euer Ehren. Hannah ist im Moment im Krankenhaus. Sie möchte sehr gerne eine Bindung zu ihrem kleinen Mädchen aufbauen und es mit nach Hause nehmen.

»Die leibliche Mutter ist noch minderjährig«, sagte der Richter. »Ihre Eltern sind verstorben.« Er schaute Caleb an. »Sind Sie ihr Vormund?«

Reese hielt den Atem an. Caleb log nie.

»Ich kümmere mich um Hannah und Jonah, seitdem ihr Vater und ihre Mutter ermordet wurden. Hannah hat zu einhundert Prozent meine Unterstützung.«

Rucker seufzte laut. »Es gibt einiges an diesem Fall, das mir noch immer nicht einleuchtet. Zu viele Fragen, auf die ich noch keine befriedigende Antwort erhalten habe.«

»Dem Gesetz nach«, meinte Domenico, »hat Hannah sechzig Tage Zeit, um ihr Kind zurückzuverlangen, indem sie einen entsprechenden Antrag bei Gericht einreicht.«

»Wenn sie das tun möchte, muss ich abermals fragen, ob es zutrifft, dass sie ihr Neugeborenes ausgesetzt hat? Denn falls ja, widerspricht das Ihrer Behauptung, es habe sich um eine häusliche Notgeburt gehandelt.«

Mist. Reese spannte jeden Muskel in ihrem Körper an. Es war eine Falle ohne Ausweg.

»Es widerstrebt mir weiterzumachen, bevor wir nicht mehr Klarheit über den Geisteszustand der Mutter haben und sie selbst zu ihren Absichten befragen können.« Der Richter begann, seine Papiere zu ordnen.

Eine Tür im hinteren Bereich des Gerichtssaals knarrte, und als sie geöffnet wurde, blitzten Unmengen an Kameras auf und warfen ihr Licht vom Flur in den Saal. Reese drehte sich um und sah Hannah den Gang hinunterkommen.

Caleb sprang auf und wollte ihr helfen, sich zu setzen. Doch Hannah sagte leise etwas zu ihm und blieb stehen. Ihr Gesicht war blass, ihre Bewegungen unsicher, aber der Blick, mit dem sie den Richter ansah, war felsenfest.

»Euer Ehren, mein Name ist Hannah Stoltz. Darf ich sprechen?«

Domenico wollte etwas sagen, aber der Richter bedeutete ihm zu schweigen. »Lassen Sie hören, junge Dame.«

Hannahs Kleidung war zerknittert, die Bänder ihres Bonnets hingen lose herunter. Die Hände hatte sie vor sich gefaltet. »Ich habe mich in Schwierigkeiten gebracht«, begann sie. »Und ich hatte Angst, etwas zu sagen. Also habe ich es geheim gehalten. Was passiert ist, ist allein meine Schuld. Jonah hat nur versucht, mir zu helfen, indem er mein Baby an einen sicheren Ort gebracht hat. Mein Bruder weiß, dass das Krankenhaus so ein Ort ist. Ich habe in meinem Herzen wirklich geglaubt, dass mein Baby mit einer anderen Familie besser dran wäre, weil in unserer Gemeinde eine unverheiratete Mutter ein Quell großer Schande ist.«

Als sie Hannah beobachtete – so demütig, tapfer, verletzlich –, biss Reese die Zähne zusammen, bis es schmerzte. Sie hatte bei ihrer Arbeit mit den Menschen hier so viel gelernt. Sie schätzte das tiefe Zusammengehörigkeitsgefühl innerhalb der Familien und Gemeinde, das ihre Art zu leben bestimmte. Und in diesem Moment konnte sie einen Anflug von Zorn nicht unterdrücken. Diese geschlossene Gesellschaft war Gift für Hannah, hatte sie dazu getrieben, eine Schwangerschaft zu verheimlichen und ein Baby wegzugeben. Als Ärztin war Reese dazu verpflichtet, den Glauben eines Patienten ohne Vorurteile zu respektieren. Als Frau hingegen war sie nicht sicher, ob sie das konnte.

»Am nächsten Morgen ist etwas passiert«, berichtete Hannah an den Richter gewandt und drehte sich ein wenig, um auf Reese zu zeigen. »Als ich ins Krankenhaus kam und mein Baby in den Armen hielt, erkannte ich, dass sie mehr als eine Verpflichtung ist. Sie ist meine Seele, und ich muss sie behalten, egal, welcher Strafe und Schande ich mich deswegen stellen muss. Ich habe sie Sarah Jane Stoltz genannt, und sie ist mein Kind, und ich liebe sie mit jedem Schlag meines Herzens. Ich habe vor, ihre Mutter zu sein.«

Niemand sagte etwas. Der Richter sah Hannah mit undurchdringlicher Miene an. »Du bist vom Krankenhaus allein hierhergekommen?«

»Ich war nicht allein. Ich bin mit dem Taxi gefahren.«

Die undurchdringliche Miene wurde weicher. »Du bist also zu der Anhörung gekommen.«

»Man hat mir gesagt, dass ich nicht dabei zu sein bräuchte, aber ich musste kommen. Jeder soll wissen, dass ich bereit bin, mich um meine Tochter zu kümmern.«

»Du hast erwähnt, dass dir eine Strafe bevorsteht«, sagte der Richter. »Kannst du erklären, was du damit meinst?«

Hannah räusperte sich und schluckte schwer. »Ich werde dazu aufgefordert werden, vor den Ältesten unserer Gemeinde zu gestehen und zu bereuen. Und ich werde unter den Bann gestellt. Diejenigen, die getauft wurden, werden mich meiden, damit sie nicht von meiner Schande berührt werden.«

Neue Wut wallte in Reese auf. Mutter eines Neugeborenen zu sein war für jeden schwer. Gemieden zu werden würde Hannah eine zusätzliche Last aufbürden, die kein Mensch tragen sollen müsste. Sie straffte den Rücken, bereit aufzustehen, etwas zu sagen, irgendetwas zu tun. Doch Domenico schüttelte beinahe unmerklich den Kopf.

Im gleichen Moment erhob Caleb sich. »Mein Name ist Caleb Stoltz«, sagte er. »Ich würde gerne etwas zu meiner Nichte Hannah sagen. Seitdem ihre Eltern gestorben sind, ziehe ich sie in Middle Grove in der Weise auf, wie ihre Eltern es gewollt haben. Hannah ist ein gutes Mädchen. Sie arbeitet hart und ist gut zu ihrer Familie und ihren Freunden. Sie wird auch zu ihrem Baby gut sein, und sie wird unter meinem Dach wohnen können, solange sie mich braucht.«

Reese stockte der Atem. Es schien, als ginge es allen anderen auch so, während der Richter Caleb ein paar Sekunden schweigend ansah. Dann sagte er: »Also werden Sie an der Meidung nicht teilnehmen?«

Caleb nickte. »Dazu bin ich nicht verpflichtet, weil ich nicht im Glauben getauft wurde.«

Eine weitere lange Pause. Der Richter wandte sich an die Krankenhaus-Anwältin. »In dieser Situation gibt es viel zu bedenken«, meinte er. »Das DCSF, das Amt für Kinder, Familien und Schulen, wird zum Schutz des Kindes eine Untersuchung und Evaluierung der häuslichen Umstände vornehmen. Die daraus resultierende Empfehlung wird an das Bezirksgericht weitergeleitet. In der Zwischenzeit soll Ms. Stoltz zum Krankenhaus zurückgebracht werden, um dort eine Bindung mit ihrem Baby aufzubauen. Ich gewähre Hannah Stoltz das vorübergehende Sorgerecht unter der Bedingung, dass sie im Haus ihrer Familie wohnt. Ich ordne an, dass eine Sozialarbeiterin die Situation überwachen wird, um sicherzustellen, dass das Baby die notwendige Versorgung bekommt, bis das Bezirksgericht eine Entscheidung bezüglich des Antrags gefällt hat.«

Entschlossen ließ er den Hammer fallen.

22. Kapitel

Reese starrte auf die E-Mail auf ihrem Bildschirm. Ihr Finger schwebte über dem »Löschen«-Button, doch ihr Blick blieb immer wieder an Schlüsselwörtern hängen – *unerwarteter freier Platz, kombiniertes Programm, pädiatrische Medizin Palm Springs, Riverside, Kalifornien.*

»Mein Gott, Mom«, murmelte sie, denn sie vermutete, dass ihre Mutter bei der Einladung, sich für dieses spezielle Programm zu bewerben, ihre Hand im Spiel gehabt hatte. Okay, vielleicht konnte sie einen kleinen Blick darauf werfen. Sie öffnete den Anhang der E-Mail. Zu ihrer Überraschung war die Empfehlung nicht von ihrer Mutter, sondern von Dr. Jimenez aus dem Mercy Heights gekommen. Er hatte eine Nachricht angehängt: *Das ist ein Elite-Programm. Denken Sie gut darüber nach.* Sie las das Dokument mit nicht zu leugnender Neugierde. Es enthielt alles, wovon ein Assistenzarzt nur träumen konnte – innere Medizin und Pädiatrie. Zwei Fachgebiete, die es ihr ermöglichen würden, für ihre Patienten in allen Phasen ihres Lebens da zu sein.

Mose kam in die Küche und setzte sich neben sie. »Dein Kaffee wird kalt.«

Wortlos drehte sie den Laptop so, dass er den Bildschirm sehen konnte. Ein paar Minuten lang schwieg er. Dann nahm er seine Brille ab und legte sie auf den Tisch. »Das klingt nach einer Gelegenheit, wie man sie nur einmal im Leben bekommt.«

»Ja.« Verdammt. Sie wünschte, sie würde das nicht wollen. Und doch tat sie es. Das war nicht zu leugnen. Trotzdem wollte sie nicht weg von hier.

»Das ist eine seltene Chance.« Er verschränkte die Arme und sah Reese an. »Und mehr, als wir dir hier bieten können. Wenn du beschließt, dich dort zu bewerben, werde ich dich unterstützen.«

»Du denkst, ich sollte es machen.«

Mose war immer sehr aufrichtig. »Ich denke, die Entscheidung liegt bei dir.«

Der Vorfall mit Hannah hatte Reeses Selbstbewusstsein sowie ihr Ansehen bei ihren Tutoren erschüttert. Sie war vom Krankenhaus befragt worden. Als ihre Programmleiter hatten Mose und Penelope eine eigene Untersuchung durchgeführt. Indem sie ihre Ahnung, wer die Mutter sein könnte, verschwiegen hatte, hatte sie eine rechtliche Grauzone betreten. Auch wenn sie durch ihr Verhalten nicht direkt die Krankenhaus-Vorschriften verletzt hatte, hatte sie zugelassen, dass ihre Befangenheit ihr Urteilsvermögen beeinträchtigte. Oder nicht?

Ja, sie wäre dazu verpflichtet gewesen, das Mädchen beim geringsten Verdacht sofort zu melden, es einer Befragung und einer körperlichen Untersuchung unterziehen zu lassen, aber in dem Moment hatte sie geglaubt – nein, sie hatte *gewusst* –, dass sie sich erst einmal selbst vergewissern und ein Bild verschaffen musste, um die zerbrechliche Seele des jungen Mädchens zu schützen.

Sie starrte erneut auf den Monitor. Ein Finger schwebte über dem Löschen-Button, ein anderer über »Speichern«.

Sie hatte Caleb seit einer Woche nicht gesehen – einer anstrengenden, stressigen, ereignisreichen Woche. Anders als die meisten Männer rief er nicht an und schickte auch keine Textnachrichten oder E-Mails. Ihre Beziehung war ungewiss und straff gespannt zwischen unerträglicher Sehnsucht auf der einen und unüberwindlichen Hindernissen auf der anderen Seite. Und trotzdem war er der Erste, mit dem sie über die Entscheidung sprechen wollte, die sie zu treffen hatte. Irgendwie war er der beste Freund geworden, den sie je gehabt hatte, doch sie war dabei, ihn zu verlieren. Was sie für ihn fühlte, war mehr als die Anziehung, die sie, wann immer er in ihrer Nähe war, zu überwältigen drohte. Da war auch diese unerwartete Ruhe, die sie in seiner Gegenwart verspürte. So war es vom ersten Moment an gewesen, als sie ihn getroffen hatte. Sie hatte keine Ahnung, woher das kam, aber das Gefühl war genauso greifbar und nicht zu leugnen wie die körperliche Leidenschaft, die sie für ihn empfand.

Am Abend fuhr sie in der Hoffnung nach Middle Grove, ihn zu Hause vorzufinden. Sie musste ab und zu bremsen, um einem Buggy oder Fußgänger Platz zu machen, und nahm dabei die Schönheit der Landschaft in sich auf, die nicht von Werbetafeln, Neonreklamen oder Telefonmasten und Stromleitungen entstellt war. Die befestigte Schotterstraße führte sie an einem Stand vorbei, an dem braune Eier und Windräder aus der Holzwerkstatt nebenan verkauft wurden. Hinter einem von einem Pferd gezogenen Karren rupfte ein rostiger Apparat Maisstängel aus der Erde und warf sie auf die Ladefläche des Karrens. Am Rande der Stadt war ein Baseballspiel im Gange, das von der untergehenden Sonne in goldenes Licht getaucht wurde. Familien hatten ihre Quilts auf dem Boden ausgebreitet und schauten zu. Niemand starrte ins Handy. Niemand twitterte. Sie … waren einfach. In Momenten wie diesen verstand Reese auf einer ganz tiefen Ebene den Reiz des schlichten Lebens.

Auf der Farm der Stoltz erblickte sie Caleb, der gerade mit zwei Zinkeimern in den Händen in Richtung Stall ging. Seine Silhouette vor dem Abendhimmel bot ein einsames Bild. Auch wenn er sich nie beschwerte, wusste sie, dass zu viel auf ihm lastete. Er arbeitete ständig, hin- und hergerissen zwischen seinem Job auf der Grantham Farm und der Arbeit zu Hause. Und nun musste er sich auch noch um Hannah und ihr Neugeborenes kümmern.

Nach der Entlassung aus dem Krankenhaus waren Hannah und das Baby nun unter strikten Anweisungen des Gerichts zu Hause. Und Caleb war dazu verpflichtet worden, die beiden zu unterstützen. Jetzt hatte er nicht nur zwei, sondern drei Kinder, die er aufziehen musste, denn so hatte er es seinem Bruder versprochen. Sie wird so lange unter meinem Dach leben können, wie sie mich braucht, hatte er dem Richter gesagt. Das konnte Jahre bedeuten, wie Reese wusste. Jahrzehnte sogar. Was hieß das für einen Mann, der einst vorgehabt hatte, die Gemeinde zu verlassen?

Im Stall hing der süße Duft nach Futter, Hafer und Heu. Sie hörte Caleb den Pferden etwas zumurmeln. Immer noch redend, kam er aus einer Box. Reese konnte ihn nicht ansehen, ohne ihn berühren zu wollen. Sein Anblick ließ ihr die Knie weich werden und erfüllte sie mit einer schmerzhaften Unsicherheit, die sie noch nie zuvor empfunden hatte.

Als er sich umdrehte und sie sah, überkam ihn eine vollkommene Ruhe. Nach ein paar Sekunden, die sich wie eine Ewigkeit anfühlten, sagte er: »Reese. Es ist schön, dich zu sehen.«

Mehr brauchte sie nicht, um in seine Arme zu laufen. Er zog sie in eine feste, beschützende Umarmung, und zum ersten Mal seit einer Woche fühlte sie sich im Gleichgewicht. Tief atmete sie den Duft nach Mann und Pferd ein und legte ihre Wange an Calebs Herz. »Wie geht es Hannah und dem Baby?«, fragte sie.

»Ah, das ist also ein Hausbesuch?«, entgegnete er mit einem Lächeln in der Stimme, als er sie losließ.

»Nein, ein Freundschaftsbesuch«, gab Reese zu. »Caleb …«

Er zog ein Tuch aus seiner Hosentasche und wischte sich die Hände ab. Dann sah er Reese gedankenverloren an. »Sie wird gemieden«, sagte er.

»Das tut mir leid. Das muss schrecklich für sie sein.«

»Sie hat auf den Knien vor den Älteren beichten müssen. Ich dachte, sie würde vor Demütigung ohnmächtig. Die Kirchenältesten wollen, dass sie Aaron Graber heiratet. Der Junge hat keinerlei Interesse daran, Verantwortung zu übernehmen, sagt aber, er sei gewillt, Hannah zur Frau zu nehmen. Hannah weigert sich jedoch, auch nur darüber nachzudenken. Für meinen Vater ist das ein Schicksal schlimmer als der Tod – eine unverheiratete Mutter in der Familie zu haben. Der Bischof hat sogar vorgeschlagen, das Baby könnte von einer Familie aus einer anderen Gemeinde adoptiert werden, aber Hannah will nichts davon hören. Und ich auch nicht.«

Reese schüttelte den Kopf. »Ich verstehe den Sinn der Meidung einfach nicht.«

Er sah sie einen Moment lang an. »Nein. Das glaube ich. Es ist ein Ritual, um den Abtrünnigen an seine Sünden zu erinnern.«

»Wie soll sie denn aber ihre Pflichten erfüllen oder gar aufblühen, wenn sie keine Unterstützung hat?«

»Ich bin ihre Unterstützung.«

»Sie hat Glück, dich zu haben. Aber sie braucht mehr.« Reese dachte an alles, was Caleb für Jonah und Hannah getan hatte, für seinen übellaunigen Vater und alle ihre Nachbarn. Er war sogar gewillt gewesen, Rebecca Zook zu heiraten, weil er geglaubt hatte, das wäre eine Möglichkeit, ihr die notwendige Behandlung zukommen zu lassen. »Caleb, du kannst nicht jeden retten.«

»Nein. Das ist deine Aufgabe.«

Es war das erste Mal, dass Reese einen Anflug von Zorn in seiner Stimme hörte. Sie schluckte eine Erwiderung hinunter. »Ich würde Hannah gerne sehen.«

»Sie ist im Haus.«

Auf dem Weg zum Farmhaus schwiegen sie. Die Dämmerung lag über den Hügelkuppen, deren Silhouetten sich schroff gegen den dunkler werdenden Himmel abhoben. Reese trat ein und hielt inne, damit ihre Augen sich an das dämmrige Licht gewöhnen konnten. Hannah saß in einem Schaukelstuhl und stillte ihr Baby. Auf der anderen Seite des Raumes saß Asa Stolz an einem grob gezimmerten Tisch und las im sanften Licht der Laterne eine seiner deitschen Zeitungen. Ihm gegenüber saß Jonah und las ein Buch. Jubilee lag zu seinen Füßen und klopfte leise mit dem Schwanz auf den Boden.

Für einen kurzen Moment erinnerte die Szene an ein Bild der Zufriedenheit – eine einander zugeneigte Familie im Kokon ihrer eigenen Welt. Asa schaute zu ihr und Caleb auf und sagte etwas auf Deitsch. Reese bedachte er nur mit einem verachtenden Blick, bevor er sich wieder seiner Zeitung zuwandte. Er hatte die Fähigkeit, einen ganzen Raum vor Kälte erstarren zu lassen. Caleb hatte ihr erzählt, dass Asa nicht wieder geheiratet hatte, weil er von seiner Frau nicht geschieden war. Er war zu stolz, um eine Niederlage zuzugeben, und die einheimischen Frauen wussten, wie bösartig er war.

Reese ging zu Hannah und zog sich einen Hocker heran. »Wie geht es der kleinen Sarah?«, fragte sie und beugte sich vor, um das kleine Bündel zu betrachten.

Hannah schob die dünne Decke beiseite. Sie hatte ihr Oberteil geöffnet und die Stecknadeln in ihr Schultertuch gesteckt. Das Baby trank. »Sieh selbst«, sagte Hannah leise. »So wie es jeder tut.«

Reese versuchte, sich den Druck vorzustellen, den die Sozialarbeiter ständig auf Hannah ausüben mussten. »Sie sieht wundervoll aus. Wie geht es dir?«

»Was glaubst du? Ich musste vor der gesamten Gemeinde beichten. Jeder, der im Glauben getauft wurde, meidet mich, darunter mein eigener Großvater. Wenn Alma und die anderen Quilterinnen herüberkommen, bringen sie Essen und machen die Wäsche, aber sie sagen kein einziges Wort zu mir. Ich bin ein Geist.«

»Das tut mir leid.« Reese hatte nicht daran gedacht, als sie Hannah ermutigt hatte, das Baby zu behalten. Was habe ich diesem armen Mädchen angetan? fragte sie sich und versuchte, sich auszumalen, wie es für das Baby sein würde, so aufzuwachsen. Vielleicht hatte sie wirklich eine Grenze übertreten, sich rücksichtslos in eine Welt eingemischt, von der sie nichts verstand.

»Du hättest die Dinge in Ruhe lassen sollen.«

»Das meinst du nicht wirklich. Sieh dir nur dein kostbares Kind an.«

Hannahs Miene wurde weich, als sie Sarah anschaute. »Eines Tages wird sie alt genug sein, um zu verstehen, dass ich eine fürchterliche Sünde begangen habe. Und dann wird sie sich für mich schämen.«

»So läuft das nicht.«

»Oh doch, genau so läuft es.« Hannah sah Reese nicht an. Obwohl sie sich nicht bewegte, zog sie sich spürbar innerlich zurück. Mit sanfter, melodischer Stimme redete sie mit dem Baby und hielt alles andere auf Abstand.

»Ich möchte dir helfen«, sagte Reese. »Sag mir, was ich tun kann.«

»Ich habe alle Hilfe, die ich brauche, von Caleb.« Gedankenverloren rieb Hannah mit dem Daumen über die Stirn des Babys. »Er spricht nicht von Liebe. Sie ist einfach etwas, das er tut. Etwas, das er *ist*. Liebe ist das, was er tut, während die anderen herumsitzen und darüber reden.«

Das verstand Reese vollkommen. Verstohlen sah sie zu Caleb, der im Türrahmen lehnte. Was würde sie nicht für so eine Liebe geben? Alles ändern? Ihre Lebenspläne umwerfen? Sich einer anderen Form der Meidung ergeben?

Hannah flüsterte ihrem Baby weiter zärtliche Worte zu, bis die Kleine fertig war. Dann stand Hannah auf und ging barfuß zur Treppe. »Ich lege Sarah hin«, erklärte sie. »Gute Nacht alle zusammen.« Sie sagte noch etwas auf Deitsch zu Asa, doch er reagierte nicht. Dann ging sie nach oben, und das einzige Geräusch war das Knarren des Holzes unter ihren Füßen.

Asa ließ sein Buch mit einem Knall zuklappen, stand auf und verließ das Haus durch die Hintertür. Caleb folgte ihm, und Reese hörte die beiden in angespanntem, drängendem Ton miteinander reden.

»Was liest du gerade?«, fragte sie Jonah in der Hoffnung, ihn abzulenken und die sorgenvolle Miene zu vertreiben.

Er hielt das Buch hoch: *Theo Boone: Der Überfall.* »Domenico hat mir noch ein paar weitere dieser Bücher von John Grisham gegeben, als er gehört hat, wie sehr ich sie mag.«

»Das klingt gut. Domenico findet, du bist ein toller Kerl.«

Asa sagte draußen laut etwas auf Deitsch, und Jonah zuckte zusammen. Er wurde ganz blass, seine Miene versteinerte.

Reese schnürte es die Kehle zu. »Geht es deinem Arm gut?«

Er zuckte mit den Schultern. »Ich muss mehr üben. Großvater findet den Roboterarm zu modern. Er und Caleb streiten sich deswegen ständig.«

»Das tut mir leid. Findest du den Arm auch zu modern?«

Ein weiteres Schulterzucken. »Ich bin nur ein Kind. Ich habe dazu nichts zu sagen.« Er streckte den künstlichen Arm aus und setzte eine sehr konzentrierte Miene auf. Die Hand fasste den Griff der Laterne, und er hob sie hoch.

»Hey, das ist echt gut«, sagte Reese. »Ich denke, du solltest unbedingt weiter üben.«

»Ja, okay. Ich gehe jetzt nach oben, um mein Buch zu Ende zu lesen. Gute Nacht, Reese.«

Sie strich ihm mit der Hand über den Kopf und gab ihm einen Kuss auf den Scheitel. Tief atmete sie den Kleine-Jungen-Duft ein, der eine Mischung aus trockenem Laub und Welpenfell war. Jonah stieg die Treppe hoch, und Jubilee folgte ihm auf dem Fuß.

Reese ging nach draußen und fand Caleb allein im dunklen

Garten. »Du hast so viel um die Ohren.« Sie berührte ihn am Arm. »Ich möchte helfen.«

»Du warst uns auf viele Arten eine große Hilfe«, erwiderte er. »Aber jetzt, mit Hannah und dem Baby, ist alles zu viel. Es wäre besser, wenn du dich fernhältst, Reese.«

Ihr Herz setzte einen Schlag aus. »Was sagst du da? Wieso ist das Ganze mein Fehler?«

»Nichts ist dein Fehler. Ich trage allein die Schuld. Ich habe mich so von dir und der englischen Art faszinieren lassen, dass ich meine eigene Familie im Stich gelassen habe.«

»Guter Gott, du hast nichts und niemanden im Stich gelassen. Wenn du nicht gewesen wärst …«

»Reese, ich verstehe, was du sagen willst. Ich möchte gerne glauben, dass unsere Leben irgendwie anders sein könnten. Aber das ist nur ein Traum. Es ist besser, wenn wir akzeptieren, dass es vorbei ist.«

»Ich will nicht, dass es vorbei ist. Ich würde dich zu sehr vermissen«, flüsterte sie und stellte sich auf Zehenspitzen, um ihn zu küssen.

Er fühlte sich steif an – als distanziere er sich bereits von ihr.

»Caleb. Was ist los?«

»Wir müssen damit aufhören«, sagte er mit fester Stimme. »Wir hätten das hier niemals anfangen dürfen.«

Ihr stockte der Atem. »Liegt es an dem, was mit Hannah passiert ist?«

»Es liegt an allem. Aber ja, das war ausschlaggebend. Der Weckruf.«

»Was hat unsere Beziehung mit Hannahs Situation zu tun?«, fragte sie und spürte bereits, wie ihr das Herz brach.

»Ich hatte Hannah gegenüber eine Verpflichtung. Ich habe meinem Bruder ein Versprechen gegeben. Und ich habe versagt.«

»Unseretwegen?«

»Nein, meinetwegen. Du bist alles, woran ich denke, während ich eigentlich an so viele andere Sachen denken sollte.«

»Siehst du, wenn du solche Sachen sagst, will ich, dass das mit uns für immer weitergeht.« So nah war sie den Worten »Ich liebe dich« noch nie gekommen. Es war jedoch klar, dass er das nicht hören wollte. Er wurde förmlich von Schuldgefühlen zerfressen.

»Für immer klingt so absolut«, meinte er.

»Das weiß ich.« Sie schwieg, ließ die Worte wirken, fragte sich, ob ihm klar war, was sie angedeutet hatte. Jetzt war jedoch nicht der richtige Zeitpunkt für dieses Gespräch. »Hör mal«, sagte sie. »Hannah ist wunderbar. Genau wie das Baby. Genau wie Jonah. Du kannst sie nicht angucken und von dir behaupten, ein Versager zu sein.«

»Betrachten wir all dieses Wunderbare doch einmal genauer. Jonah verbringt seine Zeit damit, Bücher zu lesen, die er von deinem Freund, dem Anwalt, bekommt. Er versteckt sie vor den anderen Kindern in der Schule, weil sie ihn ärgern. Hannah wird wie ein Freak von den Sozialarbeitern bewacht, die jede ihrer Bewegungen beobachten, bis zu der Art, wie sie die Wäsche zum Trocknen aufhängt.«

»Das ist nur vorübergehend. Wenn sie sich weiterhin gut um ihr Kind kümmert – und danach sieht es derzeit aus –, wird diese Überwachung eingestellt. Dann können du und ich …«

»Wir können keine gemeinsame Zukunft haben. Das ist einfach unmöglich. Wir werden nie in die gleiche Welt gehören, und es ist zu schmerzhaft, es weiter zu versuchen.«

Ein unerträglicher Druck breitete sich in ihrer Brust aus. Caleb zu verlieren wäre wie einen Teil von sich selbst zu verlieren. »Schmerzhaft ist, dass du mich wegstößt.«

Er schaute sich in der dunkler werdenden Landschaft um. »Hier gehöre ich hin.«

»Und ich kann nie Teil davon sein.« Die Wahrheit sackte langsam und schwer.

»Es tut mir leid. Das hier wird nicht leichter werden, Reese. Mein Fokus muss auf den Kindern meines Bruders liegen und auf dem Baby. Du hast einmal gesagt, du willst eine große Leidenschaft. Ein großes Leben. Und genau das hast du verdient. Du hast alles verdient, was ich dir nicht geben kann. Du hast die Chancen verdient, die sich dir bieten – hier oder an jedem anderen Ort auf der Welt. Ich würde dich nur bremsen.«

Die Wolken zogen über den nun mehr nächtlichen Himmel, und ein Mondstrahl glitt über den stillen Garten. Reese sah Calebs Gesicht in dem schwachen Licht, den Glanz seiner Augen, das Gesicht, das sie so anbetete. Diese Lippen, dachte sie. Sie würde sie nie wieder auf ihren fühlen, würde nie wieder seinen Duft einatmen. Sie wollte auf jede nur erdenkliche Art mit ihm zusammen sein – sein Gewicht auf sich spüren, seinen warmen Atem an ihrem Ohr.

»Ich werde immer dankbar dafür sein, dass ich dich kennengelernt habe, Reese. Dass du mich in dein Herz gelassen hast.«

Dann lass mich dich dortbehalten.

Es war Sonntag, und um Jonahs willen hatte Caleb die leiernde Eröffnungspredigt und die Hauptpredigt ertragen, die einstimmigen Hymnen, die im *Ausbund* abgedruckt waren. Er versuchte, den Tag zu vergessen, an dem Hannahs Name verkündet worden war, damit jeder wusste, dass er sie meiden musste, um nicht zum Sünder zu werden.

Der Ausdruck von Schmerz und Scham auf ihrem Gesicht verfolgte ihn noch immer und ließ ihn das Versprechen an seinen Bruder infrage stellen. John hätte das hier ganz sicher nicht für Hannah gewollt. Die Ironie war, dass Hannah immer so ein gutes amisches Mädchen gewesen war. Sie hatte die Taufe angenommen, sich in den schlichten Wegen geübt, als wäre sie dazu berufen. Selbst ohne die Führung einer Mutter hatte sie die Ideale wie selbstverständlich zu ihren eigenen gemacht, die von den Menschen in Middle Grove in Ehren gehalten wurden.

Nach der Kirche ging er nach Hause, wo Jubilee ihn schwanzwedelnd begrüßte. »Wo sind die Mädchen?«, fragte er die Hündin. »Hannah, bist du da?« Er schaute im Flur nach, dann ging er in ihr Zimmer. Ihr Marktkorb war fort, genau wie ihre Kleidung, die normalerweise an den Haken an der Wand hing. Die Stille und die Abwesenheit aller persönlichen Dinge trafen ihn mit unmissverständlicher Klarheit. Eine alte Erinnerung aus seiner Kindheit blitzte auf – das leere Zimmer seiner Mutter, nachdem sie gegangen war.

Die Angst schnürte ihm den Magen zu. Wo konnte Hannah hingegangen sein? Vielleicht zu Reese? Nein, das bezweifelte er. Reese hätte sie sofort wieder zu Caleb zurückgebracht. Trotz ihres schmerzhaften Abschieds wusste er, dass Reese nicht rachsüchtig war.

Er rannte die Treppe hinunter und sprintete zum Pferdestall. Minuten später trieb er seinen schwarzen Morgan zum Galopp an und lenkte ihn auf den Weg in die Stadt. Am Sonntag hielt der Bus nicht an der Kreuzung, also schätzte er, dass Hannah versuchte, die Haupthaltestelle zu erreichen – das war ein langer Weg, aber der dreistündige Gottesdienst hatte ihr viel Zeit gegeben.

Am Gemischtwarenladen, an dem es vor Sonntagsausflüglern nur so wimmelte, zügelte er sein Pferd. Von den Amischen arbeitete keiner, aber Mr. Jolly war ein Englischer und ein Freund, vor allem, weil Hannahs Quilts so begehrt waren. »Ich muss mir Ihr Auto leihen«, sagte Caleb. »Es ist dringend.«

Er versuchte, nicht in Panik zu verfallen, als er die fünf Meilen zur Haltestelle Martz fuhr. Ein paar Busse standen in den Haltebuchten. Auf der Anzeige über der Windschutzscheibe stand jeweils ihr Ziel – Philadelphia, Newark, Allentown. Er ging durch die Reihen mit den Kunststoffbänken im Wartebereich, konnte Hannah jedoch nirgendwo entdecken. Vielleicht war sie bereits in einen der Busse eingestiegen.

Er ging zu einer Tür, an der »Zutritt nur für Fahrgäste« stand.

»Ihre Fahrkarte bitte«, sagte ein Kontrolleur.

»Ich brauche keine Karte, danke. Ich suche nur nach jemandem«, erwiderte Caleb. »Nach einer jungen Frau mit einem Baby.«

»Tut mir leid, aber ohne Fahrkarte kann ich Sie nicht durchlassen.«

Caleb biss die Zähne zusammen. Er hörte das Starten eines Dieselmotors. »Es ist wirklich dringend.«

Der Kontrolleur musterte Calebs Hose mit den weiten Beinen und die schlichte Jacke. Dann warf er einen Blick zu einem Schalter, über dem »SICHERHEIT« stand. »Sie brauchen eine Fahrkarte«, sagte er.

Caleb drehte sich auf dem Absatz um und wollte ein Ticket kaufen – irgendeines –, als er mit der Frau hinter ihm zusammenstieß. Sie sagte nichts, sondern deutete nur auf die Waschräume auf der anderen Seite der Halle. Als er sich der Tür näherte, hörte er Sarah weinen. Der Eisklumpen in seinem Magen löste sich auf.

»Hannah«, rief er und scherte sich nicht darum, dass er die Damentoilette betrat. Seine Nichte stand an einem heruntergeklappten Wickeltisch und wechselte gerade die Windel ihrer Tochter. »Hannah, was hast du dir nur gedacht? Ich habe mich zu Tode geängstigt, als ich in ein leeres Haus zurückkam.«

Sie wurde ganz blass, hielt aber nicht inne, sondern zog Sarah wieder an und hob sie hoch. »Ich komme nicht mit nach Hause«, sagte sie nur.

»Du hast keine Wahl.«

Die Frau, die ihm den Tipp gegeben hatte, kam in den Waschraum. »Ist hier alles in Ordnung?«

Caleb hielt den Atem an. Wenn Hannah der Frau sagte, dass sie nicht mit Caleb mitgehen wollte, könnte das Probleme geben. Amische, die wegliefen, waren in dieser Gegend nichts Ungewöhnliches, und die Einheimischen hielten die Augen auf.

Hannah schaute Caleb an, und er konnte den Gedanken, der sich hinter ihrer Stirn bildete, förmlich sehen. »Tu das nicht«, sagte er auf Deitsch. »Wenn die Sozialarbeiter davon erfahren, könntest du Sarah für immer verlieren.«

Sie zögerte einen Herzschlag länger. Dann wandte sie sich an die Frau. »Mir geht es gut.«

»Komm, setz dich.« Caleb nahm ihren Korb. Als sie den Raum verließen, nickte er der Frau dankend zu. Er führte Hannah zu einer Bank am Rand. »Wegzulaufen ist keine Lösung«, sagte er zu ihr.

»Es ist die einzige Lösung«, widersprach sie. »Ich werde nach Sarasota gehen.«

Dort lebte Calebs Mutter jetzt. Hannah kannte sie nicht einmal, aber sie wusste von dem Sarasota Express, einem Busservice, der bei den Amischen sehr beliebt war.

»Das darfst du aber nicht«, sagte er. »Wenn du dich den Anweisungen des Gerichts widersetzt …«

»Was dann? Dann wird es schlimmer als die Meidung? Schlimmer als die Grabers, die mir sagen, wie schlecht ich bin, weil ich Aaron nicht heiraten will?« Sie drückte das Baby an ihre Brust, ihre schmalen Hände ballten sich um das Bündel. »Ich kann nicht in Middle Grove bleiben. Es wird allen besser gehen, wenn Sarah und ich einfach verschwinden.«

Er konnte ihr nicht vorwerfen, dass sie sich nach Flucht sehnte. Er musterte ihr Gesicht, das so weich und jung und das Abbild ihrer Mutter war. Sie hatte das Elend der Meidung durchlitten und die aufdringlichen Besuche der Sozialarbeiter. Er fühlte sich schrecklich, weil er nicht mehr getan hatte, um sie zu beschützen. »Es tut mir leid, *Liebling*. Es war schwer, *ne*? Und du warst wirklich tapfer und stark. Was für eine feine Mem du für Sarah bist.«

»Ich bin nicht stark.« Sie schüttelte den Kopf. »Ich bin nicht mutig. Ich habe ständig Angst, und ich will einfach nur weg.« Ihre zierlichen Hände bebten, als sie sich das Baby in die Armbeuge legte und ihm ins Gesicht schaute. »Ich will nicht schlicht sein«, sagte sie. »Ich glaube, das wollte ich noch nie.«

Caleb war schockiert. Noch nie hatte sie über das Thema ein Wort verloren. Er hatte angenommen, dass sie in Middle Grove zufrieden war – ganz die Tochter ihrer Eltern. Sie hatte die Taufe angenommen. »Das ist eine sehr große Aussage«, sagte er.

»Es ist ein sehr großer Wunsch«, erwiderte sie, den Blick immer noch auf das Gesicht ihrer Tochter gerichtet.

Als Caleb nach Hause kam, herrschte Aufruhr. Er fuhr mit Mr. Jollys Wagen vor dem Haus vor und ließ Hannah und das Baby aussteigen. Dann wollte er das Auto zu seinem Besitzer zurückbringen, aber als er Hannah die Treppe hinaufhalf, hörte er Geschrei.

»Setz dich«, sagte er. »Ich bin gleich wieder da.«

Im Stall lag der Buggy in einem seltsamen Winkel. Das Pferd trippelte nervös auf seiner Koppel hin und her. Asa war bei Jonah und brüllte ihn wegen irgendetwas an. Jubilee tänzelte bellend um die beiden herum.

Als er näher kam, hörte Caleb, wie sein Vater den Jungen auf Deitsch schalt. »... so etwas Leichtsinniges zu tun. Jetzt ist dank dir die Vorderachse gebrochen.«

»Ich habe doch gesagt, dass es mir leidtut«, erwiderte Jonah.

»Das macht den Buggy aber auch nicht wieder heil. So unvorsichtig. Und das am Tag des Herrn. Komm her, Junge.«

Der Ton und die Worte weckten lange verdrängte Erinnerungen. Das dünne, zischende Geräusch eines durch die Luft surrenden Lederriemens ließ Caleb lossprinten. Mit vor Wut rotem Gesicht hielt Asa den Riemen hoch in die Luft und näherte sich Jonah.

Caleb packte den Riemen und entriss ihn seinem Vater. Dann warf er ihn so weit weg, wie er nur konnte. »Das hört sofort auf«, sagte er. »Halte dich von dem Jungen fern.«

»Er ist alt genug, den Buggy zu fahren, also ist er auch alt genug, seine Strafe wie ein Mann anzunehmen.«

In Caleb blitzte eine weitere Erinnerung auf – nicht von Jonah, sondern von sich selbst, wie er in der Ecke gekauert hatte, während sein Bruder hereingestürmt war und seinem Vater die Waffe aus der Hand gerissen hatte – was war es gewesen? Der Stiel einer Harke, wenn er sich recht erinnerte. Das hatte John vor all den Jahren für ihn getan. John hatte seinem Vater die Stirn geboten, um Caleb zu beschützen.

Den brennenden Blick fest auf seinen Vater gerichtet, sagte Caleb zu Jonah: »Geh zum Haus und hilf deiner Schwester. Sofort.«

Jonah flitzte davon, den Hund auf den Fersen. Asa funkelte Caleb an. »Der Junge hat darauf bestanden, den Buggy zu fahren. Obwohl ich ihn gewarnt habe, hat er eine Kurve zu schnell genommen. Er muss lernen, und du bist zu weich, um ihn zu lehren.«

Caleb hatte Mühe, sein Temperament im Zaum zu halten. Reese hatte den wahren Grund dafür wissen wollen, warum er sie weggeschickt hatte. Es lag nicht daran, dass sie ihn ablenkte. Es lag daran, dass das hier sein Leben war. Wie konnte er das irgendjemandem zumuten? »Von dir wird er nichts lernen außer Grausamkeit und Angst«, erwiderte er.

»Unsinn. Er ist alt genug, um die Konsequenzen von Ungehorsam und Leichtsinn zu tragen. So wurde ich erzogen und meine Vorfahren ebenfalls, genau wie alle in unserer Gemeinschaft.«

»Darüber werde ich nicht mit dir diskutieren«, meinte Caleb. »Die Disziplin, von der du hier sprichst …«

»… ist das Einzige, was unsere Gemeinschaft zusammenhält.« Asa betrachtete den Buggy. »Unterwerfung und Gehorsamkeit erlauben uns, in unserem Glauben zu leben, und unsere Wege müssen aufrechterhalten werden. Disziplin ist die Art, wie wir unseren Glauben, unsere Familien schützen und uns auf den Himmel vorbereiten.«

»Die Gemeinschaft sieht weg, wenn Männer wie du grausam zu kleinen Jungen sind. Das bereitet einen nicht auf den Himmel vor. Wenn überhaupt, bereitet es *dich* auf die ewige Verdammnis vor.«

Asa winkte ab. »Was grausam ist, das ist, seine Erlösung zu riskieren, indem man die moderne Welt in unser Zuhause bringt. Dieser künstliche Arm ist eine Abscheulichkeit.«

»Der Arm erlaubt es Jonah, ein normales Leben zu führen«, erwiderte Caleb. »Du kannst dich von der Welt abwenden, aber ich konnte es nie, und Jonah und Hannah werden es auch niemals tun.«

»Ich war zu weich mit dir, sonst würdest du nicht so respektlos mit mir reden. Ich wünschte, ich hätte dir besser beigebracht, demütig zu sein und unsere Traditionen zu respektieren …«

»Du hättest John mit deinen ›Lehren‹ beinahe zerstört«, schrie Caleb. »Oder erinnerst du dich nicht mehr daran, dass er versucht hat, sich das Leben zu nehmen?«

»Ich habe deinem Bruder nicht befohlen, von der Brücke zu springen«, sagte Asa. »Das war das Werk des Teufels und Gottes Wunder, dass er überlebt hat und zum Glauben fand. Wenn du Jonah mir überlässt, wird auch er einlenken.«

»Jonah ist jetzt meine Sorge. Ich werde nicht zulassen, dass du ihn misshandelst. Ich werde nicht zulassen, dass du ihn so verrückt machst, dass er versucht, sich umzubringen, so wie John es getan hat.«

Asa hielt kurz den Atem an, dann flammten seine Augen zornig auf. »Du hast in der Sache nichts zu sagen. Ich bin Jonahs Vormund, und ich werde meine Rechte geltend machen.«

»Ich habe mich über Vormundschaften schlaugemacht.« Caleb trat in den schattigen Stall und ging in die Werkstattecke, die mit einem Tisch und einer Laterne ausgestattet war. Dort nahm er ein ausgedrucktes Blatt in die Hand und las: »›Die Aufgabe des Vormunds ist es, die Sicherheit und das Wohlergehen des Kindes sicherzustellen.‹ Das tust du bei Jonah nicht.«

»Ich fange mit Jonah gerade erst an. Du weißt, dass wir nicht vor Gericht ziehen, aber wenn du mich weiter bedrängst, werde ich es tun.«

»Dann betrachte dich als bedrängt. Leg los.«

»Ich gehe zum Richter. Ich bin der gesetzliche Vormund dieser Kinder, nicht du. Und ich verfüge, dass sie sich nach meinen Regeln richten, nicht nach deinen.«

Caleb merkte, dass sein Vater bluffte. »Tu, was du tun musst. Und ich werde das Gleiche tun.« Er nahm die Gerichtspapiere heraus, die Domenico aufgesetzt hatte. »Ich wollte das nicht an einem Sonntag ansprechen, aber du kannst es genauso gut jetzt erfahren. Ich lasse die Vormundschaft auf mich übertragen. Du kannst versuchen, dagegen anzugehen, aber du wirst nicht gewinnen.«

»Es ist schrecklich, mir diese Kinder zu stehlen, ihrem eigenen Großvater. Ich verbiete es dir.«

»Du wirst mich nicht aufhalten können.« Der Anwalt war nicht ganz so sicher, dass die Sache Erfolg haben würde, aber Caleb hoffte, dass der Fall nicht vor einen Richter kam. Aus irgendeinem Grund dachte er an den Tag, an dem er wegen zu schnellen Fahrens angehalten worden war. Reese hatte ihm gesagt, er solle sich etwas ausdenken, um einem Strafzettel zu entgehen. Er hatte ihr geantwortet, dass er nicht lügen würde. Jetzt erkannte er, dass er schon eine ganze Weile eine Lüge lebte. Er konnte sich nicht aus einem Strafzettel herauslügen, aber er konnte lügen, um ein Leben zu leben, das er nicht wollte.

Sein Vater schlug ihm die Papiere aus der Hand, sodass sie zu

Boden flatterten. Deutlicher würde er vermutlich niemals zugeben, dass er kapituliert hatte. »Du bist genau wie deine Mutter.«

»Nein, das bin ich nicht. John war wie unsere Mutter. Und er war zu gut für diese Welt.«

»Du kannst diese Kinder nicht ihrem Zuhause entreißen. Er wollte, dass sie im Glauben erzogen werden.«

»Er wollte, dass sie in einem Haus voller Liebe aufwachsen. Und das werden sie.«

»Wenn du jetzt gehst, gibt es keine Chance auf den Himmel.« Die Haut in Asas Gesicht war fleckig, die Augen klein und versteinert. »Denk darüber nach, wie es ist, in der Hölle zu sein. Denk einfach darüber nach.«

»Ich *bin* in der Hölle«, entgegnete Caleb und ging nach draußen, um den Buggy zu reparieren.

Am Morgen sammelte Caleb seine letzten Sachen zusammen. Hannah und Jonah saßen bereits im Taxi, das vor dem Haus wartete.

Er schaute sich in der düsteren Küche um, in der es bis auf das Ticken der Uhr ganz still war. Er fühlte sich wie ein Mann, der keinen Platz auf der Welt hatte. Sein Bruder war von Außenstehenden ermordet worden, und doch stand er jetzt kurz davor, selbst ein Außenstehender zu werden.

In der letzten Nacht hatte er kaum geschlafen. Sein Kopf war mit Fragen und Zweifeln angefüllt gewesen. Was Asa gesagt hatte, stimmte: John hatte gewollt, dass seine Kinder im schlichten Glauben aufgezogen wurden. Aber Caleb wusste tief im Herzen, dass John vor allem gewollt hätte, dass seine Kinder glücklich waren. Vielleicht war die beste Art, seinen Bruder zu ehren, seine Kinder freizulassen und sie ihren eigenen Weg gehen zu lassen. Schlicht zu leben sollte eine tägliche Freude und nicht eine tägliche Bürde sein.

Während er kurz vor Anbruch der Morgendämmerung seinen Rucksack gepackt hatte, war er über das Buch *Himmelsbrief* gestolpert, das einst John gehört hatte. Als Caleb noch klein gewesen war, hatte er seinen Bruder oft noch spät lernen sehen, das Gesicht in den Schein der Laterne getaucht. »Ich war so wütend auf dich, John, als du versucht hast, dir das Leben zu nehmen. Ich habe dich angeschrien, ich wollte wissen, wie du mich nur verlassen konntest. Jetzt verstehe ich es. Und ehrlich gesagt, du bist immer mein Held gewesen«, hatte Caleb letzte Nacht geflüstert und die losen Blätter angeschaut, die zwischen den Seiten des Buchs lagen. Listen von Verbkonjugationen und ordentliche Schreibschriftübungen: *Wer immer dieses Buch bei sich trägt, ist sicher vor allen Feinden, sichtbar oder unsichtbar; und wer immer dieses Buch bei sich hat, kann nicht sterben ohne den heiligen Körper Jesu Christi noch im Wasser ertrinken noch im Feuer verbrennen noch kann je ein ungerechtes Urteil über ihn ergehen. So hilf mir.*

Auf der handgeschriebenen Seite war die Zeichnung einer Rakete, die durch die Wolken in den Himmel schoss. Caleb hatte die Seite in eine Tasche seines Rucksacks gepackt.

Das Geräusch von Schritten holte ihn in die Gegenwart zurück. Sein Vater kam in die Küche. Er trug seine Arbeitskleidung und eine mürrische Miene. »Was du tust, ist schrecklich«, sagte er. »Du wirst es noch bereuen.«

Caleb nahm einen langen, beruhigenden Atemzug. Das war die amische Art, zu vergeben und loszulassen. »Ich vergebe dir«, sagte er.

Sein Vater schlug mit der flachen Hand auf den Küchentisch. »Und was glaubst du, wofür ich deine Vergebung brauche?«

Es würde Stunden brauchen, alles aufzuzählen, also sagte Caleb nur: »Ich vergebe dir die Schläge und die Erniedrigungen, die harschen Worte und die Isolation. Nur du weißt in deinem Herzen, was dich dazu gebracht hat, deine Frau und deine Söhne auf diese Weise zu behandeln. Ich werde deine Grausamkeit nie verstehen, aber ich vergebe dir. Und jetzt lass ich dich gehen.« Er legte eine Visitenkarte auf den Tisch. »Hier kannst du mich finden. Adieu, Asa Stoltz.«

Asa wandte sich ab und drehte ihm den Rücken zu. Caleb ging durch die Tür in den hellen Herbsttag hinaus. Er schaute zum Himmel, der so blau war, dass es in den Augen schmerzte. Über ihm blitzte der silberne Rumpf eines Flugzeugs auf.

23. Kapitel

Reese merkte, dass im Garten zu arbeiten ihr beim Denken half. Mit den Händen in der Erde und der Sonne auf dem Rücken ließ sie ihre Gedanken wandern. Nach Stunden im Krankenhaus oder in Praxen, über Berichte gebeugt oder im Gespräch mit Patienten, half ihr die anstrengende körperliche Arbeit, den Kopf freizukriegen. Manchmal ließ sie sich zu sehr von ihrer Arbeit einnehmen. Die Arzt-Patienten-Beziehung war ein seltsamer Tanz zwischen Distanz und Intimität, dessen Schritte sie noch nicht perfekt beherrschte. Die Krankheitsgeschichte eines Menschen zu kennen war nicht das Gleiche, wie seine persönliche Geschichte zu kennen. Und doch, wenn man jemandes sexuelle Gewohnheiten kannte, wusste man vermutlich mehr über ihn als seine engsten Familienmitglieder.

Der kalte Herbstnachmittag passte zu ihrer Stimmung – klar und hell. Auch wenn das Gemüse und das Obst bereits geerntet worden waren, gab es immer noch ausreichend zu tun. Mit einer Eisenharke grub sie in der Erde, bearbeitete mit den Zinken die faserigen Überreste der Kürbis- und Tomatenpflanzen. Nachdem sie die Erde gelockert hatte, gab sie Mulch aus einer Schubkarre darauf und atmete den feuchten, kräftigen Duft der Erde ein.

Mit einem Mal fiel von hinten ein Schatten über sie. Sie richtete sich auf und drehte sich um. »Dad«, rief sie überrascht. »Was machst du denn hier?«

Ihr Vater lächelte. »Ich hatte Sehnsucht nach meinem Mädchen, also bin ich ins Auto gesprungen und hergefahren.«

»Das ist … wow. So untypisch für dich.« Sie zog die Handschuhe aus und umarmte ihn. »Ich bin ganz schmutzig«, sagte sie.

»Du siehst wundervoll aus.«

»Du auch.« In seiner Jeans und dem Princeton-Sweatshirt sah er noch genauso attraktiv und schlank aus wie immer. »Wo ist Mom?«

Er zuckte mit den Schultern. »Sie hat eine Veranstaltung. Irgendeine Spendensammlung. Ich habe mich rausgemogelt.« Er nahm die Harke zur Hand. »Kann ich dir helfen?«

Reese verengte misstrauisch die Augen. »Wer sind Sie – und was haben Sie mit meinem Vater gemacht?«

»Okay, das habe ich verdient.« Er machte sich daran, ein Beet mit verblühten Gurkenpflanzen zu harken.

Einen Moment lang sah sie ihm zu, dann machte sie sich auch wieder an die Arbeit und sammelte die Abfälle in einem Eimer für den Kompost. »Du hast mir gefehlt«, sagte sie, ohne ihre Arbeit zu unterbrechen. »Und Mom auch. Mehr, als ihr ahnt. Ich wünschte, ihr wärt wieder mehr Teil meines Lebens.«

»Das geht uns genauso, Baby«, gestand er. »Lass uns wieder mehr Kontakt zueinander haben.«

Während sie Seite an Seite arbeiteten, erzählte Reese ihm von ihrem Job – den verschiedenen Patienten, den Momenten des Erfolgs und des schrecklichen Versagens, von der Asthma-Studie, die langsam Gestalt annahm und die sie bei einem Förderprogramm eingereicht hatte. Dann sprach sie von ihrem Leben – dass sie lernte, zu sticken und Marmelade zu kochen, von ihrer Arbeit mit Einwanderern im Latino Living Center.

»Dann ist dieses Programm also gut.«

Schweigend verteilte sie den Mulch auf dem Beet. Zum ersten Mal hatte sie das Gefühl, dass sie nach ihren eigenen Regeln lebte und Entscheidungen für sich traf, zu denen sie aus freien Stücken gelangt war und nicht, um ihren Eltern zu gefallen oder die Erwartungen von jemand anderem zu erfüllen. Es war ein mächtiges, befreiendes Gefühl, aber sie sah sich auch immer wieder mit Herausforderungen konfrontiert. Ohne den Rat ihrer Eltern war sie auf sich allein gestellt, und manchmal schlichen sich Zweifel ein. »Es hat sich noch eine Möglichkeit ergeben – eine Stelle in einem Pädiatrie-Programm in Kalifornien.«

Er hörte schweigend zu, als sie ihm die Situation erklärte. »Möchtest du das machen? Gefällt es dir?«

Sie lächelte. »Ich hatte erwartet, dass du sagst, ich solle das unbedingt tun, oder dass es doch keine Frage sei, dass ich das mache …«

»Ist das normalerweise meine Reaktion?«

»Meistens, ja. Danke, dass du es jetzt nicht gesagt hast.«

Wieder herrschte ein paar Minuten lang Schweigen. Dann fragte ihr Vater: »Und dein Freund Caleb?«

Ihr Freund. Sie konnte nicht über ihn reden, ohne einen schrecklichen Schmerz zu empfinden. Er war nicht ihr Freund. Er spielte gar keine Rolle mehr in ihrem Leben, und das fühlte sich so unglaublich falsch an. Anstatt dieses Kapitel abgeschlossen zu haben, vermisste sie ihn mit jedem Tag mehr. Sie erinnerte sich daran, ihm in die Augen geschaut und darin ihre ganze Welt gesehen zu haben. In ihm, in der tiefen, süßen Verbindung, die sie miteinander gehabt hatten.

Ein paar Wochen nach ihrer Trennung war ihre Periode zu spät gekommen. Für einen Moment hatte Reese nichts außer purer Freude empfunden und sich vorgestellt, wie sie nach Middle Grove ging und ihm sagte, dass sie schwanger sei. Dem war natürlich eine Panikwelle gefolgt, die sie direkt in die Realität zurückgebracht hatte. Als der Schwangerschaftstest negativ ausgefallen war, war sie irgendwie erleichtert gewesen. Aber irgendwie auch nicht.

Lange hatte sie sich gegen die neue Welt gewehrt, die Caleb ihr gezeigt hatte. Ein Teil von ihr war immer noch mit ihrer Welt und der ihrer Eltern verwoben gewesen. Der Vorfall mit Hannah hatte Calebs Welt und ihre hart kollidieren lassen und die Sicherheit der Welt, wie Reese sie bisher gekannt hatte, zu Staub zerfallen lassen.

»Ich bin noch nicht bereit, darüber zu reden«, sagte sie leise.

Er nickte nur und arbeitete weiter. Nachdem sie ihr ganzes Leben damit verbracht hatte, Pläne zu schmieden und auszuführen, war Reese nun bereit, etwas anderes zu machen. Etwas Spontanes. Die Beziehung zu ihrem Vater wieder zu vertiefen, das war wie ein unerwarteter frischer Lufthauch.

Auf seltsame Weise waren Caleb und sie davon geprägt – und vermutlich beschädigt – worden zu versuchen, den Erwartungen ihrer Eltern und der Welt zu entsprechen. Nun gewann sie immer mehr ihre Unabhängigkeit und musste sich der Aufgabe stellen, ihre Zukunft zu gestalten. Sie hatte es ihren Eltern und allen anderen immer recht gemacht, nur sich selbst nicht. Tief in ihrer Seele konnte sie sich nicht vorstellen, ohne Caleb zu leben. Doch er war der festen Überzeugung gewesen, dass es keinen Weg für sie gab, zusammen zu sein.

Sie hatte Menschen um sich, gute Menschen, doch die Beziehungen hatten nicht die Tiefe und Authentizität, die sie bei Caleb gefunden hatte. Manchmal wusste sie gar nicht genau, warum sie mit ihm zusammen sein wollte. Und doch wanderten ihre Gedanken immer wieder zu ihm. Sie konnte den Ausdruck auf seinem Gesicht nicht vergessen, als er ihr Auf Wiedersehen gesagt hatte. Sie konnte sich nicht davon abhalten zu glauben, dass sie doch eine Chance hatten. Doch jedes Mal, wenn sie darüber nachdachte, welche Kompromisse sie beide eingehen müssten, kam es auch ihr unmöglich vor. Die Zeit, eine Entscheidung für oder gegen das Programm in Kalifornien zu treffen, lief ihr langsam davon. Es war eine einzigartige Gelegenheit. Ein neuer Anfang. Und das Ende der unglaublichen, chaotischen, ihr das Herz zerreißenden, lebensverändernden Zeit hier.

Nachdem ihr Vater gefahren war, ging sie ins Haus, um sich den Gartenschmutz von den Händen zu schrubben. In ihrem Zimmer fiel ihr Blick auf das bestickte Tuch von Rebecca Zook. Rebecca hatte nur einen einzigen Buchstaben gestickt – ein *W*. Dahinter hing der Faden lose herunter.

Reese strich mit der Hand über das weiche Tuch, faltete es zusammen und legte es auf ihren Nachttisch. Vielleicht würde sie es eines Tages fertigstellen.

Caleb hängte die Uhr in der Küche auf und berührte das Pendel. Das ruhige Ticken drang rhythmisch durch die Stille. »Na, wie ist das, Jubilee?«, fragte er die Hündin, weil er wusste, dass sie zustimmend mit dem Schwanz wedeln würde.

Sie hatten sich in ihrem neuen Zuhause, einem der Häuser, die für die Angestellten der Grantham Farm zur Verfügung standen, eingerichtet. Es war schlicht, aber nicht auf amische Weise. Er und die Kinder wohnten nun in einem Holzhaus mit elektrischem Licht und fließendem Wasser, mit einer heißen Dusche, wann immer sie wollten, und Musik, die aus dem Radio drang.

»Los, wecken wir den Langschläfer für die Schule«, sagte er zu der Hündin und öffnete die Tür zu Jonahs kleinem Zimmer.

Als er sah, wie der Junge seinen Hund mit einem schläfrigen Lächeln begrüßte, verspürte Caleb keinerlei Bedauern darüber, die Gemeinde verlassen zu haben. Er musste einfach glauben, dass John ihn verstehen würde. Asa wäre immer Asa; er würde sich niemals ändern. In Middle Grove überwachte die Bruderschaft, der gegenüber sein Vater so loyal war, die schlichten Wege, übte Demut, war der Verwalter des Landes und lehnte alles ab, das ihrem Glauben in den Weg kam.

Caleb war amisch geboren und aufgezogen worden, aber sein Glaube war nicht automatisch gekommen. Er konnte ihn nicht erzwingen, sondern er hatte ihn suchen und finden müssen. Oder auch nicht. Es konnte sein, dass er einfach sein Leben leben musste. Es konnte sein, dass er seinen eigenen Glauben direkt hier gefunden hatte. Er war real und greifbar, aus Dingen gemacht, die er sehen und berühren und tief in seinem Herzen fühlen konnte – den Frieden und die Zufriedenheit, die der Anblick eines Sonnenstrahls auf der Wange eines kleinen Jungen weckte, der am Morgen langsam aufwachte. Oder das Lachen eines gedeihenden Babys, wenn der Hund um es herumwuselte. Das waren die Dinge, aus denen die Welt gemacht war – alltägliche Segnungen, die man in Momenten des aufrichtigen Miteinanders, nicht in Predigten erhielt.

Du kannst nicht jeden retten. Manchmal schossen ihm Reeses Worte durch den Kopf. Manchmal dachte er an die große Leere in seinem Leben, die nur sie füllen konnte. Während einer von Jonahs Therapiesitzungen hatte Jonah den Arzt Mose Shrock nach ihr gefragt und damit die Worte ausgesprochen, die Caleb nicht über die Lippen brachte.

»Sie geht nach Kalifornien«, hatte Mose gesagt. »Sie ist in ein spezielles Programm aufgenommen worden, das sie zu einer noch besseren Ärztin machen wird, als sie bereits ist.«

Caleb wusste, dass sie nach dem Vorfall mit Hannah eine Selbstbewusstseinskrise durchlebt hatte. Reese hatte ihre eigenen Handlungen und Entscheidungen infrage gestellt. Vielleicht hatte sie beschlossen, dass das Leben hier schlussendlich doch nichts für sie war.

Du kannst nicht jeden retten.

Er fühlte sich schrecklich, weil er ihr daraufhin die bitteren Worte entgegengeschleudert hatte. Vor allem, weil sie nicht nur bitter, sondern auch falsch gewesen waren. Er wünschte, Reese könnte Hannah jetzt sehen. Dann würde sie es wissen. Sie würde erkennen, dass sie an dem Morgen nach der Nacht, in der Sarah Jane geboren worden war, *alle* gerettet hatte.

Er sang das Lied im Radio mit, während er das Frühstück zubereitete. Was für ein Luxus, einen Toaster benutzen zu können. Die verbrannten Scheiben der Vergangenheit waren nur noch eine dumpfe Erinnerung.

Jubilee bellte einmal scharf auf – ein Alarm. Caleb ging nach draußen. Zur Grantham Farm kamen selten Besucher.

Zu seinem Erstaunen stand Reeses Auto auf dem Kiesweg. Sie stieg aus und kam auf ihn zu, wobei sie ihm direkt in die Augen schaute. Es war, als würde die Sonne ein zweites Mal aufgehen. »Hey Fremder«, sagte sie.

»Ich dachte, du ziehst nach Kalifornien«, erwiderte er.

»Ich dachte, du würdest in Middle Grove bleiben.«

»Wie es aussieht, haben wir uns beide geirrt.« Sein Herz veranstaltete einen Trommelwirbel in seiner Brust. Er konnte sich nicht eine Sekunde länger zurückhalten. Mit einer fließenden Bewegung zog er Reese in die Arme. Er hielt sie so fest an sich gedrückt, dass kein Raum für Zweifel blieb. Sie kuschelte sich an ihn und hob dann das Gesicht, um ihn ganz sanft zu küssen.

»Ich wollte eigentlich sagen, dass wir miteinander reden müssen«, sagte sie und schenkte ihm ein Lächeln, wie er es noch nie zuvor gesehen hatte. Ihre Augen waren von Hoffnung erfüllt. Sanft löste sie sich aus seiner Umarmung und fügte hinzu: »Aber vielleicht gebe ich dir stattdessen einfach das hier. Es ist ein Tuch. Ich habe Sticken gelernt.«

Überrascht nahm er das dünne Tuch von ihr entgegen. In den wenigen Sekunden, die er benötigte, um es auseinanderzufalten, dachte er daran, wie sehr er sie liebte. Er liebte sie mit jedem Schlag seines Herzens. Es war eine atemlose, herzzerreißende Liebe; ein Gefühl, das in ihm beinahe vom ersten Moment an, in dem er Reese getroffen hatte, stetig gewachsen war. Reese war ein Sprung ins Ungewisse, das hatte er von Anfang an gewusst. Er konnte nicht sagen, wann und wie sich dieses Band zwischen ihnen gesponnen hatte. Es überwand ihre beiden Welten und zog ihre Herzen mächtig und unwiederbringlich zusammen.

Er betrachtete das Tuch, das sie ihm gegeben hatte. Mit feinen Stichen stand darauf: *Willst du mich heiraten?*

Epilog

Erst morgen erkennen wir, wie wundervoll heute ist.

Amisches Sprichwort

An dem Tag, an dem ich dich in der Babyklappe zurückließ, hatte ich keine Möglichkeit, das Leben zu sehen, das vor mir lag. Das kam erst später. Es kam davon, zu beobachten und zuzuhören, davon, viel und lange nachzudenken, wie deine Mama sagen würde. Es kam von dem Wissen, dass Caleb und Reese mich lieben, davon, ihre gegenseitige Hingabe zu erleben und den Respekt zu sehen, den sie dem Glauben des anderen entgegenbringen.

Sie haben in einer standesamtlichen Zeremonie geheiratet, an der ein paar ihrer Freunde teilnahmen, die sich in dem Drama auf keine Seite geschlagen hatten. Wir sind alle gemeinsam weiter hoch in die Poconos gezogen, in die Nähe des Krankenhauses, in dem Reese arbeitete. Ich bin zum ersten Mal auf eine öffentliche Schule gegangen. Hannah hat ihre Quilts an Sammler verkauft und Vorlesungen am Community College besucht. Dort hat sie Wesley kennengelernt, den Mann, den du Dad nennst.

Reese hat sich eine gut gehende Praxis aufgebaut, in der Farmer und Stadtleute sich die Klinke in die Hand geben. Sie hat Aufsätze zu ihrer Asthma-Recherche veröffentlicht. Und inzwischen hat sie zwei eigene Babys.

Als Familie haben wir Abenteuer erlebt, von denen die amische Gemeinde nur träumen kann – in Flugzeugen fliegen, im Meer baden, in den Bergen Skifahren. Aber das größte Abenteuer, das kann ich dir sagen, ist das Leben selbst.

Es hat Jahre gedauert, bevor ich die Wahrheit über unsere Vormundschaftsprobleme erfahren habe. Caleb kannte seinen Vater. Er wusste, Asa würde uns nicht über Middle Grove hinaus verfol-

gen. Und ich wusste immer, dass ich der Grund dafür war, dass wir gegangen sind. Oder wenn nicht der Grund, dann der Katalysator.

In der amischen Gemeinde lag der Fokus auf all den Dingen, die ich wegen des Unfalls nicht mehr tun konnte. Aber das ist das Seltsame an einem Verlust – er kann von einem Gewinn ausgeglichen werden. Ich habe gewonnen durch die Liebe und Unterstützung, die ich nach dem Unfall erfahren habe. Als wir Middle Grove verließen, habe ich mich auf all das konzentriert, was ich konnte – dich auf meinem Schoß festhalten und dir eine Geschichte vorlesen. Eine Meile in vier Minuten laufen. Mit meinem Onkel Schach spielen. Jura studieren. Anwalt für Kinder- und Jugendrecht werden.

Du warst der Anfang von all dem, Sarah Jane. Dich in der Nacht zu verlassen, in der du geboren worden bist, war ein Akt der Verzweiflung, der mir bis heute noch Schauer über den Rücken jagt, wenn ich daran denke, was ich damals riskiert habe. Ich werde mich immer an jene Nacht erinnern und an den Ort, an dem das alles passiert ist. Er wird immer einen Platz in meinem Herzen haben, einen Platz in der Mitte. Middle Grove. Und eines Tages werde ich dich dorthin mitnehmen. Eines Tages.

Ich werde immer dankbar dafür sein, dass wir mit dir eine zweite Chance bekommen haben. Es gibt jene in der amischen Gemeinde, die uns nun als gefallene Familie betrachten, aber ich habe niemanden fallen sehen. Dich zurückzufordern und weiterzumachen, war das Ja zum Leben, auf das die Welt wartet. Es wartet nur darauf, gefunden zu werden.

Danksagung

Danke an Dan Mallory für die Anwesenheit am Anfang und an Rachel Kahan für die am Ende. Dem bemerkenswerten Team aus Profis bei William Morrow Books – Linda Grady, Liate Stehlik, Tavia Kowalchuk, Lauren Truskowski, Kathy Gordon – danke ich für seine Hingabe, Kreativität, Energie und Seele. Meg Ruley und Annelise Robe von der Jane Rotrosen Agency sind wie immer Säulen der Kraft, des Humors und der Professionalität gewesen. Danke an Cindy Peters, dass du mich und meine Leserinnen und Leser durch das Labyrinth der sozialen Medien geleitet hast.

Meinen Autorenkolleginnen Elsa Watson, Sheila Roberts, Lois Faye Dyer, Kate Breslin und Anjali Banerjee bin ich dankbar fürs Lesen und Diskutieren der ersten Entwürfe. Genauso danke ich Ed Aleks, einem Gesetzeshüter, für die hilfreichen Ratschläge.

Danke an Laura Cherkas und Laurie McGee für das gründliche und wohlüberlegte Lektorat und an Marilyn Rowe für das Korrekturlesen.

Mein Ehemann Jerry Gundersen wird seinen Namen ebenfalls auf dieser Seite sehen, und er wird ganz genau wissen, wofür ich ihm so dankbar bin.